i

想象另一种可能

理
想
国
imaginist

摄影 :Russel Wong 黄国基

猫鱼

陈冲 著

上海三联书店

"猫鱼"是当年的上海话，
菜场出售一种实该漏网的小鱼，
用以喂猫，沪语发音"毛鱼"。
随着以后猫粮的出现，
它在人们的记忆中消失了……

那些不记得的，蜂拥而来

金宇澄

　　"我陈冲，这次是带媒体来拍上海，也可能会来拍作协……嗯，拍梧桐树当然也可以的，5:45到6:15是黄金时段……大清早的上海，现在难得看到了，这半个小时是最好的……我准备化妆了，因为拍戏，最近脑子里全部是戏，不晓得上海情况了，真的不记得了，侬（你）帮我答几句好吧。"

　　我提到梧桐树飞絮扰民的新闻。她答："为啥不扰啊，漂亮的东西都要作的。"

　　这是她自编自导某部电影期间，从新疆飞北京见了剪辑师，然后赶来拍上海的短片，那天的梅雨无休无止，和平饭店窗外缓慢移动的海轮、作协的鸟鸣，都伴有淅沥雨声。等她开始每月在《上海文学》连载这部长篇，写到编导这部电影的一稿就想到她曾经的语录——你说你"脑子里全是戏"，这戏究竟是什么？你得仔细写写，片子至今没有放映，纸上就可以还原，可以详尽一写等等。但她给我的印象是退回当年的梅雨中，"不记得我当时想啥了，真的不记得了，不记得了"。

感觉她的写作，是徘徊在"脑子里全部是戏／完全不记得了"之间的状态，沉浸于只属于她的内心景象里；比如一度我们都关注已故导演彭小莲的生动回忆（也曾刊载于《上海文学》），对电影制作过程的细微描述，尤其表现80年代闸北上海电影技术厂洗胶片现场的笔力，都给她极深的印象，但在以后的写作中，丝毫不受任何影响，她的文字和文学观，对于物、对于专业技术参数的描述兴趣有限，只落实在情感、思绪、联想的画面中，面对编辑建议，她惯常回应就是已经不记得了，完全不记得了。

多年前她约我见面，是想做一种"歌舞片"，借用《繁花》一章的某几页，再现一群年轻人的面貌和音乐感，那年头的男女，差不多的单调服饰，只有两个"不良少女"像斑斓的花蝴蝶一样飞来飞去。她说要把三层楼的房子一面墙拆掉，让演员从下唱到上，从上跳到下，最后演变为载歌载舞的一种视觉狂欢。我说，如果是这种状态，根本就不会好看。她则用完全信任的直感说，她要的就是这感受，这是一种特殊意义的审美，肯定会很好看，你是根本不会懂的。为了这事，她专程去了香港，王导也答应了说，是可以试试看的；然后，她可能是忽然有了编导上述电影的强烈感受，因此作罢。

编辑注意每一篇连载的走向，作者则活在自有的延伸里，看定自有的远方，依靠自有感知，延展自有的紧密回忆链。光阴荏苒，编辑因此转为注重稿件的某些关键词，比如多次提到了哥哥陈川，却并不展开——你当时出国，陈川为什么要送"西伯利亚"貂皮大衣？有点简单了，完全可以展开；为什么陈川那么想出去？原因是什么，是怎么就走的，一个人能带那么多画吗，等等等等——现想想这么设问，也可能是整个青年时代，我没遇见过一个美术青年。

她说，不敢写陈川，怕写不准确他看了不开心。

那段时间，陈川只要回沪，照例去 M50 同夏葆元、王申生他们画人像素描，一个素描的麒麟会。有次她兴冲冲陪着陈川来编辑部，说要替我画像，记得那天陈川说，他很多年里不知画了多少人像，都是当场就送人的。我说，自己画的为什么要送人？今天这幅你一定要留着。我注意到在陈川面前，她不那么自我了，只注重陈川的状态，多次提醒周围人闭嘴，保持安静。所以说，你看——我在微信里告诉她，陈川那么和蔼，仔细写写他是没任何关系的，我可以保证陈川根本不会生气，快写吧，仔细写一写，完全没问题，写吧。

这可能是最有舒适感的编辑记忆了，一个月后，收到详细描述陈川的大段文字，其中还包含了陈川的原文，实在是一种解惑和创建；在那段时光间隙里，兄妹俩竟然呈现了浓郁的上海文艺氛围，几乎是一部关于上海的文艺电影，或陈氏的歌舞片，美术、文学、诗歌和琴声，壁炉跳跃火光，喃喃的深夜私语，都有别于我看稿经验里的上海文学质感，我会联想到那或许就是有别于北京的《阳光灿烂的日子》，虚构小说缺失的现场，被非虚构文字完成了。同样难忘还有"猫鱼"的蓦然回首，它就此一路紧紧相随，一直对接到了去岁，待她询问这部新书的书名时，这两字脱口而出，它仍然、当然还活着，顽强生命的本身，始终那么弱小和无助，自带显而易见的尾声，却仍旧是在坚守之中，苦苦期待。

以后，就是本次连载即将结束的阶段，作者／编辑都关注了一部刚面世的非虚构，如能借此假设一种文本意义的电影，一个连载纸上的编导演绎版，你就可以从青年一直演到老年，我建议说，你肯定没体验过，纸上王国，向来是个人的独自完成，这有多自由，何必拖着一堆剧组和灯光呢，不用化妆，始终就做女主，异于电影人准则，你说演，就可一直演下去，试试看，很可能就是压卷之作了……这些来来回回的絮叨，余音在耳，最后，缘自复杂的变故，此事终于作罢。

记得她问过，人为什么要回忆？或者说，你为什么要回忆？

留住它们，告诉更多的人。

那为什么要留住?

记忆是个人的，特别的。

不特别的记忆，就没意义吗，我更想知道回忆对于你自己意义何在?

是纪念。我勉强地说。

回忆、回味一种滋味，是普鲁斯特的一阵风，分明听到身后有低语，回首却空无一人……也等于你终于写完了这本厚重的书，那些你不记得、抛却脑后的内容，那些毫无印象、感觉的时光、完全付与尘土的表情，仍然在字里行间里蜂拥而来，那么耀眼，那么栩栩如生，或许，今夜你因此失眠。

我记得你说过，写《洛丽塔》的纳博科夫，形容悬崖上的摇篮——我们应该本能地知道，生命，就是黑暗里划过一道亮光。

二〇二四年五月七日

是笑容，不是笑声

姜文

陈冲的文字比她的电影更早地被我看到。

八十年代初上大学时我就读过她的文章，
那会儿我还没看过她的电影。

她的文字，自有特点。
不是练出来的，
不是苦出来的，
不是装出来的，
也不是天生丽质那种。
甚至跟她说话都不是一股劲儿。

她的文字源自她的感受力和审美。
那股劲儿更像她的眼神儿和笑容。

是笑容，不是笑声，

尤其是她肉笑皮不笑的时候。

她，像是有好几个不同的人长在了一起。

她的文字，倒像个丰富而果敢的人在讲着诚实的故事。

《猫鱼》是陈冲珍贵的个人记忆，写得鲜活、深邃。

她毫不畏惧地邀请你踏入其中，经历她的人生，

结识她的朋友与家人……

这种勇气，不是谁都有。

二〇二四年六月七日

前记

记忆，好像早晨爱人离别后枕头上柔软的凹印，那是他在你生命里存在过的证据。你似乎能感到那里的温度，忍不住伸手去抚摸它，把脸贴住它。等你再抬起身，却发现那凹印已经走样，失去了他的痕迹。记忆也好像一个犯罪现场，你一次又一次地去那里查看，反而践踏了那些手印足迹，丢失了真相。我们的头脑总是不停地把记忆里的碎片逻辑化、合理化、美化或丑化，而且每一次造访，都似乎令它离原始印象更远一些。我从很年轻时开始被各路记者采访，不少过去的事，已经被反复叙述，变成了翻版的翻版，连我自己也很难看清它们的原貌。也许，要保持原始的记忆，唯有不去触动它。

有一日，在完全没有准备的情形下，我突然回到了一片未曾被自己过多调用过的记忆，有些只是模糊的印象，也有些清晰犹如昨天。我企图把它们写下来，或许人们能看到我在枕头上留下来的那个凹印。

目录

平江路的老房子

朋友发来三张照片，不知是谁的公寓，我一下没懂他的意思。紧接着他发信问，据说这是你以前的家，是吗？我放大了照片仔细看，什么也认不出来。正要给他回信说不是，突然注意到照片后景的钢窗框，眼前浮现出一个大家都叫"妹妹"的女孩，趴在那扇窗口发呆。春夏秋冬，没人知道她在等待什么，胡思乱想什么——那一个个漫长的午后……

天色渐渐暗下来，妹妹的视线穿过一片草坪，父亲的脚踏车出现在弄堂口，他沿着草坪边上的水泥路踏过来。妹妹能看到他车把手上挂着的网兜里，有个牛皮纸包。一会儿，她听到上楼的脚步声，然后，父亲就头顶着那个牛皮纸包走进门来。父亲是华山医院放射科的医生，有些病人康复后会送礼物给他，有时候是一块咸肉或火腿，有时候是一块布料或一团毛线，这些日常食品、用品在那个年代是非常稀缺的，每次他都会把它们顶在头上亮相。妹妹喜欢看到他这样喜悦和自豪的样子。

父亲似乎不怎么管她，也很少跟她说话。有点像《动物世界》里那样，幼崽的爸爸把食物叼回窝里，再教会它一些必要的生存技能。父亲带她游泳。上海医学院的游泳池五分钱一个人，每场一小时。那时候的游泳衣好像只有大红和海军蓝两种颜色，是用一种毫无弹性的布料做的，内面有横竖一排排很细的松紧带，把布料抽起来，变成一小团。穿到身上松紧带绷开后，泳衣看上去很像泡泡纱。妹妹跟两个小朋友一起更衣，互相系紧背后的带子。她穿着崭新的大红色泳衣从更衣室出来，父亲在不远处等着。妹妹抬头望见他，阳光晃到她的眼睛里。父亲抱起她，把她放进深水，由她挣扎。妹妹用手划、用腿蹬，拼命伸长了脖子咳水，她模糊看到其他孩子在浅水嬉耍，然后就沉了下去。不知过去多久，她好像失去了知觉，一只大手突然一把抓住她游泳衣肩颈的带子，像老虎叼虎崽那样把她拎出水面。妹妹清醒过来，她知道，在紧要关头父亲会保护她的。一小时后，游泳池的铃声响起，她已经学会了踩水，以后不会淹死了。

　　偶尔父亲也会带她玩耍，他们到华山医院周家花园的小湖里划船、拍照。荷叶、荷花漂浮在湖面上，小木船系在一棵柳树干上，柳枝垂落到水里，跟倒影连成一片。这种时候，妹妹总是换上干净的衣服，在头顶右面扎一个翘辫子。她没有母亲那种天然的优雅，有点驼背缩脖子，还结实得像个男孩。记得一位裁缝为她做裤子的时候说，你的肉老硬的。尽管如此，父亲还是愿意在她身上花胶片钱的。他会跟她说，站站直，或者坐挺一点。拍完后，父亲就带她到放射科去冲洗底片，影像在显影剂中慢慢浮现出来，神奇而美妙。一个不可重复的下午，一片已经逝去的云彩，在那一刻定格，成为永远，就像琥珀里的昆虫。

　　有时候，父亲会莫名其妙地发脾气，或者把她狠揍一顿。当然也不都是莫名其妙的，比方那次她偷走抽屉里的粮票和油票，然后又全

我的第一个秋天。也许因为光照的关系，家中有不少这个角度的相片。左边的画外是我们 10 号的花园；身后左面是 11 号的房子，跟 10 号同样；右面篱笆后是我和哥哥的幼儿园——民国时期的市政府楼。

廊亭——这也是家里几代人喜欢留影的地方。我面对着花园，背后是通往客厅的法式门窗，地上铺的是上海三四十年代时兴的细小白瓷砖。我一直以为自己能记得，这是大姥姥从广州来探望我们时拍的……后来我看见一张我和她在同角度的合影，才想到一定是因为见过那张合影我才错觉有这个"记忆"——那是照片为已丢失的记忆接的假肢。

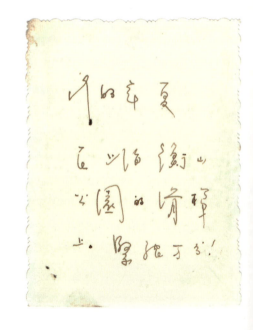

部弄丢了。那个月家里几乎揭不开锅，那顿打是活该的。事后她就病倒了，几天后的一个清晨，她被一种尖锐的疼痛感刺醒，母亲俯身望着她，右手拿着打完的玻璃针筒，左手抚摸她发烫的前额。妹妹发现自己的手心里，放着一块黏糊糊的酱芒果，那是她最喜欢吃的零嘴，一小块可以嘬上大半天。她一阵委屈，知道自己被原谅了，她生病的时候是母亲最温柔的时候……

我踏进如烟的往事，隔着浮动的尘粒，看到那栋童年的房子。它像时间的废墟中一个完美的蜘蛛网，丝丝缕缕在一束阳光下闪亮。房子门前是一个花园，上三步楼梯后有一块铺了细小瓷砖的廊庭。那里有两扇钢框玻璃门和两扇窗户，边门里是一间卧室，正门通往客厅。经过壁炉再往深处走就到了饭厅，饭厅和厨房之间有一个储藏室，再下三步楼梯是厨房。厨房后门外有一条通道，似乎总是有人在那里择菜、洗菜、洗衣、聊天。我们平常进出用侧门，进门有一个暗厅，听母亲说她小的时候警报一响，全家都躲在这里，因为这是房子里唯一没有窗户的地方。从厅往上走半层楼梯是亭子间和一个小阳台，拐弯再上半层有两间卧室和书房，还有两个盥洗室和一个阳台。再上一层是阁楼，阁楼的对面有一个晒台。

啊晒台，那也许是房子里最快乐的地方吧。我现在的电脑旁放着几张父亲大学期间在晒台上为母亲拍的照片。也许是那时胶片感光度的原因，相片似乎都是在大太阳下拍的，还都带着一点仰角。我曾经以为，仰拍是那个时代的审美，也特别喜欢那些带着天空和树顶的通透构图。直到最近跟哥哥聊天的时候，他才提醒我，当时仰拍是因为照相机的取景框在相机的顶部。摄影师总是把相机挂在胸腰间，瞄准拍摄的对象。原来一个时代的美感，经常是产生于某一种限制。在父亲为母亲拍的许多照片里，我最喜欢那张穿翻领连衣裙的。她脸上的笑容是那么光彩照人，那是在我和哥哥出生之前。在我的记忆里，几乎从未见到过母亲这样一览无余的笑容。

从晒台往下看是弄堂的后墙，墙外有一片密密麻麻的树林，再往远处就是肇嘉浜路的街心花园。路灯照不进树林，它便成了无处可躲的恋人们亲热的地方。夜晚我们有时会看到工宣队员打着手电筒，在林子里和肇嘉浜路的防空洞里抓"搞腐化"的人。被电筒照到的男女会逃，会哭，会求饶。记得有一天下午，一对男女慌张地钻进树林，贴着后墙激动地扭抱在一起，我们看到了就用铅桶装了一桶水浇下去，看到他们尖叫着逃跑，我们快乐得不得了。

在我们和邻居的晒台之间，有一堵一尺厚的高墙，每年国庆节的夜晚，我们就踩上阁楼用的木梯，爬到墙上看烟花。

天气好的时候，我常在晒台上吹肥皂泡。那年代肥皂是奢侈品，不管我怎么抗议，母亲总是把我的头发剪到齐耳根，她说长头发洗起来太费肥皂，但是用肥皂来吹泡泡在她的眼里却是无可非议的。阳光里，透明的泡泡，映照着彩虹的颜色，悠悠飘荡。它们转瞬即逝，让我的快乐里总是带着一丝感伤。

最刻骨铭心的记忆是那些夏天的夜晚——有时候明月高挂，有时候伸手不见五指。母亲把水龙头接上橡皮管子，再把它挂在晾衣服的绳子上，一边淋浴，一边哼歌。她的声音是那么的温柔真诚，她的身体是那么的光洁圆润。为什么有些不经意的时刻会让你日后魂牵梦绕？这些夏夜再普通不过，什么大事都没有发生。然而，多年后在大都会博物馆看到古希腊人体石雕像时，我会突然听到流水和歌声，闻到硼酸香皂的味道。

回想起来，在晒台上洗澡的时候，母亲比其他任何时候都要快乐，她似乎在享受一份那个年代所不可思议的自由。我也是快乐的，苍穹

我背后是10号和11号晒台的隔墙，小时候每年国庆节，
我们都骑在上面看烟花。

母亲在晒台上。

下我隐约感到这是一种特权，母亲的肢体、歌声，还有她看不到的微笑，都在向我透露人生的秘密……

半个世纪过去了，我又跟母亲一起洗澡。每次回上海我都会陪父母去游泳池。母亲佝偻着腰，松懈的肌肤好像被雨淋湿的旧衣服，她看着更衣室里自己的衣服，认真考虑穿每一件的先后次序，然后慢慢地穿上。我望着母亲，心情犹如一首挽歌。

我把朋友发来的照片给她看，问她认不认识。她说，这是什么地方？我说，平江路老房子啊。她又看了一眼说，不是的。我说，人家装修成这样了，光二楼租金就两万块一个月。她说，那里死人比活人多，还到处都需要修，有什么好。想了想她又说，不过那里有我最开心的日子，也有我最难过的日子。

抗战胜利后，十二岁的母亲跟她父母、妹妹、外婆、奶奶在这栋房子里过上了安稳的日子，那时候她还不能预见生活将给她的磨难和这栋房子里将会发生的变故。

母亲回忆起老房子的时候说"我们9号"，难道她连老房子的地址都忘了吗？很小的时候——那几乎是我人生的第一记忆——母亲教我背诵"我叫陈冲，我爸爸叫陈星荣，我妈妈叫张安中，我家住在平江路170弄10号"。在那些动荡的岁月，这句话让我安心——我知道自己是谁，我有归属。母亲得健忘症好几年了，不管她说什么我从来不纠正她，可这次我忍不住提醒她我们家是10号，不是9号。没想到她记得很清楚，耐心跟我解释道，10号是后来的事，本来颜福庆为上海医学院十位海外回来的教授，盖了十栋楼，抗战结束我们从重庆搬回来，住9号。很多年后加盖了一栋小房子，成了新的1号，我们就由9号变成10号了。那时候，阁楼都是通的，几栋房子里的小孩，就跟老鼠一样从一家钻到另一家，很开心的。

母亲慢悠悠地回忆起当年住在那里的每一户人家：1 号是肺科吴绍青；2 号是生理朱壬葆；3 号是生理徐丰彦；4 号是病理谷镜汧——"文革"期间他自杀了；5 号是生化林国豪；6 号是内科林兆耆；7 号是五官科王鹏万——我家小猫喉咙里卡了鱼刺就是王医生戴了额镜用钳子夹出来的，王太太是我的钢琴老师；8 号是胸外科黄家驷，我得肺结核就是黄医生为我动的手术；我们家住 9 号；10 号是沈克非一家，跟我们特别要好，沈教授从美国带回来一辆汽车，礼拜天开车跟儿子女儿去衡山路国际礼拜堂做礼拜，他夫人不大去，他就把我带上。那时候不搞政治运动，邻居间关系很亲密，每天晚饭前大家出来在草坪上小聚，散步聊天……

讲到那片草坪，我的眼前又浮现出儿时的自己，在草坪上跳绳、踢毽子、打球、捉迷藏、打架。到了傍晚，各家大人在窗口大声呼唤自家的小孩吃晚饭，孩子们好像退潮那样跑回家，草坪上瞬间空空如也，只剩下被孩子们踩扁、碾碎了的青草，在夕阳下散发出淡淡的清香。

记得政府提倡绿化那年，草坪上便种满了树。一过了黄梅天，所有树干都系上绳子挂满了棉被。日落时，人们捧着晒了一天的被子，把脸埋在里面闻太阳的味道。如果幸福有一种气味的话，梅雨季后第一天阳光照射过的棉被的味道，也许就很接近了。

珍宝岛自卫反击战之后，弄堂里开始备战备荒，每家每户出人出力，在草坪上绕开了树、弯弯曲曲挖了一条壕沟。可惜挖了才一米多深就见水了，壕沟变成了我们打水仗的地方。为了预防脑膜炎的泛滥，街道领导便定期在壕沟里喷滴滴涕灭蚊子。后来，大家被召集起来垒砖，把挖出来的泥揉成面团的样子，放到木头的模子里做成砖的形状，在太阳下晒干，再搬上一辆卡车。听说是运到附近的火窑去烧，烧好了用来造肇嘉浜路下面的防空洞。

我问母亲，还记得 170 弄草坪上挖壕沟备战的事情吗？她说，记得啊，那时大批国民党部队集中到上海，弄堂里进驻了很多士兵。我意识到，她的失忆症让她把我的少年时代和她自己的少年时代混淆了。

母亲接着说，夜里，排长和连长们睡在各户底层的一间屋内，士兵们都挤在房子南门外的廊庭上。白天，他们就在大草坪上操练，我和妹妹常去看，那些兵都是刚抽来的壮丁，完全是没受过训练的农民，连立正的姿势都摆不正，一声"向右看齐"脑袋就乱晃，喊到"向右转""向左转"时更乱了套，排长就拿大刀拍打他们穿着棉裤的屁股。他们只被允许在我家后门外的一个水池用水，楼下厨房边的一个小马桶间让他们用，听说有一个小兵在抽水马桶处淘米，水一冲米都没了。每当开饭时母亲就看到两个士兵抬来一口大铁锅，放在草坪上，掌勺的给排队的士兵舀两勺稀里光当的汤菜和米，十分可怜。我们楼下住了一个排长，他有工资，可以上街买饭吃。这个排长带着一条大狗，吃睡都在一起，那狗已随军多年，名叫查理。士兵们住了不到一个月就要开拔赴前线，临走前排长就把查理给我们留下。他说，它就不要跟我们去当炮灰了，让它给你们看大门吧。待部队开走后，大院子里空空荡荡的，查理守着那间屋等排长归来，谁知左等右等不见回来，晚上它就跑到大草坪中央对天哀鸣，那声调十分凄惨。我们怎么呼唤它，它都不理，天天如此。安妈妈（我姥姥）说，我们要防的就是那些退下来的残兵败将，而它偏偏跟所有穿黄军服的人亲，看门是不管用了，养又养不了，还天天哭嚎。说完就把它送到上医动物房去了，到了那里就凶多吉少了。

母亲不记得几分钟前说过的话，但是七十多年前的事却记忆犹新。

这里是原来的廊亭，但"文革"时搬进客厅的人家把它改建成了儿子的房间，廊亭和花园之间就有了我身后的墙。那之前在廊亭拍照都是面朝花园，唯有这天拍的背对着花园。这条蕾丝长裙，是我跟随中国电影代表团到日本访问时带回来的。为什么在这天的每张相片里我都拿着块毛巾，还是抹布？身边那么厚重的是本什么书？它正好在那儿，还是被特地摆在那儿的？我一点也不记得，但看到从花园溢进窗来的光，洒在我的头发、脸颊、胳膊上，看到它洒在廊亭的瓷砖地上时，我感到一种强烈的怀旧情绪将我淹没⋯⋯

她轻轻唱起一首英语歌，像一个被自己头脑驱逐出境的人，悄悄潜回了那曾经熟悉温馨的河畔。

You belong to my heart

Now and forever

And our love had it's start

Not long ago

We were gathering stars

While a million guitars

Played our love song

When I said I love you

Every beat of my heart said it too

It was a moment like this

Do you remember

And your eyes threw a kiss

When they met mine

Now we own all the stars

And a million guitars

Are still playing

Darling, you are the song

And you'll always belong to my heart

母亲居然唱得一字不落，充满着永恒的渴望。唱完后她害羞地说，那时候才那么小，就唱这种"黄色歌曲"。接着母亲聊起儿时的两个玩伴安妮和弗兰克，这支歌是在他们家听唱片学的，那是他们最爱的歌手平·克劳斯贝（Bing Crosby）唱的。安妮和弗兰克的妈妈是美国人，他们后来回了美国。

　　我想起来了，小时候我对 2 号（原 1 号）里的外国老太太很好奇，我几乎从来没看见过她，因为她白天不出门。有时晚饭后，她会跟丈夫到院子里散一下步，手总是挽着男人的胳臂。备战备荒那阵，里弄里经常有防空演习。有一次演习我们几家人挤在不知谁的一间房里，那是我第一次在光线下看见她的脸。窗帘关着，当时的黄色染料腐蚀性强，窗帘布上的黄花变成一个个小洞，阳光一束一束从洞眼里钻进来。她坐在那家的床沿上，苍白的皮肤好像是透明的，深凹的眼眶里眼珠是灰色的，高耸的鼻梁像是一把尖利的武器。所有的眼睛都盯着她。屋里的几个孩子开始互相推来推去，一个压低嗓门说她来抓你了，一个尖叫，一个大笑。她默默地承受着，身旁的丈夫也不作声。

　　她怎么会在这个跟她格格不入的地方，一待就是一辈子？二十世纪三十年代，一个美国女孩嫁给中国人是骇人听闻的事吧。她是跟家庭决裂了才跟着一位英俊的中国医生远渡重洋来到我们中间吗？什么样的激情才能给人这样决绝的勇气？在那些无比艰难的岁月里，她后悔过吗？我想象，她一定也跟我一样，无数次在梦里回到她大洋彼岸的祖屋，徘徊在她童年的树林……

　　二十岁的时候，我也背井离乡到了一个陌生的国度，像是被孤身放逐到月球上，回程遥遥无期。那年，我的信仰死亡了，爱情也死亡了。绝望的时刻，总是记忆中母亲的声音融化我内心的冰川："我叫陈冲，我爸爸叫陈星荣，我妈妈叫张安中，我家住在平江路 170 弄 10 号。"

这句话提醒我生命的归属和牵挂，责任与使命，它把我带回梦乡里的房子——篱笆上紫色的喇叭花，花园里瘦瘦的枇杷树，窗沿上种的青葱的红瓦盆，和瓦盆边熟睡的三花猫，晒台高墙上骑着的男孩女孩，还有他们仰头看烟花的脸、眼睛里的光彩……

朋友发照片来的时候问，要不要哪天带你回那里怀怀旧？我说不用去了。人回不了家并不是因为距离，而是因为岁月，人回不了家就像他回不到母亲的腹中。在几十年流浪的日子里，在世界上任何一个地方，我再也没见过一栋如它的黑瓦白墙房子。

你看过《金瓶梅》吗？

在我出生前，我家后门的墙外原来是上海的一条运河，叫肇嘉浜，浜上有许多座桥，我家在枫林桥边。

北洋政府时期，第六混成旅旅长何丰林被任命为淞沪护军使，成为上海最高军政首脑。那时肇嘉浜以北为法租界，以南为中国地区。他到任不久就在邻近的交通路（现平江路）两侧盖起了几栋西式楼房，"护海道尹公署""外交部特派江苏交涉员公署"相继迁入办公。又筹银征地在肇嘉浜以南修建了一条通向沈家浜路（现医学院路）的马路，并在肇嘉浜上建造了一座桥，以何丰林的名字将这一桥一路命名为丰林桥、丰林路，这一带遂为上海华界的政治中心。

一九二七年奉系张作霖在京成立安国军政府，随后上海特别市市政府成立，市政府就设在交通路旧道署内，年底就将交通路改为市政府路（解放后改为平江路），丰林路改为枫林路；一九三〇年代市政府迁移江湾后，市政府楼和它西面的外交大楼转让给上海军医事业委员会；上海沦陷时期，这里曾为汪伪政府办事机构的一部分，也曾是一个血腥的屠杀场地；抗战胜利后，这里成为上海医学院的生活区，市政府楼成为上医幼儿园，而外交大楼则为家属院。

我家的地址虽然是平江路170弄，但是附近几条街的人都称我们弄堂为"外交大楼"。弄堂口有两扇大铁门，大门左面的小平房里面，住着一个疯子，他经常围着院子自言自语地疾走，病重的时候，就被绑在门前一棵大树上吼叫挣扎，令我胆战心惊。

大门右面的小平房里，住着看门的"老宁"（上海话老人的谐音），他骨瘦如柴，没有人知道他的岁数。母亲小时候就称他为老宁，我二十四岁从美国回到阔别四年的家，头一个见到的仍然是老宁精瘦的面孔。朝思暮想的院子被违章建筑搞得杂乱无章，但老宁依旧。难道他在我们一代代人不知不晓中活了几百岁？像古希腊奥林匹斯山上的神，守护着这个日益破败的院子。

门房间里有个传呼电话，我至今能听见老宁洪亮的嗓门半夜三更在窗外喊我父亲的名字，父亲就骑脚踏车到华山医院去处理急诊病人。每次去，他可以吃一碗医院补助的面条，偶尔他一个晚上被叫去两次，他就带一个铝饭盒，把面条带回来给我和哥哥第二天吃。

大门正对着外交大楼，里面住了几十户人家，大多是上海医学院和中山医院的工友和护士。大楼前有一片带坡度的柏油空地，那是我们进出弄堂常常走过的地方。我记得在那里学骑脚踏车，父亲把着脚踏车座跟着车跑。我的腿太短，只能站着蹬脚踏板，下坡的时候失控了，撞倒一位白净的老护士。我和父亲扶起她，搀她回家。她和另一位老护士住在外交大楼一层的一间房。家里有一张双人床，一个小方桌，两把椅子，还有衣橱和五斗柜。我留心到柜子上有几张她俩年轻时的合影，看上去亲如姐妹。弄堂里的人传说这两个"老小姐"终身未嫁，共同生活了一辈子。十几年后我在美国第一次接触同性恋的朋

母亲说我出生的第一二个月日夜颠倒，白天不停地酣睡，夜里不停地哭闹，父亲总是半睡半醒地抱起我唱"姑娘你好像一朵花，美丽眼睛人人赞美她……"，然后气都不换就咬牙切齿地骂"再哭我把你丢到外面去！"

母亲还说我不到两岁就会说不少话了，只是发不出L的音。我喜欢一个人搭积木，大人叫妹妹过来时，我总是说我没空，大人就哄我说给你好吃的，我便马上改口道我来了，把"来了"说成"YAI YE"。有一次，不知什么食品不小心掉到地上，母亲说，脏了，不能吃了。我一把抢过来塞进嘴里，说，这么好吃的东西，掉到阴沟里我也要吃。原来我的嘴馋和对独处的需要都与生俱来。

友时，突然想到她们——一个握着另一个的胳臂，轻轻地擦红药水——那相濡以沫、相依为命的样子历历在目。

柏油地的南面有一个水泥砌的垃圾池，那时候的人什么都舍不得扔掉，全弄堂六十几户人的簸箕满了都倒在那里，还绰绰有余。垃圾池边上有一个"泔脚钵头"，里面是淘米水、菜皮、鱼肚肠之类。每天有一个单车上捆着两只大桶的人，来把泔脚钵里头的东西拿回去喂猪。回想起来，我们那时候就已经懂得把干垃圾和湿垃圾分开。

垃圾池和外交大楼之间有一口井。晚饭后，孩子们围在井边，把西瓜放在尼龙网兜里，拴在绳子上放到井水里去冰。那时代，西瓜是稀有物，发烧有医生证明才能买。记忆中，我也多次端着板凳坐在井边，有时是为了看护自家的西瓜，但更多的是去那里听大孩子们讲鬼故事，心甘情愿地把魂吓掉。成年后我有机会读了安徒生童话、格林童话，发现其中都有些令人惊吓的，甚至描写邪恶的段落，我才明白我们当年也是用叙事来间接体验"负面"感情，从而调节和把握人类原始的恐惧感。

离井不远的一扇窗户里，总是飘出优美的琴声。那家两个已成年的儿女一个弹得一手好钢琴，另一个拉得一手好提琴。我有时会去那里，跟他们的母亲老关学英语、学打字。老关是澳大利亚出生的华侨，她丈夫老叶当年在澳洲留学，回国时把她带回上海。老叶在"文革"时期冲撞一辆迎面开来的公共汽车，企图自杀，结果丢失了一边的肩膀和手臂，他的脖子不能转动，脑袋总是倒向一边，样子很可怕。有一次我去找老关，正好她不在家，老叶让我坐下等。他用牙扭开一瓶药，然后跟我说，他已经不存在的肩臂，觉得剧烈疼痛。这叫 phantom pain，幻肢痛，他咬着牙教我这个词。

我家的房子跟叶家是同一排连体洋房，他们在 7 号，我们在 10 号。

隔着草坪也有同样的五栋连体洋房。原来十栋房子住十户人家，"文革"开始后，一下子搬进来好几十家，到处加建水管、水槽、电线，连抽粪车都比之前来得频繁。化粪池在两栋房子侧门之间的地底下，地面上可以看到四个直径半米的圆铁盖，封得很严实。

传说有人为了躲避抄家的红卫兵，半夜里把金条用塑胶包好偷偷丢到了粪池里。上医领导知道后，抽粪车就来了。记得那是穿棉袄的季节，一个明亮的晴天，粪车边上围满了人。抽完后，一个穿着橡皮衣服和套鞋的人拿了手电筒跳进了粪池，我们几个孩子挤到洞口去看。一会儿，那人爬上来说，没有找到金条，但发现一只金戒指。一个邻居递上一团擦脚踏车用过的纱头，我看见擦过后的金戒指在阳光里一闪，上面刻了波浪。

我跑上楼把金戒指的事告诉姥姥，她听了以后说，那是新郎新娘互相戴的婚戒，象征他们从此属于对方。那时中国刚刚成功地制造了第一艘远洋轮。二姨从银川寄回上海的信封上，有一张蓝白版画式的远洋轮邮票。高大的船头下面一卷卷的浪花，看上去跟戒指上的图案一样。婚戒和远洋从此在我脑中连在了一起，成了我对未来懵懂的憧憬。

十多年后，我跟N没有举行婚礼，没有交换婚戒，更没有出行远洋。我们在离洛杉矶不远的沙漠之城度过了新婚夜，因为那里办理结婚手续最快捷简便。婚后不久我到澳门拍戏，他飞来现场探班，一到就去了酒店的赌场。次日凌晨我听到开门声，接着他疲乏的脚步声向我走来。一会儿，我的手被轻轻拉起，一只冰凉的戒指被戴到我的无名指上。我睁开一线眼睛，六颗白钻进入焦点。他俯身在我耳边温柔地说，我为你赢回来的，呼吸里散发出一股威士忌酒味。蒙眬中，我感到一股悲哀，少年时代对婚戒的美妙幻想已经荡然无存……

在粪池里发现金戒指那一年，我家的房子里搬进来五户人家。每家每户放在厨房里的酱油、老酒、菜油的瓶子上，都画了线，记录每天用掉多少，别人如果偷用，马上可以察觉。

客厅里搬来一家苏北人——父母、三个女儿和一个儿子。他们经常争吵，还骂脏话，但日子过得生龙活虎。我喜欢偷看他们的举动，偷听他们的对话，偷闻他们厨房里的味道。有一次，他们一下子煮了好几锅黄豆。我心想，这么多，吃不完馊了多可惜啊。这些黄豆的命运，变成了我在那几个礼拜最关注的事情。接下来，它们被碾碎，拌了盐和别的什么佐料，又被装进两个开水烫过的坛子里。然后，好些天都没有黄豆的踪影，我心里充满疑惑。终于有一天，坛子又出现了，里面的黄豆都长了白花花的毛，一股又香又臭的气味充满了整栋房子。他们一家人有说有笑，把黏糊糊的霉黄豆捏成一块块的饼，放进竹匾里在花园里晒。后来我从他们家小女儿那儿打听出来，他们原来是在酿制鲜酱油。

饭厅里搬进一家三口，进门出门、烧饭上厕所都低着头。没人知道他们的姓名或者职业，没人看见过他们的眼睛或听见过他们说话，就连小毛头都似乎没有哭声。后来他们家一个崇明阿婆也搬了进来，在厨房里带孩子，我总是看见她把饭菜放在嘴里嚼得很烂，再吐出来放到小毛头的嘴里，觉得她不懂卫生。

一层的卧房原来是我哥哥的房间，"文革"开始后他被送到徐家汇奶奶爷爷家，那卧房一度成了上医革命造反派司令部。后来司令部搬走了，住进来一户宁波人家——夫妻、小孩和阿婆。有几回我看见阿婆送给姥姥宁波带来的苋菜梗。姥姥平日从来不跟抢房子进来的人打交道，但她还是收下了宁波阿婆的礼物。她垂涎一切发酵过的臭食品。

楼下三户加上亭子间的人家，合用楼下的厕所和楼梯口的暗厅，

廊亭。左一搂着我的是姥姥，姥姥有一个哥哥一个姐姐，还有一个妹妹和一个弟弟。右二挽着我哥的是她姐姐。我对她没啥印象，只知道是嫁去了广州。但在我哥的记忆里，大姥姥是个雪中送炭的人。上海少年划船队去广州集训时，他每天都去大姥姥家，补点额外的营养。后来再大些，他去海南岛采风画画，当年海南极其贫困，有钱也买不到吃的，把他和同去的两个人都饿得发慌。回程他们去了大姥姥家，把院子里的三只鸡都宰来吃了。

他们都把自家不怕偷的东西放在那厅里占地盘。苏北人和宁波人两家，经常为这些合用的空间吵得不可开交。有一次两家打了起来，一阵打骂后，苏北人家的二姐和宁波人家的媳妇，一个揪头发一个咬耳朵僵持住了，谁也不放过谁。我和哥哥站在楼梯上往下看，黄黄的电灯泡下，只见头发从头皮上被生生揪下来，鲜血从耳朵根流下来滴到地板上，惊心动魄。

住进亭子间的是一个护士，她的个子跟我这个六七岁小孩差不多高。这让我有点困惑，就问她，你是大人还是小孩？她不回答我，只是透过厚厚的眼镜片瞪住我。看到她嘴唇上方的汗毛很浓重，我便认定她不是个小孩。很快，她结婚了，但丈夫很少在家，每个月只来住几天。这个丈夫每次来都带着板鸭、火腿、鳗鲞、笋干等稀罕食品，挂在我们楼上晾衣服的竹竿上，两三天后那些东西又都不见了。父母议论他是温州来沪跑单帮的，跟这个护士结婚就是为了在上海有个落脚点。后来护士大了肚子，爬那半层楼梯回家变得越来越艰难，每次丈夫回来她都要骂他，开骂前总是大声叫他："同志啊！"

最后搬进来的是一对医生，住下不久生了一个女儿。他们占用的是姥姥跟外公一起住了二十年的主卧室，带有单独卫生间和一只大壁橱。姥姥搬出那间房间后一直失眠，晚上吃了安眠酮就口齿不清地在这间房门口，诅咒这家人的祖宗十八代。有时她会服了药之后去浴缸里泡着流泪，好像只有在这种半清醒状态下，她才可以自由地悲痛。妈妈总是拿着毛巾和衣服，半抱半拖把她送到床上。

那以后的几年里，家里有一位常客。我下课回家，就看见他坐在父母的床沿上，床沿铺着花毛巾，母亲矜持地坐在另一端。这间屋本来有一个阳台和两扇宽敞的钢框玻璃门窗，但是阳台被封起来给哥哥用了，房间里面就变得很暗。他们坐在暧昧的光线里，不说什么话，一坐就是个把小时。有几次，我进屋，他就一把抓住我，把我按在他的膝盖上，紧紧地搂着我，抚摸我的身体，贴着我的耳朵说，长大了一定要跟他儿子结婚。我虽然还小，但是本能地懂得他的触摸是猥亵的。我僵硬地坐在他的膝盖上，忍受着，等着母亲说，妹妹去做作业吧；或者，妹妹去晒台收一下衣服。有时候，这位叔叔的儿子也跟着来我家，母亲总是让哥哥教他画画。我们都知道，叔叔是母亲的领导，是可以保护她的。

外公因是畏罪自杀，家属得不到任何津贴，姥姥被打成反革命后，也停了薪水，每个月只有几块钱的生活费，我们的家境变得很拮据。母亲和姥姥都不会过日子，心血来潮的时候，母亲会去买话梅、桃瓣、酱芒果干；姥姥也会买椰子酱、面包、烤子鱼罐头那样的奢侈品，经常是到发工资前几天就维持不住了。这种时候，母亲和姥姥就会互相责怪、争吵。吵架开始都是为了菜钱，但是很快就变成了母亲对姥姥的控诉："我才五岁啊，你就把我丢给人家，自己去了英国，我吃蛀掉的米，裤子破了用书包来挡，后娘都不会这样对孩子啊……"那段幼年的不幸被母亲多次提起，每次吵到这个地步姥姥就只好不响。

有几回，在没钱买菜的时候，我不知道从哪里学会了用粮票去跟人换鸡蛋。印象里那人像农村来的，鸡蛋放在一个竹篮子里，上面盖着破毛巾。老保姆被送回乡下老家后，我开始掌厨。那时我大概十一岁，还在长个儿，周围的煤气灶、水槽、刀砧板都显得很高。每天早上，我把米淘好。中午一下课就把书包往背后一推，开始烧饭。我能把很小一块肉切成很细的肉丝，炒一炒，再把大白菜放进锅一起煮烂，勾芡后放味精，就是一大锅很香的"烂糊肉丝"。我还能把一根很细的带鱼，做成两大碗"苔条面拖带鱼"，分两顿饭吃。弄堂大门外的水果摊上，常有烂掉了半个的苹果或鸭梨。我总是会很便宜地把它们买回家，去掉烂的部分，切成小块，用糖精和藕粉做成水果羹。这些都是我非常乐意做的家务，但是我痛恨洗碗和一切厨房的善后工作。这些全都推给哥哥去做。哥哥画画，需要我做模特儿，我常用洗碗作为交换条件，同时还要求他，必须把眼睛画得比实际的大。

哥哥天性敏感，从小热爱美术、诗歌，他最大的梦想就是把画画好。但是为了避免毕业后插队落户，父亲逼他参加过游泳队、水球队和划船队。硬是把一个文弱的男孩，练成了一个浑身腱子肉的少年运动员。哥哥所在的划船队，每天在长风公园训练。有一天，他在湖里逮了十来只蛤蟆，回来后放在澡缸里。它们长腿、大眼睛，丑得可爱，我不知道怎样才能把它们做成菜。母亲到家后，站在澡缸边看了一会，然后回屋拿了一把剪刀。她抓起一只蛤蟆，拎着它的脚往澡缸边上狠狠一甩，看它不动了，就在嘴上剪开一个口，拽一把，整张皮就撕了下来。

我不会忘记母亲那天的手，她的动作自信、简练，好像这是她每天在做的事情。澡缸后上方有一扇朝北的小窗，渐暗的天色里，蛤蟆在搪瓷上徒劳地趴着跳着。母亲紧闭着嘴不说话，只听到蛤蟆和澡缸暴力相撞的啪啪声和撕皮的刺啦声。

现在我也为人母，可以懂得，母亲面对蛤蟆时的勇敢和无情其实是在给我做榜样。她总是有意无意地抓住一切"可教育时刻"，教我去学会生存的技能。大概在我十二岁的时候，母亲教会我打静脉针。那年，她接到了一项重要科研任务——从神经药理的角度，寻找针刺麻醉的镇痛原理。实验室有动物房，我喜欢去那里抚摸头皮里埋了电极的小老鼠和大白兔，还有狗和猴子。星期天早上，母亲常带着我用水管冲洗猴子的笼子，然后把粪便清扫掉。有一次，我们发现水管不见了，前后左右找不到，好半天才注意到，几个猴子不知怎么把管子钩到了笼子里，然后一起坐在上面，显然是不想让我们用水冲它们。母亲笑起来，夸那些猴子聪明。那天，她打开一笼做过实验后废掉的小白鼠，抓起一只，给我看它半透明的尾巴里的四条血管，然后把着我的手，教我把针头扎到静脉里，再把针筒往回抽一下。她说，你看到回血就是扎准了，现在注射空气进血管，小白鼠就猝死了。

几十年后在大洋彼岸，我被送到医院做紧急剖腹产，那是我这辈子头一次打静脉针。针头扎进血管的那一刻，我突然想到在我手里痉挛的小白鼠，眼睛盯着输液管，冲着护士大叫："里面有气泡！"

许多当年母亲教给我的科学常识，像是写在我眼皮底下的课本，合上眼我就能看见它。有时候，我留意到自己跟女儿们重复我母亲的话。比方说，洗青菜要洗完了再切，先切后洗的话，会丢失太多的维生素；想要青菜出锅时是绿色的，锅盖就只能盖一回，揭开以后再盖上一定会发黄；煮干豆类的时候先不要加盐或糖，这样才容易煮烂；还有，洗脏衣服用水泡是没什么效果的，需要重复挤掉脏水倒入清水，洗涤就是通过这样的交换完成的。

最难忘的常识，是关于水和油。我刚开始炒菜的时候发生过一个事故，我把油倒进了一个湿的炒锅，结果脸被滚烫的油溅到。母亲吓坏了，拿了笔和纸，跟我仔细解释了水的分子和油的分子、水的沸点和油的沸点的区别，说明为什么锅子必须是完全干的才能把油倒进去。在母亲眼里，炒菜于我变成了一件极其危险的事，她最大的恐惧就是我的眼睛会被油爆瞎。后来我到美国留学，母亲给我的每一封信里都要加上"炒菜要小心，油不要溅到眼睛里"。那些年我面对的人生危机母亲无法知道，她只能茫然地担忧，而眼睛被滚油爆瞎这样危险的事，象征着一切可能发生在她女儿身上的邪恶。

母亲虽然喜欢教我科学常识，但是对我青春期身体的变化只字不

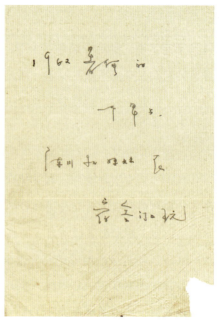

1962 年暑假的一个早上，陈川和妹妹在宿舍门口玩。

我小姨在协和医学院上学时"文革"开始了，毕业后她和丈夫被分配到了青海泽库。那里贫穷，海拔又高，汉族人的新生儿很难存活。我十二岁时，小姨回上海来生下表弟高冬，过完满月就离开了。当时我还不懂，这是多么悲痛欲绝的撕裂。没有了母乳以后高冬只好喝牛奶，也许因为过敏，他长了一身奶癣，难受得厉害，老哭。姥姥让我帮手哄他，我经常很不情愿。他长大一点以后，每次陪姥姥上街都会主动帮她拎东西，在公交车上，也总是能凭他的机灵为她抢到座位。高冬进入青春期后，姥姥说管不了他了，就把他送去了一个住读学校。母亲留了一封高冬十二岁时写给姥姥的信，"……三个包裹全收了，第一双棉鞋太小，给邦阿姨（我二姨）了，又汇钱去买了一双，十分合脚。现在德州很冷，我穿你做的那件大棉袄，邦阿姨又给我做了棉裤，还把张冲姐姐的翻毛皮鞋给我穿了，十分暖和。今年手冻得不太厉害，就是脚开始冻了。邦阿姨给我买了一个军帽，刚好"。如此普通的信四十多年舍不得扔，是怎样的牵挂、心痛或者内疚？

提。那段时间我喜欢打乒乓球，上学的时候总是把一块乒乓球拍藏在罩衣下面，拍柄掖在裤腰里。有一天，我感觉到球拍触到胸口时很疼，意识到那里长了两个硬块，以为自己生了什么病。又过了一阵，胸就鼓了起来。有一天，在田径课跑步的时候，我突然发现男老师盯着我跳动的胸脯，脸唰的一下红到耳根。回到家，我就把穿不下的方领衫，修剪缝制成勒胸的内衣，勒到喘不过气来才放心。

那个爱趴在窗前发呆的妹妹，越过一段尴尬的年龄后，长成了一个含苞待放、明眸善睐的少女。那段时间，我总是在等着隔壁邻居家一个鬈发男孩回家。每次在窗口看到他，我就飞速拿起羽毛球拍冲下楼，气喘吁吁跑到他面前，假装这完全是巧合。有一次母亲正好踏车过来，看见我和男孩在说笑，就把我拉了回家。她严厉地说，他是个吊儿郎当不爱学习的小流氓，你还去跟他胡调情，以后再也不许做这种事了。我不知道"调情"和"这种事"是什么，但它们让我联想起，在姥姥的《匹克威克外传》插图里面，有一张是男人和女人在一条公园长椅上嘴吸着嘴，每次翻看都让我感觉暗流涌动。我直觉"调情"和"这种事"都是羞耻的、罪过的，是我不应该做的事。

这样的欲望和抗争，就是从亚当夏娃延续下来的原罪吗？为什么在所有的文明里，都有对这个最自然的欲望的禁忌？人类是为了征服欲望，而创造了辉煌的精神世界吗？所有的艺术不都是欲望的升华吗？还有爱情，它又是什么？是上帝送给欲望的礼物吗？

十四岁那年，我在房子后门的通道，养了几只毛茸茸的小鸡，楼下苏北人家的儿子在那里搭建了单杠、双杠和哑铃。喂鸡的时候，我常看见他跟几个同伴一起光着膀子练肌肉。他比我大四岁，我们很少接触，几乎没说过什么话。有一天我在那里剥蚕豆，他蹲下来帮我一道剥，沉默一会儿后他问，你看过《金瓶梅》吗？我说没有。他说是禁书，我可以借给你。那天晚上，我问姥姥，你看过《金瓶梅》吗？姥姥变得警觉，说，你从哪里听来的？我说是楼下那家的儿子，姥姥的脸阴沉下来，说，你少跟他搭讪。

　　过了几天男孩跟我在他家门口遇见了，他说，我去给你拿书。我说我不想看了。我们站在黑暗的楼道里半天没有动，我听到他的呼吸，然后感到他的手轻轻触了一下我耳边的头发。就在这个时候姥姥不知从哪里冒了出来，劈头盖脸把我骂了一顿。现在回头看，姥姥和他家是不共戴天的。他们霸占了我们的房子、毁坏了我们的生活，现在他家的儿子又来勾引她的外孙女。但当时我还不懂这点，觉得非常委屈。第二天，他一见到我就说，你不用怕那个神经病老太婆。说着，就把我拉进了他家的厨房。那是由原来用人的小厕所改建的厨房，在煤气灶、刀板和碗筷架当中只够站一个人。我们进去后他关上了门窗，沸腾的饭锅、汤锅冒着蒸汽，我们的身体挤在一起。时间凝固了，不记得过了多久，我们有没有说话，只记得他把嘴贴到我的嘴上，用舌头舔我的舌头。我最先想到的是这太不卫生了，母亲从小教我，不要用别人喝过水的杯子或别人用过的筷子，会被传染肝炎的。但他的手抱着我的头，不容置疑地吸住我的嘴唇。我的第二个念头是，完了，这下要怀孕了。紧接着我想也许这就是大人说的订终身了？我困惑地从他怀抱里挣扎出来，头发被蒸汽和汗水弄得湿漉漉的贴在脸上。

　　那个夏天我时刻想着他，也时刻回避着他。那时候我们每家每户都有一根自制的杀蚊武器，它是我们用一块破被单或旧衣服，包在一坨废棉絮、烂袜子之类的东西外面，再绑到一根竹竿的头上，用它来摁死停在天花板上的蚊子。傍晚，蚊子泛滥的时候，我躺在刚刚拖过的湿地板上，企图背英语单词，听着楼下他咚咚咚捅房顶的声音，心如乱麻。好在不久他就插队落户去了，我也进了上影厂的《井冈山》

摄制组。

　　很长一段时间我没有再想到过他，直到在他乡第一次与男友接吻那一刻，小厨房蒸汽里那些细节出现在我眼前，一股湿乎乎的乡愁涌上心头。

『一号人物』

我从小脸皮薄，羞于在人前流露感情，还惧怕人群，不是一块演戏的料。如果在我十四岁的时候，上海电影制片厂的武珍年导演没有偶然地出现，我今天会在哪里？那时"文革"快结束了，高考也快恢复了，也许我会按照前辈们的脚印，步入科学事业？那似乎更符合我的个性。

女儿们还小的时候，我每天跟她们一起看《海绵宝宝》，有时我会走神，幻想那个海底的大菠萝里，是我的海洋科学研究室。成群的小鱼像银色的雨点那样围绕着我们闪烁，千姿百态的海绵、海星和珊瑚在我们的周边栖息。我和几个志趣相投的同事，为发现了某种奇特的浮游生物而激动不已。也许这个发现很重要，说不定可以解决地球温室效应的难题。但真正令我们心旷神怡、如痴如迷的其实只是海底本身——那个永远夜幕低垂的世界，和它无穷无尽的奥妙。世人完全不在意我们，但是我们对自身存在的意义和价值毫无疑问。那是多么幸福的人生。

然而，命运向我打开了另一条道路，它跟海底大菠萝里的实验室一样令人难以置信。我居然成了电影演员。仔细回忆起来，有这样一件事：十四岁的一天，在看了电影《春苗》之后，我跑到母亲大衣柜的镜子前，对着镜子模仿李秀明说电影里的台词。也许那份莫名的冲动，就是我未来乐章的第一个音符。

　　那时候每个星期天，我们一家都会到奶奶爷爷家吃午饭，没想到就是这样一个普通的星期天，改变了我的人生。那天，上影厂的武珍年导演通过我姑姑的一位朋友，来奶奶家看我。在那之前，她见到过一张父亲为我照的相片。印象里她没跟我多说什么，也没有留下吃饭就走了。几天后她通知我去上影厂面试，不过那时还没有"面试"这个讲法。武导演只是说，去厂里让其他人也见见你吧。

　　记得那是穿薄外套的季节，上海人称"两用衫"，就是春秋两用的衣服。我一共有两件两用衫，一件军装，还有一件淡色带粉红花的娃娃衫。在去上影厂之前，母亲、姥姥和我反复讨论了两件衣服的利弊：军装精神，但是左上臂被钉子钩破打了补丁；娃娃衫可爱，但是缺乏无产阶级艰苦朴素的风格。最后决定"不爱红装爱武装"。

　　到上影厂后我被领到一间办公室，里面站着、坐着五六个大概是副导演的人。我从来没有被人这样审视过，但是勇敢地抬头看着他们。初生牛犊不怕虎也许就是我那副样子吧。其中一位问，有什么可以为我们表演的吗？这么简单的一个问题，却把我问住了。小学期间我是学习委员，课余爱好是打乒乓；中学我是射击队的运动员，还负责出黑板报，实在没有可以拉出来就表演的文艺节目。尴尬了一会儿后，我说，我为你们背诵毛主席的《为人民服务》吧。周围的人也许有点吃惊，都没反应。我又加上一句，用英文。不知道这个想法是怎么出现在我脑子里的，没等他们回答，我就朗朗地开始了。那时我和母亲

上海 红雷

每天准时开无线电听"广播英语课",《为人民服务》也是那样学了以后背下来的,我非常引以为豪。我无法想象在场的人对我的表演是怎么想的,我只知道我就这样被选中去演电影《井冈山》里的小游击队员。

摄制组到共青中学去借调我的时候,副导演和制片主任顺便看了看学校的其他女同学。老师为他们推荐了学校讲故事组的一位同学,她有很大的眼睛,上面长了浓密的睫毛,还会说一口比较标准的普通话。我突然觉得受到威胁,失去自信。那是我第一次感受到这个职业

秦怡、白杨

赵丹

张瑞芳

给我造成的自卑感。我永远觉得自己不够好，是伪劣品。或许，这份不安全感是与生俱来的，它一直都在折磨我的同时鞭策我。回头看，我一生的努力都是在企图把自己从伪劣品变成真货。

《井冈山》是江青亲手抓的"长征三部曲"当中的一部电影，所有演员和工作人员的档案都需要她通过，演男主角的朱时茂是她定的，导演成荫也是她从八一电影制片厂调来的。第一次见成荫导演，我坐上了他的红旗牌轿车，车窗上薄薄的窗帘半关着，我从一个完全陌生的视角和构图望着街上划过的脚踏车和行人，怀疑自己在做梦。那时坐红旗牌轿车是极少数人才能享受的特权。

我在电影里演一名游击队员，好像只有一句台词，也可能还有些其他台词，但我的记忆里只有这一句："老罗叔叔，井冈山丢了。"剧本注释了，是要含着热泪，用颤抖的嘴唇说的。我整天在摄制组办公室外面的走廊，对着一扇窗反复练这句台词。可无论如何都没办法含着热泪，更别说颤抖的嘴唇了。这让我非常苦恼，并且越来越没有信心，不知怎样才能不辜负导演、制片、父母和我对自己的期望。

有一天，制片主任毕立奎跟我说，接到厂领导的通知，摄制组要解散了，所有从其他单位借调来的人，都要回原单位了。我的第一反应是松了一口气，这回不用热泪盈眶、双唇颤抖了。接着马上就被一股强烈的失落感袭倒在椅子上，半天说不出话来。在组里的这段时间，我每天早上骑车进厂门上班，觉得自己已经是上影的员工了。现在让我夹着尾巴回高中读书，实在太没劲、太没面子了。而最严重的问题是，回学校就意味着毕业后要去插队落户。我终于有点热泪盈眶、双唇颤抖的感觉了。毕立奎见我不出声，笑着问，你不想回学校吗？我摇头。他说，张瑞芳在为上影演员剧团培训班招生，她看中你了。你要愿意去，我会把你的关系转到剧团。我拼命点头，在短短几分钟里，我的心情承受了巨大的跌宕起伏。当时我还不知道，《井冈山》剧组解散，是因为一场巨大的政治变迁正在最高层发生，以江青为首的"四人帮"即将垮台，她领导下的"长征三部曲"停拍，只是一场序幕。

就这样，我进了上影演员剧团培训班。我们一共十八个男生和六个女生，据说都是徐景贤按照江青要求的"一号形象"，指示上影厂从各地招来培训了去"占领银幕"的，所以一律都是道德品行纯正、没有文化背景的工农兵。班里只有我一个高中生。

剧团在大木桥路 41 号，离我家一站路，我把铺盖、脸盆、热水瓶等绑在脚踏车上，推着车跟姥姥一起步行到宿舍。我被分配在双层床的上铺，姥姥害怕我睡着了会滚下来，又回家拿了一根长绳来，绕着床头床尾的铁杆做了一个网状的围栏。

下铺的同学叫闵安琪，很快就成了我的好朋友。天冷的时候，我就干脆跟她在下铺一起睡。我俩都爱吃零嘴，夏天常到剧团对过的烟纸店买断掉的棒冰。普通棒冰四分钱一根，断成两截的三分钱一根，我们跟店里的人讲好了，把断的都给我们留着。

剧团的所在地从前是天马电影制片厂的一部分。几排破旧的平房和一个废弃了的摄影棚，围着一大片杂草丛生的空地。挨着空地的一个小湖上映照出天空的颜色，飘荡着小提琴的旋律。后来我们知道，平房里有一间，住了一位上影厂的作曲。他的女儿每天要练四五个小时的琴，有时候我们还能听到她的爸爸训她、打她的声音。伴随着琴声的还有一个总在唰唰唰扫地的身影，那人的长相只是一片模糊不清的印象，叠在凌乱的背景上。很多年后我才偶然听说他是一位叫贺路的导演，是上官云珠的第四任丈夫。

每天早上六点，我们穿着剧团发给我们的棉布灯笼裤，开始在空地上七倒八歪地踢腿、伸腰、展臂做形体训练，然后摸住腹腔咿咿呀呀大声开嗓门，找丹田共鸣。记得有一位老师跟我们说，大笑的时候用的就是丹田气，我们可以用大笑来感受横膈膜的位置，那天空地上此起彼伏的都是我们疯狂的笑声。晨练后，我们到食堂吃早饭，饭后开始正式上课。我们当中有两三个农场文工团唱歌跳舞的，但是大多数是以前从来没有接触过任何文艺表演的，普通话都说得很勉强，更别说用丹田气了。排练小品的时候，男生女生都不好意思对视，只好互相看着额头或鼻子。

我们这批叫床头柜"夜壶箱"的上海人，分不清平舌翘舌、前鼻音后鼻音，更搞不懂儿化韵。对于郊区的同学，f 和 h 的音也常常混淆。当时的台词老师有林臻和乔奇，他们油印了手抄的绕口令教我们——

学好声韵辨四声，阴阳上去要分明。
部位方法须找准，开齐合撮属口形。
双唇班报必百波，舌尖当地斗点丁；
舌根高狗工耕故，舌面积结教坚精；
翘舌主争真志照，平舌资则早在增。
擦音发翻飞分复，送气查柴产彻称。
合口呼午枯胡古，开口河坡歌安争；
嘴撮虚学寻徐剧，齐齿衣优摇业英。
前鼻恩因烟弯稳，后鼻昂迎中拥生。
咬紧字头归字尾，不难达到纯和清。

老师说，这条绕口令是发音的要领口诀。"咬紧字头归字尾"就是要我们牢记吐字归音这一最重要原则。我们便每天念几十遍、一百遍，练到舌头发硬。以至于几十年后的今天，我仍然能将它倒背如流。

林老师很耐心，他针对上海郊区农村来的同学的问题，自己编写了一条绕口令——

　　杜五虎，无父母，五虎诉苦不孤独。
　　杜五虎，入互助，不入互助无出路。

老师请一位宝山来的同学站起来念这条绕口令，他一出口就成了：杜五腐，无户母。

为了加快我们普通话的熟练程度，老师要求我们在平时生活中也不说上海话，这让我们很不习惯，甚至到食堂打饭也成了一件令人焦灼的事情。我们拿着饭盒排队，心里暗暗把小黑板上的菜名翻译成普通话，有时候吃不准发音，就会跟后面同学说，你先买。食堂的大厨是一位姓余的导演，做完饭，他就在窗口为我们打饭，有时剧团的其他演员也轮流来食堂劳动。我们打饭就像见考官，当我们把炒茭白说成"草高白"，把一两粥说成"一两猪"，把番茄炒蛋说成"番茄炒痰"的时候，他们会纠正我们。大家知道这不是开玩笑的事情，这直接关系到我们的前途。但每次发生这样的事，我们还是忍不住要笑到弯腰。

当然，对前途至关重要的并不是普通话，而是思想意识。我们每天批判名利思想，强调艰苦朴素，抵制"资产阶级生活方式"。负责我们思想意识的老师姓王，是个善良的"老左"，经常找同学谈心。但众所周知，被王老师找去谈心，就意味着思想意识出现了问题。有一次，一位姓朱的女生，在两用衫里面穿了领口有蝴蝶结的衬衣，王老师见后便找她谈心，跟她说，小朱啊，你里面怎么穿了这样的衣服？你可是共产党员，这件衣服不符合你的身份啊。女同学搪塞说，这是睡衣，我没来得及换下来。王老师也不戳穿她，只是语重心长地说，这个地方是个大染缸啊，你以后要注意啊。那以后我们再也没见过那件漂亮的衬衣了。还有一个姓程的男同学，从家里带来一双锃亮的新皮鞋，跟上还钉了金属，走起路来很响亮。我们跟他说，这鞋你也敢穿啊？王老师要找你谈心喽。他说，王老师问起皮鞋的话，我就告诉她皮鞋是我弟弟工厂发的工作鞋。那天，王老师低头看了一眼男同学的皮鞋后，抬眼用失望的口气跟他说，小程啊，我们好久没有学习啦。男同学立刻语塞。王老师走开后，他气急败坏地跟我们说，册那，她不问我鞋，只说好久没有学习啦，我没办法回答了。

我因为年龄最小，所有人都不把我当回事，所以有点"逍遥法外"。记得姥姥曾经来剧团找王老师，了解我在培训班的情况。王老师说，剧团对"小陈冲"挺满意的，唯一的问题就是交友不慎，跟闵安琪太要好了，她思想作风不正，不是一个好榜样。对于这一批评，我只是一只耳朵进，一只耳朵出。我想，反正闵安琪不是阶级敌人，我不用划清界限。

那段时期，我跟闵安琪形影不离，就连星期天回家都想拉上她一起。我总是用食物勾引她，说，我家里有白砂糖番茄，或者，家里有酒酿。

记得有一年夏天，我俩想逃离课堂出去自由一下，便自告奋勇踏黄鱼车去厂里拉冷饮回剧团。黄鱼车是当年最常见的人力三轮拉货车，她和我在那之前都没有骑过。剧团和上影厂大概五六站公车的路程，闵安琪先从大木桥路歪歪扭扭地骑到了徐家汇，我说我来换你吧。没想到我一上车龙头就歪了，直冲着马路当中一辆42路汽车撞去。黄鱼车一路失控，我还一路在哈哈大笑，结果被42路车的司机大骂一通："小赤佬不要命啦！寻死啊？"

王老师只跟我谈过一次心，是让我不要跟男同学疯疯癫癫。她再三跟我强调，这种表现如果不及时纠正的话，将会导致严重的生活作

跟闵安琪在长风公园划船，后左薛国平、右许忠平。

骑摩托去看望返回农村的同学邹玲芳，左一王伟平，左二张建民，
我的后面是邹玲芳。

上海大木桥路 41 号，当年的上影演员剧团。我和魏国春、陈国
富为上海油雕室的浮雕做模特儿，造型和动作是为了象征红军在
长征中翻雪山越草地的英雄面貌。我们身后的左面是原天马制片
厂的一个摄影棚，培训班常在棚里排练小品；右后方是女生宿舍，
无论严冬还是酷暑，我们都在窗下的水龙头那里刷牙洗脸。

风问题。其实,我只是爱跟每个愿意打球的男同学打乒乓,总是打得不亦乐乎,满脸通红。同学们就给我起了个外号,叫"小番茄"。那是我一辈子最无忧无虑和开心的时候,既不用做家务,也不用做功课,还有一群大男孩跟我玩。男生们的恶作剧也是我最爱听的事,记得有个同学喜欢在夜间拔嗓子、练丹田声,吵得别人没法睡觉。他的同屋就在门口拴了一根很细的铅丝,他半夜回屋时被绊了个大马趴。相比之下,我同屋的女生们就显得很没劲。

那时我们差不多一星期才洗一次澡,我整天打球,总是汗淋淋的,头发也甩得乱七八糟。有一天,一位喜欢我的男同学看见我邋里邋遢的样子,提醒我说,不小了,以后你要注意个人卫生。他的话非但没让我难堪,反而让我觉得受到关爱,很温暖。我在这儿就叫这位同学M吧。M长得十分英俊,心底也很善良细腻。那时我情窦初开,跟他在一起心里就非常甜蜜。

最近几个月来,美国的疫情越来越严重,我趁宅在家里,整理了一下当年的旧照片。我看到跟M一起的照片,便发信问候。我们聊了一些同学们的近况、互相的家庭和新冠疫情。我突然好奇,问他,你从什么时候开始对我有好感的?他突然不好意思,说,哎,我俩的事啊。我心想,是啊,我俩,那是多遥远的过去啊。他说,我这儿还留着好多你写给我的信呢,等下次见面还给你。我有些惊讶,居然完全忘记了给他写信的事。又觉得感激,他还留着它们。停顿了一会儿后他说,记得《欢腾的小凉河》吗?我想起来了,那时我们刚进培训班不久,老师说厂里有个摄制组需要群众演员,我们可以去参与拍摄,取得宝贵的现场经验。那天我们演的第一个镜头,脸上需要有兴奋和激动的反应。摄影机横移划过我们的时候,摄影师说,这个小孩脸上还蛮有戏的。我兴奋激动的表情就更真实了。

M 接着说，那天拍完戏，我们坐大卡车从金山回上海。你在车上睡着了，脸晒得通红。我就想这个女孩真好看啊，就是在那一刻开始注意你的。还有一次是大冬天，房间里冷得要命。你打完乒乓后，冲进我们寝室，热得把滚烫的脸贴在书桌的玻璃台面上去冰，说热死了热死了，鼻子上还在冒汗。M 的话让我感动，毕竟，世上有几个人还记得我十五岁的样子？

培训班开学没多久，毛主席去世了，广播喇叭里一遍又一遍播放着哀乐。我从牙牙学语开始喊"毛主席万岁"，一年级学写的第一行字是"毛主席万岁"，四年级学的第一句英语是"Long live Chairman Mao."那天之前我没想过毛主席也会去世，这几乎违背自然法则，我感到恐惧。我们二十四个同学聚在教室里，默默地用白色皱纸折着纸花。突然一个女同学大声哭起来，充满悲情地喊道，大梁倒了，我们以后怎么办、中国以后怎么办啊？话音未落，只见另一个女同学一个箭步冲出教室。外面的空地上长满了青草，平时常有个女人推一辆板车来割草，拉去卖给隔壁的饲养场喂牛。那天秋阳斜照，女人正不紧不慢地割草，女同学对她大吼起来，你没听到吗？毛主席与世长辞了，你怎么还在割草？那人辩说道，我不晓得哎，说罢收起工具推车离开了。接下来，全班同学开始表忠心，骂割草人的同学首先要求入党，继承毛主席的革命事业。另外一个同学说，毛主席去世了，我们以后一定要好好学习，天天向上。他们说的话都是我想不到的。我正在想轮到我的时候我该说什么，一个泣不成声的男同学过度紧张，站起来用上海本地普通话说："我作为贫下中农的女儿（儿女），感到无比悲痛！"

我们的老师里，有张瑞芳、王丹凤、孙景璐、朱曼芳、白穆、梁明、张庆芬等。我当年没有机会去学习和了解离我并不遥远的历史，所以我毫无概念，每天来教我们这帮傻子的人，都曾经是光彩夺目的电影明星。在我们的余光里，还存在着一批看似无所事事的老人，他们整日坐在靠近大门的几间平房里喝茶、看报或者政治学习。他们用水果罐头吃完后剩下的玻璃瓶当茶缸，瓶外裹着一层玻璃丝编的网，这样可以不烫手。很多年后，我有机会从老电影里认出他们，一个个都曾经那么精彩，那么吸引人，那几间平房里原来卧虎藏龙。

毛主席追悼会那天，他们都从平房里出来，集中在被弃用的摄影棚里，肃立、默哀、鞠躬。鞠完躬抽泣声伴着哀乐升起，他们的身体颤抖着，一开始还有些节制，但是很快就变成了一片号啕，让我震惊。一段时间以后，我才懂得了那样的悲哀。他们的青春和才华，梦想和爱，已经被一场场的政治运动耗尽。一切付之东流，往事不堪回首。

"四人帮"被打倒后，上影剧团的全体演员，排演了一场大型诗歌朗诵节目。上场之前，大家都挤在文化广场后台化妆间，不论男女老少一律画上红脸蛋、红嘴唇、黑眉毛。我没有化过妆，坐在镜前无从下手。一位叫孙栋光的演员看见了就过来帮我，他用一根最细的油彩笔，帮我画了乌黑的眼线，就是今天眼线笔广告里那样的眼线，放在一九七〇年代的中国是非常前卫的。他教我，要画得贴近睫毛，越近越好，这样远看就觉得你的睫毛又密又长。他说话有些大舌头，但是很儒雅。我喜欢他给我画的样子，也一直记着他的话。事后很久，我才在无意中知道，他的父亲是孙瑜，在一九二〇年代留学美国，翻译过杰克·伦敦的小说，是中国最杰出的导演和编剧之一。孙栋光一定是从他父亲那里遗传到，或者耳濡目染到这样的审美感觉吧。

在历届运动中被剥夺了政治权利的老演员都回来了，赵丹和白杨在前台领诵，他们身后有黄宗英、王丹凤、秦怡、张伐、陈述、孙道临、达式常、向梅、梁波罗和其他在小平房里喝茶的人。我们培训班的同学们站在后排的椅子上跟着齐诵。记得白杨的声音高昂、颤抖，语速很慢，赵丹的声音自然、低调，语速很快，两人状态非常不协调，听上去很不顺耳。可回过头看，那却是和谐音。就像一个双重奏里两个貌似不和的音符，放在一起形成了更尖锐、更难忘的和谐音。那次演出前他们刚从监狱获释不久，而上一次登台恐怕是十年前，他们被剃了阴阳头示众批斗。

舞台背后另一出更触目惊心的戏，发生在演出之后。在党中央拨乱反正的号召下，上影组织了几次"三大讲"会议。我平时打乒乓球的那间房里，摆了一排排长凳，剧团里在"文革"中迫害过别人和被迫害的人，都面对面坐下，"讲清楚"过往的恩怨。那些颤抖的、声嘶力竭的、哽咽的声音，诉说着曾经发生在同事间的互相揭发、诬陷、暴力和无奈。当演员穆虹的爱人描述她丈夫是怎样死去的时候，全场鸦雀无声，只有坐在她对面的打手双手捂住自己的脸，眼泪像滂沱的雨水那样从指缝里流下来，滴到地上。尤其难忘的是个别被迫害者——或者心有余悸，或者不愿参与"报复"，或者明白"讲清楚"在本质上是徒劳的——坚持沉默，散会时他们的凳前总是一堆烟头。我们的老师中有不少人遭受过殴打。其中孙景璐老师因承受不住企图自杀，被送到医院抢救回来。人与人之间脸皮全撕掉，伤疤全揭开，培训班的同学们听得目瞪口呆。那些以前在我们眼里虚焦的喝茶、看报、下棋、织毛衣的人突然有了焦点，变得鲜活、立体、复杂起来。

"四人帮"倒台后不久，谢晋导演请我去主演他的电影《青春》。谢导之前来过我们培训班一次，好像是为了他的另外一部电影找女主角。班上的女同学都为他演了小品，但是老师们觉得我太小了不合适，所以没有参与小品演出。没想到谢晋导演留心到了坐在台下的我。进组后我发现，《青春》的摄影师沈西林也是之前《欢腾的小凉河》的那个摄影师，他那天也留心到了我。

电影《青春》剧照，右面是张瑜。

电影《青春》剧照，我身后是俞平，右边是张瑜。

　　那个年代拍戏周期长，一部电影可以拍上十个月一年，有足够的时间去体验生活和排练。开拍前，我们演员组在宁波东海舰队待了一个月，每天夹在一群女兵当中在东钱湖边操练，然后到食堂用巨大的钢勺盛饭盛菜，尽情地吃。吃完午饭，谢导就拿出那天新写的小品，为我和张瑜排练。我害怕排练，害怕谢晋导演，总觉得他会在开拍前觉悟过来，发现我不可调教，不要我了。那年夏天很热，谢导总是穿着一件白衬衣或者白汗衫。他工作的时候十分忘我，完全不知道自己的衣服已经湿透。心情好的时候，他会在排练结束后顺手拧干滴着汗的下摆，开玩笑说，我每天喝上好的白酒，出的汗吃下去可以治病的，你们要不要。

拍摄期间，张瑜、俞平和我三个人同住一间简陋的平房。厕所离我们的房间很远，需要走过一块泥地。厕所就是一长条蹲坑，蹲在那里能看到下面又肥又白的蛆在屎堆里拱。刚到不久的一个雨夜，我去上厕所。路过那片没有路灯的泥泞地，我非常害怕。一走到厕所我就滑了一跤，差点没掉进去。第二天到食堂吃饭的时候，我把桌上盛粥盛汤的搪瓷小脸盆偷了回去，洗干净后搁在床底下，晚上不用再去厕所了。

也许是因为那时的胶片相对人和时间更为昂贵吧，我们是隔天拍戏。第一天技术掌握，第二天实际拍摄。技术掌握的时候，我们把要拍的内容——演员的台词和走位、摄影机的位置和运动、灯光的数量和布置——都仔细排演一遍。拍摄的时候我们基本上按照头天的计划，很少有即兴的发挥。

那时的胶片感光度差，需要打很亮的灯光。记忆中照明组好像是摄制组里最庞大的部门，有好几辆大卡车。每天工作结束后，我总是躺在照明组卡车的大卷黑色电线上，一路睡回招待所。也许是缺乏安全感，我跟导演组或演员组的人在一起，总是觉得有压力，害怕被审视和评定。所以我总是跟照明组的人在一起，自由自在，还有些被宠爱的感觉。有时候，路边有卖农产品的摊子，卡车就会停下来，我和几个照明师傅就跳下车去买炒花生、炒黄豆吃。有一天，我们看到一个老乡在卖老母鸡，就下车跟他讨价还价，但是扯了好久还谈不拢。我偷偷从口袋里拿出一盒万金油，趁老乡不注意，抹到了鸡的眼睛上。老母鸡开始抖动它的头，发出奇怪的声音。老乡看到后有点纳闷，不知这鸡突然得了什么病，马上同意把它便宜卖给我们。我们高兴得一路嘻嘻哈哈，到招待所马上开始杀鸡、拔毛、炖汤。两小时后，我们每人盛了一大碗，吃了一口才发现，万金油的气味还在，这锅汤根本没法喝。

《青春》上映以后，我一夜成名，被邀请到各学校和少年团体去做讲座，让我父母非常担忧。正巧那一年，停止了十年的高考终于恢复。家里决定我必须复习功课，奔赴考场。母亲希望我能学医。她问我，你想做电影厂里中等好看的，还是科学院里最好看的人？但是我读小学的时候正遇上"文革"，基本没学到什么文化，中学又只上了几个月，数理化水平离同龄人太远，要报考医学院是不可能的事。父母、姥姥商量下来，决定我应该报考文科。我那些年没有中断跟着无线电学习英文，考外语学院就成了我唯一的优势了。

那是一个闷热的夏天，培训班院子里的树叶和草叶纹丝不动，小湖里还滋生出好多蚊子，我打着扇子，点了蚊香，坐在桌前学习。总是 M，拿着一只热水瓶，里面盛了冰凉的酸梅汤，给我送来。那是多么甜蜜的慰藉。我边喝冷饮边小歇一下，跟他诉说自己的不自信。他说，你这么用功，上帝一定会保佑你的。说来也奇怪，我们经常提到"上帝"和"命运"这样的字眼。我那时还不知道，M 已经开始渐渐地成为一名虔诚的信奉者。

有一次，在复习了一天以后，M、闵安琪、我，还有另外一位同学，坐在我们女生宿舍前聊到深夜。印象中那天大院里好像只剩我们四个人，远处几间平房的窗户都是暗的，到处一片漆黑。我们宿舍外的木头电线杆有点歪斜，灯罩把灯光聚成一个黄色的圆圈，笼罩着我们四个。我不记得那晚我们具体说了什么，只记得我们不是在说笑，而是在交流思想。那份信任和知心的酣畅，是日后很少再有的。

高考的那个星期，我搬回家里住，姥姥每天为我蒸状元蛋，那是用鲜鸡蛋、咸蛋和肉糜做的炖蛋。姥姥从来不是一个迷信的人，但她坚持说这个状元蛋很灵的，在她自己身上、在她女儿身上都得到过验证，我吃了一定考得上。那时的物质生活还是很贫乏的，状元蛋是极其奢侈的食物，每天吃了去考场，我感到非常满足、温暖和笃定。记得在我高考前两年，哥哥要参加一场全国划船比赛，前三名的运动员可以留在上海队，避免到农村插队落户。赛前晚上哥哥很紧张，姥姥见了就从壁橱里找出一根一寸长的高丽红参，跟他说，这个很灵的，以前我弟弟打仗开战斗机几天没觉睡，就靠咬着高丽红参活了命。明天你把它咬在腮帮子里，你就会超出你以前的速度。哥哥果然在那场比赛中超出了自己过去的最佳成绩，进入了前三名。在我和哥哥准备背水一战的焦灼时刻，姥姥那么不动声色，巧妙地赋予了我们一种神秘的信念。

奇迹般地，我真的考取了上海外国语学院。我的相册里，保存了一张去上外之前的照片，我捧着一大堆同学们送给我的纪念礼物，抬头看着照相的人。礼物大多数是在扉页上留了言的笔记本，这是那个时代最时兴的临别礼品，寄托了两年多来同学之间的情谊。

到上外报到那天，好多同学都去送我，每人手上拎着一点行李：被子、枕头、垫被、蚊帐、脸盆、热水瓶、箱子，浩浩荡荡的一群浓眉大眼的"一号人物"，吸引了全校师生的目光。我好骄傲啊，别人最多只有一家人，而我像一只森林里傲慢的狼，有我的群。同学们放下行李离去的时候，我心好痛，不只是离别友人的伤感，而是预感到我们将要真正意义上的分道扬镳，各自奔向完全不同的未来。

陈冲致闵安琪的信

闵安琪：

　　你好！进学校才两天，可我觉得已经有几个月了似的，我特别、特别地想你们！！！！这是用不着再花时间和脑子去描写的。如果一百个惊叹号能表达这个程度，我也是不会偷懒的，只是它们还远远不能。进了学校，一切都是陌生的：同学、校舍、床、桌子、课堂、饭堂……新同学谈论的是和过去我所熟悉的一切截然不同的，人物关系完全变了，每天要和新的同学找话头谈两句，其他就不说什么了。说什么呢？谈某某电影？谈某某演员的表演？还是骂剧团不好？废话！总之，在剧团我过惯了松散的生活，经常空谈学习、工作、前途，还自以为是地认为我每天都学习过，挺紧张的。所以一进学校，对学校这种有压力的、非常紧张的生活极不习惯。但是我会习惯的，肯定会的。我也不指望和同学的关系像培训班那样了，因为我们还是各管各的时间占的比例多，不会有太大的矛盾，也不会像培训班这样，请原谅，除了四个"！"我想不出能足够达意的词，反正咱们有共鸣，不写更好。

　　我们星期一开始正式上课，这两天，考试、入学教育等。我留恋培训班和同学们，但在理智上，我更爱这儿的生活，它目前对我这个"演员"来说还很枯燥、单调，但我每天都在紧张地学习，没有在大木桥时候的那种空虚和烦闷。这是两种不同的压力。

　　昨天晚上，我躺在床上，培训班的一个个形象都像电影一样出现在我的眼前，有高兴的事，倒霉的事，各种各样的事都成了一种很有趣的回忆。最后在梦里还梦到朱延芹结婚了，要同学们去吃饭，后来戴兆安故意和她开玩笑把饭烧得很烂、很烂，像稀饭似的，后来小毛不知怎么变成了阿刘，他觉得这样在客人面前"坍招势"，气跑了。还梦见许多怪事也不多讲了，多讲就成废话了。

我现在其实不应该给你写信的，因为我在开会，被老师看见了很不好，但我怎么也忍不住。原来你在厂里，我在剧团，也并不是每天见面，不过那时候，我觉得要见面很容易。现在不同了，我也许很久不会来厂里了，一是时间紧，二是昨天定了法则六天内不准回家，三是我是外头人了，说不定连门房都会拦我的。

等我苦修四年吧！那时候再见面那该多有劲啊！你什么时候出外景呢？一定要给我来信，告诉我你的情况，还有大英的情况。

好了，我还有很多很多的话没说，如果你能想象得出我要说什么，那么你想象一下吧！

有机会碰见同学们的话，告诉他们我很想他们，并祝他们运气好！

你的好朋友　陈冲

一九七八年九月

（地址下封信告诉你，现在不知道，来信可寄家里）

陈冲致闵安琪和培训班同学的信

闵老兄并培训班的其他老兄：

你们好！那是我前几天给老闵写的信，后来我觉得那封信很没什么意思。这两天我觉得习惯多了，经过了两次考试我们分了班。是这样的：1班到10班是基础班，从头一册教本学起。11班是高班从第三册开始，这里头都是些外院附中的毕业生和外院培训班的毕业生。12、13班算中班，从第二册上起。我是12班的，老师认为我的口语很有发展，语法还不够严格。昨天我们搬了家，我现在住到二楼了，屋子比较亮，也干净了。

学校发给我们每人一个耳机，插上后听电化大楼发出的外语教材，还发了借书证，有图书馆和阅览室，学习条件很好，图书馆里那么多书，我真不知先看哪本是好。我们这儿也经常有电影看，今天放《江姐》《东港谍影》我都不愿去看，省得引起联想，外语电影（不是原版故事片）也常有。

我现在经常这样，当我走进教室的时候，会突然想起现在同学们也许正在走进剧团的"山洞"。当我吃饭的时候，经常想起，也许现在同学们都在我们的"小天地"吃饭，也许他们也在想，现在陈冲在干啥，也许不……

培训班有劲的生活，是可留恋的，培训班的同学们是叫人想念的，还有电影厂的外国电影也是有极大吸引力的，只有一个真的已经离开了的人，才知道这一切。

现在那一切都已经不存在了，我已经完全离开了那里的生活。但是一个新的生活马上就填补上来了，朝气蓬勃的，我想象我们青年人应有的紧张的生活，马上就填补了空白。一个多星期过去了，我渐渐觉得，这枯燥的生活变得可爱了。我们同学之间很明显地都会进行比赛，争上游，但我们目前的关系还是很单纯的，所以，我已经有一个多星期没有议论任何人与事，没有参加任何乱七八糟的东西，也没有谈论"伟大""正直""卑鄙"……这些慷慨激昂的词了。我觉得我或多或少地有一点变了。

在培训班的时候，同学们经常说起"命运""命中注定"，不知是受影响还是什么，我以前也常常这样想。但是现在我认为，只有在一个生活毫无寄托的时候才这样想。有时候，有些事情明明是通过努力可以争取到的，却不争取，欺骗了自己，说是"命中注定"。

上次送我在我家，同学们讲，他们绝不求谁去演个戏，但他们心里是想演戏的，我敢肯定，只是都很有志气。使我想起《罗马之战》里那些有志气、勇敢的勇士们却因为太诚实、没诡计而失败了。有时候，目的是正义的，或者很普通，或者很伟大的，但是却要通过那种途径。反正我也不太懂，只想了这些。

问同学们好！

再见！

陈冲

一九七八年九月

（你的黑夹子忘在我家了）

快乐的大篷车

我在剧团过了几年自由散漫的生活，整天踢踢腿、练练绕口令、打打乒乓球。突然憋在上外的课堂里学习语法、记单词、背课文、写作业，这令我很不习惯。我每天盼望着星期天，可以回培训班跟同学们疯玩一天。印象里，骑车去剧团的时候街上似乎总是春夏，从剧团骑回学院的时候总是秋冬。

有时候，M 会送我一程。偶尔，我们会一起去看一场电影。他还来上外看过我一回，我们把整个校园走遍了，一圈又一圈，直到天色暗下来，才依依不舍地告别。我怀着惆怅的心情，转身回到寝室，将自己投入到乏味的介词里去。

学会准确地运用 in、on、at 真是我要的东西吗？我到底要什么？人只活一回，既没有上一生可以做出比较，也没有下一生可以使之完善，一切都只能走着瞧。我不清楚自己要什么，只感到剧团的那种快活让我空虚、窒息。我必须离开。在以后的岁月里，也总是这份与生俱来的忧患意识，这份灵魂深处的不安，在舒适的时候，放逐我去陌生的险境；在枯萎的时候，逼迫我生出新枝嫩芽；在迷失的时候，提醒我观照命运的轨迹。

尽管我努力参与到学院单调而高压的生活里去，也结识了几位日后会成为好友的同学，但是我无法快乐起来。更糟糕的是，我总是莫名其妙地违反了学院这样或者那样的纪律，经常被班长或系领导叫去谈话。英语系的党支部副书记是一位非常和蔼的赵老师，他长得矮小，裤子好像永远拖在地上。据说他以前在国民党部队当过小兵，被共产党部队俘虏后，经过教育，成了一名忠诚的共产党员。但由于他的历史问题，一把年纪了还是副书记。当时的书记要比他年轻很多。有一回我穿了母亲从美国寄来的大红衬衣，在校园里显得有些耀眼。不知是同学反映上去的，还是赵老师自己看到的，我很快被叫去谈话。他说这里是学术单位，最好不要有文艺界的生活作风，这样影响不好。搞了半天，我才明白是那件大红衬衣的问题。每次谈话结束说再见的时候，他见我沮丧，总是带着一点歉意的微笑，有些不好意思的样子。

有一天下课，赵老师又来找我去他办公室。我马上在头脑里审视自己那几天的穿着、表现。心想，这次又犯了什么错误。我知道这些谈话都是我政治上、道德品行上的污点，记录在我的档案里，将来毕业分配的时候都会为我减分。走进办公室后，赵老师给我介绍了一位来客，他叫潘文展，从北影厂来上海借调我的。赵老师说具体手续还都没有办，院方也还没有给出意见。潘导演是来跟我聊一聊这项工作，听听我的想法。

原来潘导演是受他的爱人张铮导演委派，到上海来请我演《桐柏英雄》的女主角，也就是后来的电影《小花》里的小花。我们在学校的操场上边走边聊，临离开时他留了《桐柏英雄》的书给我读。

那天下课后我一口气念完了那本书，向往起摄制组的生活。我好像是在印度电影《大篷车》里看到，吉卜赛人带着锅碗瓢盆和乐器，

培训班男生宿舍。画面中央疯得虚了焦点的是我，身后是闵安琪，左一、左二分别为英年早逝的聂春生和堂洪根。那天都发生了什么？聊了些啥？早已模糊，但我仿佛能听到屋里的欢声笑语，突然想起，好像很久没有过如此纯粹的欢快了，也许那只属于青春。

《小花》剧照。

拍《小花》时在黄山留影，印象里这张是唐国强拍的，记不清了。但脑中冒出一个情景，犹如昨日。一天收工早，唐国强跟我说好了回招待所一起学英语。我不知怎么睡了过去，他进屋时我醒了，但不知为什么假装没醒。朦胧中感觉他在那里站了一会，然后轻轻为我盖上了一件衣服。他离开后我半天没动，想让那份甜蜜的感觉在黄昏里延伸。

在大篷车里生活。大篷车到哪里，他们的世界和家就在哪里。我觉得拍电影的人就是一种吉卜赛人，摄制组就是大篷车。

《小花》剧组的确是一辆快乐的大篷车。当时有一批北影演员培训班的年轻人，扮演戏里的配角和群众，他们整天变着法儿地寻开心，玩游戏，恶作剧，听音乐。组里有人从汕头买回来走私进口的录音机，还有施特劳斯圆舞曲和邓丽君歌的磁带。在我多年受到的革命教育里，个人情感是一个需要克服的缺点，更何况放到歌里去唱。但是邓丽君柔软的声音和私密的吟诵，在一夜间融化了我心里揣了一辈子都不自知的硬块。

记得组里每星期都开一次交际舞会，那是我第一次有机会跟异性的身体自由接触，而且这跟谈婚论嫁没有关系，它只是为了快活。走出舞会的时候我会想，完了，我堕落了。但下一次舞会我又去了。演我母亲的陶白莉在生活中有一种天然的优雅，她从父母那里看到过交际舞，就在宿舍里教我。在上影厂学习"参考片"时，我看过她父亲陶金主演的《一江春水向东流》，就让她教我跳影片里陶金和舒绣文跳过的探戈。她性子上来了，还教给我伦巴和吉特巴的步子。那些大胆的动作，启蒙了我对自己身体的认识。记得组里有位姓隋的演员是宋庆龄的养女，她长得高挑摩登，虽然那时我不懂什么叫性感，那个概念要多年以后才进入我的思想，但是回想起来，小隋浑身散发着一种不羁的欲望。印象中她总是涂了睫毛膏，擦了口红。那些是我之前没有见过的、商店里也没得卖的东西，令我暗地里羡慕。

戏里演我哥哥的唐国强，那段时间经常找我一起学习英语，有时还带我在黄山的取景地拍照片。不知道从哪天开始，我非常期待他的到来。每当舞会上响起慢四步音乐——尤其是邓丽君的靡靡之音时，我总是雀跃地渴望他来邀请我。他弥漫在我的每个思绪里。

当年我们穿的那种尼龙袜非常厚而不透气，那时的球鞋也特别焐脚。我爱出脚汗，又懒得洗袜子，一穿就是好几天，脚臭到令人作呕的地步。一天，我终于自己也忍受不了了，把袜子脱下来扔在脸盆里，然后把暖壶的开水倒进去泡。谁想到我刚把滚烫的开水倒在臭袜子上，就听到敲门声，打开一看正是唐国强。

他走进屋，脸盆里的开水冒着蒸汽，一股臭味散发开来。我尴尬地站在脸盆和他之间，后悔莫及。那天后，我每天都换袜子洗袜子。

记得我和唐国强的生日只差了八天，一过完我的生日，我就开始满街找蛋糕店，想买一块上海凯司令式的奶油蛋糕给他过生日。当年晋州很少有人知道什么是奶油蛋糕，但是功夫不负有心人，我居然在唐国强生日那天，买到了一块。他吃蛋糕的时候，我说他是个名副其实的"奶油小生"了，这个绰号就此诞生，并跟随他很多年，许多媒体都如此形容过他。

安徽和湖北的外景结束后，我们转到北影厂拍内景，住在北京招待所。唐国强那时已经订婚，未婚妻家是部队的干部。他未婚妻打电话到前台找他的时候，我们经常恶作剧，跟她说，唐国强啊？他好像在刘晓庆房间里吧。

拍完全片后，我们有一次聚会，不知在谁的家里，庆祝唐国强结婚。记得桌上放满了喜糖和酒杯，一屋子人都在嘻嘻哈哈。录音机低声放着邓丽君柔情似蜜的歌声——"怀念你，怀念从前，但愿那海风再起，只因那浪花的手，恰似你的温柔……"我坐在那里强颜欢笑，克制住心里挥之不去的忧伤。不知是因为唐国强结婚了，还是因为我的大篷车，在我没有准备好的情形下，把我放在一个陌生的四岔路口，在一片飞尘里消失了……

那时我太年轻，每一次分离，我都还没有准备好。每拍完一部戏，我都像被恋人抛弃。回到学院的日子味同嚼蜡。我在课堂里坚持着，度日如年。没办法，十八岁的我已是曾经沧海难为水。进学院前我对

如果没有记错的话，这是打猎那天拍的。画左是高飞，中间是许还山，画右是我。

《苏醒》定妆照。

英语的热爱，已经被跟不上学业的压力和无趣的科班教育磨损为乌有。

珠江电影制片厂请我去演《海外赤子》的时候，我二话不说就同意了。从珠影厂回来后没几个月，我又去演了滕文骥导演的《苏醒》。回头看，这两部电影其实都不适合我，但比起在上外，摄制组的生活要有意思得多。

《苏醒》的男主角叫高飞，在我们相遇前，他曾经和当时最红的日本明星栗原小卷同拍过一部叫《望乡之星》的电影，据说栗原小卷爱上了他。我从上海到达北京那天，滕文骥让他骑着当时最新款的日本摩托车去接我。高飞穿着一条牛仔裤，蹬着一双牛仔靴，一副满不在乎的样子等着我。用今天的眼光看，他很酷，血液里都流淌着酷。我在摩托车的后座刚一坐稳，车就嗖地飞上了大街。高飞骑得很快，拐弯时把身体压在一边。我抱住他的腰，把脸贴在他的背上，希望我们永远都不要到达。

拍《苏醒》给我留下最难忘的回忆是去西安郊外的山上打猎。那天我们开了两辆军用吉普车，同去的有几个当地的猎手，都是退伍军人，还有高飞和许还山。记得他们不愿带一个女孩子去深山老林打兔子，都极力劝阻我。可我想显摆一下我在射击队学的本领，就固执地跟他们上了车。

我不记得我们去的地方叫什么，只记得那里荒山野地一片白雪皑皑，根本没有路。我们扛着步枪，艰难地从山脚往上爬，一路寻找兔子的足迹。大概在半山腰的时候，我没跟上，被他们几个落下了。在我四处环顾寻找他们的时候突然一脚踏空，滚下去好几米。起身后我意识到我完全迷失了方向，突然害怕起来，如果我找不到他们，就会冻死在山上。一想到这儿，我就扛着步枪拼命往高处爬。不知过了多久，在我最绝望的时候，山间突然回响起我的名字。他们大概也意识到我走丢了。我用自己能发出的最大音量一遍又一遍地高喊，我在这里！

我在这里！他们找到我的时候，我的嗓子已经完全哑了。

　　我们下山的时候刮起了一阵大风，同去的猎手们把我们带到一栋半塌的木仓库里避风。高飞看到木壁沿上的大老鼠，举枪就射。老鼠开始乱窜，我也举起了枪。突然，一个形同骷髅、衣衫褴褛的人从一堆干稻草里蹦了出来。他手里紧握着一把刀，眼睛在刹那间同时闪出恐惧、凶残和疯狂。我们惊呆了。带我们去的猎人马上跟他说，我们来山里打猎，一会儿就走。我们离开的时候，那人突然用虚弱和可怜的声音问，有干粮吗？后来我才知道，那些山里藏着不少逃亡中的亡命之徒。不知那人从哪里逃出来，又想逃去哪个容身之地。我一生遇到过成千上万的人，偶尔有人会拿出跟我的合影，给我看我们曾经分享过的时刻，而我却不一定记得。但是那个跟我只有过几秒钟对视的陌路人，却像烙在我眼底的印记。

　　拍完《苏醒》后，我原本应该回到上外继续我的学业，但是我怀着破釜沉舟的心情，滞留在北京办理出国留学的手续。

　　一位编剧朋友在北京，答应让我住到他家里。他和爱人，还有他们不满两岁的女儿，住在里间。我睡在外面一间很小的厅里。每天，他领着我坐公车到处见领导或他们的子弟，解释我的情况。有时回家后，我会听到他和爱人在里屋压低了嗓音激烈争吵。每次一吵，孩子就在一旁大哭。慢慢地，我觉得自己影响了他们的生活，便搬去一位刚认识不久的女友家。她住在空军大院一栋很大的房子，还有厨师做饭，生活非常舒服。但住下不久我发现，朋友的母亲不喜欢我跟她两个儿子来往——想必是对演艺界有偏见，我就自觉地离开了。那以后，我又搬了好几次家。刚在一个地方住下，就开始想下一个地方，总是怕自己住长了，会让人嫌弃。有一天我得到消息，护照有眉目了。在等部里流程的时候，我跟着编剧的几个哥们儿骑着摩托车去了天津。

《海外赤子》定妆照。

一路上阳光沐浴着我们的脸庞，劲风吹动着我们的头发，车速激发着我们的胺多酚。我们旺盛的青春跟摩托车队一样势不可挡。到天津后，我们下榻在一栋殖民地风格的老洋房里，主人是一个过去家底殷实的资本家公子。我在那儿吃到了这辈子最丰盛美味的早餐——八宝江米粥、狗不理包子、油条、馄饨、煎饼馃子，甜的咸的、稀的脆的，热气腾腾的一大桌，香气扑鼻。

两天后我兴致勃勃回到北京，却发现我的护照又被拦下来了。我深信忘乎所以是酿成一切悲剧的酵母，责怪自己放松了警惕，并发誓在拿到护照前决不允许自己再快乐。

很多年后，我偶然遇见这位编剧的爱人。她告诉我他们已经离婚。她还说当年她丈夫不可救药地爱上了我，周围的朋友都知道，只有我太天真，蒙在鼓里。惊愕之余，我回想他和我在一起的时候，依稀能看见我们在夜晚的路灯下走回家的时候他突然沉默的样子，我们目光偶尔接触到时他眼里闪过的异样和随后的脸红……那时他大概三十多岁，端正的鼻梁上架着眼镜，中等个子，穿着黑色皮夹克。也许是因为他抽太多的烟，所以声音有些沙哑。喝醉酒的时候，他爱搂着身边的男人讲话。记得我很喜欢听他讲故事，以及谈论他曾经读过的书。我跟他从进《苏醒》摄制组开始，到我们一起办妥我的出国手续，有一年多的接触，但他从未跟我提起过他的感情困境。

临去美国之前，M来平江路的家里跟我告别。印象里那是黄昏，屋里只开了一盏台灯，床上放满了肥皂、毛巾、擦脸油、书本和相册等等，脚边的皮箱打开着。我们贴书桌站着，身体靠得很近。多年后我们讲起那天的时候他说我哭了，我自己却忘记了。我是那么羞于在人前流泪的人。我们互相不舍，一定说了什么重要的话，重要的嘱咐，我也忘记了。但我莫名地记得，他看着我的侧脸说，你像栗原小卷。记忆真是一个粗

心的裁缝，把那些完全不相干的材料拼到一起。他说后悔那天没为我擦泪，没有抱抱我。不知为什么，最难忘的反而是那些从未发生过的拥抱。

很长一段时间，我没有去想上影厂培训班时期遥远的时光，就好像忘记了。十多年前有一天，我在横店拍戏，扮演《辛亥革命》里的叶赫那拉皇后。化完妆后，全体演员到现场排练。我坐在皇位上，下面站满了宫廷的大臣。我突然看见两位过去的老同学，在跟我同演一场戏。我们隔着几米的距离和几十年的光阴，互望、感慨——岁月写在我们的脸上，生活的摔打和考验印刻在我们的心里。导演喊停后，我走过去跟他们打招呼。我们情不自禁地聊起了从前，普通话里夹带着几句上海话。还记得那个拉小提琴的小姑娘吧？是那个作曲的女儿吗？对，电影《红日》的作曲，他女儿在美国一家交响乐团拉首席小提琴了。哦，小姑娘还真被她爸打出来了……那天晚上我躺在床上，脑海里都是同学们朗朗的声音，在教室、在操场、在寝室、在澡房，一遍又一遍，不厌其烦地重复：

学好声韵辨四声，阴阳上去要分明。
部位方法须找准，开齐合撮属口形。
双唇班报必百波，舌尖当地斗点丁；
舌根高狗工耕故，舌面积结教坚精。
……

原来我从未忘记。外人哪里会懂"舌根高狗工耕故"是什么意思，而对于我来说，它是魔咒，它是时光机。听到它，我瞬间穿越回那个早已消失了的院子。那里永远是初夏的早晨，微风吹动着野草，我们年轻的身心跟野草一样，只要太阳，只要一场雨，就可以那么快乐。

关于出国始末的信

To Whom It May Concern:

I take pleasure in recommending to you Miss Chen Chong, who is a college student and a promising film star in China. She has appeared as the leading actress in a number of films and has won tremendous popularity. I know her personally and appreciate her cleverness and eagerness to learn. I would be very glad and grateful if she could get the opportunity to study under your guidance.

Sincerely yours,

Xia Yan（夏衍）

夏老：

来信敬悉，看到你写的字，就可以感到你的视力大有好转，非常高兴。

关于陈冲出国留学事，早在去年夏就提出，按照教育部的有关规定和政策，是可以的，我们没有意见。由于她不是一般的学生，在国内外有一定的影响，所以由上海外语学院把这件事直接报请教育部考虑可否同意，并把自费留学纳入公费管理。过些日子，得到教育部外事局书面答复，表示同意陈冲可以自费留学纳入公费管理，并要求学院报送政审和其他材料，以便正式审批。可是，正在这个时候，听到各种反映对小陈出国有不同意见，甚至反映到中央负责同志处，说陈冲自费留学的费用是其父母向美籍华人朋友借的，违反外事纪律等。因此，学院就没有及时报送有关材料，并于最近复信教育部，除上报陈冲申请自费出国留学的经过，政治思想表现外，表示学院意见以不出国为好。如教育部考虑可以出国，最好纳入公费，由大使馆管理为宜。这些事由学院与教育部直接联系处理，市教卫办没有表示过"不同意"。

现在，陈冲出国学习的事，弄得有点复杂化，也直接反映到市委、市政府汪道涵、赵行志等同志处，他们也在了解情况，考虑处理意见。到写这封信为止，尚未知道意见如何！

基本情况，大概如此。问题在于有不同意见。看来这事需要由教育部或市政府表态决断了。如小陈找你，可以询问她有关情况，告诉她此事不是那么简单，要取得组织领导等帮助，正确对待。我们尚好，勿念。

谨祝

健康

白彦

三月十五日

中华人民共和国文化部教育部外事局：

陈冲同志准备出国留学，现将她参加拍摄电影的情况如下简要介绍：

近几年来，陈冲同志曾在上海、北京、珠江、西安电影制片厂，参加拍摄了四部影片。经向各厂了解，她在拍摄过程中，工作上很努力，艺术上有所追求，谦虚谨慎，作风正派，群众关系很好。

特此函告。

一九八一年四月九日

作者注：七十年代末，我在全国文代会和"百花奖"上认识了夏衍先生，我申请留学受到阻碍时，去见了夏老。以上第一封是夏老在 1981 年 2 月 27 日为我写的英文推荐信；第二封是上海教育局局长白彦，在 1981 年 3 月 15 日给夏老写的回信，此信是原件，想必是夏老读完后给我的；第三封是文化部在 1981 年 4 月 9 日给教育部发的公函。

从前的人

前不久一个周末的日子，我走在桃江路上，看见一对年轻的父母，指着一栋文物保护房屋上绿色的信箱，问身边八九岁的儿子，你知道这是什么吗？儿子摇头。妈妈说，这叫信箱，从前的人写信，邮差就把它们放在邮箱里，收信的人再从这里取出来读。

我意识到我就是他们所说的"从前的人"，信曾经是我游荡生活中最可依赖的伴侣。我很认同山姆·夏普德对通信的感受："我喜欢写信，因为它是一种可以随时展开的对话。无论对方在不在，你都可以在任意一个早晨坐下来跟他说话。你可以随便聊，而不必礼貌地等待对方完成他的思路。段落之间可以隔很长时间——也许好几天过后，你会重新拿起笔接着聊……"

我人生中重要的通信人之一是 M。我已写过一些他与我在上影演员剧团培训班的事，不知道那算不算我的初恋——我们连手都没有牵过，但我们有过许多朝夕相处的日子，分离时也有过心心相印的思念和牵挂。

二〇二一年我回上海陪病重的母亲，见到了 M，他把我写给他的几十封信还给了我。他说，我们那一代的友谊感情，是现在的人无法理解的，我不想让这些信件付之一炬，不忍心，那里面有那么多美好的回忆……只有物归原主！有些东西是铭记在心里永远也抹不掉的，永远永远……

信封上的许多邮戳虽已模糊，但还能隐约辨认得出，信始于一九七八年——我十七岁的时候，终结在一九八三年——我留学美国的第二年。这些发黄、发脆的薄纸，这些熟悉又陌生的手迹，这些从遗忘的深谷里反射出来的星点光亮：某曲循环不断的华尔兹、某只放在我腰间的手、某个烦躁的午后、某个玫瑰色的夜晚、某句不知所云的低语……

扎着两条短辫的"妹妹"突然站在了我的面前，用清澈的眼睛审视着我——眼角的皱纹、鼻侧的阴影、松懈的脖颈……她从没想到过这么久远的岁月，连她母亲都要比我年轻许多。

我仔细打量她，胸脯轻轻起伏，鼻翼微微翕动，眼睛里闪烁着所有被她抑制了的本能。你以为自己长大了会是谁？我问。她眼里闪出困惑，还有些诧异。你能想象得到的未来都已逝去，我说，人生就在弹指一挥间，不要错过欢乐。

"弹指一挥间"是她在毛主席诗词《水调歌头·重上井冈山》中学到的，那时她还无法体会其意义，只是喜欢词句的潇洒，比语文课本里的东西好看得多。妹妹的语文课本非常贫乏，只有董存瑞、焦裕禄、黄继光、欧阳海的英雄事迹，或者南京长江大桥、第一艘远洋轮的光荣建成，或者地主刘文彩、周扒皮对贫农的残酷剥削和压迫。那个语境里不存在个人情感和欲望，而没有名称的感受和欲念，就像躺在污泥浊水里的珍珠。还要过很久，她才会看到和认识它们。

写这些信的时候，中国正在发生着翻天覆地的变化，一整代人正在从十年的冬眠期复苏，百废待兴，她的生活中出现了前所未有的可能性……

M：

你好！

上次在工人文化馆遇到你和同学们，我不是说我已经彻底回掉北影了吗？可昨天学院又来找我，说北影后台很大，从上面下来的压力，学院很难开口，有点顶不住了……他们认为实在不行只能去演，但回来后百分之八十会留级。学院的课程很紧很紧，可北影偏不让我专心一志地学习，而且今后，如果拍完戏还有什么事，也只有天知道。学院领导还说，如果我硬不肯去的话，上面会认为我不服从党的需要。真不知道该怎么办才好！现在我妈又在青岛开会没人商量。我想起你上次留在条子上的话，我有事可来信。我就来信，问问你们是什么看法。我打过电话到剧团，凤凰说要下生活都不来上班了。

上次你说的同学们上戏的事，还有"我们有亲人"是怎么回事，请告诉我，好吗？

陈冲

M：

你好！晚上回家看到了你的信。已经定型了，导演买好了星期六的车票，直接送我到外景地。学院领导给我看了教育局下来的文，上面已经先定型了。

去了也许并不会坏到哪里，我把学院原来的体育课、政治课、语文课的时间省下来，拼一下命，也许并不会落下多少英语，我一定要让老师们吃惊。有的老师认为脱半年课再跟班，简直是奇迹，不太可能。当然现在又要琢磨角色又要读书，时间、精力又

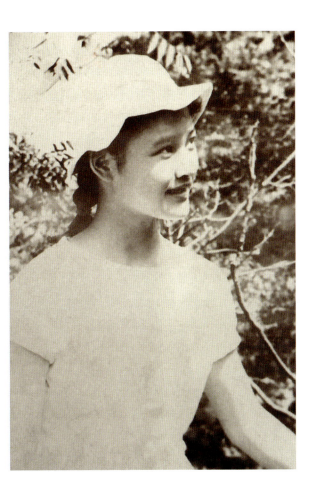

有限，是有很大困难。但是我想，一个人只要是诚心的，上帝是会支持、同情他的，会多赐给他时间和智慧。但愿这件事，并没有违反我的命运。

今天，当我一个人提着沉重的大包小包回家的时候，我又想起了同学们。来校报到那天也是这条路，这些行李，是有那么多同学在一起提的，现在我一个人了。

回到家里，屋子里也只有我一个人，妈妈、哥哥都不在。我把行李重新理了一下，准备后天上火车。等我妈、我哥回家的时候，我又不在了。就是这样有意思，老是碰不到一块。

我真不愿意让剧团或厂里知道我去北影，他们不知道内情一定会笑话我的——虽然被电影厂的人笑话不足轻重。

本来这封信应该是去那儿写的，可我想，一到那就得开拍，我又没排练，加上每天还得读英语，时间一定很紧，所以就在上海写好了，上那儿去发。

让同学们都放心，我绝不会丢培训班的脸的。

陈冲

我到黄山了，一切都很好，可能在这住两个星期。演我妈的是陶金的女儿。男一号是《南海风云》里的于化龙。真小花是《同志，感谢你》的一号。还有那个徐元奇也在这儿。我们这儿的地址是：
安徽省徽州地区黄山宾馆转北影《桐柏英雄》外景队。

（邮戳 一九七八年十月五日）

原来"妹妹"——我——是怀着这样的矛盾和不安，开始了"赵小花"的生涯。

至今仍有人会叫我小花，会跟我讲起他们当年在单位礼堂里，学校操场上，银幕的正面、反面看《小花》的种种情景。那时电影拷贝有限，人们看的是"跑片"。跑片员会骑单车、骑马、骑毛驴在不同的放映点来回跑，一个地方放完了电影的第一卷、开始第二卷的时候，他就赶紧把放过的那盒胶片送往第二个地方。一部电影一般有五大卷胶片，放在铁盒里。天气或路况不好的时候，跑片员有时赶不到，观众就坐着聊一会儿天，等胶片赶到了再继续看。

记得《末代皇帝》在巴黎蓬皮杜中心首映的时候，时任国家主席李先念来到了会场。那时他已经十分年迈，见到法国总统和蓬皮杜夫人时都没有太大反应，但是见到我就眼睛一亮，亲切地叫了声"小花"！

前不久，在饭桌上遇见了一位原来在西藏部队的人。他说，他所在的兵站很遥远，《小花》到那里的时候，他们没有地方放，连白被单都没有。战士们就铲雪筑起了一座墙，在那上面放映了《小花》。我思绪的眼睛仿佛看得见，在那条"世界的脊梁"上，白雪皑皑，稀有人烟，十几个远离家乡的小伙子裹着军大衣坐在冰天雪地中，他们的身心被李谷一温柔的"妹妹找哥泪花流"融化……

那座雪砌的银幕在兵站矗立了多久？它是不是在日光下白得耀眼，在月光下蓝得幽深？走过它的人是不是会轻轻哼唱影片里的歌，会渴望柔情和爱？然而它终将消融，就像它的记忆终将与亲历者一同消融。再也没人会这样看电影了……

M：

　　你好！你的信收到。那几天在拍我的戏，所以没回信。我们已经基本上完成了黄山的戏，可是第二批样片有好多需要补，真烦人。

昨天，闵安琪来了一封信，大约了解了培训班的情况，知道同学们还是那么团结，我就更想念你们了。安琪的信里讲到培训班在我家拍的照片，我让她给我寄一份来。

我们这儿的演员老想开舞会，每个星期六都想开。我因为时间紧要学习英语，参加得少。一说到跳舞，我就想要是同学们都在这儿多好，那一定很有意思。

安琪信中说你还在剧团，你什么时候去唐山？我们元旦后到北京，十二月中旬我可以回上海。我们这个组的人都不错，都挺好的。

黄山的风景确实美得出奇，但我却没有老方那种诗意和水平，连自己欣赏的能力和时间都很少，以后如果电影上映，从电影里知道个大概吧！

现在，演员组正在讨论样片，演员们认为景抢人了，艰苦的劳动，饱满的激情都泡汤了，要求大量补戏。越补时间浪费得越多。

现在，大家沉默了，在想着怎么提议表示自己的戏没搞好，有的人表情看上去很难过，样片太使人失望。

现在组长在向我提问，让我别写了，要我发言。但我一句都不会去说的。好了，再见。

陈冲

十一月十三日

又：十六日后转点到安徽徽州地委招待所转北影

也许是因为电影后来的光环，让我完全忘记了，看样片的时候演员们居然那么灰心丧气。上映后，《小花》在第三届"百花奖"上获得了七个奖项，我也分别在百花奖、文化部优秀影片奖、文汇电影奖、南斯拉夫"为自由而斗争"电影节等获奖。回想起来，我们还不懂如何看样片，光是在留心自己。其实，用一景一物为演员的表演做气氛铺垫，正是电影的魅力。

我想起《太阳照常升起》中我去病房探望梁老师的那场戏，姜文花了很长时间，调整窗外的雨水和雨水在光下的影子。那个光影散发出婆娑迷离、灵动的欲望，像一段失而复得的记忆，人物也油然而生。没有这样的处理，演员拼死去演也没有用，那是什么近镜特写都帮不了的。

M：

你好。信和照片收到，我简直太高兴了！像你信上说的，我一个人哈哈大笑起来，太有意思了。它们使我想起了培训班的一切，想起了那天在我家的一切动作、细节，还想起了小聂突然离去……正想着这些，又来了一封信，真巧，是小聂来的！我急忙打开看，原来是讲他突然离开的原因。我把他的信一块寄来了，因为他希望大家原谅他。

本来我有很多事需要回上海，一是学院的英文磁带，二是我爸爸生病从多哥回了上海，我得回去看看，三是我妈妈马上要出国，我来的时候就没有见到她。导演也同意有空放我，但可惜的是一直没有空，所以回不来。

从你信上知道很多剧团的事，形势是可喜的，对培训班的难兄难弟很有益处，你们完全是有希望的，绝对不要丧失信心。

新的地方还不错，明天拍我的戏。这个组对剧本的分析、排练等进行得少，不像在《青春》时那样。我心挂两头，也没有过高的要求，演本色，能在观众中得到一个很一般的评价就足够了。

下午排练，我又不能按时间表排的那样读英语了，时间老是没有保证。业余时间，还老有人到我屋里来玩，正像你说的，我得克制自己。我的障碍太多了，舞会、开玩笑、玩，等等。但是，德国诗人席勒讲过："障碍是意志的最好朋友。"我争取把这句哲理性的话化为现实，努力抵制环境的影响。

组里看了第一、二批样片后，觉得不太理想，对景的描写重于对人的刻画。演员要求补戏，加近景，但摄照部门认为无此必要。反正就是这样，看了样片后很少有自己非常满意的。

真羡慕你们看了那么多参考片，这是一种收益，在各方面都是一种帮助，我是享受不到的——即便回沪。

你太不应该夹邮票来了，但是我又绝对不能给你寄回去，你会生气的。

祝

一切好！

再见！

陈冲

十一月二十日

"你太不应该夹邮票来了，但是我又绝对不能给你寄回去，你会生气的。"那时工资很低，邮费是个额外开销。记得一个朋友讲过彭小莲当年教他如何反复使用一张邮票：你把邮票贴在信封上以后，再往邮票正面刷一层糨糊，等干了以后投进信筒，对方接到信后，把信封泡在水里，盖在糨糊上的邮戳就洗掉了。把邮票揭下来后粘在玻璃

1980年，我获得第三届"百花奖"影后，刘晓庆获得最佳女配角。

窗上晾干，就可以再用。他们最多一张邮票使用七次，最后就破烂褪色到无法挽救了。

M 在寄给我的信里夹上回信的邮票，是多么的细致和周到，也是他无言的期待。也许只有我们这一代人，才懂得其中的甜蜜。

陈冲同学：

您好！

首先祝贺你已成为一名光荣的大学生，并相信你决不会辜负党和人民期望，在新的工作岗位，刻苦钻研，勤奋学习，努力掌握外国语这门专业，为国家和人民做更大的贡献！

上次回沪到你家看你，真是巧！同学们都在你家聚会，能和这么多同学相见是非常高兴的。然而，当我听到不是所有同学都来的时候，我的心一下子蒙上了一层阴影。我是没有接到任何通知突然闯来的，是很不礼貌的。当知道了不请我和其他同学原因后，我认为某些同学的考虑也是对的。我们这些已经走了的人参加聚会，可能会使这欢乐的场面由此变冷，所以，我也不能硬着头皮在你家坐下去了，只好怀着难过的心情，强装着笑脸离开了。我知道你和同学们是过意不去的，我能理解你的心情，也知道这样做是非常不友好的，但是，我只有这样做才对得起没来的同学。就是将来他们知道我没参加，也会好受点。但是，对你真挚的挽留我表示衷心的感谢！对自己后来食言请你和同学们多多原谅吧！

现在，我们这儿的工作很紧张，因为，准备参加明年在北京的会演。十二月二十六日还要参加演出，所以，一直在排戏，也没给你写信，很对不起。对上次去你家的事，请你能理解我，原谅我。同时我也希望你能上我家来玩，现在，我们差不多都快成邻居了。希望春节在我上海家中招待你和其他同学们！

让我们在不同的工作岗位相互学习，不断进步！望能经常来信！再见！

祝身体健康，工作愉快，学习进步！

友　申字

十一月十五日

去拍《小花》之前，上海医学院已经为含冤自尽的外公平反，并落实政策把抢房子住进祖屋的人家搬走了，家里突然又有了一大间客厅，我常把培训班的同学们请来聚餐。

那时上影演员剧团正在动员部分培训班的同学改行，并已经把几个农村招来的学员送回了生产队。小聂因家里有部队的关系，转去了东海舰队文工团。几年前，忘了在什么情形下——也许是小聂去世后——M 告诉我，小聂当时喜欢我，想追求我。这是我完全没有想到的，记忆里我跟他接触不多；但写到这里，他阳光的笑容和月牙般弯弯的双眼仿佛就在我的面前。

我分享他的信，因为它比我的信更突出和典型地反映了我们那代人当时的语境。

M：

你好！来信收到。我现在正在等天气，干坐着，主任就发信到现场了。趁太阳还没出来，我先给你写回信。

角色砸了确实是件坏事，但千万别悲观，机会肯定还会有的。我们这些青年人，也许不太懂得该怎样保全这难得易失的机会，我想这一定是一种本事。

你看不起那种低三下四的演员，也不喜欢走老闵说的那种途径。这对演员来说是十分宝贵的。不，不仅是演员，而是人，每一个人，因为人有义务保卫自己的人格。

但真是除了"低三下四"就没有第二种较好一点的导演和演员的关系了吗？并不是。通过在这个组和导演、演员们的接触，我感觉到另一种关系。组里演我妈的演员，由于她父亲的关系，路子比较宽，她跟那些老演员、导演都是好朋友，她并不比他们低一等，就像我们同学之间谁也不比别人高一等或低一级一样，是一种交谊。我一个多月一直和她住在一个屋里，关系不错。她人很好，没有女演员的狭隘和长舌。她就想推荐我上戏。当然我不会同意。她也想推荐黄达亮。还有我们的副导演接下去准备搞一个剧本，他就和几个谈得来的演员说，"接下去我们再合作一部吧！"他也是一个很正直的人。只是这种导、演关系在各方面配合默契，创作上有共同语言和商讨余地，人品、道德上互相了解，互相放心，有时候还在一块玩玩。这样一种好朋友的关系，像我和闵安琪一样。

这样的关系也是要有基础的，无论是待人处事，还是业务水平。

我不知道我有没有把这种感觉说清楚。反正在不损伤人格，不损害他人的情况下，还是可以去争取机会、掌握命运的。

你说你同时学日语和英语，还要学专业，我看太紧张了点。如果日语基础较好，短期突击后能重新拿起来继续学下去，那就把英语先扔下。精力毕竟是有限的，而且专业书籍必须放在首位。

我们组现在进程很慢，有什么办法？"既来之，则安之"吧。学英语的条件也不太好，整天在现场等着，乱哄哄的又冷，根本不能看书，只能晚上回屋看。

舞会现在不让开了，因为安徽是灾区，整天嘻嘻哈哈与当地太不合拍。但是还有人小规模地跳跳。我可以不跳了。本来人家来请我跳，我不好推脱，现在上面说了不能，我可以有话说了。不过对演员来说，跳舞确实不是坏事，很锻炼节奏和形体美感，还有"臭美"的自我感觉。如果我还能学得再好一点的话，回来一定教同学们，因为男的比女的难跳。

祝

好！

陈冲

十二月一日

M：

你好！信前两天收到。

今天开始放假休息了，抽空给你回信。这两天看了几部电影，昨天厂里还进行了聚餐，虽然菜不错，但比起咱同学们的那两次，可是差远了，至少意义上是这样。导演们和大师们都请我去他们家过节，也许是出于同情和责任吧，反正觉得不是平等的友谊，所以我不想去。去了坐在那挺拘谨，不会很快活的。

我在北京请到了一位老师，是北大西语系的，我有什么问题可以请教她。

北京到处都举行舞会，厂里也搞了两次，人们比听厂长做报告还积极得多。还有许多不认识的外厂的人也来凑热闹，简直挤得转不过弯来了。上海呢？厂里团委有什么活动吗？

真是巧极了，我组要拍水下搏斗的戏，决定去体育馆拍，我只要跟车去就行了，顺便还可以游一场泳。这样就方便多了。你如果已经把照片印好了，就快寄来。

今天是大年三十，到处都是鞭炮声和孩子们的嬉闹声。我第一次一个人在外过年，真有点想家。招待所住的另外一位女孩，昨天一个人偷偷地哭了，不过我没有哭。

另外一个组的导演又来找过我，我没有动摇，这回绝不会动摇了。我父母支持我，你和老闵也支持我。我自己的责任感也时刻在提醒我。

祝

春节愉快！

陈冲

一月二十七日夜

M：

你好！真是太有意思了。我多糊涂，年三十给你寄了封信，可地址写"上海一〇七三弄五号"被退回来了。今天一块儿给你寄去。我最近看了好多影片，这是唯一的收获。我们这儿几乎每星期都有舞会，可一多就不稀奇了，也不想去了。今天导演决定水下的镜头不要了，所以照片不是很急着要，最近正配音不会有时间去跳水队。

你年三十来的信于初四收到，同时也收到老闵的信，最想家想同学的时候收到信，真高兴啊！

陈冲

又：麻烦你件事，请你把我帮我哥买的衣服送到我家去，实在没空就打电话或写信让他去厂里或大木桥拿，谢谢！

"大木桥"是我们对上影演员剧团和培训班的简称。我描写过那里曾经的热闹，我们在废弃了的摄影棚里藏猫猫、打水仗，好像一群进了糖果店的儿童。写这些信的时候，大木桥已经冷清了。

打倒"四人帮"后，白穆当了剧团团长。他认为演员最需要的是真正的生活，让本来每天来坐班的演员都到各个行业去"下生活"。有些人到去武汉的"长江轮"上体验生活，帮乘客打饭洗碗；还有到铁路局的，也是在火车上帮人打饭洗碗；好像还有去殡仪馆的，不知是不是我记错了。

我和M被分到了上海跳水池，那时国家跳水队正在那里训练，教练有徐益明、刘恒林，运动员里有吴国村、李孔政等。记忆中的那个夏天永远阳光普照，蓝天白云。我们站在跳台下，望着运动员一次次跃身飞下来，身体在空中翻腾旋转。我第一次感受到，什么叫超越自身的极限。

我们与教练和运动员成了朋友，交谈的内容早已淡忘，只有一件事记忆犹新。他们说到过，反复从高台跳入水里，对眼睛有很大的冲击，不少运动员因此视网膜脱落或破裂。

我和M的信里写到要去跳水队，就是去那里探望他们。《小花》组计划去北京体育馆游泳池拍水下镜头，M便托我把他与队员们的合影带给他们。

M：

你好！

今天丘源来北京，带来了你的信和照片。过两天我就去跳水队，三月初也许能回沪。

最近几天在配音，明天拍敌司令部和哥哥见面的戏。导演在这场戏要运用高速拍的慢镜头，和《奇普里安·波隆贝斯库》里那样的转盘镜头。想象中也许不错，但似乎与整个戏的风格不太统一。怕那么土的农村片偏要赶时髦，结果会不会弄得像"一个难看的人穷打扮"，比不打扮更糟。但愿不是这样。

今天听说一个消息，中国要送电影工作者去好莱坞学习，算留学生，要考。内容也许是中国文学、艺术、表演基础理论、电影史和英语。我们不配胡思乱想，但有一个努力的目标，有一个追求的标准，总比混日子强。跟它的标准来比，我们还有十万八千里的差距，但只要拼命，哪怕是缩短到十万七千里也是好的。

北京前一段卖过《英语九百句》，像抢一样，因为我有了，所以没去费这个劲。现在我把那本先借给你，我目前不用，我再去买买看。你是要听美国之音吗？

祝

好！

陈冲

二月二十五日

《奇普里安·波隆贝斯库》，我怎么会忘了这部少年时代最重要的电影？喃喃细语般的音符出现在我的脑海，它们渐渐连贯起来，澎湃起来……其实过去永远都在，它在一个光线照不到的地方，等待某一支记忆的烛光被点燃。

在上海跳水池体验生活。我身边是王伟平，左一程玉珠，左二张建民。

我想起，这部爱情悲剧上映后，每一个学小提琴的人都开始拉影片的主题曲。走在路上，我时常能听到它深情委婉的旋律从不同的窗户里飘出来，令我一次次回味银幕上连绵起伏的山峦，和月光下恋人心醉神迷的热吻。我至今记得配音演员向隽殊的声音："新月升起来了。"不懂为什么这是全片我唯一记住的台词。我对恋爱的渴望，似乎就是从这部电影开始的；对异性的想象，也似乎永远伴随着波隆贝斯库的《叙事曲》……

M：

你好！到湖北已经有十天了，在武汉住了三天，然后就到了荆州。这是个古城，还有残存的城墙。走在城墙上面，看着当年勇士们护城用的射箭台和射箭洞，有一种很奇怪的感觉，仿佛和古人产生了交流。不是吗？刘备在这儿住过，这儿还曾经是个京城呢。历史考卷上那种我所头疼的，死背了很久的事就发生在此地。

我还参观了一具保存得十分完好的男尸，他是两千多年前的人了，关于他实在不愿多讲，想起来就那么恶心。

昨天我提前过了生日，我买了四瓶好酒和麻糍，大伙凑了十四元，买了许多糖果、瓜子等，开了茶话会，还跳了舞，只有两个女的（还有两个没到），真把我们累坏了，不过也玩得真痛快。到最后，小唐他们还赠给我一首诗，诗写得很不错，还一本正经用毛笔抄的呢。

另外，想托你个事。组里有位同志想买上海出的一种白的电扇，只要五六十元一个。他说在上影对过的百货店卖过。请你到厂里的时候去看看，如果有的话，我就把钱汇来。我估计不会有，那也没什么，我只是尽到责任。

我不去北影演那个《爸爸妈妈和我们》中的那个角色，由方舒演（"小萝卜头"）。

这儿天气很热，跟夏天一样。真到了夏季就要受不了了。

祝好

陈冲

在此信的信封里，M夹了几页他的回信。我问他为什么会有，他说当年给我写的信，他都是先打了草稿的。

陈冲：

你好。

昨天晚上做了一梦，梦见我们又见面了。今天上午收到了你的来信。因这两天盼望着你的信，所以晚上做梦了。真是日有所思，夜有所梦。十六号那天早上我到民航局门口来送你，还带来了你要寄录音磁带的小盒子，可惜来晚了，没送上你。我把时间搞错了，七点三十分到了民航局车子已无影无踪了。如你需要的话，我把那盒子寄给你，里面可以放磁带，那小铁盒不大不小正好放一盒。

最近剧团还是老样子，周振英已经改行了。《三比零》五月十五号公演，估计卖座率不会高，现在观众要看刺激性强的东西。剧团又看了很多电影，有时一天放四个，都看不过来。我们看了《117在东京》《天堂里的笑声》《伪金币》《生与死》《冷酷的心》《陆军中野学校》。今天连参考片和家属片一下子放了十二场。参考片是《画皮》《三凤求凰》《灰姑娘》《鸳鸯梦》，家属片是《简·爱》《奥赛罗》

《柏林情事》，我给你们家寄去两张《简·爱》的票。

今天是我进电影厂最热闹的一天，厂工会为了庆祝五一节，搞了一次联欢。从下午开始，有拔河比赛、乒乓比赛、射击比赛、猜灯谜、武术表演，得胜者发奖品。拔河比赛我们剧团又得了冠军，培训班除了小谭和玉珠以外全部上阵了，奖品是一斤水果糖。我们并不是为了糖而是为了荣誉。接下来是看电影，香港片《巴士奇遇结良缘》。

晚上七点举行了舞会，全厂每人发两个面包一个鸡蛋，整个厂里像过节一样。舞会同学基本都参加了，老韦、小薛、阿戴、张建民、葛伟家、王国富（他跟我学了两天今天也跳了）、老闵。我还是放录音，没跳。尽管我把三步、四步、五步，还有你那个叫什么"巴"的都学会了，但我还是没有兴趣。放音乐是剧团交给我的任务，可我把同学都带来了。舞会一直跳到十点，还想跳下去，工会就宣布结束了，照这个情绪跳下去，就是到凌晨两点我看还会有人跳。

我们组五月四号又要出外景了，估计二十天，回来就拍我的戏，六月十号出发到唐山。你们外景不知要多少时间，几时回北京？这次一定要抽空去看看跳水队。

这张小纪念品是春节音乐猜谜会得的，就算给你过生日的小小礼物。本来想在四月二十六号前给你寄来，无奈不知道你的地址，只好晚几天。等你过二十岁的生日，我一定送一件好礼物给你。但愿你将来的生活和工作就像 Do-Re-Mi《音乐之声》里一样美。

这几张片子是昨天摄影师给我的，剪下了几张给你看看。就是通过这次试片，他们对我完全信任了。前两天场记生病了，导演就叫我帮助记场记。

电风扇我经常去看看，有我就写信来。半导体不知在哪里收得到美国之音的英语？晚上如怕打扰他们，你可以用耳机收听。我还是希望你学习要抓紧。葛伟家要搬到大木桥来住了，又多了一个学英语的伙伴，他还可以管着我，因我有时独自学，学到一半，一根筋就要搭到剧团上。就写到此。要写还有很多话要说。

下次写信寄到我家里，我每天回家吃饭，大木桥人太杂，弄不好要遗失。

祝节日好！

M

一九七九年四月二十八日夜

"十六号那天早上我到民航局门口来送你，还带来了你要寄录音磁带的小盒子，可惜来晚了，没送上你。"当年坐飞机得先到延安路上的民航局，然后从那里上去机场的大巴。记得哥哥和平江路的邻居毛毛会用脚踏车接送我，我抱行李坐在哥哥的后面，毛毛的车后座上绑着我的箱子，龙头上也挂得满满的。只要 M 在上海，他总是会到民航局去送我……

信中说的磁带是用来练英文听力和口语的。那几年的通信中，我们经常提到磁带、收音机、美国之音，或者学英语的伙伴、炙手可热的课本，学英语是七十年代末的一大潮流。

改革开放打破了十年的闭关锁国，我们突然觉得世界离中国近了，整个社会都向往着摆脱知识贫瘠，与外界交流。那时英语教师和教材都非常紧缺，想学的人便开始聚在公园里互相交流。人民公园著名的"英语角"，就是这样形成的。那里每个周日都人声鼎沸，人们以一句

hello 开始，希望在别人的口中学到一两句漂亮的英文句子。住在对面国际饭店的外宾，也会逛进公园来找人聊天，企图了解这个对他们而言神秘的国度。只要有老外出现，就围得里三层外三层。据说那里发生了不少"Lost in translation（迷失在翻译中）"的趣事，比方有人想跟老外聊《茶花女》，用了英语的 tea girl 两个字，老外被搞得云里雾里。

新冠疫情后的一个周日，我和两个朋友在"随堂里"吃完午饭后，逛进了久违的人民公园。原来的"英语角"现在已是"相亲角"，上千的中老年人仿佛形成了一个整体在蠕动。朋友说，这就是目前上海最大的人才市场。父母们或他们雇用的人，把孩子们的简历铺在地上，从"70 后"到"00 后"的都有，看得上条件的，马上开始谈判。

年轻人自己都在干什么？工作？打游戏？健身？打卡拍照？采访过我的一些青年女记者，跟我聊起过"爱无能"，还有"没必要"，不想当"恋爱脑"。有一位说，网上许多教女孩子如何成功地战胜异性的文章，各种理论都有，简直不知道该信谁的。另一位说，有时候喜欢一个人，但是看看条件就知道不会有结果，就不去浪费时间精力了。

从猿到人，我们是在哪个进化阶段开始了恋爱的行为？如此原始、野蛮和美丽的激情似乎并无必要，没有它照样传宗接代、繁衍子孙，然而天下没有比它更值得浪费时间和精力的事了。岁月教会了我，最美好的事大多都是没有功用性的，比方在树林中听小鸟歌唱，在花丛里追逐蝴蝶，在沙漠上仰望星空；或者用尽毕生，来证实引力波源于两个离地球 13 亿光年的黑洞相撞；或者坠入情网……

M：

你好！你的信和你的特写片格（冲印出来的电影胶片中的几格）、礼物在湖北都收到了，收到不多久我就回了上海，连两头一共在沪住了五天，是来看牙的，还去了一次学院。那天晚上到剧团去，只剩洪根和阿谭在，我坐了一会儿就走了。

我们的戏基本上拍完了，还有两段戏要录音，可是作者不同意组里的大改动，要求按他的原剧本拍，这可就麻烦了。

这两天是故事片厂厂长会议，放了很多外国来的参考片。可我们只好在一边待着，不够级别看，有什么办法。

那些日子以来，我们组又发生了一些大大小小的事情，我对组里的许多人也更了解了。我简直看穿了，真正懂得了什么叫拍电影，什么是文艺界。不禁要感叹，人世间好人太少了（这句写完又画掉）。电影厂的青年之所以会变得那么看破红尘、玩世不恭，是因为我们最容易看见整个社会的黑暗面。一开始是吃惊、怀疑，觉得可怕，后来就习惯、麻木了，变成一个玩世者。

希望在你走以前回沪，把收音机给你带去出外景。

陈冲

五月十八日

陈冲：

来信收到。这本英语书是邻居帮我买的，可惜我的水平还读不上这本书，我想把它寄给你吧，做个辅助学习材料。等我把初级班全部学完，才有可能学习这本书。过两天他还要帮我买一套四本英国出的《基础英语》，这本书最吃香，读它就等于你在英国学英语。如来了以后，我也给你寄来。那个邻居复员后分配在新华书店发行处，我跟他说，只要是英语书你就帮我买。什么"900句""自学英语""一天一题""基础英语"，他都买了，我也不拒绝。现在看不懂，以后总会学得上。反正是外国出的英语书，我都先给你寄来。好让你多学一点。

看了信以后，感觉你思想有点情绪。怎么说呢，现在的青年大部分都是这样。每个人都有他最天真最纯洁的时代，随着时间的推移，地位的改变，环境的变化，人也不知不觉地变了，没有信念，自己原谅自己，甚至成为没有灵魂的人。这种人工厂也有，但文艺界比例多一点。我早就看穿了看破了，一个人既要看破红尘，又要充满信心，走自己该走的道路。我就抱着这种信念和一种说不出什么样的感觉才在大木桥待下去。人的一生中充满着希望和等待！让我们来引用《王子复仇记》里哈姆雷特的最后一句台词：面对着冷酷的世界，保持沉默。

大木桥变得死气沉沉，《三比零》到东宫演出了，阿谭每天在厂里上班，洪根回家了，二十五号出外景，只剩下我一个人在这儿，但我不觉得怎么寂寞，自己安排自己，看看书，学学外语，弹弹钢琴和吉他，有时候随着收音机里的音乐自己一个人跳几下，等着我们组回来。厂里最近看了《尼罗河》《生死恋》《绑架》《鬼魂西行》，看到现在《灰姑娘》的色彩最好，那真是一种艺术的享受，美的感觉。

在我出外景前你赶不回来那就算了，收音机你把它带到珠影去，让它陪伴你，每次你打开学习的时候，就好像（此句写了又画掉）好好学习。电用完以后打开后面的小盖子，换上四节二号电池，电池的方向不要搞错，你按照前一次的方向换。

祝一切顺利

M

五月二十二日上午

"收音机你把它带到珠影去，让它陪伴你……"然后他写了又画掉"每次你打开学习的时候，就好像……"他是想写"就好像我在你的身边"吗？为什么我们本能地对某些强烈的感情保持沉默？

收到这封信后我到了珠江电影制片厂，拍完《海外赤子》后回上海外语学院上课，在此期间 M 与我一直保持着通信。但是后来我到西安电影制片厂拍摄《苏醒》的阶段，信件中断了。从西影回到上海后，我们又开始了通信。

我不记得为什么那段时期停止了给他写信。接着的两封信，我似乎写得非常困难，有些魂不守舍。其中一封是我亲手交给他的，没有邮票和邮戳，另一封的邮戳模糊不清，完全不知道年月日。也许它们是我中断了给他写信的原因？

M：

那两个电影我基本上也没看进去啥，所以看完第一个苏联电影后就走了。你不爱写信，我却不得不写信，因为这时候嘴是那么低能，根本不能达意。前几天刚笑话陈川打七次草稿，今天该轮到我了。

进培训班有三年了，我们同学们之间的友谊、口角、艰难、乐趣都使身边的青年人羡慕，在那里我享受到从未有过的友爱。这样一种感情是这个社会、这个世界中最可宝贵的，尤其是目前，这一切已经成为回忆，就更让我留恋。

不管到哪儿，我总爱提起培训班的同学，当然更多的是你……是的，我经常不知不觉地谈到你。上次你来我家，说冬冬（表弟）记性真好，那么久还记得你的名字，现在想起来却是我经常在家里提到你。你每每取得进步，我总是特别高兴。

我也不懂为什么能记得和你在一起的所有细节，还是在培训班的初期，我总是很不清洁，你提醒我说："不小了，以后你要注意个人卫生。"你说得那么认真，就像长辈一样；在我高考复习的时候，天气很热，你给我送来了一杯冷饮，说："这样认真，上帝会保佑你的。"……这些可以随便来、随便去的小事，我却不能忘却。我珍惜这样的友爱，它能给人以力量。

正像所有的家庭一样，父母总要对孩子说起爱情的问题。有一次我半开玩笑地和我妈说我以后要找一个同事，这样可以有共同语言。我妈没有回答，只是说："那你将来不该是演员。"是的，在父母的劝说下我离开了剧团。妈妈出国前对我说，千万别在她不在家里的时候让她挂心。她暗示我，模糊的意思是，我将来该找个医生。

我不喜欢和父母谈这些，妈妈总以她对医学事业天真的自信说话，而爸爸则是严厉的。我自己也没有严肃认真地考虑过这些问题，只是工作、学习之余，常会想起你，因为和你在一起的时候，我总是快乐的。你身上有一种精神，从那儿我可以得到力量，我一直期待这种单纯的友谊能永远保持下去。后来，我感觉到一点什么别的，但总是从心里希望不是这样，因为在这两年，我妈妈不在的时候，对此问题，不可能有一个明确的看法。

我就这样矛盾地希望它不要发生，我生怕这样会影响或破坏我们的友谊，这对我来说是太大的损失，我很难解释清楚这是为什么。可能是我的自私。是的，我有时候很自私；不止这些，我还有许多缺点，但我很善于把它们都掩盖起来，别人不知道，你也不知道。我有妒忌心，我有时会带着痛苦去想别人的种种优胜。特别是最近，我还感觉到，我爱虚荣，这次拼命想考得好一点，有一大半是为了满足我的虚荣心。这些致命的弱点我平时从来也不暴露，多可怕。我并不是别人脑中可爱的"小花"，我在外面总是装得那么快乐，但实际上我有许多苦恼，说来也许没人会信。

我不懂为什么要把自己骂一顿。我有许多话要讲，它们都不分彼此地一齐涌了出来，乱七八糟也不知道讲了些什么。总之，我认为有些事情只能相信是命中注定，不然怎么解释呢？世界上没有一件东西是真正纯洁、无邪的，追求这种真正纯洁的东西，也许会给人带来悲剧。可到头来，我也许会后悔为什么要否认一种纯洁的东西，而失去了幸福。那时候我只能说这是命中注定，我的力量是微薄的。

好了，我不想用我的这种情绪去影响你的心绪。原谅我扯了那么多。

春节还是来我家吧，让我们一起庆祝你的生日。

祝你成功

幸福

陈冲

是的，我很想回答你。但怎么也说不上来。

我拿信想了许久……

我不想再次提及我们的友谊，因为这用不着多说，它是纯洁的、珍贵的，一般人所难以估价的。

但一个人除了感情以外还有别的，如果问题真是那么简单，跟小说中的那么美好，那该多好啊！

爱情是浪漫的。小说中，神话中，电影中，那神秘、美妙的境界，每每使我遐想联翩。我当然渴望美好的东西，世外桃源的一切。这些多少有点孩子心理。

生活却是现实的。我的家庭、父母还有其他，我现在属于他们，他们对我有所打算，有所管制，我能抛开他们的溺爱和约束吗？

正因为我是严肃的，我才感到痛苦。父母不在，至少要到明年这个时候才回来。如果我任性，会造成什么样的后果呢？一个人在谈到爱情问题时还那么理智是有点可笑，但我不能不这样。他们已有话在先。

我希望你体谅我。

我也能体谅你，所以才不能轻易回答你。谁知道两年中的情况会不会变化呢？那时候再变就成了一种"欺骗"，我承担不了这出悲剧的任何一个角色。

虽然还很年轻，对这个问题也很少考虑，但我对它的看法已不是天真的了，我抑制各种美妙的幻想，常常把感情看成一种很现实的东西。（而实际上，感情又不可能是现实的东西，这就是痛苦所在）。但人毕竟是人，为了能够生活、工作、学习得有意义，为了得到精神养料、精神力量和精神寄托，需要友谊，需要一点爱。

这种友谊和爱应该是共同的。我太自私了，为你想的太少了。这一点我现在才清楚地意识到，请你原谅我。我在友谊当中有所收益，却忘了考虑别人的幸福和需要。我不能够立刻答复你，你也不能再等我，这就是一切。

你可以去寻找知己，她也许没有我那么能夸夸其谈，却肯定比我懂得生活。虽然我可能会一度妒忌她，但最终我会真心祝愿你。我永远是你的好朋友，生活当中真正的好朋友是可贵的。女作家史沫特莱和朱老总的友谊，使他们在长征中，在艰苦的日子我希望你体谅我。

我也能体谅你，所以才不能轻易回答你。谁也知道两年中的情况会不会有变化呢？那时候再多就成了一种"欺骗"。我承担不了这出悲剧的任何一个角色。

虽然还很单纯，对这个问题也很少考虑。但我对它的看法已不是那么天真的了，我们别奢望得到太多，常把爱情看成一种很现实的东西。(而实际上，爱情又不可能是现实的东西，这就是痛苦所在)。但人毕竟是人，为了能够出去工作，学习得有意义，换一句话说，为了得到一种精神寄托、精神力量和精神寄托，需要有温暖，需要一支爱发。

这种友谊和爱是共同的。我可能是太自私了，为你想的太少了。这一点我现在才更清楚地意识到，请你原谅我。我在友谊当中有所收益，却忘了考虑别人的幸福和需要。我不能够立刻答覆你，你也不能再等我，这就是一切。你可以去寻找知己。她也许没有我那么能会多奢谈，却肯定比我将得出去。虽然我可能会生一庙妒嫉她，但最终我会真心祝愿你。我永远是你的好朋友。

我看过一个小册子，生活当中真正的好朋友是可贵的。

里战胜了许多困难，得到了许多欢乐。是的，我相信这一点，幸福并不是欢乐本身，而是对欢乐的创造和追求。

爱情只能有一次，不能像游戏一样重新开始。我甘心情愿地接受爸爸严格和挑剔的训骂，姥姥翻来覆去的、往往是冤屈人的唠叨以及妈妈的溺爱。我也愿承受时间和社会给我带来的幸福、不幸，和各种变化。

好了，再谈些别的吧。

在信中你谈到要奋斗，做出一点成绩。你完全可以。上次《大众电影》安排我去见一位德国制片人，我们谈到电影演员，他说中国的女演员比男演员多，男的当中真正出成绩的确实很少。他顺便提到他看过你主演的那部电影，说："那个男主角很不错，他是哪儿的？"这是他谈到影片的第一句话。

年轻的男演员当中，现在真正出来的"八一"的唐国强、北影的张连文，上影几乎没有。你在上影应该是可以成功的。"人是要有一点精神的"，想实现梦想就是一种精神。要成功，要做出成绩并不是名利思想。名利是别人强加于我们的，谁也没有本事封自己有名。

还有，我觉得，一个演员应该有自己的特点，他演出来的东西必须给人一种新异的感觉。《海外赤子》的失败之处就在于没有抓住这一点。我在书中看到有些外国演员所强调的"缺陷美"就是这个。这是他自己的，别人怎么也达不到，因为别人没有此"缺陷"。要让人感觉到只有你才有这样一种味道。

你肯定能成功，希望将来在单调的学生生活中能看到你演的片子。也许那时可以引起我的许多回忆。

至少有过三次我们渴望过对方的触碰，那是可以闻得到的感觉。一次是在看《奇普里安·波隆贝斯库》的时候，我转头看了他一眼，突然感到心跳得直发抖……还有一次是他来外语学院看我，我们思念已久，并肩围着操场走了无数圈……最后一次是在我出国留学前夕，夜幕低垂，我们站在纷乱的行李箱边，离得很近，他的气息就在耳旁，我感到这也许就是永别……

他的克制也许是因为我们没有明确恋爱关系，在他传统的道德观念里，如果没有爱的承诺，肉体的接触是不检点的行为。我也相信爱情是神圣的，而且一生只有一次，用完就没有了。还要再过许多年，我才会懂得，爱与生俱来——就像勇气和力量那样——是用不完的，是越用越多的。

回想起来，那时的我是一只熟透了的果，一不小心就会落下地来。谁在树下接住了我，我就在谁的怀抱里。后来交往的第一个男友 W，没有跟我谈到感情，更不用说爱，他只是将我一把揽住了深吻，我便奋不顾身起来，其实那时他对我来说几乎还是个陌生人。

也许母亲比我更知道我的本性，记得她在见过 W 以后跟我说，他的灵魂猥琐。我正在海枯石烂不变心的热恋中，听了震惊不已。后来发生的一切已是历史。

跟 W 的关系破裂后，我给 M 写过一封信，但没有跟他提及那段让我体无完肤的经历。我怎么能让他知道我如此糟蹋自己，我不再相信爱情？

M：

你好！

好久、好久都没有给你写信，但是常常从闵安琪那儿知道一些培训班同学的情况，最近又接到她的信，谈到你们在考试什么的。她说你考了八十一分，她考了七十六分。生活能这样充满生气是幸福的，我应该向你们祝贺……

……人必须向前走，告别昨天，这是很残酷的事实。然而昨天是永存的。当我们回首眺望时，它会永远地在那儿，引起我们的渴望。一首儿时的歌，熟悉的旋律在脑子里来回过，但是词却记不全了，有的地方还不知不觉地改掉了一点……

我常常想你们。

……你大概已经知道，我住在一家美国人家里，在加州大学上课。一切都还过得去。好久好久没有见面，你大概都忘了我长什么样了。我倒在一家中国书店里一本电影杂志上见到过一张你的黑白照片，穿长衫的。

老闵的来信使我突然想给你写一封信，也许你会觉得有点奇怪。我真的常常想念培训班和同学们。

老闵告诉我你现在有一位可爱的女朋友。你喜欢的人，我相信一定是可爱的，那也代问她好吧。

祝你一切都好！

陈冲

"我常常想你们……我真的常常想念培训班和同学们" ——为什么思念之情永远躲在复数的后面？回想童年，我每天都说"我们热爱毛主席"，每天都唱"我爱北京天安门"；写作文的时候，也多次写过"敬爱的毛主席啊，我们红小兵想念您"。

然而——还是所以？我从来没有对父母、姥姥、哥哥说过"我爱你"

这三个字，记忆中我也许没有用中文对任何人说过"我爱你"。我似乎无法想象这样宏大的直白，可以用于个人之间私密微妙的感受。

如今，除了爱某种饮料、某道菜，爱某个电影、书籍、音乐……诸如此类，我只能对丈夫和两个孩子说"我爱你"——仅此三个人，用的还是英语。与时俱进的人们，早已自由地在微信里表达"爱你""想你"；而我尽了最大努力，也只能非常偶尔地发个红心的表情包。我的确是"从前的人"。

这些信写得并不好，只因被 M 保存了四十多年而变得珍贵——好比《小王子》中那枝玫瑰花，本身再普通不过，只因"小王子"爱与呵护而变成世上唯一。它们被"妹妹"折叠成复杂、巧妙的形状，又被 M 的手打开，读完后再小心折成原来的样子，放进抽屉里。没有人再会如此写信、折信、贴邮票，把信投到邮筒后，开始期盼对方的回应。当年一封上海和北京之间的信，最快要四五天的时间才能到达对方的手里，如果寄到小县城或农村就会更慢。这样充满孕育和等待的交流，也许是人际关系中最美丽的表现了，或者，是它最可贵的残留物。

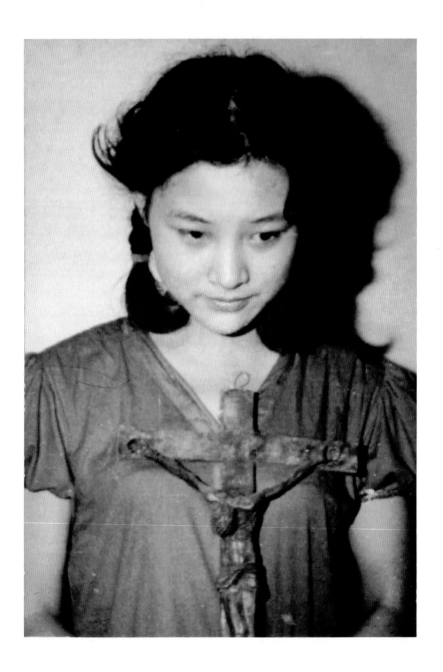

给天

天，你给我的我接受；
你不给我的，我不想要。
已经走到山穷水尽，
也只好笑一笑。
现在的世界，
只能看它热闹。
退后让大家幸福，
没有我的也好。

别闹，
好让末日安静来到。

89.11.29.
作于陆军医中心病房后

（左图）这是在什么情形下拍的？完全不记得了。是母亲的基督教信仰影响了我吗？姥姥是个彻底的无神论者，当年却把母亲送去了教会学校，也许那只是她在战乱中能找到的最安全的地方。印象中我拿着的十字架是哥哥用泥（还是橡皮泥）做的，好像等很久才干，挂到了客厅的画镜线上。那时我们处在彷徨的年龄，思考生命意义和寻找信仰的年龄，想从宗教中寻找答案，后来还在大学里选修过两堂宗教课，但我无法改变怀疑一切的本性。（上图）晚年的姥姥虽仍是无神论者，却也与上天对话。这首诗写于她去世前的一年，我一直以为那时她老糊涂了，而她其实在这么清醒和淡定地面对着死亡。她写下这些话，是不是因为身边没有可诉说的人？这个想法让我伤感。

没有女人会因此丧命

上海人叫外婆或者阿婆，不叫姥姥。小时候每年春节前，爆米花的人会来。他会把黑铁的爆锅架在煤炉上，一手拉风箱，一手转锅子。十分钟后，"嘭"的一声出锅，原来的一小碗玉米就能装满一个枕头套，空气里就散发出一股诱人的香甜。那年，二姨跟我表妹从银川回上海探亲。外婆拿着一碗宁夏玉米和两粒糖精片，带着我和表妹排在爆米花的队伍里。表妹口口声声叫外婆"姥姥"，其他孩子觉得好玩，也都起哄叫姥姥，他们的声音在弄堂里此起彼伏，姥姥就这样诞生了。

我从小跟姥姥长大，可惜她在世的时候，我没有多问她年轻时候的事情。我只知道她原名史人范，一九〇八年生于江苏溧阳。当她成了文学青年后，觉得为人模范太累，遂改名史伊凡。

她的父亲（我的太公）史蛰夫是清朝大臣史贻直的直系后裔，一代国学泰斗，光绪年间廪生，曾参加辛亥革命，为维新人物。北伐前史蛰夫是国民党的地下党员，在国民党取得政权后，因不满意其执政措施，在报上登启事公开脱离国民党。他曾在常州中学、南菁中学、无锡高等师范任国文教师和历史教师。共有一百二十册的《民国时期语言文字学》汇编中，第二十四至二十八册为史蛰夫所编的《六书统一》。他在篆刻上有极深的造诣，能把《陋室铭》全文刻于方寸石章中。瞿秋白就读常州中学时，就随他学习篆刻并成为他的得意门生。太公病逝于一九四二年，我在上海图书馆资料室里，看到他生前的学生方伯超写的《史蛰夫先生轶闻》，以表达对先师的怀念。有一段文形容了先生的篆刻"纵横豪迈，遒劲有力，信手雕镌，字字活跃，不啻蛟虬自石中飞舞而出"。

在同一篇文章中，还有一段非常展现史蛰夫个性的文字："先师在溧阳任尚志学校校长时，值宜兴县立各校开春季联合运动会，先师亲率全体学生往参观。是日下午四时许，运动节目尚未告毕，而大雨滂沱。其他参观各校已鱼贯自退，独先师植立雨中，精神振奋，全体同学，因此愈觉秩然不紊。俟运动员给奖后，相偕出会场，而旁观者掌声雷动矣。"

据说，史蛰夫不仅治学严谨，治家也颇严厉，性格暴烈，而我姥姥性格也不亚于他，从小叛逆，一九二二年秋入苏州女子师范，渐渐卷入学生运动，高举反封建统治旗帜，前后三次登报与其父脱离父女关系。一九二六年又和同学从苏州出走，投奔北伐，去南京分配到国民党总政治部秘书长王昆仑手下干事，感到无所作为，并看到国民党内部风气不正就离开了，回家准备考大学。姥姥在一九二七年考进国立第四中山大学文学院（该院在一九二八年五月改名为国立中央大学文学院）。

"文革"时期，家里大部分老照片都销毁掉了。我出国的时候，带走了幸存的一本小相册。那里面有一张姥姥两三岁时候，跟她母亲

这也许是家中最老的照片吧，大约摄于 1910 年。左一是幼年的姥姥，身边是她的妈妈，右一是她姐姐，右二是她的哥哥。母亲说，小时候常听到她的外公外婆（"公公"和"矮好婆"）说起以前的家，叫"朱家花园"。哥哥和我都觉得，"公公"一定有台相机，因为他们的家庭照都不是在照相馆拍的。二十世纪初，摄影在中国还是一件新生事物，不知他为什么会买这样奢侈和时髦的东西？

晚年的"矮好婆"在平江路家门外。

和姐姐哥哥的合影。姥姥的母亲是个裹小脚的女人，却把姥姥和她姐姐打扮成男孩的样子。我母亲称她的外婆为"矮好婆"，母亲说矮好婆不识字，经常被她先生骂笨。但是其实她非常聪明，出去听一出戏，她回来就会哼唱。在那个男尊女卑的年代，矮好婆给自己的女儿们穿上男孩的装束，是想把她们当男孩子来养吗？还是家境拮据，女儿们继承了长兄或亲眷男孩的衣服？没有人能告诉我。但是我知道，姥姥、大姥姥和三姥姥都受到了极其良好的教育。

一九八六年，姥姥在上海《解放日报》上发表过一篇《吴健雄关在"笼子"里》的文章，回忆了她与闺密在学校时的各种调皮捣蛋。她在文中这样形容了母校的样子：

"苏州有一条新桥巷，当年巷里有一所颇具名声的女子师范学校。至今我还记得：大门冷冰冰的大开着。进门，站着四棵寂寞的梧桐树。往里有三间屋：中间是走道；左右各有一间从来没人坐过的会客室。转弯是二门，也开着，不过是黑洞洞的。左手是校长室；右手是男老师宿舍。走完甬道，有亮光了，可是两扇又厚又重的三道门，很像牢门。门右是训育主任办公室，门左是舍监办公室。

"舍监面色苍白，她没来得及结婚，未婚夫已经去世，据说她是捧着写上未婚夫姓名的牌位，完成结婚仪式的。这位太太心地好，一心要把全校学生都教导得像她一样贤淑懂礼。

"第三重门里面，就都是长长的、一排一排的楼房。建筑齐整，花木扶疏。有宽敞的课室、整洁的宿舍、非常开阔的大操场，下雨天另有室内的风雨操场，也就是全校集会时使用的大礼堂。靠里有个舞台，挂上双层幕子，供演出时好开幕闭幕。"

姥姥写了她与吴健雄如何在这座监管严厉的"牢笼"中，跟这位舍监和另一位训育主任斗智斗勇，"演出"了一幕又一幕的恶作剧。

比方：

"有一个晚上，学校开庆祝会，排练了不少节目。全校师生和校工，都拥到礼堂去看演出了。我和健雄在场外各地走了一遭，一个人都没遇见。显然这是千载一时的好机会，不容轻易放过。我们商量了一下，有了主意。等到演出将近结束的当口，我们找到两条长凳，搬到礼堂外间的门口，先竖起长凳，分放在门的两边，再把细绳绑一头绑上一只凳脚，两头扎好，刚够拦住门的出路。然后跑到门背后，找到礼堂电灯的开关。"咔嗒"一声，全场漆黑。我俩立刻跑到门外去，躲在门外观察。只听得观众乱纷纷地往外挤。最先挤到门口的人，撞断细绳，跌倒在地。后面的人，被地上的人绊翻，一片尖声怪叫，比台上的演出大概真实得多，当然也精彩得多。好几分钟后，才有一位聪明人旋亮电灯，结束了这一出压台戏。

"在精力有余、思想苦闷的一段相当长的时间里，隔一阵我俩再演一出戏。奇怪的是从来没有被破案过。舍监太太曾对她一个亲戚悄悄泄露过，学校里有狐鬼作怪。消息传出后，据说外界也纷纷议论二女师狐鬼捣乱的新闻。"

在回忆当年时，姥姥自己也纳闷，这所学校的教育肯定不赖，当年南京中央大学招生百里挑一，她们一个个都录取了。可她怎么会如此讨厌那个"笼子"，如此狠心撒野呢？

也许她只记住了自己的恶作剧，而我却在当年师范女校的校报上，看到了另外一个她。姥姥显然经常发表文章，其中有一篇题为"群众运动之动机"，是这样开头的：

"群众运动者，人类结合而求达其公共目的之步骤也。欲知其发生之理由，必先研究群众之心理。人类本各殊其心理，但多数人相合，则另成一种心理，既非甲之心理，复非乙之心理，而成一不可思议势力伟大之特殊心理。乃有少数人利用之，而促成绝大之运动，以达其某种目的，此则我国在野官僚、无聊政客之长技，惯施其狡狯手段，他人为之傀儡而茫然不觉，不惜以血肉之躯，冒死奔走，而为他人作嫁，可悯亦可哂也。"

接着姥姥举例辩证自己的观点，可以看得出来，文章写于某件重大运动失败后。众人激愤的情绪被某种利益团体所煽动和利用，成为徒劳的歇斯底里。她在结尾处总结道：

"欲明一种群众运动之真相与结果，必先究其动机安在。若盲从而附和之，则徒为他人所操纵，自身徒受牺牲，非惟后悔莫及，且更贻笑他人。青年，血气未定者，甚毋感情用事，而为人利用也。书此，自励兼以告人。"

每次文明的倒退，每出人类的悲剧，青少年都被利用首当其冲，成为陪葬。希特勒的法西斯政权就是无数例子中的一个。让我惊讶的是，姥姥在少年时代已经拥有了这样严肃、冷静、成熟的独立思考以及表达的能力。

一九三〇年姥姥作为学联代表认识了上海医学院学联代表张昌绍——我的外公。家族里的人都知道他们风风火火的恋爱故事。一开始，是姥姥的妹妹——我的三姥姥——先认识和爱上外公的，可最后外公却娶了姥姥。这是我母亲从大姥姥那里听来的。据母亲说，外公和姥姥把家搬到平江路的房子里以后，三姥姥和她丈夫几乎每周日都来拜访。午饭后，外公和三姥姥的丈夫，坐在客厅各自看报纸，而姥姥和三姥姥常常在楼上吵架。离开的时候，三姥姥总是伤心无比。她曾跟我母亲说过，回家时走在枫林桥上，她恨不能一头跳进肇嘉浜里。后来，三姥姥随她丈夫搬去北京。我二姨和小姨在北京念大学的时候，三姥姥常请她们到家里吃饭，跟她们讲外公年轻时的事情。她对我母亲和两个姨都格外宠爱，"文革"中外公和姥姥的工资冻结，每个月是三姥姥给我小姨生活费。我开始拍电影后，在北京见到三姥姥。她笑眯眯打量着我说，倒是你当了电影明星，阿中（我母亲）才真叫漂亮。但是只要姥姥在场，她们两个人就继续翻老账，无休无止。

从外公和姥姥各自的简历上看，他们相遇之前都在苏州和南京生活和学习过。外公在江苏省立第四中学校报上发表《平民教育与平民生计在今日孰为重要》的时候，姥姥在江苏省立第二女子师范学校的校报上，发表了《群众运动之动机》和《老丐行》；外公在校报上发表《手淫之预防法》的时候，姥姥发表了《理不胜欲，要使二者互保其平衡》。这两位素不相识的少年，在同时感受和思考着时代与自身所带来的困境，寻找着更理想的生存方式，向往着更正义与平等的社会。一九二八年他们又分别赴南京上大学。我想象他们两人多次在街头巷尾互相错过的镜头，就像波兰导演基耶斯洛夫斯基的电影《红》里面，那一对常常擦肩而过的邻人，被命运像吸铁石那样拉近。影片最后，因为一场灾难的发生，他们终于有了相遇的机会。姥姥和外公那几年所有的动荡，似乎也只是上苍为了促成他们终成眷属。

姥姥曾经写过一篇回忆一九三二年"一·二八事变"的短文，当时姥姥和外公都报名参加了上海医学院组织的第四救护队。跟姥姥惯常的风格一样，文章毫无煽情，也没有提及她和外公的私人关系，只是在救护队的人员名单里列上了"张昌绍"，平静地讲述了当时在真如暨南大学夜以继日发生的事情——

……我们女同志宿舍在底楼。窗外堆积着许多为抗日救国而牺牲的壮士们的遗体。躺在床上，就可以看到，令人肃然起敬。

姥姥的证件照。

从光线来看,这是一个早晨,姥姥在窗边吃早餐,这一定是"公公"拍的。那个年代照相是一件具有仪式性的事,很少见到这样随性的老照片。是什么给了公公突如其来的灵感?温柔的晨光吗?还是觉得自己的女儿那天特别漂亮?这是在什么地方?我想起另一张这间屋的照片,镜头对着一扇窗户——应该是此张的光源。窗前是同一张小书桌,边上有一张小床,一只圆顶蚊帐扎在一旁,半透着光。是什么感染了公公,拍下那扇普通的窗户?它半开着,仿佛一条时间旅行的通道,既通向神秘的未来,也通向一片逝去的天地。我觉得公公虽然脾气大,但内心极其柔软,是一个对美怀有敏锐感受力的人。

救护站的工作紧张而有秩序，大家睡得很少，白天黑夜拼命地干，平时互相关心，互相帮助。站里常有记者和慰问团来访，不管我们怎样解释，救护站不缺吃穿，慰问团体还是用大卡车装满面包、蛋糕、饼干、罐装菜肴和棉袄、棉鞋、毛巾等等，把一间大教室堆得满满的……

最使人感动的是伤病员们的表现，他们很坚强，很少听到呻吟声。一些伤势较轻的战士纷纷要求重返前线，甚至那些伤势并不轻的也装出若无其事的样子，要求回到战场去。有些战士因伤重必须转送后方治疗，但硬是不肯上车，他们觉得留在救护站，离火线近一些，还有机会重返前线，送到后方，就没有打敌人的机会了……

但是不久日军增援部队在浏河地区登陆，威胁十九路军侧翼。十九路军因得不到兵员、武器、粮秣接济，不得不撤离淞沪战场。接到撤退通知，救护站的同志们都发呆了，等收到紧急撤退通知后，大家才行动。军部为救护站留下最后一次列车，我们迅速地背着百多个伤员和代管的武器上车，离开真如，向苏州方向开去。车到昆山时，遭到日军飞机的轰炸、扫射，幸好没有重大伤亡，安然到达目的地。

正在热恋中的外公和姥姥是并肩的战友，他们共同见证了这一悲壮的事件，经受了战火的洗礼。当他们终于可以单独在一起的时候，有没有紧拥对方失声痛哭；有没有亲吻彼此悲愤的眼泪，抚摸彼此疲劳的身体；有没有以身相许，山盟海誓？我无从知道。我只知道，他们是"一·二八事变"之后的几个月里结的婚。

在拍摄中央电视台《客从何处来》的节目时，我偶然从资料中发现，当年著名文人柳亚子在一九三二年为姥姥作的一首诗。

浪淘沙——文艺茶话会座上赠史伊凡女士

珠玉泻莺喉

钢里含柔

吴娃燕语最风流。

一阕新词低唱罢

怎不娇羞。

京兆画眉俦

是几生修

天教韵事继红楼。

为恐石凉人睡去

芍药轻兜。

诗人特意注释史女士爱人叫张弓——外公的别名，姥姥那么"风流"和"娇羞"，一定是一个新娘幸福的模样吧。

一九三三年七月十日姥姥在溧阳老家生下了我母亲。一九三四年外公从上医毕业留校后，就把家搬到了上海，一家三口先住在上医校长朱恒璧家，后来再搬到上医分给外公在"祥庆村"的公寓。

我在史料里读到，一九三五年北京发生一·二九学运，激起了姥姥这辈年轻人的革命热情。怀着身孕的姥姥与史良等人组织了上海妇女界救国会，后发展成中华救国会。据说她匆匆生下我二姨后，就把婴儿留在上海红十字会（即现在的华山医院），自己投入到编辑《中华医学杂志》的工作中去。外公曾经在红十字会实习过一年，所以医院收留了二姨一个多月，她是婴儿室闻名的"超大儿"。

一九三七年八一三淞沪战争爆发后，姥姥又一次全身心投入到伤兵医院，直到年底战事失败。沮丧了一段时间后，姥姥决定离开上海。她带着五岁的母亲和三岁的二姨，去照相馆拍了一张照，然后把她们分别留给了姥姥的父母和我外公的弟弟，只身去伦敦陪读于外公。这段经历给我母亲和二姨带来了久远的心理阴影。

一九三九年，姥姥比外公提前从英国回来，但是她没有回到孩子们的身边，而是帮助上医校长朱恒璧完成了国立医学院两次庞大的迁校任务。朱恒璧校长是外公的恩师，两家人的友情非常深厚。他们从上海乘轮船途经香港到越南海防登陆，而后改乘滇越铁路前往云南。在昆明郊区白龙潭设校（简称"滇院"）。一九四〇年滇院再次跋山涉水迁往重庆，在重庆市郊歌乐山设校（简称"渝院"）。

一九四二年，在日军从缅甸进攻中国大后方的危急时刻，姥姥又被借调到滇缅铁路督办公署卫生处，在美国援华抗疟委员会工作，工作所在地为弥渡。一九四三年她才从弥渡回到歌乐山，担任《中华医学杂志》的编辑。

在歌乐山，姥姥和外公终于安定下来，便决定去上海接女儿们到后方一起生活。姥姥出发之前先寄信到上海，在亲戚家寄宿的母亲和二姨接到信后就开始期待。大人们叮嘱她们，只能跟人家说姥姥是从南京过来的，千万别说重庆。姥姥到沪以后，把我母亲接回到自己的父母家，把二姨仍旧留在我外公的弟弟家。过了数日，姥姥到外公的弟弟家来，却不是来接二姨，而是来跟她告别的。她跟二姨解释说，闯过日本人的封锁线太困难了，回沪路上花了一个多月，她实在无力带两个孩子上路，只能带母亲一个人。

在二姨的记忆里，那是她第二次被姥姥遗弃。第一次是她三岁时姥姥去英国，把她交给了亲戚。二姨在回忆录里描写了她那天的感受："在一个昏暗的屋子里，我睡在一只笼子般的小床里，周围一圈都是我从没见过的、可怕的脸，我手里捏着一只纸袋，这是我母亲最后交到我手里的，据说里面是几块蛋糕。这个小床和这个纸袋成了我唯一的世界，我紧闭双眼，不哭不哼，据说就这样待了三天。"

五年后从重庆回到上海，姥姥又一次弃二姨而去，还带走了她的姐姐。那时二姨留着两根硬得像棍子的长辫子，姥姥说喜欢。临走拍拍她的头，叮嘱她好好留着辫子。待姥姥一走，二姨就抓起针线盒里的剪刀，把辫子剪掉。

我在上海外国语学院上学的时候，借了一本《简·爱》的英文版，带回家读。我那时的英文水平读原文书十分吃力，记得姥姥经常在边上帮我一起查字典，给我解释字典不能回答的疑问。书里有一段引起我强烈的共鸣，并激起我对远方和未知的向往。

> 我爬上三道楼梯，推开顶楼的活动天窗，来到铅皮屋顶，极目远望与世隔绝的田野和小山，以及暗淡的地平线。随后，我渴望自己具有超越那极限的视力，以便使我的目光抵达繁华的世界，抵达那些我曾有所闻，却从未目睹过的生气勃勃的城镇和地区。随后我渴望掌握比现在更多的实际经验，接触比现在范围内更多与我意气相投的人，熟悉更多类型的个性……我没有办法，我的个性中有一种骚动不安的东西，有时它搅得我很痛苦。……一般人都认为女人应当平平静静，但女人跟男人一样的有感觉。她们需要发挥自己的才能，而且也像兄弟们一样需要有用武之地。

我完全可以想象二十岁的姥姥在中央大学文学院第一次读《简·爱》

的样子。她一定也向往去发现外面更广阔的天地，在那里完善和证实自己，并从中找到生存的意义。姥姥是个失败的母亲，但她无疑爱自己的孩子。她一直保存着我母亲六岁的时候，给她往英国写的信。那一小条发黄的纸对姥姥的价值，我是在生了孩子后才懂得的。每次我母亲提及童年被遗弃的事，姥姥脸上的悲哀，我也是在生了孩子后才懂得的。谁的人生没有遗憾，哪个选择没有代价，抑或一切皆命中注定，根本没有选择。

我自己的女儿十三岁那年跳级考上了全美最顶尖的高中住读，比同班同学都年幼一些。入校后不久她得了厌食症，在治疗过程中，心理医生跟我提到女儿年幼时我外出工作给她带来的心理阴影，专业术语为"分离焦虑"。女儿的病根源在我。我无力地为自己辩解，我只是偶尔离开，一般都在两周内回家，最长不过一个半月左右。医生说，对一个孩子来说几天可能就意味着抛弃，而每次被抛弃，她都以为是永远。孩子们不记得你平日的付出，因为那是理所应当的，而她们记得你的离开所带来的痛苦。也许我遗传了姥姥灵魂深处的不安分，无意中总是在伤害我最爱的人，而那份痛心疾首的后悔，也是我必须承担的命运。

我给母亲打电话，问她还记不记得当年跟姥姥从上海到重庆的经历，她先说记不太清了，然后叹口气说，一路上很艰难，我们坐了火车、汽车、牛车、木船，绕了很多地方。当时从日占区去重庆是不允许的，姥姥在各个关口需要通行证，需要交通工具，只好求那些有权有势的人帮忙。那些都不是好人，他们占姥姥便宜。我问，怎么占她便宜？母亲犹豫了一下说，她要陪他们睡觉。我哑口无言，完全没有想到母亲会跟我这样说。我再追问细节时，母亲不愿说了。但她强调说，要是换你外公去上海接我，一定到不了重庆的。姥姥胆子大，也会随机

姥姥、母亲和二姨。

后排姥姥和她妹妹——我的二姥姥，前排左起小姨、"矮好婆"、二姥姥的女儿。

应变，她总是把我的一只小皮球放在箱子的最上面。到关口打开检查的时候，皮球会滚出来，我就跑去捡，这样检查的士兵注意力就分散了，好心一点的士兵还帮着捡，这样就不会留心到箱子里藏着违禁品或贵重物品。

放下电话后我想，这些占姥姥便宜的都是些什么人？在一两个月的路途上，又有多少个"他们"？这"陪他们睡觉"的交易是怎样达成的，又去哪里实现？这些我都永远无法知道。

我打开相册，找出几张姥姥那时的相片。姥姥长了一张娟秀的瓜子脸，那也许是她脸上最柔和、最女人的线条；她的额头宽敞，有些男性的方刚；她的眉毛上扬，有些挑衅的傲慢；她的单眼皮有些不对称，但是眼睛里透出聪慧和沉着；她抿着的嘴有些固执，也好像在说，别惹我；她的鼻子也许是五官里面最完美的部分，放在脸的正中央，让人觉得它的主人品行端正而充满诚信。然而，照片只是漫长人生中的几秒钟，并非立体性记录。姥姥在照片里显得严肃，而我认识的姥姥幽默、风趣，是一个极有吸引力的对话者。一位《文汇报》的记者曾经这样回忆姥姥："……史伊凡老人是我感到亲切又十分乐意交往的一位，老人乐观豁达，随意又健谈，是位典型的有修养的老知识分子……上世纪八十年代，我常上平江路的那幢小楼去看她。暖暖的下午阳光里，我们俩一支烟，一杯咖啡，天南地北地谈天，可以一连几个小时。"姥姥的头脑、见识、个性和思想，是她一辈子用之不竭、取之不尽的清泉。

在从上海去重庆的时候，姥姥拖着一个九岁的孩子，已经是一个三十五岁的女人。我想象这样一个场景，女人点上一支摩尔烟，审视眼前坐在办公桌前的男人。他也用疲劳的眼神扫了她一眼。女人知道他工作单调而辛苦，并跟她一样远在他乡。她为他点上一支烟，开始娓娓道来，讲一段伦敦街头的趣事、一个《聊斋》里的女鬼故事、一则好笑的新闻。或者，她跟他拉一段家常，有滋有味回忆起某条街上某种特别香的豆豉、辣酱、臭豆腐。女人聊起天来那么亲切生动，这份意想不到的愉悦或许打破了男人沉闷的日子，或许满足了他的一份乡愁，以致他完全忘记了跟她原来的交易，开始向她倾吐，一泻千里，直到夜深人静……

我也可以想象另一个场景，女人的衣服被撕开，纽扣被扯掉，她被压在水泥地上，背上的皮肤已经碾破。事后，男人还在喘息，裤子狼狈地堆在脚腕，女人已经穿好大衣，拢齐头发，拿起通行证平静地转身离去。她挺拔高傲的背影，让他突然自惭形秽。他向她索取了身体上的快感，但无法索取征服者的优越感。我想起一部叫《西部往事》的犯罪电影，片中一个强盗用强奸来威胁一个寡妇，这个毫无自卫能力的弱者，没有畏惧，也没有矫情，只是很简单地说，没有女人会因为这个丧命，你来吧。我想象，姥姥也有这样刚烈的性格、胆识和精神。

姥姥"陪他们睡觉"，也许是这两个场景之间的情形，也许根本不是，现实往往比想象更为异想天开、不可思议。关于那段旅程，姥姥没有留下任何记录，我想她也从来没有跟任何人说起。写到这里我甚至怀疑——或者希望——母亲是不是把别人的经历误记成了姥姥的，毕竟那是七十多年前的事情。

我上网搜查当年从上海到重庆的文字和图像，看到一个身穿旗袍和西装外套的女人的照片。她风尘仆仆、疲惫不堪地坐在一只皮箱上，身边另外两只皮箱上放着厚厚两捆棉铺盖，她的身后有几条舢板，还有船夫、挑夫和逃难的人。她在路上奔波多久了？经历了什么样的磨难？从她无奈和麻木的脸，我仿佛看见，姥姥带着年幼的母亲在跳板上等船的样子。我还找到一些有相似经历的人写的回忆录，都提到通行证、交通工具的困难，和一路辗转浙江、安徽、江西、广东、广西、贵州、云南等地的曲折。据潘君拯的《从孤岛到陪都——抗日时期流亡学生的回忆》一书描写："从贵阳西去昆明，北去重庆，沿途多险段。……向北要过七十二弯。……车辙深，晴天像香炉，雨天像糨糊。大雨以后多滑坡，山上的大石头滚下来压在公路上，阻碍车辆通行；或者一段路面整个滑下去了，公路中断。……在七十二弯，从高处往下看，破车随处可见。"抗战时期汽油短缺，老百姓在车身旁安装一个炉子，内填木炭，用木炭作发动机燃料。木炭车马力小，因而在山路上事故频发。

姥姥也是这样在九死一生中，把母亲从上海接到了歌乐山。一家三口终于在后方度过了几年物质贫乏，但精神充实的生活。母亲这样描写那段时光："当时重庆的条件很艰苦，住的是竹片糊泥巴的房子，水电煤卫全无。有位叫老宋的老伯专为大家从山下小溪把水挑上山，每户每天用一担水，晚上点的是电石（乙炔）灯，屋后砌了个柴灶烧饭。母亲还学着用火油箱改制的烤箱做面包，烤失败的面包由我们自己吃掉，一旦成功了就把实验室的成员都请到家里来分享。就着自制的果酱和当时颇金贵的红茶，算是一顿美味的茶点了。"

在美国新冠疫情剧烈恶化的时候，小女儿跟我们在家，大女儿只身在另外一个城市，令我十分牵挂。我不难想象，姥姥把七岁的二女儿一人留在炮火连天的上海，是什么样的心境。我先生在家隔离，突然有了闲暇，大女儿极力推荐他读一下契诃夫的《第六病房》，我这才知道她也喜欢契诃夫，有些莫名的感动——姥姥、母亲和我都曾经爱看契诃夫。大女儿不常跟我交流感情，这份疏远让我惆怅，偶尔在亚马逊账户上看到，她在读我年轻时代迷恋的书，就有一种欣慰，觉得在精神上跟她很近。阅读曾经也是我和姥姥之间的纽带。

说到姥姥的那些书，"文革"一开始的时候，抄家的人从房子里拉走了一车书——姥姥和外公从上海到伦敦、波士顿、重庆，再回到上海，这一路筛选积累的书。在回忆外公书房的时候，姥姥这样描写："他的藏书倒并不限本人专业范围，其他自然科学、社会科学书籍以及文艺书籍和报刊之类，都使他感兴趣，在他一只书柜的一角里，还悄悄放着几本小册子。它们是 *How To Swim*、*How To Take Photograph*、*How To Dance*、*How To Play Bridge* 等等。可是他除了可以偶然凑数打一下桥牌，既不会游泳，更不会跳舞，也没有拍摄过照片……也许他曾经感到过遗憾，所以去买了这些小册子……"可见，书远不只是书，更是一种潜力，好比乐谱或者种子。被拉走的是他们身外之物里最不舍失去的东西。

　　姥姥冒着风险在阁楼保留了一只棕色的小皮箱，里面藏了她最喜欢的书籍。我第一次看"禁书"是在扁桃腺手术之后，那时割扁桃腺盛行，用一种新的方法，不打麻药不用刀，只是用一块压舌板和一把特殊的钳子将它们摘除。母亲告诉我手术后医院会给病人吃冰激凌，从她的语气听起来，这简直是一种特权，我立刻同意去割扁桃腺。手术那天，我胸前戴了一枚直径四寸的毛主席像章，心里反复背诵着毛主席语录："下定决心，不怕牺牲，排除万难，去争取胜利。"手术结束后，护士把一小纸盒"紫雪糕"和小木勺递到我手里，我却疼得什么都不能吞咽。母亲叫了一辆三轮车，我倚在她怀里，一路上眼巴巴看着冰激凌一点点融化。回到家，我把化掉的紫雪糕给了哥哥。

　　姥姥看我可怜，去阁楼把那只皮箱拿了下来，从里面取出一本《哈姆雷特》的连环画给我看。接着的两天病假里，我一遍遍地看那本连环画，那是由英国演员劳伦斯·奥利弗（Laurence Olivier）演哈姆雷特的剧照组成的，虽然我还无法懂得故事中复杂的情感和意义，我被哈姆雷特眼睛里传递出来的疯狂和痛苦深深吸引。那次以后，我时刻期待着感冒发烧不能上学的日子，让书本领我走进自己内心那些陌生的角落。

成年后我对悲剧的迷恋，也许就是从《哈姆雷特》开始的，剧中暴力和仁慈的共存，罪和恩典的和解，启蒙了我潜意识中对人性的认知。它让我在朦胧中感受到，艺术作品呈现的悲剧，是对生活中悲剧的洗礼和升华。

至今若有人提起莎士比亚，都会让我联想起发烧的感觉，而躺在床上读书，仍具有治愈一切的魔力。

大约在一九七〇年，姥姥被打成了"反革命"，被迫停职停薪。母亲严肃地跟我解释，姥姥跟人说，毛主席是"两论"起家（《矛盾论》和《实践论》），而她自己是"两精"起家（糖精和味精）。母亲要我懂得祸从口出的道理。姥姥自己的笔记这样写了，"回家后向里委报到，负责读报等。有一组参加过罢工斗争的退休老工人，全是文盲，要听马列主义著作。我把《哥达纲领批判》阅读五遍，阖书讲解后一起讨论。双方都觉满意"。也是在那个时期，姥姥还带我坐火车出外旅行。当年没有人旅游，只有人出公差。至今我不知道她从哪里弄来的钱，怎么搞到的介绍信，以什么理由为我请的假。那年我的语文课本里有一篇写南京长江大桥的课文，火车开过大桥的时刻，我非常兴奋和骄傲——不只因为桥的壮观，也因为全校只有我一个人亲眼见过它。在南京的时候，姥姥带我去了一栋老房子，探望一位不知是旧友还是亲戚的人，两人低声聊到深夜。那一晚我睡睡醒醒，直到朦胧的晨光从窗帘缝里钻进来，我仍然听到姥姥在窃窃私语。现在回想起来，那幽暗的光线、喃喃的低语似梦似幻觉。那时我还不知道，这座城市曾经有姥姥的青春和梦想，也不懂得她走在鼓楼区大街小巷间的怅惘。

旅途上，姥姥为我补习功课。我喜欢语文，读了不少董存瑞、黄继光、刘胡兰的英雄事迹的书籍，并抄写了很多豪言壮语。我给姥姥看我的笔记本，还请她看到好的豪言壮语也帮我记录下来。那时候的作文开头都有类似"东风吹，战鼓擂，国内外形势一片大好"那样的空话。姥姥跟我说，你不需要这些豪言壮语，一个字可以讲清楚的事，不要用两个字。

"四人帮"被打倒后，姥姥被上海科技出版社请去当顾问，编辑了《家庭医学全书》。抢房子的人陆续从我家搬走以后，姥姥终于回到了她的房间，经常有年轻人上门找她补习英文、修改文章或者闲聊。从英国回来的时候，她带回一个手摇唱机和灵格风（Linguaphone）教英语的唱片及课本，喜欢英语的人会聚在她的房间听唱片，学讲纯正的女皇英语。记得一个住在外交大楼里的男青年，常来陪姥姥聊天，让姥姥给他看阁楼上的旧物，后来姥姥把一盒子我曾外祖父史赘夫刻的图章都送给他了。可惜那时我太小，还不懂得珍惜祖上留下的旧物。

一九七七年我主演了谢晋导演的《青春》，一九八〇年又因电影《小花》得了"百花奖"最佳女主角，经常有男士上门想认识我。据姥姥说，他们都是"高干子弟"，我们既不能得罪他们，也不能让我出面。我总是躲在父母房间看书，而姥姥在隔壁倒茶递烟，冬天点上炭炉，夏天递把扇子，天南海北地跟人聊，颇有雪赫拉莎德《天方夜谭》的味道。来的人虽然不能满足初衷，走时也不觉太失望，有的干脆忘记了初衷，日后还带着礼物回来看她，和姥姥成了忘年交。

我的朋友们也都喜欢她，前两天我跟一个多年没联系的老同学通电话，他第一提到的就是姥姥。他回忆道，在他人生不顺利之时，姥姥手里拿根烟，笑眯眯地说，小朋友，军棋下下。姥姥跟他讲的是上海话，军棋"扎扎"，她的意思是人生一盘棋，有输有赢。朋友还记

我和姥姥在七十年代加盖的简易楼前。

得姥姥说，棋子木头做，输了再来过。他说的上海话"输试再来过"，让我突然思念姥姥的房间，和那里的时光。

我留学美国的第四年终于回家探亲，别人从美国回家，总是要带一台电视机或冰箱什么的，那些所谓的"四大件"。我在信里问姥姥，她坚持不要任何大件，也许是不舍得我花钱，也许是真的对大件没兴趣。她请我买一个有波浪的假发套、一个前扣式文胸、一支眉笔和一块羊奶芝士。当我把礼物一件一件递到姥姥手上的时候，她笑得眼睛眯起来，好像所有的贪婪都得到了满足。也许没有人能满意地说出幸福的定义，但是，在那个冬日下午，阳光从窗外照进来，火炉上烧着水，姥姥换了内衣，戴上发套，描好眉毛，就着苏打饼干吃芝士的样子，无疑就是幸福的样子。

姥姥虽然没有太多物欲，但她懂得享受。有个朋友知道我在写姥姥的故事，到网上帮我买了一本姥姥在一九五〇年代编的《吃的科学》。在第一章"怎样吃饭"里，姥姥首先强调了享受："我们的眼睛会看电影，耳朵会听音乐，这些都是享受呀；为什么对于好看、好闻又好吃的食品，竟不能欣赏一阵呢？"然后她又解释了："如果他不带着欣赏来享受食物时，他的口水就减少了分泌，胃液也减少了分泌……食物也因为不能充分和消化液接触，而难以消化。"在姥姥看来，人不需要太多的东西，他只要懂得欣赏眼前的生活。

跟 N 结婚后，我带他回上海探亲，结果刚到那天就大吵一架，他半夜三更搬去了酒店。第二天我沮丧地坐在姥姥房间，我们谁也没提头天晚上的事，但心照不宣这是一次失败的婚姻。姥姥从石灰箱里拿出海苔饼干给我吃，她说，石灰都成粉了，要换了。我就觉得，日子还会正常过下去的。石灰箱是一只高高的长方铁皮箱，箱底有一纸包的白石灰块，上面的空间用来存放花生、饼干等怕潮的零食。跟那只藏书的皮箱一样，姥姥的石灰箱也是十分美好的东西。我跟姥姥边吃着饼干，边聊些无关紧要的闲话，然后她用极其平淡的口吻说，没事的，不要生孩子就行了。就这样，没头没尾的一句话，她知道我明白的。姥姥总是能用最简单的举动和语言，在关键时刻给我慰藉。

二十四岁那年，我回国上了春晚，即兴说了几句："今年是牛年，我属牛，所以就系了红腰带。现在中国有句时髦话叫恭喜发财……"我恭贺新禧后的第二天，就有一位退休老干部在报纸上写了批判我的文章，谴责我称祖国为"中国"："撇开迷信味儿不说，陈冲去了美国四年，竟叫我们是'中国'，那她自己是什么呢？"一时间举国上下都开始声讨我的叛国行为，并把"中国"讹传为"你们中国"。在一片谩骂声中，唯有姥姥挺身而出，为我到各大报纸杂志去奔走，最后在《民主与法制》杂志刊登了她为我写的辩护文章。

我最后一次见姥姥，她已经患了胰头癌。我陪她到医院做检查，其中一部分的过程很痛苦，而且缺乏尊严。姥姥多次用哀求的眼光看我，我无力地安慰她说，快查完了。她拉住我的手，坚决地跟我说，你让他们停下来。我没有能让他们停下来，检查结束后医生说她得马上住院开刀。

黄昏，我跟姥姥回家拿生活用具，她呆立在房间的中央，似乎不知所措。我把她的牙刷、杯子和毛巾放在一个小脸盆里，再从抽屉里取出替换的内衣。我说我们走吧，她不动，我轻轻拽她，她说再想想还有什么忘记了。姥姥的房间很简单，没有一件多余的物件或装饰，只有外公的遗像挂在画镜线下。光线渐暗，我催她说，忘了什么我再回来帮你拿。她还是不动，瘦弱的身体好像一幅剪影。那时我太年轻，哪里想得到，她不想忘记的东西，不是我可以替她带去医院的。她曾经在这里做爱，在这里哺乳，在这里心碎，在这里疗伤，在这里创作。

她也曾经被关在这间房门外，像一头母狮一样愤怒地徘徊和咆哮。我喜欢一篇弗吉尼亚·伍尔夫写的关于女性与小说的演讲稿《一间自己的房间》。姥姥的房间，让我想到那篇文章里讲的房间，那是她可以关起门来天马行空、为所欲为的世界。

住院当晚，姥姥就动员同病房的病人一起逃回家，护士们只能把她的鞋藏起来。手术后，姥姥再也没有恢复清醒，两个月后就去世了。她死后的半年里，我几乎每晚梦见她。梦境总是那么生动，好像她还活着。

我怎样才能理解他

　　我恍惚有这样的记忆，出事的那天外公没有吃完碗里的午饭，拨到猫食盆里喂猫了，那以后他就再也没有回家。那晚母亲很早就让我和哥哥去睡觉，半夜里我被各种动静吵醒，好像有人低声急促地说话，还有进进出出的脚步声和关门声。我再入睡的时候就睡得很浅，做了断断续续的噩梦。人生第一次有不祥的预感，也许就是在那天晚上。

　　第二天早上，我没有看见家里的大人，老保姆把我送去了幼儿园。下午她接我回家的时候，母亲站在门口等着我，把我带到灶头间，蹲下来搂住我说，外公死了。说着，她就哭了。那是我头一次看到大人哭，非常害怕，抱着她不放。等了一会儿，母亲松开我，擦干眼泪，拉着我的手去到外公和姥姥的卧房。厚厚的窗帘紧关着，昏暗的光线里姥姥背靠枕头呆坐在床上。那年姥姥五十九岁。母亲说后来姥姥曾经吞别针，企图随外公一道去死，但是被抢救了回来。

　　外公死后的第二天，母亲送我去幼儿园，教我说，别人问什么你都说不知道就行了。那天我们跟往日一样，洗完手、洗完脸，排队等着老师用玻璃试管给我们每人嘴里点一滴甘油，另一位老师给我们每人手上点一滴甘油抹脸。那时候糖是稀有物资，我们每天都等着这个时刻舔甘油里的甜味。排在我前面的女孩舔着甘油回头说，我爸爸说你的外公不是死了，是畏罪自杀，什么是畏罪自杀？我低头说不知道。我的确不知道，但是那不明意义的四个字却嵌到了我的脑子里。

在那之后的许多年里，大人们从来不在我面前提外公，所以我对他没有什么记忆。一九八一年我出国留学的时候，随身带走了家里仅存的几张外公的相片。那是一箱准备四年大学用的生活必需品——肥皂、牙膏、手纸、替换衣服、被单、字典和几本书籍，不知为什么外公的照片也在这箱生活必需品里。一旦有了剩余的钱，我就到一家叫Arron Brothers 的镜框店，买回几个"买一送一"的镜框，并用很宽的硬纸边衬托着，把那几张又小又黄的照片分别挂在墙上、放在我的书桌和床头柜上。

外公站在一个阳台上，身后有洋楼和花园。他身着浅色西装，梳着中分头，嘴角带着一丝温和的笑意，目光却是十分坚定的。那是他相片里最年轻的一张，也许是在上海医学院期间？

外公坐在一艘赛艇里划船，身穿白衬衣，加一件西装背心，打着领带。照片中那条河，河边的树和那座小桥似乎是牛津大学。那应该是一九三七年到一九四〇年之间？

外公站在假山前的石桥上，身后是湖心亭，水里有荷花，头顶上飘着柳枝。他身着西装大衣，英俊潇洒。那是他出国留学之前，还是他刚刚留学归来？

外公和几个斯文青年，站在一条泥泞的路上，身后是一栋矮楼。外公身着西装大衣，戴着皮手套，个子比其他人高很多。这张照片背后写着：

右三为外公，我发现他在所有的集体照中总是最高的一位。

一位他的学生写了一篇关于 1956 年跟外公出外讲学的文章，其中有这样一段："……我们由广州到长沙，在离开长沙到武汉前夕，张老师带我到一条古老的小街，找到一间用样古老的豆豉店，远在抗战时期他家来过长沙，老师说师母特别喜欢豆豉，特意买了两包，很是满意，我要求帮他拿回去，他硬是不肯，我想这是给伊凡师母的心爱礼物，老师要自己拿，我就不敢再坚持代劳了。"

一九四五年于前中央卫生实验院，化学药物系药理室（重庆歌乐山）。

外公戴着棉帽，裹着海军呢大衣，站在高高的石梯上，背后是古老的城墙。他身边站着一位我不认识的男子。从衣服上看像是一九五〇年代。那不是上海，也许是出差到北方讲学，在那里跟朋友留影？

外公和姥姥手里抱着我表姐林川和我，站在平江路的洋房前。外公穿着中山服，胸前戴着"为人民服务"的胸章。他抿嘴笑着，是个慈祥的外公。那一定是一九六〇年代照的，是我和他唯一的合影。

每次为镜框擦灰的时候，我都会仔细看照片里的外公，他清瘦挺拔，温和典雅，目光里充满抱负和理想。我总是在心里问自己，是什么让他这样决绝地离开人世？难道没有任何一种依恋能够留住他？那年外公六十岁，据母亲说，他精力充沛，连体重都保持在青年时的水平，一般中老年人好发的心血管病、糖尿病、关节病之类他全没有。而在那个寒冬腊月的夜晚，他毅然结束了自己的生命。我怎么才能理解他？

直到二〇〇六年三月，外公死后三十九年，我才第一次跟母亲谈起外公。母亲说复旦大学上海医学院、中国科学院上海药物研究所和上海市药理学会要共同组编《张昌绍教授诞辰一百周年纪念》。上医问她要外公的老照片，可她一张都没有找到，不知是"文革"期间都烧掉了，还是搬家的时候不见了。我说没有全烧掉，剩下的几张我出国的时候带走了。母亲问，你那时怎么会想到带走他的照片？我说，我也不知道为什么。也许外公过早终结的人生，是我一直解不开的一个谜吧。那天，母亲跟我说了很多外公的身世，直到天色慢慢暗下来。

外公是中国药理学的奠基人，一九三七年他以全中国庚款留学考试第一名的成绩，赴英国留学。先在伦敦大学 Sir John Henry Gaddum 教授处学习，后到牛津大学进修。一九三九年他接受医学博士与哲学博士学位，并被吸收为英国皇家学会会员。一九四〇年外公到美国哈佛大学进修，当时不少英美实验室邀请他担任要职，但是他看到自己的祖国山河破碎，科学停滞不前，便毅然在一九四一年冒着德、日潜水艇偷袭的危险，乘远洋轮归国，回到上海医学院任教并从事科研。

跟外公结识的人都会提及他渊博的学识、敏捷的思维、儒雅的言谈和绅士的风范。人们觉得他一定出自名门，从小在优裕的环境中长大，才养成了这样高贵的气质。其实，外公出生在一个清贫的乡村教师家庭，他的气质和人格来自他一生不断的学习和提高。母亲说，上医图书馆管理员都知道，张昌绍教授是上医教授中看书最多的一位。外公一生自学了好几门外语，在大学期间掌握了英文和日文，毕业后自学了德文和法文。一九五〇年代他开始自学俄文，并带领药理系的老师一起翻译了苏联药理学家阿尼契柯夫的《新药药理学》。在"文革"中，他在被强迫体力劳动的间隙仍抓紧时间学意大利文和西班牙文。他逝世后，母亲在他卧室床头柜内，还发现了一大沓学习意大利文的札记。

对于自己专业范畴的知识，外公更是如饥似渴，在一切条件下坚持学习。他回国时，上海医学院已经搬到重庆歌乐山，那里环境非常艰苦，没有任何国外的医学杂志。外公靠过去在国外的同事寄给他微缩胶卷文献，来了解国际医学动态。

母亲和我谈话的那天下午，她给我看了两封外公写给他在歌乐山时期的助手周廷冲教授的信。写信时，周教授已去牛津大学进修，他们的通信都是用英文写的，周教授为了发表，将其翻译成中文。母亲说，这两封被周教授珍藏了几十年的信将会收入《张昌绍教授诞辰一百周年纪念》。从这两封寄往大洋彼岸的信中，我感受到当年外公艰苦工作条件的细节、他的为人和那个时代知识分子的情怀，它们成了我十分珍惜的文字。

第一封信

亲爱的周：

非常感谢你寄来的书和单印本，它们对我们非常有用。《微生物化学》的新版本读来引人入胜，现在我们愈来愈要具有化学头脑了。我也订购了一台华勃仪做酶的工作使用，我同时对组织培养也感兴趣，希望你尽可能在空闲时掌握这两门技术，另一学者我忘记了他的名字，他时常进行小白鼠和大白鼠肿瘤生长的研究。我希望他仍在药理学实验室，这样你可以从他那里学些技术，方法虽很简单，但很重要。

《热带病学和寄生虫学年报》的专刊对我们特别有用，因为我们正在继续研究抗疟药对鸡疟的疗效。从各方面看百乐君是一个了不起的成果，我应当向英国科学家致敬。

吴珏医生已获教育部关于临床麻醉学的奖学金。他将在这一暑期到美国威斯康星州去，我本人可能在今年或明年出国一次。这个研究所的其他成员有张毅、易鸿匹。黄琪章医生和傅丰永先生仍和我们在一起，但是他们仍算中央卫生实验室的人。你准备什么时候回来？我盼望你在这个暑假或这个冬天回来，我们将很快招收研究生。吴珏医生即将离开，张毅医生部分时间须花在药厂里，我们实在缺乏师资，你回来不仅可以填补这一空白，并且我们还可以从你那里学到不少新知识、新技术。

我们被经济拮据所困扰，因为我们不能强求药厂履行合同，所以得不到资助。最近发生了严重的经济衰退，它们很多已处于崩溃边缘。为了克服这一危机，我们几乎每个人都到外面教点书赚些钱以维持这些微小的实验，今年的前景似乎要好很多，因为美国医学援华会（ABMAC）已决定资助本校及其他中国一流医学院，为期三年。

过一周左右，朱恒璧博士将到英国，他是应英国文化协会的邀请访问三个月。请告诉在英国的校友组织一个欢迎他的聚会。另外，我寄给你一份校友月报，请分给在英国的校友，我还希望他们能向学校捐赠一些显微镜以弥补船只事故的损失。除其他医学实验用具外，丧失了七十多个显微镜。

我家已添了第三个女孩，她刚刚三个多月，母女均告平安，每当我回家，这个小家伙要耗去我不少时间，为了她我必须结束此信。在下次信中将告诉你我们常山工作的进展。

请代向 Burn 教授、Bulbring 小姐、Blaschko 和 Dawes 博士、Ling 和 Long 先生问好，同时也谢谢收到的单印本。

致以最好的祝愿

张昌绍

一九四七年二月十五日

第二封信

亲爱的周：

您好！我们没有从你那里听到消息已有些时候了。一个多月前，我在南京遇到黄翠芬，她告诉我，你希望在暑假加入生物化学实验室。这是一个很好的主意，如教育部不同意你延长一年，我将设法给你资助，不必担心经济问题以及实验室，我们可以再等待一年。

我相信你一定收到了校友通讯录，希望你分给在英国的校友。从通讯录以及朱恒璧院长那里，你一定知道要募集资金购显微镜以弥补由于船只事故造成的损失，我们希望在国外进修的校友积极响应这一号召。到现在国内我们已募集了两亿法币。鉴于我们在国外校友的经济情况，我们并不期望能募集到大量外汇，我们希望你捐赠些科学杂志。随信附去一张学校急需的英国杂志的单子，希望尽快与其他校友取得联系，并在你们之间募集一些款项，按单子订购一年的杂志，请尽快让我们知道结果。一份更长些的美国杂志单子已寄往美国。我个人急需下列书籍：《青霉素：它的实际运用》，Fleming 等著，30 先令。《磺胺药物等理论与实践》，J.Stewart Lawrence 著，9 先令，Lewis&Co 伦敦出版。《医学年鉴》，1946 年版，25 先令，John Wright&Son 出版。请尽快告诉我所有的款项，包括邮资在内，以便我请在美国的朋友偿还给你。

你真诚的张昌绍

一九四七年四月六日

母亲记得在重庆歌乐山的时候，每个月一次，外公望穿秋水似的等待那些国外寄来的书籍包裹，有时邮件被战火中断，那个月就白等一场。待终于盼到时，实验室的人员便轮流将胶卷放在显微阅读器下阅读，同时在打字机上将文献打出来。当时外公、姥姥和母亲住在一栋竹片糊泥巴的小房子里，包裹寄到后，一家人就搬到柴灶旁去吃饭，饭桌用来放阅读器和打字机。外公白天在实验室工作，晚上回家后阅读打字，文献打出来后，马上着手写综述，直到深夜。母亲说，只有在电石烧完的时候，外公才会起一下身，点上蜡烛，在烛光下倒掉变成粉末的电石，换上新的电石继续写。就在这样的条件下，外公写出了许多当时国内十分稀缺的医学书籍，并在国外著名的科学杂志发表了不少论文。后来我发现，虽然我从没见过周廷冲教授，但是这么多年来，他的相片一直挂在我的墙上。以前每次看墙上的照片我都会想，相片里跟外公站在一起的都是什么人。现在我知道，在歌乐山那张相片里，周教授站在外公的左边。

我问母亲，信中提到的船只事故是怎么回事。原来那是日本投降后，上医从重庆搬回上海的船只。母亲说，日本投降后，所有的"下江人"想到的第一件事就是回家。他们跑到歌乐山顶的广场狂欢，不停地呼叫"回家啰！"上医的朱恒璧院长携王鹏万医生等，立即飞沪接受日军的投降交权，收回院产，筹备复员。姥姥因担任朱院长的秘书，也首批离开。外公留在歌乐山把实验做完，写完课题论文，然后整理资料仪器，包装搬迁回上海。母亲也跟随外公留了下来。她记得返沪前接连不断发生了几件惨案，有两架重庆飞上海的飞机坠毁了，弄得人心惶惶。接着，上医为了将滞留重庆的物资运回上海，和国立编译馆合包一艘民生公司木驳船，由"怡康"号轮船拖带。木驳船到云阳佛沱子附近时，突然起火燃烧。虽然押运人员获救，但是载运的全部公私财物损失殆尽。这里面包括了外公信里提到的七十余架显微镜、镭锭、X光机、图书、教材文档等，以及两百余件教职员的行李。

说到民生公司，今天很少有人会知道，而在上世纪的三四十年代，它是中国最大的民营河航企业。它的创始人卢作孚在抗日最危急的时刻，指挥了一场载入史册的"宜昌大撤退"。二十二艘轮船和八百五十多只木船，顶着不间断的轰炸机，闯过无数的激流险滩，将一批又一批工业、教育、军事等人员与设备，夜以继日地转移到了重庆，四个月超出往年一整年的运输量，可谓是航运史上的奇迹。在此期间十六艘轮船被炸毁，一百一十六名员工牺牲了生命。在我的想象中，那场面远比我在电影里看到的敦刻尔克大撤退，更为英勇和壮观。

在我所阅读的资料中，卢作孚一生光明磊落、两袖清风、大公无私，是个理想主义者。然而在"三反五反"运动中，他因遭受莫须有的罪名，于一九五二年二月八日服安眠药自尽。写到这里，我不禁怀疑自己怎么这么随心所欲地跑题？卢作孚与我的外公有什么关系？细想起来，我似乎总是情不自禁地被他们那样的人所吸引——那些拥有道德勇气和高贵灵魂的"失败者"，而不是那些春风得意、争荣夸耀的"胜利者"。生活中如此，创作中也是如此。我处女作里的男主人翁老金，《英格力士》中的王亚军都是这样的人物。

抗战胜利一年后，外公带着母亲搭一架运输机也回到上海，结束了多年的颠沛流离。从那以后，外公、姥姥带着他们剩余的两位长辈和两个孩子，在平江路 170 弄 10 号安家。后来我的小姨出生在那里，哥哥和我，小姨的两个孩子也都出生在那里。

我跟母亲聊到了开晚饭的时候，父亲也坐了下来，跟母亲一起回忆外公自杀那晚和第二天的事。晚上十点钟外公还没有回家，姥姥和父母亲就去上医药理系的办公室和实验室找他，他们一间一间地敲门喊叫，但没有听到任何回音，最后不得不回家继续等待。第二天去上班的人发现，外公在自己原来的实验室里，已经奄奄一息，被送去中山医院急诊室抢救。等母亲和姥姥赶到医院，外公已经断气。父亲那时正在华山医院上班，他接到外公一个研究生的电话，得知外公去世的消息，急忙骑脚踏车回家。但骑到了弄堂里，正好迎面看到外公的另一位学生。他拦住父亲低声问，你是不是为你岳父的事回来？他们这时候会判定你是反革命的孝子贤孙、还是可以教育好的子女，你千万不要着急赶回家，快回去照常上班。父亲想了想，就又掉头离开了。

回到华山医院后，他装作没有发生任何事，等到平时吃午饭的钟点才赶回家去。

那是我第一次知道，父母和姥姥晚上去找外公的时候，他还活着，一定隔门听到妻子、女儿、女婿呼喊他的声音，由远至近，又消失在走廊尽头，他竟然没有动摇。

《张昌绍教授诞辰一百周年纪念》出版以后，我陆陆续续阅读了外公的学生、同行和亲人对他的情谊、怀念和敬意，每一篇文章都记载了他的专业成就、人格魅力和高尚品德。但我最喜欢读的，是那些微不足道的小事。比方说，有一年在进修生结业感谢老师的茶话会上，桌上的包糖纸印了多种不同动物的图像，外公便把它们从低级到高级排成系列，好像验证达尔文进化论的姿态。让我惊讶的是，外公这一无意识的小举动，却被他的学生看到并记住了几十年。

另一位学生分享了这样一段生动的记忆，也让我不禁微笑："一天，师资进修班进行一个很复杂的动物实验，一切都准备妥善，可是记录呼吸的玛利氏气鼓，偏偏纹丝不动，工作无法进行，十几个人，焦急地瞪着气鼓，七嘴八舌分析原因，足足有半小时，找不出症结所在，大家一筹莫展。忽然，张老师从这里经过，大家高兴极了，都请他来找原因。实际上也是想难一难老师，试探他的才华。他冷静沉着，若有所思地端详了一会，性急的李文汉直喊，张先生您说话啊！张老师指着气鼓底下一个调节气量的小螺丝，慢条斯理地问，是不是小螺丝未扭紧？一位高师班学员，迟疑地伸出手，将螺丝拧紧，突然，玛利氏气鼓随波动的呼吸而起伏，将呼吸清晰地记录下来，全场哗然，为什么这么多人都想不到，而张老师在极短的时间内解决了，充分说明了老师洞察入微，智慧超人，令人不胜钦佩。"

一九八三年姥姥为《自然杂志》写了一篇纪念外公的文章。那时我正在美国打工留学，没有看到，姥姥也从没跟我提起过。直到翻阅外公百年纪念册时我才看到。姥姥在描写她挚爱的文章里，毫无廉价的煽情，只是简练而生动地描写了他的作风、个性和情趣。

  他有一个整洁的习惯，每一本书，每一件东西，都有固定放置的地位，需要使用时总是可以立刻拿到，不用寻找，而他的妻子和女儿们，恰恰相反，三天两头得寻找什么东西，找不到时心烦生气是常事，他觉得这样的事可笑，却并不批评，在处理人和人的关系上，他尊重别人……不喜欢用语言来批评或干扰别人，包括他的家人。

  在这间书房里，除了工作和生活的必需品，没有任何字画摆设，墙上只有世界和本国地图，桌上只有日历、小钟和文具，有时茶几上出现一瓶鲜花，他也不反对。

  ……他从来没有说过不欢迎别人进入他的书房的一类话，可是家里人都知道他需要独处一室，因而尽少闯进去惊扰他。陪伴他的，往往是一只小猫，小猫不会说话，只会蜷伏在他的膝盖上瞌睡，却是一个好同伴。疲倦的时候，他放下工作，欣赏一下《聊斋》文学的精练，或者契诃夫短篇小说的隽永，作为休息。

如果说我对外公有任何记忆的话，那就是他的书房。我似乎有这样的印象，黄昏时分，外公坐在书桌前，绿色玻璃罩的台灯亮着，我走到他跟前，也许是去叫他吃饭。他转头对我微笑，伸腿让猫离开，再把我抱到他的膝盖上，手把手教我写字。他死后我还看见过那本田字格的练习本，第一行是外公的手迹，"说话要和气"，接着几行是我歪歪斜斜抄写的。

二〇一四年，我参与了中央电视台的一个叫《客从何处来》的寻根节目，去挖掘外公简历上空缺的四年。一九二四年到一九二八年正是他从少年走向青年，世界观和价值观形成的关键年龄，这四年却是空白的。也许这里隐藏着某种答案，为我解释这位我过早失去的长辈。或者，我们追溯血缘关系，其实也是为了能解开某些自身的谜？

节目组把我带到上海图书馆。图书馆员从资料库里拿出一沓江苏省立第四中学的校刊。在民国十三年（一九二四年）的校友会月刊第一版里，记载着学校期终考试的情况，"分数最优秀的给予奖状各一张，张昌绍总平均分数有 92 分之多，当然为高级部之最优者"。

我的大女儿从小就有超越自己年龄的求知欲望和学习能力，不管考哪门功课，她永远考第一。我每次跟母亲提起大女儿，母亲总是说，她像你外公。传说里的外公，在任何地方考试都永远考第一。但我有时候会想，也许就只是个传说吧，许多家庭都有这样越传越神的长辈。图书馆里那些近百年前的白纸黑字，却实实在在地为我证实那些传说。

外公只念到小学毕业，就停学去苏州树德医院做了学徒。姥姥在回忆外公的文章里描写了他那段时期的经历："初进医院，只做些清洁扫除工作，包括倒痰盂、洗便盆、洗瓶子等，此外就是零碎跑腿的杂活，后来让他看过门，同时搓棉球、叠纱布，并做些消毒工作。经过门诊跟班见习，帮忙换药以后，也叫他凑数看看门诊，管管病房，最后甚至派他单独出诊。"

外公愈来愈感觉到，跳过中学要想学医相当困难，于是就买了中学课本来自学，麻烦的是师母派给他的杂活太多：一下要他上街去买这买那，一下塞个小孩给他，要他抱小孩，哄小孩。而且师母相当吝啬，晚上规定熄灯的时间。白天，当然抽不出时间来补修中学课程，没办法，只好晚上冒险犯规，到熄灯时间以后，就用棉毯挡住灯光，偷偷地阅读、做习题。看不懂和做不出的习题，都在小本子上记下，找机会请他叔父教一下。

外公就是这样自学了中学课程后，在一九二六年考取了苏州的江苏医科大学。可是在录取后，校方发现他没有中学文凭，不同意他入校。他无可奈何，只好退回去考太仓中学（苏州省立第四中学）的高中插班生。

图书馆员给我看的第二份校刊，介绍了学校的一场雄辩会。第一个题目是《我们中学校应否注重英文》，结果支持注重英文的正面队得胜。而支持队的首席辩论者，就是高二理系张昌绍。第二个题目是《统一中国用和平软用武力欤》，结果反面队得胜，首席辩论者也是张昌绍。我很惊讶，印象中含蓄沉默的外公，原来是一位热衷辩论的少年。我可以想象外公具有清晰过人的逻辑性，但很难想象他在台上声情并茂的模样。姥姥、母亲和我的两个姨都说过，外公在生活中是一个寡言的人。他不懂寒暄，也不会闲聊。

姥姥曾经这样描写外公这方面的"缺陷"："他普通话讲得不标准，英语虽然管用，发音也不高明，妻子好奇地问过他，是否因为你说话时过分节约，影响了语言中枢的发达？他想了一下，点点头说，可能。等了一会，又补充一句，我是用眼睛和耳朵的时候多些。"

然而，"说话时过分节约"的外公，在遇到他认为有价值的主题时，却是雄辩的。难怪所有听过他讲课的学生，都回忆到他演讲时的魅力和感染力，连其他教授都会抽空去听。而他在讲台上的生动和优雅也并非天生，一位当年的青年讲师回忆外公给她的教诲："讲课犹如弹钢琴"，言下之意，这是一门需要花时间练习的艺术。

我在上海图书馆看到的最珍贵的资料，是外公在太仓中学校报上发表的文章。报上醒目的标题《手淫之预防法》和下面的"作者张昌绍"，让我忍俊不禁。但细读文章，不难发现他的思考是极其严肃的：
"青年时期，性欲旺盛；偶一不慎，即易犯手淫之恶癖，以致身体衰弱，
精神委顿。前程远大，希望无穷之青年，往往因此一变而为伛偻曲背，
遇事消极之老人。其影响于社会国家，若何重大也；当兹国难方殷，
诸端待举，吾曹任重之青年，即不为己身计，何不为国家计焉……"

现在的人读起来，一定觉得外公那时的说法不科学。但是十八岁的
他在思考的是，如何征服和超越自身欲望的捆绑，去追求更值得的目标。

还有一篇《平民教育与平民生计在今日孰为重要》的文章也引起
我的注意："呜呼，今日之社会状况，贫困极矣，民生憔悴，财政困难。
固今日若为挽救国家计，舍提倡平民教育，增加平民程度外，殆无他
法……"

这些文章让我感动，我想象少年的外公握笔深思的神情，心里涌
起一股近似母爱的骄傲。那是一个十分动荡的年代，中国处在军阀混
战、南北对峙的分裂状态，外公因而产生了强烈的救国救民的理念。

一九二五年五卅惨案后，外公领导的学生会在校报上宣言："这
是何等可耻、可痛、可惨的事，难道我们是袖手旁观的吗？木然无动
于衷的吗？"同一期刊还写道："学生代表张昌绍、吴君健二位赴沪，
下午募捐团持捐册及竹筒在城乡各地分头募捐，援助沪案。"十九岁
的外公开始呈现出他身上固有的爱国情怀、知识分子的良知、正义感
和理想主义。他已经懂得，个人的生存固然重要，但创造一个值得生
存的社会才是更重要的。在我寻找外公足迹的过程中，我认识到，对
于那一代知识分子，爱国是一种发自肺腑的、深思熟虑的、艰难疼痛
的炙热之爱。

据母亲说，外公最满意的生活，就是深深沉浸在他的科研工作中。
从英国留学开始，他就被儿茶酚胺和肾上腺素神经药理所吸引，这是

他最渴望研究的领域。但是为了国家的其他科研需要，他一而再再而三地推迟这一研究题目。先是战争中需要治疟疾，再是农民需要治疗血吸虫病，接着是研发避孕药。外公总是心甘情愿，并热情地投入到这些工作中，哪怕成年累月地辛勤劳动，所得到的只是一点一滴、极其微小的突破，对他来说也是极大幸福。到了六十年代，国际上肾上腺素神经药理蓬勃发展起来，外公深深感到，中国进军儿茶酚胺的时机终于来了，他摩拳擦掌，准备把毕生精力奉献给这门科学。

我正写到这里，母亲过去的博士研究生，给我发来一篇"中科院上海药物所最佳研究生论文"。虽然外公终究壮志未酬，但是在他去世半个世纪后，晚辈们依然在提及外公的科研成果："……如果仔细思考科学院上海的生命科学研究最高峰，可能迄今为止，合作的研究仍然还是胰岛素合成……而由个人做实验的研究，可能还是一九六二年邹冈和张昌绍的研究。"邹冈当年是外公的博士研究生。记得在外公去世后，他曾多次来探望过我的姥姥。

我的大女儿听到她的曾外祖父自杀的事，感叹道，原来我有这样糟糕的基因遗传啊。她很小就对血缘感兴趣，鼓动了我们全家去做基因分析。她接着问，那我还有什么特别好的遗传基因吗？比方说一个战场上的英雄？我说，你自杀的曾外祖父就是一名英雄。我再往下说的时候，她渐渐失去了兴趣，我也就知趣地停下了。也许女儿需要经历更多生活考验之后，才会真正懂得她曾外祖父的品格和忠魂——她的血缘传承。到那时我已经不在了，她会在无意中翻看到我写的家史，朦胧中想起我们在一个大雾的下午，坐在厨房的小桌边，聊起过她曾外祖父的故事。

"文革"中有一段时期，我二姨张安华在银川当造反派。在一次偶然机会，接到了一封上医革委会寄给银川市自治区计委系统的一封信。那封信正好是关于她父亲的死，二姨就把它收藏了起来。我直到六年前拍摄《客从何处来》的时候，才知道有这件事。

银川市自治区计委系统无产阶级革命派联合指挥部负责同志：

关于张安华同志之父张昌绍在无产阶级文化大革命中自杀身死一事，现将我们所知情况简述如下：

张昌绍在文化大革命初期，被教研组革命群众作为反动学术权威贴了大字报。在 1966 年 8 月 12 日，我院进行了一次斗鬼会，张昌绍亦被拉上台，斗后在校内游行，（这次学术权威均被斗）以后就打入劳改队，在 1967 年 12 月左右原保守派红卫兵垮台后，交给造反派学生后，不久就解散了劳改队，安排其打扫教研组附近的厕所，一段时间后，厕所亦不打扫了。

于 1967 年 12 月 20 日上午发现张昌绍在本教研组已自杀，后送院抢救无效而死亡，当时发现其日记本上在 12 月 20 日写有："……但是也怕个别的野心家，把自己的前途建筑在别人的骸骨上，不实事求是，颠倒是非，混淆黑白，我有口难辩，实在受不了。死轻于鸿毛，但是活着也轻于鸿毛，那么宁愿轻于鸿毛地死，不愿轻于鸿毛地生。一年多来，活得不明不白，那么宁愿不明不白地死。"

关于他的问题尚未调查定性，群众意见：他是抗拒运动，畏罪而死。

上海医学院革命委员会

经办人　陈梅珍

1968.3.15

读到那封信的时候，我想起外公去世那天，姥姥坐在床上的样子，突然懂得了她那张无泪的脸；哭泣似乎意味着一个悲剧还有救赎价值，给人宣泄和升华；而外公的自杀，是一个没有任何救赎价值的事，如外公自己清晰知道的那样，它轻于鸿毛。

母亲多次跟我提及外公日记里提到的"个别野心家"，就是当时上医药理教研组里的某个人，还有外公的一个学生。后者曾经追求我母亲未遂，是外公的学生里，唯一背叛了他的人。他们每天轮班关起门来跟外公"谈心"，直到外公死的那天。我可以想象他们日复一日阴暗的对话，像无边的黑暗包围侵蚀着外公，让他感到绝望。那两人都是那场史无前例的运动的受益者。外公死后，教研组的那个人把外公的日记没收了，从此石沉大海。我们将永远无法知道外公那段时间所受的身心折磨。

在拍摄《客从何处来》的最后一天，我们来到一栋即将被铲平的百年老楼。它一共两层楼，黑瓦灰砖墙，朱红色的木窗框，一条长而窄的阳台，房顶上支出两个那个年代特有的老虎窗，那是外公曾经当学徒的苏州树德医院的旧址。我从一间房间穿到另一间房间，想象小学刚毕业的外公，楼上楼下忙着倒痰盂、扫地、搓棉签、叠纱布。待到夜深人静时，他再回到带老虎窗的阁楼里，悬梁刺股，学习中学课程。从这里开始，他学会了惜时如金，不管在什么情形下从来没有蹉跎岁月。

这样一个人，在生与死之间，选择了死亡。没有人能告诉我为什么。但有一点是无疑的，外公不怕打扫厕所。物质上的剥夺与苦难从未战胜过他，在最艰苦的条件下，外公的生命都是充满意义和希望的。他的选择，正是因为他曾经如此忠诚地热爱过——生命、祖国、理想、科学，所以他无法去过行尸走肉的日子。

站在老楼的阳台上，我留意到一辆挖土机就停在不远处。待我们走后，这栋楼将化为灰烬，也许只有我会记得，它曾经崭新地矗立在

平江路家门外，外公抱着我表姐，姥姥抱着我，这是我拥有的唯一一张跟外公的合影。

这里，承载了一个少年无尽的辛劳、激情和梦想。

　　我依依不舍地离开了这个少年的影子，像一个母亲永别她的孩子，带着不可愈合的伤痛，和不可弥补的失去，耳机里《繁星点点》的歌，恰似我对他迟到的爱和祭奠。

Now I understand

What you tried to say to me

And how you suffered for your sanity

And how you tried to set them free

They would not listen, they did not know how

Perhaps they'll listen now

……

For they could not love you

But still your love was true

And when no hope was left in sight

On that starry, starry night

You took your life, as lovers often do

But I could have told you, Vincent

This world was never meant for one as beautiful as you

……

消失在童年丛林中的皮球

　　父亲在电话那头问我，你是在嘉陵江和长江的交界口吗？那里的水一边是绿色，一边是泥土色。他的口气眼巴巴的让我心痛。二〇二二年年底决定去重庆拍《忠犬八公》的时候，我是想好了要带父母一起重温一下他们的少儿时代，也给自己一个机会去了解他们。可惜两个月后他们都住进了医院，也许九十岁的父亲没有机会再看到故乡。父亲接着说："小时候我妈妈不让我去江里游泳，我不听，偷偷去，有时候还在石头底下摸到螃蟹。我们住在曾家岩，蒋介石也住在曾家岩，他在山顶上，我们在他下面一点。从山上走石梯一路下去就到嘉陵江了。"

　　父亲曾多次提起去嘉陵江游泳的事，那一定是他童年时代里最快乐的记忆吧。据父亲说，他读的求精中学在抗战时期一度成了宽仁医院曾家岩分院，去嘉陵江的石梯就在学校后面。

　　奶奶爷爷家的相片都在"文革"中烧掉了，好在我二孃孃那时在北京航空学院读书，她带去宿舍的照片被保存下来。我从我表弟那里得到两张父亲小时候在重庆的照片，都是在青石板阶梯上拍的。

趁没有拍摄通告的一天，我和几个来重庆探班的朋友一起去寻找照片里的石阶。虽然原求精中学校舍早就不在了，但重建的学校还是同样的名字，让我感到亲切。可惜整个曾家岩到处都在施工，我们四处碰壁，迂回了半天才找到两段当年的阶梯。走在上面，我想象父亲在这里连蹦带跳地跑上跑下，一天好几回，他的童年仿佛印在这些石头上。江边有一块两三层楼高的巨大岩石，不知在几百年前，还是几千年前落到此地。岩石的一边平直得像一堵墙壁，上面留下了不同年代的人刻的字，有些只是到此一游或者恋人寄语，还有一些精雕细琢、工整漂亮，出自工匠之手。岩石的另一边有不少椭圆的自然洞，它们的下面被攀岩的人凿了几个搁脚的浅窝。虽然春风吹过还有些凉意，石边却有人正在脱衣服下水，还有人刚游完上岸，远处江里也有几个游水的人。

我脑海里出现了一个七八岁的男孩，瞒着他妈妈到江里游泳的样子。也许他本来没打算下水，只是在卵石滩上跟小伙伴们玩耍。但是每次来这里，他都感到江水的诱惑，似乎下面隐藏着什么秘密，在等待着他去发现。也许这一次他终于无法抵挡这神秘的召唤，便脱下鞋子走火入魔地踏了进去。冰凉的江水激起他一身鸡皮疙瘩，他停了停，然后继续往深处走去，突然，一股暗流把他拽到老远，冲向下游，岸上的孩子们惊叫起来。等他终于挣扎回岸时，发现已经离伙伴们好几十米远了，他爬出水面，凯旋一般跑向惊呆了的伙伴们。男孩的一身好水性就是从那天开始的。有朝一日他长大成人生儿育女，也会这样把女儿往水里一放，由她自己在那里摸爬滚打。八十多年过去了，那当年的男孩如今步履蹒跚，神志恍惚。然而江水依旧，它永不迷失地朝着遥远的东海流淌，几万年如一日，将过去、此刻和未来连成一片。

父亲（右）儿时。

奶奶爷爷，父亲和他的两个妹妹。

奶奶爷爷和我的三个姑姑，父亲说那个时候他刚开始学拍照，
抓到了这个时刻。那年他十六岁，去了南京金陵大学附中读高中，
同年奶奶爷爷去了美国圣约翰医学院进修。

这张照片是陈海门（二排右四）晚年分财产时照的，最后一排第二个是我爷爷，他的左边是我大爷爷。

154

据陈氏家谱和永川县志记载，我的祖先是在明朝湖广填川期间，从湖南移民到重庆地区的。他们按政府规定圈地为家，开垦起因为常年战乱而荒无人烟的土地。十九世纪中叶的洋务运动兴起后，一批新型的民用工业开始发展。重庆—汉口—苏州的长江航线，是米、布、盐、棉和洋广杂货的交流主干，形成了以重庆为纽带的商业贸易格局。父亲的曾祖父陈朝钰（1852—1906）决定改变世代务农的命运，十六岁时毅然离家到重庆一家花纱商号学做生意，学徒期满后选择了永川松溉经营起"源顺庆"商号。二〇一四年我随央视《客从何处来》的拍摄，回到了重庆松溉老家。这个明清年代十分兴旺的江边古镇，随着公路、铁路的发达而衰落了。但也正因为衰落，那些古朴的青石板街和木结构建筑仍然保存着，"源顺庆"商号的大石匾也还在原来的位置。

到了父亲的祖父陈海门（1880—1950）那一代，"源顺庆"已经是松溉的最大商号之一。我在永川档案馆堆积如山的线装手绘县志里读到，陈海门先后任镇商会会长、慈善会会长、精诚中学主任董事、东皇庙会会首等职务，活跃于家乡社会舞台，做了大量好事善举。陈海门在积累了雄厚的资本后，认识到品行和人格的高贵来自知识和教养，而中国社会更需要的是一代知识分子。曾祖父陈海门把我爷爷和他的兄弟妹妹都送到最好的学校，爷爷陈文镜十八岁从重庆求精中学毕业后，考进了湖南湘雅医学院。

我在戏里的角色需要讲重庆话，那是父亲的母语，也是陈家祖祖辈辈的母语。学习台词的时候，我耳边会出现小时候在奶奶爷爷家听到的常用词，让我想到他们。

很长一段时间，我对爷爷的身世毫无了解。我只知道他是一名外科医生，非常重视食物，最爱吃的东西是烤鸭屁股。小时候，礼拜天

奶奶爷爷家后院，左起分别为我、哥哥陈川和
表弟言志行。

爷爷和我在他家的弄堂里。

奶奶爷爷家后院，与父母
和奶奶合影。

是去奶奶爷爷家的日子。在物资匮乏的生活里，那里丰盛的午餐总是令我无比期待。他们厨房边小厕所的墙壁是黑炭的颜色，那不是用来解手的，而是爷爷熏肉的地方。记忆中的爷爷沉默寡言、温文尔雅，偶尔开口说话时，讲的是重庆话。我成年后有一次他走丢了，全家人出门去找，后来在离菜场不远的街上看到他抱着一只活鸭，坐在人行道边。我们意识到，爷爷开始老糊涂了，就不再让他一个人上街了。但是在知道我要出国留学以后，他马上偷着到银行取了钱，为我买了一只精致的镂花金戒指，上面镶了一块八角形的红宝石，可惜它被我在屡次三番的搬家过程中丢失了。爷爷去世的时候，我正在世界各地宣传电影《末代皇帝》，没能回家追悼。事后回到上海，我小嬢嬢跟我说："我爸爸真的是一个很好的人。"她的眼眶一红就说不下去了。那一刻，我意识到我再也不能"去奶奶爷爷家"了，爷爷温厚善良的脸浮现在我眼前，我突然非常想念他。

直到拍摄《客从何处来》节目的时候，我才知道爷爷曾参加过北伐、抗日、抗美援朝三大战争。抗美援朝时他已四十八岁，经历过许多血腥，懂得打仗的代价，但还是第一批报名加入了志愿军。我女儿文婷小的时候问过我，她的遗传基因里是否有战场上的英雄。下次有机会的话，我会跟她讲她曾祖父的故事，他血液里的自我牺牲精神，是人性里最高贵的品格。

我跟着摄制组去了爷爷投笔从戎的战场"土地堂"。据研究这段历史的莫列义老师说，那场长达一个月的战役十分残暴，叶挺将军亲临前线指挥，还亲手枪毙了几个怯战的士兵。最惨烈一仗就在武汉郊外的土地堂，伤亡八百多人，我爷爷和他的哥哥在那里血战了三天三夜。

拍完节目，父亲跟我讲了那一仗后发生在爷爷身上的事，"我爸

参加第一批志愿医疗手术队同志胜利归来留影 一九五二、三、八

爷爷在朝鲜。

爷爷（右二）是抗美援朝时第一批志愿医疗队的队长。

转移伤兵去武汉的时候蒋介石还没有叛变，还在国共合作的，哪晓得刚到武汉第二天，蒋介石叛变革命了，开始抓共产党、杀共产党。幸好他在武昌同仁医院遇到李穆生，他是我爸和伯父在湘雅的好朋友，就把我爸藏起来了，他们（蒋介石的人）搜了半天没搜到他。李穆生又给了我爸一些钱，让他先回松溉老家去避一避。我伯父跟着叶挺参加了八一南昌起义，我爸就错过了。风头过去以后，他决定把书读完，就到上海来找颜福庆。那时候颜福庆刚刚在上海建立了上海国立医学院，把一些原来湘雅的二年级学生转到了上医，我爸已读到三年级，颜福庆就把他介绍到圣约翰大学，完成了在湘雅中断的学业"。

湘雅医学院始于美国雅礼会（Yale-in-China），那是由几名耶鲁大学的毕业生在一九〇一年建立的组织，名字来自《论语》"子所雅言，诗书执礼"，也是 Yale 的译音。他们希望效仿牛津和剑桥在印度传道的方式，通过办学校和医院在中国传播基督教。经过一段时间的实地考察后，雅礼会决定以中华腹地长沙为立足之地，并开始物色人选来执行他们的理念。

胡美医生（Dr.Edward Hicks Hume）于一八七六年在印度出生，其父亲和祖父当时都在印度当传教士。他从耶鲁大学毕业后，又在约翰·霍普金斯大学获得医学博士。一九〇三年他被美国公共卫生局派遣到印度进行鼠疫预防工作。当他得知有机会到中国兴办一所欧美甲种医科大学标准的医学院后，于一九〇五年携家带口来到中国，突击学习中文。一年后便在长沙西牌楼街的一家旅馆创办了雅礼医院（湘雅医学专门学校前身）并任院长，同时创办了雅礼学堂并兼任校长。

一九一〇年雅礼会聘请了耶鲁大学毕业的医学博士颜福庆教授，和胡美共同筹建起湘雅医学专门学校（湘雅医学院前身）。经过两位十年不懈的努力和政府与慈善机构的捐赠，当我爷爷在一九二一年考入湘雅医学院预科时，它已经是全国顶尖的七年制医学院之一，每年从两千多名考生中招收六十名新生。当时颜福庆教授任医学院院长，胡美医生任教务长和医院院长。一九二三年爷爷在预科毕业后，开始就读湘雅医学院的本科。

爷爷成长在中华民族觉醒的动荡岁月，五四救亡运动在思想、文化、政治上对他有着深远的影响。一九二五年五卅惨案的消息传到长沙后，湘雅医学院学生高举打倒帝国主义的旗帜于六月三日和四日罢课游行。据《颜福庆传》描写，湘雅医学院作为中外合作机构，在这场席卷全国的反帝反封建的运动中，面临着严峻的考验和惊险的场面。

一九二六年国民党中央通过了《国民革命军北伐宣言》，并派遣叶挺率国民革命军第四军入湘作战，拉开了北伐的序幕。长沙城内人心浮动，一片混乱。

六月中下旬的一天，"长沙邻近地区，北伐军与湘军在激烈交战。雅礼大学、雅礼中学男女护校的全体学生，参加了长沙市学生大游行。游行学生群情激愤，一致痛斥英帝国主义的残暴。但是在决定学生联合会的下一步惩办行动时，会场秩序大乱。有的主张这种惩罚，有的主张另一种惩罚。群众运动像一个无头苍蝇，在宣泄之余，失去了理智，完全跟着情绪走。

混乱中，有人高喊：'把长沙所有外国人抓起来！'

'对头，把所有外国人抓起来，明天一早拉出去枪毙！'三五个人应和，变成了全体学生的一致意见。"

胡美在枪毙名单中首当其冲。"胡美与颜福庆和雅礼大学、雅礼中学的教务主任商量对策，随后向省政府求援。赵恒锡派来一支全副武装的小部队，分成两组，通宵保卫外籍教员。在士兵保卫和家长配合下，这场危机暂时度过。"

在这极其戏剧性的背景下，我爷爷的哥哥陈文贵在校内地下党的支持下，当选为湘雅医学院的学生会主席，兄弟二人都全身心地投入这场反帝狂潮中。他们的游行、罢课和反教会运动发展到白热化以后，迫使湘雅医学院的权利被收归中方，外籍教员集体撤离，以致学校难以为继。

我见过一张湘雅医学院外籍教师撤离时拍的照片，给我留下了强烈的印象。那是在一场冬雨里，二十多个穿戴大衣帽子、打着雨伞的外国人，还有几个他们的孩子，仓皇地跨过铁轨拥向一辆已经拥挤的火车货车厢。

湘雅停办后，爷爷跟他哥哥一起参加了叶挺的部队。记得"文革"中奶奶爷爷家烧毁旧照片的时候，父亲交代我和哥哥，如果有人问起，我们必须说从来没有看见过爷爷穿军服的照片。但是父亲忘了交代我们，如果有人问起，我们不能说家里烧过旧照片。红卫兵抄家的时候问，家里有没有烧掉过东西？哥哥以为烧掉"四旧"是一件好事，就回答说，烧过，在厨房前面烧过一脸盆，后院也烧过一脸盆。结果为奶奶爷爷带来了很大的麻烦。最近父亲又提到爷爷参加北伐的事情，我才知道叶挺部队的军服跟电影里国民党军服一模一样，"文革"中如果有这样一张照片，跳进黄河也洗不清。

抗日战争时期，爷爷是重庆宽仁医院的外科主任。一九三八年二月日军开始了对重庆的大轰炸，据不完整统计，九千多架日军飞机，在五年里轰炸了二百一十八次之多。《抗战时期重庆大轰炸日志》一书里有这样一段触目惊心的记录："飞机去了，人声喧浮起来，千百的人群熙熙攘攘，忙乱地走着、跑着、叫着，悲痛凄凉的惨叫和失望无救的绝叫。此时，许多人已经像湖水一样把马路堵塞住了。一排排的房屋、高楼横倒下来，瓦片伴着飞灰，火焰燃烧着人类焦灼的骷髅。

看到那些树木破碎的枝丫上，张挂着褴褛布片、血糜的肉块、破帽、断臂、花花绿绿的肚肠，天哪，这竟是人间的景象吗？"

重庆空袭紧急救济联合办事处建立十四个重伤医院。爷爷被派到第十二重伤医院——宽仁医院曾家岩分院任院长，奶奶任护士长。

曾家岩是国民党中央和国民政府以及其官员驻地，为日军轰炸的重点。有一次炸弹直接落在医院，把手术室、消毒室、滤器室等全部炸毁，好在爷爷奶奶和大部分同事已经转移到防空洞里，在那里继续工作。父亲是家里最大的孩子，负责从家里送饭去医院给日夜工作的爷爷和奶奶。父亲记得，爷爷锯下来的伤残胳膊、腿等，加上无法救活的人的尸体，每天要运走一卡车。我想这样的场景对年幼的父亲一定是刻骨铭心的。

父亲爱看"抗日神剧"，不管拍成什么样的他都看得津津乐道。我回家看他，能一起做的事情不多，就只好陪着他看神剧。有一天，父亲跟我说，他曾未经父母的同意，考取了国民党的空军幼年学校，那是一所为抗战培养空军预备人才的学校。后来我奶奶托人花了钱，才把父亲的名字从录取名单里划掉。我问他为什么会去考飞行学校？他说因为恨日本人，想去炸死日本人。我突然悟到父亲每天坐在电视机前，是在"看死"他少年时代想炸死的日本鬼子。

宽仁医院是美国教会在一八九二年开办的，也是重庆的第一所医院。抗战时期的院长为锐朴牧师（B.C Rape）。他的家信里有这样一段对大轰炸的记录："我们大部分时间是在手术上，空袭之后我们甚至会通宵达旦地手术。四年来，我们一直在被日本人轰炸的残破建筑里工作，一切都很困难，效率也很低……我们决定修复被袭击后剩下的最好的建筑，这项工作现在已经接近完成。它将提供一百五十张床位的服务能力，也会因此鼓舞我们的信念。"

父亲至今仍然记得锐朴牧师。大约十年前，父亲得了心脏病，在医院动手术装了起搏器，麻醉过后一醒过来他就嘟嘟囔囔地说，上帝终于还是来惩罚他犯的罪了。他记得小时候有一次复活节，锐朴牧师和他太太做了布玩具，染了很多五颜六色的鸡蛋，在节前的晚上藏到花园的树木花草间，待第二天早上请医院家属孩子们来寻觅。这是一个传统的复活节活动，也是孩子们很期待的事情。但是父亲在夜里拿了一只大篮子把玩具和鸡蛋全偷走了。第二天孩子们找了半天什么也没找到，父亲在一边偷乐。锐朴夫妇意识到有人恶作剧后，开始调查，最后父亲的罪行被揭发出来。锐朴牧师指着父亲说，陈医生的这个孩子是个坏孩子。

一九三九年我爷爷所在的宽仁医院在日军的狂轰滥炸下，发生了一场毁灭性的火灾，之后被迁移到了歌乐山。不久，上海国立医学院也迁到了歌乐山，我母亲也跟随她的父母搬到歌乐山生活，并学会了一口流利的重庆话。也许这是上苍为这对异地少年安排的第一次机遇？在某个晨雾飘逸的早上，父母也许都背着书包在两条交叉的山路上面对面走过。

我想起一首辛波斯卡的诗歌《一见钟情》。这首诗由克莱尔·卡瓦纳（Clare Cavanagh）和斯坦尼斯瓦夫·巴兰恰克（Stanislaw Baranczak），从波兰文翻译成英文。辛波斯卡曾评论他们的翻译为"第二个原创""罕见的奇迹"。我从英文翻译过来，纪念父母的相遇。

> 他们彼此深信不疑
> 是瞬间的激情将他们连在了一起。
> 能如此确定真美好，
> 但不确定性更美好。

奶奶爷爷在上海的家中。他们从美国进修回国时带回来一辆豪车，卖掉后购买了这栋洋房。

父亲去哈尔滨工业大学前拍的全家福。

因之前从未遇见，他们肯定

互相之间什么都没有过。

但是那些街道，楼梯，走廊会怎么说，

也许一百万次了，他们曾擦肩而过？

我想问他们是否记得——

在旋转门中面对面的那一刻？

或人群中那声喃喃的"对不起"？

或电话里那句干脆的"打错了"？

但是我知道答案。

不，他们不记得了。

如果他们知道了会多么惊讶，

其实机缘早跟他们嬉戏了多年。

因成为他们命运的时刻还未到，

它把他们推拢来，扯开去，

再挡住他们的道，

然后又忍着笑

往路边一跳。

即使他们还无法看见，

迹象和信号早已出现。

也许三年前

或者就在上周二，

某片树叶

从一只肩上飘到了另一只肩？

丢了的什么东西，被另一个人拾到，
谁知道呢？说不定就是那只
消失在童年丛林中的皮球？

那些门铃和门把手，
一次触摸覆盖了另一次触摸。
还有那些被检查的行李箱，并肩站着。
某个夜晚，也许，同一个梦
在晨曦中变得朦胧。

毕竟，每个开始
都只是一部续集
记事簿
永远在一半开启。

　　我找出两年前跟父母聊天的录音。父亲说："我第一次到上海是一九四八年，这是怎么回事呢？那个时候我爸爸妈妈都在美国进修，那里有个搞铁路的朋友跟他们说，中国铁路不够发达，你儿子应该到美国上大学，以后回去发展铁路业。但是我英文不大好，我爸想让我到上海去学英文，我妈妈说上海那个地方花花世界不行的，还是到南京去学吧。正好南京有个眼科医生，抗战时是我爸在宽仁医院的同事，眼科医生老婆的妹夫叫杭立武，好像是国民党的教育部部长，就为我安排到金陵大学附中去读书。我去的时候，沈阳还是国民党的，一学期没上完，仗就打到长江边了。我爸妈发电报说赶快回重庆吧，那时什么金圆券银圆券的，变来变去，回重庆的路费汇到南京，当天买不到银圆，第二天就只好买双球鞋了。我想这怎么办，我读的是个贵族学校，都是国民党政府和部队里高官的孩子，我有个朋友是将军的儿子，他们要到台湾去了。我说我要回重庆去买不到船票。他说实在买不到船票就跟他们去台湾。我说我到台湾去能干什么呢？他说去做他爸爸的副官。我说做副官好生活吗？他说可以的，你高中毕业了做中尉没问题的。我那时候还是个小孩，实在没办法就想跟他们去了，也不知道去了就一辈子回不来了。我幺孃的未婚夫在中央大学当讲师，我爸妈叫他赶快带我一道回家。那天我正好往校门外走，他正好来找我，就在校门口碰到了。那个时候南京对过全是共产党，这边全部是国民党，还有军舰，随时要打的样子。钱不值钱啊，最后我们买到了去上海的船票，那么一点点路，南京到上海开了个把礼拜。到上海住在我八孃家里，在山阴路四川路那个地方，我没事就带着白蒂（八孃的女儿）出去玩，一路走到外滩，看看觉得上海不得了啊，南京路十里洋场。我不敢进商店也没有钱，后来看到惠罗公司，橱窗里的衣服怎么做得那么好啊，我就走进去看，印象很深。"母亲插话说："惠罗是老牌子，安妈妈也带我去过的。"

老天爷那双无形的手真的在牵鸳鸯线吗？父亲回不了重庆差点去了台湾，但他在最后一刻到了上海。也许父母那天都在惠罗公司，要不是父亲在那件"做得那么好"的呢大衣前停留了太久，他们就会在楼梯口碰到了；或许他们的确碰到了，却没有停下脚步？

手机中父亲的声音接着说："在上海过了十天半个月我就跟八孃借钱买船票回了重庆，准备考大学。刚解放的时候，重庆乱得不得了，我只好到北京去考大学，那时候想工业救国，就考到哈尔滨工业大学。到了哈尔滨，完全不是我想的样子，那个图书馆里没东西的，还要睡炕、吃玉米面，我吃了胃痛。那时候可以要求吃小灶，可是一个同学说，马上就要思想改造运动了，你不要去吃小灶，他们会批判你资产阶级思想的。我爸妈一九四九年从美国回来，那个以前救过我爸的李穆生在上海当卫生局局长，就把他们从重庆调到上海来了。我在哈尔滨病倒后回上海养病，吃回大米胃病就好了。我妈妈说，算了，不要去哈尔滨了。本来我是想免考进上海军医大学的，就是现在的第二军医大学，但是我妈妈说好男不当兵，还是重新考吧，就考取了上海医学院。"

就这样，比母亲大两岁的父亲阴差阳错地成了她的同班同学，还分在同一个苏联式的八人自习小组，坐在同一个桌角。我想象老天爷抹了一把头上的汗，呼出一口长气说，这事终于有眉目了。

岁月的后镜仿佛一台神奇的织布机，千丝万缕地为我编织出两个人命运的图案——错综、美丽、不可思议。细想想，人的存在真是十分偶然的奇迹，你的父母如果没有遇见，这个世界上就没有你了。也许对每个人，这都是一件差点儿就不可能发生的事吧。

从医学院毕业那年，父亲和母亲在上海新亚酒店举行了婚礼。二十二岁的母亲刚做了肺切除手术不久，那天还发着低烧；二十四岁的父亲身强力壮，那架势天塌下来他都能顶住。他们望着对方的眼睛，念下结婚誓言：爱与忠诚，直到死亡将我们分开。跟双方两代人命运都有着紧密关联的颜福庆教授，是他们的证婚人。

悲伤是黑镜中的美

最后一次跟母亲一起，我们并排坐在病房里，我在用手机匆匆忙忙给人回邮件，眼睛的余光里，我感觉母亲在看着我，就跟她说，这是工作，我马上就好了。她开始轻轻拍我的腿，好像在安抚我，唱起一首摇篮曲："睡吧，小宝贝，你的黑妈妈在你身边，梦中你会得到礼物，糖啊糕饼啊随你挑选，等你睡了，我就带上你去到天宫……"她拍我的手因风湿性关节炎变了形，却仍然那么温柔，我眼睛湿润了，情不自禁放下手机跟她一起哼唱。这是我记忆中的第一首歌，我大概三岁，躺在父母的床上，昏暗的光线里母亲的轮廓模模糊糊，只有她的温度、气息和轻柔的歌声在回旋……那令人迷幻的时刻，是我最早的对美的体验。

另一个儿时的幸福记忆是母亲为我挖耳朵。我们坐在大床上，母亲俯在我的身边，一只手轻轻把我耳朵拉高，另一只手用一把竹制的耳耙子全神贯注地掏。她的动作很轻，弄得我很痒，但是我无比享受那些时刻她给我的百分之一百的关注。

后来"文革"开始了，母亲变得忧伤，走过我的时候好像没有看到我。见她这样，我也会忧伤起来。偶尔母亲在快乐些的时候，会为我和哥哥剪纸、叠纸工、做动画。她会从本子上撕下一张纸，折叠以后用剪刀剪，再打开时就出现一长串牵着手的小人，接着她教我们为小人画脸、上色；她会用纸叠出层出不穷的飞禽走兽、桌子椅子、房子小船，再把它们编成奇妙的童话故事；她还会让我和哥哥把本子裁成一厚沓两寸的方块纸，她在每一张上画上一个男孩和一只皮球，然后拿起那沓纸，用拇指像洗牌那样拨弄，一个孩子在拍皮球的动画就奇迹般地出现了。

一位母亲过去的同学和同事告诉我，你妈妈最突出的是她的想象力、她的创造性思维。她一分配到教研组就把"传出神经系统药理"编成一部剧本，跟另外一位同学合作拍了一部动画片。因为拍得好，所以后来在全中国使用。也许我长大后对用声画讲故事的兴趣，就是母亲在我幼时心灵里播下的种子。

二〇二一年十二月赶回上海前，母亲的主治医生给我发来微信："我们照顾张老师那么长时间，对她都是有感情的。张老师喜欢音乐，隔壁床位沈老师出院前一天，她们一起唱歌，我们特地为她拍了录像。张老师很不容易，生病至今，直到生命最后时刻都很坚强。我们表扬她，她还露出腼腆的微笑……

"前些天，我问她痛吗，她摇摇头，说不。问她难过吗，她点点头，我们除了推吗啡，又给她用了镇静的药让她睡觉。后来她病情再次加重，您哥哥看了很难过，我们又给她加强了镇静和止痛，病人在那种情况下是没有知觉了，所以最后时刻她不会有痛的感觉。最后的几天，因为病情太重，我们用药物维持了生命体征，对陈院长来说，那些天也算让他有个接受的过程。对张老师来说，走也是解脱，否则，后面还是痛苦……

"我不知道如何来安慰您。张老师最后自己拉空了宿便，加起来一公斤多，她是自己做好了准备的。我们帮她把嘴巴里的痰吸干净，身上皮肤破损的地方也都愈合了，人走的时候很干净。"

我向主治医生道谢，也向她道歉，请她理解和原谅父亲。

父亲在华山医院当过很多年的院长，也是一名业界威望极高的医生，他一辈子都是看到问题就去解决，无法接受母亲的病没得救了。他每晚在家里奋力查阅全世界最先进的治疗方法，摘选后印出来，第二天一大沓一大沓地送给医院的领导和医师们，大声教育他们去好好学习，救治母亲。父亲不善于表达悲伤，看到亲人在死亡线上挣扎，他唯一能表达的情绪是向整个宇宙举起愤怒的拳头。

主治医生回信说："没有任何需要原谅的，陈院长对张老师感情深厚，我们理解的。"

我从隔离酒店回到家时，父亲跟往常一样，坐在电脑前看文献写书。书桌另一端，母亲的《药理学和治疗学手册》（*Goodman & Gilman*）仍然打开着，但她不会再日复一日坐在父亲对面，反复阅读同一页书，反复把重点写在笔记本上。

父亲耳聋，没有听到我进门的声音。我走到他身后，站了一会儿，然后拍他的肩膀叫了一声爸爸。他看到我，慢慢起身打开橱门，递给我一张他放大了打印出来的照片。他和哥哥坐在已故的母亲病床两边，照片底部写着："我和川儿跟阿中告别"。我感觉他是在无声地谴责我的缺席。

接到病危通知时哥哥跟我说，妈妈等不到你隔离三周后出来了。那之后母亲在生不如死的折磨中坚持了一个礼拜，也许她在等我，这个想法让我悲痛欲绝。

我能看见死神穿着黑色斗篷的身影，坐在母亲的床边，我也好想去坐在她的床边，拉住她的手。此生第一个爱我的，也是我第一个爱的人在水深火热中受难，我却没有在她身边。人怎么可能从这样的遗憾中走出来？

父亲指着母亲的骨灰盒说，这个就留在我这里，等我死了，一起撒到大海去。他的声音沙哑疲惫，说完后转回到电脑屏幕前，继续写作。我呆立了几秒钟，最后无力地离开了他。

母亲住院期间，父亲曾反复跟我讲起他和母亲在上海医学院相识时的情景，八人一桌的晚自习，他俩坐同一个桌角，低声说话……母亲去世后，他几乎一直沉默。只有一次，我企图跟他商量他往后的生活，他对我大声咆哮。

记得狄金森写过许多关于悲伤的诗歌，有一首是用了拟人化的比喻——悲伤，惊慌失措的老鼠；悲伤，鬼鬼祟祟的小偷；悲伤，自我放纵的狂欢者……其中最沉重的悲伤是个被割掉了舌头的人。父亲的悲哀是一座无声的孤岛，令我为他心痛，但是我与他都没有能力跨越这道无形的深渊，去抚慰对方。

英文里的 bereavement——丧亲之痛——是一个词，也意味着一段无法绕过的时间，也许我写母亲的故事是为了度过它；也许悲伤是黑镜中的美，看到了美，就能瞥见更深远的东西……

我望着一张母亲婴儿时的照片——其实并不是她的照片，是一张苏式庭院的全景。当年照相是件隆重的事，每次看到家里的老照片，我都会好奇，是什么契机让他们决定在那天拍一张？对焦、构图，按快门的是谁？在我的想象中，这是一张全家福。我姥姥、大姥姥和三姥姥——三个各奔东西的女儿——回来探望她们的父母。画面里没有三姥姥，是因为她在镜头的另一面。那个年代摄影是一门手艺，家族里都知道三姥姥继承了史家的艺术细胞，是一名优秀的画家。

假山、树木、花草丛中，我的曾外祖父母身着长衫，分别站在两侧，姥姥和大姥姥身着短袖花旗袍，各自怀抱婴儿站在中间，大姥姥身前还站着她另外两个三五岁的孩子，他们的身后是黑瓦白墙的矮房和长廊——母亲出生的地方。

记得小的时候，家里的户口本上张安中出生于一九三四年。母亲说，那是姥姥为她报户口的时候填错了，她是一九三三年出生的。我问她，姥姥怎么会记错她哪一年生的你？她说一九三四年，那肯定就是一九三四年啊。母亲说，"矮好婆"（母亲的外婆）讲她是一九三三年出生的，矮好婆跟她最亲，不会记错的。

手机录音里，母亲的声音恍惚就在我的身旁……那天她坐在病房的小沙发上，用标准的溧阳话，给我模仿她的外公外婆："公公"（母亲的外公）总是骂矮好婆蠢么蠢到哉，一点用都没有，只好看看——她年轻时候是个美女——所以只好看看。矮好婆耐心听完他的一长串抱怨，慢吞吞说一句，你一遭说的是你自个。公公气煞。公公有位跟他交流文学艺术的常客，总是吃饭的钟点过来，矮好婆就跟来客说，培基兄啊，今天我淘米数过了，只有四条米虫，你放心吃好了。公公又气得要命，说她蠢。矮好婆听过后就唱《自从嫁了你》，公公气死，拿她一点办法都没有。

> 自从嫁了你呀，幸福都送完。
> 没有好的穿呀，好的吃。
> 没有股票呀，没有田地房产；
> 没有金条，也没有金刚钻。
> 住的也不宽，用的也不全，

从左起四个大人分别是"公公"、我的大姥姥怀抱着小儿子、我姥姥怀抱着我母亲、"矮好婆"。

母亲晚年经常挂念"矮好婆",但不记得她的名字。我去上海图书馆查阅公公的资料时,在一篇悼文中偶尔发现这样一句:"先师精金石学,善治印章,与其妻兄宋义樵先生同享盛名。"原来"矮好婆"姓宋,她与公公联姻是因为她哥哥的缘故。

哪一件叫我过得惯？

这样的家庭，简直是殡仪馆……

以前逢年过节，家里总是有些对我来说关系不明确的亲戚来访，母亲有时也带我去看他们。她跟亲戚们常聊到"辛宝阿姨""祥庆村""美华里""大舅舅""小爷叔"……几十年听下来非常耳熟，但并不清楚那些是什么地方，什么人。

随着母亲渐渐失忆，她眼前的事情变得越来越空白，童年往事却越发历历在目，念念不忘。在病房里，我常把手机存的老照片给她看，让她讲小时候的事。

一天，她说起"辛宝阿姨"家——一栋在大沽路上的弄堂房。现在回想我很诧异，她失忆到偶尔会忘记我的名字，却记得两岁时住过的房子和里面的人。我问，辛宝阿姨是谁？母亲说，是矮好婆的外甥女，她全家都是虔诚的天主教徒，非常善良慷慨。他们把底楼的大房间给公公和矮好婆住，亭子间给我大舅舅和表哥住，我跟她家四个小孩住在楼上两个小房间，小英、小芳是女孩，小良、小平是男孩，辛宝阿姨和她丈夫住在楼梯转弯处一个小阁楼里面。小英、小芳常在弄堂里玩，我也想跟她们一道，但她们大我几岁，看我连"造房子"也不会，有点看不起我。辛宝阿姨就正式告诫她们，阿中的爷娘都不在身边，很可怜，你们要待她好点！

我问，你们怎么会住在辛宝阿姨家？母亲说，我们从苏州逃难到上海，寄居在那里。后来就搬进了"祥庆村"，那是上医在康悌路（建国东路）上的宿舍。弄堂对面沿着萨坡赛路（淡水路）向北走就是法国公园（复兴公园）的后门。公公每天早上带我去公园散步，他把两只手握在背后，我也照样把手握在背后。后来，我们一老一小一前一后变成法国公园的一道景色了。

我有一张母亲在复兴公园草坪上的照片，她看上去大概两三岁，穿着一件格子连衣裙，一双蕾丝边的白袜和圆头皮鞋，抬眼望着远方的什么东西，一脸严肃的问号。我在别的相片里看见过她穿同样的裙子，后来她长大了，裙子还穿到了妹妹身上。也许她跟我儿时一样，只有两套衣服替换穿，好一点的那件用来拍照。母亲说，公公常跟她坐在公园的长凳上谈生活，谈人生。虽然她听不懂，但是觉得倍受宠爱，因为在小辈里他只跟她一个人这样说话。

他对她表哥阿伦就不像对她那么好。阿伦是一个天才，在小学和中学的时候都连连跳级。他带母亲去街上走一圈，就能分毫不差记住每一栋楼有多少层、门前有几棵树，回家准确无误地画出来，半扇门窗都不多不少。母亲看到总是惊叹不已，但公公对那些精致的作品，非但不表扬，还要禁止他去"做这种没有用的事"。阿伦在大学期间发了精神病，毕业后有一天被精神病院的车接走了，母亲再也没见过他。

母亲的大舅舅也是一名才华横溢的画家，他冬天作画、教书、办画展，一到夏天就发精神病。发病时，他会把母亲放在脚踏车的龙头上，在大街小巷疯狂地转圈。他还会抱着她到阳台上去，问她，你想飞吗？我把你往下面一扔你就飞起来了。她就紧紧地抱住舅舅的脖子不放。大舅舅跟自己的表妹青梅竹马，非常相爱，但是表妹的妈妈（矮好婆的妹妹）把女儿嫁给了一个当官的。

一天夜里，母亲在床上朦胧听到大舅舅在盥洗室唱歌，很好听，歌声伴随她进入了梦乡。半夜她被公公和矮好婆的尖叫声吵醒，跑出门来看到红色的水从澡缸里溢出来，再从楼梯上淌下去，大舅舅躺在澡缸的血水里，已经割腕死了。

那个毛骨悚然的夜晚，在母亲的脑子里打下了不可磨灭的烙印。

记得我哥哥少年时代多愁善感，爱写诗歌，还有很高的艺术天分。母亲不喜欢他写诗，也不给他钱买绘画材料。哥哥就把每周日去奶奶家的公车票钱省下来，去福州路买画画用的纸。他在长风公园跟少年划船队训练的时候，常溜去公园画海报的办公室，跟一个叫小潘的人要公家发的油画颜料。小潘多给几管绿色的，哥哥回家就画绿调子的，多给几管蓝色的，他就画蓝调子的。

一次，母亲看到他画的女孩和写的情诗，就要夺走没收。他们扭打起来，画和笔记本被抢过来抢过去，最后撕成了两半。母亲大声骂哥哥萎靡不振，沉浸在不健康的思想里。那时我还小，以为她发如此大的脾气是因为哥哥早恋。

成年后我才知道，她当时的粗暴来自恐惧。我们母系家族中的男性，有精神分裂症的历史。这个病遗传性很强，一般在青春期步入成年的阶段发作。母亲是研究神经药理的，从哥哥出生起她心里就埋下了这个隐患。当她看到哥哥传承了大舅舅和表哥的艺术细胞时，便更加愁肠百结。哥哥写得越好、画得越好，她就越觉恐惧。跟公公一样，母亲也非理智地相信，如果能杜绝孩子身上天赐的才华，就能把天赐的诅咒也一同拦在门外。

有幸地，那个精神分裂的基因错过了哥哥。想想人的一生，能自主的事真的不多。一个小小的基因突变，在人还没有出生的时候就可以决定他的命运。

大舅舅去世后不久，公公病逝，矮好婆病倒，母亲只好搬去当时已经收养了她妹妹的"小爷叔"家。这位叔叔叫张一凡（原名张昌宜），是上海《正言报》经济版的主编。一九三二年"一·二八"事件后，他为了安全起见，在法租界巨泼来斯路（现安福路）的美华里，租了一栋三层楼的房子，并把他父母从嘉定望仙桥接到上海。记得我母亲和二姨管她们的奶奶叫"长好婆"，因为她个子很高。抗战爆发后，小爷叔又把住曹家渡（非租界）的叔父一家人也接来同住。

美华里那一大家子二十来口人，简直就是一个村庄。让我在这里梳理一下人物关系。

小爷叔的上面有三个哥哥：

大哥不接受父母的包办婚姻，婚后从未与媳妇同居，独自到嘉定娄塘镇去经营一家布店。这位没有文化又没有父母的大儿媳没有退路，只得留在张家伺候公婆。

二哥也逃脱了旧式婚姻，把妻子和三个儿子留给父母，移民去新加坡当了国学教授。二哥的大儿子由祖父母做主，过继给了大儿媳，也算是给她一点安慰。我母亲叫他"大阿哥"。大阿哥白天在大学念书，晚上到《正言报》工作，常常带小说回家，母亲爱读小说的习惯就是在那时养成的。后来，我和哥哥都不分辈分地也叫他"大阿哥"。他老了以后，母亲时常去探望他，总是跟我们说，大阿哥最好了，一有空就骑脚踏车荡我去矮好婆那里。

三哥就是我的外公张昌绍。

小爷叔自己有一女两儿，小儿子生下不久他也离婚。我母亲到他家的时候，她和妹妹加上六位表兄妹都由大儿媳一个人照料，都管她叫"妈妈"。所有孩子和公婆的衣服鞋子，全由"妈妈"一手缝制，每年还得上别的亲戚家小住，去给他们缝制衣服。全家十几口人的被子衣服也都由她洗晒，还要给一群孩子洗澡洗头。小爷叔雇用了一位叫吴妈的姨娘，负责做饭和打扫。

我发微信问二姨，"妈妈"后来去了哪里？二姨回，你姥姥从重庆回上海后，把她接到平江路的房子住，搞些缝补和织毛线的活。她觉得太闲就回嘉定望仙桥张家老屋里，一人独居，拼命种田。我高中毕业看过她一次，她全靠咸菜度日，我去了就到街上饭铺点了麻婆豆腐招待我。我在清华大学的时候，她得肝癌去世了。

我总觉得，"妈妈"有点像鲁迅笔下的一个人物。

在美华里那个庞大的"难民营"里，我母亲失去了待她最亲的公公和矮好婆，生活得非常痛苦，没多久就得了梦游症。她每晚在睡梦中从孩子们混睡的大通铺上爬起来，打开门爬楼梯，上上下下里里外外转上几圈后再回到床上。二姨后来听"妈妈"和吴妈讲，阿中梦游的时候往厨房门外的米箱里尿尿。

记得在平江路的时候，母亲跟姥姥不管为什么吵架，最后总会落到那段日子：我那么小就被你丢在亲戚家，裤子后面破了用胶布粘，胶布粘不住用书包挡。你在英国看莎士比亚，我在课堂里想下课该怎么站起来，别人才看不到我屁股上的洞，弄得我功课全不及格！

上世纪八十年代的时候，姥姥给我看了两封母亲在"美华里"时写给她的信。姥姥不是多愁善感的人，也不看重物质财富，连她母亲留下的一个钻戒、她父亲篆刻的图章，都会一时高兴转手送掉。但这两张发黄的纸片，她一直用心保存着。它们从上海寄到伦敦后，又跟着姥姥坐船回到上海，再跟她辗转去了云南、缅甸、重庆，再带回到了上海。

也许因为战争时期货物紧缺，信纸很小且不规则，一张大约两寸宽十寸长，另一张大约两寸半宽六寸长，从右到左竖着写得密密麻麻，没有标点符号。

妈妈大人：我接到你的信心里很快乐我身体很好现在胖多了脸色也红了晚上不踢被子了我现在小考考得不好只有六十几分阿

姨说她现在很忙没有工夫写信给你所以请我写给你我纪念妈妈又

纪念爸爸你多写信来妈妈再会　阿中

　　妈妈大人：你近来身体好吗我身体很好我很牵记妈妈又很牵

记爸爸我好久没有写信给你了你有空常常写信给我好吗我现在放

学在家里写写字现在我写信给你了爸爸今年回来妈妈今年回来我

很欢喜我的妈妈我也很欢喜我的爸爸你多写信来妈妈再会　阿中

　　其实，那个日夜渴望父爱母爱的小女孩，一直都潜伏在母亲身体
里。在最后的几个月，她睡前经常亢奋，总是要阿姨帮她穿上整齐的
衣服，说，今天安爸爸安妈妈要来接我了。有时早上一醒来的时候她
也会说，安爸爸安妈妈说了今天接我回家（母亲是张家安字辈的，从
我记事起她和两个妹妹都称父母为安爸爸安妈妈）。

　　记得有一天离开病房的时候，母亲问我，你去哪里？我说，回家，
明天再来看你。母亲好像突然想起，她住的地方不是家，她想回家，
泪水涌进她困惑的眼睛。她说，我真想睡到亭子间去清净清净，这里
整天有人进进出出，给我插管子拔管子。我安慰她说，你好好养病，
多吃点，好了就可以回家了。母亲接着说，从前有个上医的大学生住
在亭子间，每天下课后就给我和阿邦（二姨）补习功课，我们才考取
了中西女中。安妈妈希望我们可以在中西女中"轧好道"，学穿时髦
衣服，做名媛。

　　我意识到，母亲住了几个月医院，已经忘记自己早已搬离了平江
路的房子，她在等爸爸妈妈接她回到那个家……

　　回到十二岁的时候。抗战胜利了，她跟爸爸乘军用货机从重庆回
到上海。安妈妈带着矮好婆、长好婆（奶奶）、"妈妈"、妹妹和一只叫"波

左：

媽媽大人：

我接到你的信心裏很快樂 我身體現有好多了 臉色也紅了 晚上不
踢被了 我現在身老得不好 因有六十幾分 阿姨說他現在假吃
燈上去寫信給你 所以他讓我寫給你 我紀念 媽媽 又紀念
爸爸 你多寫信來 阿姨再會

阿中

右：

媽媽大人：

你近來身體好嗎 我身體很好 我很
記媽媽又很掛念記爸爸 我好久沒有
你了 你有空常常寫信給我媽
在家裏寫字現在我寫信給你
回來媽媽今年四來我很掛念
也很歡喜我的爸爸 你的媽媽紅
再會

浪波浪"的暹罗猫，在平江路房子的花园前翘首等待。见到她和爸爸的时候，安妈妈的眼睛湿润了，因为在他们之前已有两架重庆回沪的飞机坠毁。

妹妹拉起她的手，走进这栋窗明几净、空空荡荡的房子。虽然床和桌椅都是公家接收敌产时分配的家具，但是跟歌乐山的竹子泥巴房子相比，这栋花园洋房就是宫殿。一家人终于结束了多年的颠沛流离，在这里安顿下来。

安妈妈去寄售店，买了离沪侨民不得不廉价抛掉的高质家具和一架漂亮的钢琴。对面邻居王鹏万医师的夫人，开始教她和妹妹弹琴。

"美国救济总署"按户分配生活用品，她和妹妹都穿起太大太长的旧呢子大衣，吃着压缩饼干，给捐赠这些东西的美国孩子写回信。

春天到了，喇叭花爬上了篱笆，美人蕉在墙脚边开出花来，还有迎春花、紫娇花、喷雪花开了满满一院子……

夏天到了，安妈妈给她做了一条绿色连衣裙，没有袖子，领口镶了白色的边，让她穿了下楼跟隔壁沈克非家的两个儿子喝下午茶。那两个男孩都喜欢上了她。

沈克非从美国带回来一辆汽车，礼拜天只要有空，就带儿子女儿，还有她，到衡山路国际礼拜堂去做礼拜。偶尔，他还带他们去看一场好莱坞电影。她挑了一个自己最佩服的演员平·克劳斯贝，宣布做他的影迷。安妈妈反对她当影迷，但沈克非在一旁帮她，说，这也是一种有趣的经历嘛。他自己选了多萝西·拉莫，当她的影迷……

如果人死了，意识还能自由地存在，母亲的意识也许会常常在祖屋徘徊。

整理遗物的时候，我看到一只四方的曲奇饼干盒，里面保存了一

母亲在"法国公园"——现复兴公园。

姥姥和母亲在"祥庆村"的家门口。

母亲在平江路家的廊亭。这是个夏日，台阶下花园里的枇杷树该结果实了，篱笆上爬着的喇叭花也该盛开了。我想到儿时总是从春天就开始守着那棵树，等不到枇杷熟就采来吃了。记忆中客厅和餐厅之间是有隔墙的，但这张照片能看到深处餐厅的窗。问了哥哥方知，隔墙是"文革"期间才加的，这样两间房便可以住下两户人家。

母亲小学期间留影。

些光盘、照片、贺年卡和信件。光盘都是历年来圣光校友会的相片和录像，信件也都是圣光同学写给她的。

第一封信："……我刚买了一本书，名叫《敲响天堂的门》（*Knock On Heaven's Door*），著者 Lisa Randall 是一位著名的现代粒子物理学家和宇宙学家，她在书中用非物理学家能够理解的语言，阐述现代物理的最新发现和它们对人类认识的意义……"

第二封信："……你信上写了"看了一本好书会感动很久"，我也深有同感。嘉真最近买了《西方文明史》的碟，听得很"得劲儿"，你看，有了科技，就是瞎了也照样念书。嘉真和我现在也爱写，我觉得我们有责任把坎坷的人生记下来，不能让它被淡忘，也该把我们在全世界看到的美好事物和人物告诉大家。出生在知识家庭，最幸运的就是能赏识中国和西方的文学和艺术……我们没有你运气，我在北京，嘉真在山西，后来回上海。结婚后分开十一年，写了无数封信，都丢了，可也有的记在心里，永远丢不了。现在很少收到真正的信，有文采的就更如凤毛麟角，所以真希望你常来信，多交流……"

是什么书让母亲读后"感动很久"？我突然想到，大约在十年前，她读纳博科夫的《洛丽塔》，感到震惊和兴奋，在电话里跟我感叹道，从来没有想过一本书能够这样写人的本质，这样写欲望，人真是一个悲剧动物啊。我听了哑口无言，同时也觉得骄傲——不是每个人的老妈读完《洛丽塔》都会有这样精辟的反应的。

经历了沧海桑田，母亲的善良、纯真和对美尖锐的感受，之所以得以幸存，我相信是因为文学、音乐和科学对她心灵的滋润和涤荡。

第三封信："……知道你平时不爱写信，加以生病，还给我写了一封长信，非常感动……我还记得一些当年张伯母为何宠爱你的事，以后再写下来寄给你……"

第四封信："……在歌乐山，我们两家住在同一排简陋的宿舍中，两家中间隔的是吴征鉴教授家。记得在一九四三年上半年，张伯母历经奔波，辗转数月回到已沦陷的上海，去接你来重庆。张伯母不在的期间，张伯伯几乎每天晚饭后都到我们家中来坐坐。他除了跟父亲聊天以外，也和我谈谈话，想来是因为我们年龄相仿，令他想起女儿吧。张伯父非常喜欢我家的小黄狗，每次来都要把它高高举起来，按在墙上逗它。"

"你来到歌乐山后，张伯伯就很少到我家来了。但是我们成为了玩伴，我叫你张妹妹，你叫我何姐姐。张伯母是一位风趣幽默的人，她说既然我叫你"脏"妹妹，就要你叫我"干净"姐姐。你也果真那样叫过我几次……有一次，我们走了很远的路，到当时也还在歌乐山的上海医学院，逛到了一间很大的尸体解剖室外面。门是关着的，我们就贴着玻璃窗往里看。里面的几个大学生正在温习尸体，看到我们后，就挥手示意要我们走，我们不听，还继续往里看。结果一个大学生开门出来，手里的镊子夹了一块像肌肉一样的东西，挥舞着吓唬我们。我们逃走后都说学医太可怕了，没想到后来都学了医！接着我们同时进了圣光，因为在不同的年级，从此各自有了新的朋友……"

有多少童年的同窗，七八十年后还在这样通信？还有这样的精神交融？我突然很想读到母亲写的那封"长信"，和那封"有文采的信"。她保留了他们的信，他们会不会也保留了她的信？

我在二〇〇五年的《圣光校友通讯录》中，找到了"何姐姐"何燕生。二〇〇五年时她住在美国宾州，但是在二〇一一年的信上，她说已经搬到了加州。我怎么才能找到她？怀着侥幸心理，我给通讯录中十来个耳熟的名字写了信，然后又加了二三十个完全陌生的名字——好像把几十只装了信的玻璃瓶扔到了大海里。

您好！

我是陈冲，张安中的女儿。

母亲于去年十二月病逝在上海华山医院。整理遗物时，我看到一本圣光校友通讯录，还有校友聚会的照片和通信。母亲生前常说，圣光年代是她一生最快乐的时光，记得她常模仿她热爱的姚牧师说重庆话的腔调。

母亲走后，我才意识到有那么多问题想问她，却再也没有机会了。眼下我在搜集母亲的资料，希望把它们写下来。也许，我只是想在这个过程中重新找到她，留住她。

我记起一首美国诗人丽泽·穆勒（Lisel Mueller）的诗：

How swiftly the strained honey

Of afternoon light

Flows into darkness

And the closed bud shrugs off

It's special mystery

In order to break into blossom:

As if what exists, exists

So that it can be lost

And become precious.

……似乎存在的事情

存在只是为了

它会终将逝去

而变得珍贵……

母亲和圣光中学的同学冯嘉真在校园,我文中写到的"第二封信"便是冯嘉真的丈夫写的。嘉真阿姨的父亲冯德培是我外公的朋友,也是中国神经生理学的鼻祖。"文革"初期,冯先生被关在暗室里殴打,被按在单位大门口罚跪,受尽侮辱。外公自杀时,冯先生正在"牛棚"里关着,得知消息后马上委托女儿来安慰我母亲,深表悲痛和惋惜。

如果您有任何当年圣光学校的照片或记忆，请与我分享，我将十分珍惜。

等了两个月，几十封信仿佛石沉大海。正觉穷途末路时，我想起母亲在多年前讲过，她在圣光的闺密刘广琴有个女儿，叫 Andrea Jung（钟彬娴），是雅芳的总裁，还上过《时代杂志》的年度人物封面。我上网查到，钟彬娴离开雅芳后，在一家叫 Grameen America 的慈善机构当总裁。Grameen America 是美国最大的小额信贷机构，服务于少数民族和妇女办的企业。我在机构的网页上找到她的邮件地址，发了一封信和一张圣光同学聚会的合影，请她转达。

几天后，我惊喜地收到了回信——

亲爱的陈冲：

收到你的来信，让我很感欣慰。

自从读了你缅怀母亲的文章，我一直很难过。

我在重庆山洞镇的圣光学校遇见了你母亲。圣光是一所不到一百个学生的学校，大约有一半是寄宿生。我和你妈妈同班，又同住在一间女生宿舍。从早上睁开眼睛到睡前"枕头大战"，我们形影不离。周末，你姥姥来接你妈妈回歌乐山。我家在重庆，离得很远，所以总是被邀请去做客，吃你姥姥用自制烤箱烤的面包。我会永远记得那些快乐的周末。

一九四八年我离开了中国，直到七十年代你母亲来美国做访问学者，我才再见到她。你发给我的照片，是我们在中国驻纽约领事馆，第一次团聚时拍摄的。她在美国期间，我们有过很多非常美好的团聚。

最后一次见到她是在二〇一〇年。我真遗憾后来和你妈妈失去了联系。

过去的几年，我和丈夫的健康日益走下坡路。去年七月我心脏病发作，随后动了手术，恢复得非常艰难。我的两个孩子建议我们卖掉公寓，搬来和 Andrea 同住。我公寓里的大部分东西都只好扔掉，珍贵的相册都被装进了盒子，不知道放在 Andrea 车库里的什么地方。

同学们都老了，许多人已经离开了这个世界。合影里的另一位，邹永，十多年前在上海病逝。他没有孩子，太太在美国。在他病重的日子里，是你妈妈和我们的同学张滋生，一直在帮助和照顾他。圣光同学真的是一个大家庭⋯⋯

刘广琴

母亲生前，我只知道她是个虔诚的基督徒，整理遗物时，我才从她少年时代的笔记本里，发现了她对信仰的困惑和矛盾。她十六岁那年上海解放了，学校开始对学生进行共产主义教育。两年后，她写了一份"自传"——密密麻麻九页纸的反省。

⋯⋯说到我的思想转变过程，是不够快也不够好的。我小时候进的是教会学校，而且是住读，所以我完全生活在祈祷、赞美诗、听道和牧师教士中，其中有一个姓姚的英国牧师，是一个很慈祥的老人，她看见我刚上学时想家想得那副惨象，就叫我到他房里去祷告、讲圣经故事，还用耶稣和我同在等话安慰我。以后，我们每天有三次祈祷、两次查经和一次听道，不到一年我就成了基督徒。从我十岁到十七岁这七年中，姚牧师始终影响着我，使我后来在完全不信教的环境中却变得越来越虔诚。我每天读圣经，想到耶稣为世人赎罪钉死在十字架上，总是满心感激。

去年，我看了《刘胡兰》和《钢铁战士》等电影，又看了《人民文艺》中许多可歌可泣的革命故事后，觉得这些为人民革命事业而牺牲的人要伟大多了。他们所受的酷刑拷打，上老虎凳、上绞架，不是比钉在十字架还痛苦得多么？可是他们丝毫也没有被这些吓倒或屈服。刘胡兰为革命牺牲的时候是多么勇敢，多么坚定，而耶稣呢？圣经上说他在钉十字架前一天夜里，因害怕而满面流泪，跪在地上恳求天父，若是可以的话就免了他喝这杯苦汁吧。跟无数个为革命事业而英勇牺牲的烈士比起来，耶稣显得多么懦弱啊！而且，革命战士牺牲的结果是，中国解放了，中国人民翻身了，新中国诞生了。这些都是实实在在的事实，可是耶稣钉死后的结果呢？他是为把人类从罪恶中救出来而牺牲的，结果两千年来，世界上不断出现罪大恶极、屠杀人民的刽子手。要不是人民自己起来推翻他们的话，耶稣简直就拿他们没办法。既然这样，我怎么可以看到这么多伟大的人不信，却要去崇拜两千年前的耶稣呢？翻来覆去想了一夜，就决定把宗教抛弃了。

有一天姚牧师来看我，照例带来几本祈祷书和无数鼓励的话，但是我把自己的想法告诉了他。他先是惊讶，然后就难受得不得了。这是我思想转变之一。

我问二姨母亲少年时代的事情，她想了想说，你妈妈有过轻生的念头。我听了很震惊。二姨接着说，她觉得以前的信仰、寄托都垮了，没有了神没有了永生，人到底为什么活着？那段时期我们都很迷茫。

二·六大轰炸那晚，你妈妈和我在一片黑暗中谈到《圣经》，经文说要饶恕敌人七十个七次，可怎么能容忍这种杀伤无辜的行径？我们好像在找理由怀疑上帝。

沉默了一阵后二姨换了个话题说，那时你妈妈漂亮得不得了，解放初期学校有钱人家的孩子仍有豪华汽车接送，但你妈妈骑着脚踏车，一阵风一样进出校门的模样，倒是更让人家羡慕的。

大概没有人会想到，脚踏车上的美少女正在经历着怎样的精神磨难。

我知道母亲进了大学以后仍然在跟她的宗教信仰抗争，渴望从灵魂深处把自己改变成一个共产主义者。她在入团申请书上，沉痛地自我检讨，"宗教的信仰使我不能从本质上认识共产党和共青团，因为一从本质上来看，就矛盾了。直到上学期，我对党团的认识还是模糊的，总是把事情对立起来，用自己的眼光来看，觉得共产党这一点好，那一点不好，比如像镇反、抗美援朝、土改等运动，我都能拥护，可是一说到社会发展史，劳动创造世界，猴子进化变人，我就不服帖。我不重视政治，不重视自己的生命和所有的物质……我的人生观是：我在世间做客，我家在天。这样的人生观极严重地阻妨我的进步……"

在接踵而至的各个运动中，她多次检讨自己曾经受的"奴化教育"。

1942 年我进了圣光中学，这是英国的教会办的学校。学校从表面看来是不问政治，没有党派组织的，但学生的家庭成分复杂，有不少同学的父亲是军阀或官僚（如杨森、居正、冯玉祥、刘公云等）。学校的牧师和经费都是英国的，教学人员都是教会（内地会）派来的。因此，我现在看起来这学校很成问题，而我受它的思想影响又很深，所以我把这一段时期的有问题的社会关系交代一下：

1）姚如云（Gordon Aldis）英国人，内地会牧师，家在英国，数代都是传教士。他年轻时即被教会派到中国来传教，并建立宗教基地，每七年回国汇报一次。他调到圣光中学来时已快五十岁了。姚牧师深得人心，我很信任他，只希望自己能和他一样的公正和虔诚。后来我回上海，进了别的学校，他有时出差到上海，总来看我，并经常通信。解放后，他来告别，说是内地会撤退了，但是1952年他突然又来看我，说要到暹罗去。当时我已入团，就向团支书汇报了这事。同时劝他不要传道了，留在人民中国教外文。他没有答应，就走了。以后未有来往。

2）刘广琴，是我中学里最好的朋友，后来被教会派到加拿大去学习。当时和我通信，表示想回国，很苦闷，但回不成国。（那时上海已快解放，他父亲刘公云是财政局长，逃往台湾，并写信通知女儿不许回中国。）解放后她又到美国去上大学，我写信动员她回国，但她已不想回来了，在美国结了婚，之后没有再通信。

3）刘德馨，圣光的教员，约在两年前我在报上看到"特务分子刘德馨……"不知是不是他。

4）Jill Smith，是姚牧师回英国期间，替我找的一个朋友。他希望我们彼此通信。她是一个半工半读的女孩子，志愿是将来能到中国来做传教士，对中国的一切都要问。解放以后我们就没有通信。

刘广琴趁我在新泽西拍戏，约了另外两位同学跟我在曼哈顿聚会，但好几次都因有人身体不适而取消。我决定先去拜访一位叫林珊的阿姨，她上世纪八十年代去英国探望姚牧师时，从他相册里翻拍了许多圣光的照片。

母亲到纽约进修时，终于跟少年时代的好友刘广琴重聚。

趁不拍片的一天，我从新泽西城坐了一个多小时的地铁，来到她居住的皇后区。一进门，这位精力旺盛的九旬老人就大声告诉我：我去过你家好多次——不过都是十年前的事了，你们几只猫都认识我。你爸爸下班回家，猫就在橱顶上撩他头发，你爸就把它抱下来，跟你妈说，帮我拿两根棉签来，一根湿的一根干的。然后他就抱猫坐在沙发上，用棉签给它擦眼屎，你爸是医生的手，很温柔的，那只猫很信任地让他擦。

说着，她拿出相册给我看，"这是尹任先校长，这是张治中将军——他是我们校董，这是姚牧师——我不在他最宠爱的几个人里，他喜欢你妈妈，她英文好，每天下课就去姚牧师那里听唱片，学歌。"

我一眼就从一群孩子中认出了姚牧师，他个头瘦高，又是欧洲人，所以容易辨认。孩子们在教室里听课、唱歌，在操场上打球、舞剑，或在树上、河水里玩耍……他们的脸模糊不清，但我知道母亲也在他们当中。一股强烈的思念涌上心头——如果她能跟我一起看这些照片

母亲和"查理"在平江路廊亭前。

该多好啊。她可以告诉我，那群穿救世军服，野营扎帐篷的孩子中，哪一个是她。

我仿佛能看见八十年前的那个校舍：一栋方正的两层楼瓦房，中间大门上方写着"圣光"，一片泥土的操场，上面竖了两个简陋的木制篮球架，边上有几间茅草屋，背景是一条山脊和葱郁的树木。这个貌似平凡的地方，曾让母亲一生难忘。

有一张相片，学生们穿着冬天的衣服，沿着楼墙坐在板凳上。我问，你们在干什么？林珊阿姨笑了出来，说，上姚牧师的课，外面天气好，我们就要求晒着太阳上课。

她指着另一张相片说，这个是我，我们每天的朝会，唱赞美诗，讲《圣经》故事。照片里，宽敞明亮的窗边有一位老师在弹钢琴，还有一位坐在琴旁，孩子们面朝老师站立着。离镜头最近的穿白衬衣梳两条辫子的背影可以是任何人，但林珊阿姨知道那是自己，幸福的怀旧洋溢在她脸上。

姚牧师珍藏的照片里，还有几张母亲学龄前的，和几张她在祖屋廊亭前的。不知是母亲回上海后寄给他的，还是姚牧师来上海看望她用他自己的相机拍的。其中一张母亲抱着一条温驯的大狼狗，原来这就是"查理"！

我脑子里浮现出月光下平江路的草坪，一条孤零零的瘦狗站在当中对天哀鸣。母亲曾多次讲过这个伤心的景象。一九四九年，院子里进驻了一个排的国民党新兵，领新兵的排长带着他的狗"查理"，住在我家的廊亭里。每天士兵们在草坪上歪歪斜斜操练，母亲和二姨就在一旁跟查理玩。一个月后部队要出发了，排长跟姥姥说，查理就不要跟着我去当炮灰了，让它给你们看大门吧。那以后，查理开始绝食，夜晚对月号哭。无论母亲怎么呼唤，它都不听，每天如此。最后，姥姥把它送去了上医的动物房。

母亲少儿时代的照片大多在"文革"中烧掉了，而它们却被姚牧师完好无损地保存了，又被林珊阿姨翻拍下来。可惜原件本来很小，再隔着一层塑料纸翻拍，质量很差。我怎样才能看到姚牧师的相册呢？它们还存在吗？

我在网上搜索很久，只看到了母亲已经交代了信息：姚如云出生于一九〇五年，英文名是 Gordon Aldis，他一九三一年来到中国"内地会"当传教士，一九四二年开始在圣光学校当老师，一九五二年离开中国，一九八八年在英国去世。我曾在一九八二年或者八三年去英国探望过姚牧师，他一定跟我分享过这些照片，但那时我太年轻，完全不懂得珍惜。

正在我千方百计寻找那本相册的时候，朋友发来一篇文章。一位移民国外的中国人，父母在疫情期间过世。他远程将他们在国内的公寓出售了，并请买家将一切遗物当垃圾处理掉。买家在遗物中看到老人的相册，幼儿时代、学生时代、恋爱中的、孩子们出生后的……面对老人一生的记忆，买家感到沧桑。在扔掉之前，他把照片刊登在网上作为一种纪念。

好友海伦是个出名的孝女，她看了这篇文章后跟我说，其实我理解那个人的，我爸爸妈妈也有很多老照片，里面有的人我根本不认识，你说我留着它们有什么用？

我给朋友写信说，难道我那么不正常吗？我如此想知道和留住母亲的一切。他回，因为你是个艺术家吧。

这话让我想到，创作的饥渴和激情，常常来自某种基于哀思的记忆和想象——那个用清澈双眼望着你说"我爱你"的孩子，终将长大离家去寻找别的爱；那段令你神魂颠倒死而后已的恋情，终将这样或者那样地结束；那个晨光里完美的蜘蛛网、蒲公英、凤尾蝶，那道划过夜空的火流星……一切穿刺到你灵魂的美都与母亲一样，终将逝去。这不可名状、无法安慰的渴望和骚动便是艺术的源泉。

我放到大海里的瓶子中，有一只奇迹般地漂到了彼岸——尽管它到得晚了。我收到了一封与我素未谋面的人发来的邮件：

> 陈冲女士你好，我母亲张恩美也是圣光的校友，最近她仙逝了。我在整理她遗物时发现了你写给她的信，还看到了她和你母亲参加上海圣光校友会写的条子。我也很想知道自己母亲在圣光那段美好的时光。母亲故去，我和你感同身受了……
>
> 母亲说过她们躲日本飞机轰炸的经历，一个灯笼不用跑，两个灯笼慢慢跑，三个灯笼飞快跑。还有就是孔二小姐也在圣光上过学，每天带枪上课，枕头底下也有枪。还有就是圣光很自由，都是基督的孩子。记得母亲清醒时，会唱圣光校歌。我就知道几句，"美哉圣光，荣哉圣光，旭日东升即辉煌……"

我也记得一段歌词："英才济济，惜阴如金，春风化雨气象新；四育并进，业精于勤，日就月将培天真；诚朴无私，光明真纯，无愧堂堂大国民。"

是什么让炮火连天的岁月、艰苦朴素的条件，成了母亲和她同学们记忆中最快乐的时光，以至于他们的第二代都能唱出校歌，以至于一位毕业生成年后为儿子起名为圣光？

有时蒙眬醒来，我会片刻忘记母亲已经不在，清醒过来再次震惊——确实永远见不到她了。死去的人是去了哪里？母亲生前是基督徒，或许她去了天堂？

我不是基督教徒，但觉得耶稣受难——十字架上他伸展的双臂、下垂的头颅和塌陷的脸庞——是一个动人的形象和概念。

在西方旅居的生活中，我常与教堂擦肩而过，只是非常偶尔地，我会为某个耶稣受难的雕像或画像驻步、触动。它们并不是什么世界闻名的作品，也不一定是工艺最娴熟的，有时候我猜，也许那些令我感动的作品是出自信徒之手？就像母亲的琴声和歌声。

我企图回忆书中、绘画中、电影中描绘的天堂，但觉得它很空洞，远不如牺牲精神那么有感染力。我很难想象母亲在天堂的样子。

我想起一本叫《g 先生：关于宇宙创造的小说》，作者艾伦·莱特曼（Alan Lightman）是一名优秀的物理学家。他写到一位垂死的老妇人，看到自己美丽而艰难的一生像电影那样闪回，她无法相信这就是一切，这就是尽头。然而在死去那一瞬间，老妇人脸上露出了一丝神秘的微笑，也许她瞥见了宇宙与时间之前的虚无，知道了生命的奥妙。

当时，她的体内有 31470103497276—498750108327 个原子，她的实质中，63.7% 是氧气，21% 是碳，2.6% 是氮，1.4% 是钙，1.1% 是磷，外加少量在恒星中产生的九十种其他化学元素。火化时，她身体里的水分蒸发了；她的碳与氧结合后，形成了气体一氧化碳与二氧化碳，飘浮起来跟空气混合；她的大部分钙和磷燃烧成了红棕色的灰烬，随风散落在土壤里。

曾经属于她的原子就这样被释放和蔓延开来。六十天内，它们便波及全球的空气；一百天内，她的部分原子——那些火化时蒸发了的水分——便凝结成雨水降落下来，被动物和植物酣饮吸收，转化成器官、骨骼、枝叶和花朵；孕妇们吃了那些动物和植物，十个月后，含有她原子的婴儿们便呱呱坠地……

在老妇人去世的几年后，地球上会有数百万含有她原子的孩子；再过几十年，那些孩子的孩子身上也将包含她的一部分原子，他们的思想将包含一部分她的思想……曾经暂时属于她的那些原子，将永远循环在风里水里土壤里，在世世代代的生命与思想里。他们能传承她的记忆，感受她经历的痛苦与欢乐吗？当然不能，但也许我们每个人，都积累和融汇了所有生命的记忆；也许我们所体验的无常，从来就是永恒。

母亲将存在于万物中——这个想法给我带来安慰。

无法实现的梦想

我问哥哥，你记得些什么小时候妈妈的事情？

他说，家里第一次装日光灯的时候，房间里突然变得老亮。那天妈妈开心得不得了，在日光灯管下面唱歌，唱"我们坐在高高的谷堆旁边"，唱"北京的金山上"。

我问，还有呢？你还记得什么？

他说，妈妈跟爸爸发脾气。

我问，她为什么发脾气？

他说，他们两个人用一张写字台，有时候我们也用，台面总是堆得很满。她发脾气，大概都是因为她备课写好的一沓纸被弄乱了，或者少了一页。妈妈做所有的事都特别用功，其实她是一个很有理想的人。

我想起那时我们一家四口挤在一间屋里，夜晚我只要看到母亲坐在书桌前的身影，就仿佛感到世上一切平安无事，可以放心入睡。

大约十年前，忘了在什么情形下，母亲跟我说，你为两个孩子作出太大的牺牲，耽误了你的事业。她的话令我震惊。我总是觉得，是丈夫和孩子为我的工作作出了很大的牺牲。难道母亲认为，命运赋予了我多少人梦寐以求的机遇和成就，而我却没有孤注一掷地去实现自己的潜力和理想？

母亲的命没我的那么好。她的一位老同学跟我说："'三年自然灾害'的时候，安中怀着你，你外公有两个鸡蛋的补助，××就不许他把鸡蛋留给你妈妈，他说这是给一级教授的补助。安中在药理教研组的日子真的很不好过，尤其在你外公去世后。我真的很恨××，我们都知道整死张先生的就是他。安中在他手下从来没有机会做科研，她对科学的激情、才华和学识大多都被时代和环境消耗掉了。"

然而，母亲对知识的追求从未因此消沉。我依稀记得，在炎热的夏天，她和我赤着脚用滴水的拖把拖地板，然后躺在潮湿的地板上听广播英语课，跟着大声朗读。当时的教材，经常是直接把小学语文课内容翻译成英文。有一篇是周扒皮剥削农民的故事，周扒皮在英语里的声调拉长了，听上去是"周八屁椅一"。教了几天后，房子里七十二家房客的小孩看到我，都叫我"周八屁椅一"。

"文革"结束后，欧美医学代表团开始访华，当时外语人才奇缺，母亲常被叫去当翻译。每次活动前，母亲总是跟姥姥一起准备和排练可能聊到的内容。有一次，她们排练见面和告别礼仪，姥姥扮演外宾，跟母亲说，"We have had a wonderful time. Thank you!"母亲回答说，"It's my pleasure！"姥姥说，你也可以说"Oh, the pleasure is all mine."这样听上去更优雅，也更热情好客一些。我也这样在一旁学到不少课本里没有的英语。

一九七八年，邓小平在恢复全国统一高考、研究生招考之后，走出了振兴教育和科技事业的第三步棋：结束几十年来的闭关锁国，向发达国家派遣留学生。母亲参加了那年的出国留学考试。医学界一共考取了三位，她便是其中的一位。

　　母亲有很多笔记本散在家里各处，大多写着人名、电话号码、几时上钢琴课、修理工几时来等。她走后我仔细翻看，才发现她也记录了往事。为什么写过往的岁月？想给谁看？或许她只是不想遗忘。笔记本没头没尾没有年月日，也许那些越来越潦草凌乱的字迹，越来越碎的记忆，是她在迈近生命的尾声。关于一九七八年出国留学考试，她写了："上海医学院派出一批三十岁以下的大学生和业务干部，参加上海市举办的出国考试，但是这些年轻人由于十年'文革'的耽误，业务学习受到很大影响，未能通过。学院只好让四十左右的中年人去应试，我也参加了，首先是笔试及英语口试，通过后便到中科院药物研究所去专业面试。我被带进一间办公室，里面坐着几位考官，其中一位主考人是我父亲生前的好友，他向我提出的问题，正好是父亲生前很感兴趣的、也曾在中科院作报告建议大家联合起来共同研究的课题。这些内容有一定的难度，但恰好是我很熟悉的。面试顺利通过了，当我起立告别时，主考官送我到门口，我看到他的眼圈红了，这时我努力忍住的眼泪也刹不住车地往外流，我是一路哭着跑回家的……"

　　这位"主考官"是谁？他是否从母亲的眼睛里，看到了被迫害致死的好友，感到了他曾经的才华和炙热？他给母亲出的考题是什么？

　　早在上世纪六十年代初，外公张昌绍就发现了吗啡的中枢神经镇痛部位，包括第三脑室周围和导水管中央灰质脑区。他认为吗啡在脑内作用的高度选择性，很可能是针对某种高度选择性、专一性的细胞组织的作用，并预测那将是药物作用原理的核心。但迫于科技条件的限制，他的想法只能停留在推测和想象。十年以后，西方科学家们发现了内源性吗啡样受体，那正是外公当年假设的那种细胞组织。

母亲在晒台上。

母亲出国前在北京集训时，父亲去探望她。第二年，父亲也考取了公派留学的资格。

母亲阅读了美国神经药理学家所罗门·斯奈德（Solomon Snyder）关于受体的文献后，激动不已："爸爸，你对吗啡作用于专一的受体而发挥作用的设想，终于被证实了！如果你还活着，现在应该是你一生中最兴奋和幸福的时刻，也是你可以大展宏图的时刻。你曾跃跃欲试，迫不及待为此项研究做的一切：跨学科之间的合作，科研条件的准备，自己身体条件的准备，都在这场运动中化为乌有。我一定要接你的班做下去……"

当时母亲正在上医针刺麻醉研究组，钻研针灸原理。她以敏锐的洞察力，提出了针刺穴位的镇痛，可能是因为刺激了脑内某些区域释放吗啡样的物质，与中央灰质脑区释放内阿片肽有关的设想。经过艰苦的实验，这一科学假想得以证实。母亲用受体研究，回答了中国古老的针灸疗效的部分原理。

记得有一天她跟我解释，阿片受体好比脑中的一把锁，而生命的进化绝不会允许"没有钥匙的锁"那样奢侈的浪费。"锁"的存在意味着一定有相应的"钥匙"存在。现在科学家证实，脑内果然产生了与罂粟惊人相似的化学物质，作用于阿片受体——就像钥匙作用于锁。这个被称为内啡肽——"内在的吗啡"的物质，决定了一个人对痛觉、快感、欲望与情绪的体验。

那天的对话之所以难忘，是因为母亲接着给我举的例子。她说，有些能忍受酷刑的英雄，也许只是基因赋予了他异常富足的内啡肽——天然止疼药；而有些经不住酷刑的叛徒，也许并不一定都像《红岩》里的甫志高，也许就是缺乏了同样的天然化学物质。内啡肽的研究几乎超越了科学范畴，进入了哲学范畴。

不难推断，母亲在中科院的留学考试题目，是关于阿片受体与内啡肽的研究——这是她和外公两代人共同向往的。

姥姥曾用工整秀丽的手迹，写下了六页生平重要年鉴，她传奇性的生命中却有十年是"空白"的："一九六七十年动乱，家破人亡。一九七八亡夫张昌绍得以平反。"这两行字背后有多少诉不尽的血泪和沧桑，也许只有过来人才能体会。

我仿佛能看到母亲掩面跑出面试厅，沿着外公生前走过无数次的路线，从太原路拐角的书报亭，穿过肇嘉浜路，沿枫林桥路跑进平江路的弄堂。她所失去的一切——亲人、年华、机会——都化成了泪水，冲洗着她心灵的伤口。母亲终于有希望去继承她父亲未酬的壮志。

考取留学资格以后，母亲必须在英国和美国之间挑选一个国家。一天吃晚饭的时候，全家人讨论起英帝国主义与美帝国主义之间哪个好一些，就像一家井底之蛙讨论外面的天地。

一九七八年国务院副总理王震访问了英国，为那里科技、工商业的发达和人民生活水平而震惊。当时中国十分贫穷，自行车还属于奢侈品，而英国的普通老百姓都有私家车、私家房。他说，我看英国三大差别基本消灭，如果加上共产党执政，就是我们理想中的共产主义社会。

父亲说，你还是去英国吧，中美没有正式建交，万一发生什么意外怎么办？姥姥、哥哥和我都同意父亲的说法。我听小学老师说过，美国的富人把牛奶倒进河里，而穷人的孩子没奶喝，那一定是一个不可理喻的国家。但是母亲说，美国在神经药理科研领域全球领先，要学就要去最顶尖的地方。

她首先想到的是 Solomon Snyder 教授——发现脑内阿片受体的科学家之一。那年，Snyder 因受体研究，获得了"Albert Lasker 基础医学研究奖"，也是生物医学领域被引用次数最多的研究人员之一。母亲写信申请去他的实验室学习，一个月后收到回信说，他的实验人员配置已满，但是可以推荐她去他学生 Gavril Pasternak 在斯隆·凯特琳癌症中心的实验室进修。

　　落实了导师以后，我凭单位证明和发给我的人民币，到外滩的中国银行去购买了五十美元，以备在抵美后领到第一次工资前所用。出国前我在北京外国语学院政治学习和练习英语口语。黄家驷教授来宿舍看我，嘱咐说："这些年搞运动，我们在科研上落后了，你谦虚谨慎，努力学好回国来建设现代化的药理教研室。你是新中国第一批留美学生，表现得好，对以后出国留学的人是个鼓舞和榜样。一个人在外一定要照顾好自己，这话本应你爸爸对你说的，他不在了，我代他说了。他灵魂在天一定很为你骄傲的。"我听了泪流满面，非常非常想念父亲……

　　……出发去美国了，那时我们和美国没有直通的航线，必须从巴基斯坦走，再经停法国巴黎，辗转前往美国纽约。飞到巴黎后在机场要停留三个小时，这时凭机票可以在机场餐厅用餐，我没有胃口，但急需上洗手间，去了机场洗手间，看到必须在门上投入一法郎硬币，门才会打开。我口袋里仅有一张五十美元的钞票，只好灰溜溜回到大厅等候。正在不知所措时，一个队伍五位中国男士，穿着清一色黑色西装，行李箱上绑着一样的彩条箱带，在我对面坐下来。其中一个人对另一个人说，报告队长，我要去小便，然后就从那个队长那里拿到一枚硬币，往洗手间去了。我像遇到救星一般站起身说，报告队长，我也要。队长怀疑地问我，你是谁？我赶紧把护照、组织介绍信、美方邀请函等证件给他过目，然后从他那里拿到一枚硬币，才算解决了困境。

她的笔记本上没有写任何离愁别绪，只有这样一段令人哭笑不得的危机。也许那是冰山一角，让她预感到更为巨大的未知和冲击。

那时去美国跟去月球差不了太多。母亲出发那天，我在哪里拍戏？记忆有些模糊了，但我至今能看见家里那些被她撤空了的橱柜和抽屉。母亲仿佛嫦娥奔月，从我的生活中消失了，让我无比伤感和惆怅。她在那里怎么生活？什么时候回来？我还能再见到她吗？

中美之间的信件，不仅要中转其他国家，还要经过严格审查。一个礼拜、两个礼拜、三个礼拜过去了，杳无音信。第四个礼拜，她的信终于寄到，我的心才放下一些。

母亲暂时吃住在纽约中国代表团（领事馆前身），从窗口能看见哈德逊河——记得她在信里说那是"纽约的黄浦江"。她每天坐公车和地铁，穿过时代广场和中央公园，去斯隆·凯特琳癌症中心的实验室上班。

不久，母亲有了新的地址，她搬到 66 街的一栋公寓，与一位台湾留学生合租。她的信上说，那位同屋订了一份台湾的《中央日报》，她有时会借来看看。这个消息令我心惊肉跳，那个年代，在大陆偷听台湾电台是要坐牢的，母亲居然阅读台湾报纸，后果简直不堪设想。后来她告诉我，那封信寄出后不久，她就开始每天收到一份《人民日报》。

眼下我在纽约拍摄电视剧，去参观现代艺术博物馆时，偶然走过 66 街和 York 道，突然想起四十多年前母亲就住在路口这栋红砖楼里。我有一张她在这里拍的照片，穿了一件红色的羊毛开衫，逆着阳光坐在小书桌前，桌上的书本堆得老高老高。

当年的中国公派留学生，每月有四百美元生活费，母亲付完房租，剩下的钱就很紧了。美国最便宜的蛋白质是鸡蛋和鸡腿，最便宜的蔬菜是生菜，所以她每天吃同样的东西。出国留学前她从来没有做过饭，对食物的理解只限于营养成分和化学结构。到美国后，她迫不得已学会了用不同的方式烧鸡腿。

我在这栋再普通不过的公寓前停下脚步，久久凝视，令一个路人转头看我。母亲曾在哪一扇窗户内生活、学习、想家、煮鸡腿？

从这里，她步行就能到达斯隆·凯特琳癌症中心的实验室。我想象四十六岁的母亲捧着书本、文献、午饭盒走在这条街上。她远离了前半生所熟悉的一切，怀着对知识的憧憬，开始了一个女学生单纯俭朴的生活。每发现一件新生事物，她都像当年在日光灯下一样，感到突如其来的欣喜。我知道那是她喜欢的日子。

Pasternak 是一位极其优秀和慷慨的导师，实验室里经常会有来自世界各地的暑期学生（甚至高中生）、研究生、博士后、住院医师和客座教授，气氛非常活跃。周末，他和夫人常请母亲去餐馆吃饭，为她改善一下伙食，也带她见识一下曼哈顿。二〇〇一年纽约世贸大楼被炸毁以后，她还跟我提起，Pasternak 曾带她去顶层的"世界之窗"吃过饭。从某种意义上说，他也是母亲学习美国人文习俗的老师。

> P 让我代替他到康奈尔大学医学院去讲了两次药理课，一次是"痛觉药理"，另一次是"多巴胺类药物"，逼得我周末大开夜车，又用他的名义到摄影室去做了很多幻灯片。第一次上课时我很紧张，又看到教室里有两个学生边听课边喝咖啡吃汉堡包。如果在国内，我一定会请他们出去，但在美国该怎么做就吃不准了。事后问 P，他说，这节课一点钟开始，有的学生刚从上午听课的教室出来，还没来得及吃午饭，只能边听课边吃，是很自然的。我庆幸自己当时没有叫他们离开教室。

母亲在纽约公寓中。

母亲在纽约公寓外的街上。

一九八〇年，Pasternak 教授派母亲去新罕布什尔州，参加一个有关阿片受体和配基的会议，并报告 m1 受体的工作。在会场上，母亲遇见了 Ermimio Costa 教授——她的第二个导师与未来二十年的好友。

　　每个到会者的胸前，都戴一张印着自己姓名的卡，卡上有个小灯泡。如果有人要在会场上为自己的实验室物色科研人员，就亮红灯；如果想为自己找一份工作的，就亮蓝灯；两样都不需要者，就把灯关掉。我到 P 实验室才一年，按合同要两年才满期，因此没有亮灯。

　　在会议结束时，有一位戴着红灯胸卡的先生向我走来，他自我介绍是 Dr. E. Costa。我一震惊，Dr.Costa 可是全球著名的药理学家！他说我是他遇见的第一位中华人民共和国的科学家，对我做的报告十分欣赏，问我愿不愿意到华盛顿他的实验室工作。我曾读过他的论文，并不像大多数人那样，有数个工作围绕着一个主题逐步深入，而是铺得很开，相互之间仍有呼应，显出作者的兴趣和知识面之广泛。

　　回到纽约后，我找 P 聊了这件事。P 说他已经接到 Costa 的电话，如果我选择去 Costa 的实验室，他会大度支持的。P 按中国方面订立的规矩，为我写了鉴定，把我夸上了天，临行前还请我去了华尔道夫酒店吃饭。接着，我到中国代表团去汇报此事，并告诉他们今后 NIMH 会发工资给我。本来以为作为公派生，我不能拿美方的工资，只能拿中方的生活费，没想到代表团立刻答应了，他们说眼下资金很紧，停发了我的费用后可以多派一名留学生来美国学习。

Costa 的临床前药理实验室，是国立精神卫生研究所的一部分，比 Pasternak 的要大很多。Costa 是意大利人，也是美国科学院院士。他的实验室按研究主题分为三个部分，有世界各国的科学家在那里进修，他对科学不可抑制的热情，具有强烈的感染力。

Costa 很重视人才培养，实验室下面各小组的工作定期向他汇报，他当即作出下一步工作的设想或指示。每星期开一次全体研究人员的读书报告会，由一个人先作读书汇报，然后大家提问题、提意见，最后由 Costa 总结，我受益匪浅。

圣·伊丽莎白精神病院——Costa 实验室的所在地，成立于一八五五年，原名叫"政府疯人院"。美国南北战争期间，这里曾是军队的医院和墓地。十九世纪末，史密森学会在世界各地考察带回来的动物，也养在这里。在最高峰时期，医院里有八千多个精神病人。一九五〇年代，传出这里有虐待病人之嫌，医院开始走下坡路，直到一九六七年被划归国立精神卫生研究所管理。一九八一年寒假我去探望母亲的时候，刺杀里根总统的约翰·辛克利（John W. Hinckley）就关在院内。如今，这栋有两百多年历史的建筑，已脱胎换骨成了美国国土安全部总部。

闭上眼睛，我仍然能看见那条白色的走廊，很长很长，尽头有一扇铁栅栏门，里面是几间空的病房，其中一间就是母亲那两年的"家"——一张小床、一张书桌、一把椅子，还有一个壁橱和小冰箱。那个星期，我住在她隔壁的病房里。走廊上偶尔会有穿着束缚衣的病人，被高大的男性护士领着走过，夜里偶尔会传来病人野兽般的叫喊，令我毛骨悚然。母亲却从未显出害怕，全身心沉浸在工作和学习中。

母亲在圣·伊丽莎白精神病院。

一天我向 Costa 汇报实验结果后，他说，下一次读书报告由你重点发言，我听了顿时开心得说不上话来，然后故作镇静地回答，好啊。他给了我一篇综述，我根据综述查阅了四五篇文献，写了一个发言提纲交给 Costa 审阅。他看得十分认真，还帮我一起假设了几条听众提问和讨论。这时我才看到他是一个十分优秀的导师！我见过不少颇有学问的导师，但对学生的成长不够关心，主要是利用学生的脑力和体力劳动为自己的业务成就添砖加瓦。有的导师对学生倒是不错，但缺乏真才实学来引导学生在业务上的成长。像 Costa 这样两者兼有之的，确实不多，让我想起我父亲生前也是这样一位导师。

读书报告会上我居然获得意想不到的成功。会前我最担心的是，听众缺乏反应，结果那天的听众非常热情，提了很多问题，还给予了好评。通过这次报告会，我和实验室其他进修生交了朋友，周末常被邀请去他们拥挤的住处共进晚餐。我回国带研究生的时候，总是以 Costa 为榜样，也推荐了不少学生去 Costa 的实验室进修。

我跟着母亲游走于这所占地三百四十六英亩的医院，不由得在墓地前停下脚步。寒风凛冽，灰色的天空落着小雪，凋零的枯树嘶嘶作响，一片墓碑寂静而凄美。这里埋葬了近六千名烈士和精神病人——都是冤魂，没有一个是平平安安在家人陪伴下老死的。母亲用一条米色的羊毛围巾裹住头，默默站立在风中，也许想起了她生命中死去的亲人，她的父亲也是冤魂，还有她的表哥和大舅。

圣诞长假前的那晚，母亲请了 Costa 和实验室的同事，在铁栅栏门内的走廊上开了个晚会。我们吃比萨，喝饮料，听大卫·鲍伊风靡一时的《中国女孩》，跳舞。一位同事从家里带来一只迪斯科舞灯挂了起来。在五颜六色的炫光里，我惊讶地看到母亲的身体也不由自主地舞蹈起来。谁能想到，圣·伊丽莎白精神病院——这常人只敢用窃窃私语道出的地方，这被无数不幸的命运像枯藤般缠绕的地方——竟然有过如此美妙的一个夜晚。

第二天，母亲带我到马里兰州，在一位姓高的医生家里住了几天。高医生和他太太在一个研讨会上听了母亲作的科研报告，认识了她。在后来的几十年里，高医生一家与我们成了很好的朋友。他们告诉我，美国人不了解中国，免不了有各种偏见。母亲高雅得体的仪态和渊博的学识，在所到之处都为人树立了新中国的华人形象，让当地人尊重，也让华侨们骄傲。

母亲在少年时代，常看到外公请同事和学生回家，讨论最新的药理学文献，畅谈科研发展的趋势，总是到深夜才散。我在纪念外公诞辰一百周年的活动上，也听到不少他的学生感慨跟外公在平江路共度的时光，以及从中得到的意义、灵感和快乐。

"文革"结束后政府落实政策，抢房子住进我们家的人，逐步搬走。这栋常年失修的房子，像个病床上的落魄贵族，到处无序地接了管子、电线。哥哥在客厅壁炉架下方画了一根粗大的热狗，在壁炉架上面挂了一张皱巴巴的世界地图，四周墙上贴满了他正在学的英文单词。桌椅家具旧得掉了漆，也不成套，倒是跟那个时空吻合，给人一种不经意的协调感。

母亲回国后继承了外公的传统，常在这间房里与她的研究生和各国同行一起，吃饭、喝茶、聊科学动向。这让好客的姥姥非常开心，每天教家里的保姆莲芬讲英文，帮着一起招待客人。我记得 Costa 一家人来过，日本东京理科大学的 Kubota 教授和夫人来过，美国国务

母亲跟实验室的同事们。

院的医学顾问 Alfred Henderson 医生也来过几次。

母亲的博士研究生饶毅在悼念文章里写道：

1983 年至 1985 年，在上海跟随张老师做研究生的两年，是我一生学业最开心的两年。那时张老师从国外带回先进的科学，研究"神经多肽的分子药理学"，集中于内源性阿片肽，新领域、新课题，受益匪浅……我们每周在平江路张老师家里，讨论科学文献、科学进展，姥姥有时专门要保姆做肥肉给我们吃。

张老师还具体帮我申请出国留学，不仅自己写推荐信，而且在哈佛教授提到中科院生理研究所的冯德培先生后，她马上请冯先生为我写了推荐信。斯坦福大学药理系主任 Avram Goldstein，也由于张老师的引荐，为我给多个学校写了推荐信。

张老师直接和间接地改变了我的一生。

孙凤艳教授也经母亲推荐，先后在东京理科大学和美国乔治城大学深造。孙教授在悼念母亲的文章里写道：

在美学习期间，国际著名的药理学家、美国科学院院士 Costa 教授，在向其他人介绍我时总是说，孙教授是张安中教授的学生。我与国外同行的交流中，一次次感受到，张老师的学术水平受到国际同行的尊重……

母亲的遗物中有几封 Henderson 医生给她的信，其中一封是在美国总统里根去世后写的，信中回忆了一件鲜为人知的趣事。一九八四年 Henderson 以国务院医学顾问的身份，跟随里根总统的"空军一号"

母亲跟饶毅在平江路家中。

母亲跟 Henderson 医生在平江路家中。

飞机,为上海医学院带来稀缺的实验试剂。他说,里根总统见我一路捧着一个金属冰冻盒,开玩笑说,你还怕我不为你提供伙食啊?

据不少同行说,上世纪八十年代初,国内实验室的条件还很差。不仅仪器跟不上,也没有他们做实验需要的阿片样物质的标准品,及其他几种具有阿片样作用的化学试剂。母亲当年与国际同行的交流往来,为国内的科研作出了重要贡献。

我去函美国国立毒品研究所(简称NIDA),解释了我们的情况,希望得到他们的赠品。不久得到NIDA回信:我们愿意支援你,但是这些试剂属于毒品,是海关的一级禁运品。如果你能解决海关问题,我们可以将试剂寄给你。

母亲在报上读到里根总统即将访华,并会在上海停留,就想到总统的飞机是海关免检的,可以请他把试剂带过来。母亲毫不精通人际关系,也不懂办事,是个纯粹的科学家。但是她富有想象力的思维,她天真、诚实和执着的性格,赢得了多方支持,居然让这样一个异想天开的想法成为了现实。NIDA经里根总统同意,用直升飞机到北卡罗来纳州的毒品仓库取来试剂,直接跟随"空军一号"到了上海。

就这样,上海医学院得到了迫切需要的试剂。后来实验室中各届研究生都用过这些试剂,并撰写出不少有价值的论文发表在国内外杂志上。他们大概不知道这些试剂是美国总统带来的吧。

Henderson的信中还提到,母亲接到试剂后请他到家里吃饭。那天上海市政府有盛大的招待晚宴,但是他觉得,在一位中国科学家的家中吃便饭,是更难得的机会。那次以后,Henderson成了我们全家的朋友,《末代皇帝》在华盛顿的首映式,我也邀请了他。有一次他访问上海，我和母亲都不在国内，他独自去探望了姥姥。信中他写了对姥姥的敬佩。寒冬腊月，老人家在阴冷的屋子里瑟瑟发抖，把双脚放在一只铜炭炉上取暖，但是她仍然幽默机智，谈笑风生。他跟母亲说，你长得像她，应该庆幸基因有可能让你成为这样的老人。

又梦见母亲——前些天也做过类似的梦：我背着她在街上行走，她的身体完全是软的，不停地从我的肩背滑下来。眼看她的头要摔到地上，我拼命护住她，但她的头还是砸到地。不知道这意味着什么。

镜子里，一双昨晚吃过安眠药的眼睛望着我。自然睡眠和化学睡眠的差别，就像是真爱和一夜情的差别，眼睛和身体都没有被糊弄，它们知道的。

哥哥和我都遗传了母亲的失眠。"睡得好吗？"在我家从不是一般的问候，而是会引起早餐桌上的严肃讨论：昨晚服的哪种安眠药，醒了几次，做了什么梦；哪种药入睡最快，哪种睡得最长；母亲会告诉我们，哪种药是作用于哪些受体，最新的科学文献上是怎么说的。有时，我吃了药仍然彻夜不眠，母亲会说，那只有祷告，你一定要记得祷告。

大约在上世纪八十年代末九十年代初，母亲应邀去美国与杜邦公司合作，研究脑中的 LSD 受体，用以治疗精神分裂症。当时美国的几大药厂，都在激烈竞争研发这个药，她对那项科研寄托了很大的希望。我似乎记得她总是离成功的结果很近，然而提取物总是在一次次提纯的过程中消失。

有一天，母亲突然带着她所有的行李出现在我洛杉矶的家里。她看上去苍白无力，神情有些恍惚，手指甲都脱落了。我很震惊，但不敢问她。马里兰州的高医生告诉我，母亲患了严重抑郁症，也许是工

Henderson 医生与母亲、姥姥都保持了多年的通信。

5208 DANBURY Rd.
BETHESDA, Md. 20814

January 1, 2001

Dear An Zhong !

What a wonderful surprise to have received your letter ! Please forgive me for taking so long to answer. I am now making a good recovery from a craniotomy v for the removal of a large (but benign) arachnoid cyst of the brain , situated in a hard place to reach between the hemispheres just over the cerebellum. You can't imagine how great an experience it is to be able to prove without a doubt that you have a brain , in spite of all the evidence to the contrary ! Excuses no longer falable. I must now get down to the busuness of answering that stack of unanswered mail, onpaid bills etc.

I received a telephone call from Joan while in the hospital and answered her with notes on a Christmas card.. I was sorry that many of my friends overseas could not attend my 80th birthday party (given by my children)...but will plan my 90th in China to make it more convenient for my Chinese friends, never forgotten. You seem to remember my Lao Shou Shing collection. I brought the entire collection back with me. which may explain my protrusion into posterity.

No I have not forgotten you or your family, as you thought possible in your letter. My memories of Chinese friends have not faded one bitt as has others once known from assignments in West Africa, the Middle East and other places less interesting or memorable. I especially remember your Mother. Such an intelligent woman ! I recall vividly one cold winter I visited her, alone, in a cold room, sitting trying to keep warm huddled in the center of the room over a small electric heater. She was such a remarkable person to talk with. I still keep at hand the chop your artistic son made for me. And how could I not remember the meal you prepared for Dr. Kao and me when we visited you in Wilmington, the "tour" of the Hua Shan Hospital grounds your husband gave me, and so many other events, including carrying that tin box of chemicals on my lap for your research on board Air Force 1 ! and so much more.

In answer to your question, we went to Shanghai in April, 1984. It was then I delivered the tin box to you, after carrying it in my possession all the way from Washington, via Beijing. President Reagan asked me about the box and with his usual good humor said that there was no need to bring my lunch, as he would use his influence to see that I would be fed along the way. Believe me, of all the meals and banquets on that trip, the most enjoyable was at your home.

please get the record straight and tell Joan I did not have knee surgery . no, no, no, none of that trifling minor stuff...nothing less than brain. I hope to revisit China this coming Spring ...will keep you informed. Regards to your husband.

Sincerely-
Al Henderson

作压力太大，生活太孤独。

大概在她八十岁上下的时候，我们不知为何聊起，那个治疗精神分裂症的药始终没有人做成。母亲说，可能是上帝的旨意吧。我感到诧异，从小时候"鸡怎么到了鸡蛋里"的问题开始，她一直在给我灌输科学的思维方式与逻辑。难道她现在认为，鸡在蛋里是上帝的旨意？她接着说，科学虽然是掌握知识最好的工具和途径，但它只能发现自然的规律，不能改变自然的规律。

不久后有一天，母亲跟我说，我知道我的脑子要比我的心脏先走了，过去姥姥也是这样的，科学对这个问题一点办法都没有，只有祷告。那以后，她的记忆不断地衰退，思绪不断地回到造物主的身上。

为了理解母亲的失忆，我买了一本脑神经科学家埃里克·坎德尔（Eric Kandel）写的《错乱的头脑》。Kandel因研究"学习与记忆储存"，在二〇〇〇年获得了诺贝尔医学奖。

见我在读书，母亲问，你在看什么书？我说，一本科普，通过有病的头脑去理解"正常的"头脑。这曾经是她着迷的话题，但她已经无法在真正意义上阅读，因为她失去了储存新信息的能力。她拿过书看里面的插图。我说，书中的科学家企图用生物学和影像学，用"意识的神经关联"的实验，来定义意识是什么，从哪里来。她说，光用生物学和影像学来解释意识，怕是不可能的。这实验没有接触到意识的根本，无法证实人的体验是如何产生的，思想是如何产生的。而且人只有用自己的意识去解释意识，怎么可能彻底理解？那个时刻，清醒像一道闪电划过了母亲头脑的夜空。两分钟后，她完全忘记了这场对话，令我怀疑它是否真的发生过。

癌症发展到后期，医生给母亲用了大量止痛药品——包括她研究了几十年的吗啡，使她经常处在半睡眠状态。有时她清醒过来，断断

我去杜邦公司探望母亲。

母亲在杜邦公司实验室内。

续续嘟哝着脑内 PCP 受体的什么什么，MNDA 受体的什么什么——仿佛她在梦中顿悟到了精髓。

整理遗物时我看到母亲的简历，从字迹来看，写时她已经很老了，早就不需要简历了。她翻来覆去打了好几页草稿，仿佛不能相信，那些曾经澎湃的雄心居然缩成了这样干瘦的几行字。有一页草稿上，"杜邦公司"下面有五个潦草的铅笔字：最大的失败。那后面还写了半行字被画掉了，不知她觉得解释不清，还是解释没有任何意义。

我问哥哥是否知道在杜邦究竟发生了什么。他回，妈妈那次是拼了命的，好像她为了操作更精确，有时在提纯过程中不戴手套接触同位素。后来她发现，部门上司在申请这笔科研资金的时候，其中某环节的数据不符合事实。

原来母亲燃烧了近两年的激情与生命，企图证实一个不存在的前提，企图到达一座海市蜃楼。

我想起作家斯坦贝克的一句话：世上每个人，都有一个他冥冥中知道无法实现的梦想，但他会用毕生去希望和等待它的到来。人类因此而悲哀，也因此而伟大和辉煌。

也许母亲没有实现她的梦想，也许对真理的追求就是她的梦想。科学本来没有终极，每解决一个问题，只会揭开另一个问题神秘的面纱；每到达一个山峰，只会发现前方还有另一个山峰。这是人类永恒的命运，宇宙永远比我们对它的理解更为丰富。跟任何真正的科学家一样，母亲毕生都在朝着永远无法实现的目标奋斗。也跟任何真正的科学家一样，她深切体会到人类无法理解的东西确实存在，因而敬畏自然的神秘。

在我整个成长过程中，从未看见过母亲穿红颜色。她到了纽约后，从救世军的二手店买了几件大红的衣服，也为我买了一件红衬衫。记得在上外时，我因为红衬衫太鲜艳受过批评，但这没有减退我对它的喜爱，百花奖时我和刘晓庆轮番穿它拍过照片。

母亲写给饶毅的信

饶毅：

很高兴收到你从美国发出的两封信。我得了急性肝炎，SGPT 400 以上，因此不敢写回信。现在已经好了，HAA 和甲型肝炎的 IgM 等反复检查都是（－）。我被诊断为化学性肝炎，好得很快。得肝炎后我曾祷告不要让我传染给任何人，所以，就这样了。

你现在的工作正是你一向极有兴趣的，很为你高兴，到底有了发展你才能的环境。生活适应了吗？以前你上我们家来，总要先到厨房，问问莲芬有没有鸡（我们总是没有）。眼下你到了鸡最便宜的地方，却又不会烧，怎么办呢？你可以买一盘鸡腿，加酒、姜，煮烂后加盐、酱油和少量糖，煮到干，放到冰箱里，可以吃几天。也可以买烤鸡用的调料粉，加酒涂在鸡上放入烘箱，烤二十分钟左右。学校的 cafeteria 一般很便宜，你不爱吃自己煮的饭（我相信大部分人都是如此）就上那里去，依我看不必省钱，把生活得好、体质改善放在第一，这样你在学业上一定会得到最大的发展。精力不足是最碍事的。你还年轻，不要让自己受这方面的限制。

由于我生病，我们的实验停顿了很久，昨天起又都动起来了。卫生部已同意我们把内源性 PCP 的工作带出国协作了（刚批准），另外拨给我五万元买有机溶剂。在血管电刺激收缩上，又发现 Haloperidol 拮抗 SKF0047 的作用，正在做 PA2。我看文献，选择性的 D2 antagonists 对精神病的疗效反而不如 Haloperidol。也可能它的抗精神分裂作用和它的拮抗 /opioids 受体有关？想做下去。关于 Haloperidol 抗 SKF0047，Dextrophan 抗 PCP 的作用，你是否为我保密，因为我们做得太慢了！希望快点完成，你也是作者之一。

陈川想到 NYU 学习，那里有全美最好的 Dept. of Fine Arts。美术系的教授愿意接受他，并为他弄 T.A.，但他在上海美校的文凭是三年制的，必须再读一年 under 才能上 NYU。他一面读书一面打工，目前的工作是画布景，工资很高但很辛苦，累得他要死。

陈冲目前在广州拍 *Tai Pan*，是中美合拍片，以后请注意去看！她演一个中国清朝女人，据说这个角色很好。她演这部电影完全是碰巧。她在 Hollywood 街上走时，一辆汽车从她身边开过，很快又向她开回来，里面的导演问她：Do you know Lana Turner was discovered at the drug store ? 第二天她被叫去签了合同。她能因此回一次家也让我们很高兴。

Eric Simon 教授最近来学校做了两次报告，很多人来听，讨论得相当热烈。Simon 答应帮我去申请钱，派一个年轻人去学习，希望他不要赖掉才好。现在我们的年轻人已快走光了，又来了新的。我很怀疑自己的做法是否正确。

祝好

张安中

十月二十一日

饶毅：

有人去美国，托他带一信给你。这封信将比你先到 UCSF，这样你初到一个新地方就有一个旧东西等着你，应该是高兴的。

最近正在搞教师晋升，我们连续开会一个个讨论过来。可升的名额很少，大家怨气冲天，自然就互相倾轧。曹、何老师在基础部造舆论，说我对党有看法，有不满情绪，其他党员又来告诉我。幸亏我们八三年提升通过的就算已通过了，不再讨论，不然根据政治表现不好一条就会给撬掉。这一次晋升讨论马拉松会，令人感到一大群蚂蚁为自己生存而咬来咬去，垂死挣扎，十分可悲。你走得及时，没让自己卷在这种肮脏的旋涡里，是很幸运的。

王聿来信，对英国不大满意，也很穷，学习不紧张。

小孙的论文在市科协办得了奖（二等奖），基础理论据说只这一篇得奖。老赖等将于九月一日来继续合作，等制备完毕（用 3H-PCP 以及 3H SKF10047）后，争取和国外合作做纯化和结构。你如有新消息，请尽早告诉我。Simon 说没有新进展，但张肇康说 Simon 自己也在提取 PCP 样物质。

你注意身体，注意安全。至于成就，我相信你会有的，而且是大大的，所以不用把自己搞得太紧张。

祝好

张安中 八 月 七 日

作者注：前些天，饶毅发给我母亲三十多年前给他的信，令我感触。在此分享一下，也许读者能从她自己坦然、即时的文字中窥见她的另一面，以及字里行间透出的对工作的投入。

第一封信有几个细节：1. 参演《大班》的情形，一定是我告诉母亲的。她听错的地方是，我是在好莱坞一个制片厂的停车场，被著名制片人迪诺·德·老伦蒂斯发现的，而不是在大街上被导演发现的。2. 陈川是看到纽约大学学生的画太差了，而决定不去那里浪费时间了。3.T.A. 是助教工作。4.Eric Simon 是纽约大学的脑神经科学家，也是七十年代发现阿片受体的科学家之一，并创造了"内啡肽"这个词。第二封信中的王聿和小孙（孙凤艳）是母亲的研究生。

摄影 Russel Wong 黄国基

攝影 Russel Wong 黄国基

被遗忘的爱之夜

我在出国留学前认识了 W，他比我大八岁，也在办理留学手续，分手前他抱住我深吻，我们说好到美国再见。从那一刻开始，我一直在等他，等他的吻。

那时我还没有相机，时间没有从绵延的生命中被切割成一百分之一秒的单位，夹到相册里。那些没有被相机拍过的记忆——人脸、人声、语言、地方，熟悉的和不认识的，似曾相识的和梦里的，欣喜若狂或绝望无底的——像时间河流里的一块块石头，被岁月磨成了卵石，上面长出一层毛茸茸的青苔，边上沉淀了淤泥砂石。隔着漂动的水草和水波看它们，恍恍惚惚，阳光里一个样子，月光里又是另一个样子……

一九八一年从上海飞去纽约是一种探险——单程票，没有人知道何时或者能否再回家。我会住在学校宿舍，还会有一张学校食堂的卡，至少那一年的吃住没有问题。但是我一分钱也没有，其他的生活必需品得从上海带齐。我的半个箱子是月经用纸，那是卷成像棍子那么硬的草纸，很占地方。另外半个箱子是肥皂、擦脸油、牙膏、衣服，还有我喜爱的书、多年来收集的毛主席像章。箱子整理到差不多的时候，哥哥交给我一只鼓鼓的布袋子。打开一看是一件油亮的毛皮大衣，绸子内衬上缝着精致的标签"第一西伯利亚皮货商店"。字的边上刺绣着一只雄壮的老虎，它的脚下踩着一只地球，身旁绣着英文"Siberian"，十分考究。哥哥跟我说，这是貂皮大衣，纽约的冬天比上海冷得多。我抱怨，这么大一包，我又要重新理箱子。后来我知道他在我办理护照的大半年里，接了不少画连环画的活，攒下来所有的钱都花在了这件大衣上。四十年过去了，它仍然神奇地松软厚实闪亮，唯有衬里在前几年脱了线，我请裁缝重新缝了以后，它跟我第一眼看到的时候一样。

那天烈日炎炎，为了让家里阴凉一些，所有的窗帘都拉上了。昏暗的光线里，父亲说，你今天下午走吧？我睡午觉不去送你了。我说，哦，那我不吵醒你。我知道他是故意的，他不想在机场流露告别的忧伤——我们是一家羞于表达感情的人。我的相册里有一张我站在飞机舷梯上的黑白照片，一手在空中挥舞，另一手拎了一只塑料编织的手提包。此刻望着照片，我清晰记得手提包是淡绿色的，但是那张笑脸背后的思绪万千，我却完全忘记了。

到达的那晚，母亲在纽约肯尼迪机场接我。在我成长的年代，海外关系会带来政治风险，所以长辈们从没跟我提起过美国的亲戚。那晚，我和母亲去新泽西的亲戚家过夜，才知道奶奶原来有一个住在美国的弟弟。

两天后，母亲把我送到离曼哈顿两个小时的纽约州立大学新帕尔茨校园。我推开挂着我名字的寝室门，一位中国女同学已经在另一个床铺整理衣服，她转头用香港英语跟我说了她的名字，我也说了连自己都还说不顺口的英文名 Joan。这是上外一位老师为我起的，他是个长得很好看的中印混血儿，从圣约翰大学毕业，给他自己起名为 Tall-dark-handsome（高黑帅），倒是给我起了个严肃的名字。他说这是圣

我和母亲在纽约联合国总部前合影，左一为当时华山医院放射科的沈天真医生。

我在纽约州立大学的学生会前。

女贞德的名字，一个冲锋陷阵的女孩，发音也跟"冲"相近，他说我看上去就是一个Joan。

母亲需要赶火车回华盛顿工作，临走她忧心忡忡地塞给我两百块美金。我送她到汽车站，她一步三回首地上了车，我看着公车远去，心里空荡荡的。走回寝室的路上我留心到沿街的枫树叶红了，在太阳下像一团团火焰，草坪上坐着三三两两的学生，聊天说笑。我迷茫地在他们身边走过，感觉自己是隐形人、局外人。

报到注册的那几天，宿舍走廊里你来我往的热闹总是到凌晨才消停，整栋楼终于陷入酣睡的时候我却醒了。我还不懂"时差"的概念，只觉得到了地球的另一边，连生活中最基本的东西都被颠覆了，一切必须从头学起，包括怎样在美国睡觉。我躲在被窝里给W写信，我渴望他。

排队选课的时候，我看见身后站着一个满脸胡茬的人，在一群叽叽喳喳的孩子中间，显得很老。忘了我们是怎么聊起来的，都说了什么，但我仍能看见他那双深不见底的蓝眼睛，透出愤世嫉俗的天性。我怎么会坐上了他飞驰的摩托车？也忘了。只记得我被风吹得紧闭着眼睛，身子跟着车来回晃动，拐了一个又一个弯，不知道会开多久，会去哪里。

我感到风突然停了，阳光晃进我刚睁开的眼睛，面前恍惚一片缤纷的山峦，犹如梦醒。定睛望去，延绵不断的枫叶像波浪一样闪烁着，从脚下一直延伸到无限。微风吹过，树叶柔和的哗哗声就在山峦回荡起伏，像音乐飘过。我们无言地站着，许久。他带我走去山间一个瀑布，它顺着笔直的崖壁冲到下面巨大的卵石上，再流进一个清澈见底的天然池子。我们在瀑布边坐下，他说，这座富饶的山原来是印第安人住的地方，他们祖祖辈辈就在这里洗澡，十七世纪被到这里的荷兰人杀尽了。我问他山的名字，他说了一个很难记的单词，眼睛看着远处。我本想请他再说一遍，但是他的神情已经去了另外一个时空。

这是我转学到加州后的第四个住处，搬完家给闵安琪寄了
这张宝丽来相片。印象中那栋房子十分阴沉，住着一家伊
朗新移民——父母和两个青春期的儿子。他们好像很少说
话，也从来不笑，偶尔在屋中跟我擦肩而过时，也从不抬
眼打招呼，让我觉得自己像个鬼魂在他们家飘来飘去。我
害怕回那个地方，几个月后就搬走了。

我们在山顶看日落，万物被一层古铜色的光辉笼罩。一只巨大的
红尾鹰在我们前方稳健翱翔，像电影里流畅的慢镜头，它矫健地飞向
天空，又凶猛地扑往山谷，唯有自然才能如此完美。他坐在一块岩石
上，变得非常安宁和满足，自言自语说，今晚这里能看到整个银河系。
过了一会儿，他好像突然想起我，转头说，不早了，我送你回去吧。

他在宿舍附近放我下车，说，你好好照顾自己。眼睛里流露出莫
名的忧患。暮色里，他的摩托车消失在拐角处。

晚上，香港女孩跟我借汉英词典，那好像是几天来她第一次跟我说话。我把词典递给她时，她说，一天都没见你，你去了哪里？我告诉她去山上的事以后，她惊讶地喊出来，你疯了啊，他可以是个强奸犯、杀人犯、碎尸犯，美国常有这种变态的人你不知道啊。

我想起摩托车急转弯的时候，我曾经闪过恐惧的念头，但是已经太晚了，我把头紧紧贴在他的身后，不见阎王不掉泪地跟他到了山上。记忆里我们从未互相讲述自己，但一眼就已感应到对方的孤独。我们目光相触的时候，我仿佛在悬崖望到深渊里的自己。那天以后，我再也没有见到过他。

多年后我在机场酒廊的一本旅行杂志上，偶然看到了那座山，它叫 Shawangunk，那个难记的名字像一首被遗忘的歌在我耳边萦绕，时光随歌声倒流到那一天。孤独者你是谁？我幻想他也许是越南战场回来的士兵，或是被时代淘汰了的嬉皮士，有一日曾想去完成学业，回归"正常"，但最终还是继续做了自己。

学校每年上演一个话剧，我第一年演的是莎士比亚的《仲夏夜之梦》。戏剧老师邀请我参加，可是我下课后要听当天课程的录音，重新做笔记，还要在图书馆工作，实在没空排练。老师说那就演芥末仙女，不需要每次排练都来。排练开始后，演驴头的同学整天胡搅蛮缠黏着我，令我不知所措。我看见有些演员在排练厅亲热，不知自己不让他碰是不是违反了当地习俗，时刻处于困惑和紧张的状态，后来每次遇见他就浑身起像风疹那样的红块。

我去学校的医务室求诊，那里的医生是一个三十多岁的男士。他看了我胳膊上的红疹，问我是否接触或者吃了奇怪的、陌生的东西。我说，很多东西都很奇怪陌生，我刚从中国到这里。他打量了我一番，然后说，你到帘子后面去把衣服脱了，我得检查一下身体其他部位。

我为难地问他要脱掉哪些，他说得全脱了。我头脑嗡嗡一片空白，恍惚看到他掀开帘子，领了另一个穿着白大褂的男人进来，一起看我，我开始发抖……

很久以后，我在电视上看到某名校的运动队医生，长期对女运动员性侵，几十年后终于落入法网。我明白了那天在学校医务室发生的事，是性侵。文化冲击带来最严重的脑震荡，是你失去了固有的道德和行为的准则，不知道何为那个文化的"正常"。

四十年过去了，我打开封存多年的纸箱，寻找当年的照片，我看到一张当地的报纸，标题是《从女游击队员到芥末仙女，这是陈冲》。"在周三即将开幕的、纽约州立大学新帕尔茨分校的《仲夏夜之梦》里，如果你仔细看的话，会在雅典魔法森林的仙女中发现一位电影明星。她的名字在这里不是家喻户晓的，至少现在还不是，但如果二十岁的陈冲如她所愿，会让你记住这个名字，而且就在不远的将来。"在采访里，我无比自信地介绍了中国电影的发展。我对这个采访毫无印象，也完全忘记了在二十岁的时候我曾说过有当导演的梦想。那个不可磨灭的耻辱像日全食那样遮挡了那段记忆的亮光。写这段文字，是我第一次跟别人提到这件事。医务室的白帘子、日光灯、铺了白纸的蓝床、赤身裸体的我和两个穿白大褂的男人，在事发时它们似乎只是在我知觉的边缘，模糊、扭曲。此刻从潜意识里重新浮现出来，一切变得刺眼的清晰。

W每周给我写信，每一页纸都是柔情和思念。他画了圆明园的素描，在背后写了他想带我去那里，抱我吻我。一天我接到他从夏威夷寄来的信，说他到了美国本土，接到信的第二天他突然出现在我的宿舍，我惊喜到叫出声来。那是冬天，我们戴着围巾帽子手套在校园里散步，走到一个高坡后面，那里有两个孤零零的秋千。他坐上去，我骑在他的腿上，把我们冻得发紫的嘴唇贴在一起。

那天晚上，他挤在一个男同学的寝室里过夜。第二天我半梦半醒中感觉到他在吻我，他的手在被窝里抚摸我。窗外晨光熹微，我们看着对方的眼睛，没有说话，只是饥渴地呼吸对方的气息……然后他就走了，去中部一个城市学习。

感恩节和圣诞节长假，我穿着哥哥给我的貂皮大衣，坐两小时长途汽车到曼哈顿去。总是有许多好奇的眼睛盯着我，他们没有见过二十岁的学生穿这样雍容华贵的衣服，尤其是在公车上。

我每次到曼哈顿，都住在父母的朋友家。他在曼哈顿东 73 街有一栋五层楼的公寓房，我至今记得门牌号是 107，在公园大道和列克星敦大道之间，邮编号是 10021，那是全美国最昂贵的地区。朋友是一位老医生，虽然学的是西医，开的却是中医诊所。据说他最擅长的是治疗性无能，病人从世界各地飞过来看他。诊所在一层楼，医生的私人秘书住在二层，他自己住在三层，四层和五层平时空着。我和母亲到曼哈顿，也住在二层。那里的家具都有些办公室的味道，还堆着各种医疗设备，不像个过日子的样子。后来我才知道，这是为了税务局来查的时候，可以把整栋楼的一切费用都作为工作开销。

一天，L 到医生家里来看我，他是我原来上外的同学，那时在哥伦比亚大学念法律，我们聊了一会儿他突然说，你恋爱啦？还是失恋啦？我完全没有想到自己是那么的透明，我正着了魔地思念着 W。可我跟他一共也没见过几面，互相也没有过任何许诺。我不响，L 也没有再问，他说，我带你出去玩玩。

L 很小父亲就遗弃了他母亲，去香港发了财。他虽然讨厌父亲，但不得不穿上父亲送给他的开司米大衣。我们俩就这样穿着名贵的大衣，优雅地走在纽约第五大道上——倒不是爱虚荣，而是只拥有这两件可以抵御寒冷的衣服。我们从繁华的第五大道，拐进一个小巷子里。L有两个朋友，是一家西餐厅的中国厨师。厨房后门在巷子深处，L的厨师朋友端出两张红色的塑料凳子给我们坐，然后又进去拿来两盘刚出炉的奶油焗龙虾。几年后坐进餐馆里点奶油焗龙虾，却再也没有那些日子在穿堂风里，用手抓着吃那么香了。

吃完龙虾，我们坐地铁去了格林威治村的一个电影院，那里专放刚刚下档的电影，两块美金看两部。记得我们看了《印第安纳·琼斯》和《焚身》。《印第安纳·琼斯》是一部天马行空、节奏紧凑的历险片，我没有美国人读类似卡通的成长经历，所以它只是感官刺激，没有回味。但《焚身》中人性的晦暗，暴力和禁忌的激情，性欲与犯罪手牵着手陷入深渊的堕落，对我意味着叛逆和觉醒。第二天我去纽约图书馆寻找关于它的评论，读到那是以上世纪四十年代"黑色电影"的传统拍摄的类型片。我中邪似的看四十年代"黑色电影"鼎盛期的悬疑片，沉溺在亨弗莱·鲍嘉硬汉子忧郁的眼睛里。通过那些电影，我又迷恋上影片原创作家雷蒙德·钱德勒的文字。他的一个理念，至今都在影响着我的创作。他认为场景和人物胜过情节，从某种意义上说，一个好的情节就是能创造出好的场景及人物的情节。理想的悬疑片，是一部看不到结局仍然觉得值得和满足的电影。

偶尔我会想，我怎么至今没有拍一部曾经让我如此迷恋的"黑色电影"。也许那是一个特定年代的文化象征，像一朵飘走的云彩一样不可能再回来。看到刁亦男导演的《白日焰火》和《南方车站的聚会》，影片的叙事风格和气氛，勾起我昔日的"黑色电影"情结，让我偏爱。

在新帕尔茨的第二个学期，我接到来自加州州立大学北岭分校周教授的电话。他邀请我参加北岭即将举行的中国电影节，为观众介绍《小花》和《海外赤子》的拍摄经验。电影节期间，周教授为我联系与加州州立大学北岭分院的中国同学们首次驾车到旧金山。

到一份奖学金，暑假后我将到北岭读影视制作专业。

　　从纽约飞往洛杉矶的中途，我经停了 W 所在的城市。他坐地铁到机场接我，我们又坐地铁回他的公寓，一路拉着手。W 住在一栋美国政府拨给越南和柬埔寨难民住的楼里，屋子十分简陋，只有一张旧床和旧桌椅，一只小书架，窗帘好像是洗薄了的被单，墙上挂满了日用品。我看到书架上有一本中英对照的《茵梦湖》，跟我的那本一模一样。那是我读过的第一本英文书，好像就是在读了《茵梦湖》后，我相信人一生只有一次真爱。也许是想到湖中那朵可望不可即的白莲，那段可望不可即的爱情，我有些伤感，他抱住我，问我想不想做爱。我没有听懂，那时我连起码的生理卫生知识都没有学过，也完全不知道男人女人最终要做的那件事是什么。在他之前，欲望的释放是本能和懵懂的，只是我一个人的事。他温柔耐心地教我，我们长久地亲吻，在黑暗里探索，直到第三天我才看到他的身体。那时眼睛只是去了手指已经熟悉的地方，牵动了手指的记忆，灵肉合在一起。最后那天晚上我问他，我们什么时候结婚？他问我，你现在快乐吗？我说快乐。他说，那我们继续这样不好吗？

　　到了加州北岭后，周教授带我参加了当地"扶轮社"的聚会，去找一个愿意接待我的家庭。扶轮社是一个全球性的，拥有悠久历史的组织，它的宗旨是提供慈善服务，鼓励崇高的职业道德，并致力于世界亲善及和平。我在台上介绍了自己，然后当地扶轮社的主席上台问大家，我们中间有没有人能够为这位杰出的中国女孩提供一个家。一位五十多岁的人站起来对我说，他叫李查·海德（Richard Hyde），他今天回去跟太太商量一下，希望能够帮助我。

　　在回去的车上，周教授跟我说，他自己也曾经在台湾的扶轮社得到过帮助，扶轮社为他航行太平洋的帆船提供了急需的物资。原来周

周教授的帆船在旧金山金门大桥前。（周教授供图）

周教授（左一）跟其他船员们。

教授是在一九五五年的春天，跟另外五个朋友一起，用了近四个月的时间，把一只木帆船开到了美国。

故事开始在一九五四年的一天，二十八岁的周教授在台湾基隆看到报纸最后一页的角落上，转登了《纽约先驱论坛报》的一条消息："为纪念瑞典皇家游艇俱乐部成立一百二十五周年，纽约游艇俱乐部宣布，将于明年夏天与瑞典人共同赞助跨大西洋游艇比赛。比赛将于一九五五年六月十一日从罗德岛的纽波特开始，最后在瑞典哥德堡举行盛大的庆祝活动"。

周教授高中时参加了盟军在缅甸抗日，战后在台湾以捕鱼为生。在看到那条没人留心的边角新闻时，他正感觉人生停滞不前，需要新的挑战，便产生了用中国的木帆船去参加游艇比赛的梦想。他曾在一场暴风雨中，见证过一艘木帆船征服擎天巨浪的劲头，从此渴望尝试风帆的魔力。台湾的渔船都是柴油引擎驱动的，他不知去哪里能找到帆船，也没有远洋的经历，所有的人都觉得他疯了，然而他固执地把生命里的一切，全赌在这个异想天开的梦想上。他找到了另外五个跟他同样疯狂的单身汉，骑着单车分头在台湾各个海滩上找废弃了的帆船，终于在一个渔村的死水里发现了一条从福州拉咸鱼到台湾的破旧帆船。船老大正在岸上赌博，输得精光，周教授就拿出了自己一辈子的积蓄，再通过各方集资买下了这条五十年的老帆船。在经历了许多繁文缛节、狂风暴雨、台风，无数失败、绝望、死亡的威胁和接近暴动的争吵后，这六位年轻人终于完成了他们的太平洋之旅。进入旧金山海湾时，他们的木帆船乘着一阵强风，穿过金门大桥，跑得比所有载着海关官员、移民官员和追随它的记者团的汽艇都快。第二天，他们的故事就被全世界的媒体报道了。他们没有在六月十一号前赶到罗德岛，错过了大西洋上的游艇比赛，但是他们创造了奇迹。到达美国的时候周教授二十九岁，没有任何文凭。他开始在旧金山的一所两年制大学，跟一群十八岁的孩子一起上课，然后在伯克利大学读完本科学位，最终在美国西北大学得到物理博士学位。他的前半生是一场多么浪漫和不可思议的历险，我对眼前的周教授肃然起敬。

扶轮社聚会的两天后，我住进了海德先生和他太太三迪（Sandy Hyde）的家。那是一栋宽敞的两层楼洋房，我的卧房窗对着后花园。他们俩是会计师，办公室就设在家里，每天下午五点，他们就在家里的酒吧台喝酒聊天，三迪总是边喝边开始做晚饭，我也帮着她一起做，偶尔我会做顿中餐给他们吃。除了收拾我自己的房间以外，他们从来不要求我做其他家务。我每隔两三天就接到中部寄来的信，三迪把信交给我的时候总是说，又是他的信，他简直不可救药了。

海德先生的隔壁邻居是台湾人，在离北岭不远的镇上开了一家很大的中餐厅，给了我一份领位的工作。到寒假的时候，我挣的钱正好够买飞往中部的来回机票。

出发的时候，我太早到了机场，便去书店浏览打发时间。到美国后我除了读课本以外，还没有看过其他的书。我随便打开一本叫《白色旅馆》的书，惊呆了。扑面而来是一首疯狂的第一人称诗歌，女主人翁描写了自己近似无耻的性臆想。在水灾、火灾、飞叶和流星的怀抱中，狂喜的身体像在刀案上扑腾的活鱼，离死亡很近。我一动不动地站在书架前，眼睛飞过那些陌生的词汇，看到一幅幅奇幻、色情、恐怖和美丽的画面。我觉得内脏在充血抽动，几乎错过了登机。

《白色旅馆》的叙事一层套一层，从序幕的友人通信，到第一人称魔幻的狂言，再到弗洛伊德对女主人翁的病例记录，我们一步步走近女主人翁——一个"不可靠叙事者"——的真实灵魂。坐上飞机以后，我从包里拿出厚厚的英汉词典和笔，把书页边缘的空间全写满了笔记，期待着跟 W 分享。

　　美国中部已经天寒地冻，W 把我带到郊外的一栋小木屋，第二天中午醒来，我看到窗外一片冰封的湖面，不见边际。我们去湖边散步，天上飘下雪花，悄然降落在我们的身上，我们举起手臂惊叹袖子上一片片六角形的水晶，有的像六根羽毛，有的像六片叶子，完美而转瞬即逝，不可复制，就像我们在一起的时光。回到屋里，W 用黄油、糖、花生和巧克力，烘焙一种叫 peanut brittle 的香脆甜品，我们围着毯子坐在壁炉前，边吃边读《白色旅馆》里的性爱段落。

　　从湖边回到他的公寓后，有一天，他去了工作的地方，留下我一个人在家。不记得为什么——也许出于好奇，也许出于无聊——我打开了他的壁橱，看到头顶的架子上有一只鞋盒，里面装着一本日记，还有大半盒的信。我打开几封我写给他的信，想象他在房间里读它们的样子。在我的信下面，我看到一封从北京寄来的信，再往下，我看见更多从北京寄来的信，都是同样认真幼稚的字迹，我拆开来读，听到自己的心脏在胸腔里狂跳。她思念他，思念他的手、他的唇、他的身体，她想跟他回到圆明园，她想跟他地久天长。原来他寄给我的圆明园素描，是跟她在一起的时候画的，那天他在跟她拥抱亲吻。我用颤抖的手，翻开他的日记，他写了离开新帕尔茨那天黎明，我的嘴里有一股甜味，身体是烫的。再往前翻，他在新帕尔茨见我之前，跟夏威夷的旧情人一起，她高潮前贪婪的喘息，高潮时叫喊的声音让他厌恶……

　　我胃痛，冲到厕所去吐。后来我是怎么面对他的，怎么到的机场，跟他说了什么，我都记不清了。写到这里，我怀疑是不是记错了，偷看他的东西也许发生在第二年暑假，而不是那个寒假。因为我突然想起，我们曾经一起去过伦敦郊外的姚牧师家，W 夜里从沙发上溜进

记忆中那些还没有化为尘埃的东西，肯定也随着时间的流逝而改变了。当时我正在失恋的抑郁中，怎么在这张照片上我这么快乐？或许，这只是瞬间的遗忘；或许，人最难忘的就是被灼伤的剧痛，所以才有烙印之说法。

我的房间，天亮前再溜回沙发，第二天我们躺在皇家植物园草地上亲热……那些一定都是在事发之前。

李查和三迪到机场接我，我不记得我有没有在他们面前装作没事，他们自己满腹心事的样子，也许根本没有注意到我的情绪，我看到三迪的脖子上打了红色的格子。一路上我们都很安静。第二天他们告诉我，三迪得了癌症，在做放疗，我才知道脖子上的红线是做放疗需要的标志。

南加州的中国留学生要举行一场留学生音乐会，请我当主持人。组织演出的学生中有一位在帮人看管一栋豪宅，它的主人好像到国外度假去了。我们一大群人都聚在房子里讨论音乐会的事情，其实是在玩。晚上每间屋都睡了两个人，只有我受到优待有一个单独的小房间。熟睡中，我被一个男同学压在身下，很快就结束了。我什么感觉也没有，既没有挣扎，也没有打耳光，只是麻木地躺着。他说这是他头一次，他想跟我好。我说不可能的，我不会跟任何人好了，永远不会。他问为什么，我说，我在这方面已经死了。他说不懂，我把 W 的事告诉了他。他义愤填膺，要把 W 杀了。我接下来就叫这位同学 X。

印象里我继续收到中部的来信，但不记得我有没有回信。不知隔了多久，有一天，我接到 W 的电话，他说他想来看我，我不要他来，但他最终还是来了。忘了他是怎么遇上 X 和他的朋友，怎么上了 X 的车。天黑以后，他们把他送回海德先生的家门口，车没熄火，马达突突地响着，他艰难地走出车门，走过车头灯时，我看见他被打得鼻青眼肿、皮开肉绽，衣服上都是从头上流下来的血。我跑过去扶他，X 看到火冒三丈，拉住我，说要碾死他，我叫他把我也一起碾死……之后的事我完全断片了。

我有一位叫晓虹的朋友，她长我十几岁，善解人意，在那段时间支持和保护了我。后来我知道，她也才跟挚爱分手不久，深知爱和失去的疼痛。她用了一句很有治愈力的话安慰我：人必须经历两次死亡才能成熟——一是理想的死亡，二是爱情的死亡，成熟是死亡后的重生。

很久没有跟晓虹联系了，我去电问她，是否还记得我的"那件事"，她说历历在目。那晚 X 和他的朋友很晚去找她，坐在车里一直说到凌晨三点。晓虹说，他们开车到了一条偏远的山路上，让 W 跪下，X

用棍子打他，逼他发誓以后再也不来骚扰我，如果不答应就把他丢在山上喂野兽。W 说他只是来跟我商量工作的。我想起来，我们一起写了关于传教士的剧本，那他来北岭也许真的不是因为想我，而是为了谈剧本。晓虹接着说，"你那天晚上陪他去了医院，医生说他的鼻梁被打裂了，你买了机票陪他飞去旧金山他姐那里养伤，回洛杉矶后在我那儿住了几天。那几天你把所有的存款都用完了，我给了你一些钱。你跟我说不再相信爱情，不再相信男性的友谊，他们只想进入你的身体，占有你"。

她的话让我想到，有一段时候，我经常梦到面目不清的男人，拿着很大的针筒，追着给我注射，我惊恐地逃跑，腿脚却沉重得像铅。

晓虹挂了电话后，又给我发了几条微信，她说在"那件事"以后，我开始闯荡好莱坞。"有一天你去面试，回来到我家，你说看到镜中浓妆艳抹的自己都讨厌自己。我说既然这样就不要演电影了，你说不，它是我的生命。"

她的微信让我惊讶，在我的记忆里，我没有那么坚毅。"那件事"以后，我不再爱自己。我以为，如果不值得 W 的爱，就不值得任何人的爱，如果身体被践踏过一次，就将永远被践踏。我成了水上浮萍，随波逐流，漂到哪里是哪里。偶尔我会梦见遥不可及的家，想起儿时的晒台，那里的夜空像一个聚宝盆，将银河系的水晶尘埃洒在乌黑的苍穹。那个叫"妹妹"的女孩，曾经站在巨大的星座图下，仰望未来。她是被爱的。父母、姥姥和哥哥都在她的血脉里，她深爱他们，那或许她也能爱自己？

我有一位叫单娜的女同学，在好莱坞当特技替身演员，她比其他同学大几岁，是我在班上唯一可称为朋友的人。我告诉了她我在中国拍过电影，还得了最佳女主角。她说，你得过最佳女主角还在餐馆打工？太不可思议了，赶紧找个经纪公司吧。我连经纪公司是什么都不懂，遑论怎样去找，觉得那是一件不可能的事情，就把它搁在了脑后。单娜上课三天打鱼两天晒网，有一次在旷了两天课后，她交给我一张纸条，上面写着 Bessie Loo 经纪公司的地址，她说，喏，这是好莱坞唯一代理亚裔演员的公司，我昨天在拍摄现场打听来的。她拉着我到图书馆去打简历，我在作业本上打草稿，写下我受过的教育、工作的经验、得到的荣誉。单娜说，你别忘了最重要的，名字下面最瞩目的地方，左边应该是联系方式，右边应该是身高、体重和三围尺寸。我十分惊讶，在此之前我根本不知道自己的三围是多少。单娜听了比我更惊讶，她瞪大眼睛问，你怎么会不知道自己的三围？我说，我还没有在美国做过衣服，在中国的衣服都是很宽大的。她说，这跟买衣服一点关系也没有，你是个演员，怎么对自己的身体那么无知？我给你猜个大概吧，我们要错也往性感的方向去错。第二天我花了近两个小时，换了几次公共汽车，从北岭到了好莱坞的 Bessie Loo 经纪公司。

几年后，在跟其他亚裔老演员合作的时候，我才知道了这家公司的历史。一九三七年米高梅公司在拍摄赛珍珠的《大地》期间，需要大量的华裔演员。有双语能力的华裔演员 Bessie Loo 因此成为《大地》的选角导演之一，她经纪人的生涯，也是从那个时候开始的。据说，Bessie Loo 是个极具智慧和社交魅力的女人，在那个电影的"黄金时代"，在好莱坞这样一个男性俱乐部式的环境中，她与罗伯特·怀斯、格利高里·派克、霍华德·科赫和阿尔伯特·布罗科利等重要人物都是称兄道弟的。Bessie Loo 经纪公司因为好莱坞对东方的猎奇和对异国情调的向往，曾一度兴旺过。但是一九八〇年代初我走进公司的那天，Bessie Loo 早已退休，冷冷清清的办公室里，只坐着一位叫 Guy Lee 的经纪人和一位秘书。

秘书问，你跟 Guy 有约吗？我说没有。他说，你怎么没约就来了？Guy 在一旁说，你把简历留下吧。我递简历的时候他问没带头像照片吗？看我不懂，他给我看了其他演员 10×8 英寸的黑白头像，其中年轻东方女性一律黑色长发，齐刘海，细长的柳叶眉和丹凤眼，后来我才明白那是好莱坞华裔女星黄柳霜的模样。当时"冷战"刚结束不久，Guy 从来没有见过一个从中国大陆出来的人，他从我的简历上抬眼看我，不能判断眼前这位扎着马尾的女孩，是无知还是精神病，写出这样天方夜谭的简历来给他。Guy 从抽屉里拿出一张名片给我，说，最佳女主角，你去这位摄影师那里照一组头像吧。

当年好莱坞电影里没有什么亚裔可以发挥的人物，但是无数亚裔女孩还是为了同一个小角色，坐在片场接待室里背词或者聊天，等待着副导演助理喊她们的名字，她们似乎对被拒绝这件事习以为常。而我却永远无法习惯，也永远不想习惯，被拒绝的可能性让我心悸脉动——其实是被某种恐惧所擒，肾上腺素突然大量分泌，求生欲被激发出来。

我听过一个故事，一个拥有无穷财富的赌徒，赌博输了毫不在乎，所以赢了也没啥喜悦。为了有赌的刺激，他的赌注越下越大，但不管输了多少钱他都不觉疼痛，最后决定把自己的两条胳膊当赌注。那天他时刻预期斩臂的剧痛，得到了前所未有的刺激。也许面试是我的赌场，"被拒绝"是我的赌注，输了，就证实我的确不值得爱，赢了，就从"不值得爱"的死刑得到了缓刑。

但是第一次下赌场我临阵逃跑了。一家广告公司为 Popeyes 炸鸡连锁店招收"新脸"，我剪了"黄柳霜刘海"前去应征。记得我从公车走下来，在一条完全陌生的街道，意识到自己早下了一站。离去的公车尾冒出一股青烟，南加州无情的炎日照在没有树荫的人行道上，廉价的新皮鞋把脚后跟磨出了泡，汗水把淡绿衣服的两腋染成了深绿。我拿着地图寻找着公司的地址，看见马路对面出现了一群不同肤色的靓女，雀跃地等待在一栋小楼外面。这就是目的地。我隔着马路遥望这群花枝招展的女孩，好像隔着玻璃看橱窗里的展品，我掉头走回了巴士站。

晚上，我在脑海里一次次重演了白天被恐惧征服的一幕，像被某种潮汐或者地下的磁场所吸引，迎向生命中不可避免的失败。第二天Guy问我为什么没有去面试，我说，以后不会再发生了。

我看见二十二岁的自己，去面试一场选美戏里的"台湾小姐"。当我出现在办公室时，那位已经疲劳的副导演眼睛亮了起来，我从她的瞳孔里看到自己——那个把胳膊放在刀下的赌徒。也许那就是激情——近似绝望的激情，是动物分泌的信息素，同类闻到会兴奋。在得到"百花奖"最佳女主角三年后，我穿上旗袍高跟鞋，斜挎写着"台湾小姐"的绶带，在一条全新的起跑线上跨出了第一步。

我曾经以为，我的青春被毫无意义的儿女情长燃烧掉了，但也许正是那些灰烬的记忆铸就了我，并仍然铸就着我。里尔克给年轻诗人的信里说，每一个创意里都有一千个被遗忘了的爱之夜，使之无限。而那些相聚在夜晚的、被情欲束缚在一起的恋人们，正在为未来狂喜的诗情采集甘露。

一点心

现在，这些都是我很熟悉的地方了，我能找出无数张它们的照片——春夏秋冬，晴空万里或者白雾茫茫，黎明或者黄昏，跟家人朋友或者独自一人。但是第一次来是跟汤姆。

我们站在海边的一片高坡上，望着坡下被岁月和海水腐蚀了的苏特罗（Sutro Baths），一个海水浴场的废墟。在它的鼎盛时代，这里有七个不同水温的游泳池，可同时供一万个人游泳——那是一百多年前的事了。不远处海浪一次次掀起，又一次次在礁石上摔成粉末，飞扬到空中；残壁上几只海鸥在歇息，浪水冲进隐秘的洞穴——那些曾经的更衣室；高坡上的树林被海风吹平了顶，枝叶向内陆倾斜着，风中飘着桉树、松树和大海的气味。汤姆说，这是旧金山最美丽的地方，我因为它而爱这座城市。我也在那一天爱上了这座依山傍水的雾城。

我们凝视罗丹题为《吻》的雕塑，那是一对热吻中的裸体恋人，原型来自但丁《神曲》里的保罗和弗朗西斯卡，他们将在这个初吻时，被突然出现的弗朗西斯卡的丈夫杀死，从此在地狱流浪。我惊叹这具两尺高的雕塑能释放出这样的欲望，沧海跟他们的饥渴相比仿佛一滴水。汤姆说，他们显得那么宁静，是由无数躁动时刻组成的宁静。写到这里我有些怀疑，他是这么说的吗？还是他说了什么别的让我刮目相看的话？无疑的是，博物馆里的汤姆显得比往常成熟许多。我肯定转头看了他一眼，不能相信他比我还小两岁，在我自己的学校，我几乎从来没有跟比我小的男孩聊过天。

我们逛博物馆，逛跳蚤市场，远足，野餐……好像总是在一起。那时我正迷恋阿奈斯·宁的日记，她写的那些半夜三更在计程车里的吻，令我蠢蠢欲动。

> 你失去重力，不知道自己在哪里，路灯照进来，光影魔幻；
> 烟味、香水味和恋人的味道，浑浊、醉人；车驶向某个终点——
> 时间的终点——吻的终点，你不想到达；车停下，唇边的味道在
> 头脑萦绕，这未完成的历险，必须下一次重新寻找；你打开车门
> 踏到街上，听到自己的身体从天堂掉下来的声音，你梦游般走向
> 自己的家，幻想着它被一场地震，连同时间一并吞噬……

有一天汤姆和我走在橙红色的金门桥上，水面的白雾弥漫过来，半座桥在眼前消失，周边的人也模糊起来，我们好像被裹在一张奇妙的帐子里，他低下头，我仰起头，嘴唇触到了嘴唇，气息消融了气息。不知过了多久——跟来的时候一样突然——雾飘走了，阳光从云层后钻出来，一个销魂的时刻蒸发到空气里，不可复制。

这些是发生在一九八三年夏末的事情，我为了参演王颖导演的电影《点心》，从洛杉矶的伯班克机场飞到了旧金山。《点心》是一部低

成本的实验性影片，拍摄随意性很强，摄制组人手也很紧，制片人被其他事纠缠，忽略了我的行程。那个年代接人都是在闸口，我拿着行李等在那里，离我不远的地方站着一个瘦高个的金发男生。最后一个旅客走出闸口后，他过来问我，你这班机是从伯班克出发的吗？我说是的。他说奇怪，我的朋友应该在这班机上啊，我是来接他的。我说，接我的人也没有来。他问，你要去哪里？我说他们没有告诉我应该去哪里。他说，我陪你在这里再等等，我叫汤姆，在伯克利大学建筑系念二年级。他的笑容有些腼腆。我们又等了一阵，还是没有人来接我。汤姆说，天快黑了，要不我带你去唐人街的假日酒店，你到那里再想法联系他们。他大概觉得把一个中国人送到唐人街应该是没错的，我想不出其他办法就跟他去了停车场。

他打开一辆很旧的沃尔沃车，说，我爸把这辆车借给我用了。启动后，车往前一冲就熄火停下了，原来他刚学会开手排挡车，换挡的时候还不熟练。每次在红绿灯停下之后，汤姆总是要经过一番挣扎才把车开起来，后面的车一按喇叭，他就紧张得更手忙脚乱。就这样，我们跌跌撞撞地上了高速公路。我自己当时在洛杉矶也有一辆大得跟条船似的别克车，比汤姆这辆要破得多，踩油门的脚松开后，踏板不会自动起来，我只好在油门踏板上拴了根绳子，开的时候握在手里，这样可以把油门踏板拉起来。类似这样不要命的事情，我在那个年龄做过许多，好在家人都不知道，母亲写的每封信里，仍然在关照我炒菜的油千万不要溅到眼睛里。

到了唐人街假日酒店，我钱包里的现钱刚好够住一夜。第二天早上，汤姆带着他的朋友来敲我的门，他指着身边一个男生说，这是杰瑞，我昨天要接的人，他误了机坐了晚一班的。然后他问，你联系上办公室的人了吗？我说我一直在打电话，还没联系上。汤姆说，那我们中午再过来看看你。

我终于打通了摄制组的电话，他们说马上来酒店接我，我说要不还是中午过来吧。中午我在大堂里正要准备离开，汤姆出现了，我莫名地高兴。我说，我以为你们不会来了。他说，我们说好会来的，我把宿舍的电话给你吧，万一有什么帮得到你的，给我打电话。

摄制组没有我住酒店的预算，就把我放在一位叫克里斯·李的导演助理的公寓里。克里斯是一位同性恋，跟他的男朋友同住，我就睡在客厅的沙发上。多年后，我在好莱坞再见到他时，克里斯已经是哥伦比亚三星电影集团的总裁了。

我在《点心》里扮演一个从国内到美国，梦想成为摇滚明星的女孩。印象中导演没有给我剧本，只是让我按照人物的规定情境说自己心里觉得合适和想说的话。我第一次这样随意地演戏，觉得很新鲜，我把自己对电影的向往，改成了角色对摇滚乐的向往。印象最深的是一场在夜总会演唱的戏，我戴了金色假发，涂了黑紫色的唇膏，上台唱了一首叫《我男朋友回来了》的歌。王颖导演原本想拍一部关于几个第一代移民女儿的电影，但是拍到一半他改变了想法，把电影集中在一位移民母亲和她美国女儿的身上，她们是由一对生活中真实的母女扮演的，所以在最终的影片里我的人物线基本被剪掉了。多年后导演把没有用进电影里的胶片剪成了一部叫《点心外卖》的短片，那场夜总会里唱歌的戏终于在那里复活了。

从金门桥回来后有一天，汤姆请我到他在伯克利大学的宿舍。他的房间里乱七八糟，墙上贴满了海报，床上都堆满了衣服和书，换下来的脏衣服堆在地上。我自己的房间也常是这副样子。记得有一次邬君梅和另外一个朋友到北岭去找我，那是在拍完《末代皇帝》后，我决定回学校上课。也许为了找借口跟 N 分居，我在校园附近租了一间带阳台的房间。邬君梅敲门不见我下去，就跟她的朋友一起爬上二楼阳台，从落地窗看到我的房间，跟她朋友说，陈冲被洗劫了，你看，她的橱门抽屉都开着，东西全被翻出来了。我总是在临出门前匆匆忙忙在镜前换衣服，一套一套换，脱下来的都扔地上，选中了衣服又换鞋子、耳环，整间房像龙卷风刮过。我扯远了——

我看见汤姆的书桌上放着一个像现代艺术装置的东西，他说这是学校的作业，用金属、木材和米纸做一只壁灯，边上的笔记本上画了几张我的脸，好像是上课的时候开小差画的。他的同屋看见有女孩子来，给了他一个鬼脸默契地离开了，汤姆变得窘迫，跟我说，我没那个意思。其实我也毫无那个意思。失恋的伤心像涨潮落潮，平缓一阵

汤姆笔记本上画的我。

后，又因为一个醒来就遗忘了的梦，或者一对车窗外闪过的恋人，让我再次被抑郁淹没。汤姆跟我坐在堆得满满的床上，靠着墙无足轻重地闲聊，然后他说，我能告诉你一个秘密吗？我说你还真会找人，我谁也不认识，你的秘密在我这里很安全。他说，我早泄，无法跟喜欢的女孩子做爱。这个词我以前没有听到过，不过能猜出来他有难言之隐。我说这样正好，我不喜欢性。他有些惊讶地问，你想跟我说说这事吗？我说，会有糟糕的联想，会伤心，会觉得肮脏。他说，这么严重？我说没什么，我在"反弹"中。我说的英语 rebounding 有失恋后还未恢复的意思。说完了我俩都如释重负，不用猜测或者误解，我们之间是柏拉图式的爱。

偶尔，我们亲吻，完后气喘吁吁地讨论柏拉图式的爱到底怎样定义。他去学校图书馆里翻查了半天，也没有得到清晰的答案，我们就决定横膈膜以上的接触都属于"柏拉图式"。有一天，忘了汤姆从哪个哲学教授还是哪本书上得到了答案，他说，分水岭在身体的怀孕和灵魂的怀孕之间。身体的怀孕产生人类的孩子，而柏拉图式灵魂的怀孕产生的是人类美德——灵魂的物质形态。我喜欢这个概念——灵魂的怀孕，跟他在一起的时候，我感到某种美好的孕育，某种希望。

电影拍完了。汤姆送我到旧金山机场的时候已经能熟练换挡了，我们在闸口久久拥抱，互相在耳畔道别，我们将通信，等教授把壁灯还给他的时候，他将给我送来。《点心》——我在这座城市留下了我的一点心，那时还不知道多年后它将成为我整个心的港湾，我的家。

回到洛杉矶后，我开始了长达半年的徒劳的拼搏。《龙年》里Tracy 的角色，是我第一次在好莱坞剧本里看到的东方女主角。这个人物是一位娴熟时尚的电视台主播，从仪态到英语水平都跟我距离很大。但是我拒绝接受摆在我面前的事实，执着得像一头戴了眼罩的驴，把每一分钱都用在学习播音员的发音和语气上。我在餐馆打工每小时挣五美元，而台词老师每小时收一百美元，每堂课两个小时。

《龙年》的导演迈克尔·西米诺和选角导演琼安娜·摩尔琳（Joanna Merlin），在全世界各地物色 Tracy。在一轮一轮的筛选过程中，我去面试了无数次，每次去，他俩会听到我的英语比上一次进步了，仪态也离角色更近了。琼安娜对我十分欣赏，她把电影《唐人街》里费·唐纳薇最经典的场次打印出来，跟我排练，让我有机会表达复杂和微妙的感情，把导演的注意力从我不完美的英语转移到我的眼睛和我的感染力上。但是最终，我在"美音速成班"学的只是一种依葫芦画瓢的模仿，无法改变我的本质，琼安娜期待的奇迹没有发生。我遇到过无数选角导演，琼安娜是唯一一个如此在我身上花费心思和精力的。非亲非故，只为欣赏，这也许就是我们中国人说的贵人吧，不过当时我还不知道她将成为我的贵人。

迈克尔·西米诺请男主角米基·洛克跟最后三位扮演 Tracy 的候选人在摄影机前试戏，每人演三个场次。演到最后一场吻戏的时候，洛克抱着我的头咬住我的嘴唇不放，我强忍住眼泪坚持下来。在我匆忙离开办公室的时候，听到身后他跟导演的笑声。

第二天门铃响，海德先生在楼下叫，Joan，你有秘密的仰慕者！我下楼看到一捧巨大的鲜花，卡片上写着：真遗憾我这次不能跟你合作，迈克尔·西米诺。我在不遗余力的付出之后一无所得。我想起那些没有太用力就得到的角色，比方有一次我面试一个移民女孩的角色，人物有一句这样的台词：你是个那么棒的厨师，他一定会喜欢你的。我一不小心把厨师 chef 说成了 thief（小偷），我说，你是个那么棒的小偷，他一定会喜欢你的。屋里的几个人都笑了，但是他们把那个角色给了我。这是一个努力和成果不成比例的职业，它时而让我狂喜，时而让我绝望，一切似乎都很偶然，跟我努力与否没有关系。

我想过改行，也在学校选择了一些其他领域的课程，希望被生理学、人类学或者天文学所吸引、征服。它们的确是很有意思的课题，但是只要新的拍片机会一出现——不管多小的角色，我就抛下它们，飞蛾扑火般扑向电影。

一次学校放长假的时候，汤姆驾车到洛杉矶来看我，把他做的壁灯挂在了我的墙上，三角形的米纸灯罩有点像一朵抽象的郁金香。我们上街逛书店，看到里尔克的《给一位青年诗人的信》，我打开翻阅，第一封信写于一九〇三年二月十七日巴黎：

> 你问我你的诗好不好。你问我，之前也问过别人，你将它们发送到期刊，将它们与其他诗作比较，当某些编辑拒绝你的作品时，你感到沮丧。现在我求你放弃这一切。你在向外看，这正是你不该做的事情。没有人能给你建议和帮助，没有人；唯一能帮助你的是走进自己的灵魂深处，审视你写作的动机，是否扎根于内心最深处，向自己坦白，如果无法写作，你是否会死；在夜深人静时问自己：我必须写吗？如果你可以用一个强烈而简单的"我必须"来回答这个庄严的问题，那么就根据这一必须来构建你的生活；哪怕在最不重要和最微不足道的时刻，你的生活都必须成为这个回答的象征和见证。

我站在书架前，感到豁然开朗。无论成败得失，人必须做他必须做的事，我将孤注一掷。我跟汤姆说，这好像是写给我的信。他说，让我送给你吧，我觉得你需要它。

三迪·海德的癌症没有被根治，复发后不久她在医院病逝。记得最后一次去医院前，她奄奄一息地跟我说，我要你搬离这个家。这是她跟我的临终告别，让我震惊。三迪追悼会后，海德先生开始吸烟，他说他几十年前就戒了烟，那时候是为了三迪，现在无所谓了。他每天跟以前一样，五点左右开始喝酒，不同的是他会喝醉。一天夜里，我躺在床上看书，他给我的房间打电话说，Joan，我要你来我的房间陪我睡。我哑口无言，半天，我说对不起，我不能去陪你。我的声音有些颤抖。回想起来，那也许是人溺死前的一种挣扎，想抓住什么可以救命的稻草。或许三迪是知道自己回不了家了，也知道丈夫会有这样孤独无望和软弱的时刻，才要我马上搬走。我感到失魂落魄。第二天早上我去了学校的广告栏，看到一页出租房间给在校学生的招贴，马上去了那个地址。主人自我介绍叫芭芭拉，她说，她的腿脚不灵了，上二层的房间越来越困难，我要是喜欢，可以租二层的卧室，每月一百五十美元。

海德先生帮我一起把两只大箱子搬下了楼，我们在门口道别。他似乎在一夜间苍老了许多，一个劲为昨晚的事跟我道歉。我止住他，感谢他，这栋房子是我到美国以后最温暖安全的地方。我想到两年前，他们夫妇把一个远道而来的陌生人接回了家，那么天经地义的善举，没有任何舍赐的姿态。我说，我永远不会忘记你和三迪，我会想念你们和这个家。我忍不住哭了，每一次失去都唤起所有的失去——曾经的家，曾经的爱，曾经的友情，曾经的自己……

搬家几个月后，在一个长周末假期，芭芭拉去外地看望她孩子。她前脚一走，我后脚就请了几个中国同学来家里的游泳池游泳，在厨房里做中国菜，一直玩到深夜。那时我们中间有不少留学生都会趁主人出远门，在家里开派对，完后大家帮忙大扫除，雁过无痕。同学们在芭芭拉家过了一夜，早上收拾完就走了。可是芭芭拉回来后不知发现了什么蛛丝马迹，看出有人在她的床上睡过，跟我大发雷霆。我意识到自己做错了事，开始寻找新的住处。

八十年代上旬，美国移民政策收紧，中国餐馆里经常有非法打工的华人或墨西哥人被逮捕，雇用他们的老板被罚款。电影公司也开始要求演员和其他人员证明自己的身份。我的学生签证不能合法工作，怎么办？我在通讯录中寻找可能帮到我的人，眼睛停留在了N的名字。那时我们总共只见过三次面，几乎是陌生人，但我本能觉得他会跟我去做这件疯狂的事。我打电话跟他说，我需要绿卡，你能跟我去拉斯维加斯办一个结婚手续吗？他说，好，你想什么时候去？我说如果可能的话就今天吧。

第一次见到N是因为面试。香港歌手许冠杰到洛杉矶物色女演员，N跟他是朋友。我当时正处于情感低谷，严重失眠。面试前的晚上，睡眠迟迟不来，直到天亮前才恍恍惚惚睡了一会儿。起来后我画上黑眼线，穿上高跟鞋就无精打采地去了，连个手提包都没拿。跟许冠杰聊完后，N跟我说，我送你出去。在街上，我独自往前走，毫无说话的欲望。他在我的身边，偶尔看我一眼，也没有说话。记得我拎着一大串钥匙——到美国后搬过的每个地方的钥匙，手举在额前，遮挡南加州刺眼的阳光。我每走一步，手上的钥匙就发出金属碰触的清脆声音，一路响到了车前。他深深地望了我一眼说，你不知道自己有多好，多保重。我也用忧伤的眼睛看着他，留心到他清爽利落的板刷头，和坚如磐石的身体。"求婚"那天，我想起他在我那么不堪的情形下，觉得我"不知道自己有多好"。

当天傍晚，我就穿了短裤T恤凉鞋去结婚了，那是我第一次去拉斯维加斯。开过一段伸手不见五指的沙漠后，我们进入了一座灯火通明的不夜城，五颜六色的霓虹灯，满街穿着性感的男女，令人眼花缭乱，原来这就是人们说的"罪之城"。它有一句闻名世界的广告语，"发生在拉斯维加斯的事，就让它们留在拉斯维加斯"。我想，多恰当啊，罪之城，我也是来犯罪的，假结婚是联邦欺诈罪，抓到了会被罚款、驱逐出境或坐牢。N说，我们要不要试试做真的夫妻？也许他身上的某种悲剧元素跟我同病相怜，也许我下意识渴望有一个自己的家，也许我觉得自己已被损坏，不值得有更好的婚姻……我说，那就试试，也名正言顺。我没有听从广告词的警示，把发生在拉斯维加斯的事，带回了洛杉矶。

婚后我俩在洛杉矶东南面一个黑人聚集区租了一小套房子，主人是一位黑人老太太，在房子四周方圆几十条街上，我们是唯一的"异族"，非常引人注目。每当我们年代久远的米色奔驰车开过，站在街上闲聊说笑打骂的年轻人总是停下他们正在做的一切看着，让我感到某种张力，似乎会突然发生什么事。我跟N说，我有些害怕这样的气氛。他说，黑人都很喜欢看李小龙的电影，知道中国人是不能惹的，再说有我保护你，我的咏春拳师傅就是李小龙的师傅。偶尔，我看到邻居女孩在外面打架，势头很足，房东会出去训斥或劝阻。回头看，她在街坊的信誉和威望也许在保护着她的房客。

一天，忘了是为哪部电影到派拉蒙去面试，选角导演打量了我一眼，问，你是夏威夷本土人种吗？我说不是，我履历上写了中国人。那位导演说，真对不起，我的失误。就这样，面试结束了。我失望地走回地下停车场，感觉身边有一辆林肯轿车慢慢吞吞地跟着我。我疾步走向我的车，那辆车一直跟在我的侧面，我转头看到车窗被摇下来，一位瘦老头探出脑袋问我，你知道拉娜·特纳是在一个冰淇淋店被发现的吗？我当时不知道拉娜·特纳是谁，以为他在跟我调情，没搭理他。

他伸出手上的名片，说，让你的经纪人下午来找我。我接过名片，看到他的名字叫迪诺·德·劳伦提斯，是当年欧美电影界非常显赫的人物，也是电影《龙年》的总制片人。在为《龙年》试镜的半年里，我从未见过他，却因为某副导演的失误在停车场里巧遇，我就这样轻易地成了电影《大班》的女主角美美。《大班》的导演请了一位台词老师，来教我讲戏中美美的"白鸽英语"——夹杂广东音的蹩脚英语，而他正是我不久前请来教我纯正美音的老师。

不可思议的是好事成双，我竟然在得到《大班》的同时得到了《龙威小子》的女主角，但是因为两部影片是同时期拍摄，我必须放弃一部。好莱坞有个说法，"不是饿死，就是撑死"，意思是好久没戏拍，突然有戏了，又几部挤到一起。饿了好久，天上好不容易掉下来两块奶油蛋糕，你还得扔掉一块，而且很难知道该扔哪一块留哪一块。我选择了演《大班》里的美美，原因很简单，美美是中国人，电影将在中国拍摄。这个决定在日后证明是错误的，《大班》没有成为我想象和期待的电影，也给我在国内造成了负面的影响。其实，《大班》只是我许多"错误"选择中的一个，我还曾经要求大卫·林奇把我的人物从《双峰》中杀死，放我去演一部叫《龟滩沥血》的电影。《双峰》是一部具有革命性的电视剧，它为电视剧叙事方式开辟了新的道路，是当今连续剧的鼻祖，而《龟滩沥血》完成后是一部毫无灵性的作品。

那个阶段，我迷恋上了阅读，没日没夜、饥不择食地读书。骚动和困惑时，唯有书本能给予我安宁和慰藉。记得我第一次读赫尔曼·黑塞的小说《纳尔齐斯与歌尔德蒙》时，受到很大的震撼，在那之前我没有想到过，一个人可以通过"纵欲"，达到崇高的精神境界。书中的纳尔齐斯是一位在天主教寺院教书的老师——禁欲的僧人；歌尔德蒙追求的则是感官的狂喜，美的体验给予了他艺术的灵感和激情，最

《大班》剧照。

与大卫·林奇在拍摄《双峰》的现场。

终他拜师学艺成了一个雕塑家，感官世界的光辉和脆弱在创作中得以升华。这两位友人跟随截然不同的道路，探索到生命的意义，走向涅槃。黑塞一贯的流浪者寻找自我的主题引起我强烈的共鸣，也让我在冥冥之中懂得了，所有走过的歧途、冤枉路都是命运的召唤。

我写信告诉汤姆我跟 N 结婚了，接到信他很惊讶，在电话里说，我从来没有听你提到过他，你爱他吗？我说不知道，反正我也没有能力爱，但是我用《大班》的合约向银行贷款，跟 N 在北好莱坞买了一栋小房子，后院有个椭圆形的游泳池。汤姆说，你"反弹"得有点厉害啊。

汤姆毕业的时候，我想起他热爱手工制作和简洁的设计，就去旧书店买了两本关于夏克（Shaker）家具制作的书，给他寄去。夏克家具是由美国基督教一个分支的教徒们发明的风格，信徒们叫自己夏克派（Shakers），家具极简的设计和精致的制作反映出他们简单诚实的信念。汤姆接到书后给我打电话，他想在驾车去圣地亚哥他父母家的路上，经停洛杉矶看我。我说好的，我很开心。他到的那天，刚在客厅坐下没几分钟，N 就失去理性把他赶出了门。汤姆跟我说他要留下来保护我，我说你还是快走吧。后来 N 知道壁灯是汤姆送给我的，就把灯也砸烂扔了。

一部新的电影出现在地平线上，它像上苍派遣下凡的天使，在我即将窒息的时候，打开一扇窗户。为《龙年》选角的导演琼安娜·摩尔琳给我来了一个电话，她兴奋地说，我终于为你找到了一个完美的角色！贝纳尔多·贝托鲁奇要去中国拍《末代皇帝》，其中皇后婉容的角色与你天衣无缝，贝纳尔多撒下了天罗地网找他的皇后，我告诉他不用找了，他明天到洛杉矶，你去见见他吧。就这样，我原以为在《龙年》枉费了的努力，为我带来了《末代皇帝》。耕耘终究会有收获，尽管不是在我期待的季节。

多年后我在旧金山安家落户，又跟汤姆去苏特罗海水浴场散步，说起我们在洛杉矶发生的事，他说那天简直像个噩梦，他无法理解，我当时怎么会觉得，那就是我应得的人生。我说，也不都是你看见的那样。

记得 N 和我常去圣塔莫妮卡海滩，蔚蓝的天空和海洋连成一片，白色的浪花拍打着金色的沙滩，像宇宙的心脏在无休无止地跳动，让我想到"永恒"这样美好的词汇。我穿着比基尼躺在沙滩上晒日光浴，他光着膀子坐在我的身边弹吉他唱歌，太阳在暖洋洋慢悠悠的歌声里落进太平洋，余晖把海水染成红色，海风渐凉，身下的沙子却还是热的……我们也有过这样的日子。

把回想留给未来
——写于洛杉矶一九八九年二月二十七日

在失去的时候，我们得到什么？

在得到的时候，我们失去什么？

四年的婚姻生活结束了。我终于失去了他。好多次我们试着分居，过不了多久就又住到一起去了，最后他决定搬去旧金山。由于告别的次数太多了，总觉得不久又会团圆，似乎告别只是为了重聚，我一时没有觉得此次告别的严重性。把最后几件行李装进他的吉普车后，他叮嘱我别忘了交演员工会的会费，已经晚了一个月。他的口吻很随便，我却突然不安起来。这四年来我没有交过会费或任何其他的费用，他把我像孩子一样保护起来，生活上的杂事都一手包办了。关上车门，发动引擎后，他摇下车窗，深深地望了我一眼，充满担忧。我呆呆地、固执地看着他，像一个傻孩子一般。我们没有说再见，也没有互相祝福。当他的车消失在拥挤的街道上之后，我意识到这是最后一次告别了，一股强烈的孤独和失落袭上心头。

我们曾经有过那么多丰富多彩的希望与计划。

生活似乎中断了。

我独自驾车到离洛杉矶一百多英里的小镇瓯海，一路上眼泪流得像无尽的泉水。上帝将我所失去的变成泪水又还给了我。

开到时已是深夜，一只瘦瘦的月亮孤零零悬挂在半空，月亮下是野山乌黑的剪影。我想起多年前读到的一首诗《月亮拽着我的风筝走了》，诗歌讲什么记不清了，但诗的结尾我能背出来："把回想留给未来吧，就像把梦留给夜，泪留给海，风留给帆。"

我找到一家有一百多年历史的小客店，住了进去。客厅里摆设简单，生着火，使人感到温暖、安全。我打开书包，取出汤姆送给我的《给一位青年诗人的信》，坐在炉火边一口气念完。这些年我忙忙碌碌，很少有时间这样看看自己心里的地图，在心里的世界旅行一下，去反省独处的意义与美。

我在笔记本上摘录了这段里尔克写给青年诗人的信：

People have turned their solution toward what is easy and toward the easiest side of the easy; but it is clear that we alive must trust in what is difficult; everything alive trusts in it, everything in Nature grows and defends itself anyway it can and is spontaneously itself, tries to be itself at all cost, against all opposition.

We know little, but that we must trust in what is difficult is a certainty that will never abandon us, it is good to be solitary, for solitude is difficult; that something is difficult must be one more reason for us to do it.

It is also good to love, because love is difficult. For one human being to love another human being is perhaps the most difficult task that has been entrusted to us, the ultimate task, the final test and proof, the work for which all other work is merely preparation.

（文字大意：人们总是去寻找容易的答案，但只有困难的事才是可信和值得去做的。我们知道得不多，但是我们必须相信只要是困难的，这本身已是我们去做的原因。孤独是值得的，因为它是艰难的；爱也是值得的，因为它是人间最艰难的任务，是最终的考验和证实，其他任务都只是准备工作。）

虽然我的心仍然孤独，但这孤独似乎在升华，变得宽阔了，我懂得了它在难忍的同时，也是上帝所赐的礼物。

临睡前，我想起母亲，她老远老远地正在为我担心。想起小时候为了手指上的一根小刺，我怎样向她哭喊，今天我就是戴上荆冠也不忍让她听见我的呻吟。父母年纪大了，做儿女的应为他们带来精神上的安慰，生活上的安全感。我却仍然自顾不暇，活得颠三倒四，心里深感内疚。我躺在床上眼望天花板发誓：明天是新的一天，我要开始新的生活。

早上醒来，我发现自己在一间充满阳光的苹果绿的小睡房里。窗外的远山衬着万里晴空，不远处一条小河在低声轻唱。我为自己在这世界上的存在而庆幸，为自己能在这苹果绿的房里醒来而庆幸。

瓯海给我的心带来了宁静和希望。现在瓯海已成了我最喜欢的地方，去那里静静住上两天是我能给自己最好的优待。如果有人问有什么养身之道，那么瓯海的山、湖、橘树和苹果绿的小睡房是我的回答。

事业上的进展使我变成一个忙碌的人，整天抛头露面跑码头，很不可爱。我脑子里可爱的女人是贤惠、恬静的，也常常希望成为这样的人。但是，在耻辱的熔炉里炼出来的却是另外一个人。她刚强、顽固，不撞南墙不回头；她爱大笑，笑得很不文雅，也许这是她保持健康、蔑视困难的法宝；她提起来一条，放下去一摊，伸缩性极强；她没有成为一位贤妻良母，她失败了，但在挫败中她取得了一些小小的成绩，学到了一些做人的道理，认为值得；她屡次失望，但仍然相信秋天金色的阳光，相信耕耘之后一定会有收获。

不娴雅，不可爱也就罢了。

从在国内得到百花奖最佳女主角，到在美国餐馆打工；从演没有台词的小配角到奥斯卡领奖台，这些年来的甜酸苦辣一言难尽。

有一次在餐馆收钱，一对衣冠楚楚的中年夫妇给我一张五十美金的钞票，却硬说是一张一百的，我知道他们在撒谎，于是坚持己见。他们大吵大闹起来，餐馆老板只好让我按一百块给他们找钱，并教育我说，千万不能将顾客给的钱先放进抽屉里，必须要把找的钱先拿出来，再放他们付的钱。夜里结完账，少了五十块，我赔。五十块钱是我十个小时的工钱，但是也没有什么了不起的，毕竟是身外之物。我咽不下的是谎言战胜了真理这口气。

电视台招小配角，我涂上口红，放下骄傲前去应征。被左看右看之后，得到一个没有台词的角色——台湾小姐，在台上走一走，高跟鞋，红旗袍。那之后，我得到一个电视台的小角色，有一句台词：

"Do you want to have some tea, Mr. Hammer？(你要喝点茶吗，海默先生？)"我将终生不忘这句毫无意义的话——我的第一句英语台词。

今天，我的机会多了，生活好了，我也被承认和接受。有时候，我可以飞去跟英国王子喝下午茶，和法国总理进晚餐。但我希望我永远不会忘记自己的使命，脚踏实地地生活。

我仍然相信可爱的女人应该是贤惠、恬静的。今晚我将不在电话中大笑，或者想入非非，为突然间一个奇怪的念头而激动；今晚我要静静地在炉火旁织毛线。

我渴望深深的夜和银色的月亮，也渴望月下的爱情和诺言。

靠月光寻路

　　突然间，无数个片段出现在我的脑海，好像就是昨天，贝托鲁奇那对笑眯眯的眼睛还看着我。第一次见面是在洛杉矶的马尔蒙庄园酒店，那时他正在跟中国文化热恋，我们喝咖啡，他跟我提到他喜欢鲁迅，还跟我引用老子、庄子的语录。我觉得好惭愧，他提到的作品我并未读过。他是一个博学的人，一个诗人。回想起来，《末代皇帝》的制作像是一场八个月的婚礼，庞大热闹而混乱，而我做了八个月的新娘，每天等待着贝托鲁奇将盖头掀开，又一次爱上我。他爱我们三个——尊龙、邬君梅和我，这里面没有性的成分，或者超出性的成分，然而给我的感觉是浪漫的。拍溥仪、婉容和文绣在床上做爱的时候，他说："我好想钻进来跟你们一起。"然而，他的语气神态毫无半点猥琐。我看得出来他真的好想，就跟一个小孩很想要一盏阿拉丁神灯一样。有几次，布置灯光、加轨道等等花了好长时间，我有点等得不耐烦了，他笑眯眯地跟我说："我在向你示爱，这是一个很大的举动。"他望着你的眼光让你把你最好、最美的一切给他。他在喊停时的那一声"Bellissima（小美人）!"总是给我莫大的幸福感，因为我知道他有高贵的审美观。

他微微皱着眉头，眼睛里却含着微笑，傍晚空旷的故宫，石板上咚咚的脚步声悠悠地回荡，夕阳躲到太和殿后，天渐渐暗下来……

——缅怀于二〇一八年十一月二十六日

深夜，空荡的罗马属于野猫，它们追捕猎物、发情叫喊、玩耍或者厮杀，眼睛像夜空的星星闪烁。我们——尊龙、坂本龙一、邬君梅、我和另外几个演员——在野猫的地盘上漫无目的地游逛。

记得我们是从贝托鲁奇的家里开完晚会出来。月亮又大又圆，我们被某条陌生的鹅卵石小巷所召唤，走了进去，直到黎明，我们才从迷宫里钻了出来，看到远处台伯河颤动的水映出一抹淡淡的天光，我们拖着太多欣快后疲惫的身体，跨过历史悠久的切斯提奥桥，回到酒店。罗马是我们的最后一站，在长达八个月的拍摄期间我们朝夕相处，拍完这里的戏，我们的大篷车就要散伙了。

《末代皇帝》上映后在全球反响强烈，好评如潮，并在次年得到奥斯卡金像奖九项提名。颁奖仪式前，穿好西装打好领结的贝托鲁奇到我的房间来看我，他说，我从来没有这样紧张过，这太可笑了。医生已经给我吃了 Beta Blocker（β阻滞药），这样我的心不会从喉咙里蹦出来。我说，今年的提名电影我都看过，它们都只能追在你后面吃你的灰尘。他笑了，说，十四年前我因为《巴黎最后的探戈》提名过最佳导演，那时没指望得奖，只觉得奥斯卡这种事是个陷阱，现在突然感到离它近了，就情不自禁地往里跳。

我问起他在拍《巴黎最后的探戈》时，跟马龙·白兰度的合作，他便感叹起白兰度和空间的关系。他说，我们一般人都被空间所主宰，但白兰度不管到哪里都主宰着空间。我自己是需要相机才能主宰空间的，但白兰度不需要相机、不需要笔、不需要跑车或杂技团的飞人秋千，什么都不需要。即使他绝对静止——比如坐在椅子上——他也主宰周围的空间，这个太难得了。

　　《巴黎最后的探戈》在美国上映时，被评定为 X 级，电影引起很大的争议，贝托鲁奇跟女性的关系也是探讨的话题。记得他跟我讲过诺曼·梅勒小说里的一个故事，一个作家和他的女朋友在街上散步，他在一个便笺簿上记录她所做和所说的一切，这让她很恼火，他就停下不写了。然而，当她走在他前面的时候，他又写起来，女朋友发现了就跟他大吵。最后她离开了他，他很沮丧，上街独自散步，为了安抚自己，他又开始在便笺簿上写。贝托鲁奇说，这就是我们爱电影的人爱女人的方式，注定在施虐与受虐之间挣扎……

　　去会场前我跟他说，过会儿你身边会很热闹，我也许就没有机会告诉你了，我能成为这部电影的一分子，觉得很幸运，谢谢你。他想了想说，我跟你坦白一件事吧，初次见你的时候，我担心你的仪态太美国化了，还讲着一口纯正的美国腔。我说，你知道吗？美国有个说法，"You can take the girl out of Chinatown, but not the Chinatown out of the girl（你可以把女孩搬出唐人街，却无法将唐人街搬出女孩）"，同样，你可以把女孩搬出中国，却无法把中国搬出女孩。贝托鲁奇笑着说，后来我发现的确如此，那时《大班》正好在罗马上映，那部电影也是在中国拍的，但拍得那么不好，你还被配了意大利语的音，我就想，我的皇后啊，你怎么成了这样。后来我在洛杉矶跟你见了许多次，在你沉默的时候，在你不经意的举手投足间，我确信了你就是我的皇后——我的女高音。我很幸运。

贝托鲁奇是帕尔马人，那里诞生过最伟大的歌剧音乐家威尔第，贝托鲁奇曾经在一篇采访里说过，《末代皇帝》对他就像一出古老的意大利歌剧，我和尊龙是他的男女高音。这部电影具有歌剧传统的时空提炼，歌剧传统的情感升华，它比起"现实"更像童话或者寓言。

在颁奖仪式上，《末代皇帝》的主旋律响起九次，每次听到我们的心情就跟音乐一样澎湃起来。通常得奖人上台总是有一连串的人名要感谢，但是在得到"最佳导演奖"后，贝托鲁奇的感言里只感谢了中国人民、他的皇帝尊龙和皇后陈冲。他的感言里还有一句话，也是奥斯卡奖台上绝无仅有的。他说，如果人们称纽约为大苹果的话，今晚好莱坞对我就是大乳头。所有人都很惊讶，我却特别欣赏其中的诗意和幽默。记者问他，你这句感言什么意思？他笑了，说，今晚我畅饮了好莱坞的奶，懂了吗？他就是这样一个连奥斯卡感言都不落俗套的人。

奥斯卡奖之后，我只见过贝托鲁奇一次。我在英国拍的《特警判官》在伦敦首映，我跟其他演员一起上台和观众见面。下来后，看到他向我走过来，还是那双会笑的眼睛。我已经多年没有跟他联系，完全没有想到他会出现。他说他正好在伦敦，听说我在，所以过来了。从《末代皇帝》到我们在伦敦见面期间，贝托鲁奇导演了《遮蔽的天空》和《小活佛》，无论从票房、评论到荣誉都远不如《末代皇帝》，在同一段时间里，我演了《壮士血》《惊爆轰天雷》《龟滩沥血》《双峰》《天与地》《诱僧》《金门桥》《红玫瑰与白玫瑰》《绝地战将》《黑色追杀令》《狂野边缘》，其中有一些我连角色的名字都早已忘记，也有几部是值得我骄傲的作品，但它们都无法跟《末代皇帝》相提并论。贝托鲁奇望着我说，岁月很善待你，你还是美丽的。我说，我十分喜欢《遮蔽的天空》。然而我们都知道，我们的轨迹在紫禁城里交错的时刻，是他的导演生涯和我的演艺生涯中光芒最盛的一刻，我们在余晖的笼罩下，一切尽在不言中。我想起电影《卡萨布兰卡》里的台词"我们永远拥有巴黎那段时光（We'll always have Paris）。"——我们永远拥有紫禁城里的那些晨曦和暮色。

　　写到这里我突然感到一股冲动，起身去翻找出《末代皇帝》的碟片，拉起窗帘重温一遍。

　　火车头轰隆轰隆进站，战犯在一股白烟里拥下车来，这里几乎没有色彩，只有光影；溥仪在洗手间镜前割腕自杀，鲜红的血流淌到水池里，影片第一次出现了色彩；红色大门打开，穿着盔甲的朝廷卫士威武地骑在马背上，身后跟着举灯的、抬轿的人马；正襟等待的女人听到门外的动静，回头，一个熟睡的孩子被叫醒，他哭喊妈妈，扑进女人的怀抱；横移镜头跟着手抱孩子的母亲穿过长廊，前景骑在马背上的朝廷士兵滑过，她转身朝镜头走来，再次转身，她逐渐被前景士兵的身影遮挡住，士兵突然跪下，母亲已经走到轿子前停下……

　　我头一次去现场那天，摄制组正在拍这场母子离别。街上阳光灿烂，棚内却在拍着夜景。一踏进摄影棚我先听到不同语言的说话声，然后眼睛才适应过来。副导演在调动群众演员的位置，摄影助理和场工在铺轨道、装摇臂，灯光组在架灯，导演贝托鲁奇坐在摄影机后排练机器运动的节奏，摄影师斯托拉罗在对讲机里轻声指挥着灯光的微调，服装造型师艾奇逊在调整"溥仪母亲"的领口。一片既熟悉又全新的混乱，令我心旷神怡。

　　演"母亲"的演员是北京饭店的一位满族服务员，我们摄制组在那里下榻，导演看到她服务员制服下的高贵气质，就选中了她，演完《末代皇帝》她又回到自己原来的工作岗位。电影里扮演庄士敦的司机的

与贝托鲁奇在《末代皇帝》巴黎首映式。

《末代皇帝》巴黎首映式与李先念主席合影。

在故宫拍摄时，宫内除了与摄制组有关的人员，没有任何其他人，回想起来这样的时光多么奢侈。

282

男青年，原来是一个专业驾驶员，但是因为发生了人命事故永远不能再开车了，他气质里那种悲剧的凝重，使他无比英俊的脸庞更令人难忘。

那个年代我们还能在日常生活里见到非常好看的人——护士、大夫、工人、老师、卖菜卖肉卖米的人，他们的出现好像那些自然界小小的奇迹，让我们平淡无奇的日子漾起层层涟漪。记得我八九岁的时候，在奶奶家看到一位二十出头的表嬢嬢，我简直无法把眼睛从她脸上移开，那是我第一次被美丽的容貌震撼。表嬢嬢从上海第二医学院以优异的成绩毕业，因出身不好分配去了江西，在去的路上因火车翻车成了残疾，回沪在一家简陋的地段医院工作。我多次听到父母感叹，多可惜啊，浪费了。也许正因为"浪费了"，她昙花一现的惊艳在我的心灵出没作祟，隐隐作痛。现在的美人们从普通生活和工作中消失了，她们的"美"被严格管理、包装和完善后，在我们所期待的虚拟时空里展出——银幕、屏幕、杂志、广告牌，一点一滴都是资本，不会被"浪费"。

贝托鲁奇走到美丽的服务员跟前，边领着她走位边说，你走到这里停下，看到轿子拐弯时扭头。三种不同的语言喊出预备——开始！摄影机跟着空了手的母亲往回走，远处拐角口的马蹄声使她停步，轿子载着她的儿子往纵深消失，她不忍地别过头来，镜头停留在她身上，背景中轿子和骑士消失在黎明前的黑暗中。情境、光线、色彩、构图和镜头语言都在为她抒情，演员只需别过头，我们便会为她脑补出最充沛的内心感受。

在后来的日子里，我发现贝托鲁奇属于那种少数的会用动词启发演员的导演。虽然表演最忌讳的是符号式的表达——那是外在的东西，而有生命力的表演必须发自内心——但是通往那个秘密源泉的途径不止一条，有时一个准确的动作便能提示和激发出意外的感情。一场戏里某个特定动作就像一篇音乐里某个特定音符所引起的震荡，它本身没有感情或内心活动可言，但它是构成作品生命的一个原子。

记得在长春伪满皇宫里拍婉容吃花的时候，贝托鲁奇没有跟我讲规定情境或人物内心活动——那些属于案头，他只在我耳边说，你把花塞到嘴里去，用力嚼。他用了"塞"和"嚼"，不是"放"进嘴里或者"吃"，这些动作激发某种疯狂与绝望、宣泄与克制。这是一个庆贺的场面，我一个人坐在角落，整个大厅里的人群跟着欢乐的圆舞曲在转圈，像旋涡企图把我吞噬。当我把花塞到嘴里咀嚼时，泪水涌出眼眶。我游离到自己的体外看着这个孤独的女人，把大朵大朵的兰花塞进嘴里，她的泪水止不住地流淌。我看到赤身裸体的自己冲出房门，在酒店走道上狂奔，N跟在我的身后，追到电梯口把我搂住，拽回房间，我们抱头痛哭。好像总是在深夜，不知往哪里迈一小步，我们就会踩到地雷，炸得遍体鳞伤。我无法从那种牢狱般的压抑、无望和悲愤中得到释放，也许婉容吃花与我在走道裸奔是同一种绝望，同一种必然。

"Bellissima!"拍完那条后贝托鲁奇望着我说。他的眼睛里有很多爱，一股幸福的电流击中我的身心，原来一切就是为了这个淋漓尽致的时刻而做的准备。其实我这辈子对电影的瘾，就是为了偶尔在某个完全无法预料的时刻，能到达这样欣喜若狂的巅峰。

拍摄《末代皇帝》期间，我跟N的婚姻正濒临崩溃，虽然我没有跟任何人流露，甚至连自己都还没有清晰地意识到，但是贝托鲁奇感觉到我潜意识里的这份伤心和脆弱，他只需为我的潜意识挖开一条渠道，让它自然流淌出来。当然，这些都是隔着几十年光阴回望才看到的，在现场的时候一切都浑然天成，这便是他的才华。

一天夜里，好像是不知谁送给我的一捧鲜花激怒了 N，他把手上的一杯白酒往我脸上狠狠一甩，酒杯砸到我的右上额，跟我的皮肉一起破碎，鲜血流到脸上、衣服上、地毯上。他惊呆了，完全没料到自己会伤到我。我的第一反应是不能告诉任何人，羞辱的疼痛远远超过伤口的疼痛。我小姨夫是协和医院的大夫，我不知道他住在哪个宿舍，但是我知道他是我唯一的希望。我到洗手间用水冲掉玻璃碴，血不停地流出来，我用一条干净的洗脸毛巾捂住伤口，再到衣柜里拿出一件衣服穿上。

路灯很昏暗，行人也很稀少，我走一段路换一只手按住头上的毛巾，故意挡住半边脸。到了协和医院门房，我跟门卫说了小姨夫的姓名和科室，他说不知道这位大夫住在哪个宿舍，然后告诉了我宿舍区在什么方位。院内路灯很暗，路上几乎见不到行人，我走进一栋看上去像宿舍的楼房，在漆黑的楼道里随便找了一扇门敲打。开门的人很惊讶，疑惑地看着我，她不认识我的小姨夫。她关上门后，我又敲了另外几扇门，终于找到一个知道我小姨夫的人，他又帮我问了一个邻居，告诉了我他住在几栋几层。

小姨夫检查了我的伤口后说，这伤口不是齐的，缝得不好会留很粗的疤，幸亏你没有去急诊，我给你找一位眼外科的大夫，用最细的针线给你缝。我跟小姨夫一共没有见过几面，现在想起那晚，我仍然为他的善良和细心感动。他带着我走去另一栋楼里的眼外科医生家里，那位医生已经睡了，但是她马上起身带我去了手术室。缝合完伤口后我问她，伤口上可以化妆吗？她说绝对不行，一周以后拆线，那时候再看看情况。

朋友晓虹正有公务在北京饭店常驻，她说那晚我去了她的房间睡，我自己不记得了。她说我非常冷静地告诉她，在早上服务员进屋收拾之前，我必须回房间把床单和毛巾上的血洗掉，把洗澡房地上和水池的血擦干净，还有地毯上的也需要盖住，不能让服务员看见血。

我不得不打电话给制片托马斯，说我在澡房摔倒受了伤，也许一周不能工作。他说，我必须马上来看你。托马斯很严肃地看着我，他问，发生了什么？我说，没什么，洗澡滑倒了。他想了想说，你能保证不再滑倒吗？他的态度让我惊讶。我说，对不起，不会再摔倒了。他看着我的眼睛问，有什么我可以帮到你的吗？我说没有。回头看，托马斯从未相信过洗澡滑倒的说法，他那天的态度是意识到了问题的严重性，担心我们会再次失控。过了两天，他来看我，我说 N 今天回美国去了。他说，好，那我放心了。

屏幕上，三岁溥仪的轿子在朦胧的拂晓穿过故宫的广场，身着橙红色袈裟、头戴鲜黄鸡冠僧帽的喇嘛们，跪在晨曦中咏诵经文；溥仪从奶妈的乳房抬起茫然的脸，他的父亲推开慈禧太后的门，跪下磕头，广角镜头里，第一缕阳光照在梁柱上，每一根柱子上缠绕着一条龙，溥仪好奇地跑到柱子后面偷看慈禧；慈禧临终时，她巨大的龙床被模糊不清的人影推到房间的中央，像一只将带她去彼岸的船……

几十年后看这场戏，我才留心到它虽然在向观众交代关键信息，但也有着另一个也许是更重要的作用，它在引诱观众进入一个奇妙而神秘的世界。美术指导费迪南多·斯卡尔菲奥蒂设计的龙柱是故宫里不存在的，但它们属于那个电影世界，也是必不可少的元素之一，它们就像《爱丽丝漫游奇境记》里的那只兔子，把观众带进爱丽丝的兔子洞。

有时候在影院看完一部电影，我会听到观众抱怨这里或那里太不现实了，是根本不可能发生的。其实原因往往不是某个事件或者行为"太不现实了"，而是电影工作者没有为观众构造一个统一并有吸引力的"现实"。艺术作品中的"现实"，都是带引号的，它们仅存在于虚

《末代皇帝》剧照。

构的时空，也完全可以是现实生活中不可能发生的。只要那个虚拟的世界具备统一性和吸引力，我们就会心甘情愿地放弃我们的理智、逻辑和经验，追随着一个穿燕尾服戴领结的兔子，去到一个美妙的无厘头奇境。

拍摄《末代皇帝》期间，我仿佛跟爱丽丝那样，也远离了自己的日常生活，掉进了另一个人生。记得我跟着贝托鲁奇去北京崇文门的美心餐厅吃饭，那是当年北京最负盛名的文化客厅——Art Deco（装饰派艺术）式的彩色玻璃和灯具，西装革履的年轻男侍，不标价格的女性餐牌，每个角落都散发出巴黎式的怀旧。娴雅知性的宋怀桂女士，总是身着高贵时髦的衣服，在那里接待我们。那些晚餐的常客有贝托鲁奇、尊龙，还有制片人托马斯、编剧贝皮罗、服装设计艾奇逊和英若诚。虽然我们都来自不同的国度和文化背景，但是在晚餐的长桌上国界国籍消失了，我们都是人，交流着各自独到的阅历、思想和感情，我十分享受那里弥漫着的气氛。

那时的我，尚有一些关于身份认同、国家界限的疑惑，那些晚餐让我潜移默化地认识到，人虽然受太多自身特定文化的限制，但是有着根本的共通性——人性、灵魂、爱与恨、欲望与梦想、死亡……《末代皇帝》在全球的成功，正是因为在中国独特的风土人情下面，深埋着人类的共通性。

记得贝托鲁奇在一次晚餐时说起过一九八四年第一次到中国时的心情，那时他在好莱坞准备了两年的一部电影泡汤了，回意大利后看到的腐败和犬儒让他渴望远离，越远越好。他自从看过安东尼奥尼的纪录片《中国》，一直向往那个还未曾被物质主义、消费主义污染的神秘国度。他开始阅读中国古典文学，思考能够在中国拍摄的电影题材。"人之初，性本善"在他眼里是一个浪漫的概念，《末代皇帝》里

洛杉矶首映后，贝托鲁奇把我们带到他的好友杰克·尼科尔森的家里聚会。记得我跟尼科尔森说，我想学说一口完美的英语，要像土生土长的人说的一样。他说，你就说你自己的英语，土生土长的人到处都是，可你是独一无二的啊，你懂吗？

巴黎首映式后的晚宴。右二是制片人杰瑞米·托马斯，左一尊龙、左二我、左四贝托鲁奇。

《末代皇帝》与尊龙一起的剧照。

的溥仪也是这个概念的动人化身。贝托鲁奇在学习和尊重中国历史和传统的同时，从来没有刻意兼顾中国的视角，而是浸泡在他意大利的成长经历中，从灵魂深处，以独特的个人视角来创作。他让我懂得了，我们越忠实地表达个人，作品就越具有普世性。

这些年来，有不少人跟我提到过《末代皇帝》中溥仪登基典礼那场戏。很多导演拍过这样的场面，却没有人能超越贝托鲁奇在太和殿内外拍摄的这场戏。我坐在屏幕前，再一次被它震撼。

金黄色的光照射进太和殿，巨大的龙椅上坐着无辜的溥仪，等待使他不耐烦；溥仪站在龙椅上甩动长长的龙袖，模仿着门外飘动的金黄绸缎，他爬下龙椅往神秘的金光跑去，绸缎慢慢升起，他快乐地跳起来，像追逐飞起的气球；溥仪突然停止脚步，他和观众一起发现外面成百上千的人在向他磕头；摄影机跟着他走下石阶，慢慢呈现出下一层广场上更多的人，他们跪下，磕头，起身，再跪下，磕头，而溥仪听到的却是一只蟋蟀的叫声，开始在人群里寻找这个声音……

贝托鲁奇、斯托拉罗和斯卡尔菲奥蒂这个天才的组合，把这个旅游景点变成了一个虚构的场景。为了拍摄这场戏，几千名人民解放军战士为这个庞大隆重的场面当群众演员，这一切不光是为了让加冕典礼更加辉煌，也是为了让溥仪更显幼小、无助和孤独。这场戏的动人并非源于它千军万马的制作价值，或者它完美的光线、色彩和质感，而是源于一个诗人对这个三岁孩子的恻隐之心。

皇帝的大婚是我在电影里头一次出现，当我在屏幕上看到婉容戴着盖头从婚轿上下来时，我几乎可以伸手去够到那早已逝去了的青春。我忍不住想，我身上没有任何一个细胞跟那时的我是一样的，我们还能算同一个人吗？记得那天我很早到了故宫，去化妆车之前副导演说，导演请你先去一下他那里。贝托鲁奇站在他的房车外，看着紫色的黎明中故宫的剪影。后来听副导演说，在故宫拍戏的每一天，贝托鲁奇都是第一个到现场。我说，早！他们说你找我？他说，我只是想见到我的皇后，这两天忙，我没有见到你。认真看了我一会儿之后，他满意了，说，今天你很美，我期待今天很久了。我突然觉得感激，早上我还在镜前担心自己会令人失望。接着导演随便问起我的婚礼，我说我没办过，他微笑着说，那今天就是为你办的，它会让你永生难忘。

服装设计师艾奇逊为这场婚礼兴奋不已，他围着我前后左右地转，微调每一个细节，还亲自为我戴上每边三串珍珠的耳环。我们的每一件服装都无比精致考究，连内衣都是最好的真丝和手绣的花边；婉容离开故宫以后的西式连衣裙是英国皇室的裁缝做的。艾奇逊每天都在现场，盯着他的演员——他视我们为他的演员。到中国后，他会说这样更和谐，或者这样不够和谐。记得尊龙戏中的一顶瓜皮帽，他重做了三次，为了弧度跟脸型更和谐。这样才华、理想、激情并茂的设计师越来越罕见，能够遇上真的是一个演员极大的幸福。

在故宫拍完外景部分的几天后，我们转到摄影棚内拍洞房。到现场后贝托鲁奇跟我说，观众第一次看到你，是一张模糊不清的黑白小照，接着从溥仪和庄士敦的对话里听到溥仪嫌你老套，然后又在隆重的婚礼上瞥到一眼你的侧影。现在你说的话让溥仪感到惊讶和好奇，这时候观众才终于从正面看到你。我为你铺垫了这样诱人的期待，你来拥有这个时刻吧。

排练时，我在十五岁的"溥仪"（吴涛）脸上印唇印，贝托鲁奇在镜头里看唇印的位置，然后过来指着吴涛的额头、颧骨说，还有这里、还有这里。吴涛被弄得很不好意思。开机后，我开始吻他的面颊，一小口一小口地覆盖他的整张脸，他也开始吻我的面颊，慢慢地我们找到互相的嘴唇；几只隐形人的手伸进画面，小心翼翼地为我们宽衣解带，一层又一层……拍完一条后，导演对"隐形人"说，请把婉容的领口多拉开一点，我想多看见一点里层的内衣。再拍一条的时候，我的内衣被拉开，我继续亲吻，直到溥仪被脱他靴子的手惊到时，我才低头看见，我的一个乳房已经完全暴露在镜头前。导演喊停以后，我跟制片人杰瑞米·托马斯说，我不允许你们用这一条。贝托鲁奇听了十分生气，他说，我本来也没有一定要用这一条，但是你没有权利允许或者不允许。我固执地说，请你们白纸黑字写下来，然后签字，不然我无法继续拍摄。贝托鲁奇说，你在侮辱我。说罢他不再理我，转身离开了现场。其实我对自己的身体没有那么吝啬，也信任贝托鲁奇的审美观，但是我正因为电影《大班》被有些人和媒体攻击，人们认为我演的美美在洋人面前"犯贱"是卖国行为。我对贝托鲁奇强硬的态度，完全是出于对此类谩骂的恐惧。托马斯宣布提前放午餐，我们到一间办公室交谈后，他为我写下了承诺书。

不知是否有人看见过那条 NG 了的样片，或许它根本就没有被洗印出来？红色的洞房里，十七岁的婉容和十五岁的溥仪坐在婚床上，他们蜻蜓点水地吻着，吻着，婉容的唇膏染红了鼻尖，溥仪渐渐陷入痴迷，几只戴着精致护甲套的手，不知从哪里伸过来，指指点点，解开他们的扣子，脱去他们的袍子，一双手不小心把溥仪惊醒，他俩同时看见了婉容那只裸露的乳房，溥仪想起梦萦的奶妈，一股怀旧的渴望袭上心头，婉容把衣服拉上跟他说，我们做现代夫妻吧，今晚不行云雨之事……或许这条会更感人？贝托鲁奇说过，拍摄现场永远要开着一扇"门"，你不知道谁或者什么会意外地出现，这就是电影的生命，现场的许多选择来自下意识或本能的表达，只有到了剪辑间，你才会明白自己在讲的是个什么故事。那天，我武断地关上了他的这扇门，至今遗憾。那条记录我一个独特经历的胶片去了哪里？也许它还存放在某个仓库，也许它跟所有 NG 了的胶片一起，都去了另一个维度，在那个半透明、没有时间的地方，我们在无数条没有被选择的旅途上体验着想象之外的景色和激情。

贝托鲁奇常说他是在拍他的梦。我能回想起电影里许多来自贝托鲁奇意识边缘的情景：太监们给幼年溥仪洗澡，溥仪把水泼到一个太监的脸上，太监陶醉、欢喜地低声叫唤；在开满荷花的湖边，奶妈敞开衣襟给八岁的溥仪哺乳，湖心船上的遗老遗少从望远镜里看着；匿名的手隔着一层薄布，在少年溥仪的脸上、身上抚摸，溥仪沉迷在手的海洋里；柔软的丝绸下面，三个人体在缠绵、呻吟，画外的火光渐起，将蠕动着的丝绸染成红色……这些暧昧、似梦的画面和声音孕育着某种潜意识的、不可名状的压抑和渴望。有时我想，也许贝托鲁奇身上有泛神论者的基因，在他的思想里，身体与其欲望就跟树木花草、飞禽走兽和它们的欲望一样，既根本和必然，也具有神性和诗性。

这样奢华、丰厚、感官的，用光线、镜头、机器运动传递的道德（审美是一种道德），不是一般坐在办公室里决定电影命运的人可以想象的。《末代皇帝》在拍摄前被好莱坞所有的大公司拒绝，最终是由制片人托马斯单枪匹马集资两千五百万美金拍摄而成的。奥斯卡·王尔德说过，梦想者只能靠月光寻路，而他的惩罚便是比别人更早看到曙光。贝托鲁奇是一个梦想者，他聊起电影的时候永远用 cinema，而不是 movie 或者 film。Cinema 这个字似乎包涵了某种浪漫的色彩，它不仅是电影，也是影院，cinema 所讲的故事不是其他艺术方式可以呈现的，它的内容和形式完全是一回事，在叙事的同时它必须也在讨论电影究竟是什么。在今天这个数码多媒体的世界，电影如要生存，它必须是 cinema，并且挖掘和发明新的形态。而走进电影院的人们就像走进大教堂的信徒，在那里共享同一个梦想。

《末代皇帝》与坂本龙一一起的剧照。

屏幕上，身穿劳动装的溥仪在修剪花草，他成了北京植物园的一名普通园丁。我想起一段贝托鲁奇跟尊龙对晚年溥仪的探讨，贝托鲁奇认为，这是溥仪从皇帝到人——由蛹化为蝶的时刻，他征服了出身、惯性和恐惧，得到了某种宁静和自信，某种升华。尊龙说，他只是一个求生者，一切为了生存。贝托鲁奇说，他还在生存中学会了去识别和享受那些无价的礼物，比方花园的鲜花、奶妈的乳房、蟋蟀的声音……

　　电影到尾声时，溥仪以游客的身份回到太和殿，一个男孩向他跑过来——他是故宫管理员的儿子。男孩说，你不允许到这里来。溥仪微笑着说，我曾经住在这里。对于男孩，这简直是天方夜谭，而我们知道现实就是如此魔幻。溥仪带着男孩在龙椅下取出半个多世纪前的那只蟋蟀罐，蟋蟀慢慢探出身子望着溥仪，男孩不可思议的小脸充满奇异，一个完美的童话结局。没有一个观众说过，这太不现实了，不可能发生的。

　　二〇二一年，《末代皇帝》的3D版本在戛纳电影节再次上映，三十四年后，当年创造它的人走的走、老的老，唯有作品的魔力不朽。正像影评人大卫·汤姆森所说，这是一部真正的史诗，然而它警觉的情感又像一只蟋蟀那样微小和谦逊……这也可能是最后一座伟大的纪念碑——不仅是皇帝和他们的风格，也是光线、景地、服装和它们千变万化的形状。这样拍电影的时代已经一去不复返了，《末代皇帝》空前绝后。

　　看完片子，我沿着一条叫"大地尽头"的海滨小道漫步，沉浸在遥远的思绪中。晚霞中几只南飞的太平洋候鸟在水面掠过，天色渐暗，它们还在赶路——这些迟到的鸟儿。我想起一首诗叫《时间去哪儿了》，开头的几句好像是这样的：

穿过清晨的天空，所有的鸟儿都飞走了

他们怎么知道离开的时候到了？

谁知道时间去哪儿了？

悲伤荒凉的海岸，你薄情的朋友要永别了

啊，不是薄情，是他们离开的时候到了

谁知道时间去哪儿了？

摄影：Firooz Zahedi

就像雨中的眼泪

在他走前的十个月左右，我突然接到鲁特格尔·哈尔的视频电话，在那之前的许多年里我从未想起过他。那是一个大雾天，我正在开车，匆匆忙忙瞥了他一眼，感到惊讶，他那么消瘦和憔悴。我说，有什么要紧事吗？他笑着说没有没有。我说，那晚点给你打回去。

二〇一九年七月的一天，我醒来跟往日一样靠在床头查阅邮件，看到一位好友的来信说，鲁特格尔·哈尔去世了，我为你悲伤，我知道你们曾经很近。

我这才想起那天回家后我忘记给他回电了。

网上开始流传他在《银翼杀手》中的经典台词。雨水冲刷着一切，他那双湿润的眼睛那么悲哀，嘴角却暗示着一丝笑容：所有这些时刻，都将在时间中流逝，就像雨中的眼泪，是时候……去死了。我知道原剧本里没有"就像雨中的眼泪"，这是鲁特格尔在现场感受到了加进去的。他的死亡提醒了健忘的人们和健忘的我，他曾经多么诗性，多么动人……

我们珍爱的一切都将在沙漏中流逝，人还有什么比这更切身的体验？

我想起那片沙漠——那是远古的海底，我们躺在那里看星星，银河离得那么近，好像伸手可以摸到，沉甸甸的时间，跟我们的身体一样慵懒；我想起那些牡蛎的化石，在沉睡亿万年后被我们捡起，还有那颗忽蓝忽绿的澳宝蛤蜊，被他故意留在沙土里让我找到；我想起威廉·布莱克，和那条从澳洲爱丽丝泉到库柏佩地的路……

橙红色的沙漠，越野车开过一条干枯的河床，上面长了十几棵瘦瘦的树，两个皮肤油亮的土著坐在地上，我们决定在那里停歇野餐。鲁特格尔取出三明治，无数个苍蝇嗡嗡嗡地围过来。那个区域的苍蝇全球闻名，挥手驱赶的动作被称为"Aussie Salute（行澳洲礼）"。我正行着澳洲礼，鲁特格尔突然问我，读过威廉·布莱克的《经验之歌》吗？里面那首写苍蝇的诗。我说没读过。他说是一首写给大人的儿歌，要听吗？

Little fly,

Thy summer's play

My thoughtless hand

Has brushed away.

Am not I

A fly like thee？

Or art not thou

A man like me？

For I dance

And drink and sing,

Till some blind hand

Shall brush my wing.

If thought is life

And strength and breath,

And the want

Of thought is death,

Then am I

A happy fly,

If I live,

Or if I die.

    他把整首诗都念出来了吗，还是只念了其中的几句？我记不清了，但我思绪的眼睛至今能看到那蓝天、红沙、枯河和小树，它们的色彩浓烈得与"现实"分离开来，仿佛在某个充满了奇异可能性的多元宇宙。金宇澄曾经问过我，为什么你往往记不得拍电影过程中的专业细节，只记得感情上的事？我答不上来。我只知道，千里迢迢跑到那片沙漠拍电影，为的就是那样的时刻，让我在苍蝇弹指一挥间的生命中，感受到人类存在的不可思议的美丽和悲剧。

    去澳洲拍戏之前，重新单身的我在洛杉矶的月桂树峡谷（Laurel canyon）的山坡上买了一栋简朴而明亮的木屋，每间房的落地窗都能看到绿色的峡谷，听到小鸟啼鸣，客厅和主卧外延伸出很大的阳台，上面养着粉色的玫瑰。天黑后小鸟归巢，万籁俱寂，满月时偶尔听到狼的嚎声。哥哥很有动手能力，他带着我一起把房子里所有的瓷砖都换了，又买木头来做了一张桌子、一张大床和几把酒吧凳。那些日子我们每天醒来第一件事就是拿起砂皮纸磨木头，等出了一身汗才停下来喝咖啡、煎鸡蛋。用双手去创造出一件件本来不存在的东西，使我感到任何时候都无法得到的平静、愉快和成就感。

《末代皇帝》上映后，许多美国的时装杂志都要求采访我，刊登我的照片。一个白种人演员，简历上如果有了这样一部划时代的影片，会得到无数片约，但当年的好莱坞完全不知道如何为一位中国女演员写故事和创造人物。我仍然跟以前一样，偶尔得到些毫无意义的异国花瓶的角色，让我厌倦。经纪人打来的电话经常只是为了某某影星或歌星要求认识我，而不是工作。我赴了几次约，在那些专门留给 VIP 的包厢包座里跟英俊的男人看棒球、橄榄球、音乐剧，去夜总会，或者被邀请到豪华的家中用餐。也许在有些人心目中，这些是非常令人兴奋的事，但我从未在那些约会中找到过任何心灵的滋润，觉得还不如在家修房子做凳子，或学习一门什么新的行当。

那年我二十七岁，正在又一次企图改行。邮差送来那只黄颜色的大信封时，我在书桌前研究法律学院的资料。我一眼就看出信封里装的是剧本。经纪人附信说，查尔斯·罗文和编剧／导演大卫·韦伯·皮普尔斯想邀请我主演这部电影，男主角已经定了鲁特格尔·哈尔。

大卫·韦伯·皮普尔斯是一名成功的好莱坞编剧，《壮士血》将是他首次自编自导的作品。后来他告诉我，剧本写完后很多年都融不到资拍摄，直到梅尔·吉布森的《疯狂的麦克斯》取得票房成功，投资方才看到这种类型片的可能性。

皮普尔斯用极其简练和诗意的文字描绘了一个荒蛮的未来，那时地球资源已经殆尽，人类苟延残喘。剧中的主人翁是一群叫 Juggers 的角斗士，以在不同部落的巡回比赛为生，他们用铁棍、铁链或任何文明时代残留下来的可以致命的东西，比到皮开肉绽、四肢残损，你死我活；撕裂的脸颊被很粗的针线缝合，丢失的眼睛用麻布包上。

阅读的时候我感受到，这些比战争更凶猛的比赛像摧枯拉朽的烈火，在摧毁、消灭的同时散发出惊艳的光芒，人类在赛场上可以暂且忘却阴沉的日子，从灰烬里瞥到自己残存的精神。这是关乎于自身存亡的游戏。让我联想起近日来红火的韩剧《鱿鱼游戏》，一定也来自相似的忧患意识。人类是唯一知道自己必将灭亡的动物，我们的一切行为似乎都是为了创造出永恒的假象与幻影。

剧中的女主人公洁达在这场残酷的游戏里是一个 Quik，有点像足球中的中锋，负责把狗头骨插到对方的棍子上。她是一个雄心勃勃、满身伤痕的假小子，没有任何女性的曲线和妩媚，我很惊讶制片和导演会在看完《末代皇帝》之后考虑让我演。皮普尔斯这样描写了洁达的出场，"她的两条长腿大口吞食着一条泥路"。我没有两条长腿。我坚信自己不能胜任这个角色，但又绝对不能让他们看到这一"真相"。我总是认为必须把自己的本质面貌隐藏起来，别人才会看得上我。

头一次去制片人罗文的办公室的时候，鲁特格尔·哈尔也在场。皮普尔斯是《银翼杀手》和《鹰狼传奇》这两部电影的编剧，哈尔则是主演。他们互相已经熟悉，那天是想看看我和哈尔同框的感觉。

记得哈尔起身跟我握手，我只到他胸口那么高，这一定不是他们原来想象的组合，我感到屋里片刻尴尬的空白，完全失去了自信。美国人有个说法，"Fake it until you make it."那意思是，一直装到你可以胜任的时候。我开始用胸有成竹的声音阐述起自己对洁达的想法。我说洁达在一群男人当中的优势不是她的长腿和蛮劲，而是她的速度和柔韧，还有她对胜利的饥渴和那股视死如归的劲头，这是我跟她最相像的地方。我有声有色地讲述起小时候跟同桌男生打架，他拉出皮带狠抽我霸占在桌上的手，我用眼睛盯住他一动不动任他抽，全班都看傻了，最后他自己也害怕了，停下手呆立着，我眼都没眨就抄起椅子往他头上抡，鲜血染红了他的上衣，那一个礼拜我的手都无法握铅笔，但我赢了……说着说着，我自己都相信起来。其实男孩用皮带抽是真的，我不松手也是真的，但是我从未用椅子砸他的头。皮普尔斯笑了，说，洁达就是这股永不服输的劲，什么长腿大口吞食着一条泥路，谁写的？在后来拍摄的日子里，他每次遇到了棘手的难题也会这样骂编剧。屋里的气氛活跃起来，制片罗文跟我说，我们将剪掉你的长发，并给你的脸上贴伤疤，你怎么想？我想说，这样的话我将一无是处，你们肯定会后悔雇用我。但我听到自己的声音说，太好了，这样观众可以留心我的表演，而不是容貌。鲁特格尔·哈尔深深地看着我，好像知道我心虚，他说，人们总是想看到他们所期待的，有人会替你的决定惋惜，不过操他们的。

开拍前的三周我飞到悉尼做造型、排练和动作训练。剧中的洁达是一名寡言的角斗士，一大半戏都发生在赛场上，全靠身体来表达。我每天早起晚归地跟动作导演和替身演员们一起锻炼，发现自己远比想象的要柔软敏捷和具爆发力，而且训练时多巴胺和肾上腺素的分泌，让我体会到了那种天下无敌的感觉。原来我的确具备电影里洁达的潜质和精神，制片和导演选中我并不是一个误会。

几周后我们全组乘专机从悉尼飞到爱丽丝泉，据说先拓者的骆驼队曾在这里落脚，发现了泉水，但它在我们到达之前早已无影无踪。踏出机舱，迎面而来一股干燥的热浪，一片红色的沙土在热气里波动。这陌生的地形和气候像一剂兴奋剂注入我的血管，让我预感某种神秘的探险在等着我……

第二天清晨，我与好友雪莱刚要坐进我们的车，鲁特格尔·哈尔

《壮士血》剧照。

走过来说，要不要上我的车？从爱丽丝泉到库柏佩地近七百公里的路程上，我发现他跟我一样不善于闲聊，但我们能自如地无言相处，有点像我们在戏里应该有的样子。在以后的日子里，我们常常这样，像两棵离得不远的树，风吹过时眼神跟枝叶那样触碰。

是因为进入库柏佩地的时候已是黄昏，还是记忆总是把某种抵达放在那样浪漫的光线？我们好像到了一个荒芜而神奇的外星球，风化的沙土上到处是深不见底的窟窿和高高的沙堆。我们走进一半埋在地下的酒店大厅，其实是一个极小的厅，我跟雪莱的房间在更深的一层，完全没有日光。

慢慢地我发现这里除了土著，大多数人都是世界各地来开采澳宝的冒险家，甚至逃犯。他们把身家赌在一方沙土上，挖不到澳宝就连回程的盘缠都没有了，有些人把矿洞改建成旅店或者餐馆，为后来的勇者们服务。我们下榻的酒店就是这样一个破灭的梦改建的。我们常去的餐馆是一个十多年前来寻宝的希腊人开的，餐馆的经理是一个少了两只手指的前南斯拉夫女人，似乎没有人知道她的来龙去脉，只知道有一天她出现在镇上，对于库柏佩地的人来说她的历史就从那天开始，足矣。任何人可以在这里改头换面，重新做人，或消失，这是一个不翻旧账的地方。这与我们剧本里的人物很相似，他们几乎从来不解释背景来历，一切都在人物行为里展现。

摄制组在一片叫"盐和黑胡椒"的沙漠上拍摄，这名字来自两块巨大的黑色和白色的风化石。这里的风景干旱而严峻，没有树叶。在一片无云的蓝天下，大地是一种燃烧的琥珀色。那一周，组里的房车停在那里没有回大本营，收工后我和鲁特格尔就留在沙漠，裹着毯子躺在篝火旁看夜空。他指着一颗最亮的星对我说，那是你的眼睛。多年后我读到，那并不是童话或者浪漫的比喻。那颗离我不知多少光年远的恒星，爆炸或陨落后的原子，也许真是铸造了我眼睛的原子。生命只是向宇宙暂借的星尘，有意识的原子，我们的确从尘土而来归尘土而去。

有一个晚上天空不见了，只剩下一片漆黑，我似乎在梦里听到啪啪的声音，原来那是雨点轻轻敲打着房车的天窗，早上起来，看到沙漠里钻出星星点点紫红色的野花。在那样一片天地里，鲁特格尔再次跟我聊起威廉·布莱克，提到诗人写给某牧师的信，关于坚守内心的愿景，表达得那么美丽、诙谐和感人。鲁特格尔说，等回到悉尼我们去书店找找。那时离回悉尼还有大概一个月的时间，在那个没有网络的时代，生命里的等待和盼望一天一天慢慢地滋长，像孕妇腹中的胎儿。

一天，我在拍动作戏时被一根很粗的铁链条抽伤了，突然想念姥姥，回房就给她打了个电话。姥姥跟我天南海北聊了很久，但在电话结束时，我听出来她不知道我是谁，她只是很高兴有人跟她聊天。我很难受，挂了电话跑到鲁特格尔的房间里去，他正躺在床上看书，见我委屈的样子就说，你躺下我抱抱你。我们安静地躺着，过了一会儿他开始吻我抚摸我，我慢慢挣脱开，起身坐在床沿。他说，你不会不知道吧，我们一直都在恋爱。

摄制组的一个年轻演员跟当地的土著混血女孩好上了，那女孩长得非常好看，收工后总是在酒店门口等着他，黑色的身影在橙黄色的土地上。印象里她经常光着脚——或许那只是我的想象，但我清晰地记得她说过，她好羡慕我可以离开，她最大的梦想就是离开这个该死的地方。我听说她经常去搭游客，希望被人带走，不管去哪里，但是他们走的时候都没有带上她。我们杀青时，跟她好了两个月的演员也没有带上她。我跟她说，我会一直记得你。她说，我最不喜欢听到别

鲁特格尔和我在洛杉矶我的家中。

他爱吃我煮的意大利通心粉，这是我们用午
餐前他为我照的宝丽来。
相片里的餐桌是我和哥哥做的。

人会记得我。那天她眼睛里的悲哀深不见底。我想，摄制组来来去去总像蝗虫扫过。

回到悉尼后，我跟雪莱在邦代海滩附近租了一套海景公寓，走出门就可以在水泥围住的海水游泳池里游泳，坐在池边看冲浪的人在浪里飞驰翻腾，看天海从蓝变金再变成红色。鲁特格尔·哈尔住进了一条游艇，平时停泊在港口，周末领着我和雪莱去航海。他一定是传承了维京人的血脉，在水上似乎比在地上更自在。

鲁特格尔的太太来悉尼探班，我陷入极深的痛苦和内疚，开始在现场回避他，大声跟其他同事嘻嘻哈哈，不想在他面前流露出自己的脆弱。三四天后，我在睡梦里被敲门声吵醒，看钟才早上五点，隔壁房间的雪莱也醒了，我们到门口问是谁，听到鲁特格尔的声音说，是我。他站在门口的样子有点失魂落魄，我们已经好几天没有说过话，我感到鼻子一酸，但装出满不在乎的样子说，你自己煮咖啡从冰箱里随便拿点吃的，我再回去睡一会儿，我们六点半的通告。那段时间我迷恋上了爱尔兰女作家艾德娜·奥布莱恩（Edna O'Brien）的书，她书中的女孩跟我的处境相像，我能从她描写的每个爱情故事里看到自己，感受到所有的温柔、所有的激情、所有的心碎。

拍戏现场有很多等候时间，那时候读书有点像现在看手机，摄制组很多人都捧着一本，爱读书的人也常常互相交换。记得凯丽·费雪写的《来自边缘的明信片》，是组里的护士送给我的。那时我服用大量安眠药，曾经去问过她，有什么比咖啡因更强的化学物质可以帮助我清醒吗？边上有人开玩笑说，吃 speed 最有效——我后来知道那是一种禁用毒品。护士说，这可不是开玩笑的事。第二天我就看见《来自边缘的明信片》在房车的桌上，那故事是对毒品的警示。

鲁特格尔跟我逛了几家书店都没有看到他在沙漠提过的书，直到离开悉尼的前一天才在一家旧书店里买到，它一路伴随我回到了洛杉矶的木屋。从洛杉矶搬到旧金山的时候，我把书架上的大多数书都送给了哥哥和邬君梅，但是这本边角皱巴巴的《袖珍布莱克》被我保存下来，放在书架的一角，几十年没有打开就把它忘记了。

鲁特格尔去世后我把它找了出来，像失而复得的宝藏。岁月的积淀，让我更强烈地感受到布莱克非凡的品格、思想和精神，以及他文字里散发出来的真理和美。

鲁特格尔提过的布莱克的信是写给一名叫特鲁斯勒（Trusler）的牧师的，这位牧师大概算是"鸡汤文学"的鼻祖了，他早在十八世纪就通过出版"鸡汤"致富。一七九九年，特鲁斯勒看到皇家学院展出的威廉·布莱克的《最后的晚餐》后，决定雇用他创作一系列以道德为主题的画作，以阐述邪恶、仁爱、骄傲和谦逊等主题。

特鲁斯勒有自己非常具体和庸俗的想法，它们来自那个时代的流行漫画美学，而布莱克的艺术从来只遵循他的精神世界。特鲁斯勒看了布莱克交给他的作品后大失所望，批评他的风格过于异想天开，并指责他"精神世界"的想象力与幻想不适合世俗意图。

布莱克给特鲁斯勒回信说：

> 我越来越发现，我的创作风格是它自己独特的物种，我被灵魂或者天使所驱使，必须跟随它们的引领；如果我不这样做，就无法实现我生存的目的，即……更新希腊人失去的艺术。
>
> 在过去的两周，我每天早上都试图按照你的指令去作画，但我发现这个尝试是徒劳的；我决定独立而自由地去画，这样至少比盲目遵循别人的意志要强——不管那人的意志多么令人钦佩，这样至少取悦了创作者的精神。无论如何，我能给你的唯一理由

只能是：除此我做不到任何其他！

我知道我曾恳求你把你的想法告诉我，并答应在此基础上去努力；我现在发现我错了。

布莱克认为特鲁斯勒的眼光被漫画印刷品污染和扭曲了，而生活的艺术主要在于训练眼睛去关注美丽和高尚的东西——它也包含自然中的一切悲苦、挣扎以及它们的升华：

在守财奴看来，一枚金币远比太阳更漂亮，用旧了的钱袋子也比长满葡萄的藤蔓的比例更优美。一棵能让一些人喜悦到流泪的大树，在另一些人眼里只不过是个挡路的绿东西……一个人是什么，他看到的就是什么。

……当你说在这个世界上找不到我的奇想愿景时，你当然是错误的。对我来说，这个世界就是一个绵延不绝的奇想愿景和想象力。

绝大多数普通人能够明白我的愿景，尤其是孩子们，他们远比我想象的更乐意在我的画前思考。年轻人和儿童并不愚蠢或无能。世上有些孩子也许是傻瓜，不过有些老人也是傻瓜。但绝大多数人是站在想象力或精神感知这一面的。

这位非凡的梦想家，能"在一粒沙子中看到世界，在一朵野花中看到天堂"，在一只苍蝇身上看到人类的生存条件。布莱克给了我们美丽的书籍、绘画和理想——然而在他有生之年只得到很少人的赞赏。他一贫如洗，还经常被不理解他的人嘲笑，但他从未丢失过他的愿景、他的光芒、他的喜悦，他也从未丢失过他热情的语言。布莱克写给特鲁斯勒的信，虽然是在为自己的愿景辩护，但信里的话也是对创作精神更普世、更永恒的捍卫。

《壮士血》上映后没有取得预期的成功，影评和票房都不理想，记得有几个影评人用不同的话但都表示了为我惋惜。他们认为虽然我在影片中的洁达演得出人意料并令人信服，但看过《末代皇帝》的观众们一定会失望，因为他们期待看到的不是这样一个满脸伤疤的角斗士。只有《纽约时报》的权威评论家文森特·坎比（Vincent Canby）为电影唱了赞歌。在他眼里《壮士血》是一部异常成功的类型片，是对《疯狂的麦克斯》后冒险惊悚片精益求精的更新。影片着眼于未来，却看到了过去时代的黑暗。这是一部非常精练高效的制作，几乎没有对话，角色的定义是他们的行为方式。他认为主要演员的表演与电影本身的基调和方法一样直接、朴素而不煽情。他写了陈冲的洁达是个天生的角斗士，她腋下藏着狗的头骨，以飞速和优雅的步伐在赛场穿梭，简直是个可以载入史册的 Quik。

站在几十年后的至高点回望，我看见《壮士血》成功与否并不是那场经历的意义所在。我也看见我的确没有把属于洁达特殊的"美"挖掘彻底。为了表演出假小子的样子，我有点含胸勾背，形体松懈缺乏控制，洁达完全应该也可以更为矫健。当年我非常引以为傲的高难度的动作戏，其实也可以更好；那时我一切凭本能，还不懂得动作戏跟一台舞蹈一样，速度和爆发力是需要节奏的变化来呈现的。这个原则其实也是跟演任何文戏的时候一样的。我出道虽早，在艺术造诣上却很晚熟；当年我全是本能，现在我全是道理。电影是一门遗憾的艺术，人生又何尝不是。也许布莱克的无限喜悦，来自不管在什么境遇他从未患得患失；他永远在创造中。想到他，我也没什么遗憾可言了。

前不久我去了一趟洛杉矶，行驶在久违的日落大道上时，我突然想起鲁特格尔。从悉尼回来后他在船上住，我常沿着这条街开去停泊码头；后来他在我家附近买了一栋屋，我们常从月桂树峡谷（Laurel Canyon）下山，到山脚下日落大道的咖啡店吃早餐。我忍不住给闵安琪打了个电话，她和雪莱是我朋友里仅有的跟鲁特格尔密切接触过的人。我说，我刚刚经过月桂树峡谷，旧地重游，做梦一样。安琪说，我那次在你家给你拍照，灯把你眼睛照坏了，又红又肿睁不开，我吓死了，老 R 给你送来好多花。安琪叫鲁特格尔为老 R。我说，我吃不准我们是不是真爱过，愿意为对方做出牺牲的才算真爱吧。她想了想说，天下不是只有一种爱吧，我记得你家里那只传真机总会在半夜三更突突突地响起来，吐出一长条他的传真，不知道从哪个国家发来的。你来芝加哥看我的时候，外面冰天雪地，你一睁开眼睛就迷迷糊糊地在被窝里写传真，然后发配我去街角小铺子里传给他，把我冻死。好像你还让我给他发过电报，在一家偏僻区的小店里拼写 defrost（解冻），我清楚记得营业员重复那个字时不自然的表情，其他不记得了，反正我印象里你们是爆炸性的。挂了电话后我绞尽脑汁也想不起为什么要给他发电报，为什么电报里会有这样一个词。

每到圣诞节和元旦的长假，鲁特格尔总是要飞回欧洲的家，有一回他说，Every time we part, I die a little.（每次分离都让我死去一点）。我什么也没有说，也许能用话说出来的都不是真正的疼痛。剧痛过后我开始等待，等待他的传真、电话，他的抚摸、气息。生命变成一种甜蜜的煎熬。

几十年后，开车在绵延的日落大道上，我第一次意识到我的确深爱过他，一股迟到的思念从眼睛里溢出来。那些发生过的事、读过的书、交流过的情感和思想，似流星划过苍穹，不留踪影。但它们早已潜移默化地改变了我的人生蓝图，成为灵魂的一部分。

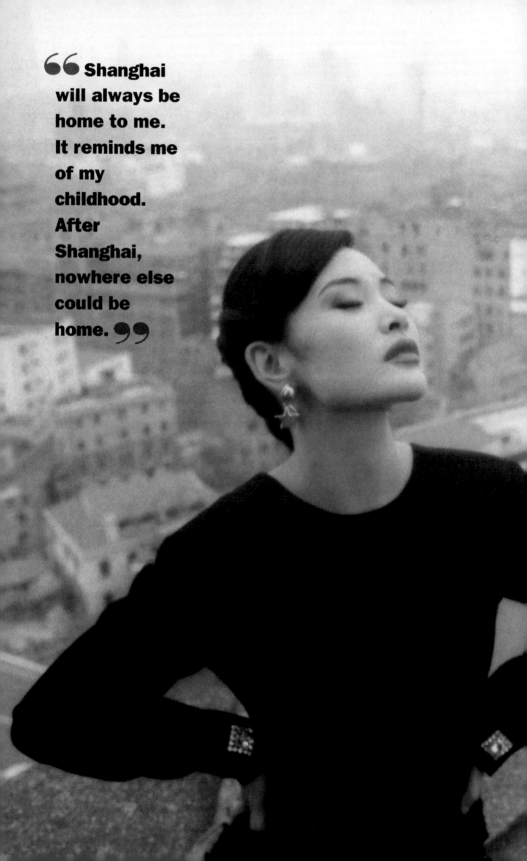

Shanghai will always be home to me. It reminds me of my childhood. After Shanghai, nowhere else could be home.

摄影：Russel Wong 黄国基

摄影：Russel Wong 黄国基

摄影：杜可风

回不了家的人

去年在川藏高原拍电影，是我第一次自己制片，自己导演。那地区海拔三四千米，气候一日四季，没有蔬菜、水果，没有澡洗，没有长途电话。全组的同事们都说那是他们所到过最艰苦的地方。也许这就是为什么在这壮丽、交响乐般的云彩前，从来没有人拍过电影。

离开成都去草原的前一夜，我给彼得写传真、打电话，句句好似诀别。我深信根本不知道自己在干什么，觉得此一去便很难回了。即便回了，也一定体无完肤，永远不是原来的我了。他说现在回头还不晚，爱你的人无论如何都是爱你的。我说死也不回头，我要像泰坦尼克号的船长那样与我的船一同沉入海底。我哭了，请求他原谅我。他说没有什么可原谅的，只是非常想我，觉得无能为力。从明天开始我们将有很长一段时间都不能通电话或写传真了。

外景点离招待所来回四小时，大多数人都在车上抓紧时间睡觉。草原上没有路，车颠得东倒西歪，熟睡的人们被震得口水甩到老远。我长期失眠，在车上更不可能睡，所以总是戴着耳机，听拉赫玛尼诺夫，看窗外的天色。虽然身心都承受着极大的压力，脑子里却孕育着那么多的渴望和期待——莫名而激烈，让我心醉神迷。

有一天傍晚，下起了阵雨。劳累了一天的工作人员一上车就都入睡了。我跟往日一样，坐在司机边上的座位，戴着耳机看窗外。

头顶上墨汁般的乌云渐渐化开去，流向不远处橙红色的云团。地平线上亮起一道强烈的阳光，一细条透彻的蓝天像一扇通往天堂的大门，忽地向我打开。我猛然意识到，受那么多的煎熬原来就是为了这一片天空。似乎为了让我永远不怀疑这一点，上苍将一道彩虹从左边地平线升起，划过天空，又延伸到右边的地平线，整整一百八十度，十全十美跟童话的结局一般。我感到胃里一阵抽动，太想彼得了。

回到招待所后，我饭也不吃就给他写信，却怎么也无法形容那天空的奇光异色、那彩虹的辉煌壮观，更无法表达金色拱门的那一边，有另外一个世界在向我召唤，让我渴望像嫦娥那样永远离开这个人间。原本想写的情书，转眼变成了忏悔书、检讨书。遗憾、懊悔、内疚和伤感超过了对他的思念。这个傍晚似乎在他与我之间留下了一道鸿沟，而他是我这一生最亲近的人。彩虹下应该站着他与我。

记得十年前一天夜晚，我与N去一家舞厅。那是我们在几乎彻底破裂的时候又重修旧好。他喝多了，只好由我开车回家。夜深人静，只有黄黄的路灯照着一排排红瓦小洋房。突然间，一只孔雀出现在街中心，沉着地散着步。我简直不能相信自己的眼睛，转身轻轻叫N的名字。可惜他睡得太熟，我叫不醒他。就在这个时候，那只孔雀停住了。它在一家开满玫瑰的花园前站了片刻，便从容地打开了它所有的尾羽。我惊愕地看着路灯下这只开屏的孔雀，不知所措。不知过了多久，它不见了——像一个永不复得的机会从我们的生命里消失了。

第二天早餐时，我们正式谈到离婚。

在我的个人世界里，爱情应该算是最重要的内容了。其他一切只是为了她而存在，为了她而做的准备工作。我永远都在生活中平凡和非凡的迹象中寻找和体味她的暗示。

年轻的时候，所交的男朋友总是住在远方的另一个城市。分离时的焦灼等待、重逢时的欣喜若狂似乎比他们本身的价值重要得多。他们是爱的容器，是照在我感觉触须上的放大镜。他们使我更敏感地体验生命。我好像更需要他们的"缺席"，而不是他们的"在场"。只有在我的思念和渴望中，他们才可能成为一片广漠、无状的土壤，让我的爱情生根。失恋的痛苦也往往在于失去了爱，而不是失去了某个人。

真正学会爱一个人是从嫁给彼得开始的。我在每一日的生活细节中学会了爱他本身的一切。他成了我的另一半，成了没有任何其他人可以取代的爱。我们在互相的身边可以休息。他是我的玩伴，我的兄长，我的父亲，我的儿子，我的情人。

想到那条没有能与他共享的彩虹，我就会觉得害怕。害怕的时候我就会突然将他抱得更紧一些。他会问，怎么了？我会说，我爱你。我不想跟他提起那条美丽而不祥的彩虹。

刚从草原上回来的那阵子，我常常感叹：真不知那种日子是怎么熬过来的。那种精神上的压力、身体上的不适、情绪上的焦虑，是我这辈子受过最大的折磨。然而，思想的高度集中让我每一天都处在异样的兴奋中。每一个清晨都是那么崭新，每一个黄昏都是那么伤感。每一片云、一条溪、一朵花都给我带来某一种预兆、隐痛和期待。现在才体会到为什么人们将第一部作品称之为“处女作”，那是热恋中头一次的赤裸。

那片雨后的天空，那道完美的彩虹，在我的记忆中更像一段毕生难忘的恋情。

——写于一九九八年七月

写完这篇短文三个月后我的大女儿出生了，她过满月不久，我跟摄制组的其他主创一起参加了金马奖颁奖仪式，那晚我们的电影拿了七项大奖，包括最佳导演、剧本和最佳影片。我依稀记得那时我还在哺乳，坐在台下，得奖与否的悬念和紧张很快就被胸口的肿胀感取代，熬到大会最后一个奖项的时候，我已经开始疼痛，真怕在台上衣服会湿。

第二天我就启程回家，在飞机上我的一颗门牙断了，我没有咬任何硬的东西，它就莫名地掉了下来。我把它吐出来，完全蒙了，再舔了一下嘴里的空缺才相信，手心里的确是我的门牙。牙医说道理很简单，我因怀孕、哺乳严重缺钙，但我却从中感到某种另外的预示。

怀里的孩子贪婪地嘬奶，我望着她，认识到前半生结束了。一个母亲誓死捍卫的唯有她的孩子，和孩子所赖以生存的环境，别无其他。这天经地义。我再也不可能像拍这部电影那样不留后路、无所畏惧、勇往直前。

一九九五年二月，我以主竞赛评委的身份参加了柏林国际电影节，拍摄电影的想法是在那两周里明确化的。印象中不少参赛电影令我失望，故事或多或少都散发出一种世纪末现代人的精神萎靡、颓废和恐惧，但又缺乏尖锐的提问和思考，观影时既得不到视听上的感官刺激，也得不到思想上的冲击、颠覆或心灵的升华。

几天后我给朋友打电话抱怨，就在那个电话里我第一次表达了想导演电影的愿望。我跟她说，我想祭奠我们这代人的青春，把你的短篇小说拍成电影。这样来势汹汹的表达欲望也许是被某种潜意识的危机感所驱动？也许就是所谓的中年危机？我感到"现在或永不"的紧迫感，我必须把想讲的话讲出来，我必须突破自己。回想起来我很惊讶，我怎么从未想过这事会做不成？这个可能性根本没有进入过我的头脑。

在柏林电影节短片竞赛单元，我看到几部很有挑战性的短片。朋友的小说只有十来页的样子，我以为它会是一部短片。读的时候许多电影画面出现在我的脑海，比方文秀被糟蹋之后，老金的大手把她湿漉漉的脑袋捧起，像捧着刚刚分娩出来的湿漉漉的羔羊；还有文秀昏倒在医院外结了冰的水槽边，老金抱起她，在大雪里背朝光区走向草原，被黑暗吞噬。我开始在酒店里写剧本，反正因时差失眠，干脆不睡了，从柏林一直写到旧金山。我在下飞机前完成了初稿——它是一部长片。

朋友经人介绍，认识了一个以前在海南搞房地产的有钱人。据说他卷进了什么法律问题，就跑到美国来，在湾区南面的高尔夫球场边上买了一栋别墅隐居下来。他耐不住寂寞，扬言要结识影视圈的人投资拍戏，我和朋友就驾车去见他。他请我们在高尔夫俱乐部里用午餐，我等他炫了一番富之后，给他讲了拍摄这部电影的意义和预算，我们将需要一百万美金。他说，一百万小意思，没有问题，他很期待跟我们合作。

我马上把剧本寄给美术指导朴若木，希望他来参与拍摄。他读完

回不了家的人　　　　329

剧本后给我写了一份传真，表示他在剧本中看到了电影的可能性，美丽的青春、美丽的天地与残酷的现实形成张力和对比，而且越美丽就越残酷。我阅读小说时眼前出现的电影与它对我的吸引力所在，被他一语点了题。

第一次见朴若木是在上海我儿时的房子里，上影演员培训班的同学们为我庆祝三十岁生日的晚餐上。不知是谁把他和关锦鹏导演带来了。朴若木当时是关导的美术指导，他用很难懂的香港普通话自我介绍：我是 Pan，和关导演在上海拍电影《阮玲玉》。印象中那晚他喝了不少酒，也很健谈，却好像没有跟我说什么话。之后一段时间，我完全忘记了那个叫 Pan 的人，直到我再一次回上海，接拍电影《红玫瑰白玫瑰》。当时有不少明星对演红玫瑰表示了兴趣，制片人也曾经怀疑我是否是最佳人选。Pan 由始至终坚持，这个角色非陈冲莫属。电影上映后，我得到了我的第一个金马奖最佳女主角奖。据说，开拍前 Pan 跟摄影师杜可风开玩笑说，咱俩先说好了吧，红玫瑰归我，白玫瑰归你。杜可风说好啊，这样挺好。但是开拍后没几天 Pan 就发觉，这个红玫瑰原来只能做兄弟。我们几十年的交情就是从那时候开始的。

我对导演这一专业所知甚少，只有脑海里那部挥之不去的电影，和想把它呈现出来的激情。从 Pan 加入摄制组那天开始，他就成了我的老师——如何拍一部"好电影"，而不只是一部"电影"的老师。

我们决定让 Pan 先到上海，住在我刚刚购买的一套公寓里做资料研究，我们需要足够的时间，从时代的原始资料里寻找和提炼最准确的视觉符号，在头脑里完成一部完美的电影。实拍现场往往是各种折中妥协，从理想中的电影里扣分。这是我学做导演的第一堂课，前期的孕育是十月怀胎，孕育生命老鼠只需二十天，猫是两个月，人的妊娠期必须十个月，很少有近路可抄。

我和海南来的有钱人开了几次会，把合同具体化了，但到签约那天，他突然反悔了。就这样，我又回到零，重新开始。我对商人固有的鄙视因为这事又加深了，但我只能继续厚颜无耻地跟其他商人吃饭。他们当中有一些，一个晚上可以赌博输掉一百万美金，一讲到拍戏，却需要无数次地跟我讨论商业计划，我只好硬着头皮给他们描绘种种可观的回本、盈利前景。其实任何这样的计算都是胡诌——不管从谁的嘴里说出来。没有人能保证一部影片会盈利多少，要不然天下怎么会有那么多赔本的电影？经过许多周折后，我终于找到了一位真心喜爱这个故事的理财专家，她介绍我认识了几位有诚意帮助我的人。

　　资金到位后我飞到上海，公寓的墙上开始贴满参考资料，许多艺术品和电影中能激起我们灵感和想象的画面，二十世纪七十年代的《人民画报》和其他杂志。屋里也堆满了七十年代的布料、绒线、纱巾、书包、军用皮带、水壶等等。好些布料是从人家箱子里觅来的。那个年代，布是非常珍贵的东西，舍不得用的好布就存放在樟木箱里，等到特殊的日子再拿出来做衣服。至今我父母家还有一箱以前省下来的厚呢料，那是冬天用来做裤子的。记得每年春节前裁缝会来家里，把一块大木板铺在箱子上当工作桌，用一根又扁又圆的粉笔在布上画线，裁剪，然后在缝纫机上给每个人做衣服……我沉浸到儿时的色彩、质感和气味中，电影里的事渐渐与我自己的记忆融在一起，似曾相识。

　　这部电影基本上是一台双簧戏，我在前期最重要的任务之一是找到男女主角。戏里的文秀是一个极其普通的邻家女孩，跟许多同龄人一样，她初中毕业去插队落户，在大时代的熔炉里，被炼成了一出悲剧的女主角。角色跨度很大，从情窦初开到被践踏后自暴自弃，再到发自灵魂深处的顿悟，她经历了改头换面的变化，最终化蛹为蝶。我们去了好几个城市，看了无数艺校的、地方剧团的女孩，都没有看到理想的。记得当年王金花为我们带来试戏的女孩中有章子怡，在谢晋表演学校试戏的女孩中有范冰冰，在北京还见了周迅，那时她好像在酒吧唱歌。人们一定认为我有眼不识泰山。

见到李小璐的时候，我心目中已经有一两个演文秀的人选。那时她刚随母亲张伟欣到旧金山不久，在我家附近的中学上学。我在前期做得差不多的时候回家探亲看望丈夫，听说了这么个当时还只有十五岁的女孩，就怀着"有枣没枣打两竿子"的心态去见她。小璐穿了一条那时中学生流行的肥大牛仔裤，从校门里走出来，没有任何紧张和殷勤，默默地跟着我回了家。我把台词给她，她认真地看完后就记住了，然后非常松弛自然地念出来，乖巧里隐藏了小小的叛逆。她的肌肤骨架十分稚嫩，眼睛却似乎已经见过太多的人间事，举手投足散发出一股无辜的性诱惑力，有点让人不知所措。十五岁的李小璐是一个尤物。

拍戏的时候，小璐也是那样从容不迫，灵气十足，只是内心太过刚强，有时较难让她流露女孩子天然懦弱、心灵娇嫩的感觉。我很少跟她讲大道理，有时会演给她看，做动作给她看，就像当年贝托鲁奇用动词启发我那样。如果跟一个自我不强大的演员这样讲戏，也许是危险的，但她一点就通，看了马上明白我的意思，从不生硬模仿，演出来就完全是属于她的动作和情绪了。

电影上映后，观众和评论都很赞赏她的演出，好莱坞权威性杂志 Variety 是这样写的："电影在很大程度上依靠它的女主角——十六岁的李小璐来推动剧情。李小璐那令人惊异的成熟而具有层次的演出——从一个天真无邪的小女孩，到一个发号施令的少女，直至一名历经沧桑而变得喜怒无常的年轻女人——始终保持着本质中的无辜。从清纯的"裸露"到后半部她与一系列男人污秽的性场面，李小璐自始至终把握了这个以个人命运透视民族命运的故事。"

男主角老金是一个体魄强壮、马技超凡、沉默寡言的藏族人，他跟大地一样坦然而充满奥秘，传说他在藏族打冤家时被对头那伙抓去骟了，但那也许只是传说。他独自放马很久了，文秀的出现逐渐而彻底地打破了他的宁静。这个角色有丰富、微妙的内心活动，需要在很有限的日常行为中无声地表达出来。经过一番努力，我找到一位英俊的藏族歌手，长着一副豪放、温柔的歌喉，一双深情又迷人的眼睛。

就在这时，剧本审改意见带来了巨大的困扰。这是我第一次自编自导，一切来自一腔热血，决定先按原剧本干起来再说……

电影的故事发生地在川藏高原的红原县，那里海拔高、气候恶劣，一年只有三天无霜期，是全国最贫困的县之一，交通也非常不便。考虑到摄制组工作人员的生活问题、操作难度等等，我们决定到内蒙古草原拍摄。摄制组到了内蒙古以后，原定的当地合作人开始敲诈勒索。本能告诉我这将是一个无底洞，我进退两难。跟制片组商量后，我以资金链断裂为理由终止工作。

我们撤回上海，重整旗鼓。再三权衡后我们决定去红原县拍摄外景。到达成都后，原定的男主角又出了问题，我必须在最短的时间里重新找到男主角。有人跟我提起拉萨的西藏话剧团，那里有一批上海戏剧学院培养出来的演员，曾经演过一台无比精彩的莎士比亚的《哈姆雷特》。我听了很兴奋，那之前我不知道有这样一个团体。摄制组跟话剧团联系上后，他们为我推荐了四五位演员，飞来成都与我见面。洛桑群培就是其中的一位，他给我的第一印象是眼睛里有深厚的善良。在认识他之前，我觉得老金这个人物有些像神话人物，这个时代不会有的。见到洛桑后我才相信，这样淳朴厚道、诚实高贵的人是存在的。我问他业余时间做点什么，他说有时打打麻将，有时去帮天葬师干活挣钱，没有半点装的。他就是活生生的老金。

在后来的拍摄中，洛桑给了我许多灵感和惊喜，他的笑容是一览无余的晴空，他的悲哀是没有星星的夜晚，天然如此，不用刻意表演。他跟戏里的老金一样见活就干，每天到了景点，他就帮着扛最重的器材设备爬山，干完活坐在地上抽一支烟。他席地而坐的姿势永远是那么舒服好看，感觉像万宝路香烟广告里的西部牛仔，我们给他起了"万宝路"的外号。他在川藏高原比谁都自在，可到了上海，海拔一低天气一热，他就病倒了。那时他变得越发沉默，人也消瘦下去，背上还长了不少热疖子，晚上没法睡觉。我问候他的时候，他只是羞涩地笑了，继续任劳任怨地拍戏。我就想，他是那种哪天病重了会悄悄走到一边，悄悄离世的人，问是问不出任何苦楚来的。

影片上映后洛桑得到无数好评，都称赞他惊人而细腻的表演。*Reel Views* 权威评论家对洛桑的表演这样写：

"这样一个从容、自信的男人，完全迷失在与他共同生活的女孩身上……不管她已经变成了什么，他仍然坚持保护和捍卫着她。演员洛桑群培扮演的老金，在看似深藏不露的外表下，展示了错综复杂的痛苦、爱和挫败。这是一场无比感人而微妙的演出。"

红原县的县城只有一条街，一条通北京的长途电话线，我们住的招待所没有热水和洗澡的设备，只有楼道尽头的男女蹲坑。最要命的是这里没有银行，制片陈惠中每天得背着一双肩包的钱工作，晚上枕着这包钱睡觉。但在我眼里，这一切都无比值得——在这片地老天荒的草原，一部崭新的电影在我心里诞生了。我感到绝处逢生，悟到原来失去原定男主角、失去内蒙古景地，都是上苍对我的眷顾，为我杜绝错误的道路，逼我走上正确的道路。

时隔二十多年，我依然清晰记得电影里那片山坡，和半山腰的那座补了又补的帐篷，完美的线条，凄凉而壮观，把女演员孤零零放在那里，什么都不用做就已经很动人。为了找到理想的地平线和山坡，我和 Pan 坐着吉普车，漫山遍野地转了好几天。他拿着取景器让我看，一条坡度在最大全景的感觉、全景的感觉、中景的感觉。那是我第一次学到，此山坡和彼山坡看着似乎差不多，但一座回荡着诗情画意，另一座却淡然无感。

还有那条 S 形的河。剧本中文秀被糟践后想洗澡，老金一次又一次骑马到这里为她汲水。选景的时候，我们看到不少其他的河，有离大本营更近一些的，也有离别的场景更近一些的。汲水在剧本里是过场戏，我就暗自想妥协了。写剧本的时候我没想过那条河长什么样，能为影片带来什么更深的寓意，直到看见那条充满韵律的 S 形的河。黑夜里，它像上苍撒下的一条丝带——那种几乎是黑色的深蓝色——闪着幽暗的亮光。在经历了一场残酷的破坏后看到这样深厚的美，令人悸动。我意识到，这条河为人类洗涤灵魂的污秽。

小说和剧本的形式有些浪漫现实主义，但因为那山坡与河流特定的剪影，这里来来回回发生的事情，成了一个寓言，文秀和老金也成了寓言里的人物，变得普世而永恒。这是一个更加令我兴奋的叙事方式，但我当时并没有意识到，是 Pan 一直在往这个方向推我。一个好的老师是一个能把你引向你自己的人。

电影开机那天，我没有告诉组里的人四天后将是我三十六岁生日。我很早醒了，或许是根本没睡，走廊尽头的厕所灯坏了，我点了一根蜡烛，戴着耳机蹲在那里，听电影《火的战车》的主题曲，激励自己。其实我在那儿的每天早晨都这样，恨不得把全天的厕所都一次上完，到草原上我们就只能跟牛羊一样随地大小便了。制片组一早就在招待所门口放了一张"祭台"，上面摆着鸡鸭鱼肉。灰蒙蒙的天下着小雪，出门的工作人员严肃而自然地依次上前进香。我从来不信烧香拜神，但这回也迷信起来。我不想在人前产生滑稽的表演感，就趁大家吃早餐的时候去独自完成了"祭神仪式"。后来听说摄影师吕乐也在大家都没起床时就把仪式做了，大概也是怕窘。

那天收工后我到县城的电话站去给北京的朋友打电话，请他告诉丈夫我一切顺利。朋友说，彼得想请一个礼拜假飞过去给我个惊喜。我吓坏了，他从旧金山要转两趟飞机才能到成都，然后要在泥泞的山路上坐整整一天的长途汽车才能到红原县，路上就要好几天，等他到了我生日早过去了。我马上回招待所给丈夫写了一封信，再到制片组去借了传真机，然后捧着回到电话站去发信。管电话的人已经喝醉了，骂骂咧咧地让我接上传真机，摇通我经纪人北京的传真号。从那以后，我偶尔有空就捧着传真机去电话站，给丈夫发毫无隐私的信；他也写传真发给我在北京的朋友，在约好的时间再转给我。

记得我在空旷的荒草原上看见一座摇摇欲坠的小礼堂，自然正在慢慢地吞噬着它，里里外外杂草丛生，屋顶已经塌陷，门窗也不见了，十来只羊在那里逗留吃草，风刮过时叮叮当当几声羊铃，跟梦境一样。我想起朋友告诉过我这里曾经有个骑兵连，她随部队文工团来演出过，还在礼堂里看过电影。不知我看见的是不是她看电影的地方？

我们在那里拍戏的时候红原县没有电影院，人们都去县城街上众多的录像带放映厅看电影。印象里那条街一直是夜晚，浸没在昏暗的路灯下。收工后我常跟摄制组的同事们去那条街上吃饭，当地的牦牛肉非常鲜嫩，用清水炖熟，撒上盐和现磨的孜然，非常美味。回招待所的路上，我们会走过那些挡着棉被帘子的放映厅，每一间里都涌出枪战、性爱的嘈杂声音，最软的就是"我爱你"之类的对白，或者是曾经流行过的港台或内地歌曲，似乎那里聚集了全国乃至全世界的娱乐糟粕。都市在向荒僻地方延伸时，似乎总是文明中最低俗的东西冲来做先锋。

　　牧民们有时会在我们出发前，提着坛坛罐罐的鲜制酸奶来卖给我们。牦牛奶脂肪高，做出来的酸奶一股奶油香味，我的双肩包正好能装一大罐，吃一天。高原的太阳毒辣辣的，小璐的皮肤白嫩，一晒就脱皮，我就把我带来的防晒油都给了她用，自己晒得漆黑油亮。Pan也是一个白皮肤的人，被晒得满脸起泡，跟烫伤病人一样，水泡弄破就感染了，真是惨不忍睹，我们给他起了个外号"广岛之恋"。

　　摄制组的人都没澡洗，也很少换衣服，每天裹着同样的军大衣，平常吃的都是气味浓郁的羊肉牦牛肉、洋葱大蒜、酥油茶奶酪，久而久之黑天看不见脸也能闻出大概是谁。我从外面的新鲜空气里回到招待所，一打开门就闻到自己的气味。终于有一天，有人发现了一个什么单位的洗澡堂，好像一个礼拜开两次，每次两小时。有一次我们收工早，夕阳里全组的人都拿着脸盆毛巾在那里排队，小伙子们都因为小璐也排在队伍里而嘻嘻哈哈，你推我搡，洗干净后走出来的人一个个都那么红光满面，那么崭新，那是我见过组里人最快乐的一个傍晚。

　　我们早出晚归地赶时间，按日程表和每日通告干活。红原县的天气千变万化，拍出来的东西很难接戏，我们整天心急火燎，掐着秒等着一块挡住太阳的云慢慢飘过，或者盼着它遮挡住太阳。草原没有日程和通告，只有日出日落之间悠长绵延的一日，云来了云走了，雨来了雨走了，牛羊一样吃草。我们跟所处的空间不在一个时间点上。

　　一天我们拍一场在大雨中赶马的戏，需要百来匹马和消防车。红原县没有这么大的马群，也没有消防车，制片组联系了别的县的牧民把马群赶过来，再从成都调来了两辆消防车，用来下雨。我们一早赶到山谷底的景点，那里是一片没有叶子的红柳林，林间流过一条潺潺的小溪，跟多日来草原的景象很不一样，让我耳目一新。

马群迟迟不到，牧民本来说两天可以把马赶过来，那应该就是今天上午。不知道他们在哪里，发生了什么事，或者是否干脆不来了。那是个没有手机的时代，我们无从得知。我跟演员排练戏，副导演排练下雨。早上等到中午，吃完饭接着等。我望穿双眼地看着远方的地平线，组里好多工作人员坐在地上打盹，眼看一天要过去了。终于，地平线上似乎冒起了尘烟，副导演用手提喇叭喊醒大家，各就各位。所有人翘首以待，马群从天边向我们跑来，蹄声好像从地壳下面传出。制片组的人跟牧民抱怨说，讲好了上午到的，现在都下午四点了。那几位牧民风尘仆仆，高高兴兴地说，是的是的，我们到了。

胶片时代拍戏，一般每天把当日曝过光的胶片（熟片）送去洗印，次日看样片。如果不看样片，也会从洗印的地方得到对胶片技术上的反馈。洗印对我们来说是个难题。每个星期，制片组的同事带着红色胶布封好的胶片盒，乘车到成都，第二天乘飞机到上海。这一盒盒都是心血，我唯一可信任的人就是父母。他俩一辈子谨小慎微，但在我走投无路的时候，他们挺身而出，毅然答应帮我把熟片送到香港，再把洗印完的样片带回上海。

在红原县最后一天的拍摄是一个月来最艰难的，那是一场雪景，但草原上已经没有了任何积雪，Pan 和美术组的人连续工作了四十八小时在地面上铺了厚厚一层（尿素）雪，没想到被一场大雨冲跑融化了。他们精疲力竭，尿素也不够用了，但是必须重新再把现场建好。他们在离摄影机远一些的地方铺上了"米菠萝"的泡沫雪。

一切就绪，鼓风机吹起，高台上撒下"大雪"。暴风雪中一盏歪斜的路灯在雪地上画了一圈黄黄的光，像舞台上的聚光照在文秀昏倒的身体上，老金在大雪中把她抱起，向草原走去，一滴滚烫的眼泪滴在文秀的脸上，她睁开眼，慢慢伸出手替他擦干。他们的背影走出光区消失在

川藏高原工作照。

我们在红原的那段时间里从未看到过样片。

茫茫大雪里。这是一幕歌剧，一首挽歌。已经累得麻木的我被深深打动。

突然，这份感动被两个愤怒的牧民打断，他们手里拿着两只血淋淋的牦牛胃，里面都是白色的米菠萝泡沫。他们要求我们赔偿牦牛，还要求我们马上把草原上的"雪"清理干净。想到牦牛是他们的生计，草原则养育着那里所有的生命，我感到深深的负罪感，马上答应了他们的要求。这时候从下午一直工作到次日凌晨的工作人员，也因为过度疲劳和饥饿跟制片部门冲突起来，眼看就要打人了。什么叫"内忧外患"，我算在那一刻领教了。

拍完后我把一切交给制片部门，回房拿了箱子离开。坐在车上，望着渐远的原野和雪山，我感到一阵释然，接着一股莫名的留恋油然而生——人总是对受过磨难的地方和事情记忆最深，也最有感情。

我回到上海的第一件事是到自己的"娘家"上影厂，跟当时的老厂长商谈租摄影棚拍帐篷内的戏。他是老一辈的、还记得我少年时代的人，一个毫无官腔和官僚作风的人。他似乎看出我的难言之隐，但还是同意帮助我，他建议我们在下班钟点后进棚，上班钟点前离开，这样可以少一些麻烦。

我和主创一起在上影厂小放映厅看了第一批样片。由于我们在野外拍摄各方面条件太差，装卸胶片的时候片门进了沙子，许多地方胶片划了道；然而，银幕上那条熟悉的地平线，天上变幻莫测的云彩，还有那些特写——唇须上那颗颤抖的汗珠，手指尖轻轻的碰触……令我看完后悲喜交加，难以平静。

要在摄影棚里拍的都是洛桑和小璐在帐篷内的重场戏，在一个礼拜的拍摄计划里，他们的人物将发生脱胎换骨的变化。记得进棚的第一晚拍的是场里来的供销员和文秀的戏。小璐比起我半年前初见她时成熟了许多，她把人物天真无辜、情窦初开到欲望的唤醒演得微妙而复杂，十分动人，让我赞叹不已。文秀的寂寞被打破，她的毁灭开始了。

帐篷内有些裸露和情爱的镜头，小璐少女的身体非常切合影片主题，很难代替，但是她不肯演。现在想想那是多么情有可原的事，我当时真像个无情的"后妈"，太为难她了。副导演找来一位替身演员，没想到她是个"大师"级的，给我留下了极深的印象。她严肃得体，落落大方，听完要求就开始稳重地脱衣服，没有半点扭捏，也不刻意回避旁人的眼光，始终平和礼貌。她没有任何闲聊，只谈工作，时时刻刻保持着统一完整的人格，得到全组人的钦佩和尊重。她离开后，我问副导演是从哪里把她找来的，他说是某个艺术学校的老师。

戏里文秀的衣服会被粗鲁的手扒掉，所以这些衣服必须是有情感记忆的。文秀的父亲是个裁缝，Pan 在设计服装的时候，为文秀设计了用花布碎片做的圆领衫和母亲织的毛衣。电影开场的时候，父亲在缝纫机上用边角料为文秀踩了这件圆领衫，它是父爱；毛衣和上面的针脚花样，是母亲的用心——文秀是个父母疼爱的孩子，现在这些衣服被扯掉便更不堪入目。这样的细节从观众的眼帘进入潜意识，他们意识里感受到的是演员的感情。回想起来这些都是我对细节的启蒙教育，每一个选择，都会使你的电影更令人信服或者出戏，更令人回味或者乏味。

Pan 在景片安置了无数的小灯，那是帐篷门窗看出去的星空。放到今天，只要想得到，技术上都能达到，想哪儿有星星哪儿就有星星，要做的决定只是判断它们在为电影加分还是减分。但是当年那些灯泡很难控制，弄得 Pan 和他的手下焦头烂额。摄影部门开始抱怨，说，太假了，难看死了，还不如不要了。这片"星空"衬托帐篷内污秽的行径，这个童话式的叙事风格是我们的初衷。在做出利弊衡量和决策的时候，我想如果一定要出错的话，我宁可错在为完成初衷的努力中。

我们每天下午六点进棚，我带着演员排戏、走位，各部门看完排练后，各就各位开始工作。演员去化妆梳发、换服装，我和副导演、摄影师讨论机位、镜头分切，安排当天的拍摄顺序，Pan 也经常跟我们一起讨论，建议构图。当年的胶片宝贵，不像数码时代可以把一整场戏从每个角度从头拍到尾，后期让剪辑师来"分镜头"。确认机位和顺序后，置景组道具组调整布景，灯光组布置灯光。现场准备完毕，演员再次带妆排练，然后实拍。记得我的监视器非常小，比现在的手机大不了多少，清晰度也很差，实拍的时候我经常是直接看现场的表演，而不是通过监视器。演员先走戏后化妆的程序，是我从美国摄制组学来的。国内当时一般是演员直接进化妆间，化完妆才开始走戏，有时候机器架好了，演员进景后会完全颠覆导演和摄影的设计，一切只好重新做过。

摄制组一般在早上七点收工，每天凌晨四点左右工作人员就有点像僵尸了，走路眼睛直愣愣的，开始出现各种奇怪的错误。整夜拍戏的确违背了进化论，人类不是夜行动物。

棚内戏还剩两晚的那天，我在睡梦里接到上影厂的电话。老厂长说，他能为我做的就是完成今晚的拍摄，我必须在明天早上拆景撤走。我说我还有两个晚上就拍完了，能不能延长一天？他说绝对不行。

我们在棚里已经工作了五个晚上，一切进入了良好的状态，跟主创开会后，我们决定把两个晚上的内容在一个晚上拍完。

我们提前进棚，紧锣密鼓地开始工作。突然摄影组发现了新的问题：胶片只够一个晚上的内容，新的胶片要明天才能取到。怎么办？有趣的是，在类似压力下，我脑子里总会出现大庆油田铁人王进喜的话，"井没压力不出油，人没压力轻飘飘，我们有条件要上，没有条件创造条件也要上"。小时候学校组织我们去看一部关于大庆油田的电影，里面这句台词我曾反复在作文里用过，成年后这些革命口号还会不自觉地从脑子里冒出来。那天晚上，我们掐着秒表拍戏，精确计算出每个镜头不能超过多少米胶片，短一些的镜头用剩下的片头来拍，一尺都不能浪费。也许是"被驱逐"的危机感使我们的肾上腺素大量分泌，全组人都比往常思想更集中，凌晨四点的"僵尸"状态也不见了。我们终于在早上六点半拍完了计划内所有的内容，胶片也刚巧用完。我充满感激地望着一张张疲劳而释然的脸，这个集体又跟我一起渡过了一个难关。

摄影棚里的戏结束后，我们开始拍摄一切还未发生的部分——家园、伊甸园——文秀在帐篷里朝思暮想却无法回去的地方。那时组里的人已经共同经历了最艰苦的阶段，互相之间比拍外景时更加亲密、融洽和默契了。"家"搭在一个大仓库里，温暖的日光照在花布碎片做的窗帘上，摄影师吕乐扮演文秀的父亲，成都来的场记扮演文秀的母亲，一个和睦温馨的家庭自然地形成了。它是我"记忆"里的家，其实也是许多人记忆里的家，荣格心理学中的原型（archetype）。

我从小离家拍电影，也见证了左邻右舍离家插队落户，后来我到美国留学，童年那栋黑瓦白墙的房子让我魂牵梦绕。时间长了，我慢慢意识到，人回不了家不仅因为距离，而且因为岁月，人回不了家就像他们回不到母亲的腹中。记得我们在拍摄学校操场送别的时候，红旗飘扬着，歌声回荡着，卡车在欢送的人群里缓缓离去……扮演母亲的演员从到现场那刻就止不住地哭，她似乎感受到某种远古的生离死别，她是天下所有母亲，所有人的家。在我仅有的几部导演作品里，这部电影和《英格力士》、最近的《世间有她》都是讲回不了家的人。不过这是我后来意识到的，写剧本的时候渴望还在潜意识里。如果说，爱与失去、生与死是我一生的主题，那乡愁也许是回旋在其中的一首歌。

我们转点到甘南拍摄电影中的夏季，这是我们的最后一个景点。去之前，我听说那里的草原是最丰美的，古诗"风吹草低见牛羊"就是比喻甘南，原著中写了"草结穗了，草浪稠起来，一波拱一波"的景象，还有"草向这边伏去时，露出一片黄色的花，草伏向那边，花便是紫色的"，令人向往。我们到了甘南后才发现根本没有那样的草地，也没有我们想象的野花，据说到八月盛夏可能会有。也许所有文字里的景象在现实里都是不存在的，它们都是某种心情和幻想，某种愿景。文学，连同音乐和绘画，是最初的"元宇宙"，我曾经、仍然在其中漫游。人们以为全新的、奇异的"宇宙"，其实是原始的东西，人性的一部分，AI 只是为大众省去了自己的想象力。所有的科幻都是一种怀旧。我扯远了，而且还那么武断，让我重新回到甘南的记忆去吧。

我们大本营驻扎地叫夏河，旅馆的名字很好听：白海螺。不知是否因为离青海湖不远。这里是喇嘛寺重镇，有许多远道而来的香客，还有不少金发碧眼的西方人，街上除了卖羊肉串的，还有不少西式的咖啡厅。我们有几天被雨下得无法拍戏，干脆偷闲坐在咖啡厅阳台的遮阳篷下看雨，觉得十分奢侈。组里的人开始去喇嘛寺拜佛，祈求老天爷赏个大太阳。洛桑带着我和 Pan 去寺里转经，看到一个年轻的西方女子十分虔诚地绕着寺庙围墙转。她双目半合，口中喃喃，手里不紧不慢地摇着一只转经筒。在这片东方腹地，看到这样的景象，非常难忘。

美术组订购的绢花到了，但制片组为了节省，买了便宜的一种，Pan 看了大发雷霆。多少部脑海里理想的电影，就是在这样的凑合中一点一点付之东流的。我自己的脾气也很烈，偶尔爆发时势不可挡，后果像古代战场，所以从不轻举妄动。憋久了我会做极其血腥的梦，处女作剧照。

总是跟人用斧子对砍，砍成一块一块的，血流成河——我又扯远了。那天我没有发火，因为 Pan 的眼睛里已经冒出杀气，浑身发抖。我们必须决定是否要使用这几箱子廉价的绢花。甘南的几场戏是故事中最绚烂的一段，文秀和老金的关系和睦起来，老金从内心深处开始喜爱文秀，在草坡上为她造了一个"浴池"——与影片最后的升华息息相关的元素。我们决定插上花看看再定。

第二天半夜三更美术组就出车去草原插花，到达现场后发现，道具组忘了把花装进道具车。又来回折腾了四小时，才把花插上了。如果是近视眼，一眼望去那绿色草地上缤纷的野花会使你陶醉，但是我们知道内情，又没有近视眼，一看就知是假花。我当时产生了一个想法，我想故事发展到这里，观众应该被人物的命运所吸引、跟随他们的情感线去了。如果观众这时在花上吹毛求疵，那绝对不是花的问题，而是我们在戏剧上失败了。

最后一天，雨过天晴，草地上钻出不少真的野花，我们拍得十分顺利，最后拍的是电影里的最后一个镜头，文秀顺草坡滚下来，慢慢睁开眼睛对老金（镜头）蓦然一笑。拍完这个镜头的当天，小璐就搭一辆卡车（还是发电车？）在大部队之前离开了。我们看着她苗条的背影从酒店门口走出去，背着一只小书包，打开驾驶室另一边的门，爬上去坐好。她没有回头，不像许多第一次离开摄制组的女孩那样多愁善感；载着她的车远去了，留下了两颗为她破碎的心——一颗是美术组的，一颗是摄影组的。这两位大小伙子在自己房间的窗口，看着这个十六岁的少女消失在公路上，哭了。

这是后来他们的同屋说的。

再次看到小璐是在金马奖颁奖仪式上，她得到了最佳女主角，酒窝笑得好深好甜。我眼前出现了 Pan 在镜前为小璐造型的画面，他打量着镜中毛衣里面衬衣领子和纱巾蝴蝶结的大小、颜色，跟她说，我的女主角都是得最佳女主角奖的。小璐似笑非笑地看着他，好像在想，人家演得精彩跟你有什么关系？

我当了一辈子电影演员，而且也是"他的女主角"之一，深知其中的奥妙。我至今记得红玫瑰晚上弹钢琴，振保回来把她按在钢琴上亲吻的那场戏。Pan给我试了好几副耳环，要求它们在我静止下来之后，还在耳垂上微微颤动，像内心的骚动，有欲望，也有脆弱和天真。还有红玫瑰家里那一整墙令人眩晕的马赛克瓷砖，令人感到一种不安分的渴望和心里的凌乱——也就是红玫瑰的内心。除了我的表情和形体动作，银幕上的一景一物都在为我抒发。

电影就是这样一种神奇的化学变化，这也是为什么经典的电影表演很难在其他地方复制。多好的演员，单凭自己也无法达到。记得几年前有个真人秀，请一位年轻演员来表演《末代皇帝》里婉容吃兰花的戏，然后请我评价她的表演。我很同情那位演员，没有人把她当成"我的女主角"。失去了电影本身的魔性，这场戏怎么演都味同嚼蜡。

Pan还有一点让陌生人受不了的，就是聊起他参与做美术总监的电影时，总是说"我的电影"，还有"我的电影都是得最佳影片的"。人们听了马上会觉得他自负得可笑，怎么就成了他的电影了呢？而我却十分清楚"我的电影"的意义。Pan挑剔，很多年才接拍一部电影，他从修改剧本开始参与，经常用一年或更长的时间做资料，直到最后置景、造型和拍摄，他每天工作的时间超过组里的任何人，他做的贡献使每一个部门的活都更出彩，自己却从不"抢戏"。

两年前，我跟Pan一起拍摄《世间有她》，拍最后一场高潮戏的时候，我们意外错失了一个第二天需要用的场景，他必须离开现场去重新看景定景。坐在监视器前，我猛然感到身边的空虚，渴望Pan能

《红玫瑰白玫瑰》现场，朴若木设计的马赛克墙。（摄影：杜可风）

早些归来。我没有跟任何人流露这份情绪，顺利地完成了全戏最关键的镜头。但是那天我深感 Pan 是我的"另一半"，英语里说 my better half，"我更好的那一半"。他的信念总是比我的更坚定，眼睛比我的更清晰，感觉也比我的更敏锐。他的审美不仅是一种天分和造诣，也是他的道德、思想、感情与生命本身。

也许我已无法"客观"地谈论我的这位老师，然而世上本来就不存在一个"客观"的视角，每一个都是主观的。要不然怎么会有那么多本书，那么多首歌，那么多部电影？

唯一不朽的只有此刻

　　科学家说时间并不存在，它只是空间的一个维度。但我们普通人对它的存在有着无可非议的、尖锐的体验。本能和经验告诉我们，对时间的体验便是人类意识的标志。

　　许多作家企图描写时间，我最喜欢的是博尔赫斯写的："时间是构造我的实质。它是将我卷走的河流，但我就是河流；它是吞食我的老虎，但我就是老虎；它是燃烧我的火焰，但我就是火焰。"我们的意识同时穿越在现在、过去和未来，无时无刻不被生命中所有的希望和恐惧、所有的期待和焦虑影响和提醒着。过去的经验塑造了现在，又将现在的愿望投射到未来。

　　眼下我正在冰岛一个叫埃伊尔斯塔济的小镇，参演一部美剧——一个传统侦探故事的数码时代翻版。摄制组刚到这里一周，就因为导演和摄影师核酸检测阳性停止了拍摄。我得闲坐在"湖滨酒店"的小书桌前写这篇回忆。来的时候我因中转航线问题没带托运行李，只背了女儿在中学野营时用的高双肩包，带了有限的替换内衣、日用品和面前这些已经发黄的评论文章。上一次读它们是在"九·一一"事件发生后的几个月。

时过境迁，许多事情都已忘记，但是二〇〇一年九月十一日犹如昨日。那天我非常难得地睡了个整觉，醒来已经七点多了。家里阿姨跟我说，你先生上班前让我告诉你看电视。我纳闷，一大早干吗让我看电视？我先去厨房给自己煮了红茶，然后打开电视。

电视里，纽约世界贸易中心北楼燃着一团巨大的火焰，乌黑的浓烟从楼里涌出，覆盖住蓝色的天空。我不能相信这是真实发生的事，换了一个台，同样恐怖的镜头持续着，一架飞机从屏幕左面沉着地入画，向世贸中心的南楼飞去，眼看就要撞击，我紧闭上眼睛。播音员的声音说，第二架飞机撞进了南楼！美国正在受到攻击！我睁开眼睛，隐约看见一个人从燃烧着的高楼窗户里跳出来，第二个人从另一扇窗跳出来，然后第三个、第四个……我目不转睛地看着这不可思议的画面。不知过了几分钟，高耸入云的高楼突然塌陷下去，在不到十秒钟的时间里化为乌有。画外电视播音员失控地叫道：No, no, no! 蘑菇云一般的灰烟滚滚升起，向周边的楼间空隙蠕动，弥漫到街道上。天瞬间暗下来，什么也看不见了，只听到人群在尖叫。

我的心里也在喊：No, no, no! 那一刻，无数看着电视屏幕的人一定都在这样喊，更何况我对曼哈顿的那个区域怀有独特的感情——两年前，我曾通过取景器对这一片街道和楼房倾注了许多梦想。跟当地人不同的是，我在这些大街小巷行走、绕弯，并不是为了去银行办理业务，再去洗衣坊取干洗的衣裤，随后去街口的便利店买香烟。这里的一景一物是我的审美对象、恋爱对象。

那时我在这里导演电影《纽约的秋天》。记得在选景的过程中，我和美术指导发生了一点冲突。我希望拍华尔街这一带新旧交替、层层叠叠的高楼和下面的窄街。这里无数扇窗户打开关上时互相折射的反光，这里昨天、今天和明天同时存在的感觉，是我心目中的纽约。但是美术指导更喜欢 Soho、格林威治村那一带当年被视为酷的区域。我对他失望——他是用肉眼看面前的实物，在现实生活里判断哪条街哪栋楼更潮，而不是像《天浴》的美术指导 Pan 那样用镜头的眼睛看，并感受到实物在电影画面里更抽象的寓意。那段时间我很想念 Pan，我深感自己还没有出师，正在艰难地、很不称职地独当一面……

《纽约的秋天》也许是最后一部拍下世贸中心的好莱坞电影了。记得我们拍到这对高楼的时候，组里人说起过，纽约人一度认为它们破坏了曼哈顿的剪影，强硬霸占了天际线。在双楼还未竣工的时候，《哈泼斯杂志》上评论家就否定了它们："这两个令人难以置信的巨人就这样呆立在那儿，既愚蠢又傲慢，与任何事物都没有任何关系，甚至彼此之间也没有任何关系。"从来意见不合的纽约人，因为对这两个"傲慢巨人"的憎恨而拉起了统一战线——直到很多年后的某一天，他们不经意地抬起头，惊讶地发现一个小鸟那么大的人，在两个巨人之间的空中，举着一根平衡杆来回行走、舞动。此人叫菲利普·珀蒂，是一位法国艺术家，那天是他二十五岁生日。足足四十五分钟，纽约人聚集在那两个巨人脚下，提心吊胆又欣喜若狂地仰望着这个奇迹般的景观。从此，这两栋楼让人联想起一个年轻人毫无功利性的异想天开，有了人性的光芒。

电视里那些熟悉的街道被厚厚的灰粉笼罩着，无数纸片从天边飘落下来，人们在烟雾里混乱地奔跑，一阵震耳的轰隆声让他们突然回首，惊呆地望着第二栋大楼像受伤的巨兽那样倒下来，泪水在他们沾满灰土的脸上洗出不同的肤色。这几十年来，世贸中心不仅占据了曼哈顿的地平线，它们已成为地平线本身——却在刹那间不复存在。

那阵子我已经开始筹备拍摄《扶桑》——一部旧金山唐人街电影。Pan 在美国斯坦福大学的胡佛研究所（Hoover Institution）为电影做资料，我在家里改写剧本。"九·一一"事件发生后我怀上了小女儿文珊，在那之前的两次都在四个月左右流产了，医生劝告我不要在孕期承担导演工作的身心压力。经过一番思想斗争后我不得不做出艰难的决定，停止了《扶桑》的拍摄。

父母从上海打电话给我，父亲说他一位好友的长子在"九·一一"中去世了，那天他正好比往日提前到了办公室。母亲说，你千万记住天天祷告。我说，你们快挂了，我给你们打回去。那时的国际长途电话费十分昂贵，我总是这样让他们先挂了再打过去。自从做了母亲，我开始真正懂得父母对我根深蒂固的爱和牵挂。胎儿在腹中一天天长大，我的心里也孕育着一份莫大的感恩——在这样充满飞来横祸的世界，我能安逸地在家里守住一个美好的希望。

陆陆续续地，新闻里开始纪念这场悲剧中逝世的受难者，逝者的亲人们分享出他们最后的留言和信息：

> 朱尔斯，这是布莱恩。听着，我在一架被劫持的飞机上。如果不顺利的话——看来很不祥——我只想让你知道我毫无保留地爱你，我希望你做好事，去享受美好时光。对我的父母和每个人都是如此，我爱你，我会在那边再找到你。

> 我想告诉你，我爱你。请告诉我的孩子们，我非常爱他们，真抱歉我的宝贝。我不知道该说些什么，三个人，他们劫持了飞机，正在转弯，我听说另外一架飞机飞进了世贸中心。我多想再次看到你的脸，宝贝，我爱你，再见。

亲爱的，想告诉你我有多爱你。我有点担心。我终于把你找回来了，真不想再失去你。你是我的一切。你拥有我整个身心和生命。我真的很爱你。

只有在这样的时刻，这个因被滥用而陷入平庸的字，又变得惊心动魄、催人泪下。只有面对如此的失去，我们才又一次被提醒，一切转瞬即逝，唯有爱跟地心引力一样永恒地主宰着一切。它是死者紧闭的眼帘后最后的亮光，是生者一辈子无穷的救赎。

同样是九月的纽约，同样是爱与失去、生与死，我两年前拍出来的《纽约的秋天》显得那么多愁善感、苍白无力，甚至矫情、做作。

如果我在"九·一一"之后拍《纽约的秋天》，它会是什么样子？我是否会对人与人之间的感情、对生命的本质有更真诚和深厚的表达？在曼哈顿拍戏的日日夜夜在我脑海里回旋，我开始思考那段经历，面对一年前无力面对的失败。

一九九九年六月的一天，我的经纪人在电话里兴奋地告诉我，制片人 Gary Lucchesi 和 Amy Robinson 看完我导演的电影，对我十分欣赏，并有兴趣请我来导演他们下一部电影《纽约的秋天》，理察·基尔和薇诺娜·瑞德将是片中的男女主角。

我的导演处女作在美国上映反响非常好，业界权威性的 *Variety*（《综艺杂志》）选我为最有前途的十位新导演之一，经纪人认为我导演美国电影的时机到了。

英文里有一种"五月—十二月"模式的爱情故事，指的是一对有很大年龄悬殊的恋人。《纽约的秋天》就属于这个类型。四十八岁的男主角威尔英俊潇洒，成功富有，正处于人生顶峰。他拥有纽约曼哈顿最时尚的餐馆，他的照片登在《纽约杂志》的封面上，他的事业、家、服饰都显出随意的高雅，他的一言一行都透出轻松的自信，他的身边永远簇拥着漂亮的女人。女主角夏洛蒂在威尔的餐馆庆祝二十二岁生日，发现外婆认识这位曼哈顿最抢手的男人，得知他原来是自己已逝的母亲凯蒂的男友。隔着四分之一个世纪的年龄差距，威尔轻易地吸引了美丽的夏洛蒂，并以他惯用的方法开始了他们男女之间的游戏，但这一次他出乎意料地陷入了真正的爱情。剧中他将通过这场恋爱发现自己原来是怎么一种人，以及他应该成为怎样一种人。

我满心希望能爱上这个剧本，读完后却很失望，我没有被感动。可是好莱坞光环的诱惑令我难以抵挡，戏中的恋人是理察·基尔和薇诺娜·瑞德啊。而且，这是一部米高梅公司预算四千万美金的制作，光摄制组的生活费用就超出了我的导演处女作的总预算，还没有中国女导演导过这样规模的好莱坞电影，我也无法抵挡自己的虚荣。

那时离秋天只有两三个月的时间，制片人要求我马上进组开展筹备工作。但是在接到《纽约的秋天》剧本之前，我已经应承出演一部叫 What's Cooking？的电影。这是一部由四个不同种族家庭的感恩节晚餐为轴心的小制作，我将扮演其中一个越南家庭的母亲。如果我因这个配角不能按时投入电影前期的话，有可能会失去导演《纽约的秋天》的机会。我去跟 What's Cooking？的导演商量，请求她放我走，但是她死活不肯。

那一整天我都在焦虑和矛盾中。晚上把孩子哄睡着后，我跟丈夫说，我还没有和 What's Cooking？正式签约，我没有法律责任去演啊。他说，你答应了去演就得去啊。我说，可是我真的不想为此失去一个那么好的机会。他说，属于你的东西跑不掉的，跑掉的本来就不该是你的，不用怕。他与生俱来的原则性，总是能让我在患得患失的困境

《纽约的秋天》现场。画左后景是维拉·法梅加，画中理察·基尔，画右我。

里豁然开朗——原来面前就有一条通往自己命运的光明大道。

《纽约的秋天》的确属于了我。我在洛杉矶演完 *What's Cooking？* 飞回家看了丈夫和孩子，两天后到了纽约。那时离开拍的日期只有两个月，制片人早已定下了组里的主演和主创，唯一可以由我选择的是摄影师和几个配角。我觉得自己像是空降进来的光杆司令。

多年后我偶然跟《纽约的秋天》的制片人Amy Robinson闲聊起当年，才得知那只"大馅饼"是怎么砸到了我的头上，为什么"属于"了我。

那天两位制片人坐在会议室里等我，Amy Robinson调侃说，我们真的到了这样山穷水尽的地步了吗？找一位中国女明星来导演这部电影？Gary Lucchesi大笑起来，好像他们在做一件荒诞的事情，然后他严肃下来说，是啊，她的确是我们最后的机会了。原来男主角理察·基尔跟前面一位导演意见不合，把导演给炒了，没有任何其他好莱坞导演愿意接这个平庸的"烂尾"项目。眼看秋天就要来临，理察·基尔的档期也只有那几个月。制片人急了，如果再等到次年秋季，夜长梦多，这部电影很有可能会流产。

我飞去洛杉矶跟他们开会的时候，当然还不知这些内情。记得我为这次见面还买了一套Max Mara的西装和一双高跟皮鞋。回想起来，我似乎经常在没有安全感的时候去买新衣服，穿上后像武士戴上了盔甲。我大步走进会议室，脸上带着自信的笑容。他们起身跟我握手，告诉我，他们从《末代皇帝》开始就是我的影迷，一直希望能合作，最近看了我导演的作品，觉得这个机会终于来了，他们相信我可以为《纽约的秋天》带来清新的、令人兴奋的诠释。处女作的成功给了我一个错觉，我真以为自己会导演电影了。而这是多么大的一个误会。

《纽约的秋天》上映后票房很不错，不少影评却给了我无情的打击。经纪人快递报纸给我时说："我完整地都给你，有些不好的，读不读你自己斟酌。"

原来评我为"最有前途的十位新导演之一"的Variety这回写道："《纽约的秋天》并不是一部坏电影，它只是完全彻底的平庸。"Boston Globe（《波士顿环球报》）的评论是这部电影"只有风格，没有实质"。我对自己一贯的怀疑被证实——我是个庸才、冒牌货，真相终于败露了。丈夫见我难受，企图跟我开玩笑：你向拳击手阿里学习一下吧，他总是说报上那些好的是我，不好的就不是我。你也得到了赞扬的评论啊，那才是你，我帮你把那些不是你的都扔了吧。我彻夜未眠，第二天丈夫刚去上班，我就鬼使神差把那些报纸从垃圾桶里捡了回来，把影评文章一一剪下，跟那些现场拍的照片、场记板、电影画报小样等等，一起封存在标了《纽约的秋天》的纸盒子里。

一年后打开这个盒子时我跟自己说，如果你能把每一篇批评你的影评理智地念完，你就战胜了自己。但那毕竟是一件艰难的事情，一种极度的沮丧和疲劳，让我几次把文章推到一边。

在影片定剪之前，我们做了几次观众试映，然后总结了观众意见回剪辑间做修改。我对这样做非常反感，观众直观上感到有问题的地方，可能根本是故事中另一个地方的问题引起的，你如果照实去改，很可能进一步破坏了电影。但是制片公司坚持试映是此类影片的常规过程。后期工作的这一道关非常折磨人，我在完成混录后再也没有看过这部作品。

冰岛一连几天的雨夹雪停了，太阳照亮了雪白的山坡，蓝天映照在冰封的湖面，湖畔的冰雪开始融化，一细条潺潺的流水打破了这里的寂静。我拉上窗帘，在亚马逊上租了《纽约的秋天》。

那是上一个千年的最后一个秋季，画面里纽约的街道楼房、男女主角理察·基尔和薇诺娜·瑞德的近景、特写都披着一层迷人的金光。我想起拍摄期间，理察·基尔被美国《人物杂志》评为一九九九年"最性感的男人"，第二天早上到现场，全组的人拍手祝贺他，理察·基尔脸红到耳根，恨不得挖个洞钻地下去。他是当年最红的男明星之一，然而他待人接物非常谦逊诚恳，从来没有过一次迟到，也没有过一句抱怨。《西雅图邮报》对影片中理察·基尔作了这样的肯定："这部电影是呈现理察·基尔魅力的最佳工具，他从未比在这里更好看过，也从未如此自信地占有掌控住银幕。"

可惜这片温柔的秋色和绝世的美貌都显得那么空洞、徒劳，一切都像是凭空捏造出来的俗套和概念。*Entertainment Weekly*（《娱乐周刊》）评论说："真可惜这部电影是陈冲导演的，她导演的处女作是一部那么震撼人心的电影。虽然陈温柔的人文主义在这里得到了充分的体现，但她无法消除剧本致命的前提——即理察·基尔扮演的男主角习惯性地约会不同的女孩，这次刚好爱上一位只能再活半年的年轻女孩，多么顺理成章。"

The FilmFile.com（电影文件网）评论说："这是一个足够值得尊敬的爱情故事，拥有如此多的希望，但电影工作者没有在开拍前解决剧本的问题。"

记得一九九九年我到达纽约的时候，理察·基尔和薇诺娜·瑞德各自已经请了编剧来修改自己的台词，然后折中放在一起。围读的时候我听出来剧本还是不够好，但也想不出有效的具体方法去解决问题。我对纽约的人文不熟悉，但是如果我能有时间和精力去做资料，从中挑选出属于故事和人物的特殊细节，让它们发酵后成为影片生根开花的土壤，那我这个"外来人"的眼睛和由此而来的审美便可以成为一笔财富。这个"如果"没有发生。我匆匆忙忙在两个月里完成了选景、置景、选角、定妆和各部门技术掌握等等工作。顾长卫的参与让我看到新的希望，他是一个绝佳的摄影指导，跟我的沟通也很融洽，我们无疑能把最美的纽约之秋装进片盒里。开拍的日子到了，我就这样在没有一剧之本的基础上，用漂亮的画面拼命煽情。

那时我对剧本的思考，总是把焦点放在男女主角一起的场次上，没有充分关注他们各自在自己的宇宙里扮演什么角色，有什么价值、什么喜悦和痛楚。二十多年后再看《纽约的秋天》，我发现了当年思维方式的错误。我应该用男女主角跟其他人物的关系来赋予这段爱情人性和生活气息，让恋人们成为更完整、更多重的生命体。这些感情旁枝是他们关系的养料和注释，使偶然发生的事件成为必然。

最大的遗憾是我没有探索和挖掘夏洛蒂跟她外婆的关系，以及威尔跟他女儿的关系。尤其在我定了扮演这两个人物的演员之后。纽约不愧为全美国的戏剧中心，片中配角的扮演者们都是非常精彩和具有银幕魅力的演员，他们不仅出色地衬托了男女主角，也为整部电影带来了生命力。

外婆多莉的扮演者叫斯特里奇（Elaine Stritch），是一位身经百战的百老汇演员。她有本事把一句哪怕是毫无意义、死气沉沉的台词，都说得让你驻足，对她关注。斯特里奇首次上银幕是在伍迪·艾伦的《九月》中演一个配角。《人物杂志》评论："尽管这部电影收到了褒贬不一的评价，但斯特里奇咆哮的气场——就像哥斯拉在坏了的电梯中一样——不容忽视。"

多莉在十几年前失去了独生女儿凯蒂，带大了外孙女夏洛蒂。多莉曾经目睹凯蒂为威尔心碎，现在又看着外孙女重蹈覆辙而无力阻挡。片中斯特里奇一共才五六场戏，但她每一次出场，屏幕上就生动起来。她演的多莉内心复杂、脆弱，外表却总带着挑衅，容不得半点怜悯。《洛杉矶时报》评论斯特里奇在电影中的表演是"一个含蓄、微妙准确的奇迹。多莉的一生失去了很多，但她在手中一杯烈酒的武装下，继续直面人生"。手上那杯烈酒、身上那件穿旧了的华丽睡袍，是斯特里奇自己设计的贯穿道具和服装，它们不仅符合人物，而且成全和造就了人物：一个常年以独自饮酒来麻痹痛苦的落魄贵族。电影里的主角被人记住理所应当，一个配角能令人过目不忘是要有真本事的，斯特里奇是我合作过的配角演员中最辣的老姜之一。

电影中威尔和夏洛蒂经常在对话里解释他们的关系，用台词直白地谈情说爱，使的都是拙劲。他们唯一打动我的对话是威尔不经意地给夏洛蒂讲她母亲生前的事情。那场戏的气氛轻松随意，但话题是他俩生命中共同的失去。我应该把焦点更多地拉到多莉、凯蒂和夏洛蒂这三代女人的故事上，拉到祖孙之间支离破碎的亲情上。

全片中我最满意的一场戏，是威尔跟自己成年的女儿丽莎初次见面。威尔不认识女儿，只有一张她十二岁时的照片。当他突然收到一封女儿寄给他的信时，威尔十分诧异。原来女儿怀孕了，希望能见一面生父。丽莎跟他身边围着的那群女孩差不多年龄，但是面对女儿，威尔失去了他在异性面前惯性的流利和自信，他"生命中不能承受之轻"变得厚重起来。女儿的出现终于让中年的威尔开始自省，学会爱与随之而来的责任。父女关系与戏中主线相辅相成，应该成为威尔情感世界里（戏份中）更重要的一部分。

扮演丽莎的演员维拉·法梅加（Vera Farmiga）是一个凝聚力极强的演员，她能使每一个无言的停顿都充满张力。法梅加的父母是乌克兰移民，她气质里东欧女人的凝重和神秘感在银幕上引人入胜。跟她拍完父女见面那场戏后，我依依不舍，好想每天都拍她。法梅加几年后跟乔治·克鲁尼主演的《在云端》让她家喻户晓，并得到奥斯卡最佳女配角的提名。《芝加哥太阳报》著名影评人罗杰·艾伯特称她"是当今的电影中最温暖、最有魅力的女性之一"。

《纽约的秋天》里有一场戏的景色是片名最美丽的象征。拍摄那天，中央公园的树开始落叶，天上下着毛毛细雨，空中悠悠地飘着一片片落叶，满地金黄，浪漫至极。拍摄日程上本来是另一场戏，我建议临时改变计划，把大部队调到中央公园拍一场恋人雨中散步的过场戏。

制片公司和制片人因为要控制预算，一直严格地遵守拍摄日程，但是那天制片人看着那片景色，破天荒同意更改景点。那是剧本里原本没有的戏，到了现场我跟演员和制片人商量威尔和夏洛蒂应该聊些什么。剧中的夏洛蒂喜爱艾米莉·狄金森的诗歌，忘了是谁——也可能是我自己——出了一个馊主意，让夏洛蒂在散步时念一首诗歌。

　　New York Magazine（《纽约杂志》）对电影的评论说："陈冲对电影节奏有一种可爱的感觉，对奢华效果有着娴熟的洞察力，但她掉进了一桶黏糊糊的糖浆里，爬不出来。"我那天无疑是一头掉进了一桶黏糊糊的糖浆——在这样一个完美的秋日，他们天南地北鸡毛蒜皮不管聊什么都行，就是不能念诗！如果能重拍，我也许会让夏洛蒂聊聊她的外婆，或者让威尔聊聊他的女儿——那些没有能力交流和爱的遗憾。我也许会让他们在这里吵架、破裂。

　　记得女儿们很小的时候，我们在北加州的海边度假。天空布满了乌云，灰色的海浪拍打着黑色的礁石，干枯了的马尾草在风中颤动，奇形怪状的树林间白雾缭绕。我站在树林里望着大海，想起第一次来这里是在失恋后最伤感的时候，带我来的朋友说，希区柯克导演的《群鸟》就是在这一带拍的。大女儿问，我们在这里干什么？我说看风景。她说，我们是小孩，你怎么能指望我们欣赏风景呢？我诧异地看着她，半天答不上来。她简直一针见血，没有沧桑很难被美丽所感动。

　　房间的电话铃响起，是摄制组通知我到酒店餐厅做核酸检测。我一出门正好跟导演撞个满怀，他兴奋地说，陈冲！我想知道你的一切！我一下不知道该怎么回应他。导演是个伊朗裔美国人，高高的个子，一头浓密的大波浪，黑发里夹着几缕白发，我至今只看到过他照片里的脸，因为每次见面他都戴着口罩。他显得很有精神，疫情正好让他

休息了一下。我冲他笑了笑说，Zal，你好啊。他继续热情地说，你必须告诉我，你是全组我最想了解的人！《纽约的秋天》？理察·基尔，薇诺娜·瑞德？我大吃一惊，二十多年前的事，他怎么突然提起？要不是在写那段时光，我自己都好久没想到它了。我问，你得空谷歌了我一下呀？他说，你太厉害了，今天开会我问组里的人，我们中间谁导演了一部九千多万美元票房的电影？没人说得出来，哈哈。我不好意思起来，说，这是一部挺糟糕的电影。他问，为什么这么说？我想了片刻说，机会到达的时候我还没有准备好。他说，不管，有足够的人喜欢电影才赚了那么多钱。赚了钱制片公司一定都拥来找你吧？

我们边聊边下楼梯到了餐厅。这部剧的演员特别多，除了我这个中国人以外，还有印度人、伊朗人、黑人、白人、残疾人和各种性别认同的特别的人，大家见到导演都拥上去跟他打招呼。导演回头跟我说，我们一定要找时间聊你的故事！

当年的确也有不少人看好我的前景，甚至是不喜欢这部电影的人。《芝加哥论坛报》的评论写道："如果陈冲能为如此可预测的故事情节注入活力，那么她很有可能在好莱坞拥有漫长而成功的职业生涯。"

其实《纽约的秋天》一杀青，投资方之一"湖畔娱乐公司"的老板汤姆·罗森伯格，就给我送来一只名贵的手表和一个剧本，邀请我导演他买下的法国犯罪悬疑片《公寓》的美国版。

在纽约的拍摄过程中，我跟"湖畔娱乐公司"的几位制片人经常有矛盾，气氛从头至尾都很紧张，很难想象再次跟他们合作。我跟罗森伯格说，给我时间考虑一下。

记得《纽约的秋天》开拍的第一天起我就觉得不被信任，现场来了"米高梅"和"湖畔"派来的五位制片人，他们的监视器屏幕比我用

的那台要大一倍，每拍完一个镜头他们会问，为什么这样拍不那样拍？为什么不多拍几个景别？为什么一定要这个角度？我觉得他们侵犯了我的"领土主权"，视他们的质疑为敌对行为，马上采取抵抗，从此否定他们提出的一切建议，跟他们变得势不两立起来。每天开工，我就像一只好斗的公鸡那样，竖着脖颈的羽毛等着跟他们五个人拼个死活。

有一次，我需要从窗口外面拍一个由特写拉远到大全景的镜头，制片人怕在高层实景里操作GF16摇臂难度太高，会超出演员和工作人员当天的工作时间付超时费，要求我把这个镜头删了。

与国内不同的是，演员工作时长限制不是属于少数明星的特权，而是演员工会跟所有制片公司达成的条款协议。工会的力量在于，制片公司依赖工会成员中百分之二的明星卖票，他们的待遇与其他百分之九十八的会员是一视同仁的。副导演会掐分掐秒算好组里不同演员的时间，到点放人。吃饭的钟点也是严格控制的，每隔六小时准时放餐，在特殊情况下有"宽限"——我忘了是多少分钟。在这种情形下，副导演会大声警告各部门：我们进入了"宽限"！《纽约的秋天》摄制组的工作人员如果工作十四小时以上是一倍半工资，十六小时以上是双倍工资。我们在冰岛的化妆组，每天八小时以外是一倍半，十二小时以外是双倍工资，比《纽约的秋天》时代又有所改善。

按《纽约的秋天》那天的拍摄计划，工作人员可能会有超出十四小时工作时间。万一超出十六个小时的话等于加了一天的预算，那是制片人的奖金。他们问，你为什么不能停留在特写上，然后接外面的镜头？我说，男主角的感情需要在这个时候以这个方式延伸，我必须得拍这个镜头。我们为这个镜头一直争吵到我说，你们开除我吧。

每当我处于"敌众我寡"的战斗时，摄制组的工作人员总是众志成城千方百计为我解决难题，帮助我实现愿景。我发现纽约的工作人员专业水平是全世界一流的，他们不管分工或职位大小，都非常热爱自己的行当。组里周末放假，几乎每个人都会去影院看片，周一回来上班，全在探讨看过的电影，不同部门的人，留心和谈论的都是其他部门不一定留心到的细节。那几个月他们一直是我的坚强后盾。

杀青后公司原定的剪辑师开始剪辑，我在休息的一个月里，渐渐淡忘了拍摄期间跟制片人的冲突，研究起《公寓》的法国原版影片，考虑如何填补情节里存在的漏洞。没想到一个月后，初剪令我失望透顶，我又为了换剪辑师的事继续和制片人斗争。我虽然偏爱犯罪悬疑类型的电影，但还是决定谢绝了《公寓》。

二十多年过去了，我完全不记得当时我们有什么原则性的分歧是不可以互相交流解决的，我也完全能站在制片人的角度，理解他们的责任和担忧，毕竟那是我第一次导演这样规模的美国电影。哪怕他们提出的十条建议里只有一条是可采取的，也是对影片、对我有益处的，何况他们对美国文化、纽约文化比我熟悉很多。我怀疑，我对制片人僵硬的态度，更多是出于我自己的不安全感，觉得他们的言行威胁到我的自信和威望。智慧的到来永远太晚。我有时惊讶这辈子怎么犯了这么多愚蠢的错误，尽管大多数都是本着最好的愿望，花了最大的努力犯的。岁月让我变得宽容了一些，不再像过去那样鞭挞自己。我想起曾经读到过的一句话，忘了是哪个哲学家写的，"如果我们的心足够大，大到能够热爱生活中所有的细节，我们会发现每个时刻都同时是给予者和掠夺者"。

晚饭后，我和组里的两个演员在酒店后面的篝火旁聊天，湖畔偶尔传来冰块断裂和摩擦的响声，白天被太阳融化了的冰正在重新冻住。坐在我一旁的莱恩，是一个先天残疾的同性恋男孩，他的骨架畸形，双腿几乎不能行走。他说这个月他会在华盛顿市上演一出自编自导自演的话剧，是自传体的，其中有一段讲述了他在同性恋酒吧的经历，因为莱恩畸形的身体，没有人愿意搭理他。有一晚，那里一位浑身肌肉的吧台舞者，看到客人们一再用厌恶的态度对待莱恩，便到他身边献了一支极其性感的舞给他。这支舞像探照灯一样，为蒙昧的人照亮了莱恩的人性。从此，酒吧里的人对他另眼相看，慢慢地也有人跟他约会了。

坐在我另一旁的是一位叫佩嘉的年轻女演员，她说在梦里她总是男人，从很小她就知道自己的性别认同跟生理性别不一样。我问她，你想做变性手术？她说不是，只是一想到自己不能做男人就很伤心。我又问，你被女性吸引吗？她说不是，她的性别认同更像是个男的同性恋者，但是她不想给自己贴任何标签，不想被别人归类成某一种人。说着她的眼泪涌进眼眶，从她漂亮的脸颊淌下来，她明显在受折磨。就在两天前，她还给我们看了照片里她健美温柔的丈夫，他们是在两周前结的婚。

我跟他俩说，我回去一下就来。房间里，从报纸上剪下来的评论文章散在我的书桌上，我拿起《洛杉矶时报》的评论："《纽约的秋天》是好莱坞黄金时代那种浪漫爱情片，陈冲乍一看似乎是个不太可能的导演人选。她的第一部作品——凄凉而又精致的获奖片，是关于一个年轻女孩和她在'文革'期间的悲惨命运。但在她的第二部作品中，陈冲证明了她便是《纽约的秋天》的理想掌舵人。她以娴熟的技巧拍摄了一部值得认真对待的电影，对演员的指导也熟能生巧。表演过《末代皇帝》中婉容的她，深知美丽与脆弱的结合是多么的不可抗拒。时尚且制作精良的《纽约的秋天》，不免会让一些人觉得它是一部油光锃亮的肥皂剧。但事实上，这是一部经典的女性电影，也是一个男人在经历了自己都意想不到的爱情后，脱胎换骨的精彩写照。"我想起丈夫二十年前说的，报上说好的就是你，坏的就不是你。其实，好的、坏的都不是我。

当时觉得这些影评是天大的事，好像全世界都在评判我。其实根本没人在意，人们都卷在自己的旋涡里，上班、做爱、高考、写诗、贷款买屋，就像宇宙按照它固有的规则运行着。也许在亿万光年外，某颗垂死的恒星正在疯狂地旋转，把周围时空扭曲成一口虚无的井，并将一切吞噬。四十亿年后，我们的太阳也会如此。在生命的原子返回星尘之前，唯一不朽的只有此刻——我们活着的每一刻。

我把这些发黄的纸片扔进篝火，星星点点的火光飞起来。莱恩和佩嘉问，你烧掉的是什么？我跟他们讲了我的纽约故事，比起他俩的事显得那么不足为奇。三月份是冰岛北极光出现最频繁的时候，我们时不时仰望，头顶的一长条白色的云，向地平线落下来，它渐渐有了隐约的绿光，我们兴奋起来，十几秒钟后它又绿得更深了一些，然后就失去了色彩。他俩叹息。我说夜还年轻，我们还有希望。

我挺幸运的，摔了这么多跟斗还没有伤到元气。半个世纪前晒台上的"妹妹"，透过我日益衰老的晶体，望着天空变幻莫测的北极云彩，仍然在梦想，在渴望。

幻想博物馆

我给姜文发微信：我想写一篇参演《太阳照常升起》的文章，你有什么可分享的资料吗？刺激或提醒一下我的记忆。

他回：暴雨天到上海去邀请你，我装模作样地谈着故事……

那是一个初夏的傍晚，我俩在兴国宾馆聊天。我依稀记得湿土的气味弥漫在空气里，巨大的雨点敲击着一切，一道闪电划过天空，照亮一片青草，雷声隆隆响起，天色渐渐暗下来……聊了些什么却已淡忘。我有模糊的印象，他买了一篇小说，想改编成电影，但完全不记得他邀请我去演里面的什么角色。我怎么会记得天色和气味，却忘掉了更重要的事情？或许是他记错了？

好像是博尔赫斯说的，我们是我们的记忆……那个不断变形的幻想博物馆，那堆破碎的镜子。从逝去的时间里，记忆只选择某些碎片，我们似乎总是在企图用碎片拼凑出一个完整的现实，而记忆的选择又往往不是在发现，而是在隐藏事实。

我想起黑泽明的《罗生门》，影片里四个证人，各自讲述了一个截然不同的现实，但都同样可信，从而破坏了我们对绝对真理最基本的信任。后来心理学家们用这个概念发明了"罗生门效应"这一科学名词，来形容目击者记忆的"不可靠性"。

其实《太阳照常升起》本身，就是这样一个主观的记忆和想象。

第一次接触这部电影，是在姜文的工作室——一栋坐落在北京工人文化宫内的红墙房子。按他的话说，那是他的"文化人民劳动宫"。门前种着常青树，院子里似乎总有些跳双摇、挥高尔夫球杆之类的活动，厅里似乎总有那么一群"快乐的单身汉"。不知怎么搞的，几乎每次我去，大家都会做起平板支撑、俯卧撑、瑜伽，或者什么其他时髦的健身动作。我常会被叫出来跟某个陌生的小伙子比赛俯卧撑——我每撑一个，他得撑五个。小伙子一般都会上当，因为我那时候能一口气撑二十个，女人里挺少有的。

那一天，姜文带我进了他的放映室，让我坐在一张舒适柔软的单人沙发上，嘱咐身边的人拉上窗帘，开始讲他脑海里的一部电影。我有些诧异地看着他——半坐半躺在另一张沙发上，闭着眼睛形容起一个村庄。一会儿，我也合上了眼睛，世界就只剩下了他的声音——

……房子是什么样的房子呢？那种旧黄色的墙，和头发色儿的草顶。我们一般看到的草顶，是变旧的，是黑色的。所以有时候，这个村庄有些新草顶。新到什么程度呢？它有时是黄的，但是这草在黄之前，它还绿过。所以还有嫩绿的草顶，甚至让我们觉得这草顶是活的。

有些草顶上可能站只鸡，有些草顶上永远有只鸡，不知道什么时候，它就在上面了。还有徽派建筑式的房子，白墙黑瓦；还有像吊脚楼似的，全木结构的。这些东西都是很久以前已经被错落地放在村子里面了，似乎在有人住之前，这村子就已经这样了。

　　……这村儿有雾，雾到什么程度啊，不是每天有。一旦有的时候，就像眼前的追光似的，随着人走，有一个直径四五米的范围。你往前走，所有的东西就像舞台穿过追光一样渐显，通过你再渐隐。

　　人是这样，动物也是这样。尤其动物呢，经常是一头驴，一头牛，似乎它们不是为了干活的，一直到蹄子那儿都是干净的，焗了油，而且色儿跟我们常见的不太一样。驴，可能是黄色的驴，可能脖子上这两道是红的。总之是不一样的，但是又没有那种扎眼的不一样。

　　第一印象是熟悉，对，比对还对。第二印象开始发现，哎……这驴是见过，这色儿没见过。于是渐渐开始有上当的感觉，但是已经来不及了。

　　植物也是这样，可能有一种像滴水观音似的植物，但是上面长着西红柿……你让小孩画一张画，他会特别自然地把植物安排在他想要的位置，但跟实际是不一定有关系的，包括颜色。这个分寸在于，第一眼见到的时候，不能立刻让人猜疑，一定要是第三第四眼的时候，已经认可了，已经熟悉了，也已经上当了。

　　另外呢，雾还分上下层，有的时候我们能看见脚，看不见头；有的时候我们能看见胸，看不见脸和脚；有的时候，看见脑袋，看不见人。这雾还能走，这块是平的，另一块"唰"就过去了。所以随着人的视线在雾中走的时候，除了动的东西渐隐渐显，静止的东西也渐隐渐显……

不知过了多久，姜文的声音停了下来，我慢慢睁开眼睛，窗帘的缝隙里透进一道金色的夕阳，屋里的几个人如梦初醒。我坐在沙发上半天没有动，感到一种莫名的特权，好像有人跟我分享了他最难以名状的欲望和最原始的恐惧——他潜意识里的私密仙境。那是我没有去过的地方，但也不完全陌生，仿佛梦里见过，仿佛我被另一个人梦见了。

两年后的一天，我的经纪人发信说，姜文要开拍新戏了，他想请你参演。我问，剧本呢？经纪人回，姜文说你已经听过了，他说你知道里面有一个非你莫属的角色。我无论如何都想不起，那天听到的故事里有哪个角色是非我莫属的，但是我二话没说欣然应邀——在我心目中姜文是个天才。

出发前一天剧本终于寄到了，摸上去很薄，好像最多二三十页。打开一看，里面的一张条子上写着：这是电影四个故事中的第二个，你的角色是林大夫。

第二个故事

一九七六年 · 夏 · 东部

76. 日　外　校园

歌声继续。

从金色中渐显变亮。

这是一所大学，校园宁静，整洁，人迹罕见。

苔痕上阶绿，草色入帘青。老舍依然古气，老楼依然洋气……

林大夫就在这个宜人的校园工作和生活。故事简洁、诗意，人物的每一句台词，每一个动作都像一种神秘的速写，隐喻着更复杂的经历。林大夫与老唐（姜文）有染，心里还暗恋着梁老师。我只是一路纳闷，姜文怎么会认为我是林大夫呢？她是我们上海人骂"十三点""花痴"的那种女人。我在生活中十分克制，自认为跟那样的人相差甚远。

回想起来，林大夫的有些特征，或许是我给姜文的某种印象。比方我从来没有吹干头发的习惯，有几次洗完澡直接去了他工作室，头发还是湿的，他会说，湿漉漉的真新鲜！剧本里林大夫的头发和她的一切也永远是那么湿漉漉的。

还有一场戏，林大夫双手扒着二楼的窗台，笑盈盈地跟另一扇窗台上吊着的梁老师说：下面有草，松手跳下就行，我先走了。说着她就消失了。几十年前——我们大概二十几岁的时候，姜文和我在洛杉矶参加了个什么活动，结束后我带他到新搬的家里去玩。停下车走到门口，发现自己忘了带门钥匙。房子在山坡的树丛中，我爬上了一棵大树，然后跳到屋顶上，再从另一边爬到了客厅的阳台，从落地窗进了客厅。不记得那晚姜文是跟我一起爬的，还是我先爬进去，开了门让他进来的。也许姜文让林大夫爬窗，跟那次的经历有些潜意识的关联吧。

到达昆明的时候，大部队还在另一个景点拍摄，我独自逛了两天街。在邮件里我告诉丈夫，"昆明的空气比上海的要清爽许多，气候也四季如春，有些像旧金山，但是更滋润一些。老城的窄街上有各种少数民族的手工艺品，还有从尼泊尔来的耳环手链。我给孩子们买了手绣的布鞋和银手链，给自己买了像一串串迷你葡萄那样的绿耳环，但是我还没有看见能为你买的东西，明天再去找找，希望能圣诞节前赶回来给你们"。

拍摄《太阳照常升起》之前，姜文和我只同演过一部《茉莉花开》。

当时他是客串，我演一配角，好像只有一场戏跟他同框。有一天他拍完了自己的戏，在一旁看我，提醒我说，身体别泄着，挺起胸提点儿腰。我天生有些驼背，一辈子都在纠正，大多数人感觉不到，但是他马上观察到了。

我进组时《太阳照常升起》已经开拍两个月，演职人员都已进入状态，而我初来乍到，心里完全没谱，所以非常紧张。姜文随意地让我把林大夫的台词念一下。我一开口就感到脸红耳热，磕磕绊绊地完全不知道该使什么劲。姜文眼里流露出不可名状的疑虑，好像我跟他记忆里的人有出入。

那天我给丈夫发了邮件："今天我让导演失望了。那些台词的分寸太难把握了！你知道我的脸皮多薄，很难在一个陌生的化妆间说演就演。而这个人物是那么不知羞耻地裸露，如果在现实生活里，那样的言行会让我无地自容的。我需要找到自信，好在这个礼拜不拍我，只做试妆造型……"

在服装间试衣服的时候，姜文给我们讲了个故事：小时候我们大院，有个像林大夫这样的阿姨。她三四十岁，皮肤好身材好，鼓溜的，是一个最带有人性化表情的人。这个阿姨跟孩子说话，或者给个糖，或者胡噜胡噜头的时候，孩子会被家长拽到一边，说，别理她，她是妓女。虽然他们不懂什么是妓女，但心里会"咯噔"一下，而且从此开始明白妓女是怎么回事。没人解释过，都是无师自通。她衣服里隐约透出胸罩的带儿和三角裤，白布的胸罩带比现在的那种宽，从肩膀下来是反着的"八"字……

这故事提醒了我，那些男孩记住的不仅是她的内衣，他们也记住了她是"最带有人性化表情的人"。林大夫真，她不管说什么、做什么都特别由衷。

一天姜文拍完戏后来到服装间，看见我在镜前试衣，皱起眉头说，这是一件医院的白大褂啊。我身边的造型设计、服装师、化妆师都有点蒙了，林大夫不是就该穿医院的白大褂吗？姜文接着说，我要的是赫本在《罗马假日》里的那件白衬衫。屋里的人都警觉地体会着他的意思，但还是茫然。他接着解释，就是那种一眼看上去是件医院的白大褂，但其实完全不是。你们回去看看《罗马假日》，体会一下那种漂亮，帅。他指着白大衣的下摆说，"冲美"腿上的肌肉好看，你们得把这衣服剪短了，但又不要太短，正好露出一点膝盖上面的四头肌。姜文那些年叫我"冲美"，后来组里年轻人也跟着这么叫。

　　两天后我们重新试改过的白大褂，姜文又提出了他对袖口的想法：袖口不要纽扣，要露出半个小臂，但不要圈起衣袖，而是那种四分之三的袖长，开着点衩……我从来没有见过一个导演如此细腻、如此具体地设计服装。在日后的拍摄中，这件姜文记忆里、想象中或者梦里的白大褂，成了我的隐身服、林大夫的红舞鞋。

　　《太阳照常升起》的第二个故事，是由一桩"摸屁股"事件展开的。学院广场上放露天电影《红色娘子军》，银幕上一对女兵跳起双人舞，她们的腿冲着镜头朝天踢着，越踢越近。银幕正反面都是人，有的坐在小板凳上，有的站着。当女兵踢高着腿跳到镜头跟前时，突然有人喊"抓流氓啊！"全场一片混乱，正在看电影的梁老师也莫名地跟着人群逃窜，最后被抓住了。林大夫自告奋勇地说自己被摸了，为的是要"救"她暗恋着的梁老师。

　　为了确认罪魁祸首，院领导老吴让林大夫站在一块白被单前面。隔着被单，嫌疑犯们被编了号，挨个上前摸林大夫的屁股。她如果认出哪只手是看电影时猥亵她的，就叫停。

《太阳照常升起》林大夫剧照。

95. 日 内 校办

林大夫从一片白中渗出，渐渐清晰。

林大夫看上去新鲜，美丽，端庄，湿润，呼吸略微急促。

屋里气氛安静，肃穆，庄严，紧张。

有风，林大夫的白大褂，她身后的白布帘被风轻微鼓动着。

白布帘后

林大夫，准备好了吗？

林大夫

准备好了。

白布帘后

开始？

林大夫

开始吧。

……

"预备——开始！"我撅着屁股坐在白被单前，全组工作人员屏息凝视，我突然窘迫。姜文见我有压力，笑嘻嘻地说，你觉得这是一件特刺激、特好玩的事，一会儿凝神细品，一会儿忍俊不禁那种感觉。我发现姜文说戏总是那么简单、具体、可行，而且他的选择也总是那么意外、有趣、脱俗。

摸完一轮以后，老吴宣布测试结束。我从带轱辘的椅子上"噌"地站起身，说，那天看电影我是站着的，跟坐着的感觉完全不一样，能不能站着再试一次？演完一条以后，姜文说，你把椅子踢一边去。我绷直了腿用脚尖轻轻踢了一下椅子，它慢慢滑向一边，像一名依依

不舍的舞伴，把我一个人留在聚光灯下独舞。不知是肢体动作让我感到风骚，还是风骚支配了肢体动作，空气里仿佛弥漫出浓郁的男性荷尔蒙……

　　拍完后我去监视器看回放，屏幕里这人虽然脸熟，但也陌生，我从来不知道自己可以是这个样子的。姜文说，这就是你，平时你老爱装正经。

　　从第一次读剧本开始，我一直在为第九十九场感到为难、发怵。在这场戏中，我将厚颜无耻地向梁老师求爱。或许在潜意识里，我其实期待能像林大夫那样，裸露一次欲望？人总是恐惧自己所向往的，向往自己所恐惧的。

99. 夜　内　病房

梁老师躺在床上凝视窗外。

胡子已被老唐送来的剃刀刮净。衬衣也换了。

打着石膏的腿架在床上。

轻轻地，门开了。一个女人闪进来——是林大夫。

头发仍然湿漉漉的，面色有点儿白。

只见她迅速转身将门锁上。

林大夫

　　这里的大夫我都熟悉。

声音在喘息。碰壁顿生些暧昧和朦胧。

轻盈地，她走到梁老师的床头，很职业地挪了挪那条有石膏的伤腿。

她的影子摩擦着梁老师的脸。有水珠从头发上滴下。

梁老师无喜无悲，看着继续喘息着的她。

林大夫

我不能多待，跟你说几句就走。

梁老师无语。

林大夫

对不起，对不起，对不起。我没有救成你，但，不管出什么事，我都会跟你一块儿承担。

梁老师

那天，你根本没有去看电影，为什么要出来指认我？这是什么把戏？

林大夫

连你都上当了？！哈哈……我就是要引火上身，然后再道出事出有因。我得先让他们认定——是你摸了我，再让他们醒悟——我对你有感情……

梁老师

有感情？你应该早表示，为什么单单挑这个时候？

林大夫

问得好！问得好！这个时候是最能救你的时候。我早就设想好了，你一摸我，我就大叫，就等他们最后问你那句话："梁老师，你还有什么可说的？"

梁老师

就算他们问了，你又能怎么样？

林大夫

他们要是这么问，我就立刻转身扑向你，一把搂住你！大声
说给他们，我爱他！我应该被他摸！我是他的人！

说时迟那时快，林大夫已顺势搂住了梁老师。

梁老师轻闪一下，也无济于事。

林大夫

可惜，可惜。他们竟然少问了一句关键的话。老吴太愚蠢！
对不起，我没救成你，但是我想救你！放心！我会继续想办
法。一定让他们最后明白你摸的就是我。他们不能抓走你！
知道吗？那天你一碰我，我就立刻闻到是你。什么手软不软
之类的话，都是骗他们的！每当你来医务室，我老远就闻到
了你，你还没进门，我就难以自制，就得深呼吸。离我十米远，
我就开始脸红。两米远，我就心跳加速。那天给你包扎手指，
你晓得我有多么难？你离我太近！闻到你，我心慌，胸闷，
随时都要昏倒，就像，就像一下子得了各种病，可又不难受，
甚至幸福，甚至快乐。那天，你就在我身后，又离我那么近，
你的手一摸到我……我就不行了，就想立刻栽到你怀里……

梁老师

林大夫，你今年可能三十六，也可能四十六。对不起，我不
知道。你说的这些，在我看来是个十六岁女孩的感觉。

林大夫脸色一变。

林大夫

梁老师，我必须告诉你，感情不是分析出来的！你未免太冷

静了！再见！

说罢，扭身就走。门被重重地关上！可瞬间门又打开，林大夫迅速返回。
她像换了个人。和蔼可亲，善解人意。

林大夫

我知道，我知道，你实在不放心我。其实你的心里跟我想的
一样，你紧张，你羞涩，你不好意思。这些我能理解。现在
表面上是我一个人在表达感情，可是，我敢肯定，我同时也
是在替你说出你心里的话。对吧？我一离开你，脑袋里就全
是你。刚才我本来想走掉的，但我不能那样离开，我怎能让
你再受伤害呢？（停了一下）可我又不能老坐在这里，闻到你，
我就说不出来的激动……不行，我不能再待下去了，我肯定
会休克，我一休克就跟死了一样。我太了解我自己了。

林大夫意乱情迷，语无伦次。她害羞，激动，手捂发烧的脸。

林大夫

不行……不行……不行！我不能再说了。我心跳得厉害，胸
闷了，胸闷了，我得走了！我得走了！必须走了！

林大夫说着就朝门边退去。消失前说了句：我会再来看你！

这可怎么演？拍摄那晚，我们在现场走了几次戏，姜文觉得哪儿
哪儿都不对劲，宣布停拍。夜里我给彼得发了邮件："结果今晚什么
也没有拍成。现在刚过了夜里十二点，我们一个镜头没拍就收工了。
导演对服装不满意，不过说不定是走戏的时候，我的状态不对。停拍

也好，也许明天我会更有把握一些。这场戏至关重要，也非常难演，我祈祷上帝不要让表演的精灵弃我而去。我觉得我是为了这场戏而被聘请来的，它是我为什么在这个地方的原因。我想做到淋漓尽致，但我没有信心能够达到。"

停拍后我们回到服装间，姜文翻看着那里的各色布料，说，图案得给人一种眼花缭乱的感觉，但是又要干干净净的。外面穿的雨衣得透明到跟没有一样，而且不要那种软绵绵的塑料布，要挺拔有型的。"的确良"的裤子，要接近"冲美"的肤色，有笔直的裤缝，挺得像两把刀那样。

第二天，新服装做好了，非常好看合身——黑底白圈圈的衬衣、全麦色的裤子和透明的凉鞋。望着镜子，我觉得自己很像记忆中母亲年轻时的样子。我走进现场的时候，姜文在看着镜头，跟摄影师讨论着墙上的光影，路灯透过玻璃窗外的雨水和白帘照进来，几何形的影子在墙上波动。工作人员在一而再再而三地调整着雨水滑落的速度和流量。

姜文看见我进屋，抬起头上下打量了我一番，满意了。排练的时候他说："记不记得那些得了奥斯卡奖的演员在领奖台上的样子？那种一面哭一面笑，喘不过气来的激动样子，同时还被自己的激动所感动？"我一听就乐了，马上明白了该使什么样的劲。记得他还给我听了一段意大利歌剧，好像是普契尼作的《贾尼·斯基基》中的《我亲爱的爸爸》。那是一个女儿在煽情地表达对父亲的爱，夸张得有了喜剧感。这段音乐让我从另一层面感到了他想要的基调。

终于一切就绪，我浑身滴着水珠，在暧昧、缠绵的光影中，从门口无声地闪了进来。此情此景让我感到某种原始的渴望在身体里流动，一泻千里的倾诉欲油然而生。我上气不接下气地诉说了几分钟，但没想到对方的反应完全不是预期的那样。一气之下我转身就走，把门"砰"的一声关上，梁老师刚要松一口气，我又开门回来了。这一关和一开之间的节奏、情绪变化没有任何过渡。排练的时候，我按自己的习惯、套路，撞上门，下一秒再推开，有个自然的停顿。姜文说，你在"砰"关上门的同一秒就开门回来，越快越好，进来跟换了人似的。

一开始这个节奏对我有些"不自然"，但我选择去信任姜文的直觉。拍了两条以后，我开始看到这个动作的独特和精彩——好比在听音乐的时候，期待中的两拍"啪——啪"意外地以一拍"啪啪"出现，熟悉的音符便瞬间传递出全新的感情，给人惊喜、触动。林大夫的那股子劲，就是通过踢椅子、关门开门这些小动作，变得栩栩如生、独一无二。作为一场幽默的戏，这样演也是更有效的节奏。

一场五分钟的戏，几乎全是我一个人在自说自话。如果姜文没有让化、服、道、光影和摄影机为我抒发，如果他没有启发我对气息与节奏的运用，它会多么无趣甚至难看。

两年后看完整影片的时候，我发现剧中的三个女演员，各自有这样一段长达几分钟的独白。周韵的那段，是在一间巨大的、荒废了的厂房里拍的。太阳从破旧的窗口照进来，水泥地上一块一块的光，空间里却是幽暗的。她挺着大肚子孤零零站在当中，头顶莫名射下一束舞台的追光，照在她身前整齐排列着的遗物上。摄影机不停地围着她兜圈，让人感到天旋地转——这是一个将要疯掉的女人，在跟死去的、移情别恋的丈夫倾诉。

孔维的那段是在新疆的戈壁滩上拍的。层层叠叠、无边无际的沙丘上，两个女人骑着骆驼在夕阳里向我们走来。一阵铜铃般的笑声从远处传来，然后我们才看清她是谁。骆驼背上，孔维身着西装头戴草帽，在跟周韵讲述着自己的未婚夫——他如何不要脸地勾引她、爱她。

与姜文一起看监视器。

笑声在浩瀚的沙漠回旋，说着说着大朵大朵的雪花开始飘落。这个从南洋嫁过来的女人，在她人生的第一场大雪中，憧憬着与爱人的狂喜。

是姜文的电影"炼金术"，使这三长段的独白在银幕上歌唱和荡漾起来，令人感到文字以外更神秘和抽象的寓意。他的审美是"离群值"——远在大数据曲线以外。他对演员的观察也比绝大多数导演更为细腻、敏感和准确，而且是投入了感情和想象力的。他发现到我们各自独特的、自己都未意识到的活力和能量——那些如果没有在这部电影中释放出来，就无人知晓的宝藏。

后来，我因为扮演林大夫得到了"亚洲电影大奖"最佳女配角，和"华语电影传媒大奖"最佳女配角。我跟姜文说，我在戏里的每个眼神、喘息、扭动都是你挖掘出来的，你是我见过最会讲戏的导演之一，或许都不是"之一"。姜文说，哪儿啊？我不记得跟你讲什么戏啊，是你自己演得好。看来在记忆面前，我们的确都是"不可靠叙事者"。

拍完第九十九场后，我只剩下最后三场很短的戏。

109. 日 外 医务室

老唐和梁老师路过医务室。

老吴的歌声也尾随而至。

林大夫高高地坐在石阶上，腿间一个大白盆，她正在洗衣服。

笑盈盈地，林大夫的目光迎接着老唐和梁老师。

林大夫

有好事吧？我刚才听见《万泉水》断了一会儿。看来不用我
帮忙了。

老唐

洗完了放那儿，待会儿我来帮你拧。

林大夫跟梁老师的目光碰上，没躲闪。

她嘴角浅笑，低头，接着洗。

111. 日 内 走廊

两人刚到门口，就听见楼道里传来了林大夫的脚步声。

老唐和梁老师躲在门口，探出半个脑袋，窥视着走廊那边。只见林大
夫拎着一个网兜，里面放了吃的东西，来到老唐家门前。她整理了自
己的衣服和头发，然后像跳踢踏舞那样，嗒嗒嗒嗒！很有节奏地用鞋
跟敲击了几下地面。

声音清脆悦耳。

这边老唐和梁老师，见到此情此景，突然笑出了声。

林大夫先是一愣，扭过头来看着他们两个。

林大夫

　　讨厌！快来开门！

　　老唐和梁老师走了过去。

　　门关上了。

　　钥匙挂在门上，轻轻晃动着。

　　房间里传来了吉他的声音，继而传来了《梭罗河》的歌声。

　　中间还夹杂着小号干扰的声音，以及在伴奏时三人的说笑声。

　　他们在里面笑着闹着。

　　镜头只在门外，静静地靠近，门再也没有打开。

　　只有里面的声音在唱。

　　画面黑去。

　　歌声却没有停下来。

　　在这两场戏里，林大夫的样子坦然快乐，好像在病房里跟梁老师求爱未遂事件从未发生过一样。拍完后我悟到了，她从来不让男人感到歉疚，这是她可爱的地方。我似乎总是这样跟角色擦肩而过，回眸时，才看清楚演的是谁。

　　我拍的最后一场戏，是梁老师在终于讨回公道后自杀了。

112. 日 外 操场

　　歌声继续。

　　画面亮起。

　　在一个水塔之上，梁老师高高挂在那里。

　　一根枪的背带套在他的脖子上。

他衣着整齐，样子安详，就像睡着了一样。

他的嘴角甚至还带着笑意。

镜头向下摇去，很多人在下面仰着头望着高处的梁老师。

林大夫，老唐，那个陌生女人，还有食堂的那几个女孩，他们都在。

他们的眼神，有的不理解，有的惋惜，有的含着泪水。

电影上映后，有些观众企图用因果逻辑去解释梁老师的死——有的说是林大夫害了他，有的说是老唐害了他，或者是他俩联手害了他。其实这事跟三个人的关系毫不搭界，他们仨都是这个荒谬世界的一分子而已。正如加缪在《局外人》中阐述的存在主义哲学那样，梁老师选择死亡，也许是他认识到了世界之荒诞，人之无能为力，生命之无意义。

二〇〇五年圣诞前夕，我归心似箭地坐上了回家的飞机。当我俯瞰云层下渐远的翠湖时，突然觉得这个梦还没做够，这个约会还没完，甜品还没来得及上……我曾每天沿着湖边，走去云南大学拍戏或者看姜文导戏。湖面上飞的不是野鸭，而是江鸥，让人觉得异样。云南大学是上世纪二十年代建造的，让我联想起记忆里上海医学院的院子和楼房。那是我梦中常去的地方——母亲穿着白大褂，带我去实验室的动物房，教我用水管冲洗两个很大的笼子和里面的猴子。它们跳到笼顶倒挂着躲水的样子很可爱，忧郁的母亲笑起来，她的笑声在我心里漾起层层涟漪。

我想起云大那栋朱红漆的木建筑，从骑楼上可以看到院子里的大树、草地和野花，那么赏心悦目。我们在那里拍戏时，云大的一位领导过来看我们。我问他，这楼是什么年代盖的？那么好看。他说这是原校址的一部分，有近八十年历史了。然后他的目光变得遥远，沉默片刻后告诉我，他学生时代曾经住在这里，当时全校最美丽的一名女同学，就在这栋楼里被强奸和杀死了。他重复地说，她真的很漂亮，舞也跳得很漂亮……

二〇〇七年，《太阳照常升起》被提名威尼斯国际电影节金狮奖。我在地中海的阳光下再次见到姜文，他比拍戏时显得年轻许多。戏中未曾与我同框的周韵、孔维也在那里欢聚一堂。威尼斯是我此生到过最美丽的城市，世界上没有任何其他人造的建构能跟它比拟。我依稀记得那里纵横交错的水道，映照出黄昏的彩云和古老的建筑；夜幕降临时，姜文、周韵与我和丈夫穿过一座千年石桥，行走在圣马可广场上，无数白鸽在半空盘旋着……

我一般不能忍受自己在银幕上的样子，参加开幕式经常是到个场，灯一暗就溜出去，但是《太阳照常升起》属于少有的几个例外之一。我只参与了电影四分之一的工作，很想看到完整的作品。

坐在影院里，我被姜文惊人的才华、勇气和野心所震撼——他企图用梦的逻辑，来叙述两代人在"大跃进"和"文革"时代的故事。人做梦时是最本质、最忠诚的自己；在梦里，我们的阴影最黑暗，创造力最狂野；在梦里，我们建筑和拆毁一个又一个的世界，无须对任何人解释；冥冥之中，一切魔幻、荒诞、意味深长。

影片的时空是自由和不连贯的，前三个故事发生在一九七六年，各有一个不期而遇的死亡：1.疯妈（周韵）消失了，她的衣服跟个活人一样顺河流漂向尽头；2.梁老师上吊了，蓝天下他双手插着裤兜，仿佛在微笑；3.疯妈的儿子村长被老唐用猎枪击毙了，村长似乎觉得值，因他睡了唐妻（孔维）。第四个故事则是这些人物十八年前对生命的狂欢，对未来的憧憬。

的确，是死亡成就了生命。正因为三千多万年前的变形虫、细菌、

与姜文在威尼斯。

藻类植物有了死亡的能力，地球上的万物才得以存在。我再次感叹，生命是多么偶然的奇迹——如果大爆炸产生的反物质比物质多一点，如果地球的轨迹离太阳更近一点、或者更远一点，如果你的母亲在另一个夜晚受精……你都不会在这里。所以，就连死亡也是一种幸运，因为你要战胜怎样的赔率，才降落到了人间。

《太阳照常升起》是这样一部让你联想起生与死的电影。

十五年过去了，我记忆犹新——那座奇异的村庄，回响着一个女人重复地叫喊着"阿廖沙"的名字；那个空荡、干净的校园，飘荡着"美丽的梭罗河"的歌声；那片戈壁滩上的大雪和星空……

闭上眼睛，我依然能够看见电影辉煌的结尾：沙漠上熊熊的篝火，姜文和孔维的婚礼正在狂歌狂舞中举行着，每个人脸上洋溢着幸福的光辉；燃烧的枝叶飞扬在空中，飘向一列行驶中的火车；周韵在上面看着远处沸腾的人群，星星点点的火光向她飘过来；她蹲在火车的蹲坑上，起身时发现大肚子没有了，低头看到坑里飞速向后的轨道，悟到腹中的婴儿从洞里掉下去了。

地平线上，列车慢吞吞停了下来；周韵沿着铁道往回狂奔，跑着跑着荒原上长满了绚丽的鲜花；万花丛中的铁轨中央躺着新生的儿子。此刻，太阳升了起来。生命——跟爱与死亡一样，跟日出日落一样——势不可挡。然而我们已经知道他们的命运，一切终将无法挽回，他们此刻对生命的喜悦和憧憬也因此变得更加壮丽、浪漫、神圣。

姜文自己对《太阳照常升起》并不满意，他认为还没有把脑海里的那部电影完美呈现出来。我也往往只看到自己的瑕疵，总觉得我的能力远不及我的雄心。

记得年轻的时候读过一本叫《玛莎》的传记，作者德·米勒是一名编舞师，她在一九四三年被聘为音乐剧《俄克拉荷马！》的编舞，首映后一夜成名。德·米勒非但不觉春风得意，反而倍感沮丧——评论家和公众长期以来一直忽视了她呕心沥血的创作，却突然把她认为"只是不错"的一个作品誉为她"绚丽的成功"。一天，她在剧院餐厅遇到伟大的舞者玛莎·葛兰姆，聊起自己的感受。德·米勒说，我在自己的作品里只能看到缺陷和错误，没有满意的时候，难道我永远都得不到满足感了吗？玛莎·葛兰姆说，艺术家在任何时候都没有满足感，唯有一种神赐的不满和幸福的骚动，驱使我们继续前进，也让我们比其他人更有活力。

几十年来，我一直记得这段对话。

速度和大数据把所有的传媒压缩得扁平、即时。我们无时无刻不被各种视频画面冲击，它们不请自来，占据我们生命的每个缝隙，但有多少能让我们日后铭刻在心？

生活在这样朝不保夕的速度和数据中，叙事——与任何其他艺术一样——也许是人类延缓时间、逃避死亡的途径？那些晦涩的情节或者有趣的题外话，也许都是为了推迟不可避免的结局？如果一条直线是生死之间最短的距离，那叙事应该是一座曲径通幽的迷宫。《太阳照常升起》是我去过的最诱人的迷宫之一，那里时间天长地久，我们不需吝啬，可以悠闲自在地迷失、探索、迂回、发现、思考、隐藏……

海市蜃楼般的归属之地

最亲爱的文婷：

　　每次飞去任何地方之前，妈妈都想给你写信。她对飞行有非理智的恐惧，害怕自己会死于空难，再也见不到你了；害怕你长大后没有任何她的记忆或不知道她有多么爱你；她最害怕的是你会在没有母爱的世界里长大。她也是一个女儿，知道母亲对女儿多重要。妈妈四十二岁了，仍然无法想象失去她的母亲。

　　今晚，我给你读了安徒生的《小美人鱼》，你很喜欢。你钟爱所有奇幻的故事，还为爸爸和我编过许多个这样的故事。第一次画美人鱼时，你只有两岁。你总是记得为美人鱼画一对文胸。你的洞察力和表达能力都让我吃惊。我经常跟爸爸说，你会成为一名伟大的电影编剧和导演。他似乎不喜欢这个想法，他说你太敏感和脆弱，不能从事电影——一个遭拒绝是家常便饭的行业。他担心你会被"失败"压垮，失去自我价值感，毕竟在电影行业"失败"比起"成功"发生得更为频繁。爸爸是对的，你确实敏感。才四岁，你已经能感受到自己和同学之间的差异——你知道自己是中国人。罗娜园长讲了一件你在幼儿园的事。一天，罗娜的父母来校参观，你遇见他们的第一句话是："我不会说中文。以前说过，现在不说了。"罗娜觉得这很有意思，但爸爸和我在笑过之后开始担心。我们希望你不会在美国主流文化中，因为自己的中国血统而产生任何身份危机。你现在可能还没有认识到，但作为一个双语、双文化的人，你已经得到了一份礼物。你会比别人更有趣，你的视野也会因此变得更广阔。

　　这也是为什么我带你回中国。在北京爬长城的时候你累得走不动了，跟我说，叫部计程车吧。你对故宫里封住的部分尤其好奇，企图从窗户缝隙往里看，你觉得那些是童话中王子、公主的房间。在上海，你跟婆婆的猫咪玩得很开心，但我后来知道你在牵挂着旧金山的家。可佳阿姨问你，文婷，你长大后想做什么呀？你想都没想，严肃地说，我长大了要做榛子街上的一棵树。可佳阿姨笑了，说，这孩子太逗了。我却被你的意识流震惊，我们住在榛子街，你潜意识里想回家、想安定。

　　爸爸正坐在我身边，让我告诉你，应该永远听爸爸的话。他说晚餐时你对他说，"别告诉我该吃什么！"你这么小就叛逆，青春期会是什么样子啊？爸爸开始害怕了。除了妈妈，爸爸是世上最疼爱和关心你的人。你沮丧得想大叫的时候，请千万记住爸爸爱你。有时你叛逆的模样非常逗人。爸爸问你要不要打屁股，你紧紧地抓住他的手，一动不动盯住他的眼睛。

　　上个礼拜爸爸请了一周假。我们先去露营，然后开车去洛杉矶看你奶奶爷爷和表哥表姐。你一路上很乖，对自己唱歌，在你的小笔记本上画画，还跟爸爸妈妈聊天。你的语言能力在你这个年龄是惊人的，你用了诸如"转型"或"汹涌"之类的词，和"哦，妈妈,这只是一种表达方式而已!"那样的句子。

到洛杉矶后,我们在餐馆庆祝奶奶爷爷的金婚纪念日,你和表哥表姐们一起坐在孩子们的餐桌上。吃了一阵后我从大人的餐桌过去看你,为你夹点菜,你咬着牙小声说:"妈咪,我好难为情。我不知道为什么,但我觉得好窘迫。"爸爸决定你应该过来和我们坐。问了你半天我们才恍然大悟,你的不适是因为表哥表姐们比你大好多,你没法参与他们的对话,坐一边自觉无能和愚蠢。我们怎么没想到呢?你那么早熟,我们往往会忘记你只有四岁。

几天前,妈咪的一位同事打电话到家,询问配音工作的事。你接了电话,跟她说:"陈冲现在不能接电话。"你听上去很成熟,她就说,那我留个言吧,然后跟你讲了一件非常复杂的事情。你说:"我只是个孩子。我不能为你做这事!"这让她笑了。她告诉我的时候我也笑了。我想起你经常说,不要像对待五六岁的孩子那样对待你,因为你是一个四岁的孩子。

妈妈写于二〇〇三年七月二十二日

昨晚我睡得很少,离家之前的大多数夜晚都是这样。爸爸和我同往常一样很早起来,一起吃了早餐。我们享受在安静的早晨看报闲聊,话题总是自然而然转到你和文姗身上。

你生命中有妹妹陪伴,让我欣慰。在你和文姗之间,我丢失了两次身孕。爸爸和我都有亲密的兄弟姐妹,希望你也有一个。我怀文姗的时候,你迫不及待地等她到来,以为妹妹来了你就随时都有玩伴,那多有趣。但她生下来后,妈妈在医院住了三晚,回来后忙着喂奶,太累了,无法给你足够的关注。你唯一认识的

跟女儿在家中。

世界被突然扰乱和改变。那些日子你整天无缘无故歇斯底里地在楼梯上乱跑，很可怕。我知道你很困惑，正在努力应对这个变化。不知为什么，你采取的方式是无理取闹。一天晚上——大约在医院回家后的一周，我去你的房间陪你睡觉。我问你，是不是因为妈咪没有足够的时间陪你，让你难受了？你看着我，嘴唇开始颤抖，眼里噙满泪水，然后你终于崩溃了，大哭起来。我很高兴你有机会跟我讲了你的感受。我和你谈过分享的概念，你说，"文姗不懂分享，她一个人占有妈咪"。

时间过得真快，妹妹现在十四个月了。她崇拜你。不管你给她多少次恼怒的眼神，她仍然冲着你笑。你坐在沙发上看电视，她就把头靠在你的腿上。我让你每天拥抱她三次。每次你一抱她，她就开心得忘乎所以。她会把耳朵贴在你的肚子上，抱住你不放。你急着离开，而她总想抱你更久。你会大声喊："妈妈，文姗不肯放开我。"我会过来跟你解释，那是因为她爱你。你说，"可她太爱我了"。

上周爸爸休息的时候，坐下来和你进行了一次"严肃的谈话"。他说他跟哥哥杰姆一直相处融洽，互相支持，是很好的朋友。但你打断了他说："你又不是哥哥，怎么会懂当姐姐的感受！"你的逻辑感让爸爸惊讶。

在开往洛杉矶的车上，爸爸给他哥哥拨通电话，然后交给你说，你跟杰姆叔叔聊聊他当哥哥的感受吧。你一接过电话就问，"杰姆叔叔，我爸爸小时候有没有碰疼你的眼睛？"因为文姗喜欢抚摸你，你总是抱怨她碰你的眼睛。你想证明其他弟弟妹妹不会碰痛他们哥哥姐姐的眼睛，因此文姗不是个好妹妹。

从洛杉矶回来后，你对妹妹好多了。前几天我做了一天的配音回来，看到你们在玩捉人游戏。她在你身后跑来跑去，开心地笑着。那是我第一次看到，你在我没有嘱咐的情况下主动跟她玩。

你是一个非常可爱的孩子，文婷，你从来就是。我没有足够甜蜜的语言来形容你给我的感觉——那种只有母亲知道的幸福。你和妹妹都爱我，没有任何人像你们这样爱过我。你们对我也非常宽容和慷慨，不管我能给你们什么，能给多少，你们都把它当作世界上最好的东西。我从未对任何人像现在对你们这样至关重要。在你们崇拜的眼神中，我看到自己成为了母亲。你是我的老师，文婷，你一直在教我如何做妈妈。飞出去工作曾经是我热爱的事，有了你们，这事变得越来越难了。

现在我必须动身了。我希望这不会是我给你写的最后一封信。我爱你，文婷，爱你和文姗胜过世界上任何其他。

妈妈写于二〇〇三年七月二十三日

我依稀记得那个令人心碎的女人，在两寸大的黑白相片里蓦然回首，跨越几十年的光阴，与我对视。她在一个不起眼的院子里晾衣服——一只胳膊伸向天空，另一只手提在嘴边，系着围裙的腰肢拧转过来，高耸的胸脯在旗袍里雀跃，圆润的屁股下面一条腿绷紧，另一条放松，脚尖轻轻点在地面上。她脸上令人销魂蚀骨的笑容，让我确信照片是她恋人拍的。

她叫郭淑华，出生在一个男尊女卑的封建家庭，是六个孩子中最小的。她童年最幸福的记忆，是每天早晨在镜前为母亲梳头，能那样单独跟母亲接近、触碰，对她是奢侈的感觉。十六岁那年，父母把她嫁给一个姓孙的老爷当妾，那人是个凶残的性虐狂。淑华十七岁生下女儿，不幸夭折，紧接着的一胎也没有成活。孙爷纳妾后，不再理她。八年后，孙爷最小的弟弟文宣突然出现在她的生命里。文宣清秀文弱，温柔善良，跟孙爷截然不同，淑华常陪他写字画画，并渐渐爱上了他。两人私奔后的日子非常贫困，但因为能跟她爱的人在一起，淑华仍然满怀希望。好景不长，文宣因无法维持生计而选择轻生。淑华伤心欲绝，想追随他去，但这时候她发现自己怀孕了。这是她深爱的男人留给她唯一的礼物，她要把他的孩子抚养成人。就这样，淑华活了下来。

十多年后，她把这段身世告诉了女儿——那曾经在腹中救了她的小生命。她说，总是你一次又一次地救了我。

郭淑华是怎么从上海到了澳门，怎么成了香港夜总会的歌女，跟谁生下了儿子托尼，似乎没有人知道。她离开儿女的那天晚上，是不是也有千言万语想要倾诉？她不识字，不会写信。

二〇〇六年春季的一天，在澳洲一间摄制组的服装间里，照片中淑华的旗袍穿到了我的身上，居然合适。我在镜前端详，想象旗袍里她曾经鲜活的腰肢，想象那晚她渴望跟儿女们说的话……

英文片名 The Home Song Stories 不知为何在国内译成了《意》，它更确切的翻译应该是《家乡歌曲的故事》。对我来说，它也是家庭歌曲的故事。为了方便读者在网上找到，我在这里还是叫它《意》吧。英文片名比较长，听着还有些拗口，许多电影投资人、发行商和朋友都建议改一个短些的、通俗些的片名，但是导演托尼·艾尔斯坚持只有这个名字才能象征故事的精神和意境。只有失去了家，它才会成为一支遥远的歌萦绕于梦中。

二〇〇七年《意》在众多国际电影节上获奖，我也因为扮演片中女主角得到不少荣誉。记得在获得澳洲金像奖最佳女主角的时候，我感谢了郭淑华——她既平凡又惊世骇俗的命运，是角色诞生和盛开的

导演托尼·艾尔斯的母亲，角色玫瑰的原型郭淑华。

《意》剧照。

沃土；我感谢了丈夫和孩子，让我对母爱与家庭有了更切肤的体验，让角色悲凉的人生有了爱的热度与渴望。

重温导演托尼·艾尔斯给我的第一封电子邮件，我想到《意》其实是一部他孕育了十年，甚至一生的电影——

十年前，我写了一部短剧，叫《长途跋涉》。它讲述了我母亲、姐姐和我乘坐出租车前往珀斯以南三小时车程的小镇班伯里，与我母亲的一位情人共进午餐的故事。几年后，我又写了一部自传体电视剧，叫作《鬼故事》，它是我母亲自杀事件的虚构版本。

从很多方面来说，这两个作品都是为现在做的准备，《意》是我自传三部曲中最后也是最雄心勃勃的部分。它描述了我童年最戏剧化的一年——那一年，我妈妈和比她小二十多岁的乔相爱了，而后来乔又爱上了我十六岁的姐姐。

跨越五十多年，这是一个关于母子、母女的故事；关于突如其来的激情、锥心刺骨的单恋和黑暗的自我毁灭的故事。使它如此令人惊讶和不可预测的是，它完全基于真实事件。剧本中的一切，都曾发生在现实生活中——从我母亲和姐姐同时试图自杀并在同一家医院被抢救的离奇事实，到我和姐姐三十年后在街上跟乔叔叔的巧遇。

这部电影将以澳门、上海和澳洲墨尔本为背景，探索七十年代初在澳洲郊外白人区中生活的中国穷移民。在这个独特的世界里，粤语流行歌曲与《迪恩·马丁秀》（Dean Martin Show）、《鹧鸪家庭》（Partridge Family）并列，中餐厅狭窄的空间、廉价的装饰与宽广的维多利亚海岸线并列。

最重要的是，这是一部男孩逐渐疏远他魅力无穷、喜怒无常的母亲的电影。成年后，他反复地讲述母亲的故事，也许为了找回一点爱。

当时我对托尼和他的作品都了解甚少，但是他的信说服了我。二〇〇四年夏天，托尼千里迢迢从墨尔本来到旧金山，我们约好他下机后在一家中餐馆见面。记得那时已过了用餐的钟点，伙计们正围着一张大圆桌吃饭。我们坐下后托尼说，我小时候母亲也常带我和姐姐去蹭伙计吃的饭。我问，她在墨尔本的中餐馆工作吗？托尼笑了，说，她曾经带我们从澳洲东岸的中餐厅一路蹭饭到西岸，然后又蹭回东岸，有时候山珍海味，有时候剩菜剩饭。

一位服务员从大圆桌走过来为我们点菜，托尼看到咸鱼蒸肉饼很兴奋，他说小时候经常吃这个菜。啊，托尼的咸鱼蒸肉饼，我的雪里蕻炒肉丝，味蕾的记忆像一条无形的脐带，一丝长长的乡愁，永远连着那片失去的故土。

等菜的时候，托尼从手提包里拿出剧本和几张发黄的老照片给我。他说，这是我的母亲郭淑华，英文名叫苏。照片很小，我拿起来仔细看。他接着说，在我最早的记忆里——或者在梦里，总是她穿着旗袍的背影，在日夜交替的光线中，慢慢消失在鹅卵石的小街上。那时我们住在澳门，母亲在一家夜总会当歌女。有一张一家三口的照片，是在远洋轮上拍的。托尼说，这是一九六四年，母亲跟一位停泊在香港的澳洲水手——也就是我的继父艾尔斯结了婚，带着我和我姐移民去墨尔本。照片里，苏身着一条西式呢大衣，脸上戴着一副太阳眼镜，头上围了一条丝巾，几缕烫过的头发被风刮起，她双臂轻轻搂着年幼的儿女，洋溢着无限的憧憬。谁能想到八年后这个女人将在大洋彼岸悬梁自尽？

很长一段时间，托尼一直忘不了自己对母亲最后的吼叫：你滚！我恨你！四十年后，郭淑华的幽灵终于变成了他纸上的文字和脑中的画面。在剧本里母亲叫玫瑰，托尼说那更像记忆里的她。

那张远洋轮甲板上春风满面的照片，是托尼和姐姐颠沛流离的开始。丈夫比尔把玫瑰和两个孩子安顿在他墨尔本郊外的房子里，又启程远航去了。玫瑰在这片寂寞的异土上待了一个礼拜就带孩子们离开了。骚动的灵魂、幼稚的心智和不安分的身体，像一道永恒的诅咒，伴随着她和两个孩子穿越整个澳洲，从一个城市颠簸到另一个城市，一个"叔叔"换到另一个"叔叔"，为了追随那块海市蜃楼般的归属之地，浪迹天涯。每到一处，她都会把从中国带来的玻璃珠帘挂在门框上，对孩子们信誓旦旦：这次一切都会好起来。但过不了多久，他们又开始跋涉。

七年后，千疮百孔走投无路的玫瑰带着儿女再次回到墨尔本。丈夫比尔举着一束鲜花在火车站翘首以待，孩子们上前叫比尔叔叔。玫瑰说，不是叔叔，是爸爸——他以后是你们的爸爸了。一切似乎依旧，不同的只是比尔现在跟他母亲同住。在这个婆婆眼里，玫瑰与孩子们是闯入者，触目的珠帘是他们不雅的旗帜。玫瑰与她在一个屋檐下水火难容，但比尔是个宽容的丈夫、善良的继父，孩子们终于有了安稳的日子，玫瑰决定忽视婆婆的冷嘲热讽。孩子们问，我们在这里待多久？玫瑰搂着他们说，永远，等老太婆走了你俩可以有各自的房间，跟澳洲人一样。

不久，比尔出海，玫瑰在家像一头饥渴的笼中困兽，眼望窗外来回踱步。然后，她穿上旗袍去了她唯一熟悉的土壤——中餐馆，并在厨房里遇上了比她小二十岁的乔。当他们四目相视时，玫瑰又滋润起来。第二天晚上，她带着儿女跟伙计们一起吃了一顿丰盛的家乡菜，跟大家说着乡音唱着歌，好像回到了年轻时代在夜总会的日子。第二天，玫瑰穿上低胸连衣裙在荒郊野外与乔约会，男女间的激情和欢愉让玫瑰心神荡漾，体验到了久违而短暂的归属感。

乔是非法移民，在唐人街单身宿舍有被移民局查捕的危险。玫瑰便把乔接到比尔家住下，跟婆婆说，乔是家乡来的表弟。他们四个人在家里说中文，吃甘蔗。婆婆这个主人反而变成了局外人，她恶狠狠地看着这帮异族人在客厅咀嚼吐渣，十分反感。一天半夜，乔蹑手蹑脚钻进玫瑰的房间，两人偷情时让婆婆抓到。孩子们在睡梦中被叫起来收拾行李，他们再次失去了安稳的家。

乔的老板把他们带到一栋破烂不堪的矮房，里面一片狼藉，根本不像个住人的地方，但玫瑰却在这里看到了新生活的希望。她再一次把晶莹剔透的珠帘挂上门框，认真当起家庭主妇。二十多岁的乔负担起一家人的鸡毛蒜皮、油盐酱醋，开始变得烦躁厌倦。玫瑰感到乔对她不再热情，陷入绝望。她哀求、怒吼，以死威胁，乔还是离开了。穷途末路的玫瑰服安眠药企图自杀……

托尼用在玫瑰身上的笔墨毫无多愁善感，几乎残酷无情。我隐隐觉得他在用写作惩罚母亲——那些幼儿时的崇拜、爱和期待是怎样慢慢变成了失望、厌恶与恨。

读完剧本我问托尼，你觉得母亲爱你们吗？他说，不知道，如果她爱孩子，怎么能这样一次又一次地破坏他们的幸福？我说，如果玫瑰不爱孩子，电影里的毁坏和绝望也就失去了张力。是否有可能在你成年后发现某一件事，知道母亲原来为自己做了牺牲，故事从而得到升华？他说，我没有发现过这样一件事，编造情节并不难，但这样就不是我要拍的电影了。从写剧本的第一刻开始，玫瑰就是你。你跟我一起去寻找吧。

二○○五年十二月中下旬，《意》的资金终于全部到位。我当时在云南拍摄《太阳照常升起》，还剩下最后一场梁老师吊死在水塔上的戏。姜文希望那天阳光灿烂，梁老师晃动的尸体后面是一片蓝天。但我们等了一周太阳也没有出来。我答应过女儿我会回家带她们一起买圣诞树的。正在我归心似箭的时候，接到托尼的邮件，希望我在开拍前三周到达墨尔本排练。这意味着我跟家人在一起的时间又少了三周。我回信说三周太长了，我怕是很难做到。

　　第二天我又接到托尼的邮件——

　　亲爱的冲：

　　希望你一切都好，拍摄一切顺利。

　　我理解你对三周的排练感到为难，并且认为这没有必要。在正常情况下我完全同意你的看法，但这回我们将和两个孩子一起工作。他们之前都没有演过戏，需要足够的排练时间才能感受和建立与你的感情，尤其是小男孩。玫瑰和她的孩子的关系是这部电影的核心。

　　有些台词可能是孩子们无法明白的，有些情感也可能是他们无法表达的。我希望在排练期间面对这些问题，进行改写。我也希望你能跟他们做一些即兴创作，帮助他们找到场景中的情感。我曾考虑过用你的替身为孩子们排练，但这可能会造成他们的困惑。

　　除了与孩子们的排练，你还要跟对话老师练习台词，消除美国口音；与作曲研究玫瑰在戏里唱的歌曲。（你对自己唱歌有信心吗？你需要上声乐课吗？）

　　我知道你不想离家太久，请你理解我的焦虑。要从孩子们那里获得最佳表现，我不能没有你。

下周你会收到新的剧本，你提的建议我基本都已采纳，我认为它越来越好。期待你的回馈。

我迫不及待地想在一月初见到你，多聊聊。

保重

托尼

查看二〇〇六年一月到三月的电子邮件，我自己都感到惊讶，里面居然有上百封信是在商量如何缩短与家人的分离。当时三岁的小女儿还在幼儿园，七岁的大女儿正好放春假，丈夫彼得还有年休假没用完，我们决定全家去澳洲住半个月。我甚至联系了几家墨尔本的学校，考虑让孩子们在那里寄读，但是彼得认为孩子们应该有一个更稳定的环境，放弃了这个想法。

那段时间，我在家早上醒来第一件事，就是打开录音机，按一位澳洲中国移民的录音练习台词，掌握合适人物的口音；晚上睡觉前看一集当年澳洲盛行的美剧《鹧鸪家庭》——那是玫瑰跟孩子们经常看的节目；收拾房子、做菜的时候都哼唱着《不了情》——戏中玫瑰唱的歌。我还看了不少六七十年代的港台片，观察那个年代女人的举手投足。给我启发最大的是《野玫瑰之恋》中葛兰扮演的夜总会歌女，她的肢体语言为我的角色埋下了种子。慢慢地，我能感到玫瑰在我的身体里滋长成型。

二〇〇六年二月，托尼兴奋地告诉我："两个孩子演员都找到了，他们真实自然，非常可爱。"在发孩子们照片给我的邮件里，还有一张戚玉武的照片。托尼问我："你喜欢他吗？他二十八岁，以前在广州是一名运动员。"我回："他个子高身材健美，眼睛那么深情那么干净，

妆发过程对于我来说是演员到角色的一个物理变化。（摄影：冯海）

我当然喜欢啦，不过我跟他一起不是成恋童癖了吗？"戚玉武在《意》里扮演了乔——玫瑰最后的情人。拍摄期间我发现他极其专业、谦逊，无论在什么条件下都任劳任怨，从不抱怨也从不说任何人坏话。按他的条件完全可以打造成一线的男主角，但当时他跟一家新加坡公司签了很长的独家合同，无法出去发展。这家公司参与了《意》的投资后，他才得以加入。十年后戚玉武终于解约，我导演电影《英格力士》的时候，又有幸再次与他合作。

三月初托尼发来一封标题为"你是不是在健身？"的邮件："刚与服装设计师开完会，我们在猜你是不是整天在健身房？你胳膊上的肌肉对于那个年代的女人很不合适，能从现在开始停止健身吗？"我无奈地回信："对不起，我生来就有肌肉，不是练出来的，在可能的情况下我会尽量放松放软双臂。"

我遗传到父亲的结实健壮，不是母亲那样的窈窕淑女，旗袍对于我是一个挑战。戏中玫瑰是文盲，没有一技之长，她唯一的生存本钱就是风情万种的身姿，形体是创造玫瑰十分关键的部分。我在邮件里告诉彼得："如果不是感情戏，我给自己的检查清单是：1）把后脖颈伸到最长，2）让乳头牵着走路，3）把肚子吸进脊椎，4）把屁股翘向天空。还得看似与生俱来。我多希望我天生优雅，我多希望我的清单是关于角色的内心世界。好在当角色在情感上更具挑战性的时候，她老了，不再妖娆，到那时我想我会列个不同的清单吧。"

找到当年邮件的感觉，让我联想起那些丢失了的、曾经心爱的东西，比方文婷三岁时写的纸条，彼得送的耳环的其中一只，读了一半放下的 W.H. 奥登诗集……不见了多年后，它们偶然地出现在某个莫名的地方，好像意外的礼物。当年给丈夫写邮件的时候完全没有想过，那些变成了二进制代码的琐碎念想，会被无限期地储存下来，待我十几年后敲击几个键盘，重现在我的屏幕上，好像一首断断续续回旋在记忆里的曲调，突然找回了歌词。

终于睡了个懒觉。昨晚在隔壁的电影院看了个电影，回家后吃了一堆小核桃。这意味着我现在必须去跑步。明天开拍，我需要为了那些漂亮的衣服再瘦下去一些。你们走后我掉了几磅，通常一天只吃一顿正餐，实在饿了吃点蔬菜水果或几颗坚果。不知能这样坚持多久。

……

我吃了一只香蕉、一个梨、一小盘番茄沙拉、一小块烤鱼。我无时无刻不想着组里零嘴摊上的曲奇饼、花生米、薯条，不过忍住没去。下午茶的奶油蛋糕也没有碰。其实蔬菜水果可能并不是个好主意，吃多了会胀气。我跟厨师说了明天还是给我吃蛋白质。

刚刚看到 CNN 报道一个十岁女孩的谋杀案，真可怕。我好想紧紧抱住我的孩子。老公，你一分钟都不能让她们单独行动！

……

我刚吃完一大顿火锅回来，不知为什么吃了那么多，今晚肯定睡不好觉。好累啊，但是必须得去一下健身房。饭前我是走了五公里到朋友家的，不过算算还是进了一千五百卡路里。

……

刚看电影回来。我非常喜欢这个"二战"前建的老剧院。这是一部叫《生命国界》（*Live and Become*）的法国电影，关于一个男孩对母亲、对家和故土坚定不移的爱与思念。他是埃塞俄比亚的基督徒，假扮成犹太人逃亡到了以色列，被一位刚失去孩子的犹太妇女领养。电影很感人，我一个人在剧院里好好哭了一场。

我非常想念你，渴望跟你分享这份感动。我也非常想念我的两个宝宝，因为这是一个关于孩子思念母亲的故事。

我作弊了。去影院之前我吃了一顿饭，但现在我又坐在这儿吃。我炒了一个西红柿和一个鸡蛋，再加上一根胡萝卜。我想这只能算健康零食吧。不算一顿饭。

……

老公，这个周末我又吃回了一日三餐，周一我穿宽松的病人住院服，周二休息，周三还是医院病服。生日那天我将一整天挂着点滴躺在病床上，挺稀奇的四十五岁生日吧？

昨天，我们在 Queenscliff 海滩拍了一整天，戏里玫瑰在沙滩上为女儿梳头，她的情人在不远处的海水里跟儿子嬉耍，这个角色很难得有这样宁静和满足的状态。坐在沙滩上的时候，我发现玫瑰的形体语言已经是我的第二本能了。晚上，摄制组住在附近房车公园里一栋一栋独立的小平房里，每套都有客厅和厨房。外面漆黑一片让我害怕——你知道我多怕黑夜，我只好请我的替身演员过来同住，不用说你也能猜到我没有睡好。

电视上刚播了一个关于青少年自杀的节目，令我心有余悸。其中有一个十七岁的男孩，是个早熟的天才。他们采访了他的父母和兄弟，我简直无法想象父母的悲哀。一整天我都在想着文婷，她也那么敏感复杂内敛。

《意》是二〇〇六年四月开拍的，进入五月份后，文婷开始不愿意接我的电话。我说，妈妈很想你，跟我说说话好吗？她说，真想我的话你可以回家。我没有跟她说，我是真的想你，可是戏拍到一半怎么能回家？她和我都知道拍戏是我的选择。

文婷很早就会写字，有时我不在家时她会写条子留在我的床上。总是开始一两张叫我妈咪，之后的叫我大名，再过几天就放弃不写了。她三四岁的时候写的一张纸条，我永远不会忘记。她在上半页画了两个小女孩互相吐口水，下半页先写了跟朋友之间的困惑，觉得她们太不同了，做不了好朋友，然后写了两行令我震惊的字：科琳妒忌我，因为我会写字，但是她不懂，她没有一个不回家的妈咪。

　　我明白她的意思是，她没什么值得科琳妒忌的，她没有妈妈，而科琳有妈妈。

　　进入五月也意味着小女儿文姗要满四岁了。来澳洲前，我带她在一家游乐场付了定金，并给她全班同学寄了去游乐场开生日派对的请柬。没想到我定的日子是一个长周末，又正好遇上母亲节。拍戏期间我陆续接到家长们来信说，他们那个周日已有安排，孩子不能出席。我为这事焦灼不已。

　　戏里，乔开始对玫瑰厌倦，她感到恐慌、愤怒、心碎。玫瑰跟乔咆哮、扭打，完后又抱住他哭求，不要离开我好不好……你和他们一样，给我希望，然后又把它夺回去……

　　我给彼得的邮件也变得歇斯底里——

　　　　又接到一条家长的邮件，又是下个周末出城度假！这些人，她们都要在母亲节出城，这让我气得发抖。我多么想给文姗一个美好的生日，但是我在辜负她。是因为我平时没跟她们交朋友吗？她们的崽子都不愿来参加我宝宝的生日聚会？我恨她们。

　　　　不懂我为什么会这样发抖，停不下来。你要在我身边就好了，你会一如既往地抱住我说，别担心，一切都会圆满解决的。

　　　　想你！

接着的一封邮件里我跟丈夫道歉，想必是在电话里跟他发了不小的脾气："对不起，我真的不知道自己怎么了，已经十七个小时没睡了，我答应以后不会再这样……"

以后不会再这样了。玫瑰自杀未遂在精神疗养院里也是这样答应两个孩子的。拍摄那场戏的时候，我紧拥着儿女发誓从今往后做个好妈妈。其实那是我想对自己孩子说的话。在托尼的记忆里，母亲每个发自肺腑的诺言最后都没有兑现。

我答应过文姗她会有一个快乐的生日。眼看生日就要到了，我自己沉重的负罪感全部压到了丈夫的身上。彼得把聚会从周日改到周一放学以后，把地点从游乐场改到家里，再雇用了一家儿童派对公司，然后发信通知家长，第二天电话确认……那天晚上他在邮件里写道："家里来了演小丑的、变戏法的、画脸谱的、做气球的，非常热闹，但是聚会太长了，尾声的时候所有的孩子都累了。不知道怎么文姗就不高兴了，跟我发了一通脾气。奶奶骂了她不懂感恩，她一直哭到睡着……"

彼得是一位心脏病专家，经常一天工作十四小时，但他每晚编一集《J 和 T 的故事》，讲给孩子们听。英文里的名字 Johnny 和 Teddy，在故事里变成了傻呵呵的 Johnny-ny 和 Teddy-dy。这俩男孩比女儿们稍大一点，总是企图跟她们恶作剧，但是每次都反而被聪明的女儿们给捉弄一通。每一集都有丰富的情节和各种屎尿屁笑话，女儿们总是笑得前仰后合，百听不厌。孩子们跟着我出外景的时候，他每天会用电子邮件把《J 和 T 的故事》发给她们。记得一次我们全家人在 Costco 买东西，文姗突然指着两个牛仔裤管拖在地上的胖男孩，无比兴奋地喊起来，快看，Johnny-ny 跟 Teddy-dy 在那里！可想而知彼得创造的人物多么生动难忘，小女儿觉得他们是生活里的真人。

与彼得在家中。

跟彼得约会那阵，他住旧金山，我住洛杉矶。见了三次面后他给我打电话说，我觉得我们应该结婚。我说，也许吧，当时就很纳闷，他怎么会知道我是全世界最怕仪式的人？别人求婚都要花好多时间精力挑选钻戒鲜花，设计特定场景等等，我们就这样在电话里马马虎虎定了人生大事。半年后我们结婚，我说不要婚礼了，我们私奔吧，去个好玩的地方。他说，这大概难办，过不了我父母这关啊。

重读他十几年前给我的邮件，让我感慨万分。这是二〇〇六年五月的最后一个周末——

　　　　昨天给文婷讲了两个"惊悚"故事，两次她都叫出声来了。以后我也许该多讲些吓人的故事，她瞪大眼睛害怕的样子太可爱了。孩子们睡下不久我就上床了，十一点半被呼叫去了医院——心肌梗塞，动完手术回到家很久才入睡。现在我刚吃完晚饭，还有很多病历需要整理出来。明天文婷特别忙，先要去玛德琳的生日派对，四点上中文课，接着马上去佐伊的生日派对。我得去买生日礼物，能给我一些建议吗？

　　如果只是一个这样的周末，似乎没什么了不起，但是在孩子们的整个成长过程中，这是他的无数个周末。跟彼得结婚前，我是一个极其不稳定的化学结构。是他的进入改变和成全了我的生命，成全了我们的家庭。他对我与孩子的爱与忠诚像地心引力一样可靠、一样不容置疑。

　　也许爱情是人类体验的最高倍放大镜，通过它我们所有的希望、欲望、恐惧都被放大，让我们从最小的巧合中看到寓意，感受到命运之手的拨弄。跟彼得认识前，我住在洛杉矶，他住在旧金山，生活和工作的圈子都不交叉。一天我接到好友雪莱的电话，说要介绍一个对象给我。我问她是怎么认识的，她说她没见过，但是他的老板福瑞德认为彼得是人间的天使。原来福瑞德心肌梗塞那晚，正遇彼得值班，救了他的命。福瑞德醒来看到穿着白大褂的彼得，以为自己已在天堂，以为彼得是个天使。而我则觉得上苍之所以把福瑞德不早不晚地送进急诊室，又让他病得那么严重，以至于彼得用一整个夜晚才把他救活，为的就是让我们日后"一见钟情"。

彼得和女儿。

我至今惊讶我居然凭着那么一点点信息，就飞去了旧金山与彼得约会。第一次跟他吃完晚饭的时候，我已莫名地感到会跟他白头到老。这样一见如故的、近似血缘的亲切，不知是否因为我们都是远离故土的中国人？我们的祖宗世世代代思考、唱歌、做爱、吵架，用的是同一个语言。

我当然知道我和彼得之间的吸引力，不只是他乡遇故知，远远不是。但我总是会在异乡的人群里瞬间认出同族的脸，眼光在他身上多停留片刻。我认识到，戏中玫瑰的一切行为都怀有强烈的乡愁——心中那个永远失去了的家。

拍摄期间有一天，我接到一封朋友的邮件，告诉我她与丈夫分居了。这个消息对我非常突然，在那之前我一直觉得他们是一个美满的家庭。我马上给彼得发了邮件，"黛比和德斯分开了，这大概就是为什么他们前一阵卖掉了房子。我觉得很幸运，尽管我们的家庭因为我的工作承受了许多艰辛，我们仍然这么坚强稳固。你们三个是我的一切，这一家四口是我唯一能想象的生活。"

不懂为什么，也许是因为玫瑰的绝望，那段时间我反复梦见丈夫爱上别人，毫不留恋地离开我和孩子。

我一次又一次给彼得写信诉说我的不安——

老公，昨晚又做那个梦了——梦里你那么无情……我急需跟你和孩子们在一起。今天突然觉得她们的脸开始有些模糊了……

真想给你打电话啊，但现在是你的凌晨四点半。要不我还是给你打过去？跟你那些烦人的病人一样？我想你也一定有这样需要我的时候，而我不在你身边？我觉得自己在崩溃，希望不会，直到今晚我都坚持住了。只有最后的一个礼拜了。我爱你。

彼得回信鼓励我——

坚强些,你会没事的。这两个月对我们家每一个人都是挑战。你已经能看到跑道终点的冲线带了,这是最后的冲刺,加油! 不到一星期我们就能见面了, 所有的困难都将化为乌有, 都将成为值得。我们非常爱你,想你。我昨天开始教文姗拼写,她能拼出猫、狗和男孩, 还跟我说这些都太简单了。我想她是在模仿她姐姐。

文婷也来了邮件——

妈咪,你好吗? 文姗在学拼写,她写了妈咪我爱你。阿姨买了四根织毛线的针,我在为上海的猫咪织衣服,暑假很快就到了,文姗和我都很兴奋! 我爱你妈咪!

最后冲刺是演玫瑰的死。上吊那天晚上, 玫瑰穿上了昔日的旗袍——她的战袍, 亢奋地踱步, 她跟孩子们说, 香港的夜总会老板还在等着她, 香港才是家, 回到那里一切都会好起来……儿子再也忍受不了她的谵语狂言, 大声叫道, 要去你自己去, 我们不跟你去! 玫瑰习惯性地去搂他安慰他, 却被他一把推开。儿子冲她怒吼, 你滚! 我恨你! 玫瑰顿悟, 她不能再让自己龙卷风一般的破坏力继续伤害孩子。跟过去许多次那样, 她轻轻对儿子说, 妈妈会把一切办妥的。

清晨, 孩子们在杂物间房梁上发现了昏死的妈妈, 女儿哭喊着让儿子抱住妈妈的腿往上举, 自己到处找刀子、凳子, 拼命要把妈妈救下来。记得拍摄的时候, 玫瑰应该已经不省人事, 而我却止不住地哭。这两个孩子永远没有了妈妈。我想到女儿们在等我回家……

生活中的我和戏中的玫瑰。

离家前写的那些信，女儿们至今没有读过，因为飞机有幸从未坠落。

我在银幕上扮演过不少母亲的角色，但玫瑰是我唯一如此疼惜和捍卫的一个。这个离乡背井渴望归宿的女人，这个被自己的天性折磨得体无完肤的女人……在另一个维度，又何尝不是我——一个不称职的妻子和母亲。人们可能会认为她缺乏母爱，那什么又是母爱呢？记得大女儿出生后我得了产后抑郁症，夜间哺乳加重了我的失眠，以致一连两周不能入睡，挣扎在崩溃的边缘。一天夜里我哭着跟丈夫说，我根本不想做妈妈也不配做妈妈，如果能把她放回肚子里去就好了。但哪怕在那样的时刻，如果有人想伤害我的孩子，我仍然会跟他拼命的。

托尼没有找到他母亲为孩子牺牲的证明。但或许她一直都在牺牲，在为了孩子与脑中的恶魔斗争。或许她不停地流浪是一种自救，就像我不停地离家工作，或许流浪与归属对我们是并存的需要，也永远同样强烈。在我与玫瑰共体的那两个月里，有时我感觉到天使降临在抑郁和狂躁的间隙，让我们变得格外温柔、欢乐和幽默；有时我感觉到恶魔和天使同时在灵魂里争夺，让我们在摧枯拉朽的毁坏中，迸发出同样凶猛的爱。

很多年后，托尼告诉我："你懂得玫瑰——她的憧憬、她的妩媚、她的决心、她的幽默、她的脆弱、她的虚荣、她的愤怒、她的悲伤、她的爱……在每一个场景中，你都为玫瑰赋予了新的一面，最后你创造了一个迷人的、不可抗拒和悲剧性的人物。你也知道，我一直在与关于母亲的记忆挣扎。我无法原谅她对我姐姐的伤害，成年后的大部分时间都在恨她。但是因为你的表演，我爱上了玫瑰。而这份感情成了一条我找回母亲郭淑华的途径，让我重新感觉到她的爱。"

有些事情——而且往往是最重要的事情，好比地心引力、灵魂、人心、爱——永远只能被感觉、被推测，而不可能被完整地理解或证实。对这些事情，感觉到比知道也许更为重要。

曾经有人问我，世上有那么多经验丰富的编剧，我为什么一定要自己写剧本？其实编剧是我做导演的一个部分，我先把脑海里看见的那部电影写下来——好比排练，然后再拍出来。大学里的剧本课教过三幕电影的写法，我却从来没有按三幕先拉出大纲，总是被潜意识驱动着直接写剧本。

我脑海里那部电影是从哪里来的呢？我猜跟其他电影人差不多吧，对一部电影的想象，是从某种强烈的共情与挑战、从某种道德或视觉的审美感受中来的。具体说，可能是一幅令我内心战栗的画面，一个无法忘怀、甚至无法理解的场景，一段魂牵梦绕的音乐，一个非典型性的人物，或者一个具颠覆性的想法……

第一次写剧本，记得读小说原作的时候，我眼前出现了一片无与伦比的星空，一顶补了又补的破帐篷，一个男人边系着皮带边从里面出来。帐篷里的行军床上有个女孩，她瘦削的肩脖、凌乱的头发和苍白的脸颊都湿透了——那个离去的男人不是她那天的第一个男人。一个中年汉子拿着水壶走过来，捧起她的头，女孩在他手里像个刚刚早产的、奄奄一息的羊羔，一条无法存活的小生命……

这个叫文秀的女孩想回家，她为了得到回城的名额，用自己的身体跟"有权有势"的男人做交易，她又不能跟一个不跟第二个，她得一碗水端平。文秀与我同龄，帐篷里的女孩完全可以是我，只是我比她运气好，在她去川藏高原的岁数我去了上影厂。

加缪认为哲学要探讨和回答的唯一的问题是自杀——生命是否值得我们去度过。这幅美与残忍、善与恶的画面对我的震撼，不仅是视觉的审美，也是道德的审美，它涉及生与死的价值。

第二次写剧本，是应《ELLE》杂志邀请拍一部女性题材的短片。那时候，男性婚外恋显得司空见惯，而同样的事如果发生在女性身上，一定会遭到大众的唾弃。接到项目后，我开始想象一个女人婚外的"一夜情"。

有一部日本小说，名字和故事我都记不清了，但是其中一个场景给我留下极深的印象。一对陌生男女，在突然断电的环境里达成了一个危险的协议。张爱玲写过一篇叫《心经》的短篇小说，里面有一个场景是两个女孩从黑暗的楼梯走下楼，说出了各自不会在亮光下吐露的心事。我觉得光线的变化引起的心理变化很有意思，而且也有电影画面感，就以它为灵感写了《非典情人》的第一场戏，接着的剧本就跟着第一场顺藤摸瓜，一口气写出来了。

餐馆里，一个孩子的生日派对正接近尾声，亲朋好友其乐融融的场面充满了幸福感。突然，停电了，招待员过来道歉说账单要等通了电才能打出来。奶奶爷爷为五六岁的生日小王子裹上大衣，爸爸跟妈妈说，他可以留下等账单，让妈妈带着孩子先回家。妈妈让他先把奶奶爷爷送回家，她自己来等账单。

闪烁的圣诞彩灯从不远处照进来，餐馆里忽隐忽现只剩下妈妈和另一桌的欧洲男人，他平安夜一个人流落异国他乡，显得孤独。男人用生硬的中文跟妈妈说，好可爱。妈妈疑惑地看了他一眼，不知道他在说什么。男人说，你的儿子。妈妈笑了，说，谢谢。男人又说，孩子的爸爸很幸运。妈妈脸上浮现出一个不可解读的犹豫。男人诚恳地说，你是我来中国后见到过最美丽的女人。妈妈想了想，用生硬的英语说，他不是我儿子的爸爸，不过他不知道。男人震惊，不知如何反应。妈妈也被自己的话吓到。他们沉默地坐着。突然，灯亮了。招待员打出账单给他们。

在接着的故事里，这位也叫文秀的妈妈把她深藏多年的秘密——一个日益生长的秘密，告诉了这位不太懂中文的陌生人——因为他有一双善良的眼睛，因为她以后不会再见到他。

《非典情人》的另一条平行故事线，来自我当时正在搜集的"二战"时期犹太人在上海的照片和事迹。因为一个偶然的机会，文秀和情人在一栋被封了多年的破旧洋房里，找到了一间无人知晓的暗房和里面的照片，一张上世纪四十年代从慕尼黑寄到上海的明信片，和一张德沃夏克的歌剧《水仙女》的唱片。原来屋主曾是个逃亡到上海的犹太人，他的妻儿在他们分离多年以后，终于上了一条来上海的远洋轮，却在印度洋上沉船身亡了。半个世纪前的等待与渴望——那应该在这里释放却终未释放的激情，莫名地发生在了文秀和情人的身上。那时上海正在暴发"非典"，文秀后来回忆时似乎记得，情人是整座城市中唯一没有戴口罩的人。也许正如《霍乱时期的爱情》中说的，"哪里有恐惧，哪里就有爱"，也许不需要任何理由。

事后文秀是否有过激烈的思想斗争？她和情人是否商量过未来？或者失去了房子神秘的魔力，他们的激情就烟消云散了？这些不是这部短片里要讲的事情。《非典情人》只想讲述一个普通的已婚女人，鬼使神差地发生了一次"一夜情"，并且不对她做任何道德审判。文秀的选择和她必须承担的代价是个人的，不是社会的。

第一次改编，我获得了金马奖最佳剧本改编奖。第二次的原创剧本，在我心目中是个习作，也是我对上海这座城市的一首情诗。短片上映后收视率还挺高，不过很快女主角就开始遭到网暴，好一阵子被谩骂为婊子。现在这两个剧本都找不到了，不过它们本来就是各部门用来工作的蓝图，电影拍完了也就没有用了。

我写的第三个剧本是《英格力士》，这是我第一次改编长篇小说，也是我花了最大心血，学到最多知识的一次创作经历。开拍前的半年里我写了好几十稿，后来一面拍还在一面改，频繁得连制片人都懒得跟进了。只有监制和美术总监朴若木，每一稿都仔细读并提出意见和建议。

这是王刚的自传体小说，故事通过少年刘爱的视角，看到一个荒谬的时代和其中的人性。他眼里的大人们，都是人前一套，人后一套，脸上几乎有一种统一的表情——恐惧与猜疑。

唯有上海来的英语老师王亚军，跟其他的成年人不一样。他是个绅士——这个词是刘爱后来在英语课上学会的。老师宿舍里的上海饼干、唱机、灵格风英语唱片、词典和吉他，像沙漠里的清泉那样滋润了刘爱的心灵。尤其是那本装着十万多个字的《英汉双解大词典》，在那个枯竭的环境中，给刘爱带来了仁慈、善良、抚慰和灵魂，那么陌生而美妙的真谛和概念，为他打开了通向另一个世界的窗户。王亚军简直像一道光芒，将刘爱笼罩在里面，那是一种近似恋情的感觉。

作者在离开家乡很多年后，从一个同学那里偶然得知王亚军去世的消息，很受震惊，久违的往事涌上心头。没有人知道这位英语老师

《英格力士》剧照。演员王传君扮演的英语老师王亚军。

我们搭建的维族街。

看似轻于鸿毛的人生，对于天山脚下一个孤独的少年却重于泰山。作者在书的前言里写过，那是个充满了残暴的少年时代，他的一个女老师被打在地上求饶，一个高年级的学生仍狠命踢她肚子……所以他对王亚军的记忆尤为温馨和悲悯。

我跟作者是同代人，跟他书中的叙事者刘爱一样，也成长于上世纪七十年代。而我的二姨和小姨，都像书中的英语老师那样离开了上海。二姨从清华大学建筑系毕业后，到了宁夏偏远的农村。小姨从中国医科大学毕业后，到了青海泽库。我从小听到过不少来自远方的悲剧，从我记事起，父母就在想方设法把我和哥哥留在上海，以避免二姨和小姨的苦难在我们身上重蹈覆辙。父亲关起门来跟我们说，歌里面唱哪个地方是个好地方，就不能去那个地方。

那些不能去的地方，和那些回不了家的上海人，日后成了我拍电影的灵感和冲动。曾经有记者问过我喜欢选拍什么样的主题。其实没有人能选择自己的主题，也没有人能逃脱自己的主题——作为创作者，被什么触动、向往什么样的精神升华，是个人经历所决定的，它们和命运同时降临到我们的身上。

翻看我与朴若木的微信记录，二〇一六年九月十四日我们通了两次电话。那时他正在西部观察每月气候和天色的变化，搜集当地的文字和图片资料。九月十五日，他给我发来了《英格力士》的电子版，问我是否有兴趣改编和导演这部电影。九月十六日我回信，"小说很精彩，我可以改编"。

构思剧本之前，朴若木给我发来了好几百张当地五十年代、六十年代和七十年代的图片，以及相关的文字资料。这些资料是孕育剧本必不可少的土壤和阳光。

那段时期，美剧《西部世界》正在热播，它以科幻片的形式，消化并升华了美国西部开发、印第安人的仇恨、南北战争等重大历史阶段。这部剧让我们联想到中国也有一个"西部世界"，那里有几十个民族的"原居民"。剧本就这样搬到了一个朦胧的西域，本来部队大院的子弟学校也由此变成了多民族的学校。

朴若木在之前去勘景的时候，听到一些书本上没有的历史。据当地老人说，建国后有一段时间，中苏两国的人可以随便穿过边境走亲访友、生意往来。

小说里有个暗恋着英语课代表黄旭升的同学"李垃圾"。"李垃圾"爱打架，对学习没有兴趣，永远是教室里的一个活宝。我们决定把"李垃圾"和他父亲的角色，由汉人改成以拉煤车为生的俄罗斯族人。"李垃圾"一头长长的鬈发，总是满身满脸的煤黑。但是在他最后的日子，"李垃圾"洗干净了，头发也剃掉了，他背枪骑马，英姿飒爽地跟黄旭升在草原上驰骋。

后来我在剧本里为"李垃圾"的爸爸加了一段醉后的独白，讲述自己的身世："其实我也是汉人。我爸爸是黄胡子，原来东北抗日联军的人。我妈妈是俄罗斯人，她原来是一位伯爵夫人的使女，十月革命的时候跟随主人到了这里。我的后爸爸，他是塔塔尔人，他骂我是黄胡子的狗仔，说黄胡子强暴了我妈妈。我也说不上来，真的说不上自己是怎么到这个世界上来的……哎，反正我们都是来自五湖四海嘛，你说是吧？"

拍摄的时候，我们找到了一位极有沧桑感的俄罗斯籍演员，演得非常动人。虽然这场戏后来在剪辑间里被我删掉了，但是留下的戏因为有了历史的底气而更扎实、生动、好看。

书中黄旭升的妈妈是个相对功能性的人物，没有什么背景故事。我在史料中看到，解放军进疆之后，军区第一副司令员为了解决军人的婚姻和生活问题四处游说，招募女兵。五十年代，一千多名"上海妇女劳动教养所"的女性写了决心书，其中九百二十个被批准进疆"从军"。黄旭升母亲就被设计成了她们中的一名。

当她的两个男人都不期而死后，黄妈妈哭着求刘爱妈妈换房子。我为她加了一段关于自己身世的独白："分我们四楼的时候我就不愿意，四楼不吉利，黄震说我迷信，我就不好说什么。四九年在上海，王凯家三公子把我赎出来，让我在国际饭店四楼住，没到一个礼拜他就死了，王家骂我克夫，我才十六岁啊……后来他一家在去台湾的轮船（太平轮）上坠海死了。为什么男人跟我一个，就死一个，也许换个房子就会好了……"

演黄妈妈的霍思燕把这段台词讲得惟妙惟肖，但是这场戏也在剪辑时被我忍痛割爱，化为留白。不过人物的言行举止、状态、造型都因为这个背景而具体化和精确化了。以后观众一看见她，就会知道这是个有故事的女人，在电影里看到的只是冰山一角而已。

我于二〇一六年十一月中回国，到达后在首都机场的一个酒店住了一晚，第二天便跟朴若木和几个制片组、美术组的同事飞去勘景。我们去了电影制片厂，那里黄墙白框的废弃厂房，是建国初期的建筑，可以改建成刘爱家的宿舍楼。我们又去了边境小城，那里早已冰天雪地。我裹着加厚加长的羽绒大衣，深一脚浅一脚地走在雪地里，完全看不到朴若木几个月前在这里拍的景象。只有"快活林"仍如仙境一般，白茫茫树林里袅袅升起一股股蒸汽，让我惊叹不已。原来那里的小溪是天然温泉，在零下二十度的气温里潺潺流动着。我们拿出手机拍照，不一会儿屏幕都莫名地灭掉了，才醒悟手机全被冻住了。据说"快活林"的名字来自到林子里来约会做爱的情人，我想他们指的一定是夏天，但还是想不通什么样的人要来林子里做爱。

我们将在"快活林"边上的一片空地上,搭建主场景"八一中学",学校的后面正好有一大片坟场,也是场景之一。树林边有棵很粗的老榆树横倒在一条泥路的中央。在朴若木最早发来的相片里,横杆两旁的树长拢成了一个绿色的拱顶,三个学龄孩子坐在下面无忧无虑地说笑,泥路在枝叶的天篷下伸向尽头。我冬天在那里时,没有孩子在游玩,光秃秃的树林显得荒芜、苍凉。这是一条富有诗意的林边小道,让我想起苏联歌里的"一条小路曲曲弯弯细又长,一直通向迷雾的远方……"

勘景结束后,我带着对当地的印象回家写剧本。我想象那条泥路是刘爱、黄旭升和"李垃圾"上下学的必经之路,他们在那棵倒下的老榆树上度过无数个绵长的下午。第一次在那里见到他们是夏天,以后每次出现换一个季节,或者一年。在这里,他们一点一点地告别了童年、少年、玩伴。

片头

……一个男孩(刘爱)、一个女孩(黄旭升)和一个俄罗斯族男孩(李垃圾)无忧无虑地坐在一棵倒下的古榆树上。李垃圾吹着口哨,那是一首伤感多情的俄罗斯歌。黄旭升从兜里拿出一块手绢,里面包着一颗橘黄色的水果软糖。她咬了一口后就把剩下的给了刘爱,刘爱不假思索地把剩下的半块糖放到嘴里。

成年刘爱旁白

那时我大概十二三岁吧,或者更大一些?记不清了。那是一个遥远的时代,在一个遥远的地方……

12. 外 榆树林小路 黄昏

刘爱和黄旭升坐在一棵倒下的大树干上，黄旭升看着刘爱的课本。

黄旭升

你还在用中文注音呀？教你个方法，你可以做一些卡片，一
面写上英文，另一面写上中文意思……

李垃圾吹着口哨走过来，他正弯腰钻过横树时，刘爱突然跳下树冲他
屁股狠狠地踢了一脚。李垃圾捂住屁股。

李垃圾

你妈逼——哎呦。

刘爱笑着跳回到树干上。李垃圾也坐到了刘爱的身边。

黄旭升

真幼稚，还玩这种游戏。

李垃圾

我告诉你们一个秘密，我听说王老师偷听敌台。

黄旭升

胡说！

刘爱

他偷听哪国敌台？

李垃圾

在上海的时候，他听过《美国之音》。

突然，一片莫名的强光把整个树林照得像一张曝光过度的照片，周围
的一切在气浪的冲击下变了形。

三个孩子抬头望着异样的天空。紧接着就是一阵狂风，阳光不见了。他们严肃地看着这令人不安的景色。看了一会，太阳又出来了。

刘爱和黄旭升跳下树，往回家路上狂奔起来。

这两场戏是我基于原著的精神重新创作的。书中写到马兰军事基地的氢弹试验，引起了像地震那样的震荡。我想让这种神秘的现象不加解释地在电影中出现，好像那是那个地域某种独特的"自然现象"。

74. 外 老榆树上 日

黄旭升与刘爱坐在树上。

> **刘爱**
>
> 他们都说王老师跟你动手动脚，是真的吗？

黄旭升有些惊讶。

> **黄旭升**
>
> 没有啊。

> **刘爱**
>
> 那你为什么不为他说句话呢？

> **黄旭升**
>
> 他活该！

> **刘爱**
>
> 是不是他对阿吉泰好，你恨他？

黄旭升委屈的眼泪流了出来。片刻。

黄旭升

李垃圾给我写条子了。

刘爱

写的什么?

她不说话。

刘爱

他是不是写的喜欢你。

黄旭升摇头。

黄旭升

他是用英语写的,只有一个字:love。

刘爱

你高兴吗?

黄旭升

我讨厌他。

刘爱

你打算怎么办?给他回信吗?

黄旭升

我听说李垃圾他爷爷、奶奶是从苏联逃过来的,他们以前是
贵族……

刘爱打断她。

刘爱

你给李垃圾回信吗?

黄旭升

回信我已经写好了。

说着，黄旭升从书包里拿出了一张纸，上边整整齐齐写的全是英语。

刘爱

你用英语写这样的信，李垃圾又看不懂。

黄旭升

我想也是。

说完，她干脆地把信撕了。

黄旭升

有件事只有李垃圾可以为我做。

刘爱

什么事？

黄旭升想了想。

黄旭升

杀人的事。

刘爱

杀人？杀人要枪毙的。

黄旭升

有些人就是该死。

我不喜欢直接用功能性台词去解释剧情或人物，剧本中孩子们的对话大多反映了身边大人们在议论的事，其中有多少是事实，多少是半事实或谣言，我给观众留有很大的想象余地。其实，这些对话是为了激发他们对人物的想象，而不是对人物的定论。

110. 外 榆树林 日

刘爱和黄旭升坐在老榆树丫上。

黄旭升

你腿还疼吗？我家有云南白药。

她把眼睛凑到刘爱脸上被刺破的地方。

黄旭升

快看不见了，我觉得不会留疤痕。

刘爱盯着她离得那么近的嘴，呼吸困难起来。他只要轻轻转一下头就可以吻她。黄旭升却突然转去了另一个话题。

黄旭升

我妈说你是你妈跟校长生的，是真的吗？

刘爱愣在那半天说不出话来。

刘爱

我妈说你妈从前在上海是妓女，还说妓女生不出孩子。

黄旭升也愣了。

不远处，李垃圾友好地向他们跑来。黄旭升看见李垃圾，跳下树就跑了。李垃圾看着离去的黄旭升，露出惆怅。他到了老榆树旁，爬了上去，坐在刘爱旁边对他讨好地一笑。片刻。

李垃圾

我知道一个地方，可以看见阿吉泰。

刘爱看着远去的黄旭升，还在想着刚才的对话。

李垃圾

你是不是老梦见她？

刘爱一愣。

刘爱

谁？

李垃圾

阿吉泰每个星期天的中午都去澡堂洗澡，你从锅炉房后边过

去，在第二个窗口就能看见她。

刘爱

被人抓到，你一辈子的政治生命就完了。

李垃圾笑了。

李垃圾

我跑得快，没人抓得着我。

刘爱也笑了。

刘爱

咱们院是没人跑得过你。

李垃圾突然拉住刘爱。

李垃圾

黄旭升最近老是不理我，你帮我问问，到底怎么了？我为她
睡不着觉。

刘爱从树上跳了下去。

刘爱

你早恋啊？行，我帮你问问她。

李垃圾

你会手淫吗？

刘爱的脸红了。

刘爱

你什么意思？

李垃圾笑了。

李垃圾

什么时候我教你。

刘爱

我才不让你教呐。

139. 外　树林小路 / 老榆树　日

刘爱走在小路上。镜头缓缓走近那棵熟悉的横树，然而人去楼空，黄
旭升和李垃圾再也不会来这里了。

刘爱的少年时代就此一去不复返了，时间将赋予这片树林越来越大的魔力，在他的记忆和梦中作祟。总会有这样一个地方——好比我母亲弥留之际流连忘返的祖屋，好比《茵梦湖》中朦胧昏黄月色下那片已逝的天堂——会萦绕你的一生。

书中的三个少年，让我想到匈牙利作家雅歌塔·克里斯多夫在《恶童日记》中写的双胞胎。那两个无辜无助的孩子，在一座被外国军队占领的城市中，为了生存变成了令人触目惊心的"恶童"。刘爱、黄旭升和"李垃圾"，也是在一个残忍和虚伪的世道里学习扭曲的人性。他们的脸跟苹果一样可爱，但他们的纯真却正在被腐蚀。从某种意义上说，《英格力士》也是像《恶童日记》那样的一个梦魇式寓言。

刘爱爸爸是一名优秀的建筑师，设计了故事中的"人民剧院"和"八一中学"，他年轻时的梦想是为自己建造一座座纪念碑，流芳百世。后来"文革"开始了，这个梦就泡汤了。运动早期他出卖过同事，那人死了以后他还说，哎，××就是管不住自己的嘴，好像这事跟他没啥关系。为了得到组织上的重用，爸爸在上级面前卑躬屈膝，被打了耳光后还赔笑脸。他多年怀才不遇，自负、自卑交替或同时出现在他的身上。终于有一天，他正在用拖鞋打刘爱的时候，范主任和马兰军事基地的领导来到家里，他们把建设基地实验大楼的重任交到了他的手里。刘爱爸爸震惊之余感激涕零，他说，我要求不给我任何待遇，只让我工作。

刘爱妈妈长得好看，优雅知性。她在清华大学念书时，遇见了刚刚从苏联留学回国任教的爸爸，仰慕他的才华、浪漫和成就，嫁给了他。岁月让妈妈渐渐对爸爸失望，直到有一天她完全撤回了对他的爱，甚至同情。她目光中的淡漠和轻蔑，像一把匕首插在爸爸心上，因为她曾经的温柔和忠贞是他赖以生存的东西。爸爸去马兰基地以后，妈妈开始和校长旧情复燃。这场婚外恋让刘爱心碎，如果妈妈这么虚伪和不可信任，那世界上还有什么可以相信？

刘爱总是在偷窥父母，他之所以偷窥是因为大人们从来不给他看的权利和机会，也从来不好好回答他的问题，还动不动就打他。刘爱能看到的只有一瞥，他需要从大人忽隐忽现的暧昧言行中拼凑出真相。这个既有限又主观的视角和由此而生的想象，在很大程度上决定了我们的电影语言。

书中描写——

……我悄悄起身，到了爸爸妈妈的门口，轻轻推开一点缝，往里看着。

爸爸的确在哭，他说：他们今天真的打我了，我的左脸很疼……

爸爸顺势把头伏在妈妈的腹前，低下去，让妈妈开始仔细地帮着他找白头发……

爸爸舒服地享受着，就像是一只不停哼哼的狗，主人的每一个举动，都让他产生了极大的快感。每一根白头发拔下来，他都会轻轻地叫一声，然后把头挨着母亲更近些……

爸爸说：我突然想听音乐。

妈妈说：不行，没把咱们赶出这套房子，没让咱们去铁门关，去焉耆就不错了，你还敢听这些东西。

爸爸不听妈妈的，他悄悄地从床底下拿出了留声机，又取出了那张唱片，说：在苏联学习的时候，我在音乐会上听过格拉祖诺夫这首小提琴。

音乐声响起来，妈妈让爸爸把声音搞得更小些。

我听着音乐，在门缝中看着爸爸把妈妈抱起来，为她脱衣服。

妈妈说：刘爱睡了没有？

爸爸不说话，把灯关上了。

在黑暗中，妈妈的呻吟和小提琴的诉说混在了一起……

这段内容，从通向父母房间的花布门帘缝隙去拍摄，好像是再自然不过的事了。刘爱对这门帘有很深厚和错综的感情，他从小透过它了解成年人的秘密。

我想到《美国往事》中主人公"面条"偷窥的场景。当年这部电影在戛纳电影节首映时，引起了观众长达十五分钟的掌声。然而美国的片商们认为它节奏太慢了，因而剪掉了近一小时的片长。十几年后我看到了导演瑟吉欧·莱昂的完整版，才意识到美国版是原版的一具碎尸。瑟吉欧·莱昂是我最佩服的导演之一，他的作品随着时间的流逝，更显珍贵。今天很难如此奢侈地去表达这样魂牵梦绕、穿越在半个世纪间的噩梦、幻想、记忆和渴望。我看过无数部电影，但从未在毫无准备的情况下，被这样惊艳的画面震撼到无法动弹：一个堆满面粉袋的储藏室，唱机里飘出一首慵懒的曲子，一个少女幽灵般地在舞蹈，一束束阳光从天窗照进来，面粉在空气里也翩翩起舞……这是一切的开始，却已经是一首挽歌。时间慢下来，像流淌的黄金，再凝固住，成为永恒。也许这场戏就是记忆的原型，它唤起我无限的怀旧和乡愁。

我多么地迷恋这样的叙事，但是它已经被完美地表达了。这部电影怎样才能找到更具前瞻性的方法来呈现偷窥和记忆？我多次跟朴若木商量探讨，他提议在几场关键的偷窥场景，用"拆墙"的手法表现，因为思想是没有墙的，想象也是没有墙的。

2B. 内 刘爱家 夜
刘爱被隔壁爸爸轻轻的哭声吵醒。蒙眬中，他听到妈妈爸爸的声音。

爸爸

我白头发是不是又多了?

刘爱懵懵懂懂坐起身,半醒半睡。摄影机在刘爱的脑后,跟着他抬头。光线渐变,父母的房间出现在眼前,隔墙消失了。屋顶上挂着的灯,照出一个像舞台那样的光区。妈妈坐在大床上,爸爸躺在她的腹前。妈妈抚摸着爸爸脸被打的地方,用手轻轻擦掉爸爸的眼泪。

爸爸

我想听音乐。

妈妈

不行,没把咱们赶出这套房子就不错了,你还敢听这些东西。

爸爸

我只用很小很小的声音。

妈妈

那也不行。

爸爸不听妈妈的,起身从床底下拿出留声机,又取出了一张唱片。《月亮河》歌声响起来。

妈妈

再小点儿声。

爸爸站在床边,优雅地伸出手邀请妈妈,一个小小的动作流露出他曾经的风流偶觉。妈妈下床来站在爸爸身前,深深地望着他。爸爸搂住妈妈的腰。两人穿着拖鞋和睡裤在轻柔的歌声里相拥,踏起舞步……

《生命不能承受之轻》中有一句话，"过去变得越来越美丽，岁月的回忆远比真实更具魅力"。生活不光是我们过的日子，它更是那些被记住的日子。有一些细节经过岁月的提炼，仍然固执地留在脑海中，而许多其他的都变得模糊或被省略。这种"缺失"是另一种真实——心灵的真实。我选择让刘爱记住父母真挚、亲密和暖人的时刻，而不是他们做爱，首先是因为在那个虚伪、粗糙的年代，最缺乏的是诚挚和温情，其次是因为性爱镜头已是陈词滥调，大多都很单调乏味，而"拆墙"的呈现却给人更强烈的官能与思想的刺激。

在完成后的电影中，隔墙消失的那刻，记忆、想象和渴望浑然一体，十分动人，这个画面成为了影片的标志。拍摄之前，我曾经怀疑这样的尝试是否太冒险，但是朴若木一路激励我。他发给我一篇法国演员于佩尔的采访，当记者问到她对极端角色的青睐时，她说，"我认为没必要去拍那些仅仅描述典型环境和人物的电影，非典型性的东西才让电影令人激动"。非典型性的选择就是我在创作过程中所寻找和追求的。

古今中外成长的故事，往往都包括性意识的唤醒与启蒙，以及对父母专制的叛逆。但是小说中对性的描写包括上面写到的"母亲的呻吟"，在剧本和后来的电影中都没有出现。我希望少年们蠢蠢欲动跃跃欲试的性欲，成年人压抑、干柴烈火的性欲，都弥漫在人物的血液和空气里。它们始终是欲望，而不是释放和满足。人们真正的宣泄是在最后的批判大会和围观英语老师王亚军的囚车。

刘爱的妈妈是一个严肃的女人，连她深夜去校长办公室偷情都没有半点轻浮的感觉。你会相信，如果她是人工智能的话，程序里本来是没有婚外情的。

47. 内 刘爱家妈妈房间 傍晚

妈妈纹丝不动地站在镜子前久久凝视着自己赤裸的身体，眼睛神秘而不可测，一只手里拿着一只精致的香水瓶。

48. 内 刘爱房间 夜

刘爱似乎睡着了，妈妈穿着连衣裙出现在他门口，在他床边站了一会就轻轻走了出去。刘爱迷迷糊糊睁开眼睛的时候，妈妈的背影消失在他门口……

50. 外 坟地 夜

妈妈修长的身影走过幽暗的坟地。她突然在泥路中间停下脚步，好像突然想起了什么事。她就这么站着，像一具雕塑。

52. 外 树林 夜

妈妈走在树林里。

刘爱从树后出现，审视妈妈的背影。

53. 外 学校 夜

妈妈推开学校的小侧门，吱呀一声，她惊恐地四处张望一眼。然后消失在门里。

54. 内 学校过道 夜

妈妈走在长长的过道上，转弯上了楼。

妈妈从楼梯出现在二楼，在校长办公室门口停了下来。她还没敲，门就开了，一束光照到妈妈身上。

妈妈和校长对望。校长跨出门迎向妈妈，她却从门边自己走了进去。校长看着门内的妈妈，然后跟了进去。门关上。

后来拍摄的时候，演妈妈的袁泉用前脚掌踩地，迈着跟一头鹿那样的步伐走过坟地边的小路，美丽至极。我坐在监视器前，深感妈妈的欲望和憧憬，一直到她在远处消失我都不想喊停。在那个否定个人、否定个人意愿和感受的年代，妈妈的举动几乎是一种抗争、一种灵与肉的反抗。

演校长的戚玉武天生一双深情而干净的眼睛，仅仅几场戏，就演出了一个丰满的人物。在后面另一场戏中，他劝王亚军说，漂亮的女人不要随便找……王亚军问，那你怎么还单身，不去找个一般的？他出乎意料地答道，我这辈子只爱一个女人。你听了会回想起他之前的眼神和身体语言，更深地懂得他跟妈妈的关系。

小说中的阿吉泰是美丽女神的化身、性幻想和欲望的对象。书的尾声，刘爱在防空洞里跟她发生了肉体关系。写剧本时，我想象了另一个样子的女人，她的美是土壤里生长出来的，没有世俗雕琢的任何痕迹，也跟土壤一样慷慨、充满母性。阿吉泰的文化传统不允许她在婚前跟任何人有肌肤接触，当王亚军的嘴唇触到她面颊的时候，她本能地打了他一巴掌，打痛了他，她自己的眼睛先湿了。男孩们议论，阿吉泰每个星期天早上去女澡堂洗澡，其实她从不去那里，刘爱在蒸汽里偷窥到的一瞥根本不是阿吉泰。

小说中她没有任何背景故事，我在剧本中为成年刘爱加了一段旁白，"那天阿吉泰跟我讲了很多话，她告诉我她父亲年轻的时候留学苏联，会说一口漂亮的俄语、维语和汉语，还爱唱歌，新中国一成立就当了领导，前些年在监狱里被打死了"。

犹太作家普里莫·列维和维克多·弗兰克曾经写过他们在集中营的生活，都表示集中营的幸存者，大多数并不是他们中间最优秀的人。相反，许多能活下来的是那些自私、残暴、缺乏同情心的同胞。"文革"也许没有那么绝对，但它对人性的揭露和考验却是相似的。我的外公没有在那场运动中幸存下来，王亚军也没有。

书中的范主任跟列维与弗兰克写的那些集中营幸存者一样，也不是我们中间最优秀的。

小说描写——

　　……那时范主任正想去抱阿吉泰。

　　阿吉泰在躲他。

　　范主任说着什么。

　　阿吉泰把范主任推开了。

　　范主任再次朝阿吉泰猛扑。

　　阿吉泰被他抓得死死的。她的头发乱了。

　　这时，我突然有了主意。我从后窗跳下去，跑到前门，开始敲门。里面突然变得很安静。我用力砸门。听到有人来开门时，我很快地朝后院跑，然后躲到一棵老榆树后边。

小说接着描写了范主任把站在门口的阿吉泰叫回屋，想继续。在刘爱三次砸门后，范主任终于骂着王八蛋跑了出来，扫兴地走了。

我不想表现范主任去强暴阿吉泰。剧本中所有人需要战胜的，是同一种邪恶的庸俗和人性自身的软弱；每个人物不惜代价寻求的，是爱。范主任喜欢诗歌，自认为是个诗人。他对阿吉泰最不尊敬、最粗暴的行为，就是用满是泥泞的皮鞋踩在阿吉泰的地毯上。当地的传统，

苏比努尔扮演的阿吉泰。

电影中的黄旭升。

是要在进门前把鞋脱在外面，把手和脸都洗干净。

112. 内 / 外　阿吉泰家 / 院子　夜（部分）

……刘爱受到伤害般地离去。

范主任像个主人那样请阿吉泰坐在炕沿上，然后笑眯眯地在她身边坐下，深情地望着她。

范主任

裴多菲的《我愿是激流》听过没有？

阿吉泰抱歉地摇了摇头。

他们正襟危坐。范主任像个二流演员那样提起眉心，动情地朗诵起来。

范主任

我愿意是激流

是山谷里的小河

在崎岖的山路上

岩石上

经过

只要我的爱人

是条小鱼

在我的浪花里

快乐地游来游去。

范主任念得越来越投入。阿吉泰不知所措。

范主任的身体向着阿吉泰倾斜过去。这时候，砸门声在院子的大门口响起。范主任马上坐直，尴尬片刻后起身打开屋门。院子在宁静的月光下，空空荡荡。范主任跨出门槛站立着，远处几声狗叫。

屋里的阿吉泰从床沿站起，看往木窗的缝隙。

外面，刘爱从窗缝往里面看。

刘爱的主观：范主任回到屋里，再次微笑请阿吉泰坐下。

范主任

> ……只要我的爱人
>
> 是一只小鸟
>
> 在我稠密的枝杈里
>
> 做巢鸣叫
>
> 我愿意
>
> 是那废墟……

砸门声再次响起。

院子大门外小巷，刘爱飞快逃走，躲到一堵墙后。

范主任跨出门槛，在院子里观察片刻，然后果断转身进门，把门锁上。

他伸展开双臂走向阿吉泰。阿吉泰往后退。

范主任

> 只要我的爱人
>
> 是那青春的常青藤
>
> 在我荒凉的额上

亲密地攀缘上升……

阿吉泰没处退了。砸门声更激烈地响起。

范主任

王八蛋!

范主任一把推开屋门，边拔枪边走向院子的大门。

巷子里，刘爱的背影飞速在拐口消失。

范主任站在空巷的路灯下，面色变得狰狞，斟酌片刻后他把枪插回腰里，扫兴地离开了。

我想象中的范主任威武和自信，是上世纪七十年代电影里男一号那样的形象。后来扮演他的刘磊长得高大英俊，还有酒窝。刘磊把这场戏演得真诚、鲜活、恰到好处，那种微妙的荒诞，与整部电影的基调完美吻合。

剧本最让我纠结的部分，是英语老师王亚军跟着刘爱去女澡堂偷看阿吉泰。小说中，他跟着刘爱一起去了锅炉房后面的窗户，但最终没有看。正如罗曼·罗兰在《约翰·克利斯朵夫》中写的，"真正的光明绝不是永没有黑暗的时间，只是永不被黑暗所掩蔽罢了。真正的英雄绝不是永没有卑下的情操，只是永不被卑下的情操所屈服罢了"。然而我十分担心他的举动在有限的篇幅中，会失去复杂性而显得猥琐。那就致命地伤害了这个人物，电影也就前功尽弃了。

后来电影局领导看完剧本，提出王亚军为人师表，绝对不能跟着学生去偷看女澡堂。我也就不用纠结了。

剧本中，黄旭升因为一枪打死了"李垃圾"进了精神病院。刘爱去看她的时候，把她曾经向往的英语词典送给了她，说是王老师给她的。黄旭升眼睛闪亮了一下，又立刻灰暗下去，她知道那话是刘爱编的。王亚军跟刘爱讨回词典的时候，刘爱为了分散老师的注意力，便利用他对阿吉泰绝望的思念，聊她的事。

141. 内　王亚军房间　日

刘爱走进了王亚军的宿舍。王亚军站在门口，他正在刮脸，仍然充满微笑。

> **王亚军**
> 你从词典上抄了多少单词和例句？不打算还给我了？

刘爱想了想，片刻停顿。

> **刘爱**
> 我又看到阿吉泰了，每个星期天她都去洗澡。

王亚军开始洗脸，没有看刘爱。

> **刘爱**
> 我看见了她的正面……

王亚军的手一颤，脸被自己刮破了。

> **王亚军**
> 你为什么跟我说这些？

刘爱愣了，他看见王亚军的眼睛里的泪光。王亚军显得有些疯狂。

王亚军

你出去。出去！

刘爱愣了一下，默默看着他，然后低头走了出去。

142.外 锅炉房小路 日

我们走近锅炉房，迎面看见李垃圾的父亲拖着煤车走来。刘爱停下脚步，看着他满脸的皱纹。李垃圾的父亲也看着刘爱，却好像根本不认识他。

煤车过去了，刘爱无所事事地向前走着，突然听到王亚军的声音。

王亚军

刘爱……

刘爱转身。有些失魂落魄的王亚军走近他。刘爱突然委屈。

刘爱

我还以为你永远不理我了。

王亚军

我很孤独。我不愿意没有你这个朋友。

刘爱心头一酸。

刘爱

你们大人真的会拿一个孩子当朋友？

王亚军很认真地看着刘爱。

《英格力士》剧照，刘爱（张翊峰 饰）和阿吉泰。

我们搭建的维族街上的羊蹄馆。

王亚军

你是我的朋友。

接着的一场戏就是群情激愤的批判大会，王亚军没有去女澡堂，他为了刘爱的前途把罪行揽在自己的身上。在一个彻底唯物主义的社会，王亚军是一个唯心主义者；在一个不文明的时代，他是一位绅士；在无产阶级专政下，他充满小资情调，念《哈姆雷特》的独白，唱英语歌，还散发出雪花膏的香气。他与媚俗的环境如此格格不入，这样的下场是早晚的事。也许这就是历史的必然性吧。

电影开始的时候有一种遥远记忆或传说的幻象，最后的三场戏——精神病院、批斗会和囚车——彻底回到写实，推至高潮。

我为什么只能从这样凝重和忧伤的故事中体验到美与欣喜？为什么对逝去的光阴有那么敏锐的意识？为什么对小调（降调）的音乐情有独钟？我到底要什么？

也许我的成长经历决定了一切，也许我跟许多有艺术倾向的人一样，被赐予了某种不太讨喜的天性。梵高在写给他弟弟的信中描写过一种悲痛之美，令他欣喜若狂，"哦，一定得有一点空气，一点幸福……才能让人感受到形式……但让整体是阴郁的！"惠特曼写过，那些能"攀登去天空，够到太阳"的人，也必定是最容易"停留在荒芜和黑暗地方"的人。年轻时我忌讳用艺术家这样高攀和奢华的词，觉得把自己跟艺术连在一起是一件自命不凡、大言不惭的事。到了现在这个年龄，我大可不必羞涩和忸怩，只需承受本性和命运的摆布。艺术是通向真理的途径，在"现实"的背后藏着一个更真实的现实——那些被忽略了的东西，它们不停地在向世人发出暗示——那些只有通过艺术才能被接收到的东西。我想接收从那里传来的暗示。

将美丽带回人间

二〇一六年的十二月，《英格力士》前期筹备工作室从原先很小的空间，搬到了一个宽敞的复式公寓。我元旦休假后回到那里，客厅里的圣诞树还闪着红红绿绿的灯，好像要肆意将时间往回拨——因为一切还没有准备好，离准备好还差很远。

墙上贴满了参考照片和设计图纸。有一间卧室里挂满了到处搜集来的布料——碎花布、格子布、藏青布、草绿布……书架、桌面、墙角堆满了参考书籍和六七十年代的画报——《人民画报》《新疆画报》《工农兵画报》……好些书名我已忘记，但是记得有王蒙的《在伊犁》和金宇澄的《洗牌年代》。

两个房子虽然窄小，老式的天花板和地板分别漆着蓝漆和红漆，窗台低矮的窗户临街，窗外还有一层俄式雕花木窗扇，室内全都铺有印花羊毛毡，墙上挂着一块鲜艳夺目的库车地毯和一块绣有三潭印月西湖风光的丝织壁挂。室内各种物品充分利用空间，像搭积木一样地堆砌在一起，巧妙、雕琢、雅气……

……金针是那样高傲而热情，看来维吾尔人不吃黄花菜而把它作为观赏植物来培养是对的。还有马兰，它的小紫花有一种令人心醉的温柔。还有花盆里的四棵石榴，好像具有一种挑战意味，谁说生活不应该更加鲜明耀眼呢？连马马虎虎地用柴木绑起来的低矮院门，简陋中也包含着一种心安理得的怡然……

《在伊犁》丰富了我对七十年代西域生活的了解，上面引用的细节为我们创造老街和阿吉泰的家带来了美丽的灵感。相比图片，文字不仅有生活细节的描述，还能引起更多意境上的想象。

……她最多十七到十九岁，"童花"发式，身材娇小，虽是服装单调的年代，也能显示人身份的一二特征，可借此知道，对方是哪里来，到哪里去……看上去，她是注意修饰的，绿棉袄内另有藏青色的中式棉袄，戴鹅黄的领圈，那是上海流行的一种样式，细毛线织成四指宽的条状，两端缝有揿纽，围住脖颈（一般是中式的"立领"），既是装饰，也相当保暖……

有一次，我独自与她在狭窄的舱内走廊相逢，她怔了怔，等着我侧身让她过去。她那么娇小，我们绿棉袄相互碰擦一下，留下一股小风。注意到她十分合身的黑卡其布长裤，裤脚露出内里一寸宽的鹅黄色运动裤边，高帮麂皮鞋，系着当时十分流行的白色"回力"篮球鞋带，如果是西方电影里的情景，这种际遇也许会使两名陌生人产生对话欲望——而我们相遇无语，快照一样匆匆回眸，留住细部，还有那阵风……

在那个物质和精神双重匮乏的特殊年代，人们依然爱美，创造美。《洗牌年代》书中描绘的装束细节，为电影的人物造型提供了参考，

电影里的阿吉泰。

书中七十年代知青的状态，也在日后为演员表演带来了启发。电影跟文学一样，不是讲历史课，而是呈现逝去了的时光。经历了半个世纪的凝练，电影中的服装和造型是一种"重新流行"的"时装"。

举一个很小的服装例子，申总指挥的角色在剧本里一共只出现了三次，但他要有令人矮三分的威慑力。我们请了两米多高的篮球运动员巴特尔出演，并设计了他无论在什么季节都披着一件军大衣，轮廓像一扇门那样高大，个子再高的男主角在他面前也会生惧。这件"军大衣"有点像我在《太阳照常升起》中的"白大褂"，它是一个记忆中的印象，一个符号，它也使一个配角变得难忘。

英语老师王亚军是电影的灵魂人物，这个演员的选择关系到电影的成败。《英格力士》是一个成长的故事，故事开始时刘爱十二岁，结束时他十七岁。我在寻找刘爱的过程中看到今天的少年营养好、发育早，个子普遍比七十年代的孩子要高大。英语老师王亚军起码得有一米八五，在画面上才会给人大人和小孩的差异。这个要求一下子缩小了选择范围。

同样难找到的是这个人物儒雅仁慈的气质。王亚军貌似文弱却心怀与时代背道而驰的道德勇气，以及自我牺牲的精神，为刘爱的人生带来了变革性的影响。我在他的身上看到我外公的影子，他们代表了中国知识分子最高尚的情怀和德行。

谁能演好王亚军？投资方非常开通，没有在选角的过程中施加任何压力，但我还是时不时接到一些建议，考虑一下这个或者那个当红的"小鲜肉"。我研究了选角副导演列给我的名单、视频和采访，没有看到接近角色的人。

一天，制片人何毓文问我，你要不要考虑一下王传君？我完全不知道他是谁，小何便给我看了微博热搜上王传君的"我不喜欢"。我从不跟踪社交媒体，完全不懂这四个字为什么上了热搜。原来《摆渡人》上映后票房不佳，一位著名导演为其发表了"我喜欢"的支持，随后圈内众人都跟着说"我也喜欢"，而王传君一个人发了"我不喜欢"，第二天莫名其妙上了热搜。我和朴若木看了后，都觉得这个不崇拜权威、不随波逐流的个性，很合适演王亚军——一个与媚俗的环境格格不入的人。

那时王传君参演的《罗曼蒂克消亡史》正在院线上映，我们下班后就去看了。虽然他演的马仔在开场后没多久就被打死了，但是短短几场戏演得生动独特，给我留下极深的印象。我决定跟他见面。

王传君在一天里读完了小说，然后自己买了机票就来了北京。他不修边幅，中分的长发遮盖了半个脸颊，唇上和下颚留着短而浓密的胡子，完全跟同辈的"小鲜肉"们截然不同。

我们用上海话聊天，一见如故。我们聊了各自的生活和阅读，记得那时我正在看冯骥才的《一百个人的十年》，重温特殊年代发生在这片土地上的悲剧。王传君随身带了野夫写的《江上的母亲》，写了作者的母亲为了孩子，决绝地消失在了江水里。当时王传君的母亲患癌症去世不久，好友乔任梁也患抑郁症自杀了，他陷在悲痛和沉思中，已经很久没有接戏。虽然谈话很少提到《英格力士》，但我们触及的爱与失去，正是我永远的也是唯一的主题——我的一切创作仿佛都是在企图留住爱，企图承受失去。其实所有的艺术都是欲望的升华，来自对生命的爱、对另一个人的爱、对人类的爱。哪怕最愤怒、最黑暗、最悲痛的艺术也来自爱——如果没有失去你的所爱，你怎么会如此痛苦、如此绝望？

刘爱妈妈的角色，从读小说和写剧本的时候开始，在我脑子里就是袁泉。春节我回上海探望父母期间，与正在拍摄电视剧《我的前半生》的袁泉见了面。她给我的感觉安静严肃、柔中蕴刚，气质和外形自带某种浓郁的色彩。虽然工作了一天面容有些疲劳，但是目光散发出一股顽强的生命力。我确信了这个角色非她莫属。

几天后，我坐着一辆破旧的出租车，开在离家不远的太原路上，等红灯的时候我突然看见了王传君，他正跟几个朋友拎着摄影器材走在街上。我摇下车窗大声喊他的名字，他不知声音从哪里传来，茫然地环顾四周，最后发现了车里的我，直呼其名地向我走了过来。就这样，我们在一座两千五百万人的城市里偶遇。如果再早两个星期——他来工作室之前，我们哪怕擦肩而过，也不过是陌路人。绿灯了，出租车加速往前开，侧镜里，远去的王传君比路人都高出一头。一只鸽子飞过光秃秃的梧桐树梢，我心跳加速，仿佛某种预感飞过我的胸腔。

春节后回到北京，袁泉穿着牛仔裤大毛衣，素面朝天地来到工作室。她跟我说，读小说的时候眼前出现的刘爱妈妈是我，而不是她自己。我说，这个人物让我想起我母亲年轻时的样子，内心隐藏了那么深厚的忧伤、温柔和渴望。袁泉说，她在《没有别的爱》中演了一个心理变态的杀人魔，长期陷在阴郁中不能自拔，现在希望演些轻松的人物，而《英格力士》又是一个沉重的题材。我说，我要拍的是一个关于爱的故事，时代虽然沉重，但它因为爱得到救赎。艺术的救赎价值在于，它有可能——哪怕在最黑暗的时刻——将美丽带回人间。她问，剧本出来了吗？我说再过几天就可以给你了。其实当时我已经完成了剧本，但是突然失去了给她的自信和勇气。当晚，我又把刘爱妈妈的戏仔细修改了一稿。

袁泉一直没有明确答复。那两个月有不少明星毛遂自荐，想来扮演刘爱妈妈的角色。但是除了袁泉我无法想象别人，只好在一棵树上吊死。有时候找演员简直像在谈恋爱，一旦陷入爱情，渴望的对象很难被另一个人替代。

袁泉和王传君在现场。

四月中旬传来一个糟糕的消息：天山厂内有好几栋苏联味道的旧厂房，空关了好几十年。制片沈斌早就跟对方谈定，将这场地改建成刘爱和黄旭升家的宿舍楼，没想到此刻被拒绝了，即使多出一些经费也搞不定，不是钱的问题，没有任何商量余地。

宿舍楼是全片最重要的场景之一，我们开始到处求人。我前不久换手机时把当年的微信都弄丢了，好多人名和具体的细节都已模糊。只记得我们接触的每一个人，一开始都说这是小事一桩，没问题，但几个回合后都打了退堂鼓，而且不能拍的理由也越变越离奇，我们所有的努力终于在开斋节前宣告失败。我们只得放弃原先的设计，重新找景。

我望着窗外发呆，天色暗下来，玻璃上映出客厅那棵不合时宜的圣诞树，星星点点闪着喜庆的光，仿佛在嘲弄我的境遇。我完全高估了自己的能力，筹备了几个月，连一个演员都没定，现在又失去了这么重要的场景。我在这里干什么？处女作开拍前我也有过这样的感觉，完全不知道自己在干什么。

我想起剧本中王亚军念的莎士比亚台词，"To be, or not to be, that is the question"，人到底只有这样一个选择。我只有继续。摇滚歌手大卫·鲍伊在一次采访里说过，最令人兴奋的创作，往往产生于你觉得脚尖够不到水底的时候，觉得自己要被淹没的时候。艺术创作是一种求生，是把全部的、最纯粹的注意力集中在一个问题上，而这个问题就是答案本身。

我低头看窗前的长桌，上面放满了精制的、比例完美的模型，那是我们要搭建的景，以及景与景之间的地理关系：这里是"八一中学"，它正门有个大操场，侧面有个室外舞台，背面坡上有坟地、树林、溪水；坟地边上的小路一边通向锅炉房和洗澡堂，另一边通向宿舍楼，刘爱家在三层，黄旭升家在四层；这条老街上有面馆、羊蹄馆、小卖铺，还有阿吉泰的院子和家。我久久注视，让那个梦想中的"西部世界"，变得比现状更为真实。

我生日那天，袁泉又一次来到工作室，跟我谈了对剧本和人物的意见。她仍然认为自己跟刘爱妈妈的角色不那么吻合，而且"文革"时代也离她的个人经历有些遥远，怕很难演得像。我告诉她，当年姜文让我去演《太阳照常升起》中的林大夫时，我也觉得自己跟人物不像，有时候我们对自己的认知是有盲点的。

聊了一会儿，我的助理从厨房端出一个大蛋糕，全剧组人一起唱了生日歌。唱完歌朴若木跟袁泉说，你如果能来参演，就是给导演最好的生日礼物了。袁泉不好意思得脸都红了。吃蛋糕的时候，我跟她聊起王传君，他们在《罗曼蒂克消亡史》有过合作。袁泉特别欣赏王传君，也觉得他是王亚军的不二人选。

临走的时候袁泉说，再给我一天吧，我明天一定答复你。我说好吧，我都好多天睡不着了，多一天也没什么。这下她更不好意思了，说，也弄得我睡不着。

袁泉没有让我再等一个晚上。下班前我发现有个她的未接电话，马上回里屋给她拨了回电，她答应了来演刘爱妈妈。屋外安静下来，好像所有的人都停止了手里的活，嘴里的话。等我聊完走出去时，看到黑板上写了四个粉笔字：申奥成功。我们终于签了第一个演员。

听到霍思燕有兴趣来扮演黄旭升妈妈的时候，我马上安排了与她见面。正好我们刚定了演黄旭升的雯雯，她俩长得很像母女。小霍说话的模样生动妩媚，举手投足都散发出性感的魅力，令工作室里所有的小伙子喜欢。聊天时，她多次把话题引到老公杜江的身上：他刚拍完《红海行动》从摩洛哥回来，他在拍片时受了伤，他为了角色每天

开拍第一天。

工作人员收工后在招待所踢足球。

健身……慢慢地，我意识到她原来是在用自己当诱饵，推荐老公来演王亚军。

第二天，我见了杜江。他有健美的体魄、无辜的大眼睛、干净的板刷头、阳光的笑容。这个英俊的暖男很有魅力，但不是我想象中的英语老师王亚军。

我约了霍思燕在我下榻的酒店见面，她开门见山地说，经纪人劝她不要接黄旭升母亲的角色，演一个十几岁孩子的妈，还是个配角，往后的戏路就变窄了。但她回经纪人说，我去看看能不能给你杜哥争取个角色。我跟她分享五十年代上海风尘女参加兵团的故事，解释了我将如何呈现这个人物，并答应把黄母的角色改得更加丰满。聊到凌晨，她终于被说服了，唯一的要求是这角色得有个名字，不能叫黄母。我当场就给她起名"张永红"。我说，永红听上去既像名妓，也有当年革命名字的感觉，也是祝你永远走红的好意头。小霍听了直笑，然后叹口气说，唉，我就知道今天来会被你搞定的。

事后我们谈论起霍思燕为了老公牺牲自己的事，何毓文说，我好像又相信爱情了。

六月初，外联发来了一批照片，那是克拉玛依郊外一片废弃的宿舍楼，所有居民都已转移到了新区。废弃的楼群像巨兽骸骨，矗立在荒漠灰钙土上，岁月和风沙侵蚀了木门和钢窗框。朴若木看了非常兴奋，他指着一张照片说，楼房贴上一层红砖墙面，这里加上小区的大门，这里加一个景片，这批楼比天山厂的厂房更接近我们追求的视觉风格。从电脑合成的模拟图片看，新的景给人一种封闭式的压迫感，也更像计划经济时期的楼房。

该地离塔城不到三小时车程，比转点去乌鲁木齐要方便和省时许多。我们因祸得福，转危为安。记得我拍处女作的时候，也是因为失去了第一个外景地，而找到了一片完美的天地。上帝似乎总是在歧途前面设置了障碍，把我逼到一条更光明的大道上。

六月底，主要场景都落实了，主要演员也都签下来了。王传君演王亚军，翙峰、雯雯和盖帝演刘爱、黄旭升和李垃圾，袁泉和王志文演刘爱父母，霍思燕演黄旭升妈妈，戚玉武演校长。七月初大部队抵达外景地塔城。几天后，三个小演员和扮演阿吉泰的苏比努尔也进了组，紧接着王传君也到了。

刘爱的戏很重，几乎每场都有。选角时我们进行了全国范围的海选，最后挑中了完全没有表演经验的翙峰。演黄旭升和李垃圾的演员之前客串过一两次戏，但基本上也是一张白纸，没有染到不好的习惯。我希望在开拍前一个月的时间，为他们培养一些年代感、地域感和准确的人物关系，然后由他们放松地自然流露。

戏中黄旭升迷恋英语老师王亚军，生活中雯雯是个学霸，英语比王传君好许多。王传君第一次在工作室见到雯雯时问她，你看过《爱情公寓》（剧中的关谷神奇是当年让王传君成名的角色）吗？雯雯一脸的不稀罕，说，我不看电视剧。看到这一幕我还真有点担心他俩在电影里的关系。

幸运的是，演员们在塔城有足够的时间培养感情。摄制组包下了一个叫"华悦旅游"的政府招待所，大门进去是一片很大的柏油操场，估计原设计这块空地是停车用的。我们每天在那里打羽毛球、踢足球、跳绳、踢毽子，不亦乐乎。雯雯虽然智商一百四十二，但运动不是她的强项。她又天性好强，只能赢不能输，所以我们打羽毛球的时候，她常坐在招待所门前的台阶上看。别人邀请她打，她一般摇头，唯独王传君叫她时，她会欣然应邀，因为王老师总是给她喂好球。

那时日照很长，十点半天才暗，我们常在晚饭后去冰激凌店，可

468　　猫鱼

能因为这里的牛奶质量高，做出来的冰激凌特别好吃。吃完后王传君会带孩子们和苏比努尔玩狼人杀，我有空的时候也跟他们一起玩，水平极差，只是很偶然地因为会装傻而赢一回。

我给孩子们布置了看老电影的任务，比方我小时候爱看的《地雷战》《地道战》《英雄儿女》《芙蓉镇》《牧马人》《蓝风筝》以及《日瓦戈医生》。我想让孩子们从影片中感受到革命年代的气氛，以及人们欲言又止的神情和拘谨的形体语言。比方，当代人之间的拥抱在当年从概念上就不存在。

苏比努尔是个南疆人，她的皮肤光洁黝黑，眼睛明亮深邃，一笑起来露出两只稚气的虎牙。她的美那么天然，好像田野里的麦穗或者果树上的苹果。第一次看她的试演视频时，我担心她太不会演戏了。朴若木说，她多练练一定可以的。见他那么有信心，我就决定赌一把。苏比努尔到塔城后，我在客厅里架起一块黑板，让她跟在电影里那样，每天给孩子们上维语课。从第一次排练起，孩子们就叫她阿老师，我们大家也都跟着叫，也都跟她学说简单的维语。拍最后一堂维语课那天，她说到"我也不想走，但学校下学期不教维语了"的时候，眼圈红了。她真的不舍得走，看得摄影师在镜头的那边也流泪了。

这是多大的奢华啊。我想起自己十五岁的时候，跟着谢晋导演在东海舰队体验生活和做小品，感慨万分——四十年后，绝大多数演员不轧戏就不错了，哪里肯提前一个月进组？

写剧本的时候，片头旁白改过很多次，其实意思都差不多：

　　　　那是一个遥远的时代，在一个遥远的地方。小时候，我常问父母，为什么把我生在这个大海都干了的地方？现在老了，清晨偶尔会带着一股莫名的思念醒来。也许故乡，从来只能在梦里重游……

那时我大概十二三岁吧，或者更大一些？记不清了。那是一个遥远的年代，在一个遥远的地方……

那是一个遥远的年代，在一个遥远的地方，偶尔，我从梦中醒来的时候，会依稀闻到那片湿土的味道，看见缕缕阳光，照在曾与我朝夕相处的树林……

我翻来覆去修改这几句话，老觉得不够准确，也许是我在下意识寻找记忆的感觉和模样——时隔半个世纪，它在银幕上看上去应该是什么样子。

跟摄影师讨论的时候，他建议我们用霍克（Hawk）变形宽银幕镜头拍摄。那年奥斯卡最佳影片《月光男孩》就成功地运用了这个镜头，并在同年的"美国独立精神奖"和"美国国家影评人协会奖"获得了最佳摄影奖。

霍克 Vintage One 就是"复古光圈一"的意思，特点之一是超大光圈；特点之二是"复古"，给人油画般的质感和色彩，接近胶片的感觉；特点之三是可以当微距镜头使用，景深可以极浅。在光圈达到一点四的时候，画面中心十分清晰，但周围变得模糊。开到 T1 的时候，画面强光部分还会出现一种彩虹的圆圈炫光，以及明显的暗角。记忆不正是这样吗，如梦如幻，有的模糊不清，有的犹如昨天。

开拍的第一个礼拜，都是教室的戏。复景时我们就安排好了同学们的固定座位，把刘爱、黄旭升和李垃圾，放在画面最瞩目、又不失自然的位置，并用服装的颜色，让他们在画面中微妙地凸显出来。

太阳从窗外照射进教室，尘粒在光柱里浮动。黑板上方正当中贴了毛主席像，两边是红色的"好好学习，天天向上"。王亚军指着黑板上的"Long live Chairman Mao!"大声念着。

细节、质感等还原到最真实，光线、构图和人物调度给人
某种似梦似记忆的感觉，这是我在拍摄过程中追求的方向。

全世界拍电影的人大概都如痴如醉地抢拍过这"金色的钟点"，它的美丽与短暂提醒
我们生的代价是死亡，爱的代价是失去。我们望着夕阳中爱人温柔的脸，知道它终
将消逝在黑夜中，但我们仍然爱着——因为只有爱才能让瞬间成为永恒。

在塔城这个食物非常丰盛的地方，大多数小孩十二三岁就人高马大了。副导演费了好大劲，经过无数次筛选和淘汰，才挑选出这三十七名瘦小机灵的各族学生。跟大城市的孩子相比，他们更为天然淳朴，能歌善舞。从来没有摄制组来过这个边境小城，这群孩子因为被挑选来当群众演员而万分自豪。造完型，他们仿佛从当年的画报里走出来，生机勃勃的能量赛过"早上八九点钟的太阳"。

我坐在监视器前，目光被吸引到焦点最清晰的黄旭升身上，恍若做梦，看到了自己在四年级的第一堂英语课上……

很快，问题出现了。为了制造记忆的朦胧感，我们在拍摄的时候需要放烟。摄制组租来的新型放烟机，比传统的烟饼对人和环境都安全许多，可是放出来的油烟太轻，存不住，每次扇匀后不到二十秒就消失了。这场戏大约一分半到两分钟长，我希望在全景中连贯地演一遍。场务来来回回折腾了好几遍，烟越放越多。

晚上，我和主创在招待所的电视机上回放当日拍的素材，发现画面许多部位有滚动的烟。小何在一旁说，这简直是神仙在上课嘛。我希望能在大银幕上看一下"样片"，但是整个塔城没有一间电影院。摄制组便买了一台 2K 的显示器。几天后显示器到了，我们看到那几天拍的大多数镜头，都有烟不均匀的问题，根本没法用。我们决定用回传统烟饼。

大约在开拍一周以后，制片李超华回北京在大银幕上看了素材，发现了更严重的技术问题。霍克变宽镜头光圈开到 T1 后，相差畸变使人的轮廓——尤其是最亮的部位——跟环境和背景融化成了一片。

开拍前，我只看到过别的电影里用霍克 Vintage One 拍的画面，没有跟摄影师测试这个镜头在不同的光圈和焦段的效果，结果第一周拍摄的戏几乎全报废了。这个跟斗把我摔得够呛，好在投资方不是"微管理"型的人，我们吃一堑长一智，把那个礼拜当作各主创部门的技术掌握和磨合期。

回想那三个月的拍摄，无数画面、声音、思绪——甚至一些我未曾亲历的，都不分先后、没有逻辑地浮现出来。

我仍然能清晰地看到那棵老榆树，它粗大结实的树杈像悬在空中一条长板凳，刘爱和黄旭升站在上面，能看见二层王亚军宿舍的窗内。这里曾经发生了那么多轻松的玩笑、懵懂的欲望和失恋的眼泪……谁说电影里发生的事情不是真的？它们明明有血有肉。

"人挪活，树挪死"，不知那棵老榆树今天还活着吗？

它原来生长在好几公里以外，因为它完美的形状和高度，被我们用推土机、大吊车连根挖了出来。没人想到它有那么重，一放倒在运输的板车上，车就咔嚓一声断了。后来制片找到一个龙门架，才把它吊上了一辆很长的货运卡车，开往"快活林"边上的空地。一路上树枝上站了个人，用棍子把电线挑高了让车开过去。

那时冰雪刚刚融化，一片泥泞，老榆树重新种到土里后根本站不住，反复倒下来好几十次，最后被移到了另一处比较坚固的泥土，才终于立住了。置景组再按照老榆树新的位置，修改了原有的设计，在一旁盖建起面积两千四百平方米的"八一中学"。

这些情景在脑海中如此鲜活，然而挪树的那天我根本没有在场。难道是因为后来我对那棵树、那些路注入了如此深厚的感情，以至于把事后听到的叙述和看到的照片，跟记忆混成了一片？我儿时弄堂背面也有一棵大树，哥哥和他的朋友们常像猴子一样爬上爬下，天黑后还从树上跳到院子的围墙，再翻墙到上医职工幼儿园去藏猫猫。半个世纪过去了，原来的一切都已面目全非，只有那棵树岿然不动。

其实我第一次看见那棵老榆树已是盛夏，它主干上挂着许多小塑

料袋——置景组怕树存活不了，正在为它输营养液。老榆树的边上是
"八一中学"的围墙，围墙上有一个缺口，那是我们假设武斗中让炮
弹轰的。树上有好几场戏，我带着三个小演员去那里排练，让他们学
会像松鼠那样，从缺口的土堆蹿上围墙，再从墙顶爬到树上。

71.外 / 内 王亚军窗外古榆树 傍晚

暮色苍茫之中，到处都听见了的叫喊声：黄旭升，回家吧——刘爱站
在树下朝上看着，那儿没有任何人。他爬上去坐在树杈上，看着大大
的月亮。

成年刘爱旁白

记忆中，这男孩经常坐在树上。有时白天，有时黑夜，有时
自己一个人，有时跟黄旭升一起。一年级入队就是黄旭升为
他戴上的红领巾。那天他们就在这棵树上，女孩坐在高枝上，
男孩坐在矮枝上。女孩说着她的理想，长大后要当一个老师，
男孩正好从她裙子下面看到她白色的裤衩。

刘爱听见了脚步声，转头看。
黄旭升来了。她站在树下，仰头看着刘爱。
黄旭升
我妈哭了吗？
刘爱
哭了，现在全楼的人都在找你。

黄旭升站着，向家的方向望了一眼。

刘爱

好久不来这儿了，你还上得来吗？

她笑起来，然后就像是一只野猫一样很快地爬到了刘爱的跟前。

切到：夜色已经降临，一阵风刮来。
黄旭升

我冷。

刘爱脱自己的衣服给她。
黄旭升

你的衣服上有股臭味。
刘爱

我妈没时间给我洗，她现在每天要负责防空洞施工……

黄旭升看着夜空。
黄旭升

你知道上帝这个单词的意思吗？
刘爱

不知道。你是在词典里看见的吗？
黄旭升

我第一次翻王老师的字典就看见了这个单词，因为那一页是
被他折过的。我问老师，他说 God 就是宇宙的灵魂，他也不
完全清楚，但能感受到。老师还说许多人一辈子都不会懂。

刘爱

等于没说。

黄旭升

真的好冷，你把我抱住。

刘爱的脸突然烧起来，然后有点僵硬地去抱她。他的手无意中触到了黄旭升刚刚发育的乳房，本能地缩了回去。他的脸更红了，眼睛也不敢看她了。

刘爱

你们女生都这样吗？

黄旭升

我比她们的都高。

刘爱浑身上下都热起来。

黄旭升

你怎么出汗了？

刘爱说不出话来。

拍这段戏的时候，十七岁的"刘爱"和十二岁的"黄旭升"，正在全组人面前大大方方地谈恋爱。他们在拍戏的空隙到小溪里抓青蛙、捡卵石，在快活林捡果子、采野花，我们在操场打球的时候，他们溜去操场边上几栋废弃的水泥建筑和荒地，形影不离，有说不完的话。袁泉说，他们就像是从年画里走下来的孩子一样。

拍到刘爱不小心触摸到黄旭升的胸时已是半夜三更，气温也下降得厉害。两个孩子都累了，拍了几条，翊峰没有演出那种脸红心跳的感觉。我很不明智地在监视器前说，看不出刘爱喜欢黄旭升的感觉。雯雯听了黯然，像个怨妇似的说，反正我是不会让他心跳加速的。我想，初恋的少女真动人啊，这也正是黄旭升对王亚军迷恋的样子。我让翊峰下树去跑步，跑到心跳一百四十再爬上来拍。这下是真的脸红心跳了，额头和鼻尖上还冒出了点小汗珠，在半明半昧的光线下非常好看。

第二天晚上，我们拍摄了这场戏的下半部分：

突然，在刘爱和黄旭升身后的窗户亮了，他们站起身来好奇地往那里看。
摄影机透过两层玻璃，隐约能看见王亚军把阿吉泰领进了屋子。
刘爱转头看黄旭升。黄旭升惊呆的脸。
屋里，王亚军打开一罐速溶咖啡，再打开一个好看的瓷罐，里边是方糖。
他把咖啡和糖倒在了一起，并用暖瓶朝里边倒开水。
阿吉泰认真审视起这间屋子。
他们找到彼此的眼睛，脸上充满喜悦。王亚军把另一只杯子里的牛奶，加到咖啡里。
树上，刘爱和黄旭升看着。

黄旭升
他一定在早上就把奶子打出来了。

刘爱
一定煮过了，不然会馊的。

屋里，王亚军双手把杯子递给阿吉泰，眼睛里充满了爱与渴望。阿吉泰接过杯子。王亚军跟她说了什么，示意她坐下。阿吉泰坐到床沿上，抬头看着王亚军，愉快而又不好意思地微笑。

树上，黄旭升目不转睛。

王亚军剥了一粒大白兔奶糖，像献花那样恭恭敬敬递给阿吉泰。她接过来，轻轻咬了一小口，喜欢。王亚军也在床沿的另一头坐下。

摄影机开始向后移，他们在床沿两头羞涩地坐着，然后王亚军开始用手指着墙上的东西跟阿吉泰说话，指着说着，他一点一点挪到了阿吉泰身边。

摄影机继续往后拉，拉出刘爱和黄旭升的背影，王亚军房间的墙和窗户已在不知不觉中消失。月光下的两个孩子站在老榆树上，看着钨丝灯下的两个大人坐在床沿上。

摄影机继续往后拉，王亚军深情地望着阿吉泰，慢慢地把脸靠向她。

切到：黄旭升心碎的脸。

王亚军颤抖着把嘴贴在阿吉泰的嘴上。

阿吉泰突然变得气愤，在瞬息之间，伸手在王亚军的脸上打了一巴掌。

黄旭升被这惊心动魄的一幕震撼。

王亚军愣了，他看着阿吉泰。阿吉泰轻轻喘息着，也看着他。

突然，阿吉泰转身走向门口，打开门，头也不回头就走了出去。

王亚军一人呆站在屋内，咖啡还在冒着热气。

刘爱再回头看黄旭升时，她已经不在树上。

黄旭升坐在树边的墙上，黑暗中，似乎是在等刘爱。

刘爱爬下去坐到了她身边，借着月光看到了她的脸，发现她已经是泪流满面。

　　这场戏是电影里的第二次"拆墙"。第一次拆的是刘爱与父母房间之间的墙。在现实中，刘爱很难从窗外的树上看清楚里面发生的事，只能猜个大概。经过半个世纪的发酵，记忆和想象把那个夜晚变成了一首完整的诗歌。

拆墙的概念让我兴奋，但是拆墙要花费很多时间和人力，那块地附近就是沼泽地，架高台的工程很大，加上又是拍大夜，赶时间，万一效果不是想象的那样怎么办？

我们先带墙把室内和室外的近景、特写拍完，然后赶在天亮前拆墙、修补景、拍全景。凌晨五点，摄影机从床沿上羞涩的恋人拉出来，渐渐地，老榆树上少年的背影出现在画面里，好像半个世纪前的王亚军和阿吉泰，被今天的刘爱放进了一个无形的动漫台词框里。我坐在监视器前看着这个穿越的画面，像见证了一个奇迹。记得导演处女作之前，一个著名导演跟我开玩笑说，我们当导演是为了睡女主角，你为啥啊？原来就是为了这样的时刻。我唯一的遗憾是，受地形局限，摄影机无法拉远到把星空都包括进来。

"八一中学"拍完的时候已是深秋，三十七个可爱的小群众演员的戏杀青了，那天正逢王传君的生日，摄制组在学校开了个派对。王传君切好蛋糕，分给每一个同学。孩子们对"王老师"依依不舍，轮流跟他合影签名，充满离愁别绪。拍花絮的团队问孩子们，你们喜欢王老师吗？一个女孩说，你问的就是一句废话！

全组没有一个人不喜欢王传君。他处处为别人着想，还老爱抢着付账单。他有各种各样的荤段子，最绝的是还能用形体表演无声的荤段子。有一场戏是刘爱第一次在厕所碰到王亚军，被老师器官之大给惊到。镜头当然只拍到他俩的侧背。打灯光的时候，王传君背对着我们，演示了不同的男人尿完后拉拉链的动作，从他背后我们能看哪个是最多年后的阿吉泰。

长的、哪个是最小的、哪个是以为尿完又滴了几滴的等等，惟妙惟肖，把我们笑得都站不起身。

因为与他的友谊，我一定是个带偏见的叙事者。不过我真的很少见到过像他这般纯粹和慷慨的演员，永远把戏和人物放在自己之上，例子举不胜举。有一次，他为了呈现极度疲劳、蒙受耻辱和抑郁的状态，在正午的太阳下站了大半天。场务几次给他送水，都被他谢绝了，拍完嘴唇都干裂了。难得有几天休息，他还赶去广州上了一堂法国喜剧大师菲利普·戈利耶的表演课。

刚进入拍摄的时候，我每天回房间就把拍完的戏用黑笔划掉；拍到差不多一半的时候，我开始把拍完的部分撕掉。其实那些都是象征性的动作，拍得欣喜若狂也好，失望沮丧也好，都已是泼出去的水，我只考虑明天的戏。拍到最后两天，剧本只剩下了皱巴巴的两三页，捏在手里莫名感伤。

138. 内 / 外　精神病医院　日

刘爱穿过一个四方的水泥院子，走到铁栏杆门外，黄旭升在栏杆里面站着，头发披着，胸脯丰满了，突然显得很成熟。

刘爱

你妈让我来看你，她帮我开好的证明……我自己也想来看你，天天都想。

黄旭升沉默着，一直没有抬头。很长时间，他们谁也没有说话。

刘爱

我以为你会哭，可你看着还挺好。

黄旭升用白眼翻了刘爱一下。他们就那样地站着。

刘爱

哦，对了，王老师问你好。你看，他把词典借给你了。

说着，就从书包里拿出那本词典。

黄旭升眼睛一亮，但马上又黯淡下去。

刘爱

真的，王老师说你是他见过最聪明的女孩。

他们又沉默了一会儿。

刘爱

我走了。

他把词典塞给她。

黄旭升这时才恋恋地看着刘爱的脸，她抱着字典，还是不说话。

正当刘爱要转身离开时，黄旭升终于开口了。

黄旭升

他们说我已经治好了，下个月要开始服刑了。

刘爱

你会去哪儿？

黄旭升摇头。

刘爱感到深深的失落，依依不舍转身离开，走了几步后他回头看黄旭升。

栏杆门里的黄旭升已经看不见了。

开拍前下了一场大雨，哗哗地打落了厚厚一层黄叶。"精神病院"对面陡峭的山坡上，一个骑着摩托车的快递员在泥泞的窄路进退两难，像徒手攀岩的人那样贴着石壁。翊峰平时在现场嘻嘻哈哈，一会儿跟雯雯恶作剧，一会儿冲镜头做鬼脸，往日见到这种事肯定会去凑热闹，但那天原来的活宝不见了。他比雯雯先知道这段恋情要结束了。

雨停了，空气里弥漫着湿乎乎的忧伤。我没有跟他们讲戏或者排练，只配合机器走了一下位。他俩被铁栏杆隔开两边，互望片刻眼圈就红了。我以最简单的机位角度，拍下了他们离别时动人的眼睛。他们演得那么克制，仿佛不愿让别人看见他们最隐秘的感受，而监视器前的朴若木早已老泪纵横。最后一个镜头从栏杆内带着黄旭升拍刘爱走远去，我一喊停，雯雯终于忍不住哭了出来。我想起王刚在小说里写过，少年的忧伤经常远远胜过那些风烛残年的老人。

也是在这样一个初冬的季节，五年前，《英格力士》杀青了。被摄制组闹腾了三个月的"华悦旅游"招待所，突然鸦雀无声——所有人都出去狂欢了。唯独我一个人留了下来，在淋浴间里洗了很久，先莫名哭了一场，然后开始体味热水从皮肤上滑下来的感觉，体味久违的寂静、闲暇、独处和自爱。

几粒金色的麦穗

　　二〇二二年中秋，我参与编导的《世间有她》在北京首映。两周前我回国的航班被熔断，前天才飞回来，自然是赶不上了。深夜走进这间喷了消毒水的客房，恍惚似曾相识——我已经第五次来这里隔离了。倒时差无法入睡时，我干脆起身喝杯茶，写下两年前创作中的点点滴滴。

　　二〇二〇年春节期间，我发信给美术指导朴若木："Pan，你好吗？在北京吗？最近的一切是那么令人一言难尽。我昨晚在一间极棒的放映厅重看了我们的《非典情人》。大家都非常喜欢，赞不绝口。我尤其高兴的是，小女儿头一次看，说她特别欣赏这部电影的视觉质感。虽然作品有令人失望的地方，但这么多年后看，尤其是在眼下的形势下，这部二十一分钟的电影仍然是很好看的。"

　　他回信说："如果《英格力士》能放就好了，这电影的取向是前瞻的，我一直反复地看，虽然没有我预期的高度，但仍然是完成度很高的。电影合乎当下社会审美和价值观，如果能放映，必然会得到很大的回响。我请了些行内人看《英格力士》，都称是部杰作。"

我写："我特别想回来在空街上拍一部电影……这也许是不合实际的梦想而已，但这样令人震撼的空城，一辈子只有这一次吧，至少希望是。"

他给我发来一组超现实画作，是一位艺术家十五年前画的哥本哈根。在各种自然且诡异的光线下，原本亲切家常的街道因为没有了人群而变得异样、令人不安。当城市因封锁而荒芜时，这组题名为《预言》的作品，突然真实得令人窒息。相比网上流传的空街照片，这组画是形而上的，它们是艺术品，其意义远比"新闻"更为深长、久远。

朴若木说："这个世界仿佛沦陷在一场生化危机里，我觉得应先去感受它，往后把这种感受升华放在作品里，更有意义。"

二〇二〇年三月，疫情开始在全球蔓延，不过那时候还没有人知道，它将在以后的日子里夺走六百六十万人的性命。也没有人预料到，它至今仍在变异作祟，并将永远与人类共存。

我在微博中记录道：

上星期三彼得从旧金山飞去凤凰城打高尔夫球，那是他几个月前就跟朋友约好的事。走之前我试探了一下说，你还是去吗？美国的新冠病毒感染开始严重了。他自信地笑笑说，不要参与到人群的恐慌里去，我会小心，没事的。我送他和朋友去机场，塞给他一包消毒纸巾。

那时大女儿就读的哈佛大学已经决定改上网课，她正在紧张地整理行李，四年的大学生活就这样突然结束了，我们曾经那么期待去参加她的毕业典礼。

星期四蓝天白云，空气透彻清爽，我打开窗户，边吃坚果边阅读。我的 Kindle 里有一本叫《死亡地图》（*The Ghost Map*）

的纪实书，它描写了一百六十年前伦敦的一场举世尽知的瘟疫。这场由霍乱引起的悲剧延伸到思想和意识形态的撞击，理智的声音和固有的观念发生斗争，而真理和先知在最关键的时候被忽略、被否定。

书中我最喜欢的部分描写了两个默默无闻而充满人格力量的普通人——一个是医生，另一个是牧师，他们从完全不同的角度，冒着生命危险，不弃不舍地寻找到疾病的来龙去脉。他们的勇气和执着，他们之间起初的冲突和最终的理解与深厚友情，在眼下的情形下读起来，尤其让我感动。那位医生画的传染地图，就是这本书的书名。

偶尔，我抬眼看看窗外，远处海湾上开过几艘货轮、几条游艇，窗下街上零星看到一些跑步、逛街的人。这是我十分中意的独处时光——虽然只有我一个人在家，但是这个世界上有我牵挂和牵挂我的人。天色渐暗，一天在不知不觉中过去，我突然发现这种"自我隔离"其实是我的常态。到了晚上，我觉得有些害怕，记忆中我好像从来没有自己一个人在这栋房子里过夜。彼得之所以会约了去外地打球，是因为原来我是计划这个时候回上海探望父母的，这一行程因疫情一拖再拖，不知道要延迟到什么时候。

星期五早上，我看到冰箱里的牛奶快喝完了。彼得每天的早饭都喝牛奶煮麦片，里面加上新鲜的蓝莓、香蕉和烘烤过的核桃仁。从结婚到现在，几十年如一日。孩子们还住在家里的时候，我会在周末做些特别的松饼之类换换口味，孩子们住学校后，我就变得很懒，很少在早饭上动脑筋。但是如果早上没有牛奶麦片，彼得会一整天都莫名的不适。我开车去 Costco，那里带乳糖酶的有机牛奶又高质又便宜。开到停车场后，我发现虽然商店刚开门不久，已经挤满了车辆，根本找不到停车位。我看到有些早到的顾客，已经推着大车大车的干粮、罐头食品、手纸、消毒纸巾、洗手液之类从店里出来。这是我从未遇到过的情形，便决定马上离开，可转了半小时才终于开到出口。丈夫说，这是大众的歇斯底里，羊群式思维，你不用担心。我也想，反正他星期天晚上才回家，只要够周一早餐就行了，我下星期再去买。睡前接到他的电话，他们去了一家极其美味的意大利餐馆，平时很难订到位子。他还这么轻松快乐，我真服了。

到了周六，新闻里看到疫情开始失控，超市的货架也被抢购空了。大女儿决定跟男友一起飞去他在南方的家，小女儿给我发了很多条焦灼的信息，问为什么她的学校还没有停课。我安慰她说，学校在密切观察，一定会做出最合适的决定，只要不停课，她还是应该继续上课。

天下起倾盆大雨，街上几乎没有了行人，一切被笼罩在灰蒙蒙的阴郁里。我在中美的新闻和社交网络里，感到网络里传播的文化病毒比新冠病毒更具有危害性和杀伤性。人群被煽动，理智的声音往往被偏激的情绪所淹没。我生活在中美之间，在大洋两岸都有亲朋好友，每次读到这种不幸的文字，都很难过。病毒是全人类的天敌，从猿到人，我们每时每刻都和微生物共存。而不管在哪个时代，在地球上哪个角落，每一个人都是父母身上掉下来的肉，哪一个死亡不令人悲痛欲绝？

星期天一醒来，我马上查看疫情，形势的确越来越严峻。小女儿学校的校长发来的邮件说，虽然上星期一直在跟师生演习网上授课，但是眼下还没有决定停课。大女儿给我发信息说，你不要再让文姗去学校上课了，你疯了吗？这个星期正是感染了的人还没有明显症状，却在疯狂传播的时候。我说，夏威夷只有五六例确诊，学校还在决定的过程中，我们再等等吧。她急了，几秒钟给我发了一连串信息，劈头盖脸把我说了一通。就在这时，一位在政府工作的朋友说，政府在考虑全美禁飞的政策。本来文姗是春假回家，如果禁飞，她可怎么办？我决定给她改签机票，让她立刻回来。

星期一，加州政府通知全州居家隔离，关闭一切非必要的生意。丈夫一早回医院上班，医院已经取消所有非紧急病人的约诊，院方建议他从外州飞回来后在家休息两周。晚上我们去机场接文姗，她不知从哪里弄来一只很薄的口罩，戴在脸上。美国政府传染病防御中心的建议是，病毒不是空气传染，而是飞沫传染，病人和医护人员应该戴口罩，但是健康人戴口罩没有什么用。文姗说，姐姐叮嘱她一定要一路都戴好口罩。回家路上，她想到家附近的一家小便利店去买些东西，我也正好买牛奶。晚上十点，商店里没什么人，但是冷藏柜里已经没有牛奶。

今天我六点多就醒了，本来想在床上赖一会儿，但是想到牛奶不够了，就起床去了二十四小时开门的超市。天边刚刚泛起一点点发红的亮光，映照在海湾上，波浪轻轻拍打着停泊在那里的船只。不管人间发生了什么，宇宙无动于衷地运行着，黎明总是会在黑夜后到达。

超市停车场已经相当满，不过我还是马上找到了停车位，边上的一辆车里走出一个蓬头垢面的女人，我俩惺惺相惜互望一眼，笑了。她说你没见过这里在这个钟点停满了车吧。我说是啊，我还是头一次这个钟点来。

买到牛奶回家后，我开始煮麦片，灶头开着小火，手轻轻搅拌。

天亮了，窗外的梧桐树满是嫩绿的新叶，有几个邻居在街上遛狗，花园里的柠檬树今年开了密密麻麻的花，枝头沉甸甸地挂着鲜黄的柠檬，蜜蜂和蜂鸟在树上周旋，一片花香鸟语。自然将季节的礼物呈现给我，提醒我，我和周围所有的生命都是原子，都是星尘……

二〇二〇年三月十七日

到二〇二〇年五月，美国已有几百万人因疫情丧生。纽约的医院停尸房和殡仪馆放不下的尸体，只好放进运输鱼肉的冷冻车里，停在街上。

今天一早，我接到好友电话，她的两位朋友抢救无效，在医院去世了。虽然我不认识她的朋友，但还是感到震惊，新闻里的数据不再抽象。几百万死者的亲人再也不可能在家中的花园、厨房、卧房或者洗手间的镜子里……不可能在任何地方看到他们，只有逝者身形的黑洞，永远留在那里……

我想，幸福跟灾难怎么平衡？一边是几粒金色的麦穗，另一边是无际苦难。然而，它们是平衡的，就像宇宙是平衡的一样。那几粒麦穗包含了每一片日出，每一片日落，每一份滋养你的美丽，每一个值得你的渴望。然而，今天你在天平的一边，明天你也许在天平的另一边，不需要太多理由。我们唯有珍惜。

二〇二〇年五月五日

五月中旬，《世间有她》的制片人给我发信，邀请我参与执导五位女性电影人共同拍摄的以疫情为背景的电影。我跟朴若木说，"这是一场正在全球发生的灾难，对于我参与这部电影你如何想？"他回，"带着使命感去拍电影，最终出来的结果都不会坏的"。

如果参与，我应该拍什么？十五分钟的银幕时间最适合的又是什么形式？我开始寻找。

一天，我边听着杰奎琳·杜普蕾拉的大提琴协奏曲《殇》，边在电脑上搜索。我的目光被一面朱红色窗帘吸引住，它从敞开着的窗户里飘出来，在寒风和雪花中飞舞。网友说，严冬中邻居的窗户一直开着，不知那家的人怎样了。灰色的楼房，灰色的天空，这面触目惊心的窗帘在《e小调大提琴协奏曲》中飘扬，即时的生活仿佛骤然成为了一种祭奠。那个礼拜，我每天打开手机第一件事就是去看这面充满悬念的窗帘，在又一个不同的天色中纷飞，想象它的主人去了哪里。

朴若木看了窗帘的视频后，跟我分享了一段他自己生活里的事，"我的楼下一个开小卖部的老头，常年孤身守着小店。他沉默寡言，不识字。每次他帮我代收快递，我都会跟他买一条香烟，因此他努力认住801是我的门号，总把我的快递保存在店里等我取。平时他晚上架一块木板当小床，睡在店里。过年应该是回老家了吧，至今都没有再看见他，店也一直关着，我老想他发生了什么事……很伤感。"

我说，"这也感人的，淡淡的，人性的关怀。"

他说，"拍个疫情时期的《后窗》怎样？"

《后窗》是一部我极其喜欢的悬疑片，男主角因为腿断了，每天在窗前看对面楼里的人生百态，无意中目睹了一起谋杀案。

也许我可以从一个人物的窗户拍隔离中每家每户的状态，没有台词，只有埃尔加的大提琴乐，一切尽在不言中。

网上每天传播出令人震撼、悲愤或者感动的画面，但我没有找到一个形式能超越那些纪实影像的力量。《后窗》的想法很快搁浅了。

朴若木说，"你找到最感动你的，自会有最动人的表达形式。《后窗》也只是一种方法而已。"

接着，一个外卖小哥骑摩托车送上下班护士的事迹，让我产生了兴趣。一开始他只是被人哀求，看人哭，看人无助，勉强帮了一次忙。后来越来越多的人知道了他，更多的人来求他，他就渐渐发挥出创造力和主观能动性，组织起其他外卖小哥一起帮助别人。人类的尊严来自对个人价值的肯定，而在这个大数据时代，个人变得越来越微不足道。我从这个外卖小哥的身上，看到了个人人性的唤醒以及光芒。

后来这个故事被各电视台、网站反复报道，而我又没有找到它属于大银幕的特殊元素，就放弃了。

最终，一个被放逐两地的恋人的故事触动了我。女孩（小鹿）春节回北京看望父母，从此没能再见到封锁在武汉的男友（昭华）。这个爱、失去与放逐的旋律引起了我的共鸣——我也因疫情无法回家看望年迈的父母。

我跟朴若木分享了这个故事，他也振奋起来，回信说，"不管战争、瘟疫、天灾、人祸，不管你是权贵还是平头百姓，人对死亡最深的切身之痛，莫过于失去挚爱。十五分钟，一个女孩，一部手机，我相信这是个足够直指人心的故事。"

我想到一首格丽克的诗歌——

> 世界
> 曾经是完整的，因为
> 它已破碎。当它破碎了，
> 我们才知道它原来的样子。
> ……

什么样的画面和声音才能承载这个意境和思想？我的男女主角一个在北京，一个在武汉，从不同框。怎样才能在如此短的时间内让人相信那个曾经完整的世界？

重温维姆·文德斯导演的《柏林苍穹下》时，我得到了一个启示。影片里天使看到的人间是黑白色的。有一天，一位叫达米尔的天使懂得了人间的欲望，感到了人身的体温，他眼中马戏团秋千上飞人的女演员，突然有了饱满的色彩。惊鸿一瞥，令人陶醉。

对被封锁在两个城市的恋人来说，手机屏幕是引起他们无限渴望的、比现实生活更有温度的东西。如果我们用黑白拍现实，用彩色拍手机里的世界，观众会把目光聚焦在画面的彩色部分，把感情倾注到屏幕中的恋人身上。

其实，这也是大多数人与手机的关系，尤其在疫情期间，人与人的交往，对世界的认识，都来自手机。人性的矛盾冲突，也都来自人们对网上消息的不同解读。我们似乎都是生活在手机里的一座座孤岛，屏幕中那个更吸引人的"现实"，显得比生活本身更为"真实"。

我找到了一个令我兴奋的视觉方向和电影语言。一星期后，我按这个感觉拉出一个剧本大纲，发给了朴若木。他开始每天给我发参考视频、文字和画面，帮助我丰富故事和人物的生活质感。

比方一条在嘈杂拥挤的医院里的视频：一个女人跟护士要水喝，护士转身取水，递过去时女人已经死了，死的寂静仿佛突然淹没四周的噪音。发给我视频的时候，朴若木说，"她勾起我小时候最爱的一篇古文：静卧而起，久病调适，见日光斜入帐中，如二指许，转眼即逝，因念光阴瞬息如此，人一刻不读书，一刻不进德……"

另有一条视频中，儿子去医院门口取母亲的遗物，一位护士走过去把一只手机和一根项链交给他。他转身要走，又回身问，"我妈妈

留了什么话吗？"护士摇头。

还有一位网名为 BIGWUGOD 的武汉小伙子，在微博中记录了他如何得病、入院以及与死亡争夺生命的过程。

"1/26：持续发烧，状态变差。已坐上社区电瓶车去武昌医院就诊。1/28：血氧 87，医生帮我安完了氧管吸氧。1/29：不敢睡着，实际也有那个很难听的胸腔声作祟没有睡着，刚叫了好久护士来帮忙查了血氧……又 39 度了。1/30：努力去睡着，体温稳定，不拉肚子了，咳嗽依旧，呼吸急促依旧，血氧含量低下去两次，努力睡着，明天还要吃很多药，打很多针。2/5：爸爸高烧已经八天了，现在严重呼吸困难，血氧饱和度也从 88 下降到 85 了。3 号早上 41 度打 120 都打不通，社区说他们也没有办法……"

还有那年武汉无人见证的樱花——悄然而至，缀满枝头，又悄然凋零，残红满地。那份"一朝春尽红颜老，花落人亡两不知"的感伤，成为了剧中恋人的象征——小鹿和昭华终未等到的春天。

为了这部十五分钟的短片，我们看了海量的资料。每当我怀疑自己的时候，它们都巩固了我的初衷和表达方式。剧中的每一个细节，都是从疫情的视频、日记、照片、博文中提炼出来的。剧本从这些具象的资料延伸到抽象的意义和思想，又从抽象回到具象的生活细节。意象虚幻，但真情实意。一个多月的时间内，我修改了二十几稿，而且越写容量越大。幸亏原来的五名导演，有两个来不了了，我便有了三十分钟的银幕时间。

创作给我最大的快乐，莫过于在过程中的成长弧度。从认识朴若木那天起，他就是我学习电影审美的老师。回看我们两年前的几千条微信交流，我十分感慨。

在《世间有她》的某一稿剧本中我写了：

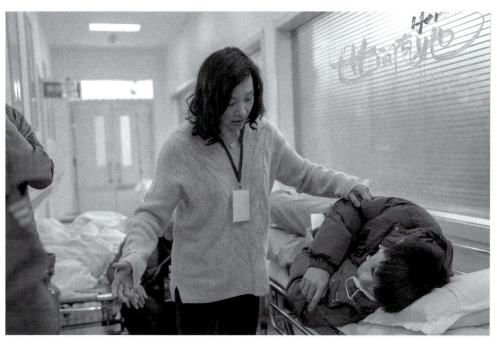

跟易烊千玺排练。

8. 内 小鹿父母家—卧室 日

摄影机从窗外看着小鹿在窗前打电话。雨水落在玻璃窗上,再滑下来……

朴若木读后给我发了一张二〇二〇年一月二十四日北京的天气,说,这天是晴天。

我回,"我看了你发给我的照片,觉得好看,用雨滴营造一下孤寂的气氛。"

他说,"反正像拍纪录片,该什么天就怎么拍,有底气什么天气都有意境。秋风黄叶不孤寂,是人赋予它孤寂。我们的剧有真情实意的底气,不用戏剧化处理。这故事拍得生活自然不造作,就已经成功一半。不管你拍哪座城市、哪条街道、哪家超市、哪辆地铁,我都会参照当日的监控录像还原当天实况。"

这只是一个极小的例子。他总是这样,教我摒弃平庸、偷懒或者肤浅的选择,教我除去外相,直指人心。

我们还分享了许多自己生活中的感受,我很少跟其他人这样既轻松又深入地聊爱人、父母、遗憾和向往……天马行空但永远回归到作品,就像江河汇入大海。他还常用些特别简单的话,道出审美的真理,比方"所谓生活感,就是对生活处处留心",或者"美是一种状态,女孩在家只穿 T 恤短裤是生活状态,跟色情无关",或者"演员气质是一个环境最大的因素"等等。

制片方接到剧本后,给我发来一条微信,"关于男主角,您有考虑过易烊千玺吗?之前我们跟千玺那边聊过,如果咱们有适合他的角色,他是很希望参与咱们的项目的。目前看来,只有您的单元有适合他的角色,请您考虑一下千玺可否演昭华的角色。"

我的第一反应是他太年轻了,第二反应是他太偶像了,缺乏普通人的生活质感，易烊千玺就这样被我草率地否定了。

二〇二〇年八月下旬，我终于办妥了回国的手续，从旧金山飞回上海隔离。那时摄影师张子乐也刚从香港飞到北京隔离。子乐是在波兰电影学院留学回来的，当时还没有主拍过什么大片，但是我从他发来的片段和广告中，看到他对都市有敏感、独特的感受和审美，看到他令人兴奋的活力和潜力。子乐读完剧本后，给我写了一封长达三四页的邮件，描述了他对剧本的理解和建议，对疫情的体验和思考，对创作的激情与设想。我们每天在各自的隔离酒店视频会议，我很快建立了对他的信任。

黑白电影中呈现彩色的手机屏幕，说来容易做到难。为了能使黑白和彩色天衣无缝地融合，子乐首先搜集了不同年代的底片，把颗粒逐一扫描出来测试，最终发现 Ilford Delta 100 的颗粒非常细腻，反差也十分时尚，很适合我们的电影。黑白部分定调后，子乐继续做彩色搭配的测试。开拍前一周他到实景中拍摄素材，再到调色室比较每一种颜色搭配，直至找到每一场戏的不同搭配和整部电影的统一性。接着，他测试了十一款镜头，每款各做了黑白和彩色的肤色测试，最后选了三款用于戏中不同的场景和气氛。

子乐在回忆创作心路历程时写道，"Leitz Summicron 镜头完美呈现了北京的家庭和亲情的温度。Cooke 的老变形宽银幕微距镜头是拍摄大特写很棒的选择，它的反差和 Leitz 很搭配。令我们惊喜的是 Cooke 的大光圈超三十五毫米镜头，在黑白的灰度里像一把刀子般锐利和冷漠，令人不安，与昭华家的密闭空间和孤独感非常搭配，我们选了它拍摄易烊千玺的戏。北京室外戏发生在夕阳时分，它充满了对老北京的回忆。Super Baltar 镜头是六十年代的产品，因为被摄影师戈登·威利斯（Gordon Willis）在一九七〇年拿来拍过《教父》而闻名于世。国内只有一套，它的镜片非常的老，边缘开始虚化，玻璃也开始发黄。测试后我们发现所有的瑕疵都不再是瑕疵，反而有机地带出了老北京的气味。它成为室外场景的不二之选……"

电影是技术和艺术的结合，这个摄影部门的例子只是冰山一角。

前期准备紧张而按部就班地向前推进，但是眼看就要开拍了，男女主角还悬而未定。

故事的女主角是一个极其平凡的邻家女，她必须像生活里的真人，而不是"演员脸""网红脸"。然而，她又必须在银幕上脱俗、闪光，令人刻骨铭心。当我选中黄米依的时候，遇到了制片方很大的阻力。为了保住黄米依，我重新回头考虑制片方最向往的易烊千玺。

当时否定他的时候，只是基于他的年龄和 TFBOYS 的形象，我并没有看过他演的电影。看了《少年的你》以后，他给我留下极其深刻的印象。当时他才十七八岁，居然具有如此动人和丰富的内心世界。

我请制片人约见易烊千玺。九月十四日他拍完一天的广告后，跟经纪人来到了我的酒店房间。千玺寡言少语，但眼里充满了洞察力。我说话时，他听得非常认真，并且在思考我表述的内容。

我问他工作以外最想做什么，他说旅行，去非洲看野生动物。我意识到，他整天从一个机场颠簸到另一个机场，却从未真正旅行过。他说，每到一个地方，他会在网上看那里都有些什么好吃的餐厅，什么好玩的地方，但他很少会真的去那些餐厅或者好玩的地方。易烊千玺从很小就已经是公众人物，像玻璃鱼缸里的金鱼那样被人群关注。我告诉他，我在他的年龄也是这样，所以决定离开演艺界出国留学了。他听了抬头仔细望了我一眼，目光清澈沉着，朴实无华。你完全可以相信，这是一个爱上了谁就会发誓赌咒一辈子的男孩，一个有责任心有担当的男孩，非常像剧中的昭华。

疫情结束后，小鹿回到她与恋人生活过的房间，不经意从镜子里看到阳台上晾着的衣服，跟几个月前离开时一样挂着，而今人去楼空，一切不再。这样的静止的内心戏，光靠演员的表演很难淋漓尽致。我们在之前场景已经铺垫了，手机中每次见到的彩色都意味着恋人的温度，这时把镜中的景象由黑白变成彩色，观众马上能感到悲伤和思念的潮水正在向小鹿涌来。

黄米依在戏中。

回头看，我一开始对千玺先入为主的错误概念，差点导致我错过了这个完美的选择。在日后拍摄中，他一次又一次地超越了我的期待，成为了影片的灵魂。

见完他的第二天早上，我看到手机上有好几条制片人的留言，千玺本人很愿意出演我们的电影，但是他的经纪公司对片中的女主角有另外的想法。

我对女主角黄米依的才华和气质充满信心，但她并非通俗概念里的那种"美女"，也还未在银幕上充分证实过自己的能量。对易烊千玺的经纪公司来说，她不能为千玺增添任何光彩，倒很可能借千玺的光而走红。所以如果我想用新人的话，他们希望我用未曾签过经纪公司的女演员。

男女主角的事又这样僵持在那里。我本来希望十一月开拍，但是易烊千玺只有十月中的一周时间，所以一切筹备必须提前半个月完成。我跟制片人说，时间不等人，你就先让我给黄米依造型吧。她勉强同意了，但因没有签订两个演员的合同，她要求我对他们的名字保密。我们只好为易烊千玺和黄米依起了"热干面"和"炸酱面"的代号，来展开化、服、道的准备工作。直到开拍前一个星期，我都不能确定"热干面"和"炸酱面"是否能现形。

迫于制片方的压力，我一边给黄米依造型、排练，一边还在选女主角。来面试的大多数演员，都比我年轻时要勇敢得多。她们能在极短的时间里打开内心最柔弱的部分，表达出激情与渴望。我为她们的真诚和勇气而感动，但除了我的"两碗面"，我很难想象用任何其他演员。有意思的是，我发现演员无一例外都是由经纪人陪着来的。我以为经纪人是来保护自己的艺人，心想，这有必要吗？我又不会吃了她们。再想想，这个行业的确有时对年轻女孩不够尊重，难怪他们陪着。

后来有位经纪人告诉我，他们其实是来看住自己的艺人，不要被其他经纪人抢走。

易烊千玺片约在身，试完造型就离开北京去了其他摄制组，要等到开拍那天才回京。我们初次见面时，我跟他聊起过有些资料也许会帮助到他的表演。十月初他的经纪人说，千玺希望看我提过的资料，请我尽快发给他。他的认真让我感到欣慰。

千玺：

你好！

这半年来我看了巨量的资料，这几天一直忙着筹备，老也没有时间整理出一些跟你分享。今天先给你一部分，过几天有空我再找更多的。

《毕业后的大多数》记录了许多大学毕业后年轻人的生活，他们是社会上众多曾经胸怀憧憬的年轻人的缩影，现实像霜一样打蔫了他们的梦想。从事业到爱情，我们影片的男主角李昭华似乎比他们幸运一些，但他也是他们中的一位。

这部纪录片帮助我更好地了解了昭华这个人物的状态，所以也发给你看看，你的潜意识里会有这样的形象思维。有时间和兴趣就多看点，没有就少看点。

另外一些是关于疫情期间失去亲人的故事、医院抢救的场面、病人自己谈生病时的感觉等等。有时间看看也许会帮助你进入情景和状态，有两位女病人说话的喘息和咳嗽是可以参考的，她们都已经装上了呼吸机，而昭华没有轮上呼吸机就走了，在二十场的时候想必要比她们还难受许多。

灾难使最平凡的生活变得可贵，也使最卑微的梦想都无法实现。这场席卷全球的疫情仍然在夺走生命，夺走许多人的挚爱。

你将呈现的昭华也是他们的缩影。

陈冲

二〇二〇年十月六日

我一直觉得易烊千玺和黄米依的事也许已经生米熟饭，但是偶尔我还是会在深夜突然惊醒，为丢失演员的可能性出一身冷汗。开拍前几天的某一个半夜，我被制片人的来电吵醒。她说，我们一起去一下管虎和梁静家吧，他们公司是经管黄米依的。我赶紧起身梳妆，看来今晚将决定电影的命运。我们到的时候已经快凌晨一点了，他们家高朋满座，好像正遇上了谁的生日晚会。管虎和梁静都是非常豪爽可爱的人，他们那栋郊外的房子也十分大方优雅舒适，但是那晚我有点如坐针毡，只能拿出老戏骨的演技来跟大家派对一下。

忘了在什么情形下，制片人避开人群哭了起来。其实她是个内心挺强大的女人，就是泪点特别低。我一时间不知所措，然后跟她说，你别哭，我带着你一起祷告，把这事交给上帝去办吧。说完，我拉住她的手，低头祈祷。我不是基督徒，但母亲经常这样拉住我的手，为我祷告。

快两点的时候，千玺的经纪人也到了。我不知道那晚上帝是否插了手，也不记得具体是怎么解决了生意上的问题。印象中双方经纪人决定尊重各自艺人的意愿，达成了合作协议。我对两位演员的坚持终于在那个凌晨两点三十分如愿以偿。

尘埃落定，摄制组的每一名演员和主创都是我心目中理想的人选，只差了一个关键元素——音乐。我把剧本给了日本作曲梅林茂，并与他开了几次视频会议。

梅林茂先生：

很高兴昨日能跟您聊天,也仔细考虑了您的意见。您是对的,人物和人物关系的鲜明和丰富至关重要。

我觉得短片更像诗歌,而不是小说。诗歌里的人与事,只有寥寥几笔,但诗情画意引人入胜,令人遐想联翩。

在选角的过程中,我经常把演一家人的演员拉在一起喝下午茶聊天,用他们的人生经历来丰富他们饰演的角色,也让他们感觉真的是一家人。其实,演父母的是夫妻俩,演同学们的也是真的发小。我希望摄影机像拍纪录片那样来呈现这群人的生活状态,平凡人的亲情、友情和日常生活。那时他们没有想到,死亡离得那么近。

虽然他们是芸芸众生中最普通的人,但是我希望每一个人物都给观众留下印象。比方说小鹿的母亲是初中老师,所以叫人都用全名,连自家的丈夫和女儿也用全名。父亲的角色更小,但还是有生活质感的。在超市车库看到他开着一辆锃亮的汽车,好像个有钱人,开到街上才看到和听到滴滴打车的呼叫,原来他是个滴滴驾驶员。这一家人,妈妈曾是女儿小鹿和她同学们的老师,爸爸辞去原来的工作开滴滴,小鹿在外地瞒着家里人订了婚。

小鹿独自一人的时候总是在想心事、在思念、在做白日梦。小鹿的对象昭华是一个有上进心的年轻人,在跟小鹿通视频的时候,他经常在桌前学习雅思课本,或 GMAT 课本,他俩的猫坐在他的膝盖上。他努力存钱,为了在武汉买一个小小的公寓,好娶妻生子。然而,这场席卷而来的疫情,突然让一切中断了。

我要纪念被这场灾难夺走的人和挚爱，不仅中国的，而是所有逝去的生命。

我们十月十四日才开拍，所以还没有戏中的影像可以发给您。但是有些照片和视频给我带来了创作灵感，我整理了一些给您发过去，希望它们也会引起您的想象。

您提到中国的巨变，这也是我所想呈现的。我希望通过几代人的不同台词和态度，小鹿和同学们的怀旧感，还有不同年代的建筑物叠在一起，给人光阴流逝、时代变迁的印象和感叹。

我十分喜欢您的音乐，尤其是在给王家卫导演的电影里的音乐，我经常听。写剧本的时候，我也在听 Jacqueline Mary du Pré 拉的 Elgar E 小调，和 *A Mass for Peace* 大提琴演奏等等。

期待与您进一步的交流，期待与您合作。

陈冲

二○二○年十月十一日

计划十月十四日开拍，但是千玺那天上午才能从南京赶回北京，我开始担心没有时间跟他沟通磨合。这是一部爱情片，我不知道他是否谈过恋爱，毕竟他从小被严格经营，也还没满二十岁。我决定再写一封信——与其说是为了帮助千玺思考角色，不如说是为了安抚我作为导演的焦虑。

千玺：

你好！

我们各部门都在兴奋地、快马加鞭地做最后的准备，期待着接下来跟你一起创作的时光。

我正好有些时间，写这封信跟你聊聊昭华，希望能帮到你想象这个人物。

昭华虽然被疫情带走，但是他曾经比许多人都幸运——因为他爱着，也被爱着。

在大学毕业后的那个夏末，昭华找到了一份理想的工作，租下了一个带阳台的小屋，跟他的初恋一起生活：烧饭洗衣、抚摸做爱、工作学习听音乐……世间其实很少有人能这样灵与肉地属于对方，也许这就是人们所说的幸福吧。

他们很少吵架，几乎从不。

昭华总是在桌前复习雅思、GMAT等课程，为了自我完善，也为了提高水平在公司升职加薪，尽早跟小鹿有一个自己的公寓，结婚生子。从爱上小鹿那天开始他便有了奋斗的动力，他的努力和优秀都来自这个动力。他呵护小鹿，不管在什么情形下都希望给她安全感，甚至病魔缠身的时候也是这样。

原来的剧本里，昭华只出现在小鹿的手机里，永远是彩色的，朝气蓬勃、充满阳光，尤其在前半段。现在我们的摄影机也将进入到昭华的时空里，黑白的他显得孤独，尤其是大年三十，一个人在家，听着手机那头传来的钢琴旋律。

我相信你会在心里找到他，我们也会用电影本身的魅力为你营造最佳的气氛。咱们明天接着交流。

期待咱们一起创造一个精彩的昭华，一部精彩的电影。

陈冲

二〇二〇年十月十三日

同一天我接到了梅林茂给我的回信，但是我不懂日文。几天后看到翻译过来的信，我觉得很不通顺，便担心起我写给他的信的日文版变成了什么样子。

　　谢谢你与我联系。我和导演谈话是一个非常有意义的时间。

　　我喜欢不需要音乐的电影。

　　我喜欢演员的演技和深刻印象表现给人感动的电影。

　　当然有时候，美丽的女人也需要化一点点妆……

　　以普通家庭的日常生活为舞台，表现在不断变化的社会中生存的人们的心理活动，这是电影制作中非常有能量的工作。

　　我觉得很辛苦，但我自己用音乐制作来挑战也是非常令人兴奋的。

　　短片是"诗"，非常精彩的表现啊。

　　我很高兴能一起工作。

梅林茂

二〇二〇年十月十三日

PS：也许 Joan 已经看过，我很喜欢小津安二郎的《东京物语》。

不管怎样，梅林茂答应了为我作曲。他的加入，给了这部电影一个完美的团队。

拍摄日程是十月十四日至十一月二日。千玺十四日上午从南京飞到北京，下机后直接来我酒店做最后定妆，然后跟米依顺台词、排练，最后拍摄戏用道具照。第一次看到两位演员在同一个时空的瞬间，我怦然心动——他们似乎比我想象的更为令人信服。对我来说，这是拍电影最根本和重要的东西——让人相信你创造的世界和其中的人。

由于"现实"中的戏和手机里的戏，必须先分开拍摄，后期合成，开拍前我曾担心，演员跟手机对戏的时候，他们的情感是否能真实和饱满？拍摄第一天我就看到，这个担忧完全多余。这代年轻人从小跟手机聊天，简直比跟真人一起还要自如。

我们先拍摄千玺的场景，米依在现场的另一间屋里用手机跟他对戏，那些手机里的镜头，以后都要在她的场景中重新拍摄。虽然米依知道她那几天的戏以后不会出现在银幕上，但还是不遗余力地给对手真情，没有半点马虎。米依不但证实了自己的能力，也证实了我的选择是正确的。

剧本中有一场戏，是病重的昭华在医院跟小鹿通视频，那是他们最后的对话。昭华的台词非常难念，稍一不小心，会令人起鸡皮疙瘩，但是这部电影必须有这段情话。

18. 内 小鹿父母家—卧室／医院 夜

夜深了，昭华躲在被窝里和小鹿通视频。他们各自的枕头几乎在相互的头顶上方挨着，摄影机在两人的思绪之间慢慢地穿越。

音乐渐起。

昭华的喃喃细语好似高烧中的谵语。

昭华

我突然好想吃冰棒啊。你记得吗？

有回期末考复习，天特别热，你去买了好几根冰棒，

送到我的寝室，想给我一个惊喜，搞了半天不见我回来。你

发微信问我在哪里，发现我也给你去送冰棒了。

小鹿

结果都化了。

昭华

那是我第一次牵你的手，你热得浑身都汗湿了，

只有手是冰凉的，那天我心里一直美得冒泡。

想起那天的甜蜜，小鹿微笑，仿佛回到几年前的羞涩。

昭华

记得我第一次亲你吗？

小鹿

嗯，在火车站，你送我……

昭华

那个吻我一辈子都忘不了……那七个礼拜的暑假，对我来说

就是煎熬，我一直不好意思说。

昭华低语，他的眼睛里充满了感激的泪光。

昭华

小鹿，我这么普通的一个人，

怎么会有这样的幸福，不知道是哪辈子修来的……

小鹿感动，她轻轻地把手指放在屏幕里他的嘴上。

小鹿

昭华，你要好好的，快睡吧。

昭华

爱你。

易烊千玺让我惊讶。他的个人感情生活是有限的，不知他是从哪里聚拢了这样丰富、充盈和细腻的内心。我只能想象他把所有对生活和爱情的渴望，在镜头前一泻千里。更难能可贵的是，他具有本能的分寸感，情感饱满的同时不留任何表演痕迹。那天，他成全了这场戏，监视器旁没有一双干着的眼睛。我想起《霍乱时期的爱情》中的一句话，"说到底爱情是一种本能，要么第一次就会，要么就一辈子也不会。"

初剪后我给姜文看片，他也感叹说，易烊千玺演得真好，他是全片演得最像真人的一个演员。第二天姜文又发信说，"你拍出来的男性更吸引人。"

对我来说，导演《世间有她》最幸福的事，就是在监视器前，见证演员们将他们的技能和真情发挥到极致。

这出戏大多数场景是民宅中的实景，我希望从筒子楼的窗户能看到外面超现实的现代建筑。在都市炫幻的外表下，老百姓过着平凡的生活，承受着命运的摆布。但实景拍摄空间很小，而且位于北京三环内。发电车、重型器械、箱车等日间是不准进城的，夜晚进城的话，白天拍摄也定会被居民报警投诉，我们只能用最精简的人员和器材展开工作。

摄影师本来决定用暖光的大功率钨丝灯作为主灯，因为它会把灰度的层次更加鲜明地表现出来。最后条件所迫，他只能用不需要发电车的低功率日光灯和 LED。LED 的色谱非常不完整，光质也不好，令人崩溃。后来灯光师去买了一堆大块的麻布，设在窗外，然后用最大的 LED 去做反射光源。经麻布反射后，光质变得犹如自然光。室内没有了灯光器材，演员可以更自由地表演。

我发现在没有大场面的情况下，小部队拍摄效率更高，每个成员都更负责更投入，现场没有任何人打瞌睡或者看手机。也许是因为刚刚经历了疫情的苦难，大家仿佛身负某种使命般拍这部戏，就连场工都时常到监视器来关注演员的表演，并为之动容。

十五六天的拍摄无比顺利地完成了，我每天得到的惊喜都远远超过留下的遗憾。工作人员在吃关机饭的时候都非常感慨，怎么就拍完了呢？好舍不得啊！

后期制作中最大的挑战是视效。影片中大量的电脑合成部分，都必须做得天衣无缝天经地义。由于预算和技术问题，原来一直跟组拍摄、最了解情况的人不做了，筹备期和拍摄期所准备的视效工作前功尽弃。为了把控色彩管理，我把摄影张子乐请回北京，配合视效部做了多次的二次创作和尝试，调整灰度与色彩的融合，三个月做了不计其数的版本。经过了一个漫长和艰巨的过程，我们终于得到了理想的结果，让电影在视觉虚实间、有色和无色间进出起伏，把握住观众的官能。

这部电影终于在一场灾难中诞生了。千万年来，地球经历了无数次的瘟疫，这场新冠疫情只是其中之一，但无疑它将是我们这个时代的一个标志。加缪在《鼠疫》中像先知那样警示我们，"瘟疫存在于每一个人的体内，没有人可以免疫"。人类随时可能因病毒、事故或者一个同胞的行为而灭绝。死亡是永恒的。

面对这样的荒谬我们怎样保持希望？怎样保持人的价值和尊严？怎样保持高尚的头脑和宽容的心？也许我们只有变得慈悲，不去对别人做道德判断，为生存本身感到喜悦和感激。

窗外浮现出一朵完美的白云，我依窗凝视，感到隔离期间的一种特殊奢侈，哪儿都不用去，什么都不用做——除了白日梦以外。这是一朵积云——童年的妹妹最期待看见的那种——底部平平地躺着，顶部圆圆地拱起，像巨大的天鹅在水里滑行，像山坡上开满了棉花，像棉花糖那样松软甜蜜。她每天到晒台上去看天，见到积云就会兴高采烈地跑下楼，向全家预报：明天是晴天！直到半个世纪以后，在二〇二〇年初夏的一天，我才知道了积云的英语怎么说。那天跟丈夫散步，他望着远处跟我说 Cumulus，我没听懂，他用手指着天说，这样的云叫 Cumulus，来自拉丁文。我牵着彼得的手，望着那朵云彩，重复着那个富有乐感的字，感到幸福。那时我正在写着一个失去挚爱的故事。

A flim is never really good

unless the camera is an eye in the head of a poet

Orson Welles

摄影：杜可风

我们将死于梦醒

黎明时分我走出隔离酒店，月亮还高挂着，天空慢慢泛出蓝色的光，希望在夜和昼之间仿佛重新诞生。一股莫名的感激涌上心头，父亲还健在，我很快可以见到他。

一进家门，我留心到餐桌上堆满了打开的相册，走近看，大多是父母在各地海滨、河边、湖畔或者游泳池拍的。他们曾每天早上一起游泳，几十年如一日。二〇二〇年底我离开上海前陪他们去了泳池，那天母亲下水没一会就累了，说想先上去，父亲哄着她多游一个来回，我还表扬了她，当时我们都不知道她已经病魔缠身。一个月后，母亲被两个救生员从池里拽上了岸，那是她最后一次游泳……

保姆说，你爸最近一直在看相片。

我望向父母的卧室，门关着。母亲离开九个月了，我仍然恍惚，好像她随时会从里面走出来。

母亲被确诊为淋巴癌之前，父亲已经知道凶多吉少。那时快过年了，我以为他是想过了年再去检查。我朋友雪莱去看他们后，给我发信说，你爸爸不舍得送你妈妈去医院，他说他看得多了，这样送进去就出不来了。

父亲还是在年前把母亲送进了医院，我赶回上海时，他自己也因心脏病复发住进了同层的另一间病房。哥哥比我早五天到沪，他隔离完到医院才知道那里有了新的规定。他提议让母亲坐上轮椅推到院子里见一面，但是母亲那天坐不起来。第二天哥哥历经波折，终于进了母亲的病房。

视频里母亲在呻吟、叫喊，她是个有忍耐精神的人，现在的疼痛一定是超过她的极限。父亲只能沉默、无奈地坐在一旁，爱莫能助，束手无策。

我们有一个在澳大利亚的朋友，她是我表妹的大学同学，曾在平江路的家里住过一阵，我们都叫她小于。小于出国前是华山医院麻醉科的医生，她建议母亲用一个叫异丙酚（Propofol）的麻醉镇痛药，让她减轻痛苦，得以入眠，第二天可以有力气进食和承担进一步的治疗。但是母亲的医生说，医院从来没有这样用过麻醉药，无法承担这个风险。（当年迈克尔·杰克逊就是打了过量的 Propofol 后死掉的。）

我给父亲打电话，能听到母亲在一旁发出痛苦的声音，我怕他耳背听不清，大声问，你能不能请医生给妈妈打麻醉药？他也大声回，不行的，你们是要她安乐死吗？说着就把电话挂了。我叫哥哥去医院，无论如何也要说服父亲。他说，我现在进不去啊。我说，要是我，就宁愿压一个枕头在妈妈头上，我宁愿她死。说着我就忍不住哭了，这些天憋在肚子里的眼泪全涌了出来，呜呜地哭。哥哥听我一哭，也哭了起来。我们两个人就那么无助无望地在电话两头哭。

第二天我又给父亲电话，他说，你跟妈妈说说话吧。我叫了声妈

父母在海南岛。

父母与我在上海晨游。

妈她就哭了，轻轻喊妹妹啊，妹妹啊，说不出别的来。我一遍又一遍地重复，妈妈你受苦了，我马上就来看你了。过了一会儿，父亲接过电话，用沙哑的声音说，妈妈累了，明天再说吧。我突然心痛、内疚，他每天陪在母亲身边，看到她受折磨也一定是心力交瘁，我们凭什么在远处责怪他。

我第一次去医院看望母亲是乘货梯溜上去的，那个钟点正是货梯最忙的时候，我和哥哥挤在一盒盒的点滴液、针头、手术用具、一包包的床单被褥、病号服之间，看着电梯在每一层停下，卸货装货，花了很长时间才到十八层楼。父亲的助理让我们在电梯对面一间空的缓冲病房，等待父母从他们各自的病房过来跟我们见面。

母亲被护工用轮椅推过来，她低垂着头，紧闭着眼睛，瘦得形同骷髅。我胸口抽紧——有些事我们永远无法有足够的准备。她用尽全身力气紧紧抓住轮椅的手把，好像在悬崖峭壁，松开了就会一落千丈。我蹲下轻轻唤妈妈、妈妈，她睁开眼看见我，就委屈地叫，妹妹啊，妹妹啊。我抱住她的头，她努力睁眼，好像有千言万语却没有力气说。我问她，妈妈要喝口水吗？她说要。我请护工端来温水和吸管，但是她吸了两口就吸不动了。我和哥哥一边一个，抚摸她紧抓着轮椅的手，她慢慢地放松了一些。

在医院回家的车上，我怅然地望着窗外，梧桐树嫩绿的新叶在阳光里像宝石那样闪烁，一株红色的冬梅、一棵白色的玉兰偶尔划过。路人们提着塑料袋进出商店，握着手机、香烟坐在树荫下，外卖小哥们在人群缝隙中穿梭……那是个再普通不过的日子。我脑子里出现了一首歌：为什么太阳依然照耀，为什么海浪拍打岩岸，难道它们不知道这是世界的末日？

父亲趿着拖鞋的脚步声让我回头，他的脚步踉跄，眼神疲乏，比半年前我离开的时候更老了。我叫爸爸，他应了一声就没有其他话说了。我指着一张相片问，你们在哪里拍的？他认真看着我的嘴形，然后说，这是丹麦海边的美人鱼铜像。这之前我并不知道父母一起去过丹麦。

其实我更想说的是：我一直都在牵挂你，你还好吗？一个人过习惯些了吗？我经常梦见妈妈，你梦见过她吗？你怎么挨过孤独的日子？但这不是我们之间可能发生的对话。父女一辈子，我们从未用语言交流过感情。除了母亲，父亲不对任何人打开心扉。我只见过他一瞬间易受伤害的样子，那是在母亲化疗了一个月以后。

那天母亲躺在硬邦邦的 CT 台上向我和哥哥大声叫喊，我吃不消了，我真的吃不消了，你们快来救救我！医生随手拿了一件保护背心让我穿上，却没有找到第二件可以给哥哥。我们就这样犯规进了 CT 间，一面一个拉住母亲的手，在她耳边轻轻重复，马上就好了，马上就好了。父亲跟医生在隔壁的房间研究母亲的 CT 结果，父亲看过无数例类似的病人，这回轮到了他的爱人。从 CT 上看，母亲的肿瘤没有太大的改观。

回病房后，我把 CT 结果告诉了二姨和小姨。小姨发信说："根据你妈的情况，舒服地走比活着受煎熬好。你爸硬拉着她，太自私了，劝劝他吧。"她建议我直接问母亲是否想走，我却无论如何也不敢问。母亲睡着后我回信给小姨："她没有跟我说不想活。如果妈妈给我明确指示她想走的话，我会义不容辞地去完成。她虽然呻吟叫喊，但是没有说她想走。"小姨说："据说人到了那一步都有求生欲，那就要说服她进食。"

二姨也发信给我："我姐这么痛苦太可怜了。"我回："父亲就是无法让她走，要不惜代价让她活下来。他说，叫你们回来就是来跟她道个别，意思是别的不要管。"二姨说："他说道个别也就是你母亲没救了，那让她安静一些把她想干的事干完，不要再活受罪，你爸也回家，合家团圆地走到终点是对她唯一的爱护，强拉着她受非凡的苦，那是残害她，不人道啊。"

有些话太难启齿，我怕自己说不清楚，就给父亲写了一封信："通过这段时间对妈妈的观察，她只要是醒着的时候都是非常难受的。有时稍微好些，有时很难挨。今天我和哥哥在她身边一个半小时，她坐了一会想躺下，躺了一会说还是坐起来吧，坐起来后还是不解决问题，找不到一个可以舒服的姿势。为了抵抗身体上承受的折磨，妈妈躺着的时候双手总是紧攥着床边的栏杆。我跟她说如果是痛，医生可以给镇痛的药。她说没有用的，她不是痛，是难过。妈妈的感觉和表达都是清晰的。护工和保姆当着她的面议论，说她整天吵，横不得竖不得，说她大便在身上……好像她是个无理取闹的小孩，是个白痴。妈妈自尊心很重，很骄傲，忍无可忍了才这样的。在她这个岁数，在目前皮包骨头、生命力日益下降的情况下，这样的煎熬是否值得？为她换来的是什么？更长久的煎熬吗？"

我郑重其事地把信交给父亲，他读完后什么也没有说，把信折好放回信封里还给我。我不罢休，鼓起勇气跟他说，妈妈太苦了，不要治疗了。父亲不看我，也不作声。我说，我们接她回家吧，能不能找到足够的吗啡？我们陪着她，给她打针让她走。父亲还是不看我，停顿了片刻后说，哪里去找那么大的剂量？今天我去陪她，让她多吃点，她说想跟我一道回家……说到这里父亲哽咽，眼睛红了，泪水在眼眶里涌动，但是他没有让它流下来。他说，你们回家吧。那一刻，父亲犀牛般的盔甲破裂了，暴露了他跳动的心脏。

我每天上午去病房陪母亲煎熬，夜里神志恍惚地幻想如何去解救她。一天吃早饭的时候我跟哥哥说，我还有二十八片安眠药，今天带去医院，看看有什么机会喂给妈妈。哥哥说，那怎么可以？你又不知道吃了安眠药以后会发生什么情况，说不定她更难受，再说被人发现了你要坐牢的。

母亲的病床靠窗朝南，病友的床靠门，拉上了白帘子。太阳从窗口照进来，把我的身影投在白墙上。我看见自己阴暗的影子凑向母亲，感到心跳加速。我在她耳边问，妈妈，你有什么需要我做的事吗？妈妈，你有任何愿望我都会拼命为你实现的。她说，你跟我一起祷告，要记得祷告。

大概在七八年前，母亲坐在卧房的小书桌前发呆，一本打开的书上画满了线，她的健忘症已经发展到无法享受阅读了。我走过去摸摸她的肩膀，她转头说，活着很没劲，没什么可开心的事。不记得我说了什么，也许什么都没说出来。她接着轻描淡写地说，我不会自杀，因为我不能这样对待你爸爸。

还有一次，我在屋里找不到她，觉得奇怪，因为母亲除了跟父亲去游泳一般不出门的。一股风吹到我的脸上，窗帘飘起来，我这才发现阳台的门敞开着，她紧靠在锈了的铁栏杆上，稀疏的头发被风吹得很乱。我叫妈妈，她的眼神从很远的地方收回来。几十年前刚搬进这个公寓的时候，她说喜欢这个阳台，但是让我们都千万别用力靠在栏杆上，万一豆腐渣工程掉下去就没命了。我直觉感到母亲在思量生死，感到震惊与恐惧。

母亲自始至终没有提出要提前结束这场磨难，那是求生的本能吗？还是爱？

父亲打开钱包，问，你需要人民币吗？我看到里面多了一张母亲年轻时的照片，那是他按照钱包的尺寸印出来的。这是他自己在家里打印的吗？还是去外面专业的地方印出来的？我也有同样的一张，是父亲自己放大后染了色的。照片里母亲大概二十出头，我从没见过另一个女人有如此天然和宁静的美丽，有如此深邃和神秘的眼神。母亲走后我为相片配了镜框，放在了换衣间的橱柜上，每天可以看到。

有时在完全莫名的情形下——或许半夜三更惊醒过来，或许大白天在微波炉前热午饭，或许傍晚在淋浴时哼歌——我眼前会出现母亲骨瘦如柴的身体，被静脉针扎得一片片青紫。我想，父亲选了这张照片不是为了记住，而是为了忘却——他想用母亲最美好的样子去冲淡她被病魔摧残的记忆。

化疗期间母亲经常拔掉点滴管，胳膊手背上的静脉血管全都无法再用了，必须把点滴装置埋在皮下，从颈动脉输液。这个小手术平时只需局部麻醉，但是因为母亲在清醒的情况下不会配合手术，所以必须用全麻。父亲担心全麻的风险，跟医生说，我可以在手术室里按住她。医生说，你一个人不可能按住她的头和双肩，她挣扎时带来的风险会高过全麻。

我不信教，对自己和对宗教都持有同样怀疑的态度。但是母亲病重的那十个月我每晚在黑暗中祷告，求上帝保佑她。回想起来，那些时刻我并不"虔诚"，有时会在心里大喊：你到底要她怎么样？你为什么这样折磨她？你为什么不阻止我爸爸？

一天，哥哥和我跟往日一样到医院探望父母。母亲突然精神了许多，她吃了半个我们带去的苹果，还跟着哥哥手机里的音乐唱了《田纳西华尔兹》。父亲意味深长地看了我一眼，他坚持治疗的信念和承受力终于点亮了希望的火苗——也许母亲的病能得到治愈。从那天开始，她奇迹般地好转起来。

我生日那天，正在重庆拍摄《忠犬八公》，父亲打电话给我，好像完全不记得生日的事。他说，妈妈想跟你讲讲话，我要去楼下办公室给病人会诊。

母亲问，妹妹你在哪里？我说，我在重庆拍戏，你记得重庆吗？你记得在歌乐山的事吗？她说，在歌乐山的时候最开心了。她无法更具体地表述，我便提醒她，记得姚牧师吗？她说，姚牧师最好了，教我唱好多歌。我又问，圣光中学里面有教堂吗？她愣了一会儿后说，我们只要有几个人凑在一起就是教堂了。母亲失忆以后，经常用各种巧妙的方式来掩盖自己头脑的空白。我不知道她的回答是在搪塞我，还是她在脑海里看到了那片雾蒙蒙的竹林，听到了回荡在山谷的祈祷和歌声？我不禁感动，这是一个多美好的回答。

我跟母亲说了再见，还没来得及关机就听到她在那头自言自语。原来她不懂怎么关父亲的手机，不知道还跟我连着线。母亲发出各种困惑的呻吟，好像不知道她接下来将面对什么，该干什么。然后，她开始急促地祷告。待她停下片刻，我轻轻叫了声妈妈。她慌忙地问，妹妹？你在哪里？我说，在重庆拍戏，在跟你通电话，我们一起祷告吧。我按照她曾经教我的祷文说："亲爱的主，感谢你所给予我们的一切，求你饶恕我们的罪过，指引我们的言行，听我们的祈祷。求你赐给我们平安、健康、力量、智慧和勇气，与我们同在，求你保佑妈妈……"母亲马上添了一句："亲爱的主，我把妹妹交给你，求你保佑她家庭美满事业成功，求你指引她，做你的好孩子，不做你不喜欢的事。"那天我六十岁，却还是个孩子——母亲的，上帝的。那是我所有生日中最难忘的礼物。

从重庆回来后，我每天上午陪母亲在病房里唱歌，父亲也在一旁听着，有时目光变得遥远。记忆里那些母亲摆脱了苦难的日子，屋里总是阳光明媚。窗户很大，太阳照在她的脸上，她专注的歌声充满了少女的渴望："小鸟在歌唱，野花在开放，阳光下面湖水已入梦乡，虽然春天能使忧愁的心欢畅，破碎的心灵再也见不到春光。我走山路，你走平原，我要比你先到苏格兰。但我和我爱人永不能再相见，在那最美丽的罗梦湖岸上……"她走后我才知道那是一首苏格兰民谣，叫《罗梦湖》。

有一天，母亲在唱《在那遥远的地方》，唱到"我愿她拿着细细的皮鞭，不断轻轻打在我身上"的时候，她突然笑着说，这句倒是蛮性感的。我惊讶不已，如果没有音乐伴随着这词，她绝对没有能力产生这样的联想。我再一次被音乐的神秘所迷惑，我猜它始于人脑最原始的中枢，是先于语言的东西。音乐通过母亲脑中已经病变的边缘通路穿刺到她已经萎缩了的海马体、杏仁核，刹那间的感官记忆，像一次短路的火花，照亮她黯淡的意识，那个时刻她感受到了喜悦。

母亲总是早上四点就起来去父亲病房找他，搞得他不够睡，很疲劳。我跟她说，你早上千万不要那么早就去找爸爸，他休息不好身体会垮的。她很惭愧地答应，明天让他睡饱，但是到第二天就忘记了，又一大早去找他。有时候，母亲还会当着医生护士的面跟父亲发脾气，他自己也是个脾气很大的人，但这种时候只好把她当小孩哄，从不怪她。我想起《本杰明·巴顿奇事》里布拉德·皮特演的角色，在生命的尾声变成一个婴儿，躺在恋人怀里。

母亲去世那天早上，父亲看到她痉挛的样子，脸色灰白，差点摔倒在地，哥哥请驾驶员送他回家躺到床上。那一晚父亲彻夜未眠，但是第二天早上他去了办公室。那之后的两周他都失眠，但是每天坚持上班。最爱的人不在了，七十年的共同记忆、日常生活中的"日常"

都随之消失。但最爱的工作还在，它像地心引力那样将父亲安全地拴在一个熟悉的地方。

早上七点三刻，父亲跟我说，我上班去了。他的语气严肃、平静，眼睛里流露出活力。

他从上海医学院毕业的时候，被分配到了一个犯罪研究所，由苏联专家培训破案。那是安全局研究所的前身，工作性质的政治性很强，不是一个容易待的地方。

报到的时候，父亲看到另外几位都是政法学院毕业的人，就跟负责人说，我只会当医生，不合适做破案工作。负责人说，我们破案有爆炸、燃烧、痕迹方面的工作，需要懂物理化学的人才。父亲说，我是医学系的，没有学过什么物理化学，药学系的人这方面也许更强一些。但是那个负责人还是没有被说服，父亲只好硬了头皮说，我还有一个问题，你们在档案里有没有看见，我当过反革命。负责人一个电话打到上医，结果档案的确如此，他就让上医马上换一个人来。

当时分配有两个没人愿意去的科，一个是组织胚胎科，另一个是放射科，而最没人想去的就是放射科，当年只有一台拍胸片的机器，其他什么设备都没有。父亲被退回学校后就自告奋勇去了放射科，那是一九五六年，他二十五岁，拿到第一个月的工资后，他直接骑车去南京路为母亲和自己各买了一条裤子。不知为什么，他们多次说起这件事，仿佛那是生命中非常特殊的一天。六十六年过去了，华山医院放射科早已鸟枪换了大炮，九十一岁的父亲仍然在那里为人看病。

记得有一次，母亲需要去华山分院的PET中心做全身扫描，天不亮我和驾驶员就赶到病房去接父母。父亲还在洗漱，他说，不用那么早就去。我说，昨天医生关照了一定要在六点钟前到，不然就要排长队等很长时间，妈妈会太累。他说，不会的。到了 PET 中心，父亲熟门熟路，跟那里的医生们聊起中心的各种人和事，我这才想到他是中国放射学的元老之一，是国内应用 CT、MRI、DR 和 DSA 等先进设备和技术的开拓者。父亲桃李满天下，到 PET 中心就像回到老家。

母亲开始第三轮化疗以后，我跟父亲说了我即将回美国的计划。他知道这事迟早会发生，但还是瘫在椅子上半天没说话。然后他说，不能多陪你妈妈几天了？我说，我四个多月没回家了，趁妈妈现在还稳定我先回去一下。他说，现在从美国再回上海的话，要隔离三个礼拜了，你知道吧？我说我也听说了。父亲说，万一她发生什么意外，你赶都赶不到。说完，他打开手提电脑阅读起影像学的文献，哪怕住院他都从未耽误过对专业知识的学习和思考。我看着他的背影，感到他的孤独和疲劳。

患心脏病的父亲，照顾着患失忆和癌症的母亲。如此艰难的时候，孩子们都不能在他身边，当年把我们送去了那么远的地方，他有没有后悔？几年前有一次，好像是父亲需要处理什么复杂的事务，令他烦恼和疲惫。他跟驾驶员说，小孩都是白养的，一点用都没有的。上海封控期间，父亲的日子非常难熬，他不会用微信，更不懂怎么在网上抢菜。我很久都买不到回沪的机票，最后买到了又被熔断了两次。父亲耳背，我怕电话讲不清楚，就写了微信请表弟转告。父亲看完后说，大概都是借口。

我奶奶父母的坟在老家江西南昌郊外。记得父亲跟我说过在九十年代的时候，当地政府要在坟地上面建公路。父亲接到通知后去那里迁祖坟。按当地习俗，挖坟时请了一位风水先生同去。挖开后，父亲看到坟边小溪的水不知在哪年哪月改了道，他祖父母的棺材已经浸泡在地下水里。棺材被抬起后有六条鱼在水里慢吞吞地游。再仔细看，父亲发现因为它们一辈子没有见过日光，所以眼睛是瞎的。风水先生看到这个景象，考虑了一下说，要把家里的六个小辈送到国外去。父亲有些震惊，奶奶这条线下来到我这辈，一共有八个后裔，其中有六个在国外生活。也许父亲埋怨的是命运，而不是我们的不孝。

航班是晚上起飞，白天我最后一次去医院陪父母。我们跟往常一样在病房里唱歌，然后一起吃午饭。母亲吃了几口就不想吃了，父亲从他的小冰箱里拿出一块栗子蛋糕，说，阿中啊，甜品，母亲便笑眯眯地接过来吃。我好奇，在六十六年的婚姻里，他们有过别的渴望吗——那些互相无法满足的渴望？那似乎是人之常情。他们也一定有过对方无法分享的欣喜、无法分担的痛苦？或者孤独难挨时的诱惑？我大概永远都不会得到答案。

从病房回到家里，猫咪围着我叫，我蹲下来摸它。它刚来父母家时，送猫的朋友常来问问它的情况，母亲会说，这只猫聪明得不得了，都可以当我的研究生了。或者，这只猫懂事得不得了，以后我们不行了就全靠它了。这些年来，父母看电视的时候，它总爱在父亲的膝上躺着，母亲弹钢琴的时候，它总爱在琴凳的一端坐着，我每次开门，它都迎上来叫我，用脸蹭我的裤腿。猫咪被撸得舒服了，睁开眼睛深情地望着我，懒洋洋的身体呼噜呼噜作响。家里还剩一罐鱼肉的罐头，我打开给它，它吃得很香，完后仔细地舔着自己的毛，全然不知我将不得不把它送去一个陌生的地方。所有的爱从一开始就在走向终将的失去，连猫也无法避免这必然的命运。

父亲现在很少在餐桌吃饭，早饭一般在书房的电脑前边写书边吃，午饭和晚饭就在电视机前边看剧边吃。一天，他难得跟我一起在餐桌吃饭，想到了猫咪，跟我说，猫咪现在可以回来了。我说，先不急，你一个人在上海我和哥哥都很不放心，疫情期间来回飞实在太困难了，

父亲说，这是你妈妈第一次拍照，焦点对得很准，手也不抖，一点都没有浪费胶片。母亲那天很专注地将父亲的头放在取景框的中央，再小心翼翼地调好焦点、按下快门，哪里会想到，六十多年后我最留意和珍惜的却是焦距以外的背景。家里有不少父亲的照片，但记录了弄堂原貌的仅有一两张。画左马蹄形的建筑是"外交大楼"；往画右看是7号、8号和9号的房子，我们10号就在右边的画外；照片底部是大草坪的一角，我十二三岁的时候，那里盖起了一栋五层的简易楼，把原来的两排老房子彻底隔了开来，从此哥哥不再能从窗口叫喊对过6号里的朋友，那朋友也不再能从自己的窗口大声应答，然后一起下楼去玩了。

晒台，那时父母刚结婚不久，哥哥和我都还没有出生，他们还沉浸在二人世界的愉悦中。

你还是来美国跟我们住一段吧。他说，太忙了走不开，我最近在研究脑部毛细血管病的预防和治疗。疫情一结束我还要去老挝，国家领导交给我的任务还没完成。

父亲内心深处有着强烈的流浪癖，十分向往远方和未知。七十年代，他带了一个医疗队去多哥工作，途中在巴黎停留了一天。那是他第一次离开中国，被世界的丰富和宽广所震撼。也许，流浪的种子就是那时埋入了他的心田。

医疗队宿舍里的用水质量很差，父亲就每天跟同事一起，带着大桶去爬山，再把山里的泉水一桶桶地运回宿舍，他说那是他这辈子喝过最甘甜的水。当地一个酋长的大老婆常找父亲看病，酋长也就成了父亲的朋友。大老婆住在泥巴和干草糊的房子里，窗帘和床单都是各国访问者送给酋长的国旗。

多哥非常贫穷，但是在那里父亲远离了国内的政治运动，尝到了自由的味道。几个月后，他就向驻多哥中国大使馆申请把我们全家都移民去多哥，理由是作为医生他可以比官方更有效地了解当地民情，促进中多友谊。幸好大使馆没有批准他的要求。

上世纪八九十年代，父亲每年十一月都到美国参加放射学的年会，他还常去欧洲各国考察交流，为华山医院带回了世界最先进的医疗技术和设备。澳门回归后，他带领华山的医疗队，为澳门卫生司所属的多家医院发展和培养医疗骨干。随着母亲失忆症的加深，他越来越走不开了。偶尔，他会拉着母亲去离上海不太远的城市参观和讲课。有几次，趁我或者哥哥在上海的时候，他把母亲交给我们照顾，然后飞去外地出差。现在，父亲念念不忘的是老挝。

大约在六七年前，父亲告诉我，中央批示成立了中国精准医疗战略专家组，他的影像中心就是研究"精准医学和精准影像学"的。有个老挝人来华山医院参观访问，邀请他去为他们建立一个精准医疗的医院，这个老挝人以前是国家领导在高中的同学，现在领导把这个项目交给他去做。老挝天气热，他说要去裁缝店做两套麻布西装。说着他拿出一张他们在华山医院的合影给我看，老挝人身穿米白竖领上衣，斜披着一条五彩缤纷的肩带，父亲身穿一件大红色的衬衣，容光焕发。

后来疫情席卷全球，再后来母亲病倒，老挝之旅就此搁浅。母亲走后，父亲越来越沉默不语，唯独在提到老挝的时候，他会提起精神来说话。中老铁路开通后，他多次在地图上仔细安排从上海去万象的路线，说，现在我可以坐火车去了，顺便一路玩玩。

我说，老挝疫情一直没有间断过，现在已经与病毒共存，你这个年纪去太危险了。他说，那个老挝人去年中风瘫痪，最近死掉了。我说，那就不要再想去老挝的事了。他说，他死之前把建医院的事交给了一个朋友，我们联系过了。我答应了为他们建医院，以后还是要去的。

这事听上去越来越玄了，我和哥哥都不能确信它是否存在，但我们也不能说它不是件真事。父亲的确是极其优秀的医院创业和管理专家，在他当院长的十一年中，华山医院取得了突飞猛进的发展，并以全市最高分被评为三级甲等医院；老挝是中国一衣带水的邻国，一个社会主义国家，领导派父亲去那里投资建医院也没有不自然的地方。父亲坚持说，老挝的医院一定会建的。

我想起弗吉尼亚·伍尔夫在《奥兰多》中的一段话，大意是：幻想对于灵魂就像大气层对于地球。如果没有了那层温柔的空气，万物将失去生灵与色彩，大地将变成一片灰烬，滚烫的鹅卵石将灼焦我们的脚底。实话说，到那时我们就完蛋了。生命是一场梦，我们将死于梦醒。谁剥夺了我们的梦，就剥夺了我们的生命。

也许老挝之梦对于父亲就像大气层对于生命。谁知道呢？说不定真的有一天，他会带着我和哥哥坐上中老列车，到那里陡峭的高山、狭窄的河谷、茂密的森林中去探险；真的有一天，他将完成国家领导交给他的任务，为老挝建造出一个最现代化的医院。

也许"我们是谁"这个问题的核心，就包含在我们所有的梦想和那些一厢情愿的神奇念头里，毕竟我们最强烈的渴望和恐惧都源于和坐落其中。那么，梦想比现实中发生的事更真实地谱写了我们的传记。

父亲每天下午把自己关在卧房里四五个小时，有时更长，天黑了也不出来。他在里面想什么干什么，我无法知道，我只能想象他是在与悲伤对话。悲伤说，陈星荣，你不可能像爱张安中那样爱任何人了。父亲说，是这样的。悲伤说，也没有人会像她那样爱你了。父亲说，是不会有了。悲伤说，你再也听不到她唱《当我们年轻的时候》了。父亲跪下来，说，我投降，你饶了我吧……

琼·狄迪恩在女儿和丈夫相继死去之后写了《奇想之年》一书，她说悲伤像风暴中的浪涛，打得你膝盖发软，眼睛昏黑。也许在一波巨浪平息下来的间隙，父亲去打印了那张母亲的照片，放到钱夹里。走出卧房时，他是个刚从海啸中幸存下来的人。

年轻人也许可以从失去中找到意义，在治愈中得到成长，他们的面前还有着很长的路和其他的爱。对于九十一岁的父亲，失去相濡以沫近七十年的老伴，无论从哪个角度看都是令人绝望的事。从母亲确诊到十个月后去世，从她去世到今天，父亲到底有过多少幸福的时刻使他如此顽强地生活？当他从折磨中得到喘息的时候吗？好比黑夜后黎明的曙光，好比严冬后万物的复苏。

好比七十年前，在前景最无望的那天，他得到了母亲爱的誓言。

"肃反运动"中，父亲和几个好友被打成"胡风反革命小集团"，被揪出来在全校批斗。因为共青团领导知道父母在恋爱，母亲被点名要求在大会上揭发父亲。众目睽睽下她浑身发抖脸煞白地站起来，只说了一句话：他们都是好人。

母亲在笔记中这样写过："……那时我和陈星荣好，但关系尚未明确，想等两年再说。我见他坐在角落里写着什么，就走过去问他。他轻声说：写交代。我问：交代什么？他放下笔说：他们要我回忆出所有干过的坏事、丑事，并交代当时的思想活动，不论事件大小，再小的也不许遗漏。我想安慰他，但所有安慰的话都显得苍白。我们才二十出头，正是人生最灿烂、最有朝气的年龄，进了一流大学，将来成为好医生，治病救人，无上光荣。可现在他被扣上了反革命的帽子，成了阶级敌人，将受到怎样的镇压和发配？这一生的日子将怎样度过？那一刻我就做了决定，跟他说：不要交代了！你放心，不管他们把你打成什么，我只嫁给你！他似乎有些吃惊，接着就哭了。我们抑制不住愈来愈响的哭声，忘记了这是在图书馆。但是周围座位上，坐在磨砂玻璃挡板后面看书的人始终保持肃静，默默地给了我们同情和支持。"

我很难想象父亲大声哭泣，那该是什么样的幸福啊。也许这就是真正意义上的幸福——它的前提是足够的痛苦。父亲钱夹里的照片，就是那时的母亲。

整理母亲的橱柜时，我发现一个文件夹，上面写着"妹妹资料"，里面是我一九八一年申请出国的文件和信件。其中有一封父亲为我写给有关领导的信，密密麻麻三页纸，写在华山医院的信笺上，一共修改、抄写了四遍。我完全忘记了这回事。我的申请遇到了阻碍，得不到批准。当时父亲在纽约做访问学者，为了我的人生能有更开阔的地平线，他特地提前回国来帮我奔走。信写于一九八一年四月五日，我于一九八一年八月二十六日飞往纽约。那天父亲说，你今天下午走吧？

我睡午觉不去送你了。我说，哦，那我不吵醒你。

留学四年后回家，父亲照例没有去接我，但是我出现在他面前的那一刻，他情不自禁将我一把抱起来。我双脚离地悬在他的怀抱里，片刻，感到惊喜、幸福和莫名的尴尬。那是我成年以后他唯一一次抱我。父亲从没说过，不过我知道他一定是非常想念我的。

又到了离开的日子，我和父亲一起无言地吃早饭，他吃两个鸡蛋白，喝一杯西瓜汁，然后吞下每天早上该吃的药和维生素；我吃两个苹果喝一瓶酸奶，再把他给我的维生素吞下去。早饭后他就回到电脑前看脑部核磁共振的图像，母亲的健忘症给他带来很大的刺激，使他对脑部毛细血管走火入魔。我一个人呆坐在那里，不知怎样让他知道我很爱他。我与父亲有太多没说的话。

朋友在微信里建议："你给他留张条子，回忆些过去难忘的细节，放在他会看见的地方。"我回："好的，我试试。"

我没有给他留条子——又一次屈服于惯性，还是天性？

飞机开始升高，窗外渐远的灯火和渐厚的云层仿佛奇妙的海底世界，父亲大红色的泳帽出现在我的脑海，它在水里时而浮起时而沉没，不管池子里人多人少，不管他游到哪个角落，我都能从眼梢看见那团红色。不知父亲有没有留意我的蓝泳帽，感觉到某种心照不宣的亲情？

猫鱼

七十年代末八十年代初，我们家是一盘散沙，父母在美国进修，我常出外景、参加社会活动或在外院上课，固定人口只有姥姥和哥哥。也许姥姥感到自己作为唯一家长的重任，对我和哥哥管头管脚，但我们年轻气盛，把她的话全当耳边风。偶尔，姥姥的朋友来家里时会问到我和哥哥，她就叫我们去陪客人坐坐，我们只好去应付一下，聊两句。我那只价值连城的白玉手镯，就是在这种情形下收下来的。

我有这样一个印象，姥姥坐在书桌旁抽着香烟，一位老先生坐在小沙发上，茶杯冒着热气。我们寒暄了些什么？完全忘了。老先生拿出一个小小的锦盒，打开给我看，说，这只手镯四百年老了，你到美国留学实在需要钱的时候可以卖掉。姥姥没有什么特别的表示，好像这件礼物并不比一块火腿或一支钢笔更贵重，我也就没把它太当回事。好几十年以后，我才会留意到它的美与独特——椭圆的形状有一点点方，神秘的颜色随光线变换，雕刻的双龙戏珠精致而抽象。我到美国后搬了许多次家，马马虎虎丢失了很多东西，有些也是很珍贵的，比方史家祖上传下来的铜镜、外公从捷克带回来的水晶烟灰缸、景泰蓝的百花奖奖杯，而这只手镯倒是幸存下来了。

我仿佛能看见一位老人儒雅的身影，逆光坐着，但无论如何也看不清他的脸。姥姥认识不少有名望的文人，年轻时跟沈从文、巴金都有交往，她曾去探望他们，但我不记得他们来过家里。

这位老先生到底是谁呢？哥哥说，我觉着是蔡上国，他有时会来找姥姥讲章（聊天）。我问，还有什么老人可能送这样的古董？他说，要么是程十发。程十发不是姥姥的旧友，他先认识的是哥哥。哥哥有个叫王青的画画朋友，住在程十发隔壁，有时候他去找王青，家里没人，就坐在程家等，这样几次就熟悉了。我说，那天姥姥房间里的肯定不是他。哥哥说，程十发出身比较清贫，不太像会做这种事的人，蔡上国是富贵人家出身，这种东西大概没那么稀奇，应该是他送的。我也许永远都不会知道这只手镯的来历。

我们年轻的时候，对物件的金钱价值都很无知和麻木。我们当然知道大饼油条、菠菜、带鱼的价格，也体会过没钱买东西吃的难受，但那是具体的生活；手镯的价值，对我们来说太抽象了。

哥哥第一次想努力挣钱，是为了送给我一件貂皮大衣到纽约时穿。那时他刚刚被分配到上海交大美术系教书，工资很低，从我开始办理留学手续，他就开始画连环画挣钱，然后把所有的钱都用在了那件大衣上。当时我不知道貂皮大衣要好几千块钱，在那个年代是个天文数字。

我在电话里跟他说，这件大衣到今天还油亮松软，四十多年了，跟新的一样。他说，我在交大有个学生是从东北来的，他家里精通皮草，从当地挑了最好的貂皮带到上海，我再去南京路的"第一西伯利亚"定制的。之前我完全不知道，他在大衣上费了那么多心思。

陈川和我。

电影《苏醒》中苏小梅的角色需要弹钢琴,我因此去了离家不远的音乐学院学琴,认识了几个学生和老师,他们也成了家里的常客。有一个叫刘建的作曲系学生,永远穿着西装打着领带。他弹得一手好钢琴,现在想起他我还能听到肖邦的小夜曲。在认识他之前,我没有听过肖邦的音乐,没有想象过世上还能有这么优美丰富深情的旋律。在我成长的年代,西方古典音乐是被禁的东西。

第一次听贝多芬、德沃夏克、拉赫马尼诺夫的音乐,都是在西影拍《苏醒》的时候,导演滕文骥是我当时认识的人中,唯一有古典音乐唱片和音响设备的人。我依稀看见,在一间西影宿舍不大的房间里,窗帘紧闭着,我们几个演员聚在昏暗的电灯泡下,全神贯注、一动不动地听着交响乐《新大陆》,只有滕文骥一个人,在气势磅礴、摧枯拉朽的段落,奋然起身指挥;在温婉细腻、柔情似水的段落闭起眼睛、张开鼻孔,抬起手臂,好像在延伸某一个音符传递给他的欣喜若狂。没有任何语言,可以形容那些时光给我带来的震撼与渴望。也许音乐正是语言和沉默都无法涉及的一种表达,它那么抽象,又能那么直接地穿透心灵最隐秘、最柔软的缝隙,融化天下哪怕最顽固不化的铁石心肠。

八十年代中期刘建到纽约留学,靠送外卖养活自己。刚到加州时,我也在一家中餐馆打工,负责领位和接外卖电话,一两个拥有二手车的中国留学生负责送餐。在纽约送外卖都是坐地铁、骑自行车或者走路。拎着大包小包鱼香茄子、排骨面、宫保鸡丁,挤在地铁里的刘建,仍然西装革履。一天晚上,他在送餐的路上被两个不怀好意的人尾随,为了甩掉他们,他围着一辆停在路边的大卡车兜圈,那两个人就跟着他兜,几圈后刘建还是被抢劫了。事后我们总是说,如果他没有穿西装打领带,是不是就不会被盯上,是不是就能躲过那一劫。

刘建介绍我和哥哥认识了拉大提琴的马新桦,她不但琴拉得好,

陈川油画作品,已被收藏。

气质和样貌也很出众。哥哥为她在音乐学院图书馆画了一幅肖像。那是一栋二十年代建造的老洋房，马新桦穿着简单朴素的白衬衫白裙子，一手扶着大提琴，一手拿着琴弓，低头站在厚实雕木的楼梯拐口，柔和的光线从几扇彩色玻璃窗洒在她的身上，仿佛记忆的尘烟。她是谁？在想什么？你如果看到这幅画，一定会好奇她的身世，会想认识她。

本来说好了这幅油画先挂在交大，但最终是要送给马新桦本人的。后来，一位美国佛罗里达州的教授到交大访问，看到这幅肖像后多次表示喜爱，校长就要把画送给他。当时哥哥正在申请留学，一直没有得到批准。校长跟他说，如果你把这幅画贡献出来，学校就可以给你公派留学的资格。他只好去跟马新桦商量，虽然她很不情愿，但是为了他能留学，就把自己的肖像送给那个陌生的异国人。

哥哥年轻时候的不少作品，经常这样那样到了各种人手里，他也并不觉得可惜。他画画，就像夜莺唱歌，本性而已。他最大的梦想，就是画得好。

哥哥是奶奶爷爷唯一的孙子，他们为他起名为陈川，以纪念故乡的山水。很小的时候，他不知从哪里认了一个画图老师，那人是个侏儒，背上拱起很高的一块，一开始陈川见到他有些害怕，等后来习惯不再害怕的时候，这个老师跟他说，你进步得很快，我教不了你了，带你去找鲍老师吧。就这样，陈川拜到了新的师傅。鲍老师常去看一个姓许的画家，有时把哥哥也带去那里。据说许老师原来在上海美校读书，画得很好，但因为谈恋爱被开除了，后来就在上海闵行电影院画海报。当年很少有人买得起油画颜料，陈川开始学油画的时候，用的就是许老师画海报的颜料。

小学的美术老师发现哥哥有绘画天才，就把他送进了少年宫学习。那里的绘画老师叫夏予冰，他在陈川九岁的时候为他办了人生第一个

"画展"。两年后，夏老师和许老师都觉得陈川在少年宫学不到什么了，就带着他和他的画，去了孟光老师的家。哥哥就像个在江湖上寻找武林高手的孩子，终于拜到了一代宗师。从此，艺术就成了他的挚爱、他的生活。

他如果看到我这么写，肯定会抗议：侬瞎写啥啊？哥哥极其谦逊、害羞，尤其对于内心深处最在乎的东西。

陈川从静物开始，画屋里的椅子、厨房的洋山芋、晒台上的葱。然后他开始画动物和人，有几次，他背着画架长途跋涉走去动物园写生，画老虎、狮子，画大象、犀牛。当然更现成和方便的是画我和家里的猫。父母为我们俩分配好了每人饭后隔天洗碗，为了让我给他当模特，陈川只好被我敲诈勒索，每天洗碗。

从平江路走去孟老师家大概半个小时，我多次跟哥哥去那里为他们做模特。孟老师在美校的得意门生，比方夏葆元、陈逸飞等都在那里画过我。不知那些画都去了哪里？

我问哥哥，你小时候画了那么多张我，怎么都没有了？他说，好多都留在孟老师那里了，那时画能被孟老师看中收下来是老开心、老骄傲的事，画留在自己屋里有什么用？我没钞票买纸，没画过的纸才是更宝贵的。十多年前，有人在拍卖市场看到几张陈川画我的素描，那是在孟老师去世后被谁拿去卖了？

那么多的肖像，我自己只有一张陈丹青画我的油画。当时他好像刚完成了西藏组画，我们坐在姥姥房间里——为什么不是在客厅？也许楼上自然光更好一些，也许姥姥要我们在她屋里，记不清了。我穿了一件自己做的连衣裙——红白条子的棉布，宽而低的方领，无袖贴身的裁剪。我们画了多久？聊了什么？也记不清了。

画完这幅肖像后，我们都陆续到了美国，没有什么来往。但我脑中有这样一个模糊的场景，晚饭后，路灯下，几个在纽约的上海画家——陈丹青也在其中，站在唐人街一个昏暗的报刊亭前，一排排的杂志中有《花花公子》，他们互相调侃着……再次见到他便是几十年后的事了，我们居然在上海一家什么商店里偶遇，停下来聊了几句，提到了画肖像的事，我跟他要画，他就慷慨地答应了。几天后，画便送到了我家。

画中女孩黝黑的皮肤、结实的胳膊，让我想起童年的一个暑假，父亲每天带我去游泳，一个同学笑我黑得像个乡下人，我跟母亲说，不想去游泳了。她说，我觉得你黑点蛮好的，比又白又胖好看多了，对伐？那时我的脸很圆，想想她说得有道理，从此放心大胆地游泳，练就了强壮的三角肌和肩脖肌。陈丹青的确抓住了我的特点。

我有一张那天画肖像的照片，我和哥哥面对面坐在姥姥房间里，陈川一手拿着画笔看着我，一手扶着正在画的肖像，我挺直了腰望着前方的白墙，好像在考虑什么严肃的问题。每次看见这张照片，我都会想起那天窗外知了的聒噪、屋里颜料的气味、坐在我对面的哥哥和陈丹青，他们的头发都很短，脸颊都很瘦……

为什么陈丹青不在那张照片里？这么些年来，我一直以为是拍照的人把他放在了画外，只拍了我们兄妹两个人。最近跟陈川说起这件事，他说，拍照片的是一个《解放日报》的摄影记者，他请你换了画里的衣服，然后让我们摆拍的，陈丹青已经走了。

难道我记住的不是实况，而是照片中的情形？那些生动的感官印象也是虚构的吗？美国摄影师沙丽·曼在《留住这一刻》中这样写道："早在 1901 年，爱弥尔·佐拉就指出了摄影对记忆的威胁，他说，如果你没有拍下来，就不能声称你真正看到了某物。然而，一旦被拍了下来，无论你'真正看到'的是什么，都永远不再会被记忆的眼睛看到。"

沙丽·曼称之为"照片的背叛"。我们总以为照片能保存过去,其实它们把某些瞬间从人生长河中截出来,取代并腐蚀了真相,同时创造了它们自己的记忆。

未来的照片就更不可靠了,人工智能将为我们提供无数美妙诱人和雄辩的虚拟场景,指引或代替我们去思考、记住、回忆……我们会发现,人类最引以为豪的理智和清醒,原来是如此的脆弱。

让我回到那些未曾被拍下来的时光——

哥哥他们围着书桌,看孟老师借回来的苏联画册,边看画册边热烈地讨论。我也跟着看,听他们讲。记得陈川很喜欢列宾画他女儿的肖像,也非常喜欢尼古拉费申的画。平江路客厅墙上有一张模模糊糊的照片,就是尼古拉费申的画,被不同的人一而再再而三地翻拍后的版本。回看少年时代陈川画的我,多多少少都受到苏联画家的影响,我也喜欢让他把我画成那个样子。

有一次,哥哥从不知哪里得到一张伦勃朗人像素描的照片,兴奋得不得了,每天照着临摹。多年后一个美国记者非常好奇,陈川在那么狭窄贫瘠的环境长大,怎么会有这么娴熟的欧洲绘画技巧。其实,他对巅峰时期艺术大师的艺术,远比同代美国画家要钻研得更深更多。在富足和开放的文化中,哪里会有他那样饥渴的眼睛,那样不弃的注意力?他看到那些作品,就像在沙漠里看到玫瑰。

母亲有时会仔细审视哥哥的画,好像在研究什么;有时会催他出去玩玩,不要整天画图;有时会说,学会一技之长是件好事;有时又莫名地发脾气,不给他买画纸和炭笔的钱。后来我才慢慢懂得了,母亲奇怪的表现是因为焦灼,她害怕哥哥会遗传到她母系家族中的、与艺术天才并存的神经分裂症。母亲不给钱,陈川就把坐公共汽车的钱全省下来,横跨半个上海到福州路的美术用品商店买纸,每次至多两

美的詮釋與表現

繪畫—陳川
影劇—陳沖

綺麗藝術中心　敬邀

陈川画的我，这张是展览馆印刷的卡片，原作已被收藏。

这是素描的宝丽来照片，原作已被收藏。

平江路家,姥姥的房间。

陈川画的我,不难看出那个阶段他受到俄罗斯画家的影响,原作被收藏。

三张，来来回回，春夏秋冬，风雨无阻。因为纸不够用，他总是画完了一面翻过来再画。

父亲多次说过，这两个小囡，文曲星、武曲星颠倒了。妹妹像个男小囡那么野蛮粗心，阿哥像个女小囡那么文雅细心。父亲要哥哥长成他心目中的男小囡，把他送进了少儿游泳队训练，后来又陆续加入了水球队和划船队。

高中毕业后，陈川没有发精神病的迹象，母亲开始欣赏和支持他的艺术追求。父亲认识浙江美院的院长，他来家里看了陈川的画，跟他说，你如果来考浙江美院我们一定收你。这位院长过去是上海油雕室的，跟陈逸飞两个人谁也不买谁的账。陈逸飞听到这事就跟我们说，千万不要去浙江美院，从那里毕业不一定能分配回上海，陈川应该考上海美校。

考上海美校前，陈川成天跟王青在客厅里画画、备考。王青长得特别秀气，有点像个女孩，今天回忆起他，原貌早已淡忘，但是陈川画他的肖像，依然印刻在我的眼底，犹如昨日。

那张肖像画了很久，我偶尔走过，总是莫名地闻到麻油的香味。画中王青身着一件苏联式双排扣旧夹克，头上歪戴了一顶布帽，手中拄了一根木棍，身体在暗区，拄棍的手在亮光里。陈川让他拄木棍就是为了呈现那只手——那是只他自己十分满意的手。一个我熟悉而不去留心的人，画在这样的光线里让我目不转睛。我讲不出大道理，但是看到真正有生命力的油画肖像时，我能感到画家的凝视。他仿佛在着魔的同时施魔，把被凝视的对象从习惯性的印象流中分离出来，变得异常清晰和重要。

王青的肖像挂在家里一两个月都干不透，后来我才知道，陈川调色油用完没钱买，偷用了家里的麻油画的。一九八〇年，美校在"中

1981年上海美校毕业画展，开在当年的中苏友好大厦（上海展览中心）的一个展厅里。左边是我们的朋友高力力，右边是哥哥的同学与好友陈伟德，中间是哥哥。

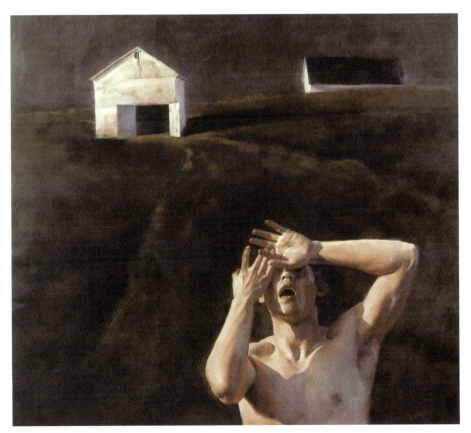

陈川自画像，已被收藏。

苏友好大厦"开毕业展览时，他用了一个破掉被换下来的纱窗框做了个镜框。陈川到美国留学时把这张画带了过来，在一个展览上被电影导演奥利弗·斯通收藏了。

我和哥哥虽然生活在一个家庭里，但我更多的时间卷在自己纷乱的心思和事务中，他只是眼梢余光中一瞥模糊的印象。客厅的壁炉总是燃着橙红的火苗，他和几个同学，还有他们的模特，似乎总是在那里画画。

美国留学三年，像流放那么的漫长，等回到朝思暮想的家时，我已是另一个人了。家也比离开时更加破旧，但温暖如故。哥哥还在那里画画，壁炉还在那里燃烧——记忆中的某些场景永远只有一个季节。我脑子有这样一个画面：一根又长又粗的木杆，一头捅在壁炉里烧，另一头顶在廊亭和花园之间的门上。

后来我打电话问哥哥那是怎么回事，他说，我们从肇嘉浜路搬回来一根没用的电线木杆，找不到锯子就这样烧一段往里面捅一段。

祖屋的壁炉——花样的年华——永远的余热……

孟光先生诞辰一百周年时，陈川和其他几位孟老师的学生，在刘海粟美术馆举办了一个纪念他的画展。画展的名字来自陈川的纪念文章《孟光时代》，他在文中表达了对老师和那些纯粹的岁月的怀念、感激，也表达了对艺术的迷恋与爱。在此之前，我不知道陈川的文字这么动人：

　　无意中在电视上又看了遍《日瓦戈医生》，一听到那轻快的电影主旋律，就想起小时候。（当年我家也有五户人搬进来。）小时候已经离我太远了，无论从时间上还是从距离上。在美国有时会梦到当年的上海，醒来时突然觉得它很远。远得要用光年计算。迷乱的像块碎了一地的镜子。醒后会苦苦思索，但仍恍若隔世。

记得有年冬天很冷。天还没亮，土冻得比石头还硬。阿姨拉着我去菜场买菜。她排菜队，我排鱼队。但轮到我的时候她还没来。我身上有两分钱，便买了些猫鱼。

回家后发现其中一条小鱼的鳃还在动，那圆眼在向我祈求怜悯。突生恻隐之心，不忍心将它喂猫。找了只大碗，放满水，那小鱼居然在里面游了起来。可惜不久碗里的水就结成了一块冰。鱼成了冰中的化石。没办法只能将它倒入马桶里。傍晚时发现冰化了，小鱼又活了过来。

在美国，小孩生活中充满奇迹——magic：圣诞老人、牙齿仙女等。我童年的 magic 只有那条小鱼。

有天下雪，在家里闷得发慌，在阁楼上瞎翻，发现一些姥姥的书。其中有儒勒·凡尔纳的三部曲：《格兰特船长的儿女》《海底两万里》《神秘岛》。里面的插图很美，翻着翻着便读起来了。

雨夹雪一阵阵地敲打着老虎窗。阴冷像张虚幻的网笼罩着晦暗的阁楼，我逐渐把墙角那堆多年没晒霉的被子全裹在身上，还是冷得簌簌发抖，但心里却热血沸腾。从那间堆满垃圾的几平方的阁楼上看世界，世界太大了，太奇妙了。对船长尼摩羡慕得发昏。小时候的事我已忘得差不多了。也许是故意的。

伏尔泰的小说《老实人》最后，当他所有的梦都破灭时，他一生最崇拜的偶像 Pangloss 还希望他能乐观，他回答：让我们开垦自己的花园。（"All that is very well", Answered Candide, "Let us cultivate our garden."）

在"文革"中长大的人，大多是精神的囚徒。那个时代，开垦一个自己的世界显得无比重要。可能这就是为什么当年有那么多人用艺术和音乐来填补人性和情感的真空。

思南路的老墙很有上海的特点，砖外糊着粗糙水泥。有点西班牙风味。我小时候喜欢用手摸着它走，直到手指发麻……那是条幽径。路旁住的是些上海当时最有底蕴的人。可我当年并不知道这些，只知道思南路七十七号是孟老师的家。

第一次见到孟老师我大约十二岁，是当时在闵行电影院画海报的许余庆老师带我去见他的。

房间里弥漫着油画的气味。茶几上放了瓶凋零的玫瑰。天蓝色花瓶下已撒满枯叶，好像生命都被画架上的油画吸取了。那是我一生最难忘的一幅画，与当时外面看到的画完全不同。那几笔颜色，简直令人佩服得五体投地。如是误入天堂的罪人，无法形容自己的幸运。

虽然当年的感情就像墙缝中的一些小植物，不需要很多阳光和养料就能开花。但现在回想起来还是使我寒毛林立！那天晚上我的心离开了愚蠢的肉体，在空中逍遥了一夜。那瞬间的感觉是永恒的。

那晚回家的路上，在复兴中路的某个窗户里，有谁漫不经心地拉着手风琴，那是一首我妈妈当年常唱的苏联歌：

黄昏的时候有个青年，
徘徊在我家门前。
那青年哟默默无言，
单把目光闪一闪。
有谁知道他呢？

他为什么眨眼？

他为什么眨眼……

突然想起那条神秘的猫鱼。我的脚踏车骑得飞快，心中满怀
憧憬。奇怪，想到当年就会想到苏联。

中国有不少伟大的艺术教育家，如徐悲鸿、吴冠中。孟光不
是伟大，而是美。一种脆弱的美；好像从高深的荒草中挣扎出来
的蔷薇，与现在花房里粗壮的玫瑰不同。他也不像哈定把艺术大
众化的教育家。绘画不是混饭的工具。他是个理想主义者。他吸
引我的不是能学会艺术，而是他使我感到艺术是无止境的。艺术
不是为社会的，不受时尚左右的。

我认为七十年代末、八十年代初是上海的文艺复兴。四川
艺术如罗中立《父亲》，何多苓的《春风已经苏醒》是伤痕美术。
有很大的影响力。从主题到画风都使人感到一种暴力。但上海的
艺术情感就像是后弄堂悄悄的肺腑之言……把闷在肚里的一点点
不规矩的隐私用最美的方法说出来。不是宣言而是流言。流言往
往更生动更美，我觉得，美术灵感是对美的期待，是在美的饥饿
中产生的。

那时的画家们有多饥饿？多寒冷？当年的"黑画展"。画家
们被一个个叫到办公室单独审查。很多人后悔画了那些画。现在
看来，这就是海派风格的开始。夏葆元的"恋爱史"是一种没有
反抗的反抗。今天有谁画得出来？意大利文艺复兴也没有宣言。
只是把上帝人性化。拉斐尔是梵蒂冈教堂的画家。他的圣母画得
很性感。有过做主教的念头，一直不敢结婚。只活到三十七岁。
由于和情人做爱过度死在床上。上海当年还不如梵蒂冈自由。感

情像是挤牙膏挤出来的。但那种感觉和现在比起来，没有市场，没有商业操作。那种纯真有多可贵。一切出自内心。为艺术而艺术。

我在美专读书时孟光是我们的副校长。凌启宁是我们的老师。她也是孟光当年的得意门生。几年前回国看到凌老师在大剧院画廊开的个人展。我暗暗地吃了一惊：我受她的影响比我想象的要大很多。回想起来，她是学校里最维护我们的老师。毕业后我跟随孟老师一起去上海交通大学美术系教书直到出国。可见我是在他的翅膀下长大的。

陈逸飞、夏葆元、魏景山不但是孟光的学生，也是他沙龙的常客。当年知名的还有赵渭凉、吴建都是孟老师圈内的人。他对上海的艺术高潮的影响力是没人能比的。

虽然坐在那只已经坐烂了的藤椅上，他是个十足的贵族。（十八世纪的启蒙贵族）。我们每个礼拜都在那聚会。在那间屋里，我可以忘记一切，让自己升华到另一个空间。那里天堂的门是向我敞开的。每次从那间屋里出来，总是灵泉汹涌。

孟老师的学生很多。有两三代人受到他的影响。但是我的年龄段的学生们受他的影响最大。因为"文革"时我才七岁，我是从一张白纸开始的。孟光家一直是我的避风港。我艺术世界的经纬是由孟光来做刻度的。什么是艺术？没人能做出客观的解释。我是我的时代的产物。在海外岁月已经超过中国。世上最著名的作品都看过了。但我却越来越怀念那个时代——孟光时代。

我又去看了一次孟老师的家。希望能找回一些当年的余韵。可惜时间的一点一滴的侵蚀已被油漆一新。在阳光下闪耀着一股艳气。一个穿制服的警卫把我拦在弄堂口。隔河相望，觉着这时辰似曾相识？

想起一首泰戈尔的诗：

我飞跑如一头麝香鹿：因为自己的香气而发狂，飞跑在森林的阴影里。

夜是五月的夜，风是南来的风。

我迷失了我的路，我彷徨歧途，我求索我得不到的，我得到了我不求索的。

我自己的欲望的形象，从我的心里走出来，手舞足蹈。

闪烁的幻象倏忽地飞翔。

我要把它牢牢抓住，它躲开了我，它把我引入歧途

我求索我得不到的，我得到了我不求索的。

那些童年的秘密心思，像在睡梦中被闪电唤醒，黑暗中的一瞥惊艳。编辑画册的时候，有人说，"猫鱼"跟孟老师没有什么关系，是不是应该删掉？怎么能删掉？直奔主题真的是艺术的敌人。"猫鱼"的突然出现，赋予了文章神奇的品质。我能感受到哥哥注视它的目光是如此地强烈，并且跟随他视这条"猫鱼"为一种象征。

英国诗人塞缪尔·泰勒·柯尔律治这样写过："看着自然界的事物——比方透过玻璃窗的露水看着远处月亮的微光时，我似乎更像在寻找——或被它召唤着去寻找一种象征性的语言，来表达我内心永远的、早已存在的景象，而不是在观察任何新的事物。即使是后者，我也总是有一种朦胧的感觉，好像那个新现象，是在轻轻地唤醒我本性中被遗忘或隐藏了的真相。"

每一个艺术家都有自己童年的"猫鱼"，它是"一种象征性的语言""本性中被遗忘或隐藏了的真相"；它是我们余生创作最汹涌的源

泉，也是我们在日常生活中体验到的每一个"奇迹"。我很难想象任何创作者的想象力与核心图像，不是潜意识中来自童年的、某个强烈的视觉感知或幻想。

附

哥哥陈川回忆姥姥

前一阵搬家，发现一盒在我出国那天姥姥给我的画笔。都快四十年了，打开笔盒，还能闻到上海油画笔特有的胶水香味。我已经很多很多年没有想到姥姥了。我的心开始跳了起来。并不是因为那盒笔唤起了我的回忆。而是因为发现自己走到了记忆的边缘而变得警觉起来。当年那漫长的，无所事事的年月，已经被我小心翼翼地埋藏起来。岁月年复一年地盖在上面。即使苦苦思索，也只能找到些蛛丝马迹。我拿那盒笔翻来覆去地看了一遍。出国，我一生中最大的转折点。在我眼前缠绕的却只是一些琐碎的细节。记得我和姥姥在家门口。那扇门原来是家里的边门。"文革"时客厅里搬进了另外一家人。通往客厅的正门就变成了人家的门了。日子久了，虽然"文革"时期搬进来的人家已经走了。但我们已经用惯了边门，它就成了平时我们进出的门了。那门是猪血色的。中间镶嵌了一条很窄的玻璃。玻璃外有一个铁框。铁框里有一排佛教的图案。也像是希特勒纳粹的图案。进门后有一个"宽敞"的过道。门关着的时候过道总是黑洞洞的。记得出国那天天气非常好。一开门，阳光亮得刺眼。姥姥那只被关节炎折磨得畸形的手，捧着那盒画笔。家门口阴沟的墙缝里有一棵蒲公英，长得又肥又壮充满了生命力。我跟姥姥说："再会了。"她一面说一面把那盒笔塞进了我的手提包里："不会再会了。"我看着地上又说了一遍"再会了"。

这使我想起另外有一次，也是走下黑洞洞的楼梯口，一开门阳光亮得刺眼。姥姥把一块折得像豆腐干一样的牛皮纸塞进我衣服的口袋里。她说："这是人参的根须。比赛时含在嘴里，保证可以拿名次。"那年我大约十七岁。去杭州西湖参加国家划船比赛。姥姥当时买不起人参，就买了些根须。比赛后回家，姥姥问："第几名啊？"

"第三名。"

"我说你会拿名次的吧。"可是她不晓得，那年比赛，划单人皮艇的只有四个人。其中有一人在中途翻船。所以我得了第三名。我实在不是一个搞体育的料。

出国前有段日子里，爸爸、妈妈和妹妹都在美国。家里只有我和姥姥两个人。可她不是一个很容易相处的人。据妈妈说，姥姥和她爸爸曾多次在报上刊登断绝父女关系的通告。

有一次，我跟姥姥吵架。原因已经记不起来了。吵完后我在亭子间，她从楼上走下来，自言自语，实际上是讲给我听的：第一胎生的就是先天不足。有办法直接生第二胎就好了。我也不让步，一定是被她训出来的：有的第二胎生的作家，快八十岁了还写不出一本书……（姥姥有一个姐姐）。刚脱口我就后悔了。

但没过多久，姥姥房间的火炉上的水开了。她说水开了，要不要来喝茶？泡了茶，我们一人捧着一杯，热烘烘的，好像什么事都没发生过。姥姥笑道："安爸爸（我公公）不会跳舞，当年每次跳舞他都请别人陪我去。后来他买了一本书叫《怎样跳舞》。也就算学过了。他不会游泳，就买了一本书叫《怎样游泳》。也就算学过了。"我的确看到书架里有一本叫《怎样游泳》的书。

我外公是个非常严谨，严肃，严格的科学家。我妈妈在上海医学院读书的时候，翻译了一篇文章。第一次拿了点稿费。我公公却说这钱不能收，应该作为团费上交。他从英国回国后，在非常艰难的条件下工作。对祖国一直充满了希望。可以想象他为何会在"文革"时自杀。如果换一个时代和地点，他应该能为人类做出贡献的。

姥姥点了支烟说："spaghetti macaroni vermicelli，你知道是什么？"

"是什么？"

"是意大利面。macaroni 是卷起来的面。spaghetti 是普通的长面。烧完后加上奶油和奶酪……"我马上去查字典，把它们一一记了下来。我当时准备出国。

记得前几天你带我去蔡上国家吗？我说：记得。她说：他家的那个女人不简单。我当时一心专注在他画的静物里，根本没有注意到有什么女人。蔡上国的景物有法国自然主义的风味。和我们当时受的苏派的教育方法不一样。我随口说：可能是他老婆吧，姥姥说不是的。那个女人不简单，你就不懂了……

我在姥姥的房间里度过了很多时光。我们无所不谈。但姥姥从来不跟我聊文学。据说她年轻时沈从文、巴金等作家都是她的相识。她书橱里最多的是莫泊桑的剧本和笔记。莫泊桑是以短篇小说著名，收藏他剧本和笔记的人一定不多。还有契诃夫的小说和笔记。可以想象姥姥年轻时一定很有志向。八十年代出了一些世界"现代"文学。卡夫卡的《变形记》和加缪《陌生人》等。我很想知道姥姥的想法。但每次她都把话题扯开。我只能凭我的感觉猜测；因为我也很少跟人谈艺术。和画家朋友在一起的时候只谈些技巧和材料上的问题。只有很少几个人，我们可以坐在一起说你喜欢某某画家吗？我说喜欢，我们之间立刻产生一种同感和默契。我想艺术带有一点宗教的色彩，是我每天早上能够起床的动力。好像一种能量压在我体内。压力越大，我工作的欲望越大。我不知道放出来会是什么东西。我对艺术的概念越来越模糊了。我不知道姥姥当时对文学是否有类似的感觉。

有一次姥姥跟我说起她当年从意大利坐游轮到法国的经历。她说坐的是头等舱。她从舱内的窗帘说到家具，从男人的服装讲到女人的服装，说得我目瞪口呆。她又从头等舱的菜单说到奶酪。我知道姥姥喜欢吃奶酪。而奶酪中她最喜欢的是 blue cheese。她说意大利的 blue cheese 叫 Gorgonzola。英国的叫 Stilton。法国的 blue cheese 叫 Roquefort，比意大利的更鲜。是羊奶做的。正宗的 Roquefort 只有在头等舱的菜单里才有。而只有罗克福儿村的岩洞中发酵的蓝莓干酪才是正宗的。洞里岩石中的天然蓝霉菌使奶酪产生一种特别的鲜味。我当年没吃过奶酪，但还是被她说得口水直流。我想姥姥也把自己说饿了，她走到壁橱里。拿出我们家里最好吃的东西：一小碟红烧五香肉皮。平常为了怕我偷吃，每次都要藏在不同的地方。偶尔跟我分享，我总觉得受宠若惊。肉皮切成小丝。再加上一盘花生。我们一人一双筷子。坐在火炉边……

冬天的阳光从地上爬到墙上。墙上的钟嘀嗒嘀嗒地走。时间有若一群小鱼悄悄地从我们身边游过。火炉上的水又开了。我吃着肉皮，想着那只神秘的船在地中海上漂荡。沉思中，我和姥姥，一个在梦想，一个在回忆，一起悄悄地走出了现实。可能我枯寂的现实太平淡了。生活中的 small magic 就变得很有吸引力。恍如萤火虫在昏蒙中闪烁。

当年出国是一个很有意思的概念。无论是去美国还是去苏联或者是去古巴，都叫出国。除了中国人就是外国人。我们对境外的事几乎一无所知。出国前朋友们给我礼品，出国后可以送人。

都说是外国人喜欢的。今天看来这句话有点唯我独尊，也有点愚昧。除了中国以外，好像全世界人都是一样的。可是在当时听上去很自然。对我来说，出国意味着走出现实。只是一种模糊的向往。

几年前，有一次 Narina（娜莉娜）给我发了个短信：Never hesitate to trade your cow with a handful of magic beans.（永远不要犹豫用你的牛去换一把魔豆。）她对我的了解使我暗暗吃惊。我就是那个童话《杰克和魔豆》中的那个傻儿子。

出国前我心目中的美国是作家杰克·伦敦。出国前看过一个美国来的画展，好像是在美术馆。主要是 Winslow Homer（温斯洛·荷马）和 Rockwell Kent（罗克韦尔·肯特）的作品。还有一两幅 William Michael Harnett（威廉·迈克尔·哈内尔）的静物。

出国前妈妈在纽约的斯隆·凯特琳癌症中心的实验室上班工作。她的助手叫 Steven，他在我出国前来上海第一医学院合作工作。Steven 的妻子 Michelle 当时是美国之音的记者。她喜欢艺术。问我讨了一张静物。她说我的画使她想起安德鲁·怀斯的作品。他们是朋友。第二次回上海时她给我带了一本怀斯的画册。里面还有他的签名。她说她拿了我的画和一些我的画的照片去看他。她说怀斯喜欢我的画。我怀疑这话是否是真。因为我对自己的作品非常不满意。

出国前在美国领事馆看过一个牛仔片叫《原野奇侠》（Shane）。

出国前的最后一段日子里，姥姥的记性明显下降。她常常一个人站在壁橱里。苦苦思索自己想找的东西是什么。她说：凡是出版社来的人，如果我叫不出他们的名字，我都叫他们小黄。因为王、汪、黄上海话发音都差不多，几率最高。她的老同事到我们家来常常觉得有点莫名其妙，自己的名字突然变成了小黄。

有一天，姥姥点了一支烟，深深地吸了一口："人活得太长了也不好。我的朋友，走的走，死的死，就连你也要走了。"一缕烟从她嘴里出来。从窗缝里飘了出去。烟雾中的姥姥，缩在椅子上，显得又干又小。

我是一九八五年四月十五号出国的。虹桥路边，春天的田野里覆盖了一片新绿。砖红色的洋房在树林中时隐时现。田园风光像安徒生童话。带有一丝忧愁。我的心仿佛风筝一样，在天上毫无目标地荡漾。路边的树在我耳边有节奏地呼呼闪过，那韵律把我推向远方。我突然意识到自己要去很远很远的地方。我开始担心起姥姥。后悔自己只说了声再会就离开了。但思索了半天也找不出一个恰当的字。我和姥姥的关系就是这样。我和很多亲人的关系都是这样，也可能我们当年的上海人都是这样的。那些感情的话到嘴边就消失了。

多年后我第一次回国，姥姥已经去世了。吴芝麟（当时《解放日报》总编辑）请我在淮海路上的"夜上海"吃饭。吴芝麟在我出国后常去看姥姥，他说姥姥最想的就是我，我知道她会想我的，但是心里还是一酸。

作者注：这些年来，我和哥哥总是轮流回上海探望父亲，时常在上海共度几天，偶尔会在早饭桌上聊起从前。一次他离开上海前我说，你在飞机上写一点你出国前的事给我看看吧，那时候我已经不在家了。哥哥到洛杉矶后发来这条微信。我分享给二姨后她说，陈川写的东西比你写的更好看。

孤独和欲望的颜色

哥哥陈川带着太太娜莉娜和六岁的女儿萨夏，从洛杉矶驾越野车到旧金山来度假，住在我家。我一搬进这栋房子，就开始跟陈川要画，他是个完美主义者，画得很慢，有时他忍不住反复地画一个细节而影响了全局的效果，在这种情况下，他就会放弃重新开始。一晃三年过去了，这回他终于把画给我搬来了。

一个女孩走在野地里，泥土和斑驳的草地都在暗区，是不同层次的褐色、棕色、绿色，黄昏最后的日光勾勒出她的侧背，浅色的长裙在光里隐约透出一点腿的形状。陈川捕捉光线，好像那是流淌的阳光，或者玻璃瓶中的萤火虫。女孩在画的上方，没有地平线和天空，她的步伐显然不是在散步。她是刚从什么特别的情景离开？还是正向着它奔赴？

画中的女孩让我心中隐痛，我想到两个三千英里以外的女儿，她们的日常生活和思想，对我也是如此神秘……

我们在厨房的小桌坐下喝茶，陈川突然说，侬晓得伐？赵以夫死特了。我们感叹。

赵以夫是哥哥在上海美术学校的同学，后来在加州湾区住过。我在旧金山结婚搬进新家后，他帮我从画册里临摹了一张巴比松派的风景——好像是多比尼的湖水、树林和黄昏的云彩，仿佛为我搬来一段祖屋的记忆。他们那班人曾经迷恋巴比松派的画家和他们的作品。七十年代末、八十年代初，柯罗、米勒、巴斯蒂·昂勒帕热的画跟卡夫卡的《变形记》同时进入了我们的视野。

"文革"后上海的第一个西方艺术展览，是在中苏友好大厦举办的"法国十九世纪农村风景画"，展品都是法国卢浮宫与奥赛博物馆的名作，展馆内外如饥似渴的人群如浪潮一般。印象中哥哥在那段时间处于亢奋状态，家里墙上也不断出现各种巴比松派画家的照片。

上海市政府选拔了上海最优秀的油画家——陈逸飞、魏景山、夏葆元、赵渭凉等，在闭馆后临摹几幅最著名的作品。

哥哥说，赵以夫老早（以前）每天骑车从虹口到平江路来跟我一道画图。我想起来了，他的好多画画朋友都是家里的常客。小保姆莲芬总是用一口江苏溧阳话进门通报：小头来哉，长脚来哉。全是用平常她称呼他们的外号。

好久没有想到莲芬了，她曾经为我们家带来不少活力。初到我家时她大概只有十五六岁，面黄肌瘦，扎了两条又细又黄的小辫子，眼睛盯牢了脚前的地板。她娘跟姥姥家在溧阳好像有什么远亲关系，把她带到了上海。她娘几次三番说，莲芬开年就十七岁了，会烧饭、洗衣服，还会做针线活，很能干的。我至今记得她系着围裙，捏了一块抹布发愣的样子。姥姥说她家欠了不少债，所以要她出来挣钱，叫我领她去认菜场、米店、酱油店。

陈川在上海美校的同学及好友。右前陈川，他的身后是陈伟德，陈伟德左边是洪基杰，最左是赵以夫。

大声喊着"小头来哉，长脚来哉"的莲芬，已经是个结实苗条、满面春风的大姑娘了。她爱一切新潮时髦的东西，穿皮夹克、喇叭裤，走进走出一阵风，只有一口顽固的乡音未变。

　　扁豆、蚕豆，电线木杆长豇豆
　　阿姐来梳头，梳个芋艿头
　　嫁给大块头，养个小毛头
　　宝宝跑到田横头，一跤跌个大跟头……

不知道这是她娘教她的，还是后来姥姥教她的，也忘了她在什么情形下会唱这条顺口溜，也许是在家门口跟我小表妹高冲跳橡皮筋的时候？莲芬一定多次唱过，不然我和哥哥怎么会至今朗朗上口。

萨夏问，你们在讲什么？我说，我们从前在中国的事情。她说，老师说我是黄种人，现在有同等权益，以前没有。她似乎对这事有些困惑。学校为什么在他们还毫无种族概念的时候，强硬地教他们种族政治，不能让他们在懵懂的童真中再待一会吗？我没有接她的话，说，你爸爸来美国的时候，带了一个巨大的木箱，里面装满了他的油画、画册和书籍。她问，有多大？我说，里面可以舒舒服服装下你。她问陈川，那么大的箱子你怎么带？可是他却怎么也记不起来，离开上海那天是怎么去的机场。那只又重又大的木箱，既上不去公共汽车，也上不去脚踏车，唯一的可能性是从哪里借了黄鱼车（三轮平板车）骑过去的。陈川画了一张"黄鱼车"的样子给萨夏看。他说，到达美国后，木箱从超大行李出口出来，他实在搬不动，是海关人员帮着一起搬的，放到今天这是不可能的事。

一般人的婚礼，新娘都是由父亲领着上台的。我父母也跟我一样不讲究仪式，不知为什么没有赶到，是哥哥把我"送给"新郎的。

陈川在一本画册中这样回忆过他初到美国的感受：

　　一九八五年第一次到纽约时，我还年轻，也很穷。我母亲曾经在那里工作过，她希望我也能来美国，就把挣到的几乎每分钱都存了起来，回国前交给了一位老太太保管。我到纽约后去拜访了老人，取回了对我来说是一笔很大的财富——大约一千五百美元。

　　我不知道如何在这个国家赚钱，觉得不花钱便是最好的办法。我每天步行100多条路口，到大都会博物馆。街上，每个人都那么匆忙地，在地铁通气口冒出的白色蒸汽中进进出出，让我想起牛群在非洲丛林中奔跑。是的，纽约是个丛林。

　　每天我都在博物馆对面的斯坦霍普酒店的餐厅吃午餐。我先点菜，然后观察街上路过的行人。我特别喜欢那里的意大利烟熏鸭肉，一片片切得那么薄，就像画在盘子上的一样……后来我才意识到这是一个非常昂贵的餐馆。

　　那些日子，大都会博物馆就是我的家。它让我感到一种亲和力，就像一个失散多年的孩子，回到了母亲艺术的保护下。

　　傍晚，我走过中央公园。就像我想象中的中央公园那样。昏暗的路灯下空荡荡的长椅，路灯后面是漆黑的树林，一轮月亮挂在树梢上空。我想起了在上海读过的一本书，《珍妮的肖像》。一位饥不果腹的年轻艺术家，在中央公园遇到了一个神秘的女孩，从此改变了他的命运。我坐在长椅上，希望珍妮能出现。背景的树木漆黑而深邃，像一片无底的湖水，其中的生命依旧是个谜。一阵晚风带来花香。树叶在地上旋舞，仿佛她的幽灵从我身旁经过，让我脊背发凉。一辆马车经过。车厢里坐着一对年轻夫妇，也许是在蜜月中。

那天晚上我睡在格林威治村的一张长椅上。我是被一家面包店的香味熏醒的。大概是凌晨三点左右。面包师们已经开始了他们的一天。微开着的门透出温暖的光芒，仿佛一个巨人试图睁开他的眼睛，城市正在苏醒。街角处，有人在吹萨克斯，乐声随着面包店的炊烟袅袅升起，在天边萦绕。这有点悲伤，但非常美丽。

我为朋友们画了些素描。我没有画油画，因为这需要工作室和颜料。母亲留给我的钱几乎花光了。有几次我去了一家艺术材料商店，仔细看了每一件物品。对于一个刚从中国来的人来说，种类之多令人难以置信。我触摸和闻过那里几乎每一种颜料和画纸。这是我生命中一段美好的时光。我一无所有，因此也没有什么可失去的。在一个如此复杂的城市里，我的生活如此简单。所有的梦想和幻想都还完好无损。所有的可能性都敞开着……

（以上文字由笔者从英文翻译成中文）

卖掉了几张大木箱里的油画以后，陈川买了画布和颜料，开始创作。到美国的第二年，他在加州大学北岭分校办了他第一个画展。从那以后，他在美国许多重要画廊办了个人画展，也成功地参加了佳士得拍卖、纽约艺术博览会、艺术亚洲等展会。

然而对他来说，绘画依旧，理想依旧。一位记者问他，到美国后画画有什么变化。他说，我通常画我周围的东西。在中国的时候，我画家里的厨房，我的邻居、朋友，来了美国我就画这里的邻居、朋友——就这点变化。

陈川和我在月桂树峡谷的房子里同住了一阵，我们一起装修，把蓝色和绿色的瓷砖混贴在浴室；我们一起做家具，早上一醒来就迷迷瞪瞪用砂皮纸磨木头，眉毛、睫毛、鼻毛上都是白粉。

一天，陈川看见邻居家的女孩在后院里玩耍，觉得她有一种乡村姑娘的淳朴，就以她为模特，画了《篱笆边的女孩》和《后院的女孩》，非常动人。同一时期，他还在房子里画了《椅子上的雏菊》《加州的小木屋》等作品。忘了是哪位作家说的，艺术家必是诗人，他不一定写诗，但是他眼睛里看到诗。哥哥在日常生活中看到诗，看到那些小小的奇迹。

陈川第一个真正的缪斯是一位前苏联来的女孩，叫娜伊拉，二十出头，刚从拉脱维亚艺术学校毕业不久。一连几年，陈川画了几十张以娜伊拉为主题的画。在一次采访中，他对记者说，"遇见她时我们都刚来美国，远离了各自的家乡，彼此有着无须言说的经历和感受……我爱画她，因为从某种程度上，她反映了我。我们在同一种制度下成长起来，在那个制度中，人们崇拜苦难、崇拜悲剧英雄。生活是一种责任，而不是享乐。即使在阳光明媚的、享乐主义的加州文化中，我们创作的驱动力仍然是生活中的悲情。在这里住了十年后，这种情况正在慢慢改变"。

另一个反复出现在陈川画中的，是泰迪一家的生活——他的太太、女儿、农场、狗、马——他们有滋有味的日子。泰迪是我们年轻时候的朋友，后来跟我失去了联系。陈川说，泰迪跟老婆离婚后，女儿就再也不理他了，不过最近他又当了爸爸了。我想起那幅泰迪女儿坐在他大腿上看电视的画，那么本真，像森林里的动物。陈川说，物是人非，那张画还挂在日本仙台的一个人家里。

从九十年代开始，陈川几乎每年去仙台一家高档百货公司办画展。一个傍晚，他从展厅出来，走进一条小巷，看到一间很小的卡拉OK酒吧，里面有人在吃饭、喝酒、唱歌，就挤进去坐了下来。妈妈桑到隔壁小店买回食料来做给他吃，等他吃完，外面那一桌喝醉了，把他堵在店里没法离开，直到深更半夜。

第二天，妈妈桑带着那群唱歌的人去了展厅，他们看了画以后十分喜欢，就每人买了一幅，有的是素描，有的是油画，还有的是丝网画或铜版画。他们不是富人，但是在商场买画可以分期付款，这样普通老百姓家里也可以挂上艺术品。妈妈桑的小店从此成了陈川在日本的食堂，他说她做菜味道特别好。

后来妈妈桑每年都会带着这群人去看画展，还清了一笔贷款就再买一张。有一个护士，每年买一张陈川的画，欠的贷款越来越多，还不过来，终于上了黑名单，只许看不许买了。另一个人，搬家去了其他城市，但办画展时必会坐火车来看画、买画。

百货公司对面有一家很时尚的咖啡厅，那里的老板也很爱陈川的画，每年买一幅，家里和店里都挂满了。陈川去喝咖啡他从来不肯收钱。

在美国买他画的大多数也不是特别富有的人，而是像医生、律师那样的专业人士，或者导演、演员、音乐家、画家那样的艺术界人士。他们买画不是为了投资，而是为了喜欢。

当下的时代，商业对艺术的影响和控制日益加剧，画经常被当成股票那样来投资。人们往往用作品的市场价值——而不是它内含的精神价值、情感价值——来衡量作品与其创作者的成败；看完一个画展他们会说：很成功啊，画都卖掉了。很少有人会提到，哪一幅画、哪个细节、哪片色彩使他感动、欣喜或忧伤；很少有人会在意那些更神秘的、无法言喻的东西——也就是艺术本身……我不是说不再有真诚的信仰者，当然是有的，这是世道而已。

现在陈川回上海看望父亲的时候，仍然会跟夏葆元、魏景山——

我们的朋友 Lena 扮演的奥菲利亚。

陈川画他到美国后的第一个缪斯。

泰迪的牛，哥哥画。

那些当年在孟老师家里的人一道画人物素描。画室里的模特大多是热爱艺术的妇女，她们在摆 Pose 的时候谈论艺术，休息的时候帮画家们做做饭、搞搞卫生。

那里有一个被"所有画家"反复画过的女人，是个狂热的艺术（家）追随者。按她的观点，没有画过她的根本不算画家。认识了陈川的第二天，她跟他说，我在网上去看了你画的油画，让我想起威廉·哈姆绍伊的作品，那种宁静的感觉，那种柔和的光线。他听了有些惊讶，这位一百多年前的丹麦画家并不那么出名，但正是自己很喜欢的画家之一，看来此人的确不是个一般的模特。不过陈川更爱画的不是模特，而是作画状态中的朋友。他们老了，但在哥哥思绪的目光中，想必还叠印着他们早已逝去了的青春。

那一代画家，大多脸皮很薄，或者不是脸皮的问题，而是他们的审美，不允许他们参与到当代的厚颜无耻和自我吹捧中来。从某种意义上说，他们已被时代淘汰。

但那些贷款买陈川画的人，一定从作品中看到了什么，使他们欲罢不能？我的一位作家朋友多年前的观后语，也许可以替他们描述出那种不可名状的感受。

"陈川画中宁静的空，是某处响着蜂鸣，某处萦绕着歌声，某处有渐渐沉去的钟声那种空。"这让朋友联想到伍尔夫《到灯塔去》中那种人去楼空的微微心痛。"陈川那深绿的、灰色的空也留下了极浓的怀旧情感，怀旧是那个抛掷白丝巾的女孩：什么失落了？什么一去不复返了？怀旧成了那束弃于农庄的玫瑰，还带着露水，带着刺鼻的新鲜气味，却是无以寄托，无以施与；还有那个拧身而卧的少女，恬睡了，也那样任性，许久前一个秘密的遗憾，只有梦能够给她重来一次的机会。画中的一块空间留下了人的感情和动作，那是人的空缺，而不是灵魂的空缺。人的灵性充斥在空间里……这样又甜又苦的情致、景致怎么如此似曾相识？"

"它们是被怎样的眼睛看进去，被怎样的心灵滤过，又被怎样的手和笔表达了？生活原来是可以这样被汲来，这样美妙地被重新配置和处理……每个艺术家都希望通过自身来注解生活……陈川以他的画笔和色彩注解一种偶然：光和影、气温和体温、风和呼吸、梦和现实，突然融汇在一个点上，一个从来没有出现过，也再不会出现的点上。陈川捉住了它：一个欢乐和伤感的和弦，一个绝妙的情景交叠而发生的瞬间休克……"

我再次想到那条童年的"猫鱼"，它仿佛从未失去过它的魔力，陈川的每一幅作品，都是在冥冥之中诉说那份永恒的怀旧与渴望。

萨夏打开手机，给我看她的狗和四只母鸡，她说，鸡棚还是不够结实，黄鼠狼又来把鸡吃掉了。我说，哎呀，那太糟糕了。她说，我们会再去买小鸡回来养，这回爸爸会用很粗的木头做一个鸡棚。我问，这些照片是你自己拍的吗？她说，是啊，说着就举起手机冲我按了一张。她说，我用"人像模式"拍，你就更好看。哥哥在一旁感叹照相技术的发展，就连那些不会说话的小孩都会拍照了。以前他无论去哪里都背着个很大的相机包，现在这个习惯也渐渐消失了。

陈川从八十年代末开始收藏古董摄影器材，几十年来买了三百多个相机，一千多个镜头。世界上仅剩三十几台的沙克梯16（Cirkut16）相机，他拥有两台，其中一台是一九〇五年首批制造的——贴皮的外箱，桃花芯木的机身，精致的镜头，完美的齿轮——本身就是一件艺术品。沙克梯是360°可变焦全景照相机，16代表底片的宽度为16英寸，长度可达6米，一张底片的面积可达2.76平方米。哥哥家的车库基本上不是用来泊车，而用来泊相机和镜头的。

陈川和女儿萨夏在后院玩他搜集的 Cirkut #16。

Ansco 8 × 10

Eastman View 7 × 11

哥哥对相机的迷恋很小就开始了。

这个庞大的收藏始于一个很偶然的机会。陈川开始制作凹版印刷时需要相机，正好有个朋友的朋友急需用钱，就把一套七十年代的仙娜摄影器材卖了给他。之后，陈川在摄影杂志上看到了仙娜配套镜头的广告，去买了回来尝试。不同镜头产生的不同视觉效果，引起了他对光学的好奇。为了理解其中的奥妙，他去书店买了几本鲁道夫·京斯莱克关于镜头的书籍，学习镜头设计的历史和原理。从一个镜片、两个镜片的镜头，到六七个镜片的镜头，能拆的他都拆来看。

许多人搜集相机和镜头是看品牌，陈川更看重的是结构和设计。有一些在历史上"失败"了的产品，有它们十分独特的优点，但是它们的结构太怪太难造了，因无法推广而被淘汰。就像任何生命或文化一样，存活和广泛流传，看的是物种或现象的繁殖能力和传播能力，而并非它是否"最优秀"。今天这类镜头变得越来越稀罕了。

陈川对创造影像的兴趣，从机械延伸到化学。有几次我去他家时，屋里弥漫着各种化学药水的气味，到处都是翻开的杂志、书籍和各种容器、试管，他跟一个疯狂的科学家那样，把厨房、饭厅和客厅都变成了实验室，制作干点蚀刻铜版画。

我问他，那时候你在搞什么东西？他说，我需要把酸从氯化铁中提取出来。传统报纸印刷用大量氯化铁，报纸改用胶印技术后，许多化学品工厂处理不掉他们的氯化铁，又不能随便倒掉破坏环境。我打电话给一个厂家，请他们寄一点样品，过了几天收到了老大一桶，根本用不光。网络前学东西没有现在这么方便，全靠自己试，还好妈妈来看我，就帮忙一道把酸提取出来了。

我想象母亲跟哥哥做出第一张铜版画的样子——她喜悦和腼腆的笑容——深深的思念涌上心头。母亲离开一年多了，我仍然无法平静地回忆她或讲述她，也许永远都不会了。

泰迪的女儿 Ona 和他们的狗 Hercules。

泰迪女儿 Ona（躺在地上）和她的同学们。
这辆车是泰迪一个好友收藏的，早年的嬉皮
士就是开着这样的车全国兜游。这人收藏各
种马戏团用的东西，农庄里就放了几个很大
的 Merry-go-round，孩子们都爱去她那里玩。

581

家里墙上挂着几张陈川最初的凹版印刷和干点蚀刻，随着经验的积累他的铜版画越做越纯熟了，但是这些"实验作品"留下了他探索的足迹，对我来说更意味深长。

"实验作品"中有一张是我嫂子娜莉娜，她跟哥哥画过多次的娜伊拉一样，也成长于前苏联。娜莉娜是一名卡通艺术家，获得过三次艾美奖，她目前最关注的是人工智能的绘画能力。

我们围着电脑，在网上看 MidJourney 和 Dall-E 2 人工智能创造的图像。半个世纪前，我和哥哥曾怀着同样的好奇心，围着一本苏联画册。那时我们对世界和未来的向往多么单纯，如今面对势不可挡的未来，我们的期待中不免夹杂着不安。

这些 AI 作品不是画出来的，而是用文字"写"出来的。陈川曾在一篇采访中这样说过："房间一点点暗下来，影子在每个角落伸长，我企图留住那最后一线阳光。这是我的艺术灵感。画出这种感觉，远比用任何其他方式谈论它更有可能性。绘画萌生于语言哑然之处。"然而 AI 的"绘画"却源于语言，而不是它的哑然。对于视觉艺术来说，这是巨大的颠覆。

我觉得有趣的是，目前 AI 艺术做得最吸引人、最成功的，并不是二三十岁的人，而是四五十岁的人。我想象，那是因为他们已对想表达的思想和情感深思熟虑，也已尝试过了其他途径。

我比较喜欢的 AI 作品，是电影导演贝尼特·米勒的"黑白摄影"，他用模糊的图像，描绘一个遥远时代的风景和儿童，仿佛他在脑后黑暗的虚无中看到了那些影子，那些似是而非的"记忆"。一个叫 Jonas Peterson 的婚纱摄影师做的"肖像"也很有意思。画面里，很老的男人女人，穿着崭新有型的衣服，站在不同形状的"远洋轮的舷窗"前，复古而又时尚。舷窗给人时光机的感觉，乍一看像是发生在上世纪二三十年代的事，但细看全是幻想。

其实任何对未来的幻想，都是一种怀旧。人类似乎在一条混乱的单向道上茫然狂奔，完全无法控制自己的脚步。喘息间我们蓦然回首，瞥见一眼远古和永恒，唤起莫名的惆怅与渴望。

人工智能会在不远的将来取代艺术家吗？到那时，艾尔米塔什博物馆、卢浮宫、大都会艺术博物馆对人类意味着什么？

没人知道。但我们都看得见，人的绘画能力，连同他的心算能力、辨别方向能力等等都在退化。那么，未来的人站在那些辉煌的艺术殿堂，应该比我们更为惊叹吧？心灵和意识是人类智能最后的疆域，那块神秘之地也是艺术的起源和归属。我用 Lensa 软件做了一张"梵高画的"我，任何人看了那个劣质的模仿品都会说，哇！这像梵高画的肖像。人工智能对艺术家最大的威胁不是取代，而是抄袭和庸俗化。

什么是艺术？看到梵高的《星空》时，我们意识的眼睛也会看到他关在精神病院里，凝视窗外的星空，并在作画过程中获得心灵的安抚和自由；看到他在贫困、病痛、怀疑和讥笑面前的挣扎及信念；看到他对爱、知音和自我完善的渴望……其实，真正打动我们的是人类的局限性和超越极限的勇气、人类的肉体欲望和它的精神升华。人工智能以它无限的潜力，不具备人的局限和脆弱。艺术让我们体会到的敬畏感，不仅存在于创作结果中，它也存在于我们拼命超越自身的企图中。无限的潜能还有什么可超越和升华的？

也许会有一日，在人类经历了濒临灭绝的巨大灾变后，又会从残存的文明中得到某种复兴；那时自然环境已经变得对人的生存不那么友好，人在山洞中想起传说中曾经茂盛和多彩的万物，像几万年前一样，在岩壁上用手画出心中的涌动。

新闻里传来坂本龙一先生去世的消息，虽然知道他生病已经很长时间，仍然感到震惊。

我恍惚看见，夜晚，他拿着一只很小的相机，我们去了什么已经关闭了的地方，不知是在北影还是故宫，我穿了件蓝色牛仔夹克爬在一扇门上，他拍下了那张相片。谁能告诉我，记忆的追光为什么照在了这么个偶然无序的画面？

两年后的奥斯卡晚会上，《末代皇帝》的音乐响起了九次，坂本龙一也上台拿了最佳原创音乐奖。那晚庆典我们一定见了面吧，我却一点印象都没有了。

几个月后，他来洛杉矶 Wiltern 剧院演出，邀请我去参加，那是我第一次听到他"黄色魔力交响乐"时期的音乐。结束后，他送我走到我的车子，不记得我们说了什么。我在车里向他挥了挥手，他站在路灯下的身影，与 Wiltern 剧院那栋蓝色的"艺术装饰"建筑，在后镜中远去——那是我最后一次看到他。

接着的几十年我们失去了联系，偶尔，我会在听到他的音乐时想起他。我依稀记得，第一次听到《async》时的震撼和感动，那是使人联想到生与死的声音。二〇一九年许知远来旧金山采访我，他说接着要去纽约采访坂本龙一，我说那请你代我问候他。

二〇二〇年我在北京筹备《世间有她》时，许知远给了我坂本龙一的邮件地址，我写了一封信请他为电影作曲。很快，我收到了他的回信——都是小写字母。

　　亲爱的 Joan：

　　　　几个世纪都过去啦！你好吗？我相信你会保持安全和健康的。谢谢你邀请我为你的新电影作曲，非常遗憾我的时间已经排

坂本龙一与我在《末代皇帝》拍摄现场。

到二○二一年底了。真的很抱歉这次不能帮你。如果未来再有机会的话，请在需要音乐前的一年就联系我。

另外，我想告诉你，二○二一年春季我将在北京搞一个大型艺术装置展览，希望我们能相见！

最温暖的祝福

坂本龙一

二○二一年三月三十一日，坂本龙一的"观音听时"展览在北京开幕，母亲患癌症正在上海住院，我又即将奔赴重庆拍摄《忠犬八公》，就错过了。六月的时候，我接到木木美术馆的来信，跟我说，坂本龙一想把他珍藏的一张他与我在《末代皇帝》现场的合影用在画册中，希望得到我的许可。

二○二一年十月，我从美国回上海看望母亲，在隔离酒店收到了坂本龙一的画册。看完后我给他发了邮件。

亲爱的 Ryuichi：

你好吗？

我终于又回到国内，可惜没有赶上你的展览。在隔离期间我反复看了《观音听时》的画册，让我在单调狭隘的四壁中，有了宽广和奇妙的想象空间。

我向你致以最美好的祝愿！

陈冲

母亲走后的第二天，我在悲痛中接到坂本龙一的邮件，很短，他感谢了我给他写信，希望我一切都好，最后祝福我有一个"充满正能量的新年"。这几个字的真诚让我感触——他没有写"快乐的新年"——那时他正在与病魔痛苦地斗争。

那以后我们没有联系。rskmt@kab.com 不会再有收件人。

进入四月后北加州的日照长了，八点多钟天才黑下来。我走出家门，耳机里放着坂本龙一为《呼啸山庄》电影谱写的主题曲。下了几天狂风暴雨后透彻的夜空，像童话一般——我没有词汇可以形容这样的深蓝。美国作家丽贝卡·索尔尼这样写过蓝色：一种情绪的颜色、孤独和欲望的颜色，是从此岸望到的彼岸，是你不在了的地方……

你不在了的地方——最深的蓝色——在一本叫《维尔纳的颜色命名法》（*Werner's Nomenclature of Colours*）的书中，它被命名为"苏格兰蓝色——就是柏林蓝混合了相当一部分的丝绒黑，极少的灰色，还有淡淡的胭脂红"。

你能想象吗？在这样的天上布满了星星是什么景象？我只能无声地见证它的奇异，这不就是我生命的意义吗——来见证。家的屋顶上空就是以希腊神话中的 Orion 命名的猎户星座，它的腰带由三颗明亮的恒星组成，剑在腰带的南面，沿着它的腰带往东看就是夜空中最明亮的一颗星——天狼星……

一切都在这片苍穹下——从时间的开始直至永远——太仓中学雄辩的外公、晒台上的母亲、嘉陵江中的父亲、守望着"猫鱼"的哥哥、萨沙的母鸡、赵以夫的"多比尼"、坂本龙一、卡夫卡、泰戈尔和天下所有的诗人，他们的童年、他们的坟墓……一切转瞬即逝，一切永存。

现有的科学告诉我们，生命是宇宙中无足轻重的一个副产品，它对宇宙来说没有必要。但生命便是我们的一切。哥哥和我都六十多岁了，说出来我都吓一跳，人生的冬季仿佛在某个清晨突然就降临了，令我措手不及。仔细想想，还是有预兆的：失眠更厉害了，到嘴边的人名卡在那出不来了，穿高跟鞋走不了路了，阅读比以前慢了，最糟糕的是，有时我觉得创作的源泉好像被封藏在什么无法挖掘的深处……

然而，同代人的死亡提醒了我，老去的确是莫大的幸运，年岁的确是可以炫耀的东西。它好比大树漂亮的年轮，一圈一圈写下了所有的斗争、所有的苦难、所有的疾病、所有的幸福和繁荣，那些贫瘠的岁月和丰腴的岁月，那些经受了的袭击和熬过了的风暴。

坂本龙一的音乐进入了高潮，令我的眼睛湿润。直到最后，他都没有失去对艺术的虔诚，没有停止对新生事物的探索与拥抱——新的声音、新的思想、新的感知。他燃尽了，但从未衰老。

仰望浩瀚星空，我感到我还有那么多想知道的事情——从细胞的奥秘到灵魂的奥秘；我还有那么多的渴望和爱——无论用胶子的尺度还是星系的尺度都无法估量。

大气层河流

　　平安夜我请了两大家子的人来吃饭，菜谱是烤烟熏里脊肉、烤抱子甘蓝、煎狮子唐辛子、焙枫叶糖浆红薯泥盖碧根果、红酒炖牛腱牛筋。我从上午就开始准备，调制腌肉的汁、烤红薯、剥红薯……我享受一个人在厨房的时间，把思想集中在香料、温度这样单纯的事情上。手机一直低声播放着新闻，其实我也没留神听。也许因为母亲从小培养了我对科学词汇的兴趣，"大气层河流"这几个字吸引了我的注意力。天气预报说，这条天上的河，从夏威夷附近的热带太平洋一直流到了加州上空，在海岸山地受迫上升，将在旧金山地区导致大量降雨，持续十天到两周。

　　果真圣诞节一过，就一连下了几天瓢泼大雨。雨点啪啪敲打着窗户，我裹着毯子在沙发上看《人生切割术》。这部剧以超现实和幽默的手法，把常人所讲的"工作／生活平衡"推到了极致。在一家神秘的巨型公司里，有一层楼的员工，由于不同的个人原因，自愿接受"切割"手术——把他们的意识和记忆在工作与家庭之间彻底分开。他们的两个自我——办公室里的"innie"和办公室外的"outie"——彼此知道对方的存在，但不知道彼此在另一个时空都做了什么。

剧的第一个镜头，观众俯视一个身着紧身毛衣、铅笔裙、高跟鞋的红发女人，趴在一张巨大的会议室长桌上。她困惑地醒来，完全不知道自己是谁、从哪里来、要到哪里去。这是公司的新员工 Helly R.，刚刚被成功地"切割"了。Helly 从进入这个荒诞的工作场所就开始后悔和反抗，她反复提出辞职，尝试逃跑，甚至在公司电梯里上吊，最后被抢救回来继续工作。好在几位主要人物都非常温暖、有趣、丰富，台词也很聪明和机智，从感官上跟噩梦般的场景形成了反差，不然真的很难一口气看完那么多集。

我很少追剧，但是小女儿文姗说这是她今年看过的最好的剧，她一连看了三遍，我便决定看一看。两个女儿的内心世界对我都是个谜，我希望从她们爱读的书、爱看的剧中去了解她们。文姗的青春期经历了不少曲折，我能想象她非常认同 Helly 的困境，以及她想挣脱束缚的欲望和勇气。同时，隐埋在剧情中更大的主题——例如自我和人性的构成、自由意志、选择的假象等等——也一定在潜意识里困扰着文姗和她的同代人。

看完一季已是深更半夜，我到地下室去拿旅行箱——彼得和我计划去洛杉矶与他的父母、兄妹共度新年。打开灯，我吓了一跳，整个地下室和车库都被水淹了。我赶紧跑上楼去叫醒"彼得"，我说，有急诊，快起来抢救房子。他常在值班的夜里被喊去抢救心肌梗塞的病人，这回是自家房子地下水管梗塞了。彼得睡眼惺忪跟我下楼，一看见车库里的"河流"立刻清醒了。我们同时卷起裤管，我找来一个长柄的簸箕，用它把水铲进塑料桶里，他再把水提到马桶倒掉，这样来回折腾了起码一两百回，也没见什么效果。水继续从车库门下溢进来，越涨越高。我像上了发条一样，叉开弓箭步有韵律地铲着。彼得刮目相看，他开玩笑地说，谁能相信我老婆现在这个样子，你可以种地养活一家人。我说，我骨子里就是个农民。

我想到了很久没联系的闵安琪。几十年前的一个圣诞节，她从芝加哥到洛杉矶看我，跟我同住在当时我的男友家。她清晨去机场之前我还在睡，醒来发现她给我留了一封信，写了两张一尺多宽、两尺多长半透明的包礼物纸上。她在信里说，"……他的本性、为人是否善良等等都有待你去观察、发掘，他对你'农民'的一面是否也喜欢，这很重要，你这个皇后是'农民'出身，这需要有特殊眼力的人来欣赏。我对以上这些问题一点把握也没有，你一个人闯，我很担心，怕你受欺侮……"年轻时接到的情书，甚至母亲写给我的信，我全没有留下。但这封信几十年来被我搬到东搬到西，一直都在。那时候我们要好，无法想象日后的生活轨迹会离得这么远。我们老了，但我发现那个圣诞节的夜晚一点也没有变，依然亭亭玉立，好像时间是雨衣外滑落下来的水，从未触碰到它。

到早上五六点钟，我的腰肌开始颤抖，手也磨出了泡。我跟彼得说，算了，我们举白旗投降吧。

见到这栋房子之前，我根本没有要搬家的念头。但第一次站在它的面前，我就被触动了。这栋建于一九〇九年的房子有些失修，但是它的几何形线条很特殊，很深的斜角屋檐下，有一个舒适的矮墙拱廊；正中央有一个很宽的阶梯，两侧有相配的大花盆；开放式的房型，四面都是成排的窗户，像一条"光幕"围绕着房子，十分明亮。

后来我知道这栋房是典型的"草原学派（Prairie School）"建筑，它的结构强调水平线条，而不是垂直线条——当时这个年轻的国家，相比大多数古老和高度城市化的欧洲国家，拥有更多开放、未开发的土地。"草原学派"最著名的倡导者是弗兰克·劳埃德·赖特（Frank

Lloyd Wright），他提出了"有机建筑"的理念，主要宗旨是结构应该像是从环境自然生长出来的。用赖特的话来说，"草原学派"是看起来好像"嫁给了土地"的建筑物。

这栋房子的建筑师叫查尔斯·惠特西，跟赖特一样，他也是美国"现代主义"建筑鼻祖路易斯·沙利文的徒弟。一九〇六年的大地震与火灾之后，惠特西设计了旧金山的许多重要建筑。我们小区的三十六栋房屋陆续建于一九〇五到一九一一年，惠特西先后设计了七栋。那个时期的旧金山，大多数房屋是欧洲"维多利亚"式和"爱德华"式的。惠特西把发源于美国中部的"草原学派"引进了加州，应该算是这座城市"现代运动"的审美先锋。

彼得对我突如其来的想法感到不解，说我们好好的为什么要搬家。我自己也觉得莫名，无法有逻辑地解释这一欲望。我说我爱上了它，他半开玩笑地问，是真爱吗？我说，是的。他说，那就搬。换房子这件跟结婚差不多等级的人生大事，就这样被草率地决定了。

邻居送给我们一本介绍小区历史的书，里面有这栋房子刚刚建成时拍的照片。除了油漆的颜色不同，还有两扇窗口被封住了以外，它几乎跟当年一模一样。帮我装修的人问，要不要拆掉房子里一些没有功用的旧物——比方叫唤用人的电铃，收在墙里的烫衣板，我说全都要留下。现在被水淹了的洗衣房里，原有并排三个巨大的搪瓷洗衣水槽，搪瓷极厚，每只都有好几百斤重。我为了放洗衣机和烘干机，只好拆掉了其中的一只，却也不舍得丢掉，至今还在锅炉房的地上放着。

我们是房子的第三个屋主。第一个主人是银行家、慈善家 J. 亨利·梅尔（J. Henry Meyer），他为建设加州做过很大贡献，斯坦福大学原来的梅尔纪念图书馆（J. Henry Meyer Memorial Library）是以他命名的。这个小区是梅尔与长期合作者 Antoine Borel 共同开发的，梅尔邀请惠特西为他和女儿分别在这里设计了两栋"草原学派"的房屋。

第二个屋主几十年来没有好好维修房子，我们搬进来后的第一场大雨客厅就漏水了。两个女儿都不愿意离开她们生长的地方，称这个家为"你的摇摇欲坠的破房子"。她们说，你要感受历史，可以去博物馆，或者去参观废墟。

为什么我喜欢的东西都带着岁月的沧桑？

"文革"期间，为了不引起抄家的人的注意，姥姥把两只明代茶几，和一套四只的清朝茶几放在了厨房的阴暗角落里，上面都放满了锅碗瓢盆等杂七杂八的东西。久而久之，我们完全忘记了它们不属于厨房，毫无顾忌地在上面放滚烫的锅子，切菜、揉面。姥姥去世后，我把它们带回了美国。本来一直以为这些明清家具来自曾祖父的家里，多年后我才在无意中得知，它们是姥姥当年从逃去台湾的人手里买来的。母亲说，那时候逃跑的人丢盔卸甲，很多名贵的东西都被三钱不值两钱地卖掉。

爷爷去世后，父亲分到两只古董日式围棋桌。我不清楚它们是怎么来到他们家的，也许是日军投降后从撤离的日本人手里买的？小时候每个周日都去那里吃午饭，我从没见过他们下围棋，不知为什么会有两只这么考究的围棋桌。棋桌是由大约一尺半宽、半尺高的整木制成的，一棵树要长多少年才能长到这样粗啊。父亲把一只棋桌垫在高大的立式空调机下面，再把另一只垫在阳台上的花盆下面。对他来说，它们都在家里起到了宝贵的作用。一天，我注意到了阳台上的围棋桌，它经受了多年的日晒雨淋，已经开裂和腐烂。我跟父亲说，你把它送给我吧。父亲说，你有用啊？那你拿去吧。过了几天，我贪婪起来，又问父亲要空调机下面的那只棋桌。他有些为难地说，那空调机怎么办呢？空调很重，这东西垫着最稳。我便请人做了一只坚固的木箱垫在空调下面，把两只围棋桌带回了自己家里。

这些旧物经过自家几代人的浸润，是有情之物，是我跟祖辈之间某种实体的纽带。但我为什么对别人的旧物也那么感兴趣呢？

几千年来，人类一直在以一种集体的方法，保存关于我们生活和时代的信息，并将它们传递给未来。从最早的歌曲、陶罐、洞穴壁画，到后来的石雕、卷轴、绘画和书籍，都被放在图书馆、修道院和博物馆里。人类为什么需要历史？在这个四维时空连续体中，我们在任何时刻所感知到的一切，都只是整体的一丁丁点。也许我们需要用传承来挽回对生命的遗憾，来瞥见未来？

每到一地我都会去那里的废墟——慕田峪的野长城，秘鲁的马丘比丘，墨西哥的玛雅遗址——从断壁残垣里看到人类曾经的辉煌，也看到地球上每一个终将被自然吞噬的文明。

大女儿文婷九岁的时候，我想给她与我单独相处的时间，把她带到了卡碧岛过新年，然后驾车从那不勒斯到庞贝古城。庞贝建于公元前六世纪，在公元七十九年被维苏威火山爆发埋没，直到一七四八年才重新发现。我们在古城的石街徘徊了很久，太阳下了山文婷还不想走。她停留在一个玻璃橱柜前，瞪大眼睛研究着里面被岩浆定了格的人体。她从很小就对怪异、神秘的东西着迷，爱听恐怖故事。文婷严肃地站在那里，我问，你在想什么？她转头，然后冲我做起怪脸，笑着模仿起那些扭曲的体形。不知她是否在掩盖某种恐惧？她是否从那些岩石的身躯看到永恒的痛苦和挣扎？

早上七八点，水管工到了，他为房子的整个下水道系统做了"血管造影"（彼得的术语），发现这些一百多年老的瓦管，很多地方被树

跟女儿文婷在意大利庞贝。

跟女儿在旧金山植物园。

597

根人侵，有些地方因地形变化而断裂。听了彼得和我的"房屋保卫战"后，水管工说，你倒到抽水马桶里也是去同一个下水道，又从那里溢出来跟雨水一道流回来。原来我俩折断腰板的劳动，是西西弗斯般的徒劳枉费。

正在焦头烂额，我接到金宇澄从上海发来的微信，问，你接下来写的已经想好了？我跟他一通抱怨后，他跟以往一样耐心地帮助我梳理思路，他说，也许能成为一种隐喻，积压到一定的程度完全断裂阻塞。接着我们聊了一通地下水管，他说，在上海这种管道都喜欢用水泥，相对结实许多，还有好多人用 PVC 的。我说，很长的管道，在加州一般换铸铁的。他说，我自己在黎里镇修建老宅也遇到下水道的麻烦，上个月，他们把一棵柿子树种在了一堆管道上。我说，他们告诉我铸铁的管道刀枪不入，可以用一百年。他说，想到可以管用"某某年"，蛮虚无的……

这一年多来，老金总是这样，或闲聊式地，或直截了当地，在每月的这个时候来"催稿"，我竟然被他"逼"出了二十万多字，这是开始时万万没想到的。

朋友送《繁花》给我的时候说，这本书"瞎嗲"——上海话特棒的意思——是多年来她看过的最嗲的书。我读了第一页就舍不得断断续续地读了，所以带着它到处飞了一年多，想等到有整块的时间再打开。在那期间，我也常在 Kindle 上看书——飞机上，化妆间或者临睡前，但是《繁花》几次三番被我从箱子里拿出来，像个护身符那样放在各种陌生的咖啡桌上，离开时又装回箱子里——直到二〇一四年伊斯兰的新年。

当时我在马来西亚拍《马可波罗》，那几天摄制组放假，演职人员纷纷成群结队去附近的岛屿游玩。我留在酒店房间，边吃早餐边读

《繁花》，忘记了时间，闻雨声抬眼已是傍晚。那里几乎每天这个钟点都下一场雨，一切被笼罩在暧昧的光线里，水纹在玻璃窗上扭动，外面鸡蛋花落了一地，白花黄蕊，粉花白蕊。我全身心柔软起来，恍惚看见四十多年前的自己——那个叫"妹妹"的少女，在蒸汽腾腾的小灶间里，从邻居小伙子的怀抱里挣脱出来，嘴唇红肿、眼神迷离，汗湿了的头发贴在滚烫的脸上。小伙子的嘴再凑过去时，她突然推开身后的门，逃回楼上家里。还要过好多年她才会知道，小灶间里发生的事叫作吻，是人间最美妙的一个动词。妹妹发育得早，弄堂里几个流里流气的大男孩，见她走过时总会交头接耳，然后起哄大笑。最坏的两个还给她起了"大台面"的外号，那是上海话骂人大屁股的意思。

读完《繁花》，我给金宇澄写了一封信。

……书中的每句话都那么独特、讲究、幽默和感性，每个场景都那么可口、可触、可嗅、可闻声。阅读时，我脑海浮现出各种 Deja Vu——头脑的错乱——把书中发生的事与自己的记忆混淆为一体，这样的似曾相识一定是上海人基因里的原始蓝图吧。

这本书层层叠叠那么丰富，足够拍十部电影，微至小品，鸿到史诗。提到史诗，没有人会联想到弄堂里的老虎窗、二楼里的爷叔、华亭路摆摊位的小琴……然而我觉得《繁花》不折不扣是一部现代史诗，充满了悲剧英雄和喜剧情形。哈哈镜里的悲剧。

阿宝在肉欲泛滥、物欲失禁的年代不婚，几乎是一种精神廉洁、一种忠贞的行为，然而男人决定不要婚姻、不要传宗接代也是对人类的杜绝和对信念的否认。四位男主角经历了各种女人，最终都单身一个人过，貌似无奈，却是选择。日常生活变得有那么一点畸形。抑或所谓的"自由意志"只是假象？正如叔本华所说：Man can do what he will, but he cannot will what he wills. 人可以做他所意愿的事，却无法选择意愿本身？

虽然我能看到、听到和触摸到书中的景象，但是还没有深思熟虑，没有具体的电影构思——它将在改编的过程中滋长出自己的生命。我会强调上海的生活状态和语态，会把焦点集中在阿宝、沪生、小毛和陶陶的关系和命运上，他们的女人时实时虚，周围多变的人群更是虚多实少。除了儿童年代，从少年到壮年都由同一个演员演（参考电影《本杰明·巴顿奇事》中的化妆和电脑合成视觉效果）。

有一个比较疯狂的想法是：《繁花》是一部歌舞片。布景是现实的，充满年代生活质感的，但色彩和光线的感觉是超现实的、风格化的、自由的。比方说，五十年代也许是黑白的、六十年代是革命海报式的、七十年代和八十年代是 Kodak Chrome（柯达克罗姆彩色胶卷）感觉的等等。我能看到灰蓝色的电车里、马路上、弄堂里大妹妹和兰兰像两只花蝴蝶，似乎有追光跟着，青春也和蝴蝶的生命一样瞬间即逝。电影里一支歌舞可以穿越不同的时代，交代不同的背景故事和人物关系。影片可以包括有时代和阶层代表性的典型音乐、歌曲和舞蹈，以及今天电影叙事人编写的歌舞，副歌可以重复上海方言。我现在是想到哪儿写到哪儿，并不成熟，但这个想法令我兴奋。

自从参加了一次电视台的舞蹈比赛节目，我一直在想拍一部歌舞片。就像你画的插图那样，把小毛家的那栋楼从上到下一刀切开来，直接就是舞台布景，楼上一路唱到楼下，楼下一路跳到楼上。我现在给你写信，眼前就出现了顶楼小毛家大妹妹、兰兰、银凤偷听沪剧《碧落黄泉》，汗湿的衣服透露出肌肤……小毛和银凤下楼去，银凤在屋里洗浴让小毛拿肥皂，二楼爷叔在门洞里偷看……还有一楼理发店里诱人的八卦……

当时我知道《繁花》的版权已经卖给了王家卫导演，但是我侥幸地想，万一他不想拍了呢？我先跟作者挂个号。旧金山的一位作家朋友帮我找到了金宇澄的邮箱，但信发过去后犹如石沉大海。后来我才知道老金已经换了邮箱，我写的信在网络空间无人问津的角落里待了很久才转到他那里。

二〇一五年底，我们终于约好在贵都酒店喝茶，我每天陪父母去那里的游泳池游泳。那天我游完泳在咖啡厅等他，过一会儿他到了，坐下后没多久就掏出一包香烟，环顾了一下四周，问，你抽烟？我说不抽。他问，你怎么知道我抽烟？心还蛮细的。说着，他低头点烟，我这才发现原来我选的角落是吸烟区，只好顺势装出一副善解人意的样子笑笑。后来我们成了朋友，他想吸烟的时候总是会起身避开我。

有一天，金宇澄发给我几张照片，问，据说这是你以前的家？我端详那些拱形的门洞和窗框，拱形的隔墙顶，拱形的壁炉……回信说，我家老房子不是这个样子的。老金接着发来了弄堂的地图和地址：平江路 170 弄 10 号，那的确是我生活了三十多年的地方。很小的时候——也许是怕我走丢——母亲就教会我背诵"我叫陈冲，我爸爸叫陈星荣，我妈妈叫张安中，我家住在平江路 170 弄 10 号"。

英语中有个意大利外来词 pentimento，意思是画布表层油彩底下艺术家的初衷，例如头或手起初在一个不同的位置，或者裸体原本是穿着衣服的。祖屋的 pentimento 像幽灵般浮现出来：高高的屋顶，笔直的画镜线，宽大的钢框窗，对开的玻璃门通向阳台…… 我在那里的三十余年，见证了它经受的种种，但所有的毁坏都掩盖不住它从容结实的骨架。清华大学建筑系毕业的二姨曾跟我解释过，那是一种日式的洋房，一切都是简洁挺拔的直线和直角。装修的人显然不懂得，也不尊重房子的建筑理念，使它丢失了原有的品格和气节。就像人丢失了人格。

我跟金宇澄说，变成这个样子，难看死了。他觉得我有偏见，说，你又没看见过，我觉得这个样子非常舒适。

我给他看家里四代人在那里的老照片，说，我怎么可能没有偏见。他说，噢，真的认不出了，原来外交大楼是平顶的，原来弄堂当中的公房是一大片草坪啊。

我跟他讲了一些少儿时代在那栋房子、那条弄堂里发生的事情。他回，有点像《美国往事》的感觉，你可以把它们拍成一个电影。

不久后，老金读到一篇我写的悼念贝托鲁奇的博文，发信跟我说，写得很好，建议你写书。我回，我不行的。他说，我这个三十年的老编辑来把关。你先闭上眼睛，想到过去什么画面、场景、对话、细节，立刻记下来，这样半年就形成提纲，然后你就不可阻挡了。

记忆像冬眠后的动物开始蠢蠢欲动，可是我找出各种借口迟迟不动笔，好像永远觉得自己还没准备好。我跟老金说，我颈椎不好，做不了写作这行。他回，那你先躺在沙发上录音。我说，我只会有感而发地写几篇短文，不会写长的。他回，你可以的，像蚕宝宝吐丝，慢慢地编织。我说，我得先把《道德经》读了。他回，千万不要读。

时不时地，我会接到老金发过来的文章，记得有史铁生、彭小莲、陈凯歌、贾樟柯写的往事回忆。他说，人家好写，你也好写。他还给我推荐了一些书籍，比方林海音的《城南旧事》、齐邦媛的《巨流河》、土耳其作家奥尔罕·帕慕克的《伊斯坦布尔》、英格玛·伯格曼的《魔灯》。

老金看到我在一个采访中说，"对电影浪漫的向往是贝托鲁奇给我的"，就发信给我：但愿我给你对写作的浪漫向往。我被莫名触动，打开电脑，开始写给他一个人读的东西——就像当年我是演给贝托鲁奇一个人看的那样。

几个月后，我写完了一篇关于祖屋的散文，发给了老金。他看完给我回了几条信："非常好——或者，这就是你的提纲，其中每一句话可以延伸出十句，每个人可以牵出十件事情来……不信你把这文章单列，会发现里面的空当都是回忆……像睡醒打开窗，光线照进来，有轮廓了……最重要最特别的地方，不要一笔带过，编辑的意见就是这些。我要鼓励你（逼你）写出来。"

我有些失望——好不容易写出几千个字，以为已经把最动人和值得的记忆呈现出来了，没想到他觉得我只交了一份提纲。

金宇澄提议我回平江路看看，说不定能触景生情，产生灵感。而我一直都不敢去——祖屋的魔力来自它是一片逝去的故土和时光，属于梦里的东西。我怕一旦去了，那个隐秘美妙的、只属于我一个人的、永远无法跟另一个人同入的梦乡，那个记忆和想象的天国，会从此拒我在它的门外。

我曾无数次离开过那栋房子，出外景、上大学、出国……最终都要回家的。姥姥去世之前，总要送我到门口，有时还坚持要送到机场。那时我还不懂她的惧怕——怕我一走就再也见不到了，毕竟她已经很老。我最后一次拖着行李箱出门，姥姥已经不在了，只有日益破烂的老房子，默默站在那里，我头也没回就上了去机场的车，哪里会想到再也回不去了。

父母离开祖屋前没有跟我和哥哥商量过。想想也是，那时我们还太年轻，只顾着自己的家庭和事业，从来没有关心过父母的日常生活。搬完家后父亲打电话跟我说，有人给了他内部消息，老房子可能要拆

迁，拆迁的话会把他们搬去老远的地方。母亲说，好在上医总务科的
××出面，让人用三套新工房跟我们换了老房子，所以搬了。父亲接
着说，平江路房子常年失修，里里外外的东西都坏掉了。新的地方生
活很方便，楼下就是菜场。

记得我第一次到那里时，送我的车开不进去，我只好拉着两只
箱子，走过那条又吵又脏的菜场。一进家门，我看到鸽子笼大的三
间客厅、三个厨房、三间卧室和三个厕所，像火车车厢那样长长的
一排，我马上知道父母被人骗了。他们自己倒很豁达，只要东西都
在工作，也就心满意足了。物件对父母没有什么贵贱之分，只有功
用与否。父亲从七楼窗口用望远镜看着菜场里的果菜鱼肉，交代家
里的阿姨去买什么菜。

在母亲众多的笔记本里，我找到一页撕成半张的纸片，上面写了：

老房子 从小姑娘一直住到退休 太多的回忆 有时会突然看
到父亲和往常一样 坐在靠阳台的单人沙发上看报 或妈妈躺在床
上叫我帮她找拖鞋 这些幻觉当时觉得又温暖感动又心酸 事后令
我害怕 走的时候还是很难舍 住在新工房里有一种坐火车的新奇
感觉 妹妹回来住了一夜 天不亮被下面的菜场吵醒 坚决要我们搬
家 她像教训孩子那样对我们说

接着的半页没有了，母亲晚年的笔记，又回到了她童年时代没有
标点符号的样子。我是怎么教训父母的？毫无印象了。

水管工叫来了六七个同事，把房子外面的水泥地凿开一大片，再
挖下去一米深，采取了一些紧急处理，暂时缓解了溢水问题。

大雨继续下着，加州大学圣地亚哥分校海洋研究所的专家亚历山大·格舒诺夫，在被采访时说："一条普通的大气层河流瞬间携带的水量，是亚马孙河通常水流量的两到三倍。"地下室几台大风扇，昼夜不停地吹着，车库门前堆了防洪水的沙袋，但是在这场百年不遇的大雨中，它仍然随时会再被水淹。我们决定让彼得独自飞去洛杉矶，我留下看家。

小女儿早就准备了个隆重的新年派对，跟原来高中的朋友们疯狂一下。突然发现我改变计划留在了家里，她开始焦虑，妈妈在家，朋友们会拘束，那还怎么狂欢？我只好答应她我待在自己的屋里，假装不在家。

我的手机上有家里门铃和摄像的连线，每次有人进出手机都会响，听上去像一阵微风吹过风铃。晚上手机连连作响，每次听到我会瞄一眼屏幕。鱼眼镜头里客人陆陆续续地出现了，手里都提着啤酒、软饮料、薯片、蛋糕盒之类。这些跟文姗一起长大的孩子们，都成大人了。

我半躺在床上企图看书，楼下越来越热闹，音乐伴随着欢声笑语和偶尔女孩子的尖叫。到了十一点的样子，我听到他们齐声喊着"喝下去，喝下去，喝下去！"大概是有人玩游戏输了在罚酒。电影里经常有这样的情景，儿女们趁父母不在家开大型派对，酗酒吸毒乱性，搞得人仰马翻，最后邻居打电话给警察，把他们都抓走……我知道文姗不喝酒，最多在庆祝的场合喝两口香槟，但不确定这些同学会不会喝醉。我想下去看看，但本来说好不出现的，所以只有忍住由他们去折腾。

十二点后，我迷迷糊糊睡着了。新年早晨雨停了一会，家里一片寂静。新闻说，二○二二年的最后一天，强大的大气层河流浸透了加州北部和中部，引发了洪水和泥石流，导致了树木和电线倒塌，是旧

家门口，小女儿文姗（左一）和朋友们庆祝她的 19 岁生日。当时我正在重庆拍摄《忠犬八公》，生日前一周，大女儿文婷问我，哪里能买到最漂亮的红灯笼？除了灯笼还应该买哪些中国式的庆典装饰？文姗因疫情没有过毕业典礼，文婷觉得那是人生中的一大缺憾，决定把房子装饰成电影里毕业舞会的样子，为妹妹庆祝一个完美的毕业和生日晚会。

生日那天，旧金山家里的监控门铃在我手机上频繁响起，我看到屏幕上文婷里外忙碌，先把气球、鲜花、蛋糕搬进房，再把桌椅放到门廊，然后铺上粉红色台布，端出餐前小食。这利落是我以前很少看到的一面。我本来只是听到手机响了顺带看一眼，但是很快就被镜头里的画面吸引住了。文姗穿了我十几年前买了从未穿过的衣服——一条由浅粉色到大红色的斜裁丝绸，用蕾丝拼接起来的长裙——柔软的下摆随着她的身姿像金鱼尾巴那样飘舞着。文姗爱逛二手店，有时也到我的衣橱里翻找旧衣服，总是能把十年、几十年前的衣服穿出一种时尚。

文姗一次次出现在门口，跟到来的朋友拥抱。这些都是她的同学，也是我常见的人，但是我很少有机会看到他们穿着礼服和长裙的模样。他们聚到前院留影，换了一个又一个的组合，摆了一个又一个的姿势。等秋天开学，他们都将分散到各地的大学里，这份离别的惆怅也将是人生必经的体验。

金山一百七十多年来第二个最潮湿的日子。彼得打电话问，房子还站着吗？

我轻轻下楼侦察，惊讶地发现客厅、餐厅居然收拾得干干净净。除了一地五颜六色的气球和门口几双陌生的鞋子，家里没有什么昨晚的痕迹。怎么就二〇二三年了，时间去了哪里？记得文姗十六岁的时候说过，我不能想象二十岁，太可怕了，我想永远十六岁。时间插翼的战车越跑越快，却并不能带我们去一个更美好的地方，现在的孩子似乎不再憧憬未来。

我坐在厨房圆桌前，边喝茶边玩 Chat GPT。我问它，你能用中文写一首关于时间流逝的诗歌吗？一秒钟内它回：当然，这是一首中文的时间流逝的诗歌。

> 哦，流逝的时间，你是个反复无常的朋友
>
> 永远在移动，从未停留
>
> 你的小时和分钟像沙子一样滑落
>
> 留下我们记忆混乱的身影
>
> 你带来了青春和美丽的黄金时期
>
> 但却用残忍的手把它全都带走
>
> 留下我们面对时间的考验
>
> 皱纹满面，我们的青春之光依然绽放
>
> 然而我们仍然爱你，流逝的时间，尽管
>
> 你永远在动，从未被驯服
>
> 因为在你流逝中，我们找到了快乐
>
> 和永远被铭记的爱的记忆
>
> 哦，流逝的时间，你是一份宝贵的礼物

我们必须珍惜，因为我们的时间是转瞬即逝的。

挺厉害的吧？但你如果真热爱诗歌的话，一定对这些陈词滥调无动于衷。英语中"天才"或者"才华"跟"礼物"是同一个词——它是天赐的礼物。人工智能抄袭了人类所有的经典文学，从但丁、莎士比亚到海明威、博尔赫斯，从李白、杜甫到鲁迅、张爱玲，你随便说一个，它都能倒背如流，但它没有神经，更不用说天才的神经了。计算机科学之父艾伦·图灵曾对友人说，它有可能享用草莓加掼奶油吗？

机器永远无法享用草莓加掼奶油，或者烧饼夹油条，或者亲吻、做爱，但会不会有一天，人类经过人工智能持久的、无处不在的影响，会演变得跟它越来越接近，渐渐丢失对现实、对他人敏锐的感官触角？会不会有一天，那些最根本的问题——比方我们是谁、人为什么需要意义、宇宙为什么存在等等——都变成仅仅"工程的"问题？

记得几年前我跟金宇澄聊过人工智能。我读到一篇他做文学论坛的文章，其中提到他"很感谢文学，让自己可以把很多无用的事情记录下来"。我发信跟他说，那些无用的东西就是生命最本质的东西，一个人为无用的东西燃烧，大概就算是艺术家吧？他回了个笑的表情包，说，看博物馆里或者家里，无用东西多不多，有种人家里都是实用的。我说，将来人工智能代替人了，人类无用的一切就是它们代替不了的一切。他说，它也会设置啊，弄出很多没有用的东西来，让你眼花缭乱。我说，无用的东西是精神的、思想的，它的美丽和缺陷都是不可计算的，无法程序化的。他说，因为一般的人工智能是人设置的，到最后这个智能化为非人工的未来时间智能，乱搞一气的阶段……人已经唯命是从，跟着它跑，哭也来不及了。

我喜欢夸夸其谈人类、宇宙、技术奇点之类的东西，聊多了，老金就会引用米兰·昆德拉的话跟我说，人一思考，上帝就发笑。你抓紧时间写作吧。

在老金的反复说服下，我和哥哥最终还是去了趟平江路的老房子。走进面目全非的弄堂，哥哥说，那么多违章建筑，一间间加出来，像长了一堆乱七八糟的野蘑菇，难看死了。进了房子也是一样，楼道前的暗厅，通往厨房的走道全封起来当面积算了。

离开的时候我们注意到，侧门外的四个化粪池盖子中，有一个生铁铸的是当年的原配。我想起半个世纪前，左邻右舍围在这个窨井盖旁，看着一个人从下面爬上来，手里拿着一只带波浪纹的婚戒……那天的一切历历在目。我说，这是今天看到唯一原配的东西，改天得回来把它换走。

大概过了半年，哥哥和一个叫毛毛的老邻居又去了一次平江路弄堂，回来后跟我说，毛毛家后面那棵树还在，阿拉老早一直从那棵树爬到墙头上，再跳进幼儿园里，幼儿园现在是保护建筑了，几乎跟以前一模一样……哦对了，你要的那个化粪池盖没有了。我有些惊讶地问，真的？看清爽了？他说，看得清清爽爽，上面盖了一只崭新的塑料盖。房子的实体从此对我失去意义，而梦与幻想继续在岁月里发酵，远比现实要执着和长久。祖屋几经漏雨而斑驳的墙上，写了越来越多的故事；它锈迹斑斑的钢框窗户成了彩绘的玻璃，透着越来越绚烂的光；它到处裂痕的木门、地板、楼梯扶手也变得越衰败越完美……

近期，那栋房子的租客成了网红，那几间房间也跟着网红起来，成了人们饭后茶余的消遣。外人哪里会知道，这根本不是一栋房子，而是一只蜘蛛，它闪亮、无边的网牢牢捕获了四代人的灵魂——无论在阴间还是阳间，无论在世界的哪个角落。

文姗和她的几个朋友，围着餐桌专注地玩着拼图，好像回到了很久以前——手机、网络之前的慵懒时光。这张一千块拼板组成的拼图没有确切的样板，难度很高。图中有一个怪物和外星人居住的城市，那里发生了一场巨大的灾难，拼图的样板是灾难前的样子，拼完以后，你会发现到底发生了什么。孩子们大概需要很久才能拼完，这个想法让我愉快。

　　大雨把窗外的世界变得一片模糊，仿佛把我们笼罩在现实外的另一个时空，在这个维度里时间可以被完整地看见，所有已逝的、还未发生的都在，跟宇宙一样无限、永恒。

图书在版编目（CIP）数据

猫鱼 /（美）陈冲著 . -- 上海：上海三联书店，
2024.6（2024.7 重印）

ISBN 978-7-5426-8284-0

Ⅰ . ①猫… Ⅱ . ①陈… Ⅲ . ①散文集—美国—现代
Ⅳ . ① I712.65

中国国家版本馆 CIP 数据核字 (2023) 第 217400 号

猫 鱼

陈冲 著

出 品 人 / 刘瑞琳
责任编辑 / 苗苏以
特约编辑 / 黄平丽　郭　亮
装帧设计 / 周伟伟
内文制作 / 马志方　周伟伟
责任校对 / 王凌霄
责任印制 / 姚　军

出版发行 / 上海三联书店
　　　　　（200041）中国上海市静安区威海路755号30楼
邮　　箱 / sdxsanlian@sina.com
联系电话 / 编辑部：021-22895517
　　　　　　发行部：021-22895559
印　　刷 / 山东临沂新华印刷物流集团有限责任公司

版　　次 / 2024 年 6 月第 1 版
印　　次 / 2024 年 7 月第 2 次印刷
开　　本 / 965mm×635mm　1/16
字　　数 / 330千字
图　　片 / 203幅
印　　张 / 39.5
书　　号 / ISBN　978-7-5426-8284-0/I·1842
定　　价 / 168.00元

如发现印装质量问题，影响阅读，请与印刷厂联系：0539-2925659